Winkler
Weltliteratur

Edward Bulwer-Lytton

# Die letzten Tage von Pompeji

Roman

Herausgegeben und aus dem Englischen übersetzt
von Günter Jürgensmeier

Mit Nachwort und Zeittafel
von Jürgen Kamm

Artemis & Winkler

Titel der englischen Originalausgabe:
*The Last Days of Pompeii* (London 1834)


Die Deutsche Bibliothek – CIP-Einheitsaufnahme

**Lytton, Edward Bulwer Lytton:**
Die letzten Tage von Pompeji: Roman / Edward Bulwer-Lytton
Hrsg. und aus dem Engl. neu übers. von Günter Jürgensmeier.
Mit Nachw. und Zeittafel von Jürgen Kamm. –
Düsseldorf; Zürich: Artemis und Winkler, 2000
(Winkler Weltliteratur)
Einheitssacht.: The last days of Pompeii <dt.>
ISBN 3-538-06849-6


Umschlagmotiv: Italien, Campania, Pompeji
Foto: S. Vidler / Nawrocki Stock / Premium
Umschlaggestaltung: Groothuis & Consorten, Hamburg
Satz: Günter Jürgensmeier, München
Druck und Bindung: Pustet, Regensburg
ISBN 3-538-06849-6

So steht es um den Vesuv, und die erwähnten Erscheinungen wiederholen sich dort in der Regel Jahr für Jahr. Alle sonstigen Ausbrüche jedoch, die sich im Laufe der Zeit zutrugen, dürften, selbst wenn sie alle zusammengefasst würden, nur geringe Bedeutung besitzen im Vergleich zu dem, der sich damals ereignete. …
Der Tag verwandelte sich in Nacht und das Licht in Finsternis. … Eine unermessliche Aschenmenge wurde herausgeschleudert, die dann Land und Meer bedeckte und die Luft erfüllte. … Dazu begrub sie zwei ganze Städte, Herkulaneum und Pompeji, während die Einwohner gerade im Theater saßen.

Cassius Dio, ›Römische Geschichte‹,
LXVI, 22/23.

*Pompeji vor dem Vesuvausbruch des Jahres 79 n. Chr.*

# BUCH I

Was morgen sein wird, meide zu fragen! Sieh
In jedem Tag, den das Geschick dir schenkt,
Gewinn! Verschmäh auch, Jüngling, nicht die
Wonnen der Liebe und nicht das Tanzen.

HORAZ, ›Oden‹, I, 9.

## KAPITEL I

### ZWEI VORNEHME POMPEJANER.

»Ah, Diomed, schön, dass ich dich treffe. Bist du heute auch zum Abendessen bei Glaucus?«, fragte ein junger Mann von untersetzter Statur, der seine Tunika in jenen losen, weichen Falten trug, die ihn als vornehmen Herrn und Gecken kennzeichneten.

»Leider nicht, lieber Clodius, er hat mich nicht eingeladen«, erwiderte Diomed, ein Mann von stattlicher Gestalt im mittleren Alter. »Bei Pollux, so eine Gemeinheit! Seine Abendessen sollen die besten in ganz Pompeji sein.«

»Sie sind ziemlich gut, nur gibt es für meinen Geschmack nie genug Wein. In seinen Adern fließt nicht das Blut der alten Griechen, denn er behauptet, vom Wein bekäme er am nächsten Morgen einen dicken Kopf.«

»Hinter der Knauserei kann auch ein anderer Grund stecken«, erwiderte Diomed mit hochgezogenen Brauen, »bei all seiner Arroganz und Extravaganz ist er wohl doch nicht so reich, wie er behauptet, und muss vielleicht mit seinen Amphoren sparsamer umgehen als mit seinem Witz.«

»Ein Grund mehr, bei ihm zu essen, solange die Sesterzen noch reichen. Nächstes Jahr müssen wir uns wohl einen andern Glaucus suchen, Diomed.«

»Wie ich höre, würfelt er auch gern.«

»Er liebt jedes Vergnügen, und solange er das Vergnügen liebt, Gelage zu geben, lieben wir ihn alle.«

»Haha, Clodius, gut gesagt! Hast du übrigens schon meinen Weinkeller gesehen?«

»Nicht dass ich wüsste, Diomed.«

»Ah, du musst in den nächsten Tagen mal bei mir zu Abend essen; ich habe akzeptable Lampreten * in meinem Fischbecken und werde den Ädil Pansa bitten, uns Gesellschaft zu leisten.«

»Ach, wegen mir brauchst du keine Umstände machen! *Persicos odi apparatus,* ich bin leicht zufrieden zu stellen. Aber der Tag neigt sich dem Ende zu, ich will noch ins Bad, und du?«

»Zum Quästor, in Staatsgeschäften; danach zum Isistempel. *Vale!*«

»Ein aufgeblasener, umtriebiger, schlechterzogener Kerl!«, brummte Clodius vor sich hin, während er langsam weiterschlenderte. »Der meint, wenn er uns festlich bewirtet und seinen Weinkeller öffnet, würden wir vergessen, dass er der Sohn eines Freigelassenen ist. Das wollen wir wohl auch, solange wir ihm die Ehre erweisen dürfen, ihm sein Geld abzuknöpfen. Diese reichen Plebejer sind eine Göttergabe für uns verschwenderische Aristokraten.«

So ins Selbstgespräch vertieft gelangte Clodius zur Via Domitiana, die voll von Fußgängern und Wagen das rege bunte Übermaß an Leben und Treiben zeigte, wie wir es noch heute in den Straßen Neapels finden.

Die Schellen der rasch aneinander vorbeifahrenden Wagen klingelten fröhlich, und Clodius grüßte mit Lächeln oder Kopfnicken seine weitläufige Bekanntschaft in jeder eleganten oder durch phantastischen Prunk auffälligen Kutsche, denn er war der bekannteste junge Mann von ganz Pompeji.

»He, Clodius! Wie hast du auf dein Glück geschlafen?«, rief mit angenehmer wohlklingender Stimme ein junger Mann in einem Wagen im ausgesuchtesten, elegantesten Stil. Die bronzene Außenseite zierten Reliefs von den olympischen Spielen in der noch immer erstklassigen Qualitätsarbeit griechischer Meister; die beiden Pferde, die das Gefährt zogen, waren seltenste Vollblut-Parther; ihre schlanken Beine schienen den Boden kaum zu berühren als sei die Luft ihr eigentliches Element. Doch auf den leisesten Druck des Lenkers, der hinter dem jungen Eigentümer des Wagens stand, hielten sie an und verharrten regungslos, als wären sie plötzlich in eine Statue verwandelt: leblos, aber lebensähnlich, wie eines der atmenden Wunder des Praxiteles. Der Eigentümer selbst war von jenem schlanken, schönen Ebenmaß, das die Athener Bildhauer gern zum Modell nahmen. Seine griechische Herkunft verriet sich in den hellen, doch vollen Locken und der vollkommenen Harmonie seiner Gesichtszüge. Er trug keine Toga, ein Kleidungsstück, das in der Kaiserzeit schon nicht mehr das allgemeine Kennzeichen der Römer war, und besonders bei Leuten, die Ansprüche an »Mode« hatten, zur Zielscheibe des Spotts geworden war. Seine Tunika flammte im prächtigsten tyrischen Purpur und die *Fibulae* oder Schnallen, von denen sie zusammengehalten wurde, funkelten von Smaragden. Um den Hals trug er eine goldene Kette, die sich in der Mitte vor der Brust zu einem Schlangenkopf zusammenwand, aus dessen Rachen ein großer Siegelring von kostbarster, kunstvollster Arbeit herabhing. Die Ärmel der Tunika waren weit und an den Handgelenken mit Gold gesäumt. Ein Gürtel, verziert mit ebenfalls goldenen Arabesken, diente anstelle von Taschen zur Aufnahme von Geldbörse, Griffel, Schreibtafel und Schnupftuch.

»Mein teurer Glaucus!«, rief Clodius. »Es freut mich zu sehen, dass dein Verlust so geringen Einfluss auf deine Miene hat. Siehst du doch aus, als hätte Apoll dich beseelt, du strahlst ja vor Glück. Die Leute könnten meinen, du seiest der Gewinner und nicht ich.«

»Warum sollten denn auch Verlust oder Gewinn dieser belanglosen Metallstückchen unsere Stimmung beeinflussen, Clodius? Bei Venus, solange wir jung sind und unsere vollen Locken mit Kränzen zieren können, solange das Ohr die Zither noch nicht satt hat, solange noch das Lächeln einer Lydia oder Chloë das Blut rascher durch unsere Adern treibt, solange wollen wir uns an der sonnigen Luft weiden und die knapp bemessene Zeit zum Schatzmeister unserer Freuden machen. Du denkst doch noch daran, dass du heute Abend bei mir eingeladen bist?«

»Wer könnte je eine Einladung von Glaucus vergessen?«

»Aber wohin willst du jetzt?«

»Ich wollte dem Bad einen Besuch abstatten, aber es ist noch eine volle Stunde bis zur gewohnten Zeit.«

»Gut, dann schicke ich meinen Wagen fort und gehe mit dir. Ja, braver Phylias«, sagte er und streichelte das ihm nächststehende Pferd, das durch ein leises Wiehern und Zurücklegen der Ohren die Aufmerksamkeit verspielt erwiderte, »ein freier Tag für dich. Ist es nicht ein herrliches Tier, Clodius?«

»Eines Phöbus würdig«, antwortete der vornehme Parasit, »oder des Glaucus.«

## KAPITEL II

### DAS BLINDE BLUMENMÄDCHEN UND DIE MODESCHÖNHEIT. DAS BEKENNTNIS DES ATHENERS. DER LESER WIRD MIT DEM ÄGYPTER ARBAKES BEKANNT GEMACHT.

Beiläufig über tausenderlei Dinge plaudernd, schlenderten die beiden jungen Männer durch die Straßen. Sie waren jetzt in dem Stadtteil, in dem sich die schönsten Läden aneinander reihten. Bei allen erstrahlte das offen stehende Innere von den lebhaften, doch harmonischen Farben der Fresken, die in Entwurf und Ausführung eine unbeschreibliche Vielfalt boten. Die glitzernden Springbrunnen, die an allen schönen Plätzen ihre angenehmen Fontänen in die Sommerluft emporsprühten; die Menge der Spazier-, oder richtiger Müßiggänger, meistens in Gewänder von tyrischem Purpur gekleidet; die fröhlichen Gruppen, die fast um jeden sehenswerten Laden herumstanden; die Sklaven, die mit bronzenen, in die anmutigsten Formen gegossenen Gefäßen auf dem Kopf hin und her liefen; die Landmädchen, die an vielen Stellen mit ihren Körben voll frischem Obst standen oder mit Blumen, die für die alten Bewohner Italiens mehr Reiz hatten als für ihre Nachkommen (denen in der Tat *»latet anguis in herba«,* eine Krankheit in jedem Veilchen und jeder Rose zu lauern scheint);* die zahlreichen Treffpunkte, die bei diesem müßigen Völkchen das waren, was bei uns heute Cafés und Kneipen sind; die Läden, wo auf Marmorsimsen Krüge mit Wein und Öl standen und vor deren Schwelle durch purpurne Markisen gegen die Sonne geschützte Sitze den Müden zur Rast, den Trägen zu süßem Nichtstun einluden: All das verlieh dem Gesamtbild eine Farbenpracht und Lebendigkeit, die wohl angetan waren, dem athenischen Geist des Glaucus eine Entschuldigung zu bieten für seine Empfänglichkeit für jede Art von Vergnügen.

»Erzähl mir nichts mehr von Rom«, sagte er zu Clodius. »In jenen mächtigen Mauern ist das Vergnügen zu protzig und aufgeblasen; selbst im Bereich des Hofs, selbst im goldenen Haus von Nero und dem noch im Bau befindlichen Prachtpalast von Titus wird alle Großartigkeit plump und schwerfällig. Das Auge tut einem weh, der Geist wird träge. Außerdem, Clodius, macht es uns doch nur unzufrieden, wenn wir den ungeheuren Luxus und Reichtum anderer mit unseren eigenen bescheidenen Verhältnissen vergleichen. Hier können wir uns dagegen behaglich jedem Vergnügen überlassen und haben die ganze Herrlichkeit des Luxus ohne das Ermüdende allzu feierlichen Pomps.«

»Das war wohl auch der Grund, warum du Pompeji zu deinem Sommeraufenthalt gemacht hast?«

»Allerdings. Ich ziehe es Bajä vor; ich will dessen Vorzüge nicht bestreiten, aber ich kann die Pedanten nicht ausstehen, die dort verkehren und jedes Vergnügen nach Drachmen zu berechnen scheinen.«

»Und doch schätzt du die Gelehrsamkeit, und was die Poesie betrifft, so spricht ja buchstäblich schon dein ganzes Haus von Aischylos und Homer, von Drama und Epos.«

»Schon, aber diese Römer, die meine athenischen Vorfahren nachäffen, sind in allem so plump. Sogar auf der Jagd müssen ihre Sklaven den Platon mitschleppen, und haben sie einmal die Fährte des Ebers verloren, ziehen sie Bücher und Papyrus hervor, um nicht auch noch Zeit zu verlieren. Wenn sich die Tänzerinnen in der ganzen verführerischen Üppigkeit persischer Gebräuche vor ihnen wiegen, leiert ihnen irgendein Freigelassener mit steinerner Miene eine Passage aus Ciceros ›Über die Pflichten‹ herunter. Ungeschickte Stümper! Vergnügen und Wissenschaft sind doch keine Elemente, die man so durcheinanderrühren kann, man muss jedes für sich genießen. Die Römer aber verlieren beides durch dieses lästige Vorgaukeln von Kultiviertheit und beweisen damit nur, dass sie eigentlich für beides keinen Sinn haben. Ach, Clodius, wie wenig verstehen deine Landsleute von der wahren Vielseitigkeit eines Perikles, vom wahren Zauber einer Aspasia! Erst vor einigen Tagen war ich zu Besuch bei Plinius. Er saß in seinem Sommerhaus und schrieb, während ein unglückseliger Sklave auf der *Tibia* spielte. Sein Neffe – oh, ohrfeigen sollte man solche neunmalklugen Laffen! – las die Beschreibung der Pest von Thukydides und nickte dabei mit seinem Geckenköpfchen im Takt der Musik, während seine Lippen all die widerlichen Einzelheiten dieses entsetzlichen Gemäldes herplapperten. Der Zieraffe fand es kein bisschen absurd, sich gleichzeitig ein Liebesliedchen und eine Pestbeschreibung anzuhören.«

»Das *ist* aber auch fast dasselbe«, meinte Clodius.

»Das sagte ich ihm auch, um seine Affigkeit zu entschuldigen, aber das Jüngelchen starrte mich vorwurfsvoll an, ohne den Scherz zu verstehen, und antwortete: die Musik schmeichle ja nur dem seelenlosen Ohr, während das Buch – die Beschreibung der Pest, wohlgemerkt! – das Herz erhebe. ›Ach‹, keuchte der feiste Oheim, ›mein Junge ist schon ein vollendeter Athener und versteht es immer, das *Utile* mit dem *Dulci* zu verbinden.‹ O Minerva! Wie ich mir ins Fäustchen lachte! Während ich dort war, wurde dem Sophistenbürschlein gemeldet, sein Lieblingsfreigelassener sei gerade an einem Fieber gestorben. ›Unerbittlicher Tod!‹ rief er: ›Reicht mir meinen Horaz. Wie schön weiß der süße Dichter uns in solchem Unglück zu trösten!‹ – Können solche Menschen lieben, Clodius? Vielleicht nicht einmal mit dem Kopf, und wie selten hat ein Römer ein Herz! Er ist nur ein mechanisches Wesen ohne Fleisch und Blut.«

Obwohl Clodius im Stillen über diesen Ausfall gegen seine Landsleute ein wenig ungehalten war, tat er doch so, als stimme er seinem Freund zu, teils, weil er von Natur ein Schmarotzer war, teils, weil es unter den leichtlebigen jungen Römern zum guten Ton gehörte, ein wenig Verachtung für ihre Abstammung zur Schau zu tragen, obwohl in Wirklichkeit der Stolz darauf sie so arrogant machte. Es war Mode, die Griechen nachzuahmen, aber auch, sich über diese unbeholfene Nachahmung lustig zu machen.

Während die beiden so miteinander redeten, wurden sie durch eine Menschenmenge aufgehalten, die sich um einen Platz angesammelt hatte, wo drei Straßen aufeinander trafen. Genau dort, wo der Portikus eines lichten anmutigen Tempels seinen Schatten warf, stand ein Mädchen, das am rechten Arm einen Korb voll Blumen trug und in der linken Hand ein kleines dreisaitiges Musikinstrument hielt, zu dessen leisen, sanften Klängen sie ein wildes, halbbarbarisches Lied sang. Zwischen ihren Liedern bot sie das Blumenkörbchen graziös umher und lud die Zuschauer zum Kauf ein; und so manche Sesterze fiel in den Korb, sei es als Dankeschön für die Musik, sei es aus Mitleid mit der Sängerin, denn sie war blind.

»Es ist meine arme Thessalierin«, sagte Glaucus und blieb stehen. »Seit ich wieder in Pompeji bin, habe ich sie noch nicht gesehen. Still! Sie hat eine reizende Stimme, lass uns zuhören.«

### DAS LIED DES BLINDEN BLUMENMÄDCHENS

I

Kauft meine Blumen, o lasst euch erflehen,
Das Mädchen kommt weit her, das Mädchen ist blind;
Die Erde sei ja so schön zum Sehen
Und Blumen der Erde Kinder sind!

Merkt man ihnen die Mutter an?
Sie kommen eben vom Schoß ihr, ich traf,
Noch als die vorige Stunde begann,
In ihren Armen sie fest im Schlaf,
Und mit der Luft, ihrem zarten Odem,
Mit ihrem sanften, lieblichen Odem
Wogte sie über ihnen leis.

Noch weilt auf ihren Lippen ihr Kuss,
Ihre Wangen feuchtet ihr Tränenguss:
Denn sie weint, die zärtliche Mutter weint,
Weil sie Tag und Nacht besorgt erscheint,
Mit sehnendem Herzen und sanftem Gemüt,
Dass der jungen Geschöpfe Schönheit blüht.
Sie weint, aus Liebe sie weint,
Tau sind die Tränen, wenn liebend sie weint,
Tau aus dem Born einer Mutterbrust.

2

Ihr seid zur Welt des Lichtes erwacht,
Wo das Herz sich freuet des Schönen,
Aber das Mädchen wohnt im Hause der Nacht,
Umrauscht nur von haltlosen Tönen.

Wie eine im Totenreich drunten
Bin ich dem Schmerze verbunden;
Ich höre die Schatten schreiten,
Still atmend vorübergleiten.
Und mich treibt's die geliebten Gestalten zu sehen,
Und ich breite die sehnenden Arme aus,
Da fass ich nur leerer Stimmen Gebraus,
Und wie Geister die Lieben vergehen.

Kommt kauft! Kommt kauft!
O hört die lieben Blumen seufzen,

(Denn Sprache haben sie wie wir):
»Es schließt vor dem Atem der blinden Maid
Die Rose die zarten Blätter voll Leid;
Wir Kinder des Lichts sind fein gebaut,
Und vor dem Kinde der Nacht uns graut,
Nehmt von der Blinden uns, wir flehn,
Wir wollen Augen, die uns sehn;
Wir sind zu fröhlich für die Nacht,
In eurem Blick glänzt des Tages Pracht.
Kommt kauft! Die armen Blumen kauft!«

»Ich muss dieses Veilchensträußchen haben, liebe Nydia«, rief Glaucus, indem er sich durch die Menge drängte und eine Hand voll Kleingeld in den Korb fallen ließ. »Deine Stimme ist bezaubernder denn je.«

Als sie die Stimme des Atheners hörte, fuhr die Blinde hastig auf ihn zu, hielt aber gleich darauf ebenso schnell wieder inne, wobei ihr das Blut jäh in Nacken, Wangen und Schläfen schoss.

»Du bist also wieder da?«, fragte sie leise, und fügte mehr zu sich selbst hinzu: »Glaucus ist wieder da!«

»Ja, mein Kind, ich bin erst seit einigen Tagen wieder in Pompeji. Mein Garten braucht wieder wie früher deine Pflege. Ich hoffe, du wirst morgen dort vorbeikommen. Und vergiss nicht: In meinem Haus sollen von keinen anderen Händen Girlanden geflochten werden als von denen der hübschen Nydia.«

Nydia lächelte erfreut, antwortete jedoch nicht. Glaucus steckte sich die Veilchen, die er ausgesucht hatte, an die Brust und schritt heiter und unbekümmert durch die Menge.

»Das Kind ist also so eine Art Klientin von dir?«, fragte Clodius.

»Ja, singt sie nicht bezaubernd? Ich habe Mitleid mit ihr; die arme Sklavin. Außerdem stammt sie aus dem Land des Götterbergs, der Olymp dräute über ihrer Wiege, sie kommt aus Thessalien.«

»Dem Land der Zauberinnen?«

»Allerdings; aber ich für mein Teil halte jede Frau für eine Zauberin, und in Pompeji scheint, bei Venus!, sogar die Luft mit einem Liebestrank gesättigt zu sein, so hübsch kommt mir hier jedes bartlose Gesicht vor.«

»Und schau, da haben wir auch schon eines der hübschesten von ganz Pompeji, Julia, die reiche Tochter des alten Diomed!«, sagte Clodius, als eine junge Dame mit verschleiertem Gesicht und in Begleitung zweier Sklavinnen auf ihrem Weg zum Bad an ihnen vorbeikam.

»Schöne Julia, wir grüßen dich!«, rief er.

Julia hob den Schleier etwas, so dass sie ein wenig kokett ihr ausdrucksvolles Römerprofil, ein großes, dunkles, leuchtendes Auge und eine Wange enthüllte, über deren natürlichen Olivton die Schminkkunst ein schöneres und zarteres Rosa gehaucht hatte.

»Und Glaucus ist auch wieder da!«, rief sie und warf dem Athener einen vielsagenden Blick zu. »Hat er vielleicht«, fügte sie halb flüsternd hinzu, »seine Freunde vom letzten Jahr schon vergessen?«

»Schöne Julia, selbst Lethe, die an einer Stelle der Erde verschwindet, taucht doch an einer andern wieder auf. Jupiter gestattet es uns niemals länger als für einen Moment zu vergessen, doch Venus, die noch unerbittlicher ist, gewährt uns nicht einmal dieses kurze Vergessen.«

»Glaucus ist nie um schöne Worte verlegen.«

»Wer wäre das, wo deren Gegenstand so schön ist?«

»Wir werden euch doch beide bald in der Villa meines Vaters sehen?«, fragte Julia, an Clodius gewandt.

»Wir werden den Tag, an dem wir euch besuchen, mit einem weißen Stein bezeichnen«, antwortete der Spieler.

Julia ließ den Schleier fallen, doch so langsam, dass ihr letzter Blick mit gespielter Schüchternheit, tatsächlich aber ziemlich ungeniert, auf dem Athener haften blieb; ein Blick, der Zärtlichkeit und Tadel ausdrückte.

Die Freunde gingen weiter.

»Julia ist wirklich hübsch«, sagte Glaucus.

»Voriges Jahr hättest du dieses Bekenntnis allerdings noch in leidenschaftlicherem Ton abgelegt.«

»Schon richtig, aber ich war beim ersten Blick so geblendet, dass ich für ein Juwel hielt, was nur eine geschickte Imitation ist.«

»Ach was«, entgegnete Clodius, »im Herzen sind alle Weiber gleich. Glücklich, wer ein hübsches Gesicht und eine reiche Mitgift heiratet. Was kann er mehr verlangen?«

Glaucus seufzte.

Sie befanden sich jetzt in einer weniger belebten Straße, an deren Ende sie die weite und so anmutige See erblickten, die an diesen herrlichen Gestaden alles Furchteinflößende verloren zu haben scheint, so sanft sind die erfrischenden Winde, die über ihren Busen dahinschweben, so leuchtend und vielfältig die Farben, die es von den rosigen Wolken annimmt, so lieblich die Düfte, die die Brisen vom Land her über ihre Tiefen wehen. Aus einem solchen Meer, mag man sich vorstellen, ist Anadyomene aufgestiegen, die Herrschaft über die Erde anzutreten.

»Es ist noch immer zu früh fürs Bad«, sagte der Grieche, der jedem poetischen Impuls sogleich nachgab, »lass uns aus dem Gedränge der Stadt herausspazieren und übers Meer schauen, solange noch der Mittag auf seinen Wogen lacht.«

»Von Herzen gern«, sagte Clodius, »ist doch die Bucht meistens der belebteste Teil der Stadt.«

Pompeji war gewissermaßen ein Miniaturbild der Zivilisation jenes Zeitalters. In den engen Grenzen seiner Mauern war ein Muster von jedem Geschenk enthalten, das der Luxus den Mächtigen darbot. In den kleinen, prächtigen Läden, in den niedlichen Stadtpalästen, den Bädern, dem Forum, dem Theater, dem Zirkus, in der Energie und auch der Verderbtheit seiner Bewohner, in ihrer Kultur und auch der Lasterhaftigkeit, erblickte man ein Modell des ganzen Reiches. Es war ein Spielzeug, ein Schaufenster, worin die Götter zu ihrer Belustigung ein Abbild der größten Monarchie der Welt aufgestellt hatten.

Nachher verbargen sie es vor dem Zahn der Zeit, um es später der staunenden Nachwelt zu präsentieren als Beweis für den Spruch, dass es nichts Neues gibt unter der Sonne.

In der spiegelglatten Bucht drängten sich die Handelsschiffe neben den prunkvollen Vergnügungsjachten der reichen Bürger. Fischerboote glitten rasch hin und her, und in der Ferne sah man die hohen Masten der Flotte unter dem Befehl von Plinius. Am Strand saß ein Sizilianer, der mit lebhaften Gebärden und regem Mienenspiel einer Gruppe von Fischern und Bauern eine seltsame Geschichte von schiffbrüchigen Seeleuten und freundlichen Delphinen erzählte, genauso wie man sie noch heutzutage auf dem Molo von Neapel hören kann.

Der Grieche zog seinen Gefährten aus der Menge fort und lenkte die Schritte nach einem einsameren Teil des Strandes. Die beiden Freunde setzten sich auf einen kleinen Felsen, der mitten aus den glatten Kieseln hervorragte, und atmeten die angenehm kühlende Luft ein, die, über das Wasser hintanzend, mit unsichtbaren Füßen einen Takt zu schlagen schien. In der Szene vor ihnen schien etwas zu liegen, was zum Schweigen und Träumen einlud. Clodius schirmte die Augen gegen den sengenden Himmel und zählte seine Gewinne der letzten Woche zusammen. Der Grieche lehnte sich auf den Arm, ohne Scheu vor der Sonne, der Schutzgöttin seines Volkes, deren flüssiges Feuer in Gestalt von Poesie, Freude und Liebe ja in seinen Adern strömte. Er schaute hinaus über das weite Meer und schien jeden Wind zu beneiden, der seine Schwingen den Küsten von Hellas zuwandte.

»Sag mal, Clodius«, fragte er endlich, »warst du schon einmal wirklich verliebt?«

»Sicher, schon oft.«

»Wer oft verliebt war«, antwortete Glaucus, »hat nie geliebt. Es gibt nur einen Eros, auch wenn es viele Abbilder von ihm gibt.«

»Die Abbilder sind aber im Großen und Ganzen gar keine so schlechten Götterchen«, entgegnete Clodius.

»Da muss ich dir Recht geben«, erwiderte der Grieche. »Ich

bete sogar den Schatten Amors an, ihn selbst aber doch noch mehr.«

»Also bist du wirklich und aufrichtig verliebt? Hast du das Gefühl, das uns die Dichter beschreiben, ein Gefühl, über dem wir das Essen vergessen, das Theater verschmähen und Elegien schreiben? Das hätte ich nicht gedacht. Du kannst dich sehr gut verstellen.«

»So weit ist es mit mir noch nicht gekommen«, erwiderte Glaucus lächelnd, »ich würde eher mit Tibull sagen:

Wen zarte Liebe lenkt, der wandelt
Gesichert und geheiligt jeden Pfad.

Im Ernst, ich bin noch nicht verliebt, aber ich könnte es sein, wenn ich nur Gelegenheit hätte, die Geliebte zu sehen. Eros würde wohl seine Fackel anzünden, aber die Priester haben ihm noch kein Öl gegeben.«

»Soll ich raten? Ist es nicht die Tochter von Diomed? Sie betet dich an und gibt sich nicht einmal sonderlich Mühe, es zu verbergen. Und bei Herkules! Ich sage es immer wieder: Sie ist ebenso reich wie hübsch. Sie wird die Türpfosten ihres Mannes mit goldenen Bändern verzieren.«

»Vielen Dank, ich habe keine Lust, mich zu verkaufen. Die Tochter von Diomed ist hübsch, das gebe ich zu, und es gab eine Zeit, wo ich, wenn sie nicht die Enkelin eines Freigelassenen gewesen wäre, vielleicht ... Aber nein! All ihre Schönheit ist nur äußerlich; ihr Benehmen ist nicht mädchenhaft und ihr Geist kennt keine andere Bildung als die des Vergnügens.«

»Das ist sehr undankbar von dir! Dann sag mir, wer das glückliche Jungfräulein ist?«

»Du sollst es erfahren, Clodius. Vor einigen Monaten hielt ich mich in Neapel auf, einer Stadt so recht nach meinem Herzen, denn sie bewahrt noch die Bräuche und den Charakter ihres griechischen Ursprungs und verdient wegen ihrer köstlichen Luft und schönen Gestade noch immer den Namen Parthenope. Eines Tages trat ich in den Minervatempel, um mein Gebet zu verrichten; nicht in eigener Sache, sondern vielmehr für die Stadt, auf die Pallas nicht mehr herablächelt.* Der Tempel war leer und verlassen. Erinnerungen an Athen überkamen mich bald und rührten mich tief. Noch immer glaubte ich allein zu sein, und versunken in die Inbrunst meiner Andacht ließ ich mein Gebet vom Herzen zu den Lippen strömen und weinte dabei. Plötzlich unterbrach mich jedoch ein tiefer Seufzer. Ich drehte mich rasch um, und direkt hinter mir kniete eine junge Frau. Sie hatte den Schleier zurückgeschlagen, denn sie betete ebenfalls, und als sich unsere Blicke trafen, da war mir, als schösse ein himmlischer Strahl aus den dunkel schimmernden Augensternen tief in meine Seele. Nie, Clodius, sah ich ein Menschenantlitz von so edler Bildung; eine gewisse Melancholie verlieh seinem Ausdruck etwas Sanftes und doch Erhabenes; jenes mit Worten nicht auszudrückende Etwas, das der Seele entspringt und das unsere Bildhauer in das Antlitz der Psyche gelegt haben, verlieh ihrer Schönheit einen unnennbaren Zug von Erhabenheit, ja von Göttlichkeit. Tränen standen in ihren Augen. Ich erriet sofort, dass auch sie aus Athen stammte und dass mein Gebet für die Stadt in ihrem Herzen Widerhall gefunden hatte. Mit stockender Stimme sprach ich sie an: ›Kommst du vielleicht auch aus Athen, schönes Mädchen?‹, fragte ich. Sie errötete beim Klang meiner Stimme und zog den Schleier halb übers Gesicht. ›Die Asche meiner Vorfahren‹, sagte sie, ›ruht an den Ufern des Ilissos. Geboren bin ich in Neapel, aber mein Herz, wie meine Herkunft, sind athenisch.‹ – ›Dann lass uns‹, sagte ich, ›unsere Opfer gemeinsam darbringen.‹ Und als nun der Priester erschien, standen wir Seite an Seite und sprachen ihm die üblichen Gebete nach. Zusammen berührten wir die Knie der Göttin, zusammen legten wir unsere Olivenkränze auf den Altar. Ein seltsames Gefühl fast heiliger Rührung ergriff mich bei diesem gemeinsamen Tun. Wir beide, Fremde aus einem fernen, untergegangenen Land, standen zusammen einsam in diesem Tempel unserer heimischen Gottheit. War es da nicht natürlich, dass mein Herz sich zu meiner Landsmännin, wie ich sie wohl nennen durfte, hingezogen fühlte? Ich hatte ein Gefühl, als würde ich sie schon seit Jahren kennen; die schlichte Zeremonie schien auf wunderbare Weise Zuneigung und Bande der Zeit zu ersetzen. Schweigend verließen wir den Tempel, und ich wollte sie eben fragen, wo sie wohne und ob ich sie besuchen dürfe, als ein junger Mann, der auf der Tempeltreppe stand und dessen Züge einige Familienähnlichkeit mit ihren hatten, sie bei der Hand nahm. Sie wandte sich um und sagte mir Lebewohl. In der Menge wurden wir getrennt, und ich sah sie nicht wieder. Als ich zu Hause ankam, fand ich Briefe vor, die mich unverzüglich nach Athen riefen, denn meine Verwandten drohten mir mit einem Erbschaftsprozess. Nachdem dieser Rechtsstreit glücklich geregelt war, ging ich noch einmal nach Neapel. Ich stellte in der ganzen Stadt Nachforschungen an, konnte aber keine Spur von meiner verschwundenen Landsmännin entdecken. In der Hoffnung, durch Abwechslung jede Erinnerung an diese schöne Erscheinung zu vergessen, stürzte ich mich in die Schwelgereien Pompejis. Das ist die ganze Geschichte. Ich liebe nicht, aber ich erinnere mich und trauere.«

Clodius wollte gerade antworten, als sich ihnen langsame, würdevolle Schritte näherten. Bei dem Geräusch, das sie auf den Kieseln machten, wandten beide sich um, und sie erkannten den Ankömmling.

Es war ein Mann, der kaum das vierzigste Jahr erreicht haben mochte, hochgewachsen und hager, aber von sehniger und muskulöser Gestalt. Seine dunkle, bronzefarbene Haut verriet seine orientalische Herkunft, und seine Züge hatten im Profil, besonders an Kinn, Mund, Brauen und Hals, etwas Griechisches. Nur die scharfe Adlernase passte nicht dazu, und die stark hervortretenden Backenknochen ließen jene fleischige, volle Rundung nicht aufkommen, die einem griechischen Gesicht noch im Mannesalter jugendliche Weichheit verlieh. Seine Augen, groß und schwarz wie die tiefste Nacht, waren stechend und hatten einen harten Glanz, der keine Abwechslung im Farbton kannte. Im majestätischen, gebieterischen Blick schien eine unveränderliche, tiefe, gedankenvolle, halb melancholische Ruhe zu liegen. Gang und Miene waren eigenartig gesetzt und stolz, und etwas Fremdländisches im Schnitt und in den nüchternen Farben seines wallenden Gewandes erhöhte den imposanten Eindruck seiner ruhigen Miene und der stattlichen Figur. Die beiden jungen Männer grüßten den Ankömmling, machten dabei aber insgeheim und halb mechanisch ein flüchtiges Abwehrzeichen mit den Fingern, denn Arbakes, der Ägypter, stand im Ruf, die Unheil bringende Gabe des bösen Blicks zu besitzen.

»Das muss aber schon eine schöne Landschaft sein«, sagte Arbakes mit kaltem, aber höflichem Lächeln, »die den lebenslustigen Clodius und den allseits bewunderten Glaucus aus den belebten Straßen der Stadt herauslockt.«

»Ist denn die Natur gewöhnlich so wenig anziehend?«, fragte der Grieche.

»Für Genussmenschen, ja.«

»Eine barsche Antwort, aber wohl kaum eine weise. Das Vergnügen hat Freude an Kontrasten. Bei den Genüssen lernen wir die Einsamkeit schätzen und in der Einsamkeit die Genüsse.«

»So denken die Philosophen des Gartens«, erwiderte der Ägypter. »Sie halten Lustlosigkeit für Andacht und bilden sich ein, die Wonnen der Einsamkeit zu kennen, weil sie alle anderen satt haben. Aber in so übersättigten Gemütern kann die Natur nicht mehr den Enthusiasmus wecken, der allein aus ihrer keuschen Zurückhaltung all ihre unaussprechliche Schönheit in sich aufnimmt. Nicht der erschöpfte Genussmensch kann sie auskosten, sondern nur der inbrünstige Schwärmer. Ihr aber betet sie nur an, um einmal auszuruhen. Als Luna sich in Visionen des Lichts Endymion offenbarte, junger Athener, da geschah das nach einem Tag, den er nicht an den lärmenden Tummelplätzen der Menschen, sondern auf den stillen Bergen und in den einsamen Tälern des Jägers zugebracht hatte.«

»Ein schönes Gleichnis«, rief Glaucus, »aber äußerst unzutreffend angewandt! Erschöpfung? Die Jugend ist nie erschöpft. Ich habe zumindest noch keinen Augenblick der Übersättigung kennen gelernt.«

Wieder lächelte der Ägypter, aber sein Lächeln war kalt und abfällig, und selbst der phantasielose Clodius fröstelte unter diesem eisigen Blick. Arbakes antwortete jedoch auf den leidenschaftlichen Ausruf Glaucus' nicht. Erst nach einer Weile sagte er mit sanfter, melancholischer Stimme:

»Ihr habt im Grunde Recht, die Stunde zu genießen, solange sie euch lächelt. Die Rose welkt so bald, ihr Duft ist so rasch verflogen. Oh, Glaucus! Wir sind Fremde in diesem Land und weit fort von der Asche unserer Väter; was bleibt uns denn anderes als Vergnügen oder Trauer? Für dich das erstere, für mich wohl das letztere.«

Die hellen Augen des Griechen füllten sich plötzlich mit Tränen. »Ach, Arbakes«, rief er aus, »sprich nicht von unseren Ahnen! Lass uns vergessen, dass es noch anderswo Freiheit gab als in Rom! Und Ruhm? Ach, vergebens würden wir heute seinen Geist auf den Feldern Marathons und der Thermopylen beschwören.«

»Dein Herz tadelt dich, während du sprichst«, entgegnete der Ägypter; »und noch heute Nacht wirst du im Taumel deiner Freuden mehr an Leaena* als an Lais denken. *Vale!*«

Mit diesen Worten raffte er sein Gewand und schritt majestätisch davon.

»Ich atme wieder freier«, sagte Clodius. »Manchmal machen wir die Ägypter nach und stellen bei unseren Gelagen ein Skelett auf. Doch die Anwesenheit eines Ägypters wie dieser schleichende Schatten wäre schon gespenstisch genug, um einem auch den erlesensten Falerner zu vergällen.«

»Ein sonderbarer Mensch«, sagte Glaucus nachdenklich. »Bei all seiner vermeintlichen Unempfänglichkeit für Vergnügen und seiner Kälte für alles Weltliche, könnten sein Haus und sein Herz, wenn die Gerüchte wahr sind, ganz andere Geschichten erzählen.«

»Oh, man munkelt, es fänden in seiner düsteren Villa noch ganz andere Orgien statt als nur die zu Ehren von Osiris. Reich soll er auch sein. Könnten wir ihn nicht in unseren Kreis locken und ihm Geschmack am Würfelspiel beibringen? Das ist doch das größte Vergnügen, dieses heiße Fiebern zwischen Hoffnung und Furcht, diese unaussprechliche, nie erlahmende Leidenschaft. O Spiel, wie entsetzlich schön bist du doch!«

»Fabelhaft! Brillant!«, rief Glaucus lachend. »Das Orakel spricht Poesie aus Clodius' Mund. Mit was für Wundern werden wir da noch rechnen müssen!«

## KAPITEL III

### DIE HERKUNFT DES GLAUCUS. BESCHREIBUNG DER HÄUSER VON POMPEJI. EINE ANTIKE FEIER.

Der Himmel hatte alle Segen über Glaucus ausgeschüttet: Schönheit, Gesundheit, Vermögen, Geist, vornehme Ahnen, ein feuriges Herz und ein poetisches Gemüt; aber das Erbe der Freiheit hatte er ihm versagt. Er war in Athen geboren, das Rom untertan war. Schon früh in den Genuss eines großen Vermögens gekommen, hatte er sich der bei jungen Leuten so natürlichen Reiselust hingegeben und in den prachtüberladenen Schwelgereien des Kaiserhofs tief aus dem berauschenden Becher der Lust getrunken.

Er war ein Alkibiades ohne Ehrgeiz. Er war, was ein phantasiereicher, junger, betuchter, talentvoller Mann leicht wird, wenn ihm die Begeisterung für den Ruhm genommen ist. Sein Haus in Rom war das Vorbild aller Lebemänner, aber auch bei Kunstkennern berühmt; und die griechischen Bildhauer hatten ihre Freude daran, Portikus und Exedra eines Atheners mit ihrer Kunst auszuschmücken. Sein Sommerhaus in Pompeji – ach, die Farben sind jetzt verblichen, die Wände ihrer Gemälde beraubt –, seine größte Schönheit, seine vollendete Anmut, seine herrliche Ornamentik, ist leider dahin; doch als man es zum ersten Mal wieder an den Tag brachte, welches Lob, welches Staunen erregten seine feinen, farbenprächtigen Verzierungen, seine Gemälde, seine Mosaiken! Infolge der leidenschaftlichen Vorliebe ihres Besitzers für Poesie und Drama, die ihn an den Geist und die Heldentaten seines Volkes erin-

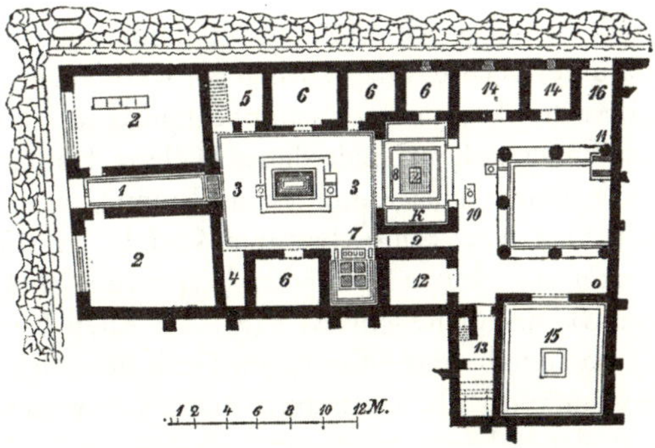


*Grundriss des Hauses des dramatischen Dichters.*

1. Vestibulum, 2. Läden, 3. Atrium mit Impluvium, 4. Latrina, 5. Wohnung des Atriensis, 6. Wohn- und Schlafzimmer, 7. Ala, 8. Tablinum, 9. Fauces, 10. Peristylium, 11. Hauskapelle, 12. Winter-Triclinum, 13. Küche, 14. Cubicula (Schlafzimmer), 15. Sommer-Triclinum, 16. Posticum (Hinterhaus).

nerten, war es mit Darstellungen aus Aischylos und Homer geschmückt. Altertumsforscher, die nach dem Geschmack den Beruf bestimmen, haben den Liebhaber der Kunst zu ihrem Ausüber gemacht und nennen – obwohl der Irrtum nunmehr festgestellt ist – das ausgegrabene Haus des Atheners Glaucus heute aus Gewohnheit wie früher aus Missverständnis »Das Haus des dramatischen Dichters«.

Bevor wir dieses Haus beschreiben, scheint es angebracht, dem Leser einen allgemeinen Begriff von den pompejanischen Häusern überhaupt zu geben, die, wie er feststellen wird, mit den Angaben Vitruvs sehr stark übereinstimmen, in einzelnen Details jedoch all die Abweichungen des Geschmacks oder der Laune zeigen, die Altertumsforschern immer schon großes Kopfzerbrechen bereitet haben, so natürlich sie bei allen Menschen auch sind. Wir werden uns bemühen, diese Beschreibung so klar und unpedantisch wie möglich zu gestalten.

Gewöhnlich tritt man durch einen kleinen Gang (das *Vestibulum*) in eine Halle, die manchmal mit Säulen geschmückt ist, häufiger jedoch ohne sie auskommen muss. An drei Seiten dieser Halle befinden sich Türen zu verschiedenen Schlafzimmern (darunter auch das des Türhüters), von denen die besten für Besucher bestimmt zu sein pflegten. Ist das Haus geräumig, befinden sich am Ende dieser Halle rechts und links zwei kleine Räume, eher Kammern als Zimmer, die gewöhnlich für die Frauen des Hauses bestimmt sind. In der Mitte der mit Mosaiken ausgelegten Halle befand sich immer ein kleines, viereckiges Bassin für Regenwasser (bei den Alten *Impluvium* genannt), das durch eine Öffnung im Dach herabfiel. Diese Öffnung konnte nach Belieben durch eine Plane verschlossen werden. In der Nähe des Impluviums, dem nach der Ansicht der Alten eine besondere Heiligkeit zukam, wurden zuweilen – in Pompeji jedoch seltener als in Rom – Bilder der Hausgötter aufgestellt. Der von römischen Dichtern so oft erwähnte, den Laren geweihte Herd bestand in Pompeji fast durchweg aus einem tragbaren *Kohlenbecken.* In einer Ecke der Halle, oft an der am meisten ins Auge fallenden Stelle, stand eine große, hölzerne Kiste, die durch bronzene oder eiserne Bänder geschmückt und verstärkt wurde. Gewöhnlich war sie durch eiserne Haken so an einem steinernen Sockel festgemacht, dass kein Dieb sie hätte wegschaffen können. Vermutlich war diese Truhe der Tresor des Hausherrn; da allerdings in keiner der in Pompeji aufgefundenen Truhen Geld gefunden wurde, haben sie wohl eher zur Zierde als zu praktischen Zwecken gedient.

In dieser Vorhalle (im antiken Sprachgebrauch *Atrium* genannt) wurden in der Regel die Klienten und Gäste geringeren Standes empfangen. In den Häusern der »Vornehmeren« gab es immer einen *Atriensis,* einen eigens für den Dienst in der Halle bestimmten Sklaven, der unter der übrigen Dienerschaft eine hohe, wichtige Stellung einnahm. Das Wasserbecken in der Mitte muss eigentlich ein gefährlicher Schmuck gewesen sein, aber der Mittelteil der Halle glich gewissermaßen dem Rasenfleck eines Schulhofs, das Betreten war also streng verboten. Am Rand war jedoch Platz genug, hin und her zu gehen. Direkt dem Eingang gegenüber lag am andern Ende der Halle ein Zimmer (das *Tablinum*), dessen Pflaster gewöhnlich mit reicher Mosaikarbeit geschmückt und dessen Wände mit kunstvoll ausgeführten Gemälden verziert waren. Hier wurden die privaten Urkunden aufbewahrt, oder, wenn der Besitzer ein öffentliches Amt inne hatte, die geschäftlichen. Auf der einen Seite dieses Salons – wenn wir den Raum so nennen dürfen – lag das Esszimmer oder *Triclinium,* auf der anderen ein Schränkchen, das wir heute vielleicht als Raritätenkabinett bezeichnen würden, denn darin wurden alle Gegenstände aufbewahrt, die man für selten oder kostbar hielt. Auf dieser Seite lag meistens auch ein schmaler Gang, auf dem die Sklaven zu den weiteren Teilen des Hauses gelangen konnten, ohne dass sie durch die erwähnten Räumlichkeiten hindurch mussten. Diese Zimmer öffneten sich alle nach einer quadratischen oder rechteckigen Kolonnade, für die der Fachausdruck Peristyl lautet. War das Haus klein, so endete es mit dieser Kolonnade, und in diesem Fall war seine Mitte, mochte sie auch noch so winzig sein, gewöhnlich zu einem Garten hergerichtet und mit Vasen voller Blumen geschmückt, die auf Piedestalen standen. Unter der Kolonnade führten rechts und links Türen in Schlafzimmer* und in ein zweites Triclinium oder Esszimmer – denn die Alten hatten in der Regel mindestens zwei Esszimmer, eines für den Sommer und eines für den Winter, oder vielleicht auch eines für alle Tage und eines für festliche Anlässe. Wenn der Eigentümer sich mit wissenschaftlichen Studien beschäftigte, gab es auch ein Kämmerchen, dem man den unverdienten Namen »Bibliothek« gab, genügte doch ein sehr kleiner Raum zur Aufbewahrung der wenigen Papyrusrollen, die den Alten schon wie eine ansehnliche Büchersammlung vorkamen.

Am Ende des Peristyls lag gewöhnlich die Küche. Ein großes Haus endete jedoch nicht mit dem Peristyl, auch war der Mittelraum dann kein Garten, sondern mit einem Springbrunnen oder einem Fischbecken geschmückt; und am Ende des Mittelraums, dem Tablinum direkt gegenüber, befand sich in der Regel ein weiteres Esszimmer, zu dessen Seiten sich Schlafzimmer und mitunter wohl auch ein Gemäldesalon *(Pinacotheca*)* befanden. Diese Zimmer führten wiederum auf einen quadratischen oder rechteckigen Raum, der gewöhnlich, ähnlich wie das Peristyl, auf drei Seiten mit einer Kolonnade umgeben und infolgedessen diesem sehr ähnlich, nur etwas länger war. Das war der eigentliche Garten *(Viridarium)*, meist geschmückt mit einem Springbrunnen oder mit Statuen und einer verschwenderischen Fülle von Blumen. An seinem äußersten Ende lag das Haus des Gärtners. Wenn die Größe der Familie es erforderte, befanden sich zuweilen zu beiden Seiten unter dieser Kolonnade noch weitere Zimmer.

Das erste oder gar zweite Stockwerk hatte bei den Häusern Pompejis selten eine besondere Bedeutung, da es gewöhnlich nur auf einen kleinen Teil des Hauses aufgesetzt war und Kammern für die Sklaven enthielt. Darin unterschieden sie sich von den prächtigen Gebäuden Roms, wo im Allgemeinen der Hauptspeisesaal (oder *Coenaculum)* im ersten Stock lag. Die Zimmer selbst waren meist klein, denn unter diesem freundlichen Himmel empfing man Gesellschaften im Peristyl (oder *Portico)*, in der Halle oder im Garten. Selbst die Esszimmer nahmen bei aller künstlichen Ausschmückung und sorgsamen Wahl des Ortes nur verhältnismäßig wenig Raum ein, denn die verständigen Alten liebten zwar Gesellschaft, aber nicht Gedränge, und bewirteten deshalb selten mehr als neun Personen auf einmal, so dass große Esszimmer * nicht so nötig waren wie bei uns. Aber die Reihe der Zimmer vom Eingang aus auf einen Blick zu übersehen, muss einen sehr imposanten Eindruck gemacht haben. Man erblickte gleichzeitig das Atrium mit seinem reichen Mosaikboden und seinen Wandgemälden, das Tablinum, das anmutige Peristyl und, wenn das Haus größer war, das gegenüberliegende Bankettzimmer und den Garten, der mit einem Springbrunnen oder einer Marmorstatue die Aussicht schloss.

Der Leser dürfte nun eine hinreichende Vorstellung von den pompejanischen Häusern haben, die in manchen Punkten Ähnlichkeit mit den griechischen hatten, hauptsächlich aber der römischen Architekturmode entsprachen. Fast jedes Haus unterscheidet sich in Kleinigkeiten von den andern, aber der all-

*»Vorsicht, bissiger Hund!«*

gemeine Grundriss ist stets derselbe. Bei allen findet man aufeinander folgend das Atrium, das Tablinum und das Peristyl; bei allen sind die Wände üppig bemalt, und ebenso erkennt man bei allen, dass die Bewohner große Freunde feinen, eleganten Lebens waren. Die Reinheit des pompejanischen Geschmacks in Bezug auf ihre Dekorationen ist allerdings nicht über jeden Einwand erhaben. Sie bevorzugten die buntesten Farben in grellen Zusammenstellungen. Sie strichen oft die untere Hälfte ihrer Säulen knallrot an und ließen den übrigen Teil farblos; und da, wo der Garten klein war, hatte man oft die Mauer so bemalt, dass sie eine größere Ausdehnung vortäuschte, und zwar mit Bäumen, Vögeln, Tempeln usw. in perspektivischer Darstellung, ein geschmackloser Kunstgriff, den selbst der anspruchsvolle Plinius gelten ließ, sogar mit wohlgefälligem Stolz auf die Scharfsinnigkeit eines solchen Behelfs.

Das Haus des Glaucus aber war zugleich eines der kleinsten und eines der schmucksten und vollendetsten aller Privathäuser Pompejis. Noch heute könnte es als Vorbild für eine Junggesellenwohnung in Mayfair dienen, noch heute würde es den Neid und die Verzweiflung aller Liebhaber von Intarsien- und Kunsttischlerarbeiten wecken.

Man betritt das Haus durch einen langen, engen Flur *(Vestibulum),* auf dessen Boden man das Mosaik eines Hundes erblickt, mit dem wohlbekannten Spruch: *»Cave canem!«,* also »Vorsicht, bissiger Hund!« Zu beiden Seiten liegt ein ziemlich geräumi-

*Abschied des Achilles von Briseis.*

ges Zimmer, denn da das Innere des Hauses nicht groß genug ist für beide, private und öffentliche Arten von Zimmern, dienten diese beiden Räume dem Empfang von Gästen, die weder durch Rang noch durch nahe Bekanntschaft Anspruch hatten, in die Privaträume des Hauses zugelassen zu werden.

Hat man das Vestibulum hinter sich, so kommt man in ein Atrium, das bei der ersten Ausgrabung reich an Gemälden war, die hinsichtlich ihres Ausdrucks kaum einem Raffael Schande gemacht haben würden. Jetzt befinden sie sich im Museum von Neapel und erregen dort noch immer die Bewunderung von Kennern. Sie stellen den Abschied des Achilles von Briseis dar. Wer würde nicht die Kraft und Schönheit bewundern, mit denen die Gestalten und Gesichter des Achilles und der unsterblichen Sklavin dargestellt sind.

An einer Seite des Atriums führte eine kleine Stiege zu den

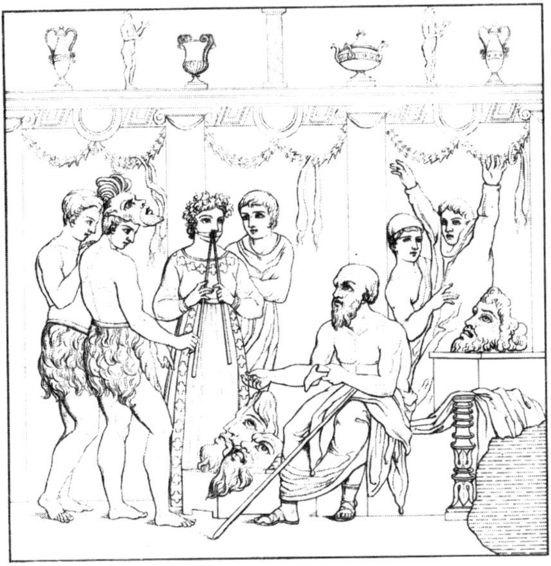

*Theaterregisseur, der seine Schauspieler anweist.*

Kammern der Sklaven im ersten Stock. Dort lagen auch zwei oder drei Schlafstuben, deren Wandmalereien den Raub der Europa, die Amazonenschlacht und anderes darstellten.

Dann tritt man in das Tablinum, an dessen Ein- und Ausgang reiche, halb zurückgeschlagene Vorhänge aus tyrischem Purpur* herabhingen. Auf den Wänden war ein Dichter abgebildet, der seinen Freunden seine Verse vorliest, und eine kleine, höchst kunstvolle Mosaikarbeit auf dem Fußboden zeigte einen Theaterregisseur, der seine Schauspieler anweist.

Von diesem Salon gelangte man in das Peristyl, mit dem das Haus endete – was, wie gesagt, bei kleineren Gebäuden in Pompeji gewöhnlich der Fall war. Von jeder der sieben Säulen, die diesen Hof schmückten, hingen Girlanden herab. Der mittlere Bereich, der die Stelle eines Gartens vertrat, erblühte in den seltensten Blumen, die in weißen Marmorvasen auf Piedestalen standen. Links an der hinteren Wand dieses kleinen Gartens stand ein den Penaten (Hausgöttern) geweihter kleiner Altar, ähnlich jenen Kapellchen, wie sie in katholischen Ländern am Wegesrand liegen. Davor stand ein Dreifuß aus Bronze. Links von der Kolonnade lagen zwei kleine *Cubicula* oder Schlafzimmer, rechts das Triclinium, worin sich gerade die Gäste versammelt hatten.

Dieses Zimmer wird von den neapolitanischen Altertumsforschern im Allgemeinen »das Zimmer der Leda« genannt. In dem schönen Werk von Sir William Gell findet der Leser einen Kupferstich nach dem zarten, anmutigen Gemälde der Leda, wie sie ihrem Gatten das neugeborene Kind zeigt. Von diesem Gemälde hat der Raum seinen Namen. Dieses reizende Zimmer führte auf den duftenden Garten hinaus. Um den spiegelglatten, aufs feinste mit silbernen Arabesken ausgelegten Tisch aus Zitronenholz* standen die drei Sofas, die in Pompeji noch immer gebräuchlicher waren als die halbkreisförmigen Sitze, die seit einiger Zeit in Rom in Mode gekommen waren. Auf diesen Sofas aus Bronze, die mit noch wertvolleren Metallen verziert waren, lagen dicke Polster mit kostbaren Stickereien, die bei geringster Belastung üppig nachgaben.

»Hm, ich muss zugeben«, sagte der Ädil Pansa, »dein Haus ist zwar kaum größer als eine Fibula-Schachtel, aber in seiner Art ist es ein Juwel. Wie schön ist doch dieses Gemälde von Achilles und Briseis. Welch ein Stil! Was für Köpfe! Welch … hm!«

»Wenn Pansa solche Dinge lobt, dann ist das in der Tat etwas wert«, sagte Clodius ernst. »Die Gemälde an *seinen* Wänden, ja, darin erkennt man die Hand eines Zeuxis!«

»Du bist allzu schmeichelhaft, Clodius«, sprach der Ädil, der in ganz Pompeji dafür berüchtigt war, dass er die schlechtesten Gemälde der Welt hatte, denn er war ein Lokalpatriot und ließ seine Gönnerschaft nur pompejanischen Künstlern zukommen. »Du schmeichelst mir, aber hübsch sind sie selbstverständlich, *Edepol,* jawohl, in den Farben, ganz zu schweigen vom Entwurf. Und das Bild in der Küche, ja, meine Freunde, das ist ganz und gar meine Idee.«

*Das Gemälde in der Küche des Hauses von Pansa.*

»Was stellt es dar?«, fragte Glaucus. »Ich habe deine Küche noch nicht gesehen, so oft ich auch schon die Vorzüglichkeit ihrer Erzeugnisse erprobt habe.«

»Einen Koch, mein Athener, einen Koch, der die Trophäen seiner Kunst auf dem Altar der Vesta opfert, darunter eine schöne, nach der Natur gezeichnete Muräne am Bratspieß. Ist das nicht eine glänzende Idee?«

In diesem Augenblick erschienen die Sklaven mit einem Tablett, auf dem die Vorspeisen für das Mahl standen. Unter köstlichen Feigen, frischen, schneebestreuten Kräutern, Anchovis und Eiern standen kleine Becher mit verdünntem Wein, dem ein klein wenig Honig zugesetzt war. Sobald dies auf dem Tisch angerichtet war, reichten die Sklaven jedem der fünf Gäste – denn mehr waren es nicht – das silberne Becken mit parfümiertem Wasser und Servietten mit Purpursaum. Aber der Ädil zog prahlerisch seine eigene Serviette hervor, die zwar nicht aus so feinem Leinen war, aber einen doppelt so breiten Saum hatte. Er wischte sich die Hände in der protzigen Weise eines Mannes, der sich bewusst ist, Bewunderung zu erregen.

»Da hast du aber eine herrliche *Mappa«,* sagte Clodius, »der Saum ist ja so breit wie ein Gürtel.«

»Eine Kleinigkeit, Clodius, nur eine Kleinigkeit. Wie ich

höre, sollen derartige Streifen in Rom die neueste Mode sein. Aber Glaucus legt mehr Wert auf solche Dinge als ich.«

»Sei huldvoll, o Bacchus!«, rief Glaucus und verneigte sich ehrfurchtsvoll vor dem schönen Standbild des Gottes, das mitten auf dem Tisch stand, während die Ecken von den Laren und den Salzstreuern eingenommen wurden. Die Gäste sprachen das Gebet nach und vollzogen sofort das übliche Trankopfer, indem sie etwas von dem Wein über den Tisch aussprengten.

Darauf machten es sich die Schmausenden auf den Sofas bequem, und das Geschäft der Stunde begann.

»Nie wieder soll ein Becher über meine Lippen kommen«, rief der junge Sallust, als der Tisch nach dem Abräumen der ersten appetitanregenden Leckerbissen mit den Hauptgerichten beladen wurde, wobei der als Mundschenk tätige Sklave ihm einen bis zum Rand gefüllten *Cyathus* überreichte, »nie wieder soll ein Becher über meine Lippen kommen, wenn das nicht der beste Wein ist, den ich je in Pompeji getrunken habe!«

»Bring die *Amphora* her«, befahl Glaucus, »und lies Datum und Herkunftsort vor.«

Der Sklave beeilte sich, der Gesellschaft mitzuteilen, dass der am Korken befestigte Zettel Chios als Heimat des Weins und sein Alter mit vollen fünfzig Jahren angab.

»Wie köstlich ihn der Schnee gekühlt hat!«, sagte Pansa. »Genau die richtige Temperatur.«

»Man könnte ihn mit der Erfahrung eines Mannes vergleichen«, rief Sallust, »der seine Lust ausreichend gekühlt hat, um ihr dadurch doppelten Reiz zu geben.«

»Oder auch dem ›Nein‹ eines Mädchens«, fügte Glaucus hinzu, »es kühlt ab, aber nur um noch mehr zu entflammen.«

»Wann haben wir eigentlich wieder einmal einen Raubtierkampf?«, fragte Clodius den Ädil.

»Es ist einer auf den neunten Idus des August festgesetzt«, antwortete Pansa, »das ist der Tag nach den Vulkanalien. Wir haben dafür schon einen sehr schönen jungen Löwen.«

»Wen werden wir ihm zum Fraß vorwerfen?«, fragte Clodius. »Ach, es herrscht ein großer Mangel an Verbrechern. Du musst unbedingt einen Unschuldigen oder sonst wen finden, den du zum Tod durch den Löwen verurteilen kannst, Pansa.«

»Ich habe in letzter Zeit in der Tat schon ernsthaft darüber nachgedacht«, entgegnete der Ädil bedächtig. »Das Gesetz, das uns verbietet, unsere Sklaven den Raubtieren vorzuwerfen, war völlig verfehlt. Wir dürfen nun mit unserem Eigentum nicht mehr schalten und walten, wie es uns gefällt; das ist geradezu ein Übergriff auf das persönliche Besitztum.«

»Sowas kam in den guten alten Tagen der Republik nicht vor«, seufzte Sallust.

»Dieses angebliche Mitleid mit den Sklaven bringt das arme Volk um das schönste Vergnügen. Wie gern sehen doch die Leute einen guten, harten Kampf zwischen einem Menschen und einem Löwen, und um dieses unschuldige Vergnügen kommen sie jetzt durch das verfluchte Gesetz, wenn uns die Götter nicht bald einen tüchtigen Verbrecher bescheren.«

»Kann es eine schlechtere Politik geben«, sagte Clodius schulmeisterlich, »als das Volk um sein Hauptvergnügen zu bringen?«

»Nun, zurzeit haben wir, Dank sei Jupiter und den Parzen, keinen Nero«, meinte Sallust.

»Das war in der Tat ein Tyrann, hat er doch für zehn Jahre unser Amphitheater geschlossen.«

»Mich wundert, dass es nicht zu einem Aufstand gekommen ist«, sagte Sallust.

»Wäre es beinah«, entgegnete Pansa, den Mund voller Wildschweinbraten.

Hier wurde das Gespräch für einen Augenblick durch einen Flötentusch unterbrochen, und zwei Sklaven traten mit einer Schüssel herein.

»Ah, welchen Leckerbissen hast du jetzt für uns vorbereitet, Glaucus?«, rief der junge Sallust mit funkelnden Augen.

Sallust war erst vierundzwanzig, aber er kannte keine anderen Freuden auf Erden als Essen und Trinken, vielleicht hatte er alle übrigen bereits satt. Dennoch war er nicht ohne Geist und hatte ein gutes Herz, an das man jedoch keine allzu großen Ansprüche stellen durfte.

»Bei Pollux, ich erkenne es!«, rief Pansa. »Es ist ein ambrazisches Zicklein. Ho!«, und er schnippte mit den Fingern, das Zeichen, mit dem man die Sklaven herbeizurufen pflegte, »wir müssen zu Ehren dieses Ankömmlings ein neues Trankopfer veranstalten.«

»Ich hatte gehofft«, sagte Glaucus traurig, »euch ein paar Austern aus Britannien verschaffen zu können, aber die Winde, die Cäsar so grausam mitspielten, haben uns dieses Gericht nicht vergönnt.«

»Sind die denn wirklich so köstlich?«, fragte Lepidus und lockerte seine Tunika, die bereits ohne Gürtel war, noch mehr.

»Ehrlich gesagt, ich glaube, es ist nur die große Entfernung, der sie diesen Ruf zu verdanken haben; sie sind nicht so saftig wie die Austern aus Brundisium. In Rom ist jedoch ohne sie kein Abendessen vollständig.«

»Die armen Briten! Etwas Gutes haben sie ja dann doch an sich«, bemerkte Sallust. »Sie liefern uns Austern.«

»Ich wünschte, sie lieferten uns einen Gladiator«, entgegnete der Ädil, dessen fürsorgliches Gemüt noch immer über Angelegenheiten des Amphitheaters brütete.

»Bei Pallas!«, rief Glaucus, während sein Lieblingssklave ihm einen frischen Kranz auf die Locken setzte, »ich liebe diese wilden Schauspiele, wenn Tiere gegen Tiere kämpfen; aber wenn ein Mensch, aus Fleisch und Blut wie wir, grausam in die Arena gestellt und dort Glied für Glied zerrissen wird, so ist der Anblick zu entsetzlich. Mir wird übel dabei, der Atem vergeht mir, und mich überkommt das Verlangen hinabzustürzen und ihn zu verteidigen. Das Gebrüll des Pöbels erscheint mir noch grauenhafter als die Stimmen der Furien, als sie Orest jagten. Es freut mich, dass wenig Aussicht besteht, dass dieses blutige Schauspiel Teil der nächsten Darbietungen sein wird.«

Der Ädil zuckte die Achseln. Der junge Sallust, der für den gutmütigsten Menschen von ganz Pompeji galt, starrte ihn verwundert an. Der grazile Lepidus, der aus Furcht, seine Gesichtszüge aus dem schönen Ebenmaß zu bringen, selten sprach, rief: »Bei Herkules!« Der Parasit Clodius murmelte: *»Edepol!«*, und der sechste Gast, bei dem es sich um den Schatten des Clodius* handelte, der die Pflicht hatte, das Echo seines reichen Freundes zu sein, wenn er ihm nicht schmeicheln konnte, dieser Parasit eines Parasiten murmelte ebenfalls: *»Edepol!«*

»Nun, ihr Römer seid diese Art von Schauspiel gewöhnt, wir Hellenen sind weniger hartherzig. Ach, beim Geiste Pindars, welches Entzücken bereitete ein echt griechisches Kampfspiel, das Ringen von Männern gegen Männer; wie edel war dieser Kampf, fast war man traurig, wenn man siegte. Stolz erfüllte die Brust, wenn man gegen einen hochherzigen Feind kämpfte, und Leid tat es einem, ihn überwunden zu sehen! Doch genug, ihr versteht mich nicht.«

»Das Zicklein ist ausgezeichnet«, sagte Sallust.

Der Sklave, dem das Amt des Vorschneidens zukam und der sich nicht wenig auf seine Kunst einbildete, war eben nach den Klängen der Musik damit fertig geworden. Er hatte das Messer im Takt geführt, bei einer langsamen Melodie begonnen und das stolze Werk unter einem grandiosen Tusch beendet.

»Dein Koch ist natürlich aus Sizilien?«, fragte Pansa.

»Ja, aus Syrakus.«

»Ich will mit dir um ihn würfeln«, sagte Clodius, »wir wollen zwischen den Gängen ein Spielchen wagen.«

»Ein solcher Zeitvertreib ist sicherlich immer noch besser als ein Raubtierkampf, aber ich kann meinen Sizilianer nicht aufs Spiel setzen, denn du hast nichts ebenso Wertvolles dagegen zu setzen.«

»Phillida, meine schöne Tänzerin!«

»Ich kaufe niemals Frauen«, sagte der Grieche und rückte nachlässig seinen Kranz zurecht.

Die Musikanten, die im Portikus draußen aufgestellt waren, hatten ihr Konzert begonnen, als das Zicklein aufgetragen wurde; jetzt gingen sie zu einer sanfteren, fröhlicheren und doch vielleicht auch geistvolleren Melodie über und sangen jenes Lied von Horaz, das mit den Worten anfängt: *»Persicos odi …«* und fast unübersetzbar ist. Sie hielten es für angebracht bei einem Festessen, das, so üppig es uns auch erscheinen mag, gegenüber der damals üblichen Völlerei immer noch einfach genug war. Denn wir haben hier nur ein häusliches Gastmahl und kein fürstliches vor uns; der Gastgeber ist nur ein vornehmer Bürger, kein Imperator oder Senator.

»Ach, der gute alte Horaz«, sagte Sallust mitleidig, »er hat ja ganz hübsch vom Schmausen und von Mädchen gesungen, aber längst nicht so wie unsere modernen Poeten.«

»Wie zum Beispiel der unsterbliche Fulvius«, sagte Clodius.

»Ach ja, Fulvius, der Unsterbliche«, sagte sein Schatten.

»Und Spuraena und Gaius Mutius, der drei epische Gedichte in einem Jahr geschrieben hat. Hätten Horaz oder Vergil so etwas fertig gebracht?«, rief Lepidus. »Diese alten Dichter verfielen alle in den Irrtum, sich die Bildhauerei als Vorbild zu nehmen, statt die Malerei. Einfachheit und Ruhe, das war ihr Ideal; aber wir Modernen haben Feuer und Leidenschaft und Energie. Wir schlafen nie, wir ahmen die Farben der Gemälde, ihr Leben, ihre Handlung nach. Unsterblicher Fulvius!«

»Ach übrigens«, sagte Sallust, »habt ihr die neue Ode von Spuraena gelesen, die unserer ägyptischen Isis gewidmet ist? Sie ist großartig, es steckt echte religiöse Inbrunst darin!«

»Isis scheint in Pompeji eine sehr beliebte Gottheit zu sein«, sagte Glaucus.

»Ja«, erklärte Pansa, »gerade zurzeit ist sie besonders im Schwange. Ihre Statue hat die wundersamsten Orakel von sich gegeben. Ich bin nicht abergläubisch, aber ich muss zugeben, dass sie mir mehr als einmal mit ihren Ratschlägen bei der Amtsführung wesentliche Hilfe geleistet hat. Die Priester der Isis sind auch wirklich fromm, keine so leichtlebigen, hochmütigen Leute wie die Priester unseres Jupiter und der Fortuna. Sie gehen barfuß, essen kein Fleisch und bringen den größten Teil der Nacht in einsamer Andacht zu.«

»Daran sollte sich unsere ganze Priesterschaft ein Beispiel nehmen! Im Tempel Jupiters herrschen zum Beispiel traurige

*Isis.*

Zustände, eine Reform ist dringend notwendig«, sagte Lepidus, der ein großer Reformer war, außer wenn es um ihn selbst ging.

»Man sagt, Arbakes der Ägypter habe den Isispriestern mehrere höchst bedeutende Mysterien mitgeteilt«, meinte Sallust. »Er rühmt sich der Abstammung von Ramses und behauptet, in seiner Familie seien Geheimnisse aus dem fernsten Altertum weitergegeben worden.«

»Jedenfalls besitzt er die Gabe des bösen Blicks«, sagte Clodius. »Wenn ich diesem Medusenhaupt begegne, ohne mich vorher durch das Schutzzeichen gefeit zu haben, so kann ich sicher sein, dass ich ein Lieblingspferd verliere oder neunmal hintereinander die *Canes** werfe.«

»Das letztere wäre allerdings ein Wunder!«, sagte Sallust ernst.

»Wie meinst du das?«, fragte der Spieler, und Röte stieg ihm in die Stirn.

»Ich meine damit das, was du mir lassen würdest, wenn ich oft mit dir spielte – nämlich nichts.«

Clodius antwortete bloß mit einem geringschätzigen Lächeln.

»Wäre Arbakes nicht so reich«, sagte Pansa mit gewichtiger Miene, »so würde ich meine Befugnisse ein wenig überschreiten und untersuchen, inwiefern das Gerücht wahr ist, er sei ein Astrologe und Zauberer. Als Agrippa Ädil von Rom war, verbannte er solche furchterregenden Bürger. Aber er ist reich und es ist die Pflicht eines Ädils, die Reichen zu schützen.«

»Was haltet ihr von der neuen Sekte, die, wie ich höre, sogar in Pompeji schon einige Anhänger haben soll, von den Jüngern des hebräischen Gottes Christus?«

»Ach, das sind bloß spekulative Träumer«, sagte Clodius. »Nicht ein einziger vornehmer Mann ist unter ihnen. Ihre Anhänger sind arme, unbedeutende, unwissende Leute.«

»Die aber trotzdem für ihre Gotteslästerung gekreuzigt werden sollten«, rief Pansa heftig. »Sie leugnen Venus und Jupiter! Nazarener ist nur ein anderer Name für Atheist. Lasst mich nur einen von ihnen in die Finger bekommen, mehr sag ich nicht.«

Der zweite Gang war vorüber. Die Schmausenden sanken auf ihre Polster zurück. Es entstand eine Pause, in der man den süßen Stimmen des Südens und der Musik der arkadischen Rohrflöte lauschte. Glaucus war besonders entzückt davon und hätte das Schweigen noch lange nicht unterbrochen, doch Clodius war der Meinung, man habe schon zu viel Zeit vergeudet.

*»Bene vobis!* (Auf dein Wohl!), Glaucus«, sagte er und leerte mit der Leichtigkeit eines geübten Trinkers auf jeden Buchstaben des Namens einen Becher. »Willst du dich nicht für deine gestrige Niederlage an mir rächen? Schau, die Würfel winken uns schon.«

»Wie du willst«, sagte Glaucus.

»Würfeln zur Sommerzeit,* wo ich doch Ädil bin!«, rief Pansa mit Amtsmiene. »Es ist gegen jedes Gesetz.«

»Nicht in deiner Gegenwart, würdiger Pansa«, erwiderte Clodius und schüttelte die Würfel in einem hohen Becher.

»Deine Anwesenheit ist Gewähr dafür, dass nichts übertrieben wird, und nur die Ausschweifungen, nicht die Sache selbst, sind zu verwünschen.«

»Wie weise!«, murmelte der Schatten.

»Nun gut, ich will woanders hinsehen!«, meinte der Ädil.

»Noch nicht, guter Pansa, lass uns warten, bis wir gegessen haben«, sagte Glaucus.

Clodius fügte sich widerstrebend und versteckte seinen Verdruss hinter einem Gähnen.

»›Nach dem Gold sperrt er den Rachen auf‹«, flüsterte Lepidus dem Sallust aus der ›Topfkomödie‹ des Plautus zu.

»›Ich kenne diese Polypen, die alles festhalten, was einmal in ihre Fangarme gerät‹«, antwortete Sallust in gleichem Ton aus demselben Stück.

Der dritte Gang, eine Auswahl von Früchten, Pistazien, Nüssen, Gebäck, Törtchen und Süßigkeiten, die in tausend phantastische, lustige Formen gebracht worden waren, wurde jetzt auf den Tisch gestellt, wohin die *Ministri* oder Aufwärter nun auch den Wein, den sie bisher unter den Gästen umhergereicht hatten, in großen Glaskrügen setzten, an denen Zettel befestigt waren, die Alter und Traubensorte angaben.

»Koste einmal diesen Lesbier, Pansa«, sagte Sallust, »er ist vorzüglich.«

»Und nicht einmal besonders alt«, antwortete Glaucus. »Er wurde aber, wie wir selbst, früh gereift, indem man ihn dem Feuer aussetzte. Bei ihm tat es das Feuer des Vulkans, bei uns das Feuer seiner Frau, zu deren Ehren ich diesen Becher leere.«

»Er ist köstlich«, meinte Pansa, »doch das Bukett hat vielleicht etwas zu viel Harz an sich.«

»Was für ein schöner Becher!«, rief Clodius und nahm ein Gefäß aus durchsichtigem Kristall, dessen Griffe mit Edelsteinen besetzt waren und die Gestalt von Schlangen hatten, die beliebteste Form in Pompeji.

»Dieser Ring«, sagte Glaucus, indem er ein kostbares Juwel vom Finger nahm und an den Griff hängte, »verleiht ihm mehr

Pracht und macht ihn würdiger als Geschenk für dich, Clodius. Mögen die Götter dir Gesundheit und Glück schenken, damit du ihn oft und lange bis an den Rand füllen kannst.«

»Du bist zu großzügig, Glaucus!«, sagte der Spieler, indem er den Becher seinem Sklaven übergab. »Doch deine Zuneigung macht mir das Geschenk doppelt wertvoll.«

»Diesen Becher den Grazien!«, rief Pansa und leerte dreimal seinen *Calix.* Die Gäste folgten seinem Beispiel.

»Wir haben keinen Festleiter ernannt!«, rief Sallust.

»Lasst ihn uns auswürfeln!«, sagte Clodius und schüttelte den Becher.

»Nein«, rief Glaucus, »wir brauchen keinen faden, kalten Obermeister, keinen Festdiktator, keinen *Rex convivii.* Haben die Römer nicht geschworen, niemals einem König zu gehorchen? Sollen wir weniger frei sein als eure Ahnen? He, Musikanten, spielt uns das Lied, das ich neulich abends gedichtet habe! Es sind Verse nach der Melodie der ›Bacchischen Hymne der Horen‹.«

Die Musiker spielten ihre Instrumente nach einer wilden, ionischen Melodie, während die jüngsten Stimmen in der Gruppe auf Griechisch das folgende Lied sangen:

### DER ABENDGESANG DER HOREN

I

Durch den Sommertag, durch den Mühetag
  Schritten wir lang,
Eh die graue Nacht uns erfassen mag,
  Grüßt uns mit Sang!
  Mit Sang, mit Sang,
Mit hellem, freudigem Klang,
Wie er zu Theseus' Braut,
Getröstet vom Gotte der Reben
Scholl durch das Efeu laut,
Als Mut ihr das Zwielicht gegeben.

Hoch aus des Himmels leis atmender Ferne
Blinkten halb schlummernd die äugelnden Sterne,
  Und ringsumher
  Im ägäischen Meer
Die Wellen mit Liebeston rauschten.
Auf dem Schoß ihr ruhte des Luchses Haupt,
Wilder Thymian ward ihr zum Bette,
Und wo nur ein Ritzlein unbelaubt
In des Weinstocks rankender Kette,
Die Faunen, die listigen, lauschten,
Die Faunen, die spähenden Faune,
Die schelmischen kichernden Faune,
Die Faune, die listigen lauschten!

2

Müde und matt herein
Hat uns der Flug gebracht,
Dumpf wird die Reise sein
Durchs Reich der Nacht.

Badet uns, badet die zögernden Schwingen
In wogenden Fluten, die purpurrot springen
In eure Becher vom Borne des Lichts,
Vom Borne des Lichts, vom Borne des Lichts.
Denn sank uns der Tag ins finstere Nichts,
  Im Becher wir wieder ihn finden!
Die Traube ist Quelle der glühenden Sonne –
Nein, eher der Bach, drauf sie schaute mit Wonne,
Bis endlich sie ließ, wie der Schauer Narziss
  Im Schauen die Seele dahinten.

3

Ein Kelch sei dem hohen Kroniden,
Und einer dem Amor beschieden,

Und einer dem Sohne der Maja;
Und zugebracht sei es mit dreien
Dem Bunde der Hüllenfreien,
Dem Bunde der hellen Aglaja,
Doch da ihr all' knospende Lenze
Für der Freude lustige Kränze
Verdanket den Schwestern, den Stunden,
So sind unsre bechernden Tänze
An keine gemessene Grenze
Vom Trinkgesetz knickig gebunden.
Der ehrt uns zumeist, der am meisten uns letzt,
Und drauf seinen ehrlichen Wirtsstolz setzt:
Er zähle nicht, was er kredenze.
Schnell sind wir entflohen, drum fesselt die Schnellen,
Und tauchet uns tief in die funkelnden Quellen;
Und steigen wir auf dann mit feuchtem Gefieder,
So schütteln den Schaum auf die Kränze wir nieder.
  Wir glühen, wir glühen,
Und wie dort die Mädchen im östlichen Wogen
Zur schimmernden Grotte laut jubelnd einst zogen,
Die Schönheit des mysischen Hylas:
  So ziehen, so ziehen,
Den Gott wir, den jungen, in wärmende Arme,
Und tummeln ihn vorwärts in lachendem Schwarme;
Wir tummeln ihn vorwärts mit Ruf und mit Sang,
Die grauenden Ströme des Dunkels entlang:
Hoho! Wir haben dich, Psilas.

Die Gäste applaudierten heftig. Wenn der Dichter unser Gastgeber ist, so kann er fest damit rechnen, dass seine Verse Entzücken hervorrufen.

»Durch und durch griechisch«, rief Lepidus, »die Wildheit, die Kraft und Wucht dieser Sprache lässt sich doch in der römischen Poesie gar nicht nachahmen.«

»Es ist allerdings etwas ganz anderes«, sagte Clodius, in dessen Herz sich Spott regte, obwohl er sich nichts anmerken ließ, »als die altmodische, zahme Schlichtheit jener horazischen Ode, die wir vorhin gehört haben. Die Melodie ist schön, ganz ionisch. Dabei fällt mir ein Trinkspruch ein: Freunde, es lebe die schöne Ione!«

»Ione? Ein griechischer Name«, sagte Glaucus mit sanfter Stimme. »Mit Freuden bringe ich diesen Trinkspruch aus. Aber wer ist Ione?«

»Ach, du bist erst vor kurzem nach Pompeji gekommen, sonst verdientest du für diese Unkenntnis bestraft zu werden«, sagte Lepidus geziert. »Wer Ione nicht kennt, kennt den größten Zauber unserer Stadt nicht.«

»Sie ist von höchst seltener Schönheit«, sagte Pansa, »und was für eine Stimme sie hat!«

»Sie kann sich nur von Nachtigallenzungen ernähren«, sagte Clodius.

»Von Nachtigallenzungen! Was für ein schöner Gedanke!«, seufzte der Schatten.

»Bitte klärt mich auf«, verlangte Glaucus.

»Hör zu …«, fing Lepidus an.

»Lass mich sprechen!«, unterbrach ihn Clodius. »Bei dir kommen die Worte so langsam herausgekrochen wie Schildkröten!«

»Und bei dir so hart wie Steine«, murmelte der Geck vor sich hin, indem er sich mit verächtlicher Miene auf seine Polster zurückwarf.

»Hör zu, Glaucus«, begann Clodius, »Ione ist eine Fremde, die erst vor kurzem nach Pompeji gekommen ist. Sie singt wie Sappho, und ihre Lieder sind ihre eigenen Kompositionen. Tibia, Kithara und Lyra spielt sie so ausgezeichnet, dass ich nicht sagen könnte, auf welchem Instrument sie die Musen am meisten übertrifft. Sie ist von blendender Schönheit. Ihr Haus ist perfekt: dieser feine Geschmack, diese vielen Juwelen und diese Bronzen! Sie ist reich und ebenso großzügig wie reich.«

»Dann sorgen also ihre Liebhaber dafür, dass sie keinen Mangel leidet«, meinte Glaucus. »Leicht verdientes Geld wird immer verschwenderisch ausgegeben.«

»Ihre Liebhaber? Ja, das ist eben das Rätselhafte! Ione hat nur ein Laster: Sie ist keusch. Ganz Pompeji liegt ihr zu Füßen, und doch hat sie keinen Geliebten. Ja, sie will nicht einmal heiraten.«

»Keine Liebhaber?«, wiederholte Glaucus.

»Keine; sie hat die Seele der Vesta mit dem Gürtel der Venus.«

»Was für gewählte Ausdrücke!«, sagte der Schatten.

»Ein Wunder!«, rief Glaucus. »Können wir sie nicht zu Gesicht bekommen?«

»Ich will dich heute Abend zu ihr mitnehmen«, erwiderte Clodius, »in der Zwischenzeit ...«, fügte er hinzu und schüttelte noch einmal den Würfelbecher.

»Ich stehe zur Verfügung!«, sagte der höfliche Glaucus. »Pansa, sieh doch mal weg!«

Lepidus und Sallust spielten »Grad oder Ungrad«, und der Schatten schaute zu, wie Glaucus und Clodius sich allmählich in die Wechselfälle des Würfelspiels vertieften.

»Bei Jupiter!«, rief Glaucus, »da hab ich nun schon zum zweiten Mal den Hundswurf geworfen!« Und das war der niedrigste Wurf.

»Jetzt steh mir bei, Venus!«, sagte Clodius und ließ den Würfelbecher ein Weilchen rasseln. »O *Alma Venus!* Es ist Venus selbst!«, rief er, als er den höchsten, nach dieser Göttin benannten Wurf tat – die ja in der Tat denjenigen zu begünstigen pflegt, der Geld gewinnt.

»Venus ist mir gegenüber undankbar«, sagte Glaucus heiter, »obwohl ich immer auf ihrem Altar geopfert habe.«

»Wer mit Clodius spielt«, flüsterte Lepidus, »wird bald, wie der Curculio des Plautus, seinen Mantel aufs Spiel setzen müssen.«

»Der arme Glaucus, er ist so blind wie Fortuna selbst«, stimmte ihm Sallust in gleichem Ton zu.

»Ich will nicht mehr spielen«, sagte Glaucus; »ich habe dreißig Sesterzien verloren.«

»Das tut mir aber Leid ...«, begann Clodius.

»Welch ein liebenswürdiger Mann«, quäkte der Schatten.

»Nicht doch, nicht doch!«, rief Glaucus. »Die Freude über deinen Gewinn macht den Schmerz über meinen Verlust wieder wett.«

Die Unterhaltung wurde nun allgemein lebhaft; der Wein kreiste flotter, und Ione wurde erneut Gegenstand der Lobpreisungen unter den Gästen von Glaucus.

»Statt zu warten, bis die Sterne verblassen, lasst uns die besuchen, gegen deren Schönheit die Sterne nicht ankommen können«, sagte Lepidus.

Clodius, der keine Aussicht hatte, das Würfelspiel fortzusetzen, unterstützte den Vorschlag, und obwohl Glaucus seine Gäste höflich aufforderte, das Gelage nicht abzubrechen, konnte er nicht verbergen, dass ihn die überschwänglichen Lobeshymnen auf Ione neugierig gemacht hatten. So beschlossen sie denn allesamt – mit Ausnahme von Pansa und dem Schatten – zum Haus der schönen Griechin aufzubrechen. Sie tranken noch auf das Wohl des Gastgebers und des Kaisers Titus, vollzogen das letzte Trankopfer, legten die Sandalen wieder an und durchschritten das erleuchtete Atrium; sie gingen ungebissen über den grimmigen Hund hinweg, der auf die Schwelle gemalt war, und befanden sich im Schein des eben aufgegangenen Mondes auf den lebhaften, noch immer mit Menschen gefüllten Straßen Pompejis.

Sie zogen durch das Viertel der Juweliere, das in dem Licht erstrahlte, das von den in den Läden ausgelegten Edelsteinen zurückgeworfen wurde. Endlich erreichten sie die Tür der Ione. Lampenreihen erleuchteten den Eingang. Purpurne Vorhänge hingen vor beiden Öffnungen des Tablinums, dessen Wände und Mosaikboden in den reichsten Farben des Künstlers prangten. Und unter dem Portikus, der das duftende Viridarium umgab, fanden sie Ione, bereits von bewundernden, Beifall zollenden Gästen umringt.

»Habt ihr nicht gesagt, sie sei aus Athen?«, flüsterte Glaucus, bevor sie in das Peristyl traten.

»Nein, sie kommt aus Neapolis.«

»Aus Neapolis?«, wiederholte Glaucus, und in diesem Augenblick teilte sich die Gruppe um Ione, und vor seinen Augen stand die herrliche, nymphengleiche Schönheit, die seit Monden schon auf die Fluten seiner Erinnerung herabschien.

## KAPITEL IV

### DER ISISTEMPEL. SEIN PRIESTER. DER CHARAKTER DES ARBAKES KOMMT ANS LICHT.

Die Erzählung kehrt zu dem Ägypter zurück. Wir verließen Arbakes am Nachmittag am Meeresufer, nachdem er sich von Glaucus und dessen Gefährten getrennt hatte. Als er sich dem belebteren Teil der Bucht näherte, blieb er stehen und betrachtete das bunte, vielfältige Schauspiel mit gekreuzten Armen und einem bitteren Lächeln in den düsteren Zügen.

»Dummköpfe, Toren, Narren, die ihr seid!«, murmelte er vor sich hin. »Ob ihr dem Vergnügen oder dem Geschäft nachgeht, ob dem Handel oder der Religion, ihr lasst euch immer von der Leidenschaft äffen, die ihr beherrschen solltet! Wie ich euch verachten würde, wenn ich euch nicht hasste, ja hasste! Ob Griechen oder Römer, von uns, von der dunklen Weisheit Ägyptens habt ihr das Feuer gestohlen, das euch Seelen verleiht. Eure Wissenschaft, eure Poesie, eure Gesetze, eure Künste, eure barbarische Meisterschaft im Krieg, alles – wie zahm, wie stümperhaft im Vergleich zu dem großartigen Original! – habt ihr von uns gestohlen, wie ein Sklave Essensreste stiehlt! Und nun, ihr Nachäffer von Nachäffern? Römer! Wahrlich, eine Bande von Räubern, die über Nacht wie Pilze aus dem Boden geschossen sind. Die Pyramiden schauen nicht mehr auf das Geschlecht des Ramses herab, der Adler hat die Schlange des Nils in seinen Fängen. *Unsere* Gebieter? Nein, die *meinen* nicht! Meine Seele ist euch über, durch die Macht ihres Wissens beherrscht und fesselt sie euch, wenn auch die Ketten unsichtbar sind. Solange Klugheit die rohe Gewalt meistern kann, solange die Religion ihre Höhlen hat, aus denen Orakel

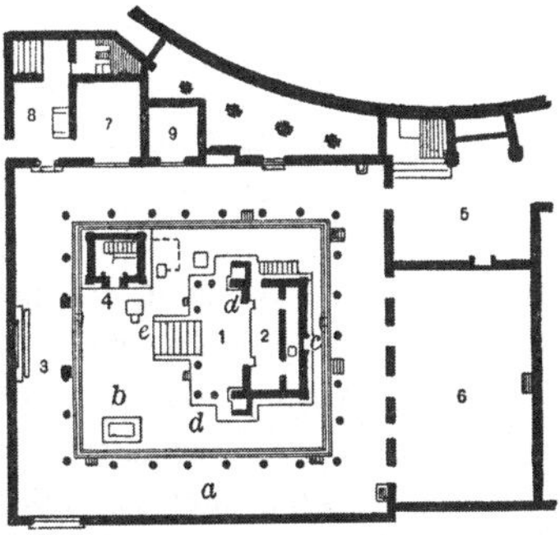


*Grundriss des Isistempels.*

1. Vorhalle, 2. Cella (dahinter die angeblichen Trugnischen), 3. Nische des Harpokrates, 4. Einfriedung des Wasserbehälters, 5. Einweihungsraum, 6. Mysteriensaal, 7, 8, 9. Priesterwohnung, *a.* Säulenhalle, *b.* Grube für Opferreste, *c.* Nische der Bacchusstatuette, *d.* Nischen neben der Cella, e. Hauptaltar.

die Menschen narren können, so lange wird der Weise über die Erde herrschen. Selbst aus euren Lastern zieht Arbakes sein Vergnügen. Genüsse, die gemeinen Augen verborgen bleiben, ungeheuerliche, reiche, unerschöpfliche Genüsse, die eure trägen Gemüter in ihrer phantasielosen Sinnlichkeit nicht zu begreifen noch zu ahnen vermögen! Trabt weiter, trabt weiter, ihr Narren des Ehrgeizes und der Habsucht! Euer kleinlicher Durst nach Fasces und Quästuren und all der Mummenschanz serviler Macht ruft nur mein Gelächter und meinen Hohn hervor. Meine Macht hat ihr Feld, wo immer gläubige Menschen sind. Ich herrsche sogar über Seelen, die in Purpur gehüllt sind. Theben mag fallen, Ägypten zum hohlen Namen verkommen, aber Untertanen für Arbakes sind in aller Welt zu finden.«

Mit diesen Worten schritt der Ägypter langsam weiter und kam in die Stadt. Seine hohe Gestalt überragte das Menschengewimmel auf dem Forum; er wandte sich dem kleinen, aber anmutigen Tempel der Isis* zu.

Dieses Gebäude war erst vor kurzem errichtet worden; der alte Tempel war bei dem Erdbeben sechzehn Jahre zuvor eingestürzt, und der neue war bei den flatterhaften Pompejanern ebenso in Mode gekommen, wie eine neue Sekte oder ein neuer Prediger noch heute bei uns Beliebtheit erlangen. In der Tat zeichneten sich die Orakel der Göttin zu Pompeji nicht nur durch die geheimnisvolle Sprache aus, in die sie gekleidet wurden, sondern auch durch den Glauben, den ihre Aussprüche und Verkündigungen fanden. Wenn sie auch von keinen überirdischen Wesen diktiert wurden, waren sie doch von einer tiefen Menschenkenntnis erfüllt. Sie passten sich immer genau den Verhältnissen der Fragenden an und unterschieden sich dadurch in bemerkenswerter Weise von den undeutlichen, haltlosen Gemeinplätzen der rivalisierenden Tempel. Als Arbakes vor dem Gitter anlangte, das den Ungeweihten vom Heiligtum schied, war eine aus allen Klassen zusammengesetzte Menge, in der sich jedoch besonders viele Kaufleute befanden, in atemloser Spannung und Ehrfurcht vor den vielen Altären versammelt, die in der offenen Halle errichtet waren. An den Wänden der *Cella,* zu der sieben Stufen aus parischem Marmor hinaufführten, standen mehrere Statuen in Nischen; die Wände selbst waren mit dem der Isis geweihten Granatapfel geschmückt. Einen Teil des Inneren beherrschte ein rechteckiges Piedestal, auf dem sich zwei Statuen erhoben: eine die Göttin selbst, die andere ihr Gefährte, der schweigende, geheimnisvolle Orus. Es waren jedoch noch viele andere Gottheiten vorhanden, die das Gefolge der ägyptischen Göttin bildeten: der ihr verwandte, vielnamige Bacchus; die zyprische Venus, die griechische Umgestaltung der Isis, wie sie aus dem Bad steigt; der hundsköpfige Anubis; der Stier Apis und verschiedene ägyptische Götzen von plumper Gestalt und unbekannten Namen.

Man darf jedoch nicht glauben, Isis sei in den Städten von Magna Graecia in der Form und mit den Zeremonien verehrt worden, die eigentlich ihren Kult ausmachten. Die jungen Mischvölker des Südens brachten teils aus Arroganz, teils aus Unwissenheit die Religionen aller Länder und Zeiten durcheinander. Die tiefsinnigen Mysterien des Nils wurden durch hundert geschmacklose, frivole Zutaten von den Ufern des Kephisos und des Tiber entwürdigt. Im Isistempel von Pompeji dienten griechische und römische Priester, die weder Sprache noch Gebräuche des alten Kults kannten, und der Abkömmling der erhabenen ägyptischen Könige lachte unter dem äußeren Schein ehrfürchtiger Andacht über den albernen Mummenschanz, der das feierliche, bedeutungsvolle Zeremoniell seiner heißen Heimat nachahmte.

Zu beiden Seiten der Stufen scharten sich die Opfernden in weißen Gewändern, während oben zwei Unterpriester standen, von denen der eine einen Palmzweig, der andere ein kleines Ährenbüschel in der Hand hielt. Im engen Gang vorn drängten sich die Zuschauer.

»Und was«, flüsterte Arbakes einem von ihnen zu, einem Kaufmann, der mit Alexandria Handel trieb, ein Geschäftsverkehr, durch den der Kult der ägyptischen Göttin wahrscheinlich erst nach Pompeji gebracht worden war, »was führt euch jetzt vor die Altäre der ehrwürdigen Isis? Nach den weißen Gewändern der Gruppe vor mir zu schließen, soll ein Opfer gebracht werden, und die Versammlung der Priester lässt mich erkennen, dass ihr ein Orakel erwartet. Auf welche Frage soll es Antwort geben?«

»Wir sind Kaufleute«, antwortete der Zuschauer, der niemand anders als Diomed war, genauso leise, »wir möchten etwas über das Schicksal unserer Schiffe erfahren, die morgen gen Alexandria segeln. Wir sind dabei, ein Opfer zu bringen und eine Antwort von der Göttin zu erflehen. Ich gehöre, wie du an meiner Kleidung erkennen kannst, nicht zu denen, die die Priester um ein Opfer ersucht haben, aber ich habe einiges Interesse an einer glücklichen Fahrt der Flotte. Jawohl, bei Jupiter, ich treibe einen ganz hübschen Handel, wie sollte ich sonst in diesen harten Zeiten mein Auskommen finden?«

Der Ägypter antwortete ernst: »Obwohl Isis eigentlich die Göttin des Ackerbaus ist, so beschützt sie doch auch den Handel.« Dann wandte er das Gesicht gen Osten und schien in ein stilles Gebet zu versinken.

*Isis-Zeremonie.*

Jetzt erschien oben auf den Stufen ein von Kopf bis Fuß in Weiß gekleideter Priester. Ein Schleier wallte in zwei Teilen vom Kopf herunter. Zwei andere Tempeldiener lösten die ab, die zu beiden Seiten gestanden hatten. Sie waren bis zur Hälfte der Brust nackt und sonst in weiße, lose Gewänder gehüllt. Im selben Augenblick stimmte ein unten an der Treppe sitzender Priester eine feierliche Weise auf einem langen Blasinstrument an. In der Mitte der Stufen stand ein weiterer Priester, der in der einen Hand einen Opferkranz, in der anderen einen weißen Stab hielt. Das malerische Schauspiel dieses orientalischen Gottesdienstes erhöhte noch der stattliche Ibis, der heilige Vogel der ägyptischen Religion, der von der Wand stumm auf die Zeremonie herabsah oder am Fuß der Treppe um den Altar herumstelzte.

An diesem Altar stand jetzt der Opferpriester.*

Während die Zeichendeuter die Eingeweide untersuchten, schien das Gesicht von Arbakes all seine strenge Ruhe zu verlieren. Er schien voller andächtiger Spannung und dann freudig zu strahlen, als die Zeichen für günstig erklärt wurden und das Feuer anfing, den geheiligten Teil des Tieres in lichter Lohe, unter Düften von Myrrhen und Weihrauch, zu verzehren. Eine Todesstille senkte sich nun über die flüsternde Menge, die Priester versammelten sich um die Cella, und ein neuer Diener der Göttin, nackt bis auf den Gürtel um die Körpermitte, stürzte hervor und flehte, unter wilden Gebärden tanzend, die Göttin um Antwort an. Erschöpft hielt er endlich inne, und ein leises murmelndes Geräusch ließ sich im Körper der Statue vernehmen. Dreimal nickte der Kopf, der Mund öffnete sich und eine hohle Stimme sprach folgende geheimnisvolle Worte:

Es gibt Wogen, wie Rosse zum Kampfe verbunden,
Es gibt Grüfte, gegraben im Felsenriff drunten;
Auf der Stirne der Zukunft brüten Gefahren,
Doch das Schiff wird die furchtbare Stunde bewahren.

Die Stimme verstummte, die Menge atmete auf und die Kaufleute sahen einander an. »Nichts kann deutlicher sein«, flüsterte Diomed. »Es wird einen Sturm auf der See geben, das geschieht ja zu Herbstbeginn oft; aber unsere Schiffe werden ihn überstehen. Oh gnadenreiche Isis!«

»Gelobt sei die Göttin in Ewigkeit!«, sagten die Kaufleute. »Was kann klarer sein als ihre Prophezeiung?«

Der Oberpriester erhob eine Hand zum Zeichen des Schweigens, denn der Isiskult forderte eine den lebhaften Pompejanern fast unmögliche Einschränkung im Gebrauch ihrer Stimmwerkzeuge. Dann sprengte er seine Trankopfer über den Altar, und nach einem kurzen Schlussgebet war die Zeremonie vorüber und die Versammelten entlassen. Während die Menge sich zerstreute, blieb der Ägypter noch am Gitter stehen, und als der Raum fast ganz leer war, näherte sich ihm einer der Priester und begrüßte ihn mit großer Vertraulichkeit.

Das Gesicht dieses Mannes hatte etwas auffallend Abstoßendes. Sein glattgeschorener Schädel war so niedrig und an der Stirn so schmal, dass er fast die Bildung eines afrikanischen Wilden aufwies. Nur an den Schläfen, wo die Jünger einer dem Namen nach modernen, den Alten jedoch, wie aus ihren Skulpturen hervorgeht, sehr wohl vertrauten Wissenschaft das Organ der Habsucht vermuten, traten zwei riesige, fast übernatürliche Auswüchse hervor, die den unförmigen Kopf noch mehr entstellten; um die Brauen herum war die Haut in ein Netz tiefer, verworrener Runzeln zerknittert; die kleinen dunklen Augen waren von schmutzig gelbem Weiß umgeben; die kurze plumpe Nase war an den Flügeln breit wie die eines Satyrs; die wulstigen, bleichen Lippen, die hohen Backenknochen, die fahle, fleckige Farbe der pergamentartigen Haut, das alles vereinigte sich zu einem Gesicht, das niemand ohne Abscheu betrachten konnte. So mancher mochte sich wohl gar vor ihm entsetzen oder ihm das Schlimmste zutrauen. Und was auch immer dieser Geist wünschen mochte, die körperliche Gestalt war geeignet, es auszuführen. Die sehnigen Halsmuskeln, die breite Brust, die knorrigen Hände, die hageren, straffen Arme, die bis über den Ellbogen nackt waren, verrieten gleichzeitig die Fähigkeit zur Ausübung strapaziöser Tätigkeiten wie die zum Ertragen von Leiden.

»Calenus«, sagte der Ägypter zu dieser gewinnenden Erscheinung, »seit du meinen Rat befolgst, gelingt dir die Stimme der Statue erheblich besser. Deine Verse sind ausgezeichnet. Prophezeie immer Gutes, solange die Erfüllung nicht ganz unmöglich scheint.«

»Außerdem«, fügte Calenus hinzu, »wenn Sturm kommt und die verdammten Schiffe verschlingt, haben wir nicht auch das prophezeit? Sind die Schiffe dann nicht wohlbewahrt? ›Ruhe fleht vom Himmel der Schiffer auf Ägäerwogen‹, wenigstens sagt Horaz das. Kann aber der Schiffer irgendwo auf See mehr Ruhe finden als auf ihrem Grund?«

»Sehr richtig, Calenus; ich wünschte, Apaecides nähme sich ein Beispiel an deiner Weisheit. Aber ich möchte gern mit dir über ihn und andere Dinge sprechen. Du kannst mich doch in eines eurer weniger heiligen Gemächer hineinlassen?«

»Sicher«, erwiderte der Priester und ging voran zu einem der kleinen Zimmer, die um das offene Tor herum lagen. Hier setzten sie sich an ein Tischchen, auf dem Schüsseln voller Obst, Eier und verschiedener kalter Braten standen, neben Krügen voll ausgezeichnetem Wein. Wenn die Priester sich daran labten, so wurde vor den auf den Hof führenden Eingang ein Vorhang gezogen, der sie den Blicken verbarg. Diese Scheidewand war jedoch so dünn, dass Arbakes und sein Gefährte entweder sehr leise sprechen mussten oder keine Geheimnisse austauschen durften. Sie wählten ersteres.

»Du weißt«, fing Arbakes mit einer Stimme an, die kaum die Luft bewegte, so leise und innerlich war ihr Klang, »es ist immer mein Grundsatz gewesen, mich an die Jugend zu halten. Aus ihren biegsamen, ungeformten Gemütern kann ich mir die geeignetsten Werkzeuge schnitzen. Ich biege, ich schmelze, ich schmiede sie nach meinem Willen. Aus den jungen Männern mache ich Anhänger oder Diener; aus den Mädchen ... «

»Liebchen«, sagte Calenus, und ein bleiches Grinsen verzerrte seine abschreckenden Züge.

»Ja, ich leugne es nicht, das Weib ist der Lieblingsgegenstand, das größte Verlangen meiner Seele. Wie *du* das Opfer für die Schlachtbank mästest, so ziehe *ich* gern die Opfer für meine Lust heran. Ich bilde sie, mache ihren Geist reif, bringe die süße Blüte ihrer versteckten Leidenschaften zur Entfaltung, damit die Frucht nach meinem Geschmack ausfällt. Deine schon allzeit bereiten, vollreifen Kurtisanen ekeln mich an. In dem langsamen, unbewussten Fortschreiten der Unschuld zur Begierde liegt für mich der wahre Reiz der Liebe, so schütze ich mich vor Übersättigung. Indem ich mich an der Frische anderer weide, halte ich meine eigenen Sinne frisch. Aus den jugendlichen Herzen meiner Opfer nehme ich die Bestandteile des Zaubertranks, an dem ich mich verjünge. Doch genug davon, zur Sache. Du weißt ja, dass ich vor einiger Zeit in Neapel auf Ione und Apaecides stieß, Bruder und Schwester, die Kinder von Athenern, die sich in Neapel niedergelassen hatten. Nach dem Tod ihrer Eltern, die mich kannten und schätzten, wurde ich Vormund der Kinder. Ich habe das Amt nicht vernachlässigt. Der junge Mann, mild und gelehrig, überließ sich bereitwillig dem Einfluss, den ich auf ihn wirken ließ. Nach den Weibern liebe ich am meisten die Erinnerungen an das Land meiner Väter. Mich fasziniert es, seinen dunklen, geheimnisvollen Glauben lebendig zu erhalten, ihn an ferne Gestade, die vielleicht noch von ihren früheren Kolonien bevölkert sind, zu verpflanzen. Es mag sein, dass es mir Vergnügen macht, die Menschheit zu betrügen, indem ich so den Göttern diene. Apaecides wurde von mir in den feierlichen Isisglauben eingeweiht. Ich entschleierte ihm einige von jenen erhabenen Allegorien, die unter ihrem Kult verborgen liegen. In seiner für religiöse Glut besonders empfänglichen Seele fachte ich jenen Enthusiasmus an, der immer entsteht, wenn Einbildungskraft und Glaube sich paaren. Ich habe ihn zu euch gebracht; er ist einer von euch.«

»Das ist er«, sagte Calenus; »aber indem du seinen Glauben so entfachtest, hast du ihm die Weisheit genommen. Die Schuppen sind ihm von den Augen gefallen, und nun ist er entsetzt. Unser schlaues Blendwerk, unsere sprechenden Statuen und geheimen Treppen bringen ihn durcheinander und machen ihn aufsässig. Er verzehrt sich in Gram, er magert ab, er führt Selbstgespräche und weigert sich, an unseren Zeremonien teilzunehmen. Man hat erfahren, dass er mit Leuten verkehrt, die im Verdacht stehen, zu jener neuen atheistischen Sekte zu gehören, die alle unsere Götter leugnet und unsere Orakel als Eingebungen jenes bösen Geistes bezeichnet, von dem die orientalische Tradition spricht. – Unsere Orakel, ach, wir wissen recht gut, wessen Eingebungen *die* sind!«

»Genau das ist es, was ich befürchtete«, sagte Arbakes nachdenklich, »hat er mir doch schon verschiedene Vorwürfe gemacht, als ich ihn das letzte Mal sah. Seit einiger Zeit meidet er mich. Ich muss ihn aufsuchen, ich muss meinen Unterricht fortsetzen und ihn ins Allerheiligste der Weisheit einführen. Ich muss ihn lehren, dass es Stufen der Frömmigkeit gibt: Der Glaube ist die erste, Täuschung die zweite. Die erste ist für den Pöbel, die zweite für die Weisen.«

»Ich habe die erste Stufe übersprungen«, sagte Calenus, »und du wohl auch, Arbakes.«

»Du irrst dich«, antwortete der Ägypter ernst. »Ich glaube noch bis auf den heutigen Tag – allerdings nicht das, was ich lehre, sondern das, was ich nicht lehre; die Natur hat eine Heiligkeit, gegen die ich meine Seele nicht verhärten kann, ja nicht einmal will. Ich glaube an mein eigenes Wissen und an das, was es mir enthüllt hat; doch das gehört nicht hierher. Jetzt zu weltlicheren, einladenderen Themen. Wenn ich also meinen Zweck bei Apaecides erreichte, was hatte ich mit Ione vor? Du weißt schon, dass sie meine Königin werden soll, meine Braut, die Isis meines Herzens. Erst als ich sie erblickte, wurde mir klar, zu welch großer Liebe meine Natur fähig ist.«

»Ich höre von tausend Lippen, sie sei eine zweite Helena«, sagte Calenus, und er schmatzte mit den Lippen, doch ob im Genuss des Weins oder im Gedanken an die Schönheit Iones, war nicht leicht zu entscheiden.

»Ja, sie ist von großer Schönheit. Griechenland selbst hat noch nichts Schöneres hervorgebracht«, fuhr Arbakes fort. »Doch das ist noch nicht alles. Sie hat eine Seele, die der meinigen ebenbürtig ist. Sie hat einen Geist, der über Weiberbegriffe weit hinausgeht, einen scharfen, blendenden Verstand. Poesie strömt ihr gewissermaßen ohne Zutun über die Lippen. Man braucht nur eine Wahrheit auszusprechen und ihr Geist fasst sie und macht sie sich zu Eigen, sei sie auch noch so kompliziert und tiefsinnig. Phantasie und Vernunft liegen bei ihr nicht im Widerstreit, sondern sind im Einklang miteinander und lenken ihren Lebenslauf, wie Wind und Wellen ein stolzes Schiff lenken. Damit vereint sie eine fast verwegene Gedankenfreiheit. Sie kann ganz allein in der Welt dastehen, sie kann ebenso tapfer sein wie sanft. Das ist die Natur, die ich mein Leben lang im Weib gesucht und niemals gefunden habe. Ione muss die meine werden! Eine doppelte Leidenschaft zieht mich zu ihr hin: Ich möchte die Schönheit des Geistes und des Körpers zugleich genießen.«

»So ist sie also noch nicht die deine?«, fragte der Priester.

»Nein, sie hat mich wohl gern, doch nur wie einen Freund. Ihre Liebe ist bloß geistig. Sie bildet sich ein, ich besäße die ärmlichen Tugenden, die zu verachten meine weit tiefere Tugend ist. Doch du musst dir ihre Geschichte von mir weiter erzählen lassen. Bruder und Schwester waren jung und reich; Ione ist stolz und ehrgeizig, stolz auf ihren Geist, den Zauber ihrer Poesie, den Reiz ihrer Plauderkunst. Als ihr Bruder mich verließ und in euren Tempel zog, zog auch sie nach Pompeji, um in seiner Nähe zu bleiben. Sie ließ es zu, dass ihre Talente bekannt wurden. Sie lädt viele Leute zu ihren Festen ein; ihre Stimme entzückt alle; ihre Poesie ist unwiderstehlich. Sie findet Gefallen daran, dass man sie für die Nachfolgerin der Erinna hält.«

»Oder der Sappho?«

»Aber einer Sappho ohne Liebe. Ich bestärkte sie in diesem kühnen Treiben, in dieser Hingabe an Eitelkeit und Vergnügen. Es gefiel mir, sie in die Zerstreuungen und das üppige Leben dieser liederlichen Stadt tauchen zu sehen. Pass auf, Calenus! Ich wollte die Spannkraft ihres Geistes lockern, sie einlullen. Doch dieser Geist ist so rein, dass noch kein Hauch ihn getrübt hat. Aber mir geht es nicht nur um Trübung, hineinfressen soll sich die Glut in den Spiegel ihrer Seele. Ich wünschte ihr eine Umgebung von hohlen, eitlen, frivolen Verehrern, die ihre Natur verachten musste. Auf diese Weise sollte das Bedürfnis nach Liebe in ihr erwachen. Wenn dann die leisen Stunden sich einstellen, wo Überdruss auf den Rausch der Aufregung folgt, dann kann ich meinen Zauber um sie spinnen, ihr Interesse wecken, ihre Leidenschaft auf mich richten, mich ihres Herzens bemächtigen. Denn weder Jugend noch Schönheit noch Frohsinn allein genügen, Ione zu bezaubern; ihre Phantasie muss in Bann geschlagen werden, vom Geist aus muss man sie bezwingen. Und das ganze Leben des Arbakes war ein fortwährender Triumph über den Geist seiner Mitmenschen.«

»Und machst du dir keine Sorgen um Nebenbuhler? Die Kavaliere Italiens sind gewandt in der Kunst zu gefallen.«

»Nicht im Mindesten! Ihre griechische Seele verachtet die barbarischen Römer, und sie würde sich selbst gering schätzen, wenn sie auch nur dem Gedanken Raum gäbe, jemand aus diesem Volk von Emporkömmlingen zu lieben.«

»Aber du bist ein Ägypter, kein Grieche.«

»Ägypten ist die Mutter von Athen. Athens Schutzgöttin, Pallas, kennen auch wir, und Athens Gründer, Kekrops, war ein Flüchtling aus dem ägyptischen Sais. Das habe ich ihr schon beigebracht, und in meinem Blut verehrt sie denn auch die ältesten Dynastien der Erde. Doch ich will zugeben, in letzter Zeit ist mir ein gewisser Verdacht gekommen, der mich nachdenklich macht. Sie ist stiller als sonst, zieht schwermütige, schmelzende Musik vor und seufzt ohne ersichtliche Veranlassung. Das mag der Anfang von Liebe sein, es kann aber auch von dem Mangel an Liebe herrühren. In beiden Fällen ist es für mich an der Zeit, nun auf ihre Phantasie und ihr Herz energisch einzuwirken: um im einen Fall die Quelle der Liebe auf mich zu richten, im andern sie für mich zu erwecken. Und darum habe ich dich aufgesucht.«

»Wie kann ich dir behilflich sein?«

»Ich will sie zu einem Fest einladen, dass ich in meinem Haus zu geben beabsichtige: Ich möchte sie blenden, sie verwirren, ihre Sinne entflammen. Unsere Künste, die Künste, durch die Ägypten seine Novizen heranbildet, müssen angewandt werden. Unter dem Schleier religiöser Mysterien will ich sie in die Geheimnisse der Liebe einweihen.«

»Ah, jetzt verstehe ich; es geht um eines jener wollüstigen Gelage, an denen trotz unserer albernen Gelübde strenger Enthaltsamkeit wir, deine Isispriester, schon oft in deinem Haus teilgenommen haben.«

»Nein, nein! Glaubst du denn, ihre keuschen Augen seien schon reif für solche Szenen? Nein, nein. Doch zuerst müssen

*Leda und Tyndareus.*

wir den Bruder umgarnen, eine leichte Aufgabe. Hör zu, ich werde dir meine Anweisungen erteilen.«

## KAPITEL V

### MEHR VON DEM BLUMENMÄDCHEN. FORTSCHRITTE IN DER LIEBE.

Hell schien die Sonne in jenes schöne Zimmer in Glaucus' Haus, das, wie schon gesagt, heute »das Zimmer der Leda« genannt wird. Die morgendlichen Strahlen drangen herein durch eine Reihe kleiner Luken im oberen Bereich der Wände und durch die Tür, die in den Garten führte, der für die Bewohner südlicher Gegenden denselben Zweck erfüllt wie für uns ein Treib- oder Gewächshaus. Der Garten war zu klein für Spaziergänge oder Leibesübungen, aber die vielen duftenden Ge-

*Venus und Cupido.*

wächse, die ihn anfüllten, machten ihn zu einem Plätzchen, wo man sich mit großem Genuss der Trägheit überlassen konnte, der den Bewohnern sonniger Zonen so lieb ist. Jetzt eben verbreiteten sich die Wohlgerüche, gefächelt von einem sanften Wind, der von der angrenzenden See herüberwehte, über das Zimmer, dessen Wände mit den reichen Farben der prächtigsten Blumen wetteiferten. Außer dem Prachtstück des Zimmers, dem Gemälde »Leda und Tyndareus«, befanden sich in der Mitte jeder Wand noch andere Gemälde von vollendeter Schönheit. Auf einem war Cupido dargestellt, auf den Knien der Venus lehnend, auf einem anderen Ariadne, am Gestade schlafend, noch nichts von der Falschheit des Theseus ahnend. Lustig spielten die Sonnenstrahlen auf dem Mosaikboden und den herrlichen Wänden; doch noch heller fielen Strahlen der Freude in das Herz des jungen Glaucus.

»Ich habe sie gesehen«, sagte er im Selbstgespräch, indem er das kleine Zimmer durchschritt, »ich habe sie gehört, ja, ich habe sogar wieder mit ihr gesprochen. Ich habe der Musik ihres Gesangs gelauscht, und sie sang von Ruhm und Griechenland! Ich habe das lang gesuchte Idol meiner Träume entdeckt, und wie der zyprische Bildhauer habe ich den Werken meiner Phantasie Leben eingehaucht.«

Vielleicht hätte das verliebte Selbstgespräch des jungen Mannes noch länger angedauert, hätte in diesem Augenblick nicht ein Schatten die Schwelle des Zimmers verdunkelt und ein junges Mädchen, den Jahren nach noch halb ein Kind, die Einsamkeit unterbrochen. Sie war einfach mit einer weißen Tunika bekleidet, die vom Hals bis zu den Knöcheln reichte; unter dem Arm trug sie ein Blumenkörbchen und in der anderen Hand hielt sie einen bronzenen Wasserkrug. Ihre Züge waren ein wenig ausgeprägter, als ihrem Alter zukam, trotzdem aber von weichen, weiblichen Konturen. Ohne eigentlich schön zu sein, gewann das Gesicht fast Schönheit durch seinen eigentümlichen Ausdruck, der etwas unbeschreiblich Mildes, man hätte sagen mögen Geduldiges, hatte. Ein Zug resignierten Kummers und stummen Duldens hatte das Lächeln, jedoch nicht die Anmut von ihren Lippen verbannt. Ihr schüchterner, behutsamer Gang und der irrende Blick ihrer Augen ließen das Gebrechen ahnen, von dem sie seit ihrer Geburt befallen war: Sie war blind. In den Augen selbst war jedoch kein Fehler sichtbar; ihr schwermütiges, gedämpftes Licht war klar, wolkenlos und heiter. »Man hat mir gesagt, Glaucus sei hier«, sagte sie. »Darf ich hereinkommen?«

»Ah, Nydia«, sagte der Grieche, »du bist es! Ich wusste doch, dass du meine Einladung nicht vergessen würdest.«

»Glaucus hat sich damit nur selbst Gerechtigkeit angedeihen lassen«, antwortete Nydia errötend, »denn er war immer gütig zu dem armen blinden Mädchen.«

»Wie könnte es anders sein?«, fragte Glaucus zärtlich und im Ton eines mitleidvollen Bruders.

Nydia seufzte und erst nach einigem Schweigen sagte sie, ohne auf seine Frage zu antworten: »Du bist erst vor kurzem zurückgekehrt?«

»Dies ist die sechste Sonne, die mich in Pompeji bescheint.«

»Und geht es dir gut? Ach, ich brauche nicht zu fragen, denn wer die Erde sieht, die doch so schön sein soll, kann es dem schlecht gehen?«

»Mir geht es gut. Und dir, Nydia? Wie groß du geworden

bist! Nächstes Jahr wirst du dir überlegen müssen, welche Antworten du deinen Verehrern geben sollst.«

Erneut überzog Röte Nydias Wangen, aber diesmal runzelte sie dabei auch die Stirn. »Ich habe dir ein paar Blumen mitgebracht«, sagte sie, ohne auf die Bemerkung zu antworten, die sie zu verdrießen schien. Sie tastete sich durch das Zimmer, bis sie den Tisch erreichte, der neben Glaucus stand. Dort setzte sie das Körbchen ab: »Nichts Besonderes, aber frisch gepflückt.«

»Sie würden mir nicht lieber sein, wenn sie von Flora selbst kämen«, sagte er freundlich. »Und ich erneuere mein den Grazien gegebenes Gelübde, keine anderen Kränze zu tragen, solange deine Hände mir solche wie diese hier winden können.«

»Und wie findest du die Blumen in deinem Viridarium? Gedeihen sie?«

»Wunderbar, als ob die Laren selbst sie gepflegt hätten.«

»Ach, nun machst du mir eine Freude, denn ich bin gekommen, so oft ich mir die Zeit abstehlen konnte, um sie während deiner Abwesenheit zu gießen und zu pflegen.«

»Wie soll ich dir danken, schöne Nydia?«, sagte der Grieche. »Glaucus hat es sich nicht träumen lassen, dass er jemand in Pompeji zurückließ, der sich seiner Lieblinge mit so viel Sorgfalt annehmen würde.«

Die Hand des Kindes zitterte, und seine Brust hob sich unter der Tunika. Sie wandte sich verlegen ab. »Die Sonne ist heute zu heiß für die armen Blumen«, sagte es, »und sie werden mich vermissen, denn mir ging es nicht gut, und es ist bereits neun Tage her, seit ich zum letzten Mal nach ihnen gesehen habe.«

»Dir war nicht gut, Nydia? Und doch hat deine Wange mehr Röte als voriges Jahr.«

»Ich bin oft unpässlich«, erwiderte die Blinde in rührendem Ton, »und nun wo ich größer werde, betrübt mich meine Blindheit mehr. Aber jetzt zu den Blumen!« Damit neigte sie leicht den Kopf, ging in das Viridarium und machte sich eifrig an die Arbeit, den Pflanzen Wasser zu geben.

»Arme Nydia«, dachte Glaucus, indem er ihr zusah. »Du hast ein hartes Los. Du siehst nicht die Erde, nicht die Sonne, nicht das Meer und nicht die Sterne, und vor allen Dingen, du kannst Ione nicht sehen.«

Bei diesem letzten Gedanken flog sein Geist zurück zum vergangenen Abend. Er wurde jedoch in seinen Träumereien durch den Eintritt von Clodius zum zweiten Mal unterbrochen. Es war schon merkwürdig und ein Beweis, wie viel ein einziger Abend zum Wachstum und zur Verfeinerung der Liebe beigetragen hatte, die der Athener für Ione fühlte, dass er, der Clodius das Geheimnis seiner ersten Begegnung mit ihr und die Wirkung, die dieses Zusammentreffen auf ihn hervorgerufen, so bereitwillig anvertraut hatte, jetzt eine unüberwindliche Abneigung empfand, ihm gegenüber auch nur ihren Namen zu erwähnen. Er hatte Ione gesehen, hehr, rein, unbefleckt, inmitten der lockersten und verworfensten Lebemänner Pompejis, und selbst den kühnsten zwang ihr Liebreiz, ohne dass sie der Strenge bedurfte, Zurückhaltung auf, ja sie schien sogar auf die sinnlichsten, am wenigsten idealistischen Gecken einen veredelnden Einfluss auszuüben. So drehte sie durch ihren geistigen, läuternden Zauber die Fabel von der Kirke um und verwandelte Tiere zu Menschen. Selbst die, die ihre Seele nicht begreifen konnten, wurden durch die Magie ihrer Schönheit sozusagen auf ein rein geistiges Niveau erhoben: Wer keinen Sinn für Poesie hatte, besaß zumindest ein Ohr für die Melodie ihrer Stimme. Als Glaucus sie in dieser Umgebung sah, als er gewahrte, wie ihre Gegenwart alle Dinge läuterte und verklärte, da fühlte er eigentlich erst, zu was seine Natur fähig war und wie unwürdig der Göttin seiner Träume sein bisheriger Umgang und seine Lebensweise waren. Ein Schleier schien von seinen Augen weggenommen; er sah die unermessliche Kluft zwischen sich und seinen Gefährten, eine Kluft, die die trügerischen Nebel der Vergnügungen bisher verborgen hatten. Das Bewusstsein, dass Mut dazu gehöre, um Ione zu werben, adelte allein schon seine Seele. Er fühlte, dass es fortan seine Bestimmung war, emporzuschauen und nach Hohem zu streben. Er konnte nicht länger diesen Namen, der seinem feurigen Gemüt als etwas Heiliges und Göttliches erschien, vor gemeinen, niedrigen Ohren aussprechen. Sie war nicht länger das schöne Mädchen, das er einmal gesehen und an das er mit Liebe gedacht hatte: Sie war nun die Herrin, die Göttin seiner Seele. Wer hat dieses Gefühl nicht auch kennen gelernt? Und hast du es nicht, so hast du nie geliebt!

Als Clodius mit affektierter Begeisterung von der Schönheit Iones sprach, fühlte Glaucus daher nur Verdruss und Widerwillen, dass solche Lippen sich erdreisten konnten, sie zu rühmen. Er antwortete kalt, und der Römer glaubte deshalb, seine Leidenschaft sei erloschen, statt gestiegen. Clodius bedauerte das nicht, denn er wünschte, dass Glaucus eine noch reichere Erbin heiraten sollte, nämlich Julia, die Tochter des betuchten Diomed, dessen Gold der Spieler dann auf diesem Weg leicht in die eigenen Taschen hinüberzuwürfeln hoffte. Das Gespräch der beiden floss nicht mit der gewohnten Leichtigkeit, und kaum hatte Clodius ihn verlassen, machte Glaucus sich auf den Weg zu Iones Haus. Als er die Schwelle überschritt, begegnete er noch einmal Nydia, die mit ihrer anmutigen Arbeit eben fertig geworden war. Sie erkannte seinen Gang sogleich.

»Du gehst früh aus«, sagte sie.

»Ja. Der Himmel Kampaniens zürnt dem Trägen, der seine Reize verschmäht.«

»Ach, wenn ich ihn doch auch sehen könnte«, murmelte die Blinde, aber so leise, dass Glaucus die Klage nicht hören konnte.

Die Thessalierin blieb noch einen Augenblick zögernd auf der Schwelle stehen und trat dann mit Hilfe eines langen Stabs, den sie mit großer Gewandtheit führte, den Heimweg an. Sie bog bald aus den belebteren Straßen und ging in ein Stadtviertel, das von den Anständigen und Nüchternen nur wenig besucht wurde. Ihr selbst ersparte die Blindheit den Anblick der gemeinen, rohen Zeichen des Lasters um sie her, und da es zu dieser Zeit still und leer auf den Gassen war, blieb auch ihr jugendliches Ohr bewahrt vor dem Lärm, der oft in den obszönen und dunklen Orten ausbrach, die sie jetzt geduldig und traurig durchschritt.

Sie klopfte an die Hintertür einer Art von Schänke. Es wurde geöffnet, und eine grobe Stimme rief ihr zu, die Sesterzen herzugeben. Ehe sie antworten konnte, sagte eine andere Stimme, die weniger roh klang:

»Hab dich doch nicht so wegen der paar Münzen, Burbo. Man wird die Stimme des schönen Mädchens bald wieder bei den Gelagen unseres reichen Freundes hören wollen, und der zahlt, wie du weißt, ganz anständig für seine Nachtigallenzungen.«

»Oh, das will ich nicht hoffen«, rief Nydia zitternd. »Ich will vom Morgen bis zum Abend betteln gehen, nur schickt mich nicht wieder dorthin.«

»Und warum nicht?«, fragte dieselbe Stimme.

»Weil … weil ich jung bin und von zarter Natur, und die Frauen, die mir dort begegnen, sind kein passender Umgang für eine, die … die … «

»Sklavin im Hause Burbos ist«, erwiderte die Stimme spöttisch und mit grobem Lachen.

Die Thessalierin stellte die Blumen hin, bedeckte das Gesicht mit den Händen und weinte leise.

Unterdessen begab sich Glaucus zur Wohnung der schönen Neapolitanerin. Er fand sie inmitten ihrer Dienerinnen, die rings um sie her mit verschiedenen Arbeiten beschäftigt waren. Ihre Lyra stand neben ihr, denn Ione war heute ungewöhnlich müßig, vielleicht weil sie ungewöhnlich gedankenvoll war. Im Morgenlicht und in ihrem schlichten Gewand erschien sie ihm fast noch schöner als im blendenden Lampenlicht und im Schmuck der kostbaren Juwelen vom vergangenen Abend; umso schöner, da eine leichte Blässe über ihre durchsichtigen Wangen hingehaucht war, die einer Röte wich, als er sich zeigte. So gewohnt er es war zu schmeicheln, so erstarb doch die Schmeichelei auf seinen Lippen, als er zu der Errötenden sprach. Er fühlte, dass es unter ihrer Würde war, der Huldigung, die deutlich in jedem Blick lag, auch noch Worte zu geben. Sie sprachen von Griechenland. Das war ein Thema, bei dem Ione lieber zuhörte, statt selbst zu sprechen, und es war auch ein Thema, über das Glaucus in alle Ewigkeit hätte schwärmen können. Er beschrieb ihr die silbernen Olivenhaine, die noch an den Ufern des Ilissos standen, und die Tempel, die, ihrer Herrlichkeit schon zur Hälfte beraubt, doch im Verfall noch immer schön waren. Er blickte auf die trauervolle Stadt Harmodios des Freien und Perikles des Großen, von der Höhe jener fernen Erinnerung zurück, aus der alle gröberen, dunkleren Schatten zu nebelhaftem Schimmer verschwimmen. Er hatte das Land der Poesie hauptsächlich im poetischen Jünglingsalter gesehen, und seine Vorstellungen von Vaterlandsliebe vermischten sich mit dem Feuer und der Begeisterung der Jugend. Hingerissen und stumm lauschte Ione. Teurer waren ihr diese Worte und Beschreibungen als alle überschwängliche Anbetung ihrer zahllosen Verehrer. War es Sünde, ihren Landsmann zu lieben? Sie liebte in ihm Athen; die Götter ihres Volkes, das Land ihrer Träume sprachen zu ihr aus seiner Stimme! Von dieser Zeit an sahen sie sich täglich. In der Kühle des Abends machten sie Fahrten auf der ruhigen See. Nachts trafen sie sich in Iones Säulengängen und Hallen. Die Liebe ergriff beide plötzlich und mächtig. Sie füllte alle Quellen ihres Lebens. Herz, Hirn, Verstand, Phantasie, alles wurde Diener und Priester dieses Gefühls. Wie wenn man ein Hindernis bei zwei Dingen beseitigt, die sich gegenseitig anziehen, so trafen sie sich und waren eins. Sie wunderten sich nur, dass sie so lange getrennt gelebt hatten. Und es war natürlich, dass sie so liebten. Sie waren jung, schön und begabt, von derselben Herkunft und derselben Seele. Es lag Poesie in ihrer Vereinigung. Sie glaubten, der Himmel lächle zu ihrem Bund. Wie die Verfolgten Zuflucht am Altar suchen, so erblickten sie im Altar ihrer Liebe ein Asyl vor den Sorgen der Erde. Sie bedeckten ihn mit Blumen und ahnten noch nicht, was für Schlangen dahinter verborgen lagen.

Eines Abend, es war der fünfte nach ihrer ersten Begegnung in Pompeji, kehrten Glaucus und Ione mit einem kleinen Kreis ausgewählter Freunde von einem Ausflug um die Bucht zurück. Ihre Barke glitt leicht über das im Zwielicht schimmernde Wasser, dessen heller Spiegel nur von den tropfenden Rudern zerbrochen wurde. Während die übrigen Teilnehmer munter miteinander plauderten, lag Glaucus zu Iones Füßen und wagte nicht einmal zu ihr aufzuschauen. Ione machte dem Schweigen zwischen ihnen zuerst ein Ende.

»Mein armer Bruder«, sagte sie seufzend, »wie würde er früher eine solche Stunde genossen haben!«

»Dein Bruder?«, fragte Glaucus. »Ich hab ihn noch nicht gesehen. Mit dir beschäftigt, habe ich an nichts anderes gedacht, sonst hätte ich dich schon gefragt, ob das dein Bruder gewesen ist, an dessen Seite du mich im Minervatempel in Neapel verlassen hast.«

»Er war es.«

»Und ist er hier?«

»Ja.«

»In Pompeji und nicht ständig bei dir? Unmöglich.«

»Er hat andere Pflichten«, antwortete Ione traurig. »Er ist ein Isispriester.«

»So jung und Mitglied dieser, zumindest ihrem Gesetz nach, so strengen Priesterschaft?«, rief der warmherzige, sanftmütige Grieche mit Verwunderung und Mitleid. »Was mag ihn dazu bewogen haben?«

»Er war immer voller enthusiastischem, inbrünstigem religiösen Eifer, und die Beredsamkeit eines Ägypters, unseres Freundes und Vormunds, erweckte in ihm den frommen Wunsch, sein Leben der mystischsten all unserer Gottheiten zu weihen. Vielleicht erschien ihm im Übermaß seines Eifers die Strenge dieser Priesterschaft besonders anziehend.«

»Und er bereut seine Wahl nicht? Ich hoffe doch, dass er glücklich ist.«

Ione seufzte tief und ließ den Schleier über ihre Augen herabfallen.

»Ich wünschte«, sagte sie nach einer Pause, »er wäre nicht so voreilig gewesen. Doch vielleicht ist er wie alle, die zu viel erwarten, auch zu leicht empört.«

»Also fühlt er sich nicht glücklich in seiner neuen Stellung? Und dieser Ägypter, war der selbst ein Priester? Hatte er Interesse, der geweihten Schar neue Kräfte zu werben?«

»Nein. Sein Hauptinteresse war unser Glück. Er glaubte, das bei meinem Bruder zu befördern. Wir sind ja Waisen.«

»Wie ich«, sagte Glaucus bedeutungsvoll.

Mit niedergeschlagenen Augen fuhr Ione fort:

»Und Arbakes versuchte, uns den Vater zu ersetzen. Du musst ihn kennen lernen. Er hat alle geistvollen Menschen gern.«

»Arbakes? Den kenne ich bereits. Zumindest sprechen wir miteinander, wenn wir uns treffen. Wenn du ihn jedoch nicht lobtest, würde mich nicht nach seiner näheren Bekanntschaft verlangen. Mein Herz fühlt sich zu den meisten Menschen rasch hingezogen. Doch dieser düstere Ägypter mit seiner finsteren Stirn und seinem eisigen Lächeln scheint mir die Sonne selbst traurig zu machen. Es ist, als hätte er wie Epimenides von Kreta vierzig Jahre in einer Höhle verbracht, so dass ihm hinterher das Tageslicht unnatürlich vorkam.«

»Doch ist er wie Epimenides gütig, weise und sanftmütig«, sagte Ione.

»Oh, welch ein Glück, dass du ihn lobst! Er braucht keine anderen Tugenden, um mir teuer zu sein.«

»Seine Ruhe, seine Kälte«, fuhr Ione fort, um Fragen von seiner Seite zuvorzukommen, »sind vielleicht bloß auf Erschöpfung durch früher erlittene Schmerzen zurückzuführen. Er gleicht darin dem Berg«, und sie zeigte auf den Vesuv, »den wir finster und friedlich in der Ferne sehen, und der doch einst das Feuer nährte, das jetzt für immer erloschen ist.«

Beide sahen bei diesen Worten zum Berg hinüber. Der Himmel war sonst weit und breit in rosige, zarte Farben getaucht, aber über der grauen Spitze, die aus den Wäldern und Weingärten, die sie zur Hälfte umschlossen, emporragte, hing eine schwarze, unheildrohende Wolke, die einzige düstere Stelle in der Landschaft. Eine plötzliche, unerklärliche Beklemmung überkam beide, als sie dorthin schauten. Und mit jener Sympathie, die sie die Liebe bereits gelehrt hatte und sie beim geringsten Schatten von Kummer, bei der leisesten Ahnung von Unglück Zuflucht beieinander suchen ließ, verließen beider Blicke im selben Moment den Berg, und ihre Augen trafen sich mit dem Ausdruck unvorstellbarer Zärtlichkeit. Mussten sie sich noch der Worte bedienen, um zu sagen, dass sie sich liebten?

## KAPITEL VI

### DER VOGELSTELLER FÄNGT DEN GERADE ENTSCHLÜPFTEN VOGEL ERNEUT UND BEREITET DAS NETZ FÜR EIN WEITERES OPFER VOR.

In der Geschichte, die ich erzähle, drängen sich die Ereignisse dicht und schnell wie in einem Drama. Ich schreibe von einer Epoche, in der Tage genügten, die Frucht zu zeitigen, zu der sonst Jahre nötig sind.

Arbakes hatte in letzter Zeit das Haus von Ione wenig besucht. Wenn er gekommen war, hatte er Glaucus nicht getroffen, und er wusste bis jetzt noch nichts von der Liebe, die so plötzlich entstanden war und sich zwischen ihn und sein Ziel stellte. Sein Interesse an Iones Bruder hatte ihn genötigt, sein Interesse an ihr selbst für eine Weile hintanzustellen. Sein Stolz und seine Selbstsucht wurden geweckt und beunruhigt durch die Veränderung, die über den Geist des jungen Mannes gekommen war. Er befürchtete, dass er selbst einen gelehrigen Schüler und Isis einen enthusiastischen Diener verlieren könne. Apaecides kam jetzt gar nicht mehr, um ihn um Rat zu fragen. Er war selten zu finden; er ging dem Ägypter finster aus dem Weg, ja er floh geradezu vor ihm, wenn er ihn von weitem gewahrte. Arbakes war einer jener hochmütigen, mächtigen Geister, denen es zur zweiten Natur geworden ist, über andere zu herrschen. Der Gedanke, dass jemand, der einmal in seinen Händen gewesen war, sich ihm entwinden könne, empörte ihn. Er schwor sich, Apaecides solle ihm nicht entwischen.

Mit diesem Entschluss schritt er durch einen dichten Hain, der in der Stadt zwischen seinem Haus und dem von Ione lag. Hier traf er unvermutet den jungen Isispriester, der an einem Baum lehnte und zu Boden blickte.

»Apaecides!«, rief er und legte die Hand fast liebevoll auf die Schulter des jungen Mannes.

Der Priester fuhr auf und schien fliehen zu wollen.

»Mein Sohn«, sagte der Ägypter, »was ist passiert, dass du versuchst mich zu meiden?«

Apaecides verharrte in mürrischem Schweigen und sah zu Boden, während seine Lippen zitterten und seine Brust sich erregt hob und senkte.

»Sprich doch, mein Freund«, fuhr der Ägypter fort. »Sprich. Du hast doch irgendetwas auf dem Herzen. Was hast du mir zu enthüllen?«

»Dir? Nichts!«

»Und warum hast du gerade zu mir so wenig Vertrauen?«

»Weil du mein Feind gewesen bist.«

»Wir wollen uns aussprechen«, sagte Arbakes leise, zog den widerstrebenden Arm des Priesters in den seinen und führte den Jüngling zu einer der Bänke, die im Hain hier und da standen. Sie setzten sich, und ihre düsteren Gestalten schienen mit dem Schatten und der Einsamkeit des Ortes in Einklang zu stehen.

Apaecides stand in der Blüte der Jahre, und doch sah er stärker vom Leben gezeichnet aus als selbst der Ägypter; seine zarten, regelmäßigen Züge waren schlaff und farblos; seine hohlen Augen leuchteten grell und fieberhaft; seine Gestalt war vorzeitig gebückt, und an seinen fast weiblich kleinen Händen verrieten die blauen, geschwollenen Adern die Kraftlosigkeit eines erschlafften Körpers. Sein Gesicht hatte große Ähnlichkeit mit Iones, aber der Ausdruck war ganz verschieden von der majestätischen, geistvollen Ruhe, die der Schönheit seiner Schwester einen klassischen, ja göttlichen Charakter verlieh. Der Enthusiasmus ihrer Seele wurde sichtbar, aber er war immer gedämpft und zurückgehalten; darin bestand eben der eigentliche Reiz, das Geistvolle ihres Antlitzes. Man empfand das Verlangen, den Geist zu wecken, der wohl ruhte, aber sichtlich nicht schlief. Bei Apaecides verriet jeder Zug die Inbrunst und Leidenschaft seines Temperaments, und der geistige Teil seiner Natur schien, nach dem wilden Feuer seiner Augen, den im Vergleich zur Höhe der Stirn überaus breiten Schläfen und den ruhelos zitternden Lippen zu schließen, ganz von der Phantasie, vom Idealen beherrscht, ja tyrannisiert zu werden. Bei der Schwester hatte die Phantasie am goldenen Tor der Poesie Halt gemacht; bei dem weniger glücklichen Bruder, der sie nicht so gut im Zaum zu halten verstand, verirrte sie sich in ungreifbare, körperlose Visionen, und dieselben Fähigkeiten, die der einen Genie verliehen, bedrohten den anderen mit Wahnsinn.

»Du sagst, ich sei dein Feind gewesen«, sagte Arbakes. »Ich weiß, warum du mich so ungerecht anklagst. Ich habe dich unter die Isispriester gebracht; du bist über ihre Kunstgriffe und Betrügereien empört, und nun meinst du, auch ich hätte dich betrogen; die Reinheit deiner Seele fühlt sich verletzt, du hältst auch mich für einen der Betrüger.«

»Dir waren die Gaukeleien dieser ruchlosen Zunft bekannt«, antwortete Apaecides; »warum hieltest du sie mir verborgen? Als du in mir den Wunsch wecktest, mich dem Beruf zu widmen, dessen Kleid ich trage, da sprachst du zu mir von dem heiligen Leben, von Männern, die sich ganz der Wissenschaft widmeten. Stattdessen aber hast du mir eine unwissende, sinnliche Herde, die nichts von Wissenschaft weiß, und die nur im gröbsten Betrug bewandert ist, zu Genossen gegeben. Du sprachst zu mir von Männern, die auf die irdischen Freuden verzichten und sich nur der erhabenen Pflege der Tugenden weihten, stattdessen hast du mich unter Leute gebracht, die nach dem tiefsten Schmutz des Lasters stinken. Du sprachst zu mir von Freunden, die mich läutern und erleuchten sollten, stattdessen sehe ich nur Schwindler und Betrüger! Oh, das war gemein von dir! Den Glanz meiner Jugend, den Glauben an die Tugend, den heiligenden Durst nach Weisheit hast du mir geraubt. Ich war jung, reich, voll brennendem Verlangen, und die sonnigen Genüsse der Erde lagen vor mir; aber ohne Murren, ja sogar mit Freude und Jubel entsagte ich allem, in der Überzeugung, dass ich dagegen die tief verborgenen Mysterien der göttlichen Weisheit, die Genossenschaft der Götter selbst, die Offenbarungen des Himmels eintauschte, und jetzt ... jetzt ...«

Krampfhaftes Schluchzen erstickte die Stimme des Priesters; er bedeckte das Gesicht mit den Händen, und große Tränen brachen durch die abgezehrten Finger und flossen in Strömen auf sein Gewand.

»Was ich dir versprochen habe, will ich auch halten, mein Freund, mein Zögling. Das alles war nur eine Probezeit für deine Tugend. Umso glänzender wird sich nun deine Priesterlaufbahn gestalten; denk nicht mehr an die plumpen Betrügereien, gib dich nicht mehr mit den Handlangern der Göttin ab, mit den *Atrienses** ihrer Halle, du bist würdig, ins Allerheiligste einzutreten. Fortan will ich dein Priester, dein Führer sein, und du, der du jetzt meiner Freundschaft fluchst, wirst sie einst noch segnen!«

Der junge Mann hob den Kopf und blickte den Ägypter verwundert und verständnislos an.

»Höre mich an«, fuhr Arbakes mit ernster, feierlicher Stimme fort, nachdem er zuvor einen spähenden Blick umhergeworfen hatte, ob sie noch allein waren. »Alles Wissen der Welt kam aus Ägypten. Aus Ägypten stammt die Weisheit Athens und die hohe Staatskunst der Kreter. Aus Ägypten kamen die frühen, geheimnisvollen Völkerstämme, die – lange bevor die Horden des Romulus die Ebenen Italiens überfluteten, um im ewigen Kreislauf der Geschehnisse die Zivilisation zu verdrängen und Barbarei und Finsternis an ihre Stelle zu setzen – schon alle Künste der Weisheit und alle Anmut des geistigen Lebens besaßen. Aus Ägypten kamen die erhabenen gottesdienstlichen Gebräuche der heiligen Stadt Caere, deren Einwohner ihre eisernen Eroberer, die Römer, alles lehrten, was diese noch heute von erhabener Religion und göttlicher Anbetung kennen. Und wie, junger Mann, ist wohl nach deiner Meinung dieses gewaltige Ägypten, die Mutter zahlloser Nationen, zu seiner Größe gelangt, auf welche Weise hat es sich zu seiner himmelstürmenden Höhe der Weisheit aufgeschwungen? Es war das Ergebnis einer weisen, heiligen Staatsklugheit. Die modernen Nationen verdanken Ägypten ihre Größe, Ägypten seine aber seinen Priestern. In sich selbst versunken, dabei aber nach Herrschaft über den edleren Teil des Menschen, über seine Seele und seinen Glauben strebend, waren diese alten Diener Gottes ergriffen von den erhabensten Gedanken, zu denen sich Sterbliche jemals haben aufschwingen können. Vom Umlauf der Gestirne, den Jahreszeiten der Erde, dem geschlossenen, immer gleichen Kreislauf des Menschengeschicks entwarfen sie eine erhabene Allegorie; durch die Sinnbilder von Göttern und Göttinnen machten sie sie für das Volk handgreiflich und verständlich, und was in Wahrheit Beherrschung bedeutete, das nannten sie Religion. Isis ist eine Fabel – erschrick nicht! Das, wofür Isis nur ein Sinnbild ist, existiert wirklich, ist ein unsterbliches Wesen. Isis selbst ist nichts. Die Natur, die sie darstellt, ist die Mutter aller Dinge, finster, uralt, unergründlich für alle außer wenigen Eingeweihten. ›Kein Sterblicher hat je meinen Schleier gehoben‹, spricht die Isis, die du anbetest; doch für die Weisen *ist* dieser Schleier gelüftet worden, und wir haben von Angesicht zu Angesicht der heiligen Lieblichkeit der Natur gegenübergestanden. Die Priester waren die Wohltäter der Menschheit, sie haben sie zivilisiert. Allerdings waren sie auch, wenn du so willst, Fälscher und Betrüger. Glaubst du aber, junger Mann, dass sie den Menschen hätten Nutzen bringen können, wenn sie sie nicht betrogen hätten? Das unwissende, gemeine Volk muss zu seinem eigenen Besten geblendet werden. An einen Grundsatz würden sie nicht glauben, sie beten immer nur das Orakel an. Der Kaiser von Rom beherrscht die großen, vielen Völker der Erde und bringt Eintracht in die widerstreitenden, uneinigen Elemente; so entstehen Friede, Ordnung, Gesetz und die Segnungen des Lebens. Glaubst du, es sei der Mensch, der Kaiser, der diese Herrschaft ausübe? Nein, der Pomp ist es, die Ehrfurcht, die Majestät, die ihn umgibt, und *das* ist der Betrug, der Täuschungstrick, den er anwendet. Unsere Orakel und Prophezeiungen, unsere Andachten und Zeremonien sind die Mittel, durch die *wir* herrschen, sind der Mechanismus *unserer* Macht. Es sind dieselben Mittel für denselben Zweck: der Menschheit Wohlfahrt und Eintracht zu geben. – Du hörst mir entzückt und gespannt zu; es beginnt dir ein Licht aufzugehen.«

Apaecides schwieg, aber das rasche Mienenspiel seines sprechenden Gesichts verriet den Eindruck, den die Worte des Ägypters auf ihn machten, Worte, deren Wirkung durch die Stimme, das Aussehen und das Benehmen des Mannes noch zehnfach erhöht wurde.

»Während also«, nahm Arbakes den Faden wieder auf, »unsere Ahnen am Nil die ersten Elemente schufen, durch deren Tätigkeit das Chaos überwunden wird, während sie die große Menge den wenigen Auserwählten untertänig machten und ihr Ehrfurcht und blinden Glauben zu jenen einflößten, lösten sie aus ihren majestätischen, himmelhohen Betrachtungen jene Weisheit ab, die *kein* Trugwerk ist: Sie erfanden die Bestimmungen und Regelungen der Gesetze, die Künste und die Zierden des Daseins. Sie forderten Glauben und gaben dafür die Zivilisation zurück. Wurden dadurch ihre Betrügereien nicht zu einer Tugend? Glaub mir, wenn in den fernen Himmeln einer göttlichen, wohltätigen Natur ein Wesen auf unsere Welt herabblickt, so wird es lächelnd der Weisheit Beifall zollen, die ein solches Werk zustande gebracht hat. Doch du möchtest, dass ich diese Allgemeinheiten auf dich anwende; ich eile, deinem Wunsch zu entsprechen. Die Altäre der Gottheit unseres alten Glaubens müssen Diener haben, und zwar müssen wir noch andere Priester haben als die stumpfen, seelenlosen Wesen, die nur Pflöcke und Haken sind, woran man Kleid und Stirnband aufhängt. Erinnere dich an zwei Sprüche von Sextus dem Pythagoräer, Sprüche, die der ägyptischen Wissenschaft entlehnt sind. Der erste lautet: ›Sprich nicht zu der Menge von Gott‹; der zweite: ›Der Mensch, der Gottes würdig ist, ist ein Gott unter Menschen‹. Der Geist verlieh den Dienern der ägyptischen Religion jene Herrschaft, die in späteren Zeiten so schrecklich in Verfall geriet, und so kann diese Herrschaft auch nur durch geistige Überlegenheit wieder aufgerichtet werden. In dir, Apaecides, sah ich einen meiner Lehren würdigen Schüler, einen Priester, der imstande wäre, die großen Ziele zu erreichen, die erstrebt werden müssen. Deine Energie, deine Gaben, deine Glaubensreinheit, der Ernst deiner Begeisterung, das alles machte dich geeignet zu dem Beruf, der unbedingt hohe, feurige Eigenschaften erfordert. Ich bestärkte dich deshalb in deinen heiligen Wünschen; ich habe dich zu dem Schritt angespornt, den du getan hast. Aber du machst mir Vorwürfe, dass ich dich nicht darüber aufklärte, wie kleinlich die Seelen deiner Gefährten sind und welche Gaukeleien sie betreiben. Hätte ich das getan, Apaecides, so hätte ich meinen Zweck von vornherein vereitelt. Deine edle Natur hätte sich sofort abgekehrt, und Isis hätte ihren Priester verloren.«

Apaecides stöhnte laut auf. Der Ägypter fuhr fort, ohne auf diese Unterbrechung zu achten:

»Ich brachte dich daher ohne jede Vorbereitung in den Tempel. Ich ließ dich allein, denn allein solltest du mit einem Schlag den Mummenschanz, der die blinde Masse narrt, durchschauen. Du solltest erkennen, wie die Maschine bewegt wird, durch die der Springquell seine die Welt erfrischenden Wasser in die Luft sendet. Das war die Probezeit, die von alters her jedem unserer Priester vorgeschrieben ist. Denjenigen, die sich daran gewöhnen, dass die Menge betrogen wird, überlässt man das Amt, den Betrug weiterhin auszuüben. Für jene aber, die wie du kraft ihrer höheren Natur höheren Zielen zustreben, erschließt die Religion Geheimnisse, die gottähnlicher sind. Es freut mich, dass ich in dir den Charakter finde, den ich erwartet hatte. Du hast das Gelübde abgelegt, zurück kannst du nicht mehr. Also vorwärts, ich will dein Führer sein!«

»Und was willst du mich lehren, oh seltsamer, schrecklicher Mann? Neuen Betrug, neue …«

»Nein; ich habe dich in den Abgrund des Unglaubens fallen lassen, ich will dich jetzt auf den höchsten Gipfel des Glaubens geleiten. Du hast die falschen Sinnbilder gesehen, jetzt sollst du die Wirklichkeit kennen lernen, die sie darstellen. Es gibt keinen Schatten, Apaecides, ohne einen Körper, der ihn wirft. Komm heute Abend zu mir. Deine Hand darauf.«

Hingerissen, aufgeregt, verwirrt von den Worten des Ägypters, gab ihm Apaecides die Hand, und Meister und Schüler trennten sich.

Für Apaecides gab es tatsächlich kein Zurück. Er hatte das Gelübde des Zölibats abgelegt, hatte sich einem Leben geweiht, das zurzeit vom Fanatismus in all seiner Starrheit beherrscht war, ohne ihm die Tröstungen des Glaubens zu spenden. Es war ganz natürlich, dass er ein inniges Verlangen hegte, sich mit seiner unabänderlichen Laufbahn auszusöhnen. Der mächtige, tiefe Geist des Ägypters hielt noch immer seine junge Phantasie im Bann, regte ihn zu unbestimmten Vermutungen an und ließ ihn unsicher zwischen Furcht und Hoffnung schweben.

Unterdessen ging Arbakes langsam und würdevoll zum Haus von Ione. Als er in das Tablinum trat, schlug aus den Säulengängen des Peristyls eine Stimme an sein Ohr, die zwar schön und melodisch klang, ihm aber doch höchst unlieb zu hören war. Es war die Stimme des jungen, schönen Glaucus, und zum ersten Mal zuckte ein Stich von Eifersucht durch die Brust des Ägypters. Als er das Peristyl betrat, sah er Glaucus neben Ione sitzen. Der Springbrunnen im duftenden Garten warf eine silberne Fontäne in die Luft und verbreitete in der Mittagsschwüle eine angenehme Frische. Die Dienerinnen, von denen Ione fast immer umgeben war, da sie bei aller Freiheit ihres Lebens auf feinen Anstand hielt, saßen ein wenig abseits. Zu Glaucus' Füßen lag die Laute, auf der er Ione eines seiner lesbischen Lieder vorgespielt hatte. Die Szene mit der Gruppe, die Arbakes vor sich sah, hatte jenes rein geistige, vornehme Gepräge der Poesie, das wir, und zwar nicht zu Unrecht, für einen besonderen Vorzug der Antike halten. Die Marmorsäulen, die Blumenvasen, die weißen stillen Statuen, die jeden Ausblick abschlossen, und vor allem die beiden lebendigen Gestalten, das vereinte sich zu einem Gesamtbild, das einen Künstler entweder mit Begeisterung oder mit Verzweiflung erfüllen musste.

Arbakes blieb einen Augenblick stehen und betrachtete das Paar mit einer Miene, aus der der ihm sonst übliche Ausdruck unnachgiebiger Ruhe gänzlich gewichen war. Dann raffte er sich gewaltsam auf und näherte sich langsam, doch mit so leisem, lautlosem Schritt, dass ihn selbst die Dienerinnen nicht hörten, geschweige denn Ione und ihr Verehrer.

»Und doch«, sagte Glaucus, »solange wir nicht lieben, glauben wir, unsere Dichter hätten die Liebe wahrheitsgetreu geschildert. Im selben Augenblick, wo die Sonne aufgeht, verblassen alle Sterne, die in ihrer Abwesenheit geleuchtet haben. Nur in der Nacht des Herzens haben die Dichter Bestand; wenn wir den vollen Glanz der Gottheit selbst fühlen, sind sie uns nichts mehr.«

»Ein zartes, warmes Gleichnis, edler Glaucus.«

Beide fuhren herum und erblickten hinter Iones Stuhl das kalte, sarkastische Gesicht des Ägypters.

»Du kommst unvermutet«, sagte Glaucus mit gezwungenem Lächeln und stand auf.

»Das sollten alle tun, die wissen, dass sie willkommen sind«, erwiderte Arbakes, setzte sich und winkte Glaucus, dasselbe zu tun.

»Es freut mich«, sagte Ione, »euch endlich beisammen zu sehen, denn ihr passt zueinander und seid wie geschaffen dazu, Freunde zu sein.«

»Gib mir fünfzehn Lebensjahre zurück«, antwortete der Ägypter, »bevor du mich auf eine Stufe mit Glaucus stellst. Ich würde mich glücklich schätzen, seine Freundschaft zu besitzen, aber was könnte ich ihm dafür geben? Könnte ich ihm ebenso viele vertrauliche Mitteilungen machen wie er mir, über Gelage und Blumenkränze, über parthische Rosse und die Wechselfälle des Würfelspiels? Solche Vergnügungen schicken sich für sein Alter, seine Natur und seine Lebensweise, aber für mich sind sie nichts.«

Mit diesen Worten sah der listige Ägypter seufzend zu Boden, warf jedoch aus dem Augenwinkel einen verstohlenen Blick auf Ione, um festzustellen, wie sie diese zweideutige Anspielung auf Tun und Treiben ihres Gastes aufnähme. Ihre Miene gab ihm keine Aufklärung. Glaucus errötete etwas und beeilte sich, eine gut gelaunte Antwort zu geben. Auch war er vielleicht nicht frei von dem Wunsch, den Ägypter aus der Fassung zu bringen und verlegen zu machen.

»Du hast Recht, weiser Arbakes«, sagte er, »wir können einander wohl achten, aber Freunde können wir nicht sein. Meinen Festen fehlt das geheime Salz, das, dem Gerücht nach, deinen eine solche Würze verleiht. Und, bei Herkules, wenn ich so alt sein werde wie du, dann halte ich es vielleicht wie du für weise, den derberen Freuden des Mannesalters nachzugeben und lächle vielleicht auch sarkastisch über die wilden Streiche der Jugend.«

Der Ägypter heftete plötzlich einen durchdringenden Blick auf Glaucus: »Ich verstehe dich nicht«, sagte er kalt, »aber es ist Mode, in dunklen Worten Geist zu suchen.« Mit einem kaum wahrnehmbaren Lächeln der Verachtung wandte er sich von Glaucus ab und richtete nach kurzem Schweigen das Wort an Ione: »Schon zwei- oder dreimal, schöne Ione, habe ich in letzter Zeit deine Schwelle betreten, ohne so glücklich zu sein, dich zu Hause anzutreffen.«

»Die spiegelglatte See hat mich öfter hinausgelockt«, antwortete Ione ein klein wenig verlegen.

Die Verwirrung entging Arbakes nicht, doch scheinbar ohne darauf zu achten, antwortete er lächelnd: »Du weißt, der alte Dichter* sagt, ›Frauen sollen zu Haus bleiben und sich dort unterhalten.‹«

»Dieser Dichter war ein Zyniker«, sagte Glaucus, »und hasste die Frauen.«

»Er sprach gemäß den Gebräuchen seines Landes, und dieses Land ist dein viel gepriesenes Hellas.«

»Andere Zeiten, andere Sitten! Hätten unsere Ahnen Ione gekannt, hätten sie ein anderes Gesetz erlassen.«

»Hast du diese niedlichen Komplimente in Rom gelernt?«, fragte Arbakes mit einem Zorn, den er nur schlecht verhehlen konnte.

»Wenigstens braucht man, um Komplimente zu lernen, gewiss nicht nach Ägypten zu gehen«, gab ihm Glaucus zurück und spielte lässig mit seiner Kette.

»Nicht doch, nicht doch«, rief Ione, die sich beeilte, das Gespräch zu unterbrechen, das zu ihrem großen Bedauern nicht dazu angetan war, die Freundschaft zu fördern, die sie zwischen Glaucus und ihrem Freund zu knüpfen wünschte. »Arbakes darf mit seinem armen Mündel nicht so streng sein. Ich bin eine Waise, der die mütterliche Obhut fehlt. Wer will mich tadeln, dass ich ein unabhängiges, fast männlich freies Leben gewählt habe? Und doch ist diese Freiheit nicht größer als bei fast allen römischen Frauen, nicht größer, als sie auch bei den Griechinnen sein sollte. Warum sollte die Sklaverei, die euch Männern tödlich ist, als das einzige Mittel gelten, uns Frauen vor Unheil zu bewahren? Ach, glaubt mir, es ist ein großer Irrtum der Männer gewesen, und ein Irrtum, der auf ihr Schicksal sehr schädlich eingewirkt hat, die Natur der Frauen – ich will nicht sagen, für eine der ihrigen untergeordnete, denn das mag ja wirklich sein – sondern für eine von der ihrigen so ganz verschiedene zu halten, dass sie Bestimmungen durchgesetzt haben, die dem geistigen Fortschritt der Frauen nachteilig sind. Haben sie damit nicht auch Gesetze gegen ihre Kinder erlassen, die von Frauen erzogen werden? Gegen die Gatten, denen die Frauen Freunde, ja hin und wieder Ratgeber sein sollen?« Ione hielt plötzlich inne, und ihr Gesicht überzog sich mit bezaubernder Röte. Sie befürchtete, ihr Enthusiasmus könnte sie zu weit geführt haben, und doch fürchtete sie sich vor dem gestrengen Arbakes noch weniger als vor dem höflichen Glaucus, denn diesen liebte sie; und es war bei den Griechen nicht Brauch, ihren Frauen – zumindest nicht denen, die sie am meisten achteten – die gleiche Freiheit und gleiche gesellschaftliche

Stellung zu gewähren, deren sich die Römerinnen erfreuten. Sie empfand daher lebhafte Freude, als Glaucus in ernstem Ton erwiderte: »Mögest du immer so denken, Ione; möge dein reines Herz immer dein unfehlbarer Führer sein! Ein Glück wäre es für Griechenland gewesen, wenn es dafür gesorgt hätte, dass auch seine keuschen Frauen dieselben geistigen Reize erlangten, durch die mehrere weniger würdige Frauen berühmt geworden sind. Freiheit bringt keinen Staat zu Fall, auch nicht das Wissen, und dein Geschlecht freut sich doch nur der Freien und ermuntert durch seine Anerkennung den Weisen.«

Arbakes schwieg, denn es lag weder in seinem Interesse, der Meinung von Glaucus zuzustimmen, noch die von Ione zu verurteilen. Nach kurzem, gezwungenem Gespräch verabschiedete sich der Grieche von Ione.

Als er gegangen war, rückte Arbakes seinen Stuhl näher zu der schönen Neapolitanerin und sprach in jenem schmeichlerischen, gedämpften Ton, durch den er die Mischung von List und Wildheit, die seinen Charakter ausmachte, geschickt zu verbergen wusste:

»Denke nicht, mein holdes Mündel, wenn ich dich so nennen darf, ich wollte an der Freiheit, deren Zierde du bist, rütteln, die, wenn du sie annimmst, nur geadelt werden kann. Wenn sie auch, wie du richtig bemerkst, keineswegs größer ist als die, welche die Römerinnen besitzen, so muss doch große Vorsicht walten, wenn eine ledige Frau sie in Anspruch nimmt. Sammle nach wie vor Scharen von Gecken, von schönen Herren, von weisen Männern um dich, entzücke sie ruhig durch die Plauderkunst einer Aspasia und die Musik einer Erinna, aber denke wenigstens auch an die tadelnden Zungen, die so leicht den heiklen Ruf eines Mädchens zerstören können. Errege Bewunderung, doch gib auch, ich bitte dich, dem Neid keinen Anlass zu triumphieren.«

»Was meinst du damit, Arbakes?«, fragte Ione beunruhigt und mit zitternder Stimme. »Ich weiß, du bist mein Freund und dir liegen nur meine Ehre und mein Wohlergehen am Herzen. Was willst du sagen?«

»Dein Freund? Ja, und wie aufrichtig! Darf ich also als Freund sprechen, ohne Zurückhaltung und ohne dein Missfallen befürchten zu müssen?«

»Ich bitte dich darum.«

»Diesen jungen Wüstling, diesen Glaucus, wie hast du ihn kennen gelernt? Hast du ihn schon öfter gesehen?« Und bei diesen Worten heftete Arbakes den Blick fest auf Ione, als wollte er in das Innerste ihrer Seele dringen.

Vor diesem Blick schrak die Neapolitanerin mit einem Grausen zurück, das sie sich nicht erklären konnte, und antwortete verwirrt und stockend: »Er wurde mir als Landsmann meines Vaters vorgestellt, als Landsmann meiner selbst, wie ich wohl sagen darf. Ich kenne ihn erst seit etwa einer Woche. Aber was sollen diese Fragen?«

»Verzeih mir«, sagte Arbakes, »ich habe geglaubt, du würdest ihn schon länger kennen, den schändlichen Angeber!«

»Wie? Was sagst du da? Was sind das für Ausdrücke?«

»Nicht wichtig! Ich will deine Empörung nicht gegen jemand wachrufen, der die Ehre deines Zorns nicht verdient.«

»Ich beschwöre dich, sprich! Womit hat Glaucus angegeben? Oder vielmehr, worin hat er *deiner Meinung nach* Sitte und Anstand verletzt?«

Arbakes unterdrückte seinen Verdruss über den letzten Teil von Iones Frage und fuhr fort: »Du kennst seine Lebensweise, seinen Umgang, seine Gewohnheiten. *Comissatio* und *Alea* – Schmausen und Würfelspiel sind seine Hauptbeschäftigung. Wie kann man in so lasterhafter Gesellschaft an Tugend denken?«

»Du sprichst immer noch in Rätseln. Bei den Göttern! Sprich es aus, sei es auch das Schlimmste.«

»Nun gut, wenn es denn sein muss. Erfahre also, Ione, Glaucus hat sich erst gestern öffentlich – ja, in den öffentlichen Bädern – deiner Liebe zu ihm gerühmt. Er sagte, es sei amüsant, das auszunutzen. Ich will ihm Gerechtigkeit widerfahren lassen, er pries deine Schönheit. Wer könnte die auch leugnen? Aber er lachte verächtlich, als Clodius oder Lepidus ihn fragte, ob er dich so sehr liebe, dass er dich zur Frau nehmen möchte, und wann er denn seine Türpfosten mit Blumen zu schmücken gedächte.«

»Unmöglich! Wo hast du diesen gemeinen Klatsch gehört?«

»Du verlangst doch wohl nicht von mir, dass ich dir all die Bemerkungen aufzähle, mit denen die unverschämten Taugenichtse die Geschichte in der Stadt herumgetragen haben? Sei versichert, auch ich glaubte anfangs nicht daran, aber mehrere, die es mit eigenen Ohren gehört haben, überzeugten mich schließlich zu meinem Schmerz von der Wahrheit des Gerüchts, das ich dir nur mit Widerstreben erzählt habe.«

Ione sank zurück, und ihr Gesicht war bleicher als die Säule, an der sie sich zu stützen suchte.

»Ich muss sagen, es ärgerte mich, es tat mir weh, als dein Name so leichthin von Mund zu Mund ging wie der einer Tänzerin. Deshalb bin ich heute Morgen zu dir geeilt, um dich zu warnen. Ich traf Glaucus hier. Das brachte mich aus der Fassung. Ich konnte meine Gefühle nicht verhehlen, ja ich war unhöflich in deiner Gegenwart. Kannst du deinem Freund verzeihen, Ione?«

Ione legte ihre Hand in seine, antwortete aber nicht.

»Denk nicht mehr daran«, fuhr er fort, »aber lass es dir eine Warnung sein, wie viel Umsicht in deiner Lage nötig ist. Es kann dich nicht verletzen, Ione, nicht einen Augenblick, denn einem lockeren Vogel wie diesem kann doch eine Ione kaum je einen ernsthaften Gedanken gewidmet haben. Derlei Beleidigungen verletzen aber nur, wenn sie von jemand kommen, den wir lieben. Der aber, den zu lieben die stolze Ione sich herablassen wird, muss ein ganz anderer Mann sein.«

»Lieben?«, flüsterte Ione mit krampfhaftem Lachen. »Ach was.«

Es ist nicht uninteressant zu beobachten, dass in diesen fernen Zeiten und unter einem Gesellschaftssystem, das von unserem modernen so ganz verschieden ist, dieselben kleinlichen Hindernisse den »Strom der Liebe« hemmen und unterbrechen, die noch heutzutage so oft ihr Spiel treiben: dieselbe erfinderische Eifersucht, dieselbe schlaue Verleumdung, dieselben hinterlistigen, zurechtgestutzten Klatschereien, die noch jetzt so die Bande der treuesten Liebe zerreißen und sich dem Lauf der Ereignisse in anscheinend glücklichsten Verhältnissen in den Weg stellen. Wenn die Barke über den glattesten Wasserspiegel hinsegelt, so kann ein winziger Fisch, wie die Fabel erzählt, sich am Kiel festsetzen und die Fahrt behindern. Und so ist es immer mit den großen Leidenschaften der Menschen. Wir würden das Leben nur schlecht schildern, sei es auch das Leben der romantischen Zeiten, voll von einer Romantik, aus der wir reichlich schöpfen, wenn wir nicht auch den Mechanismus der alltäglichen, kleinlichen, boshaften Umtriebe beschrieben, die wir tagtäglich in unseren Stuben und an unseren Herden am Werk sehen. Und in diesen kleinen Intrigen des Lebens gleichen sich Gegenwart und Vergangenheit am meisten. Lässt man sie unberücksichtigt, so ist man bloß ein Abenteuerschriftsteller und trifft das Herz nicht, weil man nicht dessen Abbild darstellt.

Höchst listig hatte der Ägypter Iones schwächste Seite angegriffen, höchst gewandt den vergifteten Dolch an ihren Stolz gesetzt. Er glaubte, hiermit habe er zerstört, was, wie er hoffte, vorerst bei der Kürze ihrer Bekanntschaft mit Glaucus nur eine aufkeimende Grille gewesen sei. Nun beeilte er sich, zu einem anderen Thema überzugehen und lenkte die Unterhaltung auf ihren Bruder. Das Gespräch dauerte jedoch nicht mehr lange. Er verließ sie, entschlossen, nicht mehr so lange fernzubleiben, sondern sie täglich zu besuchen und im Auge zu behalten.

Kaum war sein Schatten aus der Tür, da verließ der weibliche Stolz, die verbreitetste Heuchelei des ganzen Geschlechts, die Arme, die er sich zum Opfer ausgesucht hatte, und die stolze Ione brach in leidenschaftliche Tränen aus.

## KAPITEL VII

### DAS HEITERE LEBEN EINES POMPEJANISCHEN MÜSSIGGÄNGERS. EIN MINIATURBILD DER RÖMISCHEN BÄDER.

Als Glaucus von Ione wegging, war ihm zumute, als schwebe er. In diesem Gespräch, mit dem er soeben beglückt worden war, hatte er zum ersten Mal die Überzeugung gewonnen, seine Liebe sei ihr nicht unerwünscht und dürfe auf Erwiderung hoffen. Diese Hoffnung erfüllte ihn mit einem Entzücken, für das Erde und Himmel zu eng schienen. Nicht ahnend, welchen Feind er zurückgelassen hatte, vergaß Glaucus nicht nur die Sticheleien des Ägypters, sondern sogar, dass er überhaupt existierte, schritt durch die lebhaften Straßen und sang in der Überschwänglichkeit seiner Freude das sanfte Lied vor sich hin, dem Ione so aufmerksam gelauscht hatte. Nun betrat er die Straße der Fortuna mit dem erhöhten Bürgersteig. Hier waren die Häuser auch außen bemalt; durch die offenen Türen sah man die leuchtenden Farben der Fresken im Innern. Beide Enden der Straße waren mit Triumphbögen geschmückt. Bald stand Glaucus vor dem Fortunatempel, der von einem Mitglied der Familie Cicero erbaut worden sein soll, vielleicht von dem berühmten Redner selbst. Die vorspringende Säulenhalle dieses schönen Tempels verlieh der Umgebung, die von einem eher glänzenden als erhabenen Charakter war, einen würdevollen, feierlichen Zug. Dieser Tempel war eines der anmutigsten Beispiele römischer Architektur. Er stand auf einem etwas erhöhten Fundament, und zwischen zwei Treppenfluchten, die zu einer Plattform hinaufführten, stand der Altar der Göttin. Von dieser Plattform führte abermals eine Flucht breiter Stufen zum Portikus, von dessen kannelierten Säulen üppige Girlanden aus den schönsten Blumen herabhingen. Am Ein- und Ausgang waren Statuen griechischer Handwerkskunst aufgestellt, und ein wenig vom Tempel entfernt erhob sich der Triumphbogen, der mit der Reiterstatue Caligulas gekrönt war, neben der bronzene Trophäen prangten. Auf dem Platz vor dem Tempel war eine lebhafte Menschenmenge versammelt;

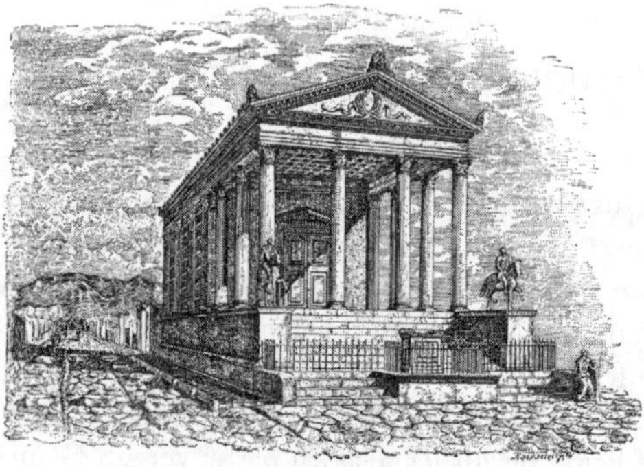

*Der Fortunatempel.*

einige saßen auf Bänken und besprachen die politischen Neuigkeiten des Kaiserreichs, andere unterhielten sich über das bevorstehende Schauspiel im Amphitheater. Eine Gruppe junger Männer schwärmte von irgendeiner neuen Schönheit, eine andere sprach über die Vorzüge des jüngsten Theaterstücks; eine dritte Gruppe von älteren Leuten erörterte die Aussichten des Handels mit Alexandria, und unter diesen waren viele Kaufleute in orientalischer Tracht. Deren lose, eigenartige Gewänder, ihre bunten, mit Edelsteinen besetzten Pantoffeln und die gesetzten, ernsthaften Gesichter bildeten einen auffallenden Kontrast zu den in Tuniken gekleideten Gestalten und lebhaften Gebärden der Italiener. Denn dieses ungeduldige, quecksilbrige Volk hatte, wie auch heute noch, eine zweite Sprache neben der Rede, eine Sprache mittels höchst ausdrucksvoller Zeichen und Bewegungen. Seine Nachkommen behielten sie bei, und der gelehrte Jorio hat ein sehr unterhaltsames Werk über diese Art hieroglyphischer Gestikulation geschrieben.

Glaucus schlenderte durch die Menge und befand sich bald inmitten einer Gruppe seiner heiteren, leichtlebigen Freunde.

»Ach«, rief Sallust, »dich hab ich ja schon ein Lustrum lang nicht mehr gesehen!«

»Und wie hast du das Lustrum zugebracht? Welche neuen Gerichte hast du entdeckt?«

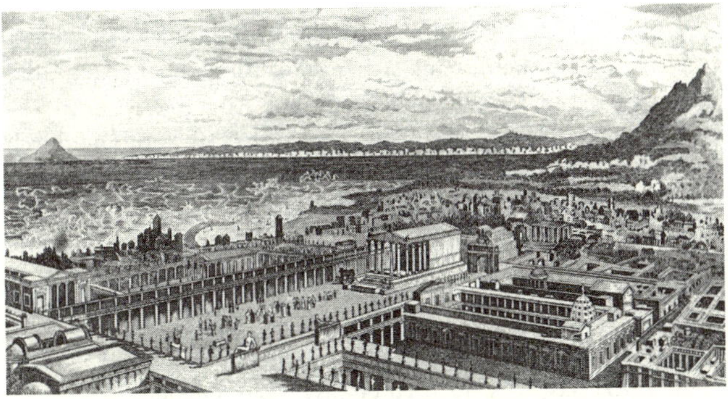

*Das Forum.*

»Ich habe mich wissenschaftlich betätigt«, antwortete Sallust, »und Experimente mit der Züchtung von Muränen angestellt. Ich gestehe aber, dass ich es aufgeben muss, sie je zu der Feinheit zu bringen, die unsere römischen Vorfahren erreicht haben.«

»Du Unglücklicher! Und warum?«

»Weil«, antwortete Sallust mit einem Seufzer, »es jetzt vom Gesetz verboten ist, sie mit dem Fleisch eines Sklaven zu füttern. Ich fühle mich oft versucht, einen dicken, fetten *Carptor* (Diener), den ich besitze, dafür zu opfern und heimlich in das Fischbassin zu werfen. Der würde den Fischen einen feinen öligen Geschmack verleihen. Aber Sklaven sind heutzutage keine Sklaven mehr und haben nicht das geringste Interesse für die Wünsche ihrer Herren. Sonst würde Davus Selbstmord begehen, um mir einen Gefallen zu tun.«

»Was gibt's Neues aus Rom?«, fragte Lepidus im Herbeischlendern.

»Der Kaiser hat den Senatoren ein herrliches Gelage gegeben«, sagte Sallust.

»Er ist eine gutmütige Haut«, meinte Lepidus. »Man sagt, er schicke nie jemand weg, ohne ihm seine Bitte zu gewähren.«

»Dann würde er mir vielleicht auch erlauben, einen Sklaven für mein Fischbassin zu töten«, sagte Sallust interessiert.

»Nicht unwahrscheinlich«, sagte Glaucus, »denn wer einem

Römer eine Gunst gewährt, muss das immer auf Kosten eines andern tun. Du kannst dir sicher sein, für jedes Lächeln, das Titus hervorgerufen hat, haben hundert Augen geweint.«

»Lang lebe Titus!«, rief Pansa, der mit Gönnermiene durch die Menge schritt und dabei den Namen des Kaisers gehört hatte. »Er hat meinem Bruder eine Quästur versprochen, weil er sein Vermögen durchgebracht hat.«

»Damit er sich am Volk wieder bereichern kann, Pansa«, sagte Glaucus.

»Genau das«, antwortete Pansa.

»So nützt das Volk doch zu etwas«, sagte Glaucus.

»Richtig«, entgegnete Pansa. »Aber jetzt muss ich einmal nach dem *Aerarium* schauen, es muss repariert werden.« Und gefolgt von einer langen Reihe von Klienten, die sich von der übrigen Menge dadurch unterschieden, dass sie Togen trugen (die Toga, einst das Zeichen des freien Bürgers, war jetzt das Merkmal für diejenigen, die von einem Patron abhingen), eilte der Ädil geschäftig weiter.

»Der arme Pansa«, meinte Lepidus, »nie hat er Zeit, sich zu amüsieren. Dem Himmel sei Dank, dass ich nicht Ädil bin!«

»Ah, Glaucus, wie geht's? Munter wie immer?«, rief Clodius, zur Gruppe hinzutretend.

»Kommst du, um Fortuna ein Opfer zu bringen?«, fragte Sallust.

»Ich opfere ihr jeden Abend«, antwortete der Spieler.

»Ohne Zweifel. Noch nie hat jemand mehr Opfer gemacht.«

»Bei Herkules, das war bissig!«, lachte Glaucus.

»Du hast immer Hundsworte im Mund, Sallust«, sagte Clodius ärgerlich, »immer hast du was zu knurren.«

»Kann schon sein, dass ich Hundsworte im Mund habe«, antwortete Sallust, »denn wenn ich mit dir spiele, habe ich immer den Hundswurf in der Hand.«

»Pst!«, machte Glaucus und kaufte einem Blumenmädchen neben ihm eine Rose ab.

»Die Rose ist das Sinnbild der Verschwiegenheit«, erwiderte Sallust; »aber ich sehe sie nur am Esstisch gern. Da wir gerade dabei sind«, fügte er hinzu, »Diomed gibt nächste Woche ein großes Festessen. Bist du eingeladen, Glaucus?«

»Ja, ich habe heute Morgen eine Einladung erhalten.«

»Ich auch«, sagte Sallust und zog ein viereckiges Stückchen Papyrus aus dem Gürtel. »Ich sehe, er bittet uns, eine Stunde früher zu kommen als üblich. Es ist also etwas Außergewöhnliches zu erwarten.«*

»Oh, er ist reich wie Krösus«, meinte Clodius, »und seine Speisekarte so lang wie ein Epos.«

»Gut, lasst uns zu den Bädern gehen«, schlug Glaucus vor, »jetzt ist alle Welt dort, und Fulvius, den ihr so sehr bewundert, will uns seine neueste Ode vorlesen.«

Die jungen Männer stimmten zu, und sie schlenderten zu den Bädern.

Obwohl die öffentlichen *Thermae* oder Bäder mehr für die armen Bürger als die reichen gedacht waren, da letztere ja Bäder im eigenen Haus hatten, so versammelten sich dort doch Menschen aus allen Klassen in großer Zahl, um das geliebte Plauderstündchen abzuhalten oder sich dem diesen heiteren, gedankenlosen Leuten unentbehrlichen Nichtstun hinzugeben. Natürlich unterschieden sich die Bäder in Pompeji im Plan und in der Anlage von den ungeheuren, aufwendig ausgestatteten Thermen Roms, und es hat in der Tat den Anschein, als sei der Bau der öffentlichen Bäder in jeder Stadt des Kaiserreichs in gewissen Einzelheiten anders gehandhabt worden. Das bereitet den Gelehrten großes Kopfzerbrechen, so als ob Architekten und Stilrichtungen nicht schon vor dem neunzehnten Jahrhundert ihre Launen gehabt hätten! Unsere Gesellschaft trat durch das Hauptportal in der Fortunastraße ein. Am Flügel der Säulenhalle saß der Aufseher mit zwei Kästchen vor sich, einem für das Geld und einem andern, aus dem er die Eintrittskarten nahm, die er ausgab. Ringsum an den Wänden des Portikus waren Sitzplätze, die von Leuten aus allen Klassen eingenommen wurden, während andere, ärztliche Anordnungen befolgend, im Säulengang rasch hin und her schritten und nur hin und wieder stehen blieben, um die unzähligen Anzeigen für Schaustellungen, Kampfspiele und Versteigerungen zu lesen, die an die Wände gemalt oder geschrieben waren. Das Hauptgesprächsthema war jedoch die angekündigte Darbietung im Amphitheater, und jeder Neuankömmling wurde sofort von einer Gruppe in Beschlag genommen, die gespannt danach fragte, ob Pompeji das Glück gehabt habe, einen Schwerverbrecher zu fassen, oder ob sich ein erfreulicher Fall von Gotteslästerung oder Mord ereignet habe, der den Ädilen die Befugnis gebe, dem Löwen einen Menschen vorzuwerfen. Alle anderen Ankündigungen erschienen brav und langweilig im Vergleich zur Möglichkeit dieser erfreulichen Darbietung.

»Ich für mein Teil«, sagte ein gut gelaunt dreinschauender Bursche, der Goldschmied war, »ich denke, wenn der Kaiser so gut ist, wie man sagt, dann hätte er uns einen Juden schicken können.«

»Warum nimmt man nicht einen aus dieser neuen Sekte, den Nazarenern?«, fragte ein Philosoph. »Ich bin nicht grausam, aber ein Atheist, also ein Mensch, der sogar Jupiter leugnet, verdient kein Mitleid.«

»Es ist mir ganz einerlei, an wie viel Götter einer glaubt«, sagte der Juwelier, »aber alle Götter zu leugnen, das ist ungeheuerlich.«

»Ich jedoch glaube«, sagte Glaucus, »diese Leute sind keine völligen Atheisten. Ich habe mir sagen lassen, sie glauben an einen Gott, ja sogar an ein Leben nach dem Tod.«

»Das ist völlig falsch, mein lieber Glaucus«, sagte der Philosoph. »Ich habe mit ihnen gesprochen; sie lachten mir ins Gesicht, als ich ihnen von Pluto und dem Hades erzählte.«

»O ihr Götter!«, rief der Goldschmied schaudernd. »Gibt es solche Bösewichter auch in Pompeji?«

»Ich weiß, dass ein paar hier sind, aber sie halten ihre Zusammenkünfte so geheim ab, dass man nicht herauskriegen kann, wer sie sind.«

Als Glaucus wegging, sah ein Bildhauer, ein begeisterter Künstler, ihm bewundernd nach.

»Ah«, sagte er, »wenn wir *den* in die Arena bringen könnten, das wäre ein Modell. Was für Gliedmaßen, was für ein Kopf! Er hätte Gladiator werden sollen! Ein Modell, würdig unserer Kunst! Warum werfen sie nicht ihn dem Löwen vor?«

Unterdessen trat Fulvius, der römische Dichter, den seine Zeitgenossen unsterblich nannten, und von dem man, gäbe es diese Erzählung nicht, in unserem Zeitalter der Geringschätzung sicher nie etwas gehört hätte, beflissen auf Glaucus zu: »O Athener, o Glaucus, du bist also gekommen, um meine Ode zu hören! Das ist wirklich eine Ehre. Du, ein Grieche, für den selbst die Sprache des täglichen Lebens Poesie ist. Wie danke ich dir! Es ist ja nur ein unbedeutendes Gedicht, aber wenn ich deinen Beifall finde, so führt mich das vielleicht bei Titus ein. O Glaucus, ein Dichter ohne Mäzen ist wie eine Amphore ohne Etikett, der Wein mag gut sein, aber niemand lobt ihn. Und was sagt Pythagoras? ›Weihrauch den Göttern, dem Menschen aber Lob.‹ Ein Mäzen ist der Priester des armen Dichters, er verschafft ihm den Weihrauch und erhält ihm die Anhänger.«

»Aber du hast ja ganz Pompeji zu Mäzenen, und jeder Portikus ist ein Altar zu deinem Lob.«

»Ach, die armen Pompejaner sind sehr höflich, aber sie sind nur die Bewohner einer kleinen Stadt, *spero meliora.* Sollen wir hineingehen?«

»Sicher. Schade um die Zeit, die wir hier vergeuden, ohne dein Gedicht zu hören.«

Mit ihnen drängten etwa zwanzig Personen aus den Bädern in die Säulenhalle, und ein an der Tür eines schmalen Korridors stehender Sklave ließ Glaucus, Clodius und eine Gruppe anderer Freunde des Barden eintreten.

»Ein armseliger Bau, wenn man ihn mit den römischen Thermen vergleicht«, sagte Lepidus geringschätzig.

»Die Decke ist doch ganz geschmackvoll«, sagte Glaucus, der in einer Stimmung war, dass ihm alles gefiel, und deutete auf die Sterne, mit denen das Gewölbe bemalt war.

Lepidus zuckte die Achseln, war jedoch zu träge, eine Antwort zu geben.

*Frigidarium.*

Sie betraten jetzt ein ziemlich geräumiges Zimmer, das als *Apodyterium* diente, worin die Gäste sich auf ihr wohliges Bad vorbereiteten. Die gewölbte Decke stieg von einem Karnies auf, der mit grellen, wunderlichen Malereien bedeckt war; die Decke selbst war in weiße, mit reichem Scharlach eingefasste Felder geteilt. Der sehr saubere, glänzende Fußboden war mit weißen Mosaiken gepflastert, und an der Wand entlang standen Bänke, auf denen die Müßiggänger es sich bequem machen konnten. Dieses Zimmer hatte nicht die zahlreichen großen Fenster, die Vitruv seinem großartigen *Frigidarium* nachrühmt. Die Pompejaner verbannten gern, wie alle Süditaliener, das Licht ihres schwülen Himmels und verbanden in ihrer wollüstigen Phantasie den Gedanken an Luxus häufig mit dem der Dunkelheit. Nur zwei Glasfenster* ließen hier das sanfte, gedämpfte Licht herein. Das Feld, worin eines dieser Fenster angebracht war, wies als Schmuck ein großes Relief von der Vernichtung der Titanen auf.

In diesem Zimmer nahm Fulvius Platz und setzte eine schulmeisterliche Miene auf. Sein Auditorium sammelte sich um ihn und forderte ihn auf, die Vorlesung zu beginnen.

Der Dichter ließ sich nicht lange bitten. Er zog eine Papyrusrolle aus dem Gewand, räusperte sich dreimal, um Schweigen zu gebieten und seine Stimme zu klären, dann begann er seine herrliche Ode, von der zum großen Verdruss des Verfassers dieser Geschichte nicht ein einziger Vers auf uns gekommen ist.

Nach dem Beifall zu schließen, den er erntete, war das Werk sicherlich seines Ruhmes würdig, und Glaucus war der einzige Zuhörer, der es nicht besser fand als die besten Oden des Horaz.

Nach Abschluss des Gedichts begannen diejenigen, die bloß ein kaltes Bad nahmen, sich auszukleiden. Sie hängten ihre Gewänder an Haken an der Wand und erhielten dafür je nach Stand entweder von Sklaven oder von den Badedienern lose Hemden, worauf sie sich in den anmutigen, kreisrunden Bau zurückzogen, der, zur Beschämung der badescheuen südlichen Nachwelt, noch heute vorhanden ist.

Diejenigen, denen das kalte Bad allein nicht Genuss genug war, schritten durch eine andere Tür ins *Tepidarium,* ein Raum, der teils durch ein tragbares Feuerbecken, hauptsächlich aber durch eine Unterhöhlung des Fußbodens, worin die Heizröhren des *Laconicum* hinliefen, zu angenehmer Wärme aufgeheizt war.

Hier legten die Badegäste das Hemd ab und genossen eine Zeit lang die künstliche Wärme der wollüstigen Luft. Dieser Raum war, wie es seiner Rolle in dem umständlichen Prozess des Badens zukam, reicher und kunstvoller verziert als die übrigen; die gewölbte Decke war schön geschnitzt und bemalt; die hoch angebrachten Fenster aus geschliffenem Glas ließen nur indirektes, gedämpftes Licht herein. Unter den massiven Simsen waren Reihen von Figuren in kühnen, wuchtigen Reliefs; die Wände waren tiefrot, das Pflaster geschickt mit weißem Mosaik belegt. Hier lagen diejenigen, die gewohnheitsmäßig badeten, und zwar bis zu siebenmal am Tag, in einem Zustand entspannter, stumpfer Trägheit, entweder vor oder (meistens) nach dem Wasserbad, und viele dieser Bade- und Gesundheitsapostel wandten, wenn neue Gäste hereinkamen, ihnen nur müde die Augen zu und begrüßten ihre Bekannten mit einem Nicken, denn schon das Sprechen schien sie zu sehr anzustrengen.

In diesem Raum teilte sich die Gesellschaft abermals, um, je nach Laune und Geschmack, entweder zum *Sudatorium* zu gehen, wo ein Schwitzbad genommen wurde, und von dort zum eigentlichen Warmbad oder gleich zum *Calidarium* oder Wasserbad, an das diejenigen sich hielten, die mehr an Körperertüchtigungen gewöhnt waren und nicht so ohne Anstrengung erschöpft sein wollten wie die Besucher des Dampfbads.

Um die Skizze zu vervollständigen und dem Leser einen angemessenen Begriff vom Luxus der Alten zu geben, wollen wir Lepidus begleiten, der gewöhnlich das ganze Verfahren durchmachte, ausgenommen das kalte Bad, das in letzter Zeit etwas aus der Mode gekommen war. Nachdem der pompejanische Geck sich im Tepidarium, das eben beschrieben worden ist, allmählich erwärmt hatte, begab er sich ins Sudatorium. Hierunter möge der Leser sich ein allmählich heißer werdendes Dampfbad vorstellen, bei dem würzige Wohlgerüche eingeatmet wurden. Nachdem der Badende sich dieser Prozedur unterzogen hatte, packten ihn sich seine Sklaven, die ihn immer ins Bad begleiteten, und nun wurden die Schweißtropfen mit Hilfe einer Kratzbürste abgeschabt, von der – nebenbei bemerkt – ein moderner Reisender in vollem Ernst behauptete, sie habe bloß zur Beseitigung des Schmutzes gedient, von dem sich doch nicht einmal das kleinste bisschen je auf der glatten Haut eines regelmäßig Badenden festsetzen konnte. Ein wenig abgekühlt begab er sich von hier in das Wasserbad, über das frisches Parfüm reichlich hinsprühte, und als er auf der entgegengesetzten Seite des Raums hinausschritt, ergoss sich ein kühlender Schauer über Kopf und Körper. Dann hüllte er sich in ein leichtes Gewand und kehrte ins Tepidarium zurück, wo er Glaucus fand, der das Sudatorium nicht betreten hatte, und nun begann der Hauptgenuss, die besondere Extravaganz des Bades: Die Sklaven salbten ihre Herren aus edelsteinbesetzten Gold-, Alabaster- oder Kristallgefäßchen. Sie enthielten die kostbarsten Salben aus allen Teilen der Welt. Die Zahl dieser bei den Wohlhabenden üblichen Lotionen, *Amoracinum, Megalium, Nardum – omne quod exit in ›um‹*, würde leicht einen modernen Band füllen, besonders, wenn er bei einem der neumodischen Verleger herausgegeben würde. Dazu spielte in einem angrenzenden Raum sanfte Musik, und diejenigen, die mäßig im Badegenuss waren, plauderten behaglich, erfrischt und neubelebt durch die Massage.

»Gesegnet sei der Erfinder der Bäder!«, sagte Glaucus und streckte sich auf einen der (damals mit weichen Kissen bedeckten) bronzenen Sitze aus; wer Pompeji besucht, sieht sie noch heute in diesem Tepidarium. »Sei es Herkules oder Bacchus, er verdiente, dass man ihn zum Gott machte!«

»Sag mal«, fragte ein wohlbeleibter Bürger, der unter der Massage stöhnte und schnaufte, »sag mal, oh Glaucus, … Unglück über deine Hände, Sklave! Warum so grob? … Sag mir … Uh! Huh! … Sind die Bäder in Rom wirklich so großartig?« Glaucus wandte sich um und erkannte Diomed, obwohl das nicht leicht war, so feuerrot sahen seine Backen nach dem Aufenthalt im Schwitzbad und dem Abschrubben aus, das er eben hatte über sich ergehen lassen. »Ich denke«, fügte der gute Mann hinzu, »sie müssen viel feiner sein als diese hier, oder?« Glaucus unterdrückte ein Lächeln und antwortete:

»Stell dir ganz Pompeji in Bäder verwandelt vor, und du kannst dir ungefähr einen Begriff von der Größe der kaiserlichen Thermen in Rom machen. Doch nur einen Begriff von der *Größe.* Denk dir jegliche Unterhaltung für Leib und Geist aus, zähle alle gymnastischen Spiele auf, die unsere Väter erfanden, zähle alle Bücher her, die Italien und Griechenland hervorgebracht haben, mal dir Plätze für all diese Spiele und Bewunderer all dieser Werke aus, füge Bäder von gewaltiger Größe und kompliziertester Anlage hinzu, streu in das Ganze Gärten, Theater, Säulenhallen, Schulen, stell dir eine Stadt der Götter aus lauter Palästen und öffentlichen Gebäuden vor, dann kannst du dir eine schwache Vorstellung von der Pracht der großen römischen Bäder machen.«

»Bei Herkules!«, sagte Diomed und riss die Augen auf. »Dort zu baden muss ja ein Menschenleben erfordern.«

»Das ist in Rom oft genug der Fall«, erwiderte Glaucus ernsthaft. »Es gibt viele, die ihr ganzes Leben in den Bädern verbringen. Sie gehen hinein, sobald die Türen geöffnet werden, und bleiben, bis geschlossen wird. Es scheint, als wüssten sie vom übrigen Rom nichts, als verachteten sie alles andere.«

»Bei Pollux, das gibt es ja nicht!«

»Selbst wer nur dreimal am Tag badet, kann doch damit den ganzen Tag verbringen. Auf dem Sportplatz oder in den Säulenhallen lockern sie sich zur Vorbereitung auf das erste Bad. Wenn sie es verlassen, schlendern sie zur Erholung ins Theater. Sie verzehren unter den Bäumen ihr *Prandium* und denken über das zweite Bad nach. Wenn es hergerichtet ist, ist auch das Prandium verdaut. Aus dem zweiten Bad wandeln sie in eines der Peristyle, um einen modernen Dichter rezitieren zu hören, oder in die Bibliothek, um über einem alten Buch einzuschlafen. Dann kommt das Abendessen, das sie auch nur als einen Teil des Bades betrachten, und dann baden sie noch ein drittes Mal, weil sie dabei am besten mit ihren Freunden plaudern können.«

»Bei Herkules, aber sie haben in Pompeji ihre Nachahmer.«

»Ja, nur dass es hier in Pompeji weniger verständlich ist. Der Genießer in den Bädern von Rom ist glücklich; er sieht nichts als Pracht und Glanz. Er kommt gar nicht in die verwahrlosten Teile der Stadt und weiß nichts davon, dass es Armut auf der Welt gibt. Ihm lächelt die Natur, und er hat nur einen Kummer: jene Stunde, wo er sich zum letzten Bad im Kokytus anschicken muss. Glaub mir, diese Leute sind wahre Weise.«

Während Glaucus so plauderte, ließ Lepidus mit geschlossenen Augen und kaum merklichem Atem all die mystischen Operationen an sich vollziehen, von denen er seinen Dienern nicht eine ersparte. Nach dem Parfüm und den Salben bestreuten sie ihn mit dem kostbaren Pulver, das jede neue Wallung der Hitze verhinderte, und nachdem es mit der glatten Fläche eines Bimssteins wieder verrieben worden war, fing man an, ihm die Kleider anzuziehen, aber nicht die abgelegten, sondern die festlicheren, die man *Synthesis* nannte, und durch die die Römer ihre Ehrfurcht vor der herannahenden Feier des Abendessens andeuteten, falls letzteres nach seiner Stunde (drei Uhr nach unserer Zeitrechnung) nicht passender als Mittagessen zu bezeichnen wäre. Als man endlich damit fertig war, öffnete er die Augen und gab Zeichen zurückkehrenden Lebens.

Zur selben Zeit verriet auch Sallust durch ein langes Gähnen, dass er noch dieser Welt angehörte.

»Zeit zum Abendessen«, sagte der Epikureer. »Glaucus und Lepidus, kommt und esst bei mir.«

»Vergesst nicht, ihr seid alle drei nächste Woche bei mir eingeladen«, rief Diomed, der sehr stolz auf seine Bekanntschaft mit Leuten aus der feinen Gesellschaft war.

»Nein, nein, das vergessen wir nicht«, sagte Sallust. »Der Sitz des Gedächtnisses, lieber Diomed, ist ganz bestimmt der Magen.«

Sie traten in die kühlere Luft und auf die Straße. Und damit endete die Zeremonie eines pompejanischen Bades für unsere Kavaliere.

## KAPITEL VIII

### ARBAKES PRÄPARIERT SEINE WÜRFEL MIT LUST UND GEWINNT DIE RUNDE.

Der Abend dunkelte über der ruhelosen Stadt, als Apaecides sich auf den Weg zum Haus des Ägypters machte. Er mied die heller erleuchteten, belebten Straßen, und wie er so mit gesenktem Kopf und unter dem Gewand gekreuzten Armen dahinschritt, lag etwas Erschreckendes in dem Kontrast, den seine abgezehrte Gestalt und sein verdüstertes Gesicht zur sorglosen, heiteren Miene derer bildeten, die ihm vereinzelt begegneten.

Ein Mann, der ebenfalls einen ernsteren, gesetzten Eindruck machte, berührte ihn endlich an der Schulter, nachdem er schon zweimal mit neugierigem, doch zweifelndem Blick an ihm vorübergegangen war.

»Apaecides«, sagte er und machte schnell mit den Händen ein Zeichen, das des Kreuzes.

»Und, Nazarener«, antwortete der Priester, wobei sein bleiches Gesicht noch bleicher wurde, »was willst du?«

»Ich will dich nicht in deinen Gedanken stören«, antwortete der Fremde, »aber als wir uns das letzte Mal trafen, schien ich nicht so unwillkommen zu sein.«

»Du bist nicht unwillkommen, Olinthus, aber ich bin traurig und müde und deshalb kann ich heute Abend nicht über die Dinge sprechen, die dir am meisten am Herzen liegen.«

»Oh du Kleinmütiger!«, entgegnete Olinthus mit bitterem Eifer. »Müde und traurig bist du, und da willst du dich abwenden von den Quellen, die Erquickung und Heilung spenden.«

»Oh Erde!«, rief der junge Priester und schlug sich leidenschaftlich an die Brust. »Von welchen Regionen sollen meine Augen den Olymp erschauen, auf dem deine Götter in Wahrheit thronen? Soll ich mit diesem Mann glauben, dass keiner von denen, die meine Väter jahrhundertelang angebetet haben, Wesen und Namen hätte? Soll ich dieselben Altäre, die mir höchst heilig schienen, als gotteslästerlich und heidnisch niederreißen, oder soll ich mit Arbakes glauben? Was?«

Er schwieg und tat rasch einige Schritte vorwärts mit der Hast eines Menschen, der vor sich selbst fliehen möchte. Aber der Nazarener war einer von jenen kühnen, beharrlichen Enthusiasten, Menschen, durch die Gott zu allen Zeiten die Umwälzungen der Erde hat vollziehen lassen, und besonders diejenigen, die die Gründung und Reformation Seiner Religion betrafen: Männer, die zu Bekehrern geschaffen sind, weil sie das Zeug zu Duldern hatten. Männer von diesem Schlag lassen sich durch nichts entmutigen und schrecken vor nichts zurück. In der Glut ihres Glaubens sind sie begeistert und können diese Begeisterung auch auf andere übertragen. Von der Vernunft wird ihre Leidenschaft zuerst angefacht, doch die Leidenschaft ist das Werkzeug, womit sie wirken. Sie bahnen sich einen Weg in das Herz der Menschen, indem sie sich bloß an seinen Verstand zu wenden scheinen. Nichts ist so ansteckend wie Begeisterung; sie drückt den wahren Sinn der Fabel von Orpheus aus: Sie rührt Steine und bezaubert wilde Tiere. Enthusiasmus ist der Schutzgeist der Aufrichtigkeit und die Wahrheit erringt keinen Sieg ohne ihn.

Deshalb ließ Olinthus Apaecides nicht so leicht entschlüpfen. Er holte ihn ein und sagte zu ihm:

»Es wundert mich nicht, Apaecides, dass du dich vor mir entsetzt, weil ich alle Elemente deines Geistes durcheinanderschüttle, dass du dich in Zweifeln verlierst, dass du im weiten Ozean undeutlichen Denkens haltlos hin und her irrst. Ich wundere mich nicht darüber, doch hab noch ein kleines Weilchen Geduld mit mir. Wache und bete; die Finsternis wird weichen, der Sturm zur Ruhe kommen, und Gott selbst wird, wie er einst über den See von Genezareth wandelte, über die besänftigten Wogen herschreiten, um deine Seele zu erlösen. Unsere Religion stellt zwar sehr hohe Anforderungen, ist aber auch grenzenlos verschwenderisch in ihrem Lohn. Sie kostet dich eine Stunde Mühe und vergilt sie dir mit Unsterblichkeit!«

»Solche Versprechungen«, sagte Apaecides bitter, »sind die Tricks, durch die man immer genarrt wird. Oh, so herrlich waren die Versprechungen, mit denen man mich an den Altar der Isis gelockt hat!«

»Aber frage doch deine Vernunft«, antwortete der Nazarener; »kann eine Religion etwas taugen, die aller Sittlichkeit Hohn spricht? Man heißt euch eure Götter verehren. Was sind diese Götter nach eurer eigenen Meinung? Was sind ihre Taten, was ihre göttlichen Eigenschaften? Werden sie euch nicht alle als die schwärzesten Verbrecher hingestellt? Und doch verlangt man von euch, dass ihr sie als die heiligsten Gottheiten anbetet. Jupiter selbst ist ein Vatermörder und Ehebrecher.

Was sind die geringeren Götter anderes als Nachahmer seiner Laster? Man sagt euch, ihr dürft nicht morden, und doch verehrt ihr Mörder. Man verbietet euch, Ehebruch zu begehen, und doch richtet ihr eure Gebete an einen Ehebrecher. Was ist das anderes als eine Verhöhnung des Heiligsten, das im Menschen wohnt, seines Glaubens? Wende dich nun zu dem alleinigen, wahren Gott, zu dessen Altar ich dich gern führen würde! Wenn Er dir zu erhaben, zu schattenhaft erscheint für die menschlichen Verbindungen, die Berührungspunkte, die zwischen Schöpfer und Geschöpf bestehen und dem schwachen Herzen Halt verleihen, so betrachte Ihn in seinem Sohne, der gleich uns sterbliche Gestalt annahm. Seine Sterblichkeit gibt sich nicht durch die Laster unserer Natur kund wie bei euren erdichteten Götzen, sondern durch die Ausübung aller menschlichen Tugenden. In Ihm vereint sich strengste Moral mit der zärtlichsten Liebe. Wäre Er *nur* ein Mensch gewesen, so würde Er verdienen, zum Gott gemacht zu werden! Ihr verehrt Sokrates, er hat seine Sekte, seine Jünger, seine Schulen. Doch was sind die zweifelhaften Tugenden des Atheners gegen die klare, unbestrittene, immer währende, ewig wirksame Heiligkeit Christi? Ich spreche zu dir jetzt nur von seinem Menschentum. Er kam als Mensch, für alle Zeiten ein Muster, um jener Tugend leibhaftige Gestalt zu verleihen, die Platon einmal verkörpert zu sehen wünschte. Das war das eigentliche Opfer, das Er für die Menschheit brachte; aber die Glorie, die Seine Sterbestunde umstrahlte, erhellte nicht nur die Erde, sondern eröffnete uns Einblick in den Himmel. Du bist gerührt und bewegt. Gott wirkt in deinem Herzen. Sein Geist ist mit dir. Komm, widersteh nicht dem heiligen Verlangen, komm unverzüglich, ohne zu zaudern. Einige der Unseren versammeln sich jetzt, das Wort Gottes auszulegen. Komm, ich will dich zu ihnen führen! Du bist traurig, du bist müde. Höre das Wort Gottes: ›Kommt her zu mir‹, sagt Er, ›alle, die ihr mühselig und beladen seid; ich will euch erquicken!‹«

»Ich kann jetzt nicht«, erwiderte Apaecides; »ein andermal!«

»Jetzt, jetzt!«, rief Olinthus voll Eifer und fasste ihn am Arm.

Doch Apaecides war noch nicht gerüstet, dem Glauben und dem Leben zu entsagen, für das er so viel geopfert hatte. Noch beherrscht von den Versprechungen des Ägypters, entriss er sich mit Gewalt dem Griff. Er fühlte, dass er anders die Unschlüssigkeit nicht überwinden konnte, in die die Beredsamkeit des Christen sein erhitztes fiebriges Gemüt versetzt hatte. Er raffte sein Gewand und floh mit einer Eile, die jegliche Verfolgung unmöglich machte.

Atemlos und erschöpft kam er endlich in ein entlegenes, abgeschiedenes Stadtviertel, und das einsame Haus des Ägypters tauchte vor ihm auf. Während er innehielt, um zu verschnaufen, kam der Mond aus einer silbernen Wolke und schien hell auf die Mauern der geheimnisvollen Behausung.

Es war sonst kein Haus in der Nähe; dunkles Weinlaub umrankte die Vorderseite des Gebäudes, dahinter erhob sich eine Gruppe hoher Bäume, die im milden Mondlicht schlummerte. Im Hintergrund zog sich die verschwommene Linie ferner Berge hin, unter ihnen auch der ruhige Gipfel des Vesuvs, der damals nicht so spitz war wie der Reisende ihn heute erblickt.

Apaecides schritt durch das Rebengewölbe und kam in den breiten, geräumigen Portikus. Davor ruhten zu beiden Seiten der Treppe Statuen der ägyptischen Sphinx, und das Mondlicht verlieh den überlebensgroßen, harmonischen, leidenschaftslosen Zügen, in denen die Bildhauer, die dieses Sinnbild der Weisheit erstellten, Lieblichkeit mit Ehrfurcht gebietender Hoheit zu vereinen suchten, eine ganz besondere, feierliche Ruhe. Weiter oben, auf halber Höhe der Treppe, verdunkelte das dichte, grüne Laub der Aloe die Marmorstufen, und der Schatten orientalischer Palmen warf lange, regungslose Striche über das weiße Gestein.

Es lag etwas in der Stille des Ortes und in dem seltsamen Anblick der gemeißelten Sphinxe, dass der Priester in namenlosem, gespenstischem Grauen erschauerte, und es wäre ihm wohler gewesen, hätte auch nur sein Schritt ein Echo erweckt, als er nun lautlos zu der Schwelle hinaufstieg.

Er klopfte an die Tür, über der eine Inschrift eingemeißelt

war, deren Zeichen ihm unbekannt waren. Sie ging geräuschlos auf, und ein großer äthiopischer Sklave winkte ihm ohne Frage oder Gruß hereinzukommen.

Das weite Atrium wurde von hohen Kandelabern aus fein gearbeiteter Bronze erleuchtet, und rings um die Wände liefen mächtige Hieroglyphen in düsteren, feierlichen Farben, die einen merkwürdigen Gegensatz zu den hellen Farben und anmutigen Formen bildeten, mit denen die Einwohner Italiens ihre Häuser schmückten. Am Ende der Halle näherte sich ihm ein Sklave, dessen Gesicht zwar keinen afrikanischen Typus zeigte, aber doch ein gut Teil dunkler war als die gewöhnliche Farbe der Südländer.

»Ich suche Arbakes«, hörte sich der Priester mit zitternder Stimme sagen. Der Sklave neigte schweigend den Kopf, führte Apaecides durch einen Flügel der Halle und eine enge Treppe hinauf. Dann wurden mehrere Zimmer durchschritten, in denen noch immer die ernste, tiefsinnige Schönheit der Sphinx den Priester am meisten beeindruckte, und hierauf sah sich Apaecides in einem düsteren, von Zwielicht erfüllten Gemach dem Ägypter gegenüber.

Arbakes saß an einem kleinen Tisch vor mehreren auseinander gefalteten Papyrusrollen, die mit denselben Schriftzeichen bedeckt waren wie die Inschrift über der Schwelle des Hauses. Ein Stückchen entfernt stand ein kleiner Dreifuß, Weihrauch stieg langsam von ihm auf. Daneben stand ein riesiger Himmelsglobus, der die Sternbilder darstellte, und auf einem anderen Tisch lagen mehrere Instrumente mit seltsamen, phantastischen Formen, deren Zweck Apaecides unbekannt war. Das hintere Ende des Zimmers war durch einen Vorhang verhüllt, und das rechteckige Fenster des Zimmers ließ die Strahlen des Mondes herein, die sich trüb mit dem Licht der einzigen Lampe vermischten, die im Raum brannte.

»Setz dich, Apaecides«, sagte der Ägypter, ohne aufzustehen.

Der junge Mann gehorchte.

»Du fragst mich«, fuhr Arbakes nach kurzem Schweigen fort, währenddessen er in tiefes Sinnen versunken schien, »du fragst mich oder möchtest mich doch gern fragen nach den gewaltigsten Geheimnissen, die die Seele des Menschen zu fassen vermag. Das Rätsel des Lebens ist es also, dessen Lösung du von mir verlangst. Wie Kinder, die man ins Dunkle gesperrt hat, nur kurze Zeit in dieses konfuse, beschränkte Dasein hineingestellt, formen wir uns unsere Wahngebilde. Bald sinken unsere Gedanken voll Schrecken in uns selbst zurück, bald tauchen sie wild in pfadlose Düsternis, um herauszubekommen, was sie enthalten mag. Hierhin und dorthin strecken wir hilflos die Hände aus, um nicht blind über einer verborgenen Gefahr zu Fall zu kommen. Wir kennen die Grenzen unseres Kerkers nicht, bald scheinen sie sich zusammenzuziehen, als wollten sie uns ersticken, bald erweitern sie sich vor unseren Augen, bis sie sich in der Unendlichkeit verlieren. In diesem Zustand beruht alle Weisheit unvermeidlich in der Lösung zweier Fragen: ›Was sollen wir glauben?‹ und ›Was sollen wir verwerfen?‹ Diese Fragen soll ich dir entscheiden?«

Apaecides nickte zustimmend mit dem Kopf.

»Irgendeinen Glauben *muss* der Mensch haben«, fuhr der Ägypter traurig fort, »an irgendetwas muss er seine Hoffnung hängen. Wenn man voller Entsetzen und fassungslos das, was zu glauben man gelehrt wurde, plötzlich weggerissen sieht, wenn man auf einer schaurigen, uferlosen See der Ungewissheit treibt, so liegt es in der uns vererbten Natur, dass man um Hilfe schreit, dass man nach einer Planke hascht, an die man sich klammern kann, nach Land Ausschau hält, das man erreichen könnte, wie fern es auch sein mag. Nun, so höre denn! Unser heutiges Gespräch hast du noch nicht vergessen?«

»Wie könnte ich das vergessen?«

»Ich gestand dir, dass die Gottheiten, für die so viele Altäre rauchen, nur Erfindungen sind. Ich gestand dir, dass unsere heiligen Zeremonien und religiösen Gebräuche nur Mummenschanz sind, um die große Masse zu ihrem Besten zu täuschen und zu betrügen. Ich erklärte dir, aus diesen Täuschungen entsprängen die Bande der Gesellschaft, die Harmonie der Welt, die Macht der Weisen; diese Macht aber beruhe auf dem blinden Gehorsam der großen Masse. Behalten wir also diese nutzbringenden Täuschungen bei. Wenn der Mensch einen Glauben haben muss, so behalten wir den bei, den er von den Vätern her schätzt und den die Tradition heiligt und festigt. Für uns aber suchen wir einen feineren, gescheiteren Glauben, weil unsere Sinne zu hoch entwickelt sind, um dem groben Glauben der Menge zu huldigen. Lassen wir anderen die Stütze, wenn sie auch für uns nutzlos ist. Das ist weise, das ist menschenfreundlich.«

»Weiter!«

»Wenn wir uns darüber klar geworden sind«, fuhr der Ägypter fort, »wenn wir denen, die wir verlassen wollen, die alten Grenzen des Glaubens unverletzt gelassen haben, so gürten wir unsere Lenden und brechen auf zu neuen Regionen des Glaubens. Gib alle Gedanken, alle Erinnerung an das, was du vorher geglaubt hast, auf. Denke dir, der Geist sei ein unbeschriebenes Blatt, eine leere Papyrusrolle, die zum ersten Mal Schriftzeichen aufnehmen soll. Sieh dich in der Welt um, betrachte ihre Ordnung, ihre Regeln, ihren Zweck. Irgendwie muss sie geschaffen worden sein, die Ordnung deutet auf einen Ordner. Mit dieser Gewissheit setzen wir zum ersten Mal den Fuß auf festen Boden. Aber wer hat sie geschaffen? Ein Gott, rufst du. Halt ein: keine verworrenen und verwirrenden Namen. Von der Macht, die die Welt erschaffen hat, wissen wir nichts und können wir nichts wissen als die folgenden Eigenschaften: Macht und unabänderliche Regelmäßigkeit, schroffe, zermalmende, unbarmherzige Regelmäßigkeit. Vor ihr gilt keine Einzelperson etwas; sie rollt, rast und fegt weiter, fragt nicht danach, wie viele arme Herzen, aus der allgemeinen Masse losgerissen, zermalmt und verbrannt unter ihren Rädern bleiben. Die Mischung von Gut und Böse, das Vorhandensein von Leiden und Verbrechen, das hat zu allen Zeiten den Weisen Kopfzerbrechen bereitet. Sie schufen einen Gott und nannten ihn barmherzig. Doch woher kam dann all das Böse? Warum ließ er es zu, ja, warum erfand er es und duldete seine Existenz? Um das zu erklären, erschuf der Perser einen zweiten Geist, dessen Natur böse ist, und nimmt einen beständigen Krieg zwischen diesem bösen und dem guten Geist an. Mit unserem schattenhaften, schrecklichen Typhon haben wir Ägypter uns einen ähnlichen Dämon ersonnen. Ein Missgriff, der unsere Verwirrung nur noch vermehrt! Eine Torheit, die aus der eitlen Täuschung entstand, ein greifbares, körperliches, menschliches Wesen aus dieser unbekannten Macht zu gestalten, das Unsichtbare mit Eigenschaften bekleiden, ihm eine dem Erkennbaren verwandte Natur geben zu können. Nein, wir wollen diesem Ordner einen Namen geben, der keine verwirrenden Gedanken in uns wachruft, und das Geheimnis wird klarer: dieser Name ist Notwendigkeit. Die Notwendigkeit, sagen die Griechen, bezwingt selbst die Götter. Wozu dann aber diese Götter? Ihr Wirken wird unnötig, also weg mit ihnen. Notwendigkeit regiert alles, was wir sehen. Gewalt und Regelmäßigkeit, diese beiden Eigenschaften machen ihre Natur aus. Wolltest du noch weiter fragen? Du kannst nichts mehr erfahren. Ob sie ewig ist, ob sie uns, ihre Geschöpfe, nach jener Finsternis, die wir Tod nennen, zu neuen Laufbahnen zwingt, das können wir nicht sagen. Verlassen wir diese alte, ungesehene, unergründliche Macht und kommen zu jener, die, soweit wir es erkennen können, ihre große Dienerin ist und all ihre Funktionen ausführt. Diese können wir besser einschätzen, hier lässt sich mehr lernen. Ihre Wahrzeichen sind rings um uns her, ihr Name ist *Natur.* Der Irrtum der Weisen war, dass sie ihre Forschungen auf die Eigenschaften der Notwendigkeit richteten, wo doch alles Finsternis und Blindheit ist. Hätten sie ihre Forschungen auf die Natur beschränkt, wie viel Wissen könnten wir schon erlangt haben! Hier wird geduldige Forschung nie vergebens angewandt. Wir sehen, was wir erforschen, unser Geist erklimmt eine greifbare Leiter von Ursachen und Wirkungen. Die Natur ist die große Triebkraft der äußeren Welt, und Notwendigkeit schreibt ihr nur die Gesetze vor, nach denen sie zu verfahren hat, und teilt uns die Kräfte mit, durch die wir untersuchen können, nämlich Wissbegier und Gedächtnis. Ihre Vereinigung ergibt die Vernunft, ihre Vollendung bedeutet Weisheit. Nun denn, mit Hilfe dieser Kräfte untersuche ich die unerschöpfliche Natur. Ich untersuche die Erde, die Luft, den Ozean und den Himmel. Ich entdecke, dass zwischen ihnen allen eine mystische Wechselwirkung besteht: Der Mond bringt Ebbe und Flut hervor; Licht und Luft erhalten die Erde und sind das Medium des Lebens und des Bewusstseins aller Dinge; durch die Kenntnisse der Gestirne können wir die Grenzen der Erde messen und verstehen; wir teilen nach den Sternen die Zeit in Abschnitte ein, von ihrem blassen Licht lassen wir uns in den Abgrund der Vergangenheit leuchten, ihre feierliche Kunde hilft uns die Zukunft zu ergründen. Und so können wir, obwohl wir nicht wissen, was es mit dieser Notwendigkeit auf sich hat, doch ihre Gesetze ergründen. Und welche Moral schöpfen wir nun aus dieser Religion? Denn eine Religion ist es. Ich glaube an zwei Gottheiten: Natur und Notwendigkeit. Ich huldige der letzteren durch Ehrfurcht, der ersteren durch Forschung. Welche Moral lehrt also meine Religion? Diese: Alle Dinge unterliegen allumfassenden Gesetzen. Die Sonne scheint zur Freude von vielen, aber sie kann wenigen auch Schmerzen bereiten; die Nacht bringt der Menge Schlaf, aber sie birgt Mord ebenso wie Ruhe; die Wälder schmücken die Erde, aber sie beherbergen auch Schlangen und Löwen; der Ozean trägt tausend Schiffe, aber hin und wieder verschlingt er eines. Also zum Heil der Allgemeinheit, nicht zu dem jedes einzelnen, wirkt die Natur und geht die Notwendigkeit ihren gewaltigen, unerbittlichen Gang. Das ist die Moral der furchtbaren Triebkräfte der Welt, und es ist auch meine, der ich ihr Geschöpf bin. Ich möchte die schönen Täuschungen der Priester aufrechterhalten, denn sie sind der Menge heilsam. Ich möchte aber den Menschen auch die Erkenntnisse mitteilen, die ich entdecke, die Wissenschaften, die ich vervollkommne. Ich möchte den gewaltigen Lauf des Wissens beschleunigen, das der Welt die Zivilisation bringt. Hierin diene ich der Allgemeinheit, erfülle das allumfassende Gesetz und handle im Sinne der großen Moral, die die Natur predigt. Für mich selbst beanspruche ich die Ausnahme des Individuums; ich beanspruche sie für die Weisen insgesamt, denn ich bin zufrieden damit, dass meine individuellen Handlungen auf der großen Waage von Gut und Böse nichts bedeuten. Ich bin überzeugt, dass das Ergebnis meiner Erkenntnisse der Masse mehr Gutes bringen kann, als meine Begierden den Wenigen Übles zufügen können, denn ersteres kann sich auf die entferntesten Gegenden erstrecken und noch ungeborene Geschlechter zur Kultur erheben. So schenke ich der Welt Weisheit und mir selbst Freiheit. Ich erleuchte das Leben anderer und genieße mein eigenes. Ja, unser Wissen ist ewig, aber unser Leben kurz, darum wollen wir es nützen, solange es währt. Gib deine Jugend dem Genuss hin und deine Sinne der Lust. Bald kommt die Stunde, wo das Weinglas zerbricht und die Girlanden welken. Genieße, solange du kannst. Sei auch weiterhin mein Schüler und Jünger, Apaecides! Ich will dich in den Mechanismus der Natur einweihen, in ihre finstersten, wildesten Geheimnisse, in die rätselhafte Kunde, die die Toren Magie nennen, und in die gewaltigen Mysterien der Gestirne. Dadurch sollst du deine Pflicht gegen die große Menge erfüllen; dadurch sollst du das Menschengeschlecht erleuchten. Aber ich will dich auch zu Wonnen führen, von denen die Menge nichts ahnt, und auf den Tag, den du den Menschen weihst, soll die süße Nacht folgen, in der du für dich selbst lebst!«

Als der Ägypter schloss, erklang ringsum, von unten und oben Musik, lieblicher und berückender als Lydien je lehrte oder Ionien je meisterte. Wie ein Strom von Tönen kam sie, unversehens die Sinne überwältigend, in Wollust tauchend. Sie schien die Melodie unsichtbarer Geister zu sein, wie sie der Schäfer etwa in den Tagen des Goldenen Zeitalters in den Tälern von Thessalien oder in den kühlen Hainen von Paphos gehört haben mag. Die Worte, die als Erwiderung auf die Spitzfindigkeit des Ägypters über Apaecides' Lippen wollten, erstarben zitternd. Es kam ihm wie Entweihung vor, die zauberhafte Weise zu unterbrechen. Die Empfänglichkeit seiner sensiblen Natur, die griechische Sanftheit seiner Seele waren gefangen genommen und von der Überraschung überwältigt.

Mit geöffnetem Mund und lechzendem Ohr sank er auf den Stuhl zurück, während von einem Chor von Stimmen, sanft und schmeichelnd wie jene, von denen Psyche in den Hallen Amors erweckt wurde, folgender Gesang erklang:

### HYMNE AUF EROS

An des Kephisos wellenkühlem Schoße
Schwamm eine Stimme durch der Lüfte Flut,
Und strahlender errötete die Rose,
Und lautlos saß die Taube auf der Brut.

Die Horen ließen Purpurblüten fallen
Und horchten ihr vom Himmel lächelnd nach;
Von Pans Gewölbe bis zu Aigles* Hallen
Enthob der Erde sich ein süßes Ach.

»Liebt, Sterbliche! ich bin die Macht der Liebe,
Ich stieg zuerst aus alter Nacht herauf;*
Mein Lächeln leuchtet durch der Wolken Trübe,
Es schließt mein Kuss des Morgens Wimpern auf.

Mein sind die Sterne, wo sie zu euch funkeln,
Seid ihr umkreist von meiner Zauberhut;
Luna ist mein, wenn ihre Strahlen dunkeln,
So weilt sie, wo der schöne Schläfer ruht.

Mein ist der Lenz, die Blütenglut der Rosen,
Mein ist des Veilchens zephyrlockend Haupt,
Mein sind die Strahlen, die im Maihauch kosen,
Mein jeder Traum, der ödes Land umlaubt.*

Liebt, Sterbliche! Lieb' ist der Erde Lehre,
Seht, wie von *mir* sie schwellend überfließt;
Lernt es vom ew'gen Uferkuss der Meere,
Vom Sturm, der sie in Sohnes Arme schließt.

Liebt, Sterbliche!« – Sie schwieg, gleich einem Traume,
Der fliehend in des Tages Licht zerstiebt,
Doch aus dem Schilfrohr, aus der Wellen Schaume,
Aus grünem Hain haucht' es noch immer: *»Liebt!«*

Als die Stimmen verhallten, nahm der Ägypter Apaecides bei der Hand und führte den Berauschten, Traumbefangenen, doch noch immer Widerstrebenden durch das Zimmer auf den Vorhang zu, und plötzlich schienen dahinter tausend funkelnde Sterne aufzuleuchten, während der bisher dunkle Schleier durch die Flammen hinter ihm im zartesten Himmelsblau erstrahlte. Wirklich stellte er den Himmel selbst dar, einen Himmel, wie er in Juninächten auf die kastalische Quelle herabgeleuchtet haben mochte. Hier und da waren luftige Rosenwolken aufgemalt, aus denen Gesichter von himmlischer Schönheit hervorlächelten. Auch ruhten auf ihnen Gestalten von einer Vollendung, wie sie sich Apelles und Phidias erträumten. Rasch kreisten die Sterne, von denen der durchsichtige Azur besetzt war, während die Musik, die abermals lebhafter und leichtfüßiger erklang, ihre Melodie den Sphären entliehen zu haben schien.

»Oh! Was für ein Wunder ist das, Arbakes?«, fragte der junge Mann mit zitternder Stimme. »Du hast die Götter geleugnet; willst du mir nun enthüllen, worin …«

»Ihre Genüsse bestehen!«, sagte Arbakes in einem Ton, der von seiner sonstigen Kälte und Seelenruhe so sehr abstach, dass Apaecides stutzte und den Ägypter selbst für verwandelt hielt. Und als sie nun dicht vor dem Vorhang standen, brach eine wilde, laute, jubilierende Melodie hervor. Mit diesen Tönen riss der Vorhang in zwei Teile, stieg auf und schien in der Luft zu zerflattern; und ein Schauspiel, wie es kein Sybarit je verlockender erschaut hat, zeigte sich den geblendeten Augen des jungen Isispriesters. Ein großer Festsaal lag vor ihnen, erhellt von zahllosen Lichtern, erfüllt vom Wohlgeruch, den Weihrauch, Jasmin, Veilchen und Myrrhen in der warmen Luft verbreiteten. Alles, was es an duftenden Blumen, an köstlichen Spezereien gab, schien zu einer unbeschreiblichen ambrosischen Essenz vereinigt. Von den lichten Säulen, die zu der hohen Decke aufragten, hingen weiße, mit goldenen Sternen besetzte Draperien herab. An beiden Enden des Saals warfen zwei Springbrunnen einen Sprühregen empor, der im Widerschein des rosigen Lichts wie Myriaden von Diamanten funkelte. In der Mitte des Zimmers hob sich beim Eintritt der beiden unter den Klängen unsichtbarer Sänger ein Tisch langsam aus dem Boden empor, auf dem jedes Gericht stand, das eine genusssüchtige Laune erdenken konnte. Und es standen Vasen von der verloren gegangenen myrrhinischen Machart* darauf: buntbemaltes und durchsichtiges Geschirr, in dem die seltensten Blumen des Orients prangten. Die Sofas, die um diese Tafel herumstanden, waren mit azur- und goldfarbenen Decken belegt, und aus unsichtbaren Röhren in der gewölbten Decke sprühten Schauer von wohlriechenden Dämpfen herab, welche die köstliche Luft abkühlten und gegen die Lampen ankämpften, als stritten die Geister des Wassers und des Feuers darum, welches Element den herrlichsten Duft verbreiten könne. Und nun erschien hinter den schneeweißen Draperien eine Gruppe von Gestalten, wie sie Adonis erblickte, als er im Schoß der Venus ruhte. Sie kamen, einige mit Kränzen, andere mit Leiern; sie umringten den Jüngling und geleiteten ihn zu der Tafel. Sie warfen die Kränze um ihn in rosigen Ketten. Ihm war, als ob die Erde und jeder Gedanke an sie, weit entrückt würde. Er glaubte zu träumen und hielt den Atem an, um nicht zu früh zu erwachen. Die Sinne, denen er noch nie die Zügel hatte schießen lassen, wallten nun empor, so dass sein Puls wie im Fieber klopfte und sich alles vor seinen Augen wie im Nebel drehte. Und während er so staunend und verloren dastand, erklang wieder zauberischer Gesang, diesmal in heiterem, bacchischem Rhythmus:

ANAKREONTISCH

In des Bechers Tiefen schäumt und sprüht
Der Lesbier perlend hinein;
Doch ach, im Pokale der Jugend erglüht
Noch süßer ein Götterwein,
  Der leuchtend und hell,
  Wie der Sonne Quell,
Durchwogt deiner Augen Schein.

Füll auf, füll auf, bis zum funkelnden Rand
Lyaios'* verjüngenden Saft,
Wein ist der Schlüssel in Zechers Hand
Aus der Welt beengender Haft.
  Trink! trinke aufs Neu',
  Was brauchst du Scheu,
Von des Lämpchens Blick nur begafft?

Trink, trink! Ich schlürfe mit wonnigem Schmerz
Aus den Augen dir für und für;
Gib dein Lächeln dem Gotte der Reben, dein Herz
Du holder Geliebter, gib mir.
  O nahe, mein Glück,
  Es brennt mein Blick
Und dürstet nach Blicken von dir!

Als das Lied zu Ende war, näherten sich ihm drei Mädchen, mit einer Kette von Sternenblumen zu einer Gruppe verbunden. Sie stellten die Grazien dar, doch hätten sie diese beschämen können. Im gleitenden Rhythmus des ionischen Tanzes kamen sie heran, so wie die Nereiden bei Mondschein auf dem gelben Sand des ägäischen Gestades tanzten, so wie Kytherea es ihre Dienerinnen zum Hochzeitsfest von Psyche und ihrem Sohn lehrte.

Näher tretend schlangen sie ihren Kranz um sein Haupt, und die jüngste von den dreien bot ihm kniend den Becher dar, in welchem der Wein von Lesbos prickelnd schäumte. Der Jüngling widerstand nicht länger, er ergriff den berauschenden Becher, und das Traubenblut strömte wild durch seine Adern. Er sank der neben ihm sitzenden Nymphe an die Brust, und als er mit unsicheren Augen Arbakes suchte, den er im Sturm der Aufregung nicht mehr gesehen hatte, erblickte er ihn unter einem Baldachin am oberen Ende der Tafel. Der Ägypter betrachtete ihn mit einem Lächeln, das ihn zum Genuss ermunterte. Er staunte: Arbakes war nicht mehr, wie man ihn zu sehen gewohnt war, in dunkle, schlichte Gewänder gekleidet und sah nicht mehr finster und feierlich drein. Ein Gewand, das die Augen blendete, so reich war das schneeweiße Tuch mit Gold und Edelsteinen besetzt, umhüllte seine majestätische Gestalt. Weiße Rosen, die mit Smaragden und Rubinen abwechselten, krönten in der Form einer Tiara seine Rabenlocken. Wie Odysseus schien er die Blüte einer neuen Jugend gewonnen zu haben; seine Züge schienen die Nachdenklichkeit gegen die Schönheit vertauscht zu haben, und er thronte inmitten der Herrlichkeit ringsumher mit der strahlenden und hinreißenden Erhabenheit eines olympischen Gottes.

»Iss, trink und liebe, mein Schüler«, rief er. »Erröte nicht, weil du stürmisch und jung bist. Was du bist, fühlst du in deinen Adern. Was du sein wirst, siehst du dort.«

Er deutete auf eine Nische, und der Gebärde folgend, erblickte Apaecides auf einem Piedestal zwischen den Bildsäulen des Bacchus und der Idalia ein menschliches Skelett.

»Erschrick nicht«, fuhr der Ägypter fort, »dieser freundliche Gast gemahnt uns nur an die Kürze des Lebens. Aus seiner hohlen Kinnlade höre ich eine Stimme, und die ruft uns zu: *Genießt!*«

Während er sprach, umgab eine Gruppe von Nymphen dieses Standbild; sie legten Kränze auf dem Piedestal nieder, die Becher wurden geleert und an der prangenden Tafel wieder gefüllt, und dabei sangen sie folgendes Lied:

## BACCHISCHE HYMNE AUF DAS ABBILD DES TODES

1

Du bist in der Schatten umdunkelnden Land,
Du, der einst geliebt und gezecht,
Ein schleichender Geist an des Totenstroms Rand,
Doch bleibt auf dein Herz uns ein Recht,
  Wenn es auf trüber Flucht
  Goldene Himmel sucht
Und die Lust, die es oben gekannt.
Dem Tempel sei dieser Kranz gebracht,
Dem gefallnen, darin du gewohnt,
Als dir noch der funkelnde Becher gelacht
Und die Rose im Haar dir gethront:
  Und noch der Lyra Klang
  Jubelnd dein Herz durchdrang,
Wenn der Tag versank in die Nacht.

Hier näherte sich eine zweite Gruppe, die in rascherem, fröhlicherem Rhythmus so fortfuhr:

2

Tod ist der trübe Strand,
Der allen ruft:
Säume, oh Ruderhand,
Säum, milde Luft!
Kränzet die Stunden noch
Vor dem Altar,
Bringt man mit Blumen doch
Opfer stets dar!

Nach kurzem Innehalten tanzte die silberfüßige Musik schneller und schneller:

Lebt lustig, wenn lange wir leben nicht dürfen,
geht ungeküsst keine Minute dahin,
solang wir den Becher der Jugend noch schlürfen,
sei Liebe die schimmernde Perle darin!

Eine dritte Schar trat nun mit vollen Bechern hinzu, die sie als Trankopfer auf diesen seltsamen Altar gossen, und noch einmal erhob sich langsam und feierlich die abwechslungsreiche Melodie:

3

Willkommen sei uns, dunkler Gast,
Vom fernen Meer, in unsrer Zahl;
Wenn Lebens letzte Ros' erblasst,
Reichst du uns den Pokal.
  Heil, dunkler Gast!
Wer hätte bessern Grund
Auf Gruß aus heitrem Mund,
Als wer in hohem Saal
Allen einst beut das Mahl,
Vom dunkeln Strom umirrt?
Jetzt sind noch *wir* der Wirt,
Und du, toter Schatten, du
In deiner ersten Ruh
  Bist nur der kurze *Gast!*

In diesem Augenblick begann die neben Apaecides sitzende Schöne plötzlich zu singen:

4

Glücklich ist unser Los;
Noch ist die Sonne nicht drunten!
Fern von des Grabes Schoß
Umflügeln uns rosige Stunden –

Süß ist für mich dein Blick,
Süß dir der Nektar der Traube;
Zieht mich dein Herz zurück
Rasch wie der Täuber die Taube,
Gönn mir Empfang!
Fest an der Treue Brust
Wieg mich in Schlummerlust,
Aber nicht lang!
Sag es mit Wort und Ach,
Sag's mit den Augen nach
Dass meine Sonne noch scheine,
Dass die Fackel vom Grabhauch noch unerstickt,
Dass atemwarm Lippe die Lippe noch drückt,
Sag mir, ich sei noch die deine!

# BUCH II

Der Hain erzittert, der ganze Königshof wankte über dem erschütterten Boden, ungewiss, nach welcher Seite er einsinke, einem auf Wellen Treibenden ähnlich.

Seneca, ›Thyestes‹, 696.

## KAPITEL I

### EINE SPELUNKE IN POMPEJI. DIE MÄNNER DER ARENA.

Wir wenden uns nun einem jener Stadtteile Pompejis zu, die nicht von den Herren des Vergnügens, sondern von deren Werkzeugen und Opfern bewohnt waren, einem Sammelpunkt der Gladiatoren und Ringkämpfer, des Lasters und der Armut, der Wilden und Wüsten, dem Alsatia einer antiken Stadt.

Es war ein großer Raum, der unmittelbar auf die enge, von Menschen überfüllte Straße mündete. Vor der Schwelle stand eine Gruppe von Männern, deren eisenharte, straffe Muskeln, kurze herkulische Nacken und verwegene Mienen die Kämpfer der Arena erkennen ließen. Auf einem Regal an der Außenseite standen Wein- und Ölkrüge, und direkt darüber befand sich an der Wand ein plumpes Gemälde, das trinkende Gladiatoren darstellte: So alt und ehrwürdig ist der Gebrauch von Wirtshausschildern! Im Inneren, das in der Art moderner »Séparées« gebaut war, standen mehrere Tische, an denen Gruppen von Männern saßen. Die einen tranken, die andern würfelten, wieder andere unterhielten sich mit dem mehr Geschicklichkeit erfordernden Spiel *duodecim scriptae,* das einige stümperhafte Gelehrte für Schach hielten, obwohl es wahrscheinlich eher dem Damespiel glich und in der Regel, wenn auch nicht immer, mit Hilfe von Würfeln gespielt wurde. Es war früher Morgen, und vielleicht kennzeichnete nichts besser die liederliche Lebensweise, an die diese Leute gewöhnt waren,

*Ein pompejanisches Wirtshaus.*

als diese unzeitige Stunde. Obwohl das Haus im Armenviertel lag und seine Bewohner zum Abschaum der Gesellschaft gehörten, wies es keine Spur von dem ekelhaften Schmutz auf, der zu einer ähnlichen Örtlichkeit in einer modernen Stadt gehört hätte. Die heitere Gemütsart aller Pompejaner, die, selbst wo der Geist leer ausging, wenigstens die Sinne zu befriedigen suchten, drückte sich in den bunten Farben aus, welche die Wände schmückten, und auch in den phantastischen aber nicht uneleganten Formen, in welchen Lampen, die Trinkbecher, ja die gewöhnlichsten Gebrauchsgegenstände gearbeitet waren.

»Bei Pollux!«, rief einer der Gladiatoren, an einen Türpfosten gelehnt. »Der Wein, den du uns verkaufst, alter Silenus«, und dabei klopfte er einem stämmigen Mann auf die Schulter, »kann das beste Blut verdünnen.«

Der so liebevoll Angesprochene war, nach den nackten Armen, der weißen Schürze, dem Schlüsselbund und dem nachlässig in den Gürtel gestopften Wischtuch zu schließen, der Wirt. Er stand bereits im Herbst seiner Jahre, aber seine Gestalt war noch immer so robust und athletisch, dass er selbst die muskelbepackten Gestalten neben sich beschämen konnte, nur dass seine Muskeln in Verfettung geraten, seine Backen aufgedunsen waren und der überquellende Bauch schon den breiten Brustkasten, der sich darüber erhob, in den Schatten zu stellen begann.

»Komm mir bloß nicht mit deinen üblichen albernen Späßen!«, brummte der gigantische Kneipenwirt mit dem sanften halblauten Grollen eines gereizten Tigers, »mein Wein ist gut genug für einen Wanst, dessen Blut doch bald den Staub des *Spoliariums** tränken wird.«

»Was krächzt du da, alter Rabe?«, versetzte der Gladiator mit geringschätzigem Lächeln. »Du wirst dich noch aufhängen vor Ärger, wenn du mich die Palme gewinnen siehst, und wenn mir die volle Börse des Amphitheaters zuerteilt wird, was mit Sicherheit passiert, dann soll es mein erstes Gelübde an Herkules sein, für immer und ewig einen Bogen um dich und deine miserablen Getränke zu machen!«

»Hör mir einer diesen bescheidenen Pyrgopolinices! Bestimmt hat er unter Bombochides Kluninstaridysarchides* gedient«, rief der Wirt. »Sporus, Niger, Tetraides, er sagt, er will vor euch den Preis gewinnen. Aber bei den Göttern, jeder einzelne eurer Muskeln ist stark genug, ihn zu Brei zu quetschen, oder *ich* will nichts von der Arena verstehen!«

»Ha!«, rief der Gladiator, in steigender Wut errötend. »Unser *Lanista* könnte dir da was ganz anderes erzählen.«

»Was könnte er denn gegen mich sagen, du Angeber?«, fragte Tetraides grimmig.

»Oder gegen mich, der ich schon in fünfzehn Kämpfen gesiegt habe?«, sagte der riesenhafte Niger und stakte zu dem Gladiator heran.

»Oder gegen mich?«, knurrte Sporus mit feurigen Augen.

»Ruhig!«, rief Lydon, kreuzte die Arme und musterte seine Rivalen mit trotzigen, herausfordernden Blicken. »Ihr könnt bald die Probe aufs Exempel machen, spart eure Wut bis dahin auf.«

»Ja, tut das«, sagte der mürrische Wirt, »und wenn ich den Daumen drehe, um dein Leben zu retten, so mögen mir die Parzen den Faden abschneiden.«

»Deinen Strick, willst du sagen«, sagte Lydon höhnisch. »Hier hast du eine Sesterze, dass du dir einen kaufen kannst.«

Der titanenhafte Weinschenk packte die ihm gebotene Hand und quetschte sie mit solcher Wut zusammen, dass das Blut aus den Fingerspitzen auf die Kleider der Umstehenden spritzte.

Sie brachen in wildes Gelächter aus.

»Ich will dich lehren, du eingebildeter Grünschnabel, mit mir den Mazedonier zu spielen! Ich bin kein schwächlicher Perser, das lass dir gesagt sein! Was denn, Mann, habe ich nicht zwanzig Jahre lang in der Arena gekämpft, ohne ein einziges Mal die Waffen zu senken? Und habe ich nicht aus den Händen des *Editor* die Palme empfangen zum Zeichen des Sieges und der gnädigen Erlaubnis, mich zurückziehen und auf meinen Lorbeeren ausruhen zu dürfen? Und jetzt soll ich mich von einem Rotzjungen dumm anreden lassen?« Mit diesen Worten stieß er die Hand verächtlich von sich.

Ohne einen Muskel zu verziehen, vielmehr mit dem gleichen lächelnden Gesicht, mit dem er eben den Wirt verspottet hatte, ertrug der Gladiator den schmerzhaften Händedruck. Kaum aber war seine Hand frei, so duckte er sich wie eine Wildkatze, seine Kopf- und Barthaare sträubten sich, und mit einem schrillen Schrei sprang er dem Riesen an die Kehle. Die Wucht des Zusammenstoßes brachte die große, stämmige Gestalt des Wirtes aus dem Gleichgewicht, und er stürzte mit dem Gepolter eines fallenden Felsens nieder. Sein wütender Gegner warf sich über ihn.

Vielleicht hätte unser Wirt den ihm von Lydon so freundlich empfohlenen Strick nicht mehr gebraucht, wenn er noch drei Minuten länger in dieser Lage hätte bleiben müssen. Aber durch den Lärm seines Sturzes alarmiert, stürzte eine Frau, die sich bisher in einem Hinterzimmer aufgehalten hatte, auf den Kampfplatz. Diese neue Verbündete hätte es allein mit dem Gladiator aufnehmen können. Sie war groß und hager, und ihre Arme waren noch ganz anderer als zärtlicher Umarmungen fähig. In der Tat hatte die liebenswürdige Gattin von Burbo, dem Wirt, wie er in der Arena gekämpft,* sogar vor dem Kaiser. Und Burbo selbst, der in der Arena nie besiegt worden war, musste oft, wenn das Gerücht stimmte, die Palme an seine holde Stratonike abgeben. Kaum sah dieses reizende Geschöpf seine schlechtere Hälfte in Gefahr, da stürzte es sich, nur mit den Waffen ausgerüstet, die die Natur ihm verliehen hatte, auf den knienden Gladiator, umschlang seine Taille mit den langen, schlangenartigen Armen und riss ihn mit einem jähen Ruck vom Leib ihres Gemahls in die Höhe, so dass Lydon nur noch mit den Händen Burbos Kehle umklammert hielt. So wird manchmal ein Hund, der sich in einen unterlegenen Nebenbuhler verbissen hat, von einem pflichtbewussten Diener bei den Hinterbeinen weggezerrt, so dass eine Hälfte von ihm hoch in der Luft schwebt, passiv und ungefährlich, während die andere Hälfte, Kopf, Zähne, Augen, Pfoten, in den zerfleischten, niedergeworfenen Feind vergraben und eingebohrt scheinen. Inzwischen umringten die Gladiatoren, mit Blut großgezogen und gemästet, entzückt die Kämpfenden; ihre Nasenflügel weiteten sich, die Lippen verzogen sich zu einem Grinsen, ihre Augen starrten wild auf die blutige Kehle des einen und die geballten Fäuste des anderen.

»*Habet!* (Der ist fertig!) *Habet!*«, riefen sie mit einer Art Kampfgeschrei und rieben sich die sehnigen Hände.

»*Non habeo,* ich bin nicht fertig, ihr Lügner!«, keuchte der Wirt, während er sich mit einer gewaltigen Anstrengung von diesen tödlichen Händen befreite und aufstand, atemlos, röchelnd, verwundet und blutend. Mit rollenden Augen wandte er sich gegen die wütenden Blicke und knirschenden Zähne seines überlisteten Feindes, der sich nun mit Widerwillen und Verachtung aus dem Griff der stämmigen Amazone zu befreien versuchte.

»Fair gespielt!«, schrien die Gladiatoren. »Immer einer gegen einen!« Damit drängten sie sich um Lydon und die Frau und trennten unseren freundlichen Wirt von seinem höflichen Gast.

Doch Lydon, der sich seiner Lage schämte und vergeblich die Fäuste des Mannweibs von sich abzuschütteln suchte, griff mit der Hand in den Gürtel und zog ein kurzes Messer hervor. So drohend war sein Blick, so hell funkelte die Klinge, dass Stratonike, die nur den Faustkampf beherrschte, entsetzt zurückfuhr.

»Ihr Götter!«, rief sie. »Der gemeine Kerl! Er trägt versteckte Waffen bei sich! Ist das vielleicht fair? Gehört sich das für einen anständigen Herrn und einen Gladiator? Nein, wahrlich, solche Schufte verabscheue ich!« Mit diesen Worten wandte sie dem Gladiator geringschätzig den Rücken und beeilte sich, den Zustand ihres Mannes zu untersuchen.

Doch dieser, an körperliche Anstrengungen gewöhnt, wie eine englische Bulldogge an Reibereien mit gutartigeren Gegnern, hatte sich bereits erholt. Das Purpurrot wich aus seinen immer roten Backen, und die Stirnadern schrumpften auf ihre gewöhnliche Größe. Er schüttelte sich mit behaglichem Grunzen, zufrieden, dass er noch lebte, dann musterte er seinen Feind von Kopf bis Fuß mit der Miene größeren Beifalls, als er ihm zuvor erwiesen hatte.

»Bei Kastor!«, sagte er. »Du bist ein stärkerer Bursche, als ich glaubte. Ich sehe, du bist ein Mann von Tugend und Verdienst. Gib mir die Hand, junger Held!«

»Wackrer alter Burbo!«, riefen die Gladiatoren und klatschten in die Hände. »Durch und durch ein Kerl. Gib ihm die Hand, Lydon.«

»Klar doch«, sagte der Gladiator. »Aber ich habe nun Blut geleckt; ich möchte ihn am liebsten ganz fertig machen.«

»Bei Herkules!«, versetzte unser Wirt völlig ungerührt. »Das ist echte Gladiatorenart. Bei Pollux! Was doch aus einem Mann bei gutem Training werden kann! Kein Raubtier könnte wilder sein.«

»Ein Raubtier? O du Dummkopf! Wir sind es selbst, die die Raubtiere niederwerfen«, rief Tetraides.

»Schön, schön«, sagte Stratonike, die jetzt ihr Haar ordnete und ihre Locken zurechtzupfte, »wenn ihr alle wieder gut Freund seid, so rate ich euch, ruhig und brav zu sein, denn ein paar junge Adelige, eure Gönner, die auf euch wetten, haben sagen lassen, sie wollten mal vorbeikommen. Sie möchten euch genauer ansehen, als sie es in der Kaserne können, ehe sie zu den großen Kämpfen im Amphitheater ihre Wetten abschließen. Zu diesem Zweck besuchen sie mein Haus immer; sie wissen, dass bei uns nur die besten Gladiatoren von Pompeji verkehren; wir sind eine erlesener Truppe, gelobt seien die Götter!«

»Jawohl«, fuhr Burbo fort, indem er ein Glas Wein austrank, dessen Größe mehr einem Eimer entsprach. »Ein Mann, der gegen mich die Lorbeeren errungen hat, kann den Tapferen nur als Vorbild dienen. Lydon, trink, mein Junge. Mögest auch du ein ehrbares Alter erreichen wie ich!«

»Komm her«, sagte Stratonike, indem sie ihren Mann an den Ohren zu sich heranzog, eine Liebkosung, die Tibull so anmutig beschrieben hat, »komm her!«

»Nicht so grob, Wölfin, du bist ja noch schlimmer als der Gladiator«, brummte Burbos gewaltiger Rachen.

»Pst!«, zischelte sie. »Calenus hat sich eben verkleidet durch die Hintertür hereingeschlichen; hoffentlich hat er die Sesterzen mitgebracht.«

»Hoho, dann muss ich zu ihm«, sagte Burbo. »Hab du inzwischen ein Auge auf die Becher, hörst du, und pass auf das Angekreidete auf. Lass dich nicht von ihnen hereinlegen, Weib. Sie sind Helden, sicher, aber auch abgefeimte Gauner. Kakus war nichts gegen sie.«

»Mach dir meinetwegen keine Sorgen, Dummkopf«, antwortete seine Angetraute; und Burbo, zufrieden mit dieser liebevollen Versicherung, schritt durch das Zimmer in das Allerheiligste des Hauses.

»Diese verzärtelten Herrchen wollen also kommen und sich unsere Muskeln anschauen?«, sagte Niger. »Wer hat sich denn anmelden lassen, Wirtin?«

»Lepidus; er bringt Clodius mit, den unfehlbarsten Wetter von ganz Pompeji, und den jungen Griechen Glaucus.«

»Eine Wette auf einen Wetter!«, rief Tetraides. »Clodius wettet auf mich, da setz ich zwanzig Sesterzen drauf. Was sagst du, Lydon?«

»Auf *mich* setzt er«, erwiderte Lydon.

»Nein, auf *mich«,* knurrte Sporus.

»Ihr Tölpel! Meint ihr, er würde einem von euch den Vorzug vor Niger geben?«, sagte der Athlet in bescheidenem Selbstlob.

»Schön, schön«, sagte Stratonike, indem sie eine große Amphore für ihre Gäste anzapfte, »so tapfer und stark ihr euch vorkommt, wer von euch würde mit dem numidischen Löwen kämpfen, falls kein Verbrecher gefunden wird, der euch die Mühe abnimmt?«

»Ich habe deine Arme überlebt, wackere Stratonike«, sagte Lydon, »und könnte also auch getrost gegen den Löwen antreten.«

»Aber sag doch mal«, fragte Tetraides, »wo ist deine hübsche junge Sklavin, die Blinde mit den hellen Augen geblieben? Ich habe sie lange nicht gesehen.«

»Oh, die ist zu zart für dich, du Neptunssohn«,* sagte die Wirtin, »und auch für uns zu schön, glaube ich. Wir schicken sie in die Stadt, Blumen zu verkaufen und den Damen etwas vorzusingen. Dadurch bringt sie uns mehr Geld ein, als wenn wir sie euch bedienen lassen. Außerdem hat sie oft noch andere Beschäftigungen, *sub rosa.*«

»Was für Beschäftigungen?«, rief Niger. »Dazu ist sie zu jung!«

»Halt's Maul, du Vieh!«, sagte Stratonike. »Du denkst, es gibt kein anderes Spiel als das korinthische. Wenn Nydia auch doppelt so alt wäre, wie sie jetzt ist, so würde sie doch nur zur Vesta taugen – das arme Mädchen!«

»Aber hör mal, Stratonike«, sagte Lydon, »wie bist du zu einer so hübschen, zarten Sklavin gekommen? Sie eignete sich besser zum Kammermädchen einer reichen römischen Matrone als zum Dienst bei dir.«

»Das ist wahr«, antwortete Stratonike. »Und eines Tages hab ich auch vor, durch ihren Verkauf mein Glück zu machen. Wie ich zu Nydia gekommen bin, fragst du?«

»Ja.«

»Ja, siehst du, meine Sklavin Staphyla ... du erinnerst dich doch noch an Staphyla, Niger?«

»Ja, ein Weibsbild mit großen Händen und einem Gesicht wie eine komische Maske. Wie sollte ich sie vergessen, bei Pluto, dessen Magd sie jetzt wahrscheinlich ist!«

»Still, du Unmensch! – Nun, Staphyla starb eines Tages, und es war ein großer Verlust für mich, und ich ging auf den Markt, mir eine neue Sklavin zu kaufen. Doch bei den Göttern! Sie waren alle so teuer geworden, seit ich die arme Staphyla gekauft hatte, und das Geld war so knapp, dass ich den Platz schon unverrichteter Dinge verlassen wollte, als ein Händler mich am Kleid zupfte. ›Herrin‹, sagte er, ›willst du eine billige Sklavin? Ich habe ein kleines Mädchen zu verkaufen, fast umsonst. Sie ist zwar klein, praktisch noch ein Kind, aber anstellig, still, gelehrig und flink; auch singt sie gut und ist von vornehmer Herkunft, wie ich dir versichern kann.‹ – ›Aus welchem Land?‹ fragte ich. – ›Thessalien.‹ – Nun wusste ich, dass die Thessalier klug und gutherzig sind. Deshalb sagte ich, ich wollte mir das Mädchen einmal ansehen. Und sie sah damals schon so aus, wie ihr sie heute seht, kaum kleiner und jünger. Sie saß geduldig und ergeben da, die Hände über der Brust gekreuzt, die Augen niedergeschlagen. Ich fragte den Händler nach dem Preis, der gering war, und kaufte sie auf der Stelle. Der Kaufmann brachte sie in mein Haus und verschwand darauf hastig. Meine Freunde, stellt euch mein Erstaunen vor, als ich entdeckte, dass sie blind war! Haha, ein durchtriebener Gauner, dieser Händler! Ich lief sofort zum Magistrat, aber der Schuft hatte Pompeji schon verlassen. Ich musste also in sehr schlechter Laune heimziehen, und das arme Mädchen bekam es zu spüren! Aber schließlich war nicht sie schuld an ihrer Blindheit, denn sie war es von Geburt an. Allmählich versöhnten wir uns auch mit unserm Kauf. Allerdings hatte sie nicht die Kraft Staphylas und war nur von geringem Nutzen im Haus, aber bald fand sie sich in der Stadt zurecht, als ob sie Argusaugen hätte. Und als sie uns eines Morgens ein paar Sesterzen heimbrachte, die sie durch den Verkauf einiger Blumen aus unserem kleinen Garten verdient hatte, da dachten wir, die Götter hätten sie uns geschickt. Seit dieser Zeit lassen wir sie ausgehen wie sie will, und sie füllt ihren Korb mit Blumen und flicht sie nach thessalischer Art zu Kränzen, die den vornehmen Herren sehr gefallen. Die feinen Leute scheinen in sie vernarrt zu sein, denn sie bezahlen ihr immer mehr als andern Blumenmädchen, und sie bringt uns alles nach Hause, was sicher nicht jede Sklavin tun würde. Deshalb arbeite ich also hier allein, aber ich werde mir bald von dem, was sie verdient hat, eine neue Staphyla kaufen können. Zweifellos hatte der thessalische Kindesentführer die Blinde von vornehmen Eltern gestohlen.* Sie ist nicht nur geschickt im Flechten von Kränzen, sie singt auch und spielt die Zither, was wiederum Geld einbringt. Letztens … doch *das* ist ein Geheimnis … «

»*Das* ist ein Geheimnis? Was denn?«, rief Lydon. »Bist du eine Sphinx geworden?«

»Sphinx? Nein, wieso Sphinx?«

»Hör jetzt mit dem Geschwätz auf, gute Wirtin, und bring uns endlich das Essen; ich habe Hunger«, sagte Sporus ungeduldig.

»Und ich auch«, stimmte der wilde Niger ein und wetzte sein Messer an der Handfläche.

Die Amazone ging in die Küche und kehrte bald mit einer Schüssel zurück, die mit großen halbrohen Fleischstücken gefüllt war. Denn mit dieser Kost glaubten schon damals, wie noch heute, die Boxkämpfer, am meisten Kraft und Wildheit zu erlangen. Sie rückten um den Tisch herum wie hungrige Wölfe. Das Fleisch verschwand rasch, der Wein floss reichlich. Und damit verlassen wir diese wichtigen Persönlichkeiten des antiken Lebens und folgen den Schritten Burbos.

## KAPITEL II

### ZWEI EHRENMÄNNER.

In früheren Zeiten war in Rom das Priesteramt ein Beruf, der zwar wenig eintrug, aber höchst ehrenvoll war. Die vornehmsten Bürger ergriffen ihn, den Plebejern blieb er untersagt. Später jedoch, schon lange vor der Zeit, in der diese Erzählung spielt, war er allen Klassen zugänglich, wenigstens jener Teil, den die so genannten *Flamines* oder Opferpriester bekleideten, Priester nicht der Religion im Allgemeinen, sondern besonderer Gottheiten. Selbst das Amt des Jupiterpriesters, des *Flamen dialis,* dem ein Liktor voranschritt und der kraft seines Amtes zum Senat Zutritt hatte, war zuerst eine nur den Patriziern vorbehaltene Würde und wurde in späteren Zeiten durch die Wahl des Volkes vergeben. Die nicht einheimischen und weniger verehrten Gottheiten hatten in der Regel Plebejer zu Priestern, und viele wählten den Beruf wie manche römisch-katholischen Christen auch heute noch in Mönchsorden eintreten, nämlich weniger aus Frömmigkeit als vielmehr in der Hoffnung, bei ihrer Armut dort am besten aufgehoben zu sein. So war auch der Isispriester Calenus von niedrigster Herkunft. Seine Verwandten, allerdings nicht seine Eltern, waren Freigelassene. Er hatte von ihnen eine aufgeschlossene Erziehung erhalten und von seinem Vater auch ein kleines Erbe, das jedoch bald durchgebracht war. Als letzte Zuflucht vor dem Elend ergriff er den Priesterberuf. Wenn auch die festen Einkünfte des heiligen Standes damals wahrscheinlich noch gering waren, so konnten sich doch die Altardiener eines beim Volk beliebten Tempels niemals über mangelnde Trinkgelder beklagen. Kein Gewerbe ist so einträglich wie das, welches auf die Leichtgläubigkeit der Menge setzt.

Zu der Zeit lebte nur noch ein Verwandter von Calenus in Pompeji, und das war Burbo. Dunkle, fragwürdigere Beziehungen, stärkere als die des Blutes, verknüpften beider Interessen, und oft schlich sich der Isispriester verkleidet und verstohlen aus der nach außen hin vorgetäuschten Strenge des Ordens.

Durch die Hintertür der Schänke, die dem in den Ruhestand getretenen Gladiator gehörte, schlüpfte ein durch seine Lasterhaftigkeit wie durch sein Gewerbe verrufener Mensch und warf mit Freuden die letzten Fetzen einer Heuchelei ab, die ihm nur von der Habsucht, der ihn völlig beherrschenden Leidenschaft, vorgeschrieben wurde. Denn seine Natur wäre sonst selbst zur Scheinheiligkeit viel zu barbarisch gewesen.

Calenus trug einen jener weiten Mäntel, die bei den Römern immer mehr in Mode kamen, je mehr sie die Toga ablegten. Die Gestalt verschwand unter den reichlichen Falten, und eine Art Kapuze, die daran hing, verbarg das Gesicht. So saß Calenus nun in der kleinen Privatkammer der Weinschenke, von wo aus ein schmaler Durchgang unmittelbar zur Hintertür führte, die fast in jedem Haus in Pompeji zu finden war.

Ihm gegenüber saß der vierschrötige Burbo. Bedächtig zählte er auf dem zwischen ihnen stehenden Tisch einen kleinen Haufen von Münzen, die der Priester soeben aus seiner Börse geschüttelt hatte. Denn Börsen waren damals ebenso im Gebrauch wie heute, nur mit dem Unterschied, dass sie in der Regel – besser gefüllt waren.

»Du siehst«, sagte Calenus, »wir zahlen anständig, und du müsstest mir wirklich dankbar sein, dass ich dir zu einem so einträglichen Handel verholfen habe.«

»Bin ich auch, Vetter, bin ich auch«, antwortete Burbo liebevoll, indem er die Münzen in einen Lederbeutel schob, den er in den Gürtel steckte, wobei er die Schnalle fester um seinen Wanst zog, als er in den Mußestunden seiner häuslichen Arbeit zu tun pflegte. »Und bei Isis, Pisis und Nisis, oder wie die Gottheiten in Ägypten sonst heißen mögen, meine kleine Nydia ist ein wahrer Hesperidengarten, eine Goldgrube für mich.«

»Sie singt gut und spielt wie eine Muse«, entgegnete Calenus. »Das sind Eigenschaften, für die der, dem ich diene, immer gut zahlt.«

»Er ist ein Gott«, rief Burbo begeistert, »jeder Reiche, der freigebig ist, verdient göttliche Verehrung. Aber komm, ein

Glas Wein, alter Freund! Erzähl mir mehr davon! Was macht sie denn? Sie ist ganz verängstigt, schwatzt von ihrem Eid und verrät nichts.«

»Und auch ich werde nichts verraten, bei meiner rechten Hand! Auch ich habe diesen furchtbaren Eid der Geheimhaltung geschworen!«

»Eid, Eid! Was sind Eide für Männer wie wir!«

»Eide gewöhnlicher Art, ja, aber so einer!« Und der verhärtete Priester zitterte. »Aber«, fügte er hinzu, indem er einen großen Becher ungemischten Weins leerte, »ich muss dir sagen, ich fürchte weniger den Eid selbst als die Rache dessen, dem ich ihn geleistet habe! Bei den Göttern, er ist ein mächtiger Zauberer und würde es herausbekommen, wenn ich auch bloß dem Mond mein Geheimnis mitteilte. Also nichts mehr davon. Bei Pollux! So toll die Gelage sind, die ich mit ihm feiere, ich fühl mich nie ganz wohl dabei. Eine fröhliche Stunde mit dir, mein Junge, und ein einziges von den einfachen, ungebildeten, lachenden Mädchen, die ich in dieser verräucherten Bude finde, ist mir zehnmal lieber als ganze Nächte dieser üppigen Orgien.«

»Ho, ist das dein Ernst? Nun, dann wollen wir morgen Abend, wenn es den Göttern gefällt, ein hübsches Festchen veranstalten.«

»Ich bin dabei«, sagte der Priester, rieb sich die Hände und rückte dichter an den Tisch.

In diesem Augenblick hörten sie ein leises Geräusch an der Tür, als ob jemand tastend die Klinke suchte. Der Priester zog die Kapuze über den Kopf.

»Ruhig«, flüsterte der Wirt, »es ist nur das blinde Mädchen.«

Nydia öffnete die Tür und trat ein.

»Na, Mädchen, was willst du? Du siehst blass aus, hast du die ganze Nacht durchgemacht? Macht nichts, jung bleibt jung«, sagte Burbo, um ihr gut zuzureden.

Das Mädchen antwortete nicht, sondern ließ sich mit einer Miene der Erschöpfung auf einen der Schemel niedersinken.

Sie wurde in raschem Wechsel blass und rot, sie klopfte mit den kleinen Füßen ungeduldig auf den Boden, dann sah sie plötzlich auf und sagte entschlossen:

»Herr, du kannst mich verhungern lassen, wenn du willst, du kannst mich schlagen, du kannst mir mit dem Tod drohen, aber nie wieder geh ich in dieses verruchte Haus!«

»Was, Närrin?«, rief Burbo wild, und seine dunklen Brauen zogen sich finster über grimmigen, blutunterlaufenen Augen zusammen. »Wirst du rebellisch? Nimm dich in Acht!«

»Ich habe es gesagt«, antwortete das junge Mädchen und kreuzte die Arme über der Brust.

»Was? Du Bescheidene, du Vestalin, du willst nicht mehr hingehen? Schön, man wird dich schon hinschaffen.«

»Ich werde schreien, dass die ganze Stadt zusammenläuft«, sagte sie leidenschaftlich, und die Röte stieg ihr bis zur Stirn.

»Dem können wir abhelfen, du wirst geknebelt.«

»Dann mögen die Götter mir beistehen«, sagte Nydia und stand auf. »Ich wende mich an die Magistrate.«

*»Denk an deinen Eid!«,* sagte eine hohle Stimme; Calenus mischte sich erst jetzt in das Gespräch.

Bei diesen Worten zitterte das arme Mädchen heftig und schlug in flehender Gebärde die Hände ineinander. »Oh, ich Unglückliche!«, rief sie und brach in heftiges Schluchzen aus.

Vielleicht hatte der Klang dieses bitteren Kummers die sanfte Stratonike herbeigerufen, denn in diesem Augenblick erschien ihre grässliche Gestalt im Zimmer.

»Was ist los? Was hast du meiner Sklavin getan, du Unmensch?«, wandte sie sich zornig an Burbo.

»Sei still, Weib«, sagte er, halb grimmig, halb eingeschüchtert, »du willst neue Gürtel und neue Kleider haben, oder? Dann pass auf deine Sklavin auf, sonst wird sich dein Wunsch so bald nicht erfüllen. *Vae capiti tuo* – Unglück über dein Haupt, elendes Ding!«

»Was ist los?«, fragte die Hexe und blickte von einem zum andern.

Einem jähen Impuls folgend, trat Nydia von der Wand fort,

an der sie lehnte, warf sich Stratonike zu Füßen, umarmte ihre Knie und sah mit ihren blinden, doch rührenden Augen zu ihr auf:

»O meine Gebieterin«, schluchzte sie, »du bist eine Frau, du hast Schwestern gehabt, du bist jung gewesen wie ich, hab Mitleid mit mir, rette mich! Ich will nie wieder zu diesen abscheulichen Festen gehen!«

»Blödsinn!«, sagte die Hexe und riss sie an einer der zarten Hände roh empor, die zu keiner härteren Arbeit geschaffen schienen, als Blumen zu winden, sei es zum Vergnügen oder zum Verdienen. »Blödsinn, solche Zimperlichkeiten gibt es nicht bei Sklaven!«

»Hör zu«, sagte Burbo, zog die Börse und klimperte mit dem Inhalt. »Hörst du diese Musik, Frau? Bei Pollux, wenn du dieses Fohlen nicht scharf im Zaum hältst, dann hörst du diese Musik nicht wieder.«

»Das Mädchen ist müde«, sagte Stratonike und nickte zu Calenus hin. »Sie wird gefügiger sein, wenn du das nächste Mal wiederkommst.«

»*Du? Du?* Wer ist noch hier?«, rief Nydia und ließ ihre Augen mit so angstvollem, starrem Blick umherschweifen, dass Calenus erschreckt aufsprang:

»Sie *muss* mit diesen Augen sehen können«, murmelte er.

»Wer ist noch da? Sprich, im Namen des Himmels! Ach, wärst du auch blind, du würdest nicht so grausam sein«, sagte sie und brach wieder in Tränen aus.

»Schaff sie fort«, sagte Burbo ärgerlich. »Ich kann das Geplärr nicht hören.«

»Komm!«, befahl Stratonike und schob das arme Kind bei den Schultern fort.

Nydia trat mit einer Miene der Entschlossenheit zur Seite.

»Hört mich«, rief sie, »ich habe euch treu gedient, ich, die ich zu etwas ganz anderem erzogen wurde. Ach, meine Mutter, meine arme Mutter, hättest du dir je träumen lassen, dass es dahin mit mir kommen würde?« Sie wischte sich die Tränen aus den Augen und fuhr fort: »Schickt mich, wohin ihr wollt, ich werde gehorchen, aber ich sage euch, so hart und unerbittlich ihr auch sein mögt, ich sage euch, ich gehe nie wieder dorthin, und wenn ich mit Gewalt hingebracht werde, dann rufe ich die Gnade des Prätors an. Ich habe es gesagt. Hört mich, ihr Götter, ich schwöre es!«

Die Augen der Hexe glühten feurig auf; sie packte mit der einen Hand das Kind bei den Haaren und holte mit der andern zum Schlag aus, jener furchtbaren Rechten, die mit einem einzigen Schlag die schwache, zarte Gestalt, die unter ihrem Griff zitterte, zu zermalmen imstande war. Das schien ihr selbst auch einzufallen, den sie hielt inne und änderte ihre Absicht. Sie zerrte Nydia zur Wand, nahm vom Haken einen Strick, der oft schon zum gleichen Zweck gedient hatte, und im nächsten Augenblick erfüllte das schrille Schmerzensgeschrei der Blinden herzzerreißend das Haus.

## KAPITEL III

### GLAUCUS KAUFT ETWAS, WAS IHN SPÄTER TEUER ZU STEHEN KOMMT.

»Hallo, ihr braven Burschen!«, rief Lepidus und bückte sich, um durch den niedrigen Torweg Burbos Haus zu betreten. »Wir wollen sehen, wer von euch eurem Lanista am meisten Ehre macht.« Die Gladiatoren erhoben sich respektvoll vor den drei vornehmen Herren, die als die flottesten und reichsten Kavaliere von ganz Pompeji galten und deren Urteil daher über den Ruf im Amphitheater entschied.

»Was für nette Bestien«, sagte Clodius. »Wert, Gladiatoren zu sein.«

»Schade, dass sie keine Krieger sind!«, entgegnete Glaucus.

Der überfeine, verzärtelte Lepidus, den bei einem Gastmahl ein Sonnenstrahl blendete, dem ein Luftzug im Bad den Tod brachte, ein Mensch, in welchem die Natur, aus all ihren ursprünglichen Regungen hinausgedrängt und gezerrt, zu einem zwitterhaften, weibischen und verkünstelten Wesen abgestanden zu sein schien, dieser selbe Lepidus war hier voll Eifer, voll Lebendigkeit und ganz bei der Sache. Es war sonderbar zu sehen, wie er mit milchweißen, mädchenhaften Händen den Gladiatoren die riesigen Schultern tätschelte, mit zimperlichem Griff ihre hervorquellenden, eisernen Muskeln befühlte, ganz versunken in abschätzender Bewunderung dieser Mannhaftigkeit, die er sein ganzes Leben lang von sich fern zu halten ängstlich bemüht gewesen war.

So sehen wir noch heutzutage die bartlosen Londoner Salonschwärmer sich um die Helden des Boxrings drängen; so sehen wir sie bewundern, betrachten und Wetten abschließen; so sehen wir in tragikomischem Beieinander die beiden Extreme der zivilisierten Gesellschaft, diejenigen, die dem Vergnügen nachgehen, und dessen Sklaven, die verachtungswürdigsten aller Sklaven, blutrünstig und käuflich zugleich: männliche Prostituierte, die ihre Stärke verkaufen wie die weiblichen ihre Schönheit; wild wie die Bestien, doch in den Motiven ihrer Wildheit noch unter diesen stehend, denn die Bestien zerreißen sich wenigstens nicht gegenseitig des Geldes wegen.

»He, Niger«, rief Lepidus, »wie willst du kämpfen und mit wem?«

»Sporus hat mich herausgefordert«, sagte der Riese. »Ich hoffe, wir werden auf Leben und Tod kämpfen.«

»Na, ganz sicher!«, brummte Sporus und zwinkerte mit seinen kleinen Augen.

»Er nimmt das Schwert, ich das Netz und den Dreizack; das wird ein prächtiger Zweikampf werden. Ich hoffe, der Überlebende wird genügend Gewinn machen, um die Würde des Sieges aufrechtzuerhalten.«

»Keine Sorge, wir werden die Börse schon füllen, mein Hektor«, sagte Clodius. »Mal sehen, also du, Sporus, kämpfst gegen Niger? Glaucus, eine Wette: Ich setze auf Niger.«

»Hab ich's euch nicht gesagt!«, rief Niger strahlend. »Der edle Clodius kennt mich. Du bist so gut wie tot, Sporus.«

Clodius zog seine Schreibtafel hervor. »Also eine Wette … ich setze zehn Sesterzien* … was meinst du?«

»Mir recht«, sagte Glaucus. »Und wen haben wir hier? Diesen Helden hab ich noch nie gesehen«, und er blickte auf Lydon, der von schlankerem Wuchs als die andern war und in den Zügen auch einen Anflug von Feinheit, ja von Adel hatte, der durch sein Gewerbe bis jetzt noch nicht völlig verwischt worden war.

»Der heißt Lydon; er ist ein Anfänger, der vorerst nur mit dem Holzschwert übt«, sagte Niger herablassend. »Aber er hat echtes Gladiatorenblut und fordert Tetraides heraus.«

»Er hat *mich* gefordert«, warf Lydon ein, »und ich nehme die Forderung an.«

»Und wie kämpfst du?«, fragte Lepidus. »Oh weh, mein Junge, warte doch noch ein Weilchen, ehe du dich mit Tetraides einlässt.« Lydon lächelte geringschätzig.

»Ist er Bürger oder Sklave?«, fragte Clodius.

»Ein Bürger, wir sind alle Bürger«, antwortete Niger.

»Streck deinen Arm aus, Lydon«, sagte Lepidus mit Kennermiene.

Der Gladiator warf seinen Kameraden einen vielsagenden Blick zu und streckte den Arm aus, der zwar eine nicht so klobige Muskulatur hatte wie die seiner Gefährten, dafür aber eine so eiserne Härte und so vollendete Proportionen, dass die drei Besucher einstimmig Rufe der Bewunderung lautwerden ließen.

»Nun gut, Mann, was ist deine Waffe?«, fragte Clodius, das Schreibtäfelchen in der Hand.

»Zuerst kämpfen wir mit dem *Cestus,* und wenn wir beide am Leben bleiben, dann mit dem Schwert«, antwortete Tetraides scharf mit neidischem Blick.

»Mit dem Cestus?«, rief Glaucus. »Das ist keine gute Idee, Lydon. Der Cestus ist eine griechische Waffe, ich kenne ihn gut. Zum Cestuskampf gehört viel Fleisch, du bist viel zu hager dafür, meide den Cestus.«

»Das geht nicht«, sagte Lydon.

»Und warum nicht?«

»Ich habe es schon gesagt, er hat mich herausgefordert.«

»Aber er wird nicht auf dieser besonderen Waffe bestehen.«

»Meine Ehre zwingt mich dazu«, sagte Lydon stolz.

»Ich setze zwei zu eins auf Tetraides, wenn's beim Cestus bleibt«, sagte Clodius. »Nimmst du an, Lepidus? Und gilt die Wette dann auch für den Schwertkampf?«

»Und bötest du drei zu eins, ich würde nicht annehmen«, sagte Lepidus. »Lydon schafft es niemals bis zum Schwertkampf. Sehr freundlich von dir, mir eine solche Wette anzubieten.«

»Und was sagst du dazu, Glaucus?«, fragte Clodius.

»Ich nehme drei zu eins an.«

»Zehn Sesterzien* gegen dreißig?«

»Ja.«

Clodius trug die Wette in ein Buch ein.

»Vergebung, mein edler Gönner«, sagte Lydon leise zu Glaucus, »wie viel meinst du, wird der Sieger dabei verdienen?«

»Wie viel? Nun, vielleicht sieben Sesterzien.«

»Weißt du genau, dass es so viel sein wird?«

»Das ist das Mindeste. Doch schäm dich, ein Grieche würde an die Ehre, nicht ans Geld gedacht haben. Oh ihr Römer, ihr seid und bleibt doch Römer!«

Eine Röte überflog die gebräunte Wange des Gladiators.

»Tu mir nicht Unrecht, edler Glaucus«, sagte er. »Ich denke an beides. Wenn das Geld nicht wäre, wäre ich nie Gladiator geworden.«

»Du niedriger Mensch, dann magst du umkommen. Ein Geldgieriger ist noch nie ein Held geworden!«

»Ich bin nicht geldgierig«, antwortete Lydon hochmütig und zog sich nach dem andern Ende des Zimmers zurück.

»Aber ich sehe Burbo nicht. Wo ist Burbo? Ich muss Burbo sprechen«, rief Clodius.

»Er ist drinnen«, sagte Niger und wies auf die entgegengesetzte Tür.

»Und Stratonike, das brave alte Mädel, wo ist sie?«, fragte Lepidus.

»Sie war eben noch hier, als ihr hereinkamt, aber sie hörte

*Leda und der Schwan.*

etwas, das ihr nicht gefiel, und da ist sie hinaus. Bei Pollux, der alte Burbo hatte vielleicht im Hinterstübchen mit einem Mädel was zu schaffen, denn ich hab eine Frauenstimme schreien hören, und die alte Dame ist eifersüchtig wie Juno.«

»Ho, ausgezeichnet!«, rief Lepidus lachend. »Komm, Clodius, lass uns diesen Jupiter aufsuchen, vielleicht hat er eine Leda erwischt.«

In diesem Augenblick erschreckte ein Schrei des Schmerzes und Entsetzens die Gruppe.

»Oh, Gnade, Gnade! Ich bin doch nur ein Kind und noch dazu blind, ist *das* nicht Strafe genug?«

»O Pallas, ich kenne diese Stimme. Das ist mein armes Blumenmädchen!«, rief Glaucus und schoss sofort dorthin, von wo das Geschrei kam.

Er riss die Tür auf und sah Nydia, die sich unter der Faust

der wütenden Hexe wand; der Riemen, schon mit Blut befleckt, erhob sich wieder über ihr, doch wurde er von kräftiger Hand aufgehalten.

»Furie!«, schrie Glaucus, und mit der linken Hand entriss er Nydia ihrer Peinigerin. »Wie kannst du ein Mädchen so misshandeln, eine deines Geschlechts, ein Kind noch? Nydia, mein armes Kind!«

»Oh, bist du es? Ist es Glaucus?«, rief das Blumenmädchen, fast in verzücktem Ton. Die Tränen flossen nicht mehr, sie lächelte, warf sich an seine Brust und küsste sein Kleid.

»Und wie darfst du, vorwitziger Ausländer, dich zwischen eine freie Frau und ihre Sklavin mischen? Bei den Göttern, trotz deiner feinen Tunika und deinem widerlichen Parfüm bezweifle ich doch sehr, dass du überhaupt ein römischer Bürger bist, du Knirps!«

»Immer hübsch brav bleiben, immer hübsch brav, Wirtin«, sagte Clodius, der gerade mit Lepidus eintrat. »Das ist mein Freund und Bruder. Er muss vor deiner Zunge in Schutz genommen werden, wenn du sprichst, regnet es Steine.«

»Gib mir meine Sklavin!«, kreischte das Mannweib und packte Glaucus mit mächtigem Griff bei der Brust.

»Niemals, und wenn alle deine Schwestern unter den Furien dir helfen würden«, antwortete Glaucus. »Hab keine Angst, süße Nydia. Ein Athener hat noch nie einen Unglücklichen im Stich gelassen.«

»Holla!«, rief Burbo und stand widerwillig auf. »Was macht ihr für Lärm um eine Sklavin? Lass den jungen Herrn in Ruhe, Frau, lass ihn los. Um seinetwillen soll das unverschämte Ding diesmal so davonkommen.« Mit diesen Worten zog oder vielmehr riss er seine wütende Ehehälfte zurück.

»Mir kam es, als wir hereinkamen, so vor, als wäre noch jemand hier gewesen?«, sagte Clodius.

»Der ist gegangen.«

Denn der Isispriester hatte es in der Tat für höchste Zeit gehalten zu verschwinden.

»Nur ein alter Freund von mir, ein Zechbruder, ein stilles

Wasser, das solches Gezänk nicht hören kann«, sagte Burbo beiläufig. »Doch geh nun, Kind, du zerreißt ja dem Herrn die Tunika, wenn du dich so fest an ihn klammerst. Geh, es sei dir vergeben.«

»Oh, verlass mich nicht, verlass mich nicht!«, rief Nydia und hängte sich noch fester an den Athener.

Gerührt durch ihre Hilflosigkeit, ihre flehentlichen Worte und Gebärden setzte der Grieche sich auf einen der plumpen Schemel. Er zog sie auf seine Knie und wischte mit seinem Haar das Blut von ihren Schultern; er küsste die Tränen von ihren Wangen und flüsterte ihr tausend besänftigende Worte zu, wie man es bei einem weinenden Kind tut. Er erschien in seiner herzlichen Hilfsbereitschaft so schön, dass selbst das harte Gemüt der Stratonike einen Anflug von Rührung empfand. Seine Anwesenheit schien über diese gemeine und schmutzige Stätte einen Schimmer des Lichts zu breiten. Jung, schön und hinreißend wie er war, schien er wie ein Sinnbild allen Erdenglücks dazu gemacht, ein Wesen zu trösten, das sich von aller Welt verlassen fühlte.

»Tja, wer hätte gedacht, dass unserer blinden Nydia eine solche Ehre zuteil werden würde!«, rief das Mannweib und wischte sich den Schweiß von der Stirn.

Glaucus sah zu Burbo auf.

»Guter Mann«, sagte er, »dies ist deine Sklavin. Sie singt gut und versteht Blumen zu pflegen. Ich möchte einer vornehmen Dame eine solche Sklavin schenken. Willst du sie mir verkaufen?« Er fühlte, wie das Kind bei diesen Worten vor Freude zitterte; sie sprang auf, strich sich das aufgelöste Haar aus den Augen und blickte im Kreis umher, als ob sie wirklich *sehen* könnte.

»Unsere Nydia verkaufen? Das kommt nicht in Frage!«, brummte Stratonike.

Mit einem tiefen Seufzer sank Nydia zurück und hielt sich erneut am Gewand ihres Beschützers fest.

»Unsinn!«, sagte Clodius gebieterisch. »Ihr müsst mir den Gefallen tun. Was denn, Mann, was denn, Alte! Wenn ihr es mit mir verderbt, könnt ihr eure Bude zumachen. Ist Burbo nicht ein Klient von meinem Verwandten Pansa? Bin ich nicht das Orakel des Amphitheaters und seiner Helden? Es kostet mich nur ein Wort, dann könnt ihr eure Weinschläuche einpacken und verkauft keinen Tropfen mehr. Glaucus, die Sklavin gehört dir.«

Burbo kratzte sich in sichtlicher Verlegenheit den dicken Kopf.

»Das Mädchen ist mir ihr Gewicht in Gold wert«, sagte er.

»Dann nenn deinen Preis, ich bin reich«, sagte Glaucus.

Die alten Italiener waren wie die neuen; nichts, das sie nicht verkauft hätten, und sei es ein armes, blindes Mädchen.

»Sechs Sesterzien hab ich für sie bezahlt, jetzt ist sie zwölf wert«, brummte Stratonike.

»Du sollst zwanzig haben; komm sogleich mit mir zum Magistrat und dann in mein Haus, um dein Geld in Empfang zu nehmen.«

»Ich hätte das liebe Mädchen nicht für hundert verkauft. Ich mach das nur aus Gefälligkeit für den edlen Clodius«, sagte Burbo weinerlich. »Und du sprichst nun vielleicht mit Pansa wegen einer Stelle als *Designator** im Amphitheater, edler Clodius? Das wäre der richtige Posten für mich.«

»Den sollst du haben«, sagte Clodius, und im Flüsterton fügte er hinzu: »Dieser Grieche da kann dein Glück machen. Das Geld läuft durch seine Finger wie durch ein Sieb. Streich dir diesen Tag mit weißer Kreide im Kalender an, mein Priamus.«

*»An dabis?«,* fragte Glaucus mit der üblichen Abschlussformel bei Verkauf und Tausch.

*»Dabitur«,* antwortete Burbo.

»Ich soll also mit dir gehen, mit dir? Oh welch ein Glück«, murmelte Nydia.

»Ja, meine Hübsche, und deine schwerste Arbeit soll künftig sein, der schönsten Dame von Pompeji deine griechischen Lieder vorzusingen.«

Das Mädchen riss sich jäh von ihm los; ihr eben noch so

strahlendes Gesicht verlor plötzlich den Glanz, sie seufzte tief, dann ergriff sie wieder seine Hand und sagte:

»Ich dachte, ich sollte in dein Haus kommen.«

»Das sollst du fürs Erste auch. Komm, wir verlieren hier nur Zeit.«

## KAPITEL IV

### DER NEBENBUHLER VON GLAUCUS HOLT DEN VORSPRUNG EIN.

Ione war eine jener strahlenden Erscheinungen, denen man im Leben nur ein- oder zweimal begegnet. In ihr vereinigten sich in höchster Vollkommenheit die seltensten Gaben des Himmels: Genie und Schönheit. Niemand besitzt überlegene geistige Vorzüge, ohne sich dessen bewusst zu sein. Bescheidenheit steht dem Verdienst wohl an, aber wenn der innere Wert sehr groß ist, vermag der Schleier der Bescheidenheit ihn nicht ganz zu verbergen. Das stolze Bewusstsein gewisser Eigenschaften, die für die Alltagswelt zu gut sind, verleiht dem Genie oft das scheue, zurückhaltende, befangene Wesen, das uns, wo wir es antreffen, entweder betroffen macht oder auch unserer Eitelkeit schmeichelt. Täusche dich jedoch nicht, eitler Weltling, mit dem Gedanken, das schüchterne Wesen dieses oder jenes großen Mannes sei ein Anzeichen, dass er seine Überlegenheit über dich nicht kenne! Was du für Schüchternheit hältst, ist nur der Kampf mit seiner Selbstachtung. Er empfindet nur zu drückend, wie hoch er über dir steht und fühlt sich nur verlegen, weil er sich da, wo du ihm begegnest, auf dein Niveau herabgezogen sieht. Seine Unterhaltung stockt, die Gesprächsthemen gehen ihm aus, weil er mit Leuten von deiner Art keine Berührungspunkte hat. *Deine* Geistesarmut bringt ihn außer Fassung, nicht etwa seine eigene.

Ione wusste um die Überlegenheit ihrer Geistesgaben, doch sie besaß die den Frauen mehr als dem weniger anpassungsfähigen Geschlecht eigene Fähigkeit, sich leicht und zwanglos mit einem jeden auf die liebenswürdigste Weise zu unterhalten. Sie besaß die Gabe, ihren anmutigen Geist allen anzuschmiegen, denen sie begegnete. Die sprudelnde Quelle sprengte ihr Wasser gleichermaßen auf die Kiesel des Ufers, auf die Klippe, auf die Blumen; sie erfrischte, sie lächelte, sie blendete nach allen Seiten. Von dem Stolz, der die unvermeidliche Folge der Überlegenheit ist, war bei ihr kaum etwas zu bemerken. In ihrer Brust verschlossen sammelte er sich nur zu Unabhängigkeit. Sie verfolgte ihren eigenen, glänzenden und dennoch abgesonderten Weg. Sie hatte die Führung und Obhut einer bejahrten Matrone nicht nötig; sie ging allein im Licht ihrer unabänderlichen Reinheit. Sie unterwarf sich keinem tyrannischen, allgemein gültigen Brauch; doch indem sie sich dabei ganz nach ihrem eigenen Willen richtete, tat sie dies doch mit so viel weiblichem Zartgefühl und Takt, mit so großer Sicherheit vor jedem Irrtum oder Fehltritt, dass man nicht sagen konnte, sie *verletze* die Sitte, denn sie *beherrschte* sie. Es war wohl möglich, Ione nicht zu lieben, denn über die Liebe der Alltagsmenschen war sie erhaben. Aber wer sie einmal liebte, der betete sie an. Der Reichtum ihrer Anmut war unerschöpflich; sie verschönte die gewöhnlichste Tätigkeit. Ein Wort, ein Blick von ihr schien wie ein Zauber zu wirken. Wer sie liebte, der trat in eine neue Welt, der fühlte sich dem gemeinen, kleinlichen Erdentreiben entrückt und war in ein Land versetzt, in dem ihm alles in reinerem Licht erschien. In ihrer Gegenwart war es, als lausche man auf die süßeste Musik, das Empfinden streifte alles Irdische ab, wie es immer die Wirkung schöner Musik ist; man fühlte jenen seligen Rausch, der verfeinert und erhebt, der wohl auch sinnlich wirkt, doch den Sinnen zugleich eine gewisse Weihe verleiht.

Sie war also ganz besonders dazu geschaffen, auf ungewöhnliche, hochstrebende Naturen Eindruck zu machen; in der Liebe zu ihr mussten sich immer zwei Leidenschaften vereinen: Liebe und Ehrgeiz. Wer sie liebte, der musste nach allen Zielen streben. Es war kein Wunder, dass sie die geheimnisvolle, doch glühende Seele des Ägypters völlig gefangen genommen und unterjocht hatte, wohnten doch in der Brust dieses Mannes die wildesten Leidenschaften. Ihre Schönheit und ihre Seele hielten ihn mit gleicher Macht im Bann.

Da er sich von der gewöhnlichen Welt abgesondert hatte, gefiel ihm die Kühnheit des Charakters, die sich in alltäglicher Umgebung auf ein hohes, einsames Niveau zu erheben versteht. Er sah nicht ein oder wollte nicht einsehen, dass eben diese Absonderung sie ihm fast noch mehr als der alltäglichen Menge entrückte. Weit wie die Pole voneinander, wie der Tag von der Nacht, war seine Einsamkeit von der ihren verschieden. Ihn machten seine düsteren, geheimnisvollen Laster einsam, sie war es durch ihren Hang zu Träumen der Schönheit und durch ihre Reinheit und Tugend.

War es schon nicht verwunderlich, dass Ione den Ägypter fesselte, so war es noch viel weniger seltsam, dass sie ebenso plötzlich wie unwiderruflich das heitere, sonnige Herz des Atheners gefangen genommen hatte. Nur der Frohsinn eines Temperaments, das aus Lichtstrahlen gewoben zu sein schien, hatte Glaucus dem Vergnügen in die Arme geworfen. Überschäumende Jugendkraft und Gesundheit allein, ohne jede Beimischung von lasterhaften Trieben, ließen ihn sich in die Ausschweifungen seiner Zeit verlieren. Über jeden Abgrund, über jede Höhle, die er durchstreifte, warf er den Glanz seiner edleren Natur. Seine Phantasie riss ihn fort, aber sein Herz war nie lasterhaft. Mit mehr Scharfsinn begabt, als seine Gefährten glaubten, wusste er ganz genau, dass sie seine Jugend und seine Reichtümer nur auszunützen suchten; aber der Reichtum hatte für ihn nur den Zweck, als Mittel zu dienen, sich zu vergnügen, und die Jugend war die große Gemeinsamkeit, die ihn mit jenen Lebemännern verband. Er fühlte in sich zwar den Trieb zu höheren Gedanken und Zielen, als sich nur dem Genuss hinzugeben, aber die Welt war ja doch für ihn nur ein großes Gefängnis, dessen kaiserlicher Kerkermeister der Herrscher von Rom war; und dieselben Eigenschaften, die ihn im freien Athen ehrgeizig gemacht hätten, machten ihn in dem großen Sklaventum der Welt untätig und gleichgültig.

Jeder Wetteifer nach edleren Leistungen war in dieser unnatürlichen, aufgedunsenen Kultur verpönt. In der Region eines despotischen, üppigen Hofs lief aller Ehrgeiz auf einen Wettkampf der Schmeichelei und der List hinaus. Habgier war der einzige Ehrgeiz, und wer nach einer Prätorstelle oder nach Verwaltung einer Provinz strebte, der wollte nur ein Privileg zum Plündern haben, und ein Regierungsamt war nur der Deckmantel für Raub. In kleineren Staaten ist der Reichtum reiner und von vollerer Wirkung. Je enger die Grenzen des Kreises, desto begeisterter die Vaterlandsliebe. Die öffentliche Meinung drängt sich mehr zusammen und ist deshalb nachdrücklicher; jedes Auge betrachtet unser Tun, unsere öffentlichen Handlungen stehen mit unserem Privatleben in enger Verbindung; bei jedem Schritt, den wir in unserm beschränkten Kreis tun, sind wir von Gestalten umgeben, die uns von Kindheit an vertraut sind; der Beifall unserer Mitbürger gleicht der herzlichen Anteilnahme von Freunden. Doch in großen Staaten ist nur die Hauptstadt der Hof. Die Provinz, deren Gebräuche man nicht kennt, deren Sprache uns oft fremd ist, hat keinen Anspruch auf unseren Patriotismus, die Vorfahren ihrer Bewohner sind nicht die unsrigen. Am Hof suchen wir statt des Ruhms Begünstigung; in einer gewissen Entfernung vom Hof verliert die öffentliche Meinung ihre Macht über uns, und die Selbstsucht hat kein Gegengewicht mehr.

Italien, Italien, während ich dies schreibe, ist dein Himmel über mir, dein Meer wogt zu meinen Füßen. Oh, höre nicht auf die verblendete Politik, die all deine stolzen Städte, die um ihre verlorene republikanische Verfassung trauern, zu einem einzigen Staat zusammenschließen will. Falscher, verderblicher Wahn! Deine einzige Aussicht auf Erneuerung liegt in deiner Teilung. Florenz, Mailand, Venedig, Genua können wieder frei sein, wenn jede einzelne Stadt frei ist. Aber träumt nicht von Freiheit für das Ganze, wenn ihr die Teile zu Sklaven macht. Das Herz muss das Zentrum des Systems sein, frei muss der Blutkreislauf überallhin fließen, doch in großen Reichen erblickst du nur einen aufgedunsenen, schwächlichen Riesen, dessen Hirn schwach, dessen Glieder abgestorben sind, und der durch Kränklichkeit und Hinfälligkeit dafür büßt, die natürlichen Verhältnisse des gesunden Wachstums überschritten zu haben.

So auf sich selbst beschränkt, fanden die besten Eigenschaften von Glaucus kein anderes Feld sich zu betätigen, als das jener überströmenden Phantasie, die selbst dem Genuss Anmut verleiht und jeden Gedanken poetisch macht. Die Untätigkeit war schließlich noch weniger verachtenswert als das Genügen an der Gesellschaft von Schmarotzern und Sklaven, und üppige Lebensweise ließ sich immerhin verfeinern, wenn auch der Ehrgeiz nicht auf edle Ziele zu richten war. Als er nun Ione kennen lernte, lebte alles Gute und Lichte seiner Natur mit einem Mal wieder auf. Das war eine Krone, um die selbst Halbgötter hätten kämpfen können, hier war ein Ruhm zu gewinnen, den die dumpfe Luft einer schlechten Gesellschaft nicht beflecken oder trüben konnte. So kann die Liebe in jedem Land und zu allen Zeiten Raum für ihre goldenen Altäre finden. Und sagt mir, ob es je, selbst in den für Ruhm und Ehre günstigsten Zeiten, einen erhabeneren und erhebenderen Triumph geben konnte, als die Eroberung eines edlen Herzens?

Und als ob dieses Gefühl ihn beseelte, so gingen ihm, wenn er bei Ione weilte, tausend glänzende Einfälle auf, seine Seele schien reger zu sein und kam stärker zum Vorschein. War seine Liebe zu ihr natürlich, so war es ebenso natürlich, dass sie diese Leidenschaft erwiderte. Er war jung, schön, redegewandt, von Liebe erfüllt und ein Athener, infolgedessen erschien er ihr gleichsam als die Fleisch gewordene Poesie ihrer Heimat. Beide waren nicht wie Geschöpfe einer Welt, deren Elemente Kampf und Mühen sind; sie glichen Wesen, die man nur an Festtagen der Natur erblickt, so herrlich und frisch wirkte ihre Jugend, ihre Schönheit und ihre Liebe. Sie beide schienen in der harten Alltagswelt nicht an ihrem Platz; sie gehörten eigentlich in das goldene Zeitalter des Saturn, in die Tage, da man von Halbgöttern und Nymphen träumte. Die höchste Poesie des Lebens schien sich in ihnen wiederzufinden, und in ihrer Liebe sammelten sich die letzten Strahlen der Sonne von Delos und von Griechenland.

Wenn aber Ione auch unabhängig bei der Wahl ihrer Lebensweise war, so war doch ihr Stolz bei all ihrer Bescheidenheit wachsam und leicht verletzt. Der Ägypter hatte sein verleumderisches Spiel auf eine genaue Kenntnis ihrer Natur gegründet. Der Bericht von der Rohheit und Taktlosigkeit des Glaucus traf sie ins Herz. Sie empfand ihn als versteckten Tadel gegen ihren Charakter und ihre Lebensführung und vor allem als eine Strafe für ihre Liebe. Zum ersten Mal wurde sie sich nun bewusst, wie rasch sie sich dieser Liebe ergeben hatte; sie errötete vor Scham über diese Schwachheit, deren Ausmaß sie erst jetzt erstaunt erkannte. Sie fürchtete, sich eben durch diese Schwäche bei dem Geliebten verächtlich gemacht zu haben, und empfand das, was für edle Naturen der härteste Fluch ist: Demütigung. Und doch war ihre Liebe nicht weniger in Aufruhr als ihr Stolz. Wenn sie Glaucus in Gedanken mit Vorwürfen überhäufte, ihm entsagte, ihn manchmal sogar hasste, so brach sie im nächsten Augenblick in leidenschaftliche Tränen aus, ihr Herz wurde weich, und sie sagte in der Bitternis ihres Schmerzes zu sich selbst: »Er verachtet mich, er liebt mich nicht!«

Sobald der Ägypter gegangen war, hatte sie sich in das entlegenste Zimmer zurückgezogen, ihre Dienerinnen weggeschickt und die Menge von Besuchern, die ihre Tür belagerte, nicht mehr empfangen. Auch Glaucus wurde mit den anderen abgewiesen. Er wunderte sich, aber die Ursache erriet er nicht. Nimmermehr traute er seiner Ione, seiner Königin, seiner Göttin, jene weibliche Launenhaftigkeit zu, über die die Liebesdichter Italiens so unaufhörlich Klage führen. In der Majestät ihrer Aufrichtigkeit musste sie, das glaubte er, über alle Kunstgriffe dieser Quälereien erhaben sein. Er fühlte wohl Unruhe, aber seine Zuversicht war nicht erschüttert; er wusste, dass er liebte und wiedergeliebt wurde. Konnte es einen wirksameren Talisman gegen alle Furcht geben?

In tiefster Nacht, wenn die Straßen verödet waren und nur

der hohe Mond Zeuge seiner Anbetung war, schlich er sich zum Altar seines Herzens, zu ihrem Haus* und brachte ihr nach dem schönen Brauch seines Landes seine Huldigungen dar. Er umkränzte ihre Schwelle mit den prachtvollsten Girlanden, worin jede Blume von seiner süßen Leidenschaft sprach, er erfüllte die laue Sommernacht zu den Klängen seiner lykischen Laute mit Versen, die die Begeisterung des Augenblicks ihm eingab.

Aber das Fenster oben öffnete sich nicht; kein Lächeln machte die leuchtende Nachtluft weihevoller. Alles im Haus blieb still und dunkel. Er wusste nicht, ob seine Verse willkommen waren, seine Werbung erhört würde.

Und doch schlief Ione nicht und verschmähte es keineswegs zu lauschen. Die sanften Töne klangen zu ihrem Schlafzimmer hinauf, besänftigten und überwältigten sie. Solange sie den Gesang hörte, glaubte sie nichts von den Anschuldigungen gegen ihren Geliebten; aber als die Melodie schließlich verstummte, als sein Schritt sich entfernte, endete der Zauber, und in der Bitternis ihrer Seele vermutete sie hinter dieser zarten Huldigung nur eine neue Beleidigung.

Ich sagte, Ione ließ sich gegenüber jedermann verleugnen; eine Person war jedoch davon ausgenommen. Es gab jemand, der sich nicht abweisen ließ, weil er sich über ihr Haus und ihre Handlungen so etwas wie eine väterliche Aufsicht anmaßte: Arbakes beanspruchte für sich selbst Freiheit von all den Höflichkeiten und Anstandsformeln, die andere beobachten mussten. Er überschritt die Schwelle ohne zu fragen, wie einer, der ein Vorrecht hat oder dort zu Hause ist. Er drang in ihre Einsamkeit ein mit jener gelassenen Selbstverständlichkeit, die keine Entschuldigung zu brauchen glaubt. Trotz der Unabhängigkeit von Iones Wesen war es seiner Gerissenheit geglückt, sich einen geheimen, machtvollen Einfluss auf ihr Gemüt zu verschaffen. Sie war nicht imstande, sich dieses Einflusses zu erwehren; zuweilen wünschte sie es, aber sie kämpfte niemals ernstlich dagegen an. Sie war durch sein Schlangenauge wie gebannt; er hielt sie fest, er beherrschte sie durch den Zauber seines Geistes, der seit langem gewohnt war, den Menschen Furcht einzuflößen und sie zu unterjochen. Ohne seinen wahren Charakter oder seine versteckte Liebe zu ahnen, empfand sie vor ihm die Ehrfurcht, die eine geniale Natur vor glänzender Intelligenz und eine tugendhafte Natur vor wahrer Frömmigkeit hegt. Sie hielt ihn für einen jener mächtigen Weisen des Altertums, die sich von allen menschlichen Leidenschaften losgerungen hatten und durch Entsagung zu den Mysterien alles Wissens gelangt waren. Kaum betrachtete sie ihn als ein ihr ähnliches, irdisches Wesen, sondern als ein dunkles, heiliges Orakel. Sie liebte ihn nicht, sie fürchtete ihn vielmehr. Seine Gegenwart war ihr unangenehm. Selbst wenn sie in heiterster Laune war, genügte sein Erscheinen, sie trüb zu stimmen. Er erschien ihr mit seiner eisigen, hohen Gestalt wie ein schneebedeckter Berg, der das Licht der Sonne verdeckt. Dennoch kam ihr nie in den Sinn, sich seine Besuche zu verbitten. Sie duldete wehrlos den Einfluss, der in ihrer Brust nicht so sehr Widerwillen als vielmehr die Stille des Entsetzens hervorrief.

Arbakes selbst war jetzt entschlossen, alle ihm zu Gebote stehenden Künste aufzubieten, um das Kleinod zu gewinnen, nach dem ihn so sehr gelüstete. Durch den Triumph über ihren Bruder war er heiter und zuversichtlich gestimmt. Apaecides war der Verführung erlegen, und Arbakes wusste, dass von jener Stunde an, da der junge Priester von dem wollüstigen Zauberspiel des von uns beschriebenen Festes bezwungen worden war, er ihm ganz in die Hände gegeben war. Er wusste, dass es kein vollständiger unterjochtes Opfer geben kann als einen feurigen jungen Mann, der zum ersten Mal in die Knechtschaft der wilden Sinnenlust geraten ist.

Als Apaecides am folgenden Morgen aus dem tiefen Schlaf erwachte, der dem Rausch des Staunens und der Wollust gefolgt war, fühlte er sich, das ist wahr, in tiefster Seele beschämt, bestürzt und vernichtet. Die Gelübde der Enthaltsamkeit und Keuschheit, die er abgelegt hatte, hallten in seinen Ohren wider. Konnte sein Durst nach einem Leben der Heiligkeit an einer so unreinen Quelle gestillt werden? Arbakes aber kannte die Mittel sehr gut, durch die er seinen Sieg vervollständigen musste. Hatte er den jungen Mann in die Künste der Lust eingeweiht, so führte er ihn jetzt in den Zauber seiner mysteriösen Weisheit ein. Er enthüllte vor den staunenden Blicken des Jünglings die Mysterien ägyptischer Philosophie, ein Gemisch von Astrologie und Alchemie, das in jenen Tagen, da die Vernunft noch ganz von der Phantasie abhängig war, sehr wohl für die Lehre einer göttlichen Magie gelten konnte. Dem völlig unerfahrenen Jüngling erschien Arbakes als ein überirdisches, mit übernatürlichen Fähigkeiten begabtes Wesen. Das sehnliche, tiefe Verlangen nach jener Weisheit, die nicht von dieser Erde ist, ein Verlangen, das von Kindheit an das Herz des Priesters verzehrt hatte, wurde nun getäuscht und irregeführt, bis völlige Verwirrung seine Sinne überwältigte. Er überließ sich der Kunst, die auf diese Weise zu gleicher Zeit die beiden stärksten der menschlichen Leidenschaften befriedigte, den Drang nach Wollust und den Drang nach Wissen. Es kam ihm nicht in den Sinn, dass ein so weiser Mann irren, ein so stolzer Charakter sich zum Betrug erniedrigen könne. In das düstere Gewebe metaphysischer Lehren verstrickt, leuchtete ihm die Entschuldigung ein, durch die der Ägypter Laster in Tugend verkehrte. Seiner Eitelkeit wurde dadurch unmerklich geschmeichelt, dass Arbakes ihn für würdig hielt, ihn mit sich selbst auf eine Stufe zu stellen, ihn über die Gesetze zu erheben, durch die die Masse beherrscht wurde, ihn an den mystischen Studien und magischen Beschäftigungen, mit denen er seine Einsamkeit ausfüllte, in so hervorragender Weise teilnehmen zu lassen. Die reine, ernste Glaubenslehre, zu der Olinthus ihn hatte bekehren wollen, war durch die Flut neuer Leidenschaften aus seinem Gedächtnis hinweggeschwemmt worden. Der Ägypter, dem die Glaubenssätze der neuen Sekte wohl bekannt waren, erfuhr bald von seinem Zögling, welchen Eindruck die Christen und ihr Glaube bereits auf ihn gemacht hatten, und suchte nicht ungeschickt diesen Eindruck durch halb ernste, halb ironische Bemerkungen wettzumachen.

»Dieser Glaube«, sagte er, »ist nur ein Plagiat einer der zahlreichen Allegorien, die unsere alten Priester ersonnen haben. Sieh hier«, fügte er hinzu und deutete auf eine mit Hieroglyphen bedeckte Rolle, »in diesen alten Zeichen findest du den Ursprung der christlichen Dreieinigkeit. Auch hier sind drei Götter: die Gottheit, der Geist und der Sohn. Bemerke wohl, der Beiname des Sohnes ist ›Heiland‹; bemerke ferner, das Zeichen für seine menschlichen Eigenschaften ist das Kreuz.* Erinnere dich weiterhin der geheimnisvollen Geschichte des Osiris, wie er in den Tod ging, wie er im Grab lag, wie er nach Vollbringung dieser feierlichen Sühne von den Toten auferstand. Wir haben aber in dieser Geschichte nur eine Allegorie für die Vorgänge der Natur, für die Bewegung des ewigen Himmels zu sehen. Diese Allegorien, deren Bedeutung man nicht verstand, haben den abergläubischen Völkern das Material zu allen möglichen Religionen geliefert. Sie sind in die fernen Gefilde von Indien gewandert, sie haben sich in die träumerische Philosophie der Griechen gemischt. Je weiter sie sich von ihrem Ursprung entfernten, umso gröber und körperlicher gestaltete man sie, bis sie schließlich in diesem neuen Glauben eine ganz handgreifliche Form angenommen haben. Die Jünger des Galiläers sind nur die unbewussten Nachbeter eines vom Nil herstammenden Aberglaubens.«

Das war das entscheidende Argument, das den Priester vollständig überwältigte. Es war ihm, wie allen Menschen, ein Bedürfnis, an etwas zu glauben, und so überließ er sich endlich völlig und rückhaltlos dem Glauben, den Arbakes predigte und der alles gewährte, alles befriedigte, was Menschliches in der Leidenschaft, Verlockendes in der Eitelkeit, Bezauberndes im Genuss lag.

Nach diesem leicht errungenen Sieg konnte sich der Ägypter ganz der Jagd auf ein weit teureres, weit heißer begehrtes Opfer widmen, und er begrüßte in dem Erfolg beim Bruder ein glückliches Vorzeichen für seinen Triumph bei der Schwester.

Am Tag nach dem Gelage in seinem Haus – dies war auch der Tag nach jener Verleumdung, durch die er Iones Seele vergiftet und seinem Nebenbuhler entwendet hatte – besuchte er Ione; am nächsten und übernächsten war er wieder bei ihr, und jedes Mal gab er sich die erdenklichste Mühe, mit vollendeter Heuchelei und Schlauheit seinem Ziel näher zu kommen: sie in ihrer Abneigung gegen Glaucus zu bestärken, in der Hauptsache aber, sie für jene Eindrücke vorzubereiten, die ihm wünschenswert schienen. Die stolze Ione gab sich alle Mühe, ihre Seelenqualen zu verbergen, und weiblicher Stolz besitzt ja eine Verstellungskunst, die das scharfsichtigste Auge zu täuschen, den klügsten Kopf zu beschämen vermag. Arbakes aber war nicht weniger vorsichtig und kam gar nicht mehr auf diesen Gegenstand zurück, denn er fühlte, dass es das Klügste sei, diese Sache als völlig belanglos hinzustellen. Spricht man viel von den Fehlern eines Nebenbuhlers, so legt man ihm eine gewisse Bedeutung bei und gesteht insgeheim zu, dass die Augen der Geliebten noch immer an ihm hängen. Das wusste der Ägypter, und er begriff, dass es das Beste war, weder lauten Hass zu äußern noch ihn voll Zorn zu verdammen. Er sprach vielmehr ganz gleichgültig von Glaucus, als ob er gar nicht glaubte, dass *jemand wie er* geliebt werden könne. Dadurch setzt man einen anderen am wirksamsten herab. Wir erreichen unser Ziel am sichersten, wenn wir die Wunde verbergen, die unserem eigenen Stolz geschlagen wurde, und unmerklich das schiedsrichterliche Herz, von dessen Stimme unser Schicksal abhängt, wankend machen. Das wird zu allen Zeiten die Taktik der Kenner von Frauenherzen sein, und es war denn auch die des Ägypters.

Er kam nicht wieder auf die taktlosen Äußerungen von Glaucus zurück; er nannte wohl des Griechen Namen, doch nicht öfter als den von Clodius oder Lepidus. Er tat, als ob er alle diese Herren zur Gattung der unbedeutenden Eintagsfliegen zähle, die mit einem Schmetterling alles gemeinsam hätten bis auf dessen Unschuld und Anmut. Manchmal machte er leise Anspielungen auf irgendwelche Ausschweifungen, an denen jene Herren alle teilgenommen haben sollten, die jedoch von ihm erfunden waren. Dann wieder stellte er sie als die entgegengesetzten

Naturen jener geistigen Wesen dar, zu denen er Ione zählte. Von Iones Selbstbeherrschung und wohl auch durch eigenen Stolz getäuscht, ließ er sich nicht träumen, dass sie schon liebte; doch fürchtete er, sie könnte zu Glaucus die erste flüchtige Neigung gefasst haben, die zur Liebe führt. Und insgeheim knirschte er vor Wut und Eifersucht mit den Zähnen, wenn er an die Jugend, die Reize und die Liebenswürdigkeit des gefährlichen Nebenbuhlers dachte, den zu verachten er vorgab.

Es war am vierten Tag nach jenem, mit dem das vorhergehende Buch schließt, als Arbakes mit Ione zusammen saß.

»Du trägst auch zu Hause den Schleier?«, fragte er. »Das ist unangemessen, wenn du mit jemand zusammen bist, den du mit deiner Freundschaft beehrst.«

»Einem Arbakes«, antwortete Ione, die den Schleier übergeworfen hatte, um ihre verweinten Augen zu verbergen, »wird es gleichgültig sein, ob das Gesicht verhüllt ist, sieht er doch nur auf den Geist.«

»Eben weil ich nur auf den Geist sehe«, versetzte der Ägypter, »lass mich dein Gesicht sehen, denn darin finde ich ihn.«

»Du wirst galant in der Luft von Pompeji«, sagte Ione mit erzwungener Heiterkeit.

»Meinst du, schöne Ione, ich hätte dich erst in Pompeji schätzen gelernt?« Die Stimme des Ägypters zitterte ein wenig. Er zögerte eine Weile und fuhr dann fort:

»Es gibt eine Liebe, schöne Griechin, die nichts mit der Liebe der gedankenlosen jungen Leute gemein hat, eine Liebe, die nicht mit den Augen sieht, nicht mit den Ohren hört, sondern bei der sich Seele zu Seele findet. Der Landsmann deiner Vorfahren, der in einer Höhle großgewordene Platon träumte von so einer Liebe, auch seine Schüler suchten ihm darin nachzueifern, aber diese Liebe findet in der großen Menge keinen Anklang; nur hohe, edle Naturen sind imstande, sie zu fühlen. Sie hat mit den Sympathien und Banden grober Leidenschaft nichts gemein. Sie schrickt nicht vor Runzeln oder Hässlichkeit zurück; sie fordert Jugend, das ist wahr, aber doch nur, so weit diese sich in der Frische der Empfindungen äußert; sie fordert auch Schönheit, doch nur der Gedanken und des Geistes. Das ist die Liebe, Ione, die, von dem kalten, strengen Mann dargebracht, deiner würdig ist. Du hältst mich für kalt und streng: Das ist die Liebe, die ich dir zu Füßen lege; du kannst sie ohne Erröten annehmen.«

»Und ihr Name ist Freundschaft«, erwiderte Ione. Sie gab diese Antwort in ganz harmlosem Ton, und doch klang sie wie ein Vorwurf von jemand, der die List und die Absicht des anderen durchschaut.

»Freundschaft?«, rief Arbakes heftig. »Nein, das ist ein zu oft missbrauchtes Wort, als dass man es für ein so heiliges Gefühl verwenden dürfte. Freundschaft? Das ist ein Band zwischen Wüstlingen und Narren! Freundschaft? Das ist das Band, das die frivolen Herzen eines Glaucus und eines Clodius vereint. Freundschaft? Nein, *das* ist ein irdisches Gefühl, gewöhnlich und nieder. Das Gefühl, von dem ich spreche, ist den Sternen entlehnt,* es trägt jenes mystische, unaussprechliche Sehnen in sich, das wir empfinden, wenn wir zu ihnen emporschauen; es brennt, doch es läutert. Es ist wie die Naphthalampe in der Alabastervase, die mit duftendem Wohlgeruch brennt, doch nur im reinsten Gefäß leuchtet. Nein, nicht Liebe, nicht Freundschaft ist es, was Arbakes für Ione fühlt. Gib ihm keinen Namen, die Erde hat keinen dafür. Und da es nicht irdisch ist, warum willst du es durch irdische Bezeichnung entweihen?«

Noch nie zuvor hatte Arbakes sich so weit gewagt, dennoch war er behutsam bis zu diesem Punkt vorgerückt. Seine Worte würden allerdings in unseren Tagen dem Ohr einer Schönen unzweideutig genug geklungen haben, damals aber mussten sie seltsam und fremdartig, ihre Bedeutung vage erscheinen. Das wusste er wohl, und so konnte er unmerklich entweder noch weiter vorrücken oder zurückgehen, ganz wie die Gelegenheit es erforderte, je nach dem ermunternden Wink der Hoffnung oder der warnenden Stimme der Furcht. Ione zitterte, ohne zu wissen warum. Der Schleier verbarg ihr Gesicht und verhüllte einen Ausdruck, der den Ägypter, hätte er ihn gesehen, zugleich entmutigt und erzürnt hätte. In der Tat hatte er ihr noch nie so sehr missfallen. So wohlklingend seine einschmeichelnde Stimme auch war, so verletzte sie doch ihr Ohr durch die niederen Gedanken, die sich darin verhüllten. Ihre ganze Seele war noch immer vom Bild des Glaucus erfüllt, und ein zärtliches Wort aus dem Mund eines andern entrüstete und ängstigte sie; dennoch ahnte sie noch nicht, dass eine ganz andere leidenschaftliche Liebe als jene platonische, von der er sprach, hinter seinen Worten lauerte. Sie glaubte, er meine wirklich nur eine geistige, rein seelische Zuneigung; doch war es nicht dieselbe Neigung, die sie für Glaucus gefühlt oder wenigstens einen Teil ihrer Gefühle für ihn ausgemacht hatte; und konnte ein anderer Fuß als der seine das Heiligtum ihres Herzens betreten?

Bedacht, dem Gespräch rasch eine andere Wendung zu geben, antwortete sie daher kalt und gleichgültig: »Es ist natürlich, dass Arbakes gegenüber jedem, den er in seiner erhabenen Weisheit mit seiner Achtung beehren mag, dieses Gefühl seinem Geist gemäß ausbildet; es ist nur natürlich, dass seine Freundschaft reiner ist als die anderer Menschen, deren Lebensweise und Verfehlungen unter seiner Würde sind. Aber sag mal, Arbakes, hast du in letzter Zeit meinen Bruder gesehen? Er hat mich seit einigen Tagen nicht mehr besucht, und als ich ihn das letzte Mal sah, hat mich sein Benehmen sehr bestürzt und beunruhigt. Ich fürchte, er war zu voreilig, als er den schweren Beruf ergriff, dem er sich nun widmet, und er bereut jetzt einen unwiderruflichen Schritt.«

»Sei unbesorgt, Ione«, antwortete der Ägypter. »Er war allerdings seit einiger Zeit niedergeschlagen und traurig. Zweifel, wie sie sich leicht lebhafter Gemüter bemächtigen, in denen es ewig ebbt und flutet, haben auch ihn heimgesucht. *Er* aber, Ione, *er* ist in seiner Angst und Not zu mir gekommen, er hat jemand aufgesucht, der Mitleid und Liebe für ihn hatte. Ich habe ihn beruhigt, ihn von seinem Zweifel befreit; ich habe ihn von der Schwelle der Weisheit in ihren Tempel geführt, und vor der Majestät der Göttin ist seine Seele zu Ruhe und Frieden gelangt. Fürchte nichts, er wird keine Reue mehr empfinden. Wer sich Arbakes anvertraut, bereut nie länger als einen Augenblick.«

»Das freut mich«, antwortete Ione. »Mein lieber Bruder! Wenn er zufrieden ist, bin ich glücklich!«

Das Gespräch wandte sich nun nebensächlicheren Dingen zu. Der Ägypter gab sich Mühe zu gefallen; er ließ sich sogar zu bloßer Unterhaltung herab. Der Reichtum seiner Kenntnisse ermöglichte es ihm, den geringfügigsten Gegenstand, den er berührte, auszuschmücken und interessant zu gestalten. Ione vergaß den widerwärtigen Eindruck seiner früheren Worte und ließ sich trotz ihrer trüben Stimmung vom Zauber seines Geistes fortreißen. Sie legte ihr gezwungenes Wesen ab und begann angeregt zu plaudern. Arbakes beeilte sich, diese Chance, auf die er nur gewartet hatte, beim Schopf zu fassen.

»Du hast«, sagte er, »noch nie das Innere meines Hauses gesehen. Es würde dir bestimmt Vergnügen machen. Es gibt darin einige Zimmer, die dir vor Augen führen würden, was du mich oft zu beschreiben batest: eine echt ägyptische Einrichtung. Freilich wirst du in dem Gebäude, das nach den ärmlichen Proportionen der römischen Architektur erbaut worden ist, nicht die massive Anlage, die riesigen Maßstäbe und die Pracht der Paläste von Theben und Memphis erkennen; doch findet sich manches darin, das dir einen Begriff von der uralten Kultur verschaffen könnte, durch die die Welt der Zivilisation zugeführt wurde. Widme also dem strengen Freund deiner Jugend einen dieser schönen Sommerabende und erweise mir die Ehre, dass mein düsteres Haus von der vielbewunderten Ione beehrt wird.«

Sie wusste weder etwas von dem verworfenen Treiben in diesem Haus, noch ahnte sie die Gefahr, die ihr dort drohte, und ging daher bereitwillig auf den Vorschlag ein. Für den Besuch wurde der nächste Abend festgesetzt, und der Ägypter verabschiedete sich mit heiterem Gesicht, aber sein Herz klopfte vor wilder, ruchloser Freude. Kaum war er fort, so begehrte ein anderer Besuch Einlass. – Doch wir kehren nun zu Glaucus zurück.

## KAPITEL V

### DIE ARME SCHILDKRÖTE. NEUE VERÄNDERUNGEN FÜR NYDIA.

Die Morgensonne schien hell in den kleinen, duftenden Garten, den das Peristyl in der Wohnung unseres Atheners umschloss. Traurig und resigniert lag er auf dem weichen Rasen des Viridariums, und ein kleiner, über ihm ausgespannter Schirm fing die grimmigen Strahlen der Sommersonne ab.

Als dieses schöne Gebäude ausgegraben wurde, fand man im Garten die Schale einer Schildkröte,* die dessen Bewohnerin gewesen war. Dieses Tier, ein so seltsames Glied in der Schöpfung, dem die Natur jede Lebensfreude bis auf eine passive, traumartige Empfindung des Daseins versagt zu haben scheint, war, schon lange bevor Glaucus das Haus kaufte, dort heimisch gewesen; Jahre, die über Menschengedenken hinausgingen und deren Anfang die Sage in unglaublich weite Vergangenheit zurücksetzte. Das Haus war umgebaut und wieder umgebaut worden und hatte die Besitzer gewechselt, Generationen waren aufgeblüht und dahingegangen, und noch immer schleppte die Schildkröte ihr dumpfes, teilnahmsloses Dasein dahin. Bei dem Erdbeben, das sechzehn Jahre vor dem, welches in unsere Erzählung fällt, viele öffentliche Gebäude der Stadt in Trümmer legte und die erschreckten Einwohner verscheuchte, war auch das jetzt dem Athener gehörende Haus stark beschädigt worden. Die Bewohner verließen es für lange Zeit; bei ihrer Rückkehr räumten sie die Trümmer weg, die das Viridarium bedeckten, und fanden die Schildkröte unverletzt. Sie schien nichts von der Verwüstung um sie herum gemerkt zu haben. Es war, als läge ein verzaubertes Leben in ihrem schleichenden Blut und den kaum wahrnehmbaren Bewegungen. Doch war sie nicht so untätig, wie es den Anschein hatte; sie machte einen regelmäßigen, einförmigen Spaziergang. Zoll für Zoll durchmaß sie den engen Kreis ihres Gebiets und brauchte Monate zum Zurücklegen der ganzen Bahn. Sie war eine rastlose Wanderin, diese Schildkröte; geduldig und mühselig legte sie den sich selbst auferlegten Weg zurück, ohne Anteil zu nehmen an den Dingen, die um sie herum vorgingen: eine völlig in sich selbst versunkene Philosophin. Es lag etwas Großartiges in dieser einsamen Selbstgenügsamkeit. Die Sonne, an der sie sich wärmte, das täglich über sie gegossene Wasser des Springbrunnens, die Luft, die sie unbewusst einsog, waren ihre einzigen, immer vorhandenen Genüsse. Der in diesem köstlichen Klima gelinde Wechsel der Jahreszeiten konnte ihr nichts anhaben. Sie hüllte sich in ihre Schale wie der Heilige in seine Frommheit, wie der Denker in seine Weisheit, wie der Liebende in seine Hoffnung.

Empfindungslos für die Erschütterungen und Veränderungen, die die Zeit allem Lebenden bereitet, war sie ein Sinnbild der Zeit selbst: langsam, regelmäßig, beständig, blind für die Leidenschaften, die sich ringsumher bekämpften, für das Ringen und Jagen alles Sterblichen. Die arme Schildkröte! Vulkane mussten ausbrechen, die Erde musste in ihren Grundfesten erzittern, um den schwachen, trägen Lebensfunken auszulöschen! Der unerbittliche Tod, der weder Pomp noch Schönheit verschont, schritt achtlos über ein Wesen hin, das sich auch im Sterben kaum merklich hätte verändern können.

Für dieses Tier empfand der quecksilbrige, lebhafte Grieche alles Interesse, das ein Kontrast zu erwecken vermag. Er konnte der Dahinkriechenden stundenlang zusehen und über ihre Lebensweise nachdenken. War er fröhlich gelaunt, so verachtete er sie, war er traurig gestimmt, so beneidete er sie.

Indem er sie nun beobachtete, wie sie auf dem Rasen lag, regungslos schien und sich doch fortbewegte, murmelte er vor sich hin:

»Der Adler ließ einen Stein aus seinen Klauen herabfallen, in der Absicht, deine Schale zu zerbrechen: der Stein zerschmetterte einem Dichter den Schädel. Das ist eine Allegorie des Schicksals! Stumpfsinniges Ding! Du hattest Vater und Mutter, vielleicht vor Jahren auch einen Gefährten. Liebten deine Eltern dich, liebtest du sie? Schlug dein träger Puls rascher, als du an der Seite deines Gefährten dahinkrochst? Warst du

*Flora.*

überhaupt der Zuneigung fähig? Schmerzte es dich, wenn er nicht neben dir war? Was gäbe ich darum, die Geschichte deiner umpanzerten Brust, das Wirken deiner stillen Wünsche zu kennen, zu wissen, welche haarfeine Linie deine Leiden von deinen Freuden trennt! Und doch würdest du bestimmt die Nähe Iones empfinden, ihr Kommen würde dich wie ein linder Hauch, wie ein warmer Sonnenstrahl berühren. Ich beneide dich jetzt, denn du weißt nicht, dass sie fern ist. Und zu den Zeiten, wo ich sie nicht sehe, wünschte ich, dir gleich zu sein. Welche Zweifel, welche Ahnungen bestürmen mich? Warum lässt sie mich nicht vor? Es ist schon Tage her, seit ich ihre Stimme gehört habe. Zum ersten Mal wird mir das Leben schal und wertlos. Ich komme mir vor wie jemand, der nach einem Gastmahl bei erloschenen Lampen und verwelkten Blumen allein zurückgelassen wird. Ach, Ione, ahntest du, wie ich dich anbete!«

*Das Haus des tragischen Dichters (Rekonstruktion).*

In dieser verliebten Schwärmerei wurde Glaucus durch Nydias Erscheinen unterbrochen. Sie kam auf leichten, behutsamen Sohlen durch das marmorne Tablinum, ging durch die Säulenhalle und blieb bei den Blumen stehen, die am Rande des Gartens wuchsen. In der Hand hielt sie einen Wasserkrug, aus dem sie die durstenden Pflanzen begoss, die bei ihrer Annäherung neu aufzuleben schienen. Sie beugte sich hinab, um ihren Duft einzuatmen, berührte sie leise und betastete die Stängel, um herauszufinden, ob ein welkes Blatt oder ein kriechendes Insekt sie beeinträchtigte. Und während sie so mit dem eifrigen, jugendlichen Antlitz und ihren anmutigen Bewegungen von Blüte zu Blüte glitt, hätte man sich keine passendere Dienerin für die Göttin des Gartens vorstellen können.

»Nydia, mein Kind«, rief Glaucus.

Beim Klang dieser Stimme hielt sie sofort inne, lauschend,

errötend, atemlos. Mit geöffnetem Mund wandte sie sich in die Richtung, aus der dieser Ton kam, stellte die Vase hin und eilte zu ihm. Und es war wundersam anzusehen, wie sie ohne Fehltritt den für sie dunklen Pfad durch die Blumen fand und auf dem kürzesten Weg zu ihrem neuen Gebieter gelangte.

»Nydia«, sagte Glaucus, indem er ihr langes, schönes Haar zurückstrich, »du stehst nun seit drei Tagen unter dem Schutz meiner Hausgötter. Waren sie dir hold? Bist du glücklich?«

»Ach, so glücklich!«, seufzte die Sklavin.

»Und«, fuhr Glaucus fort, »hast du dich ein wenig von den hässlichen Erinnerungen an deine frühere Stellung erholt? Du bist mit Kleidern versehen worden«, dabei berührte er ihre Tunika, »die deiner zarten Gestalt besser entsprechen. Du hast dich nun, süßes Kind, an ein Glück gewöhnt, das dir die Götter ewig bescheren mögen. Da möchte ich nun von dir eine Gunst erbitten.«

»Oh, was kann ich für dich tun?«, fragte Nydia und schlug die Hände zusammen.

»Hör zu«, sagte Glaucus, »so jung du bist, sollst du meine Vertraute sein. Hast du schon einmal den Namen Ione gehört?«

Dem blinden Mädchen verging für einen Augenblick der Atem, sie wurde so bleich wie die Statuen, die vom Peristyl herüberleuchteten. Nur mit Anstrengung und erst nach einigem Schweigen konnte sie antworten:

»Ja, ich habe gehört, sie sei aus Neapel und sehr schön.«

»Schön? Ihre Schönheit ist so groß, dass die Sonne gegen sie verblasst. Aus Neapel? Nein, sie ist von Herkunft Griechin! Nur Griechenland kann solche Gestalten hervorbringen! Nydia, ich liebe sie!«

»Das dachte ich mir«, antwortete Nydia ruhig.

»Ich liebe sie, und du sollst ihr das sagen. Ich will dich zu ihr schicken. Glückliche Nydia, du wirst in ihrem Zimmer sein, du wirst die Musik ihrer Stimme hören, du wirst dich in der sonnigen Luft ihrer Gegenwart wärmen.«

»Was denn, wie? Willst du mich von dir wegschicken?«

»Ja, du kommst zu Ione«, antwortete Glaucus in einem Ton, der besagte: »Kannst du noch mehr wünschen?«

Nydia brach in Tränen aus.

Glaucus stand auf und zog sie mit den besänftigenden Liebkosungen eines älteren Bruders an sich.

»Mein Kind, meine Nydia«, sagte er, »du weinst, weil du nicht weißt, welches Glück ich dir beschere. Sie ist sanft und freundlich wie der belebende Hauch des Frühlings. Sie wird dir eine Schwester sein, sie wird deine einnehmenden Fähigkeiten zu schätzen wissen, sie wird deine schlichte Anmut lieb gewinnen, wie es kein anderer könnte, denn sie gleicht dir darin. Weinst du noch immer, liebes Närrchen? Ich will dich ja nicht dazu zwingen, Süße. Willst du mir denn diesen Gefallen nicht tun?«

»Ja, wenn ich dir damit dienen kann, dann befiehl es nur. Sieh, ich weine auch nicht mehr, ich bin wieder ruhig.«

»Ganz meine gute Nydia«, sagte Glaucus und küsste ihre Hände. »Geh also zu ihr. Und wenn es dir dort nicht gefällt, wenn es nicht so ist, wie ich gesagt habe, kannst du zurückkommen, wann immer du willst. Ich gebe dich nicht weg, ich leihe dich nur her. Mein Haus bleibt immer deine Zuflucht, Süße. Ach, könnte es doch allen Freudlosen und Unglücklichen Obdach sein! Doch wenn mich mein Herz nicht trügt, werde ich dich bald zurückfordern, mein Kind. Mein Haus und das der Ione werden eins werden, und du sollst bei uns beiden wohnen.«

Ein Schauer ging durch die zarte Gestalt der Blinden, aber sie weinte nicht mehr, sie hatte sich in ihr Schicksal ergeben.

»Geh also in Iones Haus, Nydia. Man wird dir den Weg zeigen. Pflücke die schönsten Blumen für sie; die Vase für den Strauß werde ich dir geben. Du musst entschuldigen, wenn das Gefäß des schönen Inhalts unwürdig ist. Auch deine Laute, die ich dir gestern gab und deren schlummernden Zauber du so lieblich zu wecken verstehst, soll dir nachgetragen werden. Du wirst ihr auch diesen Brief geben, in dem ich nach hundert Versuchen so leidlich meine Gedanken niedergeschrieben habe.

Lass deinem Ohr nicht die geringste Betonung ihrer Worte, nicht die leiseste Nuance im Klang ihrer Stimme entgehen und sag mir, wenn wir uns wieder sehen, ob deren Musik mir Gewährung oder Abweisung verheißt. Seit einigen Tagen, Nydia, bin ich bei Ione nicht mehr vorgelassen worden. Darin liegt etwas Geheimnisvolles. Zweifel und Befürchtungen beunruhigen mich. Versuche herauszubekommen, weshalb sie so unfreundlich zu mir ist, denn du hast ja einen scharfen Geist, und deine Sorge um mich wird dessen Schärfe noch zehnfach erhöhen. Sprich von mir, so viel du kannst, lass meinen Namen immer auf deinen Lippen sein. Deute an, wie groß meine Liebe ist, doch hüte dich, es offen auszusprechen; gib Acht, ob sie seufzt, während du sprichst, ob sie dir antwortet, und wenn sie tadelt, in welchem Ton sie es tut. Sei meine Freundin, führe meine Sache, und oh, wie wirst du das Wenige gutmachen, das ich für dich getan habe! Du verstehst mich doch, Nydia; du bist noch ein Kind, habe ich mehr gesagt, als du verstehen kannst?«

»Nein.«

»Und willst du mir helfen?«

»Ja.«

»Dann komm zu mir, wenn du die Blumen gepflückt hast, ich will dir die Vase geben. Ich bin im Zimmer der Leda, Hübsche, du bist doch nicht mehr traurig?«

»Glaucus, ich bin eine Sklavin. Stände es mir zu, traurig oder freudig zu sein?«

»Sag nicht so etwas! Nein, Nydia, du bist frei. Ich gebe dir die Freiheit. Genieße sie, wie du willst, und verzeih mir, dass ich mit deinem Wunsch rechnete, mir zu dienen.«

»Du bist gekränkt. Oh, nicht um alles, was die Freiheit mir gewähren könnte, möchte ich dich kränken, Glaucus. Mein Schutzgeist, mein Erretter, mein Beschützer, vergib der armen Blinden, sie ist nicht traurig, wenn sie dich auch verlassen muss, sofern sie nur zu deinem Glück beitragen kann.«

»Mögen die Götter dieses dankbare Herz segnen!«, sagte Glaucus tief gerührt. Und ohne zu ahnen, welche Glut er entfachte, küsste er sie wiederholt auf die Stirn.

»Du verzeihst mir«, sagte sie, »und wirst nicht mehr von Freilassung sprechen. Es ist mein Glück, deine Sklavin zu sein, und du hast ja versprochen, mich keinem anderen zu geben.«

»Ich hab es versprochen.«

»Dann werde ich jetzt die Blumen pflücken.«

Schweigend nahm sie aus Glaucus' Hand die kostbare, mit Juwelen besetzte Vase, in der die Blumen an Farbe und Duft miteinander wetteiferten; tränenlos hörte sie seine Mahnungen und Weisungen, die er ihr zum Abschied mit auf den Weg gab. Als er schwieg, wartete sie noch ein Weilchen; sie fand nicht die Kraft zu antworten, sie suchte seine Hand, führte sie an die Lippen, ließ den Schleier über den Kopf fallen und eilte rasch hinaus. Als sie die Schwelle erreicht hatte, hielt sie noch einmal inne, streckte die Hand nach dem Türpfosten und sagte leise:

»Drei glückliche Tage, Tage unaussprechlicher Freude habe ich verbracht, seit ich dich überschritt, gesegnete Schwelle! Möge, wenn ich fort bin, immer Friede mit dir sein! Und nun reißt sich mein Herz los von dir, und der einzige Laut, den es vernehmen lässt, heißt – Sterben.«

## KAPITEL VI

### DIE GLÜCKLICHE SCHÖNE UND DIE BLINDE SKLAVIN.

Eine Sklavin trat in Iones Zimmer, eine Botin von Glaucus wünsche vorgelassen zu werden.

Ione zögerte einen Augenblick.

»Sie ist blind, diese Botin«, sagte die Sklavin, »sie will ihren Auftrag nur an dich ausrichten.«

Nur ein böses, niedriges Herz vermag hart gegen das Unglück zu sein. Als Ione hörte, dass die Botin blind war, da war es ihr unmöglich, sie unfreundlich abzufertigen. Glaucus hatte eine Botin gewählt, die gewissermaßen geheiligt war, eine Botin, die man nicht einfach abweisen konnte.

»Was kann er von mir wollen? Welche Botschaft kann er

senden?« Und Iones Herz klopfte. Der Vorhang vor der Tür wurde weggezogen, ein leiser, fast klangloser Tritt berührte den Marmor, und von einer Dienerin geführt, trat Nydia mit ihrem kostbaren Geschenk ein.

Sie blieb einen Augenblick stehen, um zu lauschen, ob irgendein Geräusch ihre Schritte lenken würde.

»Will die edle Ione«, sagte Nydia mit sanfter, leiser Stimme, »geruhen zu sprechen, damit ich daran erkennen kann, wohin ich diese umnachteten Schritte zu lenken und wo ich das, was ich bringe, ihr zu Füßen niederzulegen habe.«

»Schönes Kind«, sagte Ione gerührt und teilnahmsvoll, »bemüh dich nicht, diesen glatten Boden zu beschreiten. Meine Dienerin soll mir bringen, was du abzugeben hast.« Und sie gab der Dienerin einen Wink, Nydia die Vase abzunehmen.

»Ich darf diese Blumen niemand geben als dir«, antwortete Nydia, und von ihrem Ohr geleitet, schritt sie langsam zu dem Platz, wo Ione saß, kniete nieder, als sie dort angekommen war, und bot die Vase dar.

Ione nahm sie ihr ab und stellte sie auf den Tisch neben sich. Dann half sie der Blinden sanft auf und wollte sie neben sich ziehen. Das Mädchen weigerte sich jedoch bescheiden.

»Ich habe meinen Auftrag noch nicht ganz erfüllt«, sagte sie und überreichte den Brief von Glaucus. »Das hier wird vielleicht erklären, warum derjenige, der mich schickt, eine der Ione so unwürdige Botin aussuchte.«

Die Neapolitanerin nahm den Brief mit zitternder Hand. Nydia fühlte diese Bewegung sofort und empfand dabei gleichzeitig einen Stich im Herzen. Mit über der Brust gefalteten Händen und gebeugtem Kopf stand sie vor der stattlichen, stolzen Gestalt der Ione, doch trotz ihrer unterwürfigen Haltung vielleicht nicht weniger stolz. Ione winkte mit der Hand, und die Dienerinnen entfernten sich. Sie blickte verwundert und voll schönen Mitleids noch einmal auf die junge Sklavin, dann zog sie sich ein wenig zurück, öffnete den Brief und las:

»Glaucus sendet an Ione mehr, als er in Worte zu kleiden wagt. Ist Ione krank? Deine Dienerinnen sagen nein, und diese

Versicherung tröstet mich. Hat Glaucus Ione beleidigt? Diese Frage mag ich nicht an deine Dienerinnen richten. Seit fünf Tagen bin ich aus deiner Gegenwart verbannt. Hat die Sonne geschienen? Ich weiß es nicht. Hat der Himmel gelächelt? Für mich hat der Himmel nicht gelächelt, denn Ione ist meine Sonne und mein Himmel. Kränke ich dich? Bin ich zu kühn? Vertraue ich der Schreibtafel an, was meine Zunge auszusprechen zögert? Ach, fern von dir fühle ich am stärksten den Zauber, durch den du mich gefangen hältst. Und gerade die Trennung, die mich der Freude beraubt, verleiht mir Mut. Du willst mich nicht sehen. Du hast auch die gewöhnlichen Schmeichler verbannt, die dich umschwärmen. Kannst du mich mit ihnen auf eine Stufe stellen? Das ist nicht möglich! Du weißt sehr gut, dass ich nicht zu ihnen gehöre, ich bin aus anderem Stoff als sie. Und wäre ich auch aus dem niedrigsten Stoff gebildet, so hat doch der Duft der Rose mich durchdrungen, der Geist deines Wesens ist über mich gekommen und hat mich geläutert, geheiligt, vergeistigt. Bin ich etwa bei dir angeschwärzt worden, Ione? Du wirst keinem Verleumder glauben. Und wenn mir das delphische Orakel selbst sagte, du seiest eine Unwürdige, so würde ich ihm nicht glauben, und bin ich etwa weniger gläubig als du? Ich denke an unser letztes Beisammensein, an das Lied, das ich dir vorsang, an den Blick, den du mir zum Dank schenktest. Verbirg es, wie du willst, Ione, es gibt etwas Verwandtes zwischen uns, und unsere Augen gestanden es, wenn auch die Lippen es verschwiegen. Vergönne mir, dich zu sehen, höre mich an, dann verbanne mich, wenn du willst. Es war nicht meine Absicht, dir so bald meine Liebe zu gestehen. Aber diese Worte zersprengen mir das Herz, sie bahnen sich einen Weg. Nimm also meine Huldigung und meinen Treueschwur entgegen. Wir sahen uns zuerst am Altar der Pallas. Wollen wir uns nicht vor einem freundlicheren und älteren Altar beugen?

Schöne, angebetete Ione! Wenn meine heiße Jugend und mein athenisches Blut mich auf falsche Wege gelockt haben, so lehrten mich meine Irrfahrten die Ruhe, den Hafen, den ich nun erreicht habe, umso höher schätzen. Jetzt hänge ich meine triefenden Kleider am Altar des Meergottes auf. Ich bin dem Schiffbruch entronnen, ich habe *dich* gefunden. Ione, erlaube, dass ich dich besuche! Du bist freundlich zu Fremden, willst du es gegen deine Landsleute weniger sein? Ich warte auf Antwort von dir. Nimm die Blumen an, die ich dir sende, ihr süßer Hauch hat eine Sprache, die beredter ist als Worte. Sie nehmen von der Sonne den Wohlgeruch, den sie zurückgeben, sie sind das Symbol der Liebe, die empfängt und zehnfach vergilt, das Sinnbild des Herzens, das deine Strahlen in sich aufgenommen und dir den Keim der Schätze verdankt, die es deinem Lächeln darbietet. Ich schicke sie durch eine Person, die du, wenn nicht um meinetwillen, dann um ihrer selbst willen aufnehmen wirst. Die Botin ist wie wir eine Fremde in diesem Land; die Asche ihrer Väter ruht unter einem schöneren Himmel, doch weniger glücklich als wir, ist sie blind und eine Sklavin. Arme Nydia! Ich versuche so viel wie möglich die Grausamkeiten der Natur und des Schicksals auszugleichen, indem ich für sie um einen Platz in deiner Nähe bitte. Sie ist sanft, verständig und gelehrig. Sie musiziert und singt sehr gut, und für die Blumen ist sie eine wahre Chloris.* Sie hofft, du wirst sie gern bei dir sehen, wenn nicht, so schicke sie zu mir zurück.

Noch ein Wort. Lass mich offen sein, Ione. Warum hältst du so viel von jenem finsteren Ägypter? Er hat nicht das Aussehen eines ehrlichen Mannes. Wir Griechen werden von der Wiege auf zu Menschenkennern erzogen. Wir sind nicht weniger weise und tiefsinnig, auch wenn wir keine düstere Miene aufsetzen. Unsere Lippen lächeln, aber unsere Augen sind ernst. Sie beobachten, sie geben Acht, sie studieren. Arbakes ist kein Mann, dem man leichtgläubig trauen darf. Sollte er mich bei dir verleumdet haben? Fast möchte ich es glauben. Als ich dich verließ, blieb er bei dir. Du hast gemerkt, es erbitterte ihn, dass ich bei dir war, und seitdem hast du mich nicht wieder vorgelassen. Glaub nichts, glaub nichts, was er auch sagen könnte, um mich schlecht zu machen. Tust du es aber doch, dann sag es mir sogleich, denn das ist Ione dem Glaucus schuldig. Lebe wohl! Dieser Brief berührt deine Hand, diese Zeilen begegnen deinen Augen, sollen sie glücklicher sein als derjenige, der sie schrieb? Nochmals, lebe wohl.«

Als Ione diesen Brief gelesen hatte, war ihr, als lichte sich ein Nebel vor ihren Augen. Was war denn das vermeintliche Vergehen des Glaucus gewesen? Dass er sie nicht wahrhaft geliebt hatte. Doch nun gestand er offen und in unzweideutigen Worten seine Liebe ein. Von diesem Augenblick an hatte er seine Macht wieder erlangt. Bei jedem zärtlichen Wort dieses von romantischer, treuer Liebe zeugenden Briefes klagte ihr Herz sie an. Und selbst wenn sie an seiner Liebe zweifelte und einem andern mehr Glauben schenkte, hätte sie ihm nicht wenigstens das Recht zugestehen müssen, das jedem Übeltäter gewährt wird: das Recht zu hören, worin sein Verbrechen besteht und sich zu verteidigen? Tränen rannen ihr über die Wangen, sie küsste den Brief und barg ihn an ihrem Herzen. Sie wandte sich an Nydia, die noch an derselben Stelle und in derselben Haltung stand, und sagte:

»Willst du dich nicht hinsetzen, Kind, während ich eine Antwort auf diesen Brief schreibe?«

»Du willst ihn also beantworten?«, fragte Nydia kalt. »Gut, der Sklave, der mich begleitet, wird deine Antwort hinbringen.«

»Du aber bleib bei mir«, sagte Ione, »glaub mir, dein Dienst wird leicht sein.«

Nydia neigte den Kopf.

»Wie heißt du, schönes Mädchen?«

»Man nennt mich Nydia.«

»Woher kommst du?«

»Aus dem Land des Olympus, Thessalien.«

»Du sollst mir eine Freundin sein«, sagte Ione liebevoll, »bist du doch schon halb Landsmännin. Inzwischen bitte ich dich, bleib nicht auf dem kalten, glatten Marmor stehen. So ist's gut. Nun da du sitzt, kann ich dich einen Augenblick allein lassen.«
Sie schrieb:

»Ione sendet Glaucus Grüße. – Komm zu mir, Glaucus, komm morgen zu mir. Ich mag dir Unrecht getan haben, aber ich will dir wenigstens sagen, welches Vergehens du beschuldigt worden bist. Fürchte in Zukunft den Ägypter nicht mehr, fürchte niemand. Du sagst, du hättest zu viel gesagt, ach, in diesen eiligen Worten habe ich dasselbe getan. Lebe wohl!«

Als Ione mit dem Brief eintrat, den sie, nachdem er geschrieben war, nicht noch einmal zu lesen wagte (oh, immer gleiche Übereiltheit, immer gleiche Befangenheit der Liebe!), fuhr Nydia aus ihrem Sitz auf.

»Du hast an Glaucus geschrieben?«

»Ja.«

»Wird er dem Boten danken, der ihm deinen Brief bringt?«

Ione vergaß, dass ihre Gefährtin blind war; sie errötete von der Stirn bis zum Nacken und schwieg.

»Ich meine nur«, fügte Nydia ruhiger hinzu, »das kleinste unfreundliche Wort von dir würde ihn betrüben, die kleinste Freundlichkeit ihn erfreuen. Ist das erstere der Fall, so lass den Sklaven die Antwort überbringen, ist aber letzteres der Fall, so lass mich gehen, ich komme noch heute Abend wieder zurück.«

»Und warum willst du, Nydia«, fragte Ione ausweichend, »die Überbringerin meines Briefes sein?«

»Also ist es so!«, rief Nydia. »Ach, wie könnte es anders sein? Wer könnte unfreundlich zu Glaucus sein?«

»Mein Kind«, sagte Ione, ein wenig zurückhaltender als zuvor, »du sprichst mit Wärme, Glaucus ist also in deinen Augen liebenswert?«

»Edle Ione, Glaucus war mir das, was weder das Geschick noch die Götter mir waren: ein Freund.«

Die Mischung aus Wehmut und Würde, mit der Nydia diese einfachen Worte sprach, rührte die schöne Ione. Sie beugte sich herab und küsste sie. »Du bist dankbar und das völlig zu Recht. Warum sollte ich erröten zu sagen, Glaucus sei deines Dankes würdig? Geh, Nydia, bring ihm selbst diesen Brief und komm bald wieder. Sollte ich fort sein, wenn du wieder-

*Psyche.*

kommst – heute Abend gehe ich vielleicht aus –, so wird für dich ein Zimmer neben meinem hergerichtet sein. Nydia, ich habe keine Schwester, willst du mir eine sein?«

Die Thessalierin küsste Ione die Hand und sagte dann mit einiger Verlegenheit:

»Eine Gunst, schöne Ione, darf ich eine Gunst erbitten?«

»Du kannst nichts erbitten, was ich nicht gern gewährte.«

»Die Leute sagen mir«, fuhr Nydia fort, »du seiest schöner als alle Erdenkinder. Ach, was die Welt so entzückt, das kann ich nicht sehen. Würdest du mir erlauben, mit der Hand über dein Gesicht zu streichen? Nur so kann ich mir eine Vorstellung von Schönheit machen und täusche mich dabei fast nie.«

Sie wartete Iones Antwort nicht erst ab, sondern strich, noch während sie sprach, sanft und langsam mit der Hand über die sich herabneigenden und halb abgewandten Züge der Griechin, Züge, die nur ein Gemälde auf Erden heute noch darstellt und bewahrt: die schadhafte, doch ungemein wundersame Statue in Iones Geburtsstadt Neapel, jenes Antlitz aus parischem Marmor, gegen das alle Schönheit der florentinischen Venus arm und irdisch erscheint; jenes Bildnis voll Harmonie, Jugend, Geist und Seele, in dem moderne Kunstkritiker ein Bild der Psyche vermuten.*

Ihre Hand verweilte auf dem gescheitelten Haar und der glatten Stirn, strich über die seidenweiche Haut, das Grübchen am Kinn, über den weißen Schwanenhals. »Nun weiß ich, dass du schön bist«, sagte sie dann. »Ich kann dich mir vorstellen in meiner Dunkelheit, jetzt und für immer.«

Als Nydia gegangen war, versank Ione in tiefe, köstliche Träumerei. Glaucus liebte sie also, er gestand es ihr; ja, er liebte sie! Sie zog noch einmal das teure Bekenntnis hervor, las jedes Wort noch einmal, küsste jede Zeile. Sie fragte nicht, warum er verleumdet worden war, aber dass es Verleumdung war, davon war sie überzeugt. Sie konnte es nicht fassen, wie sie jemals einer Silbe der üblen Nachrede hatte Glauben schenken können; sie verstand es nicht, wie es dem Ägypter gelungen war, sie gegen Glaucus einzunehmen. Ein Schauer überlief sie, als sie noch einmal die Worte las, mit denen Glaucus sie vor Arbakes warnte, und ihre geheime Furcht vor diesem finsteren Mann steigerte sich zum Grauen. Aus diesem Sinnen wurde sie von ihren Dienerinnen geweckt, die ihr meldeten, dass die für den Besuch bei Arbakes bestimmte Stunde gekommen sei. Sie fuhr auf, sie hatte nicht mehr an dieses Versprechen gedacht. Ihr erster Gedanke war, den Besuch abzusagen; im nächsten Augenblick aber lachte sie über diese Furcht vor ihrem ältesten Freund. Sie beeilte sich, den üblichen Schmuck anzulegen, und unentschlossen, ob sie den Ägypter näher über seine Anschuldigung gegen Glaucus befragen oder warten sollte, bis sie Glaucus selbst die Anklage berichten konnte, machte sie sich auf den Weg zum unheimlichen Haus des Arbakes.

## KAPITEL VII

### IONE IM NETZ. DIE MAUS VERSUCHT DAS GEFLECHT ZU DURCHNAGEN.

»O teuerste Nydia!«, rief Glaucus, als er Iones Brief gelesen hatte, »du reinster Glücksbote, der je zwischen Erde und Himmel verkehrte, wie soll ich dir danken?«

»Ich habe meinen Lohn bereits«, erwiderte die arme Thessalierin.

»Morgen, morgen! Wie werde ich bis dahin die Stunden verbringen?«

Der verliebte Grieche wollte Nydia nicht fortlassen, obwohl sie mehrmals den Versuch unternahm, sich zu entfernen. Er ließ sich von ihr wieder und wieder jede Silbe des kurzen Gesprächs wiederholen, das zwischen ihr und Ione stattgefunden hatte. Tausendmal vergaß er ihr Gebrechen und fragte sie, wie seine Geliebte ausgesehen, welche Miene sie gezeigt hätte. Und dann entschuldigte er sich rasch für seine Gedankenlosigkeit und bat sie, mit dem ganzen, von ihm so ungeschickt unterbrochenen Bericht noch einmal zu beginnen. Diese für Nydia so qualvollen Stunden vergingen für ihn rasch und voller Glück, und als er sie mit einem neuen Brief und frischen Blumen zu Ione zurückkehren ließ, da war die Dämmerung bereits hereingebrochen. Kaum war sie gegangen, als Clodius und einige andere seiner munteren Kumpane bei ihm hereinstürmten. Sie spotteten darüber, dass er sich den ganzen Tag nicht habe sehen lassen und den gewohnten Vergnügungen ferngeblieben sei. Sie luden ihn ein, sie zu verschiedenen Plätzen in dieser lebhaften Stadt zu begleiten, die Tag und Nacht für die Zerstreuung der Genusssüchtigen sorgte. Im Süden (denn kein Land hat vielleicht, indem es so viel von seiner Größe verloren, doch so viel von seinen alten Gebräuchen beibehalten) war es, damals wie noch heute, das größte Vergnügen der Italiener, sich am Abend zu versammeln und unter den Säulengängen der Tempel oder im Schatten der zwischen den Straßen liegenden Haine der Musik oder dem Vortrag eines erfinderischen Erzählers zu lauschen. Dabei begrüßten sie dann den aufgehenden Mond mit Trankopfern von Wein und heiteren Gesängen. Glaucus war zu glücklich, um sich von der Geselligkeit auszuschließen; er wollte das Übermaß an Freude loswerden, das ihn fast bedrückte. Er nahm deshalb den Vorschlag seiner Freunde bereitwillig an, und lachend schritten sie zusammen die belebten, im Abendlicht leuchtenden Straßen hinab.

Inzwischen kam Nydia noch einmal zum Haus von Ione, die es längst verlassen hatte. Sie fragte gleichgültig, wohin Ione gegangen sei.

Die Antwort jagte ihr einen Schreck ein.

»Zum Haus von Arbakes, dem Ägypter? Unmöglich!«

»Und doch ist es so, Kleine«, sagte die Sklavin, die auf ihre Frage geantwortet hatte. »Sie kennt den Ägypter schon lange.«

»Schon lange? Ihr Götter, und trotzdem liebt Glaucus sie?«, murmelte sie, und laut fügte sie hinzu: »Hat sie ihn schon öfter besucht?«

»Bisher nie«, antwortete die Sklavin. »Wenn all das wahr ist, was man Schlechtes über ihn in Pompeji hört, dann hätte sie wohl besser getan, auch heute nicht hinzugehen. Aber unsere liebe Gebieterin erfährt ja nichts von dem, was unsereins hört: ›Was man im Vestibulum schwätzt, dringt nicht ins Peristyl.‹«*

»Heute zum ersten Mal«, wiederholte Nydia, »weißt du das genau?«

»Ganz genau, Hübsche. Aber was geht das dich und uns an?«

Nydia zögerte einen Augenblick, dann stellte sie die Blumen hin, mit denen sie beladen gewesen war, rief den Sklaven zu sich, der sie hergebracht hatte, und verließ das Haus, ohne ein weiteres Wort zu sagen.

Erst als sie den halben Weg zum Haus des Glaucus zurückgelegt hatte, unterbrach sie ihr Schweigen, und auch da murmelte sie nur für sich:

»Sie hat keine Ahnung von der Gefahr, in die sie sich begeben hat; nein, sie kann nichts davon wissen! Ich Törin! –

Soll ich sie retten? Ja, denn ich liebe Glaucus mehr als mich selbst.«

Als sie beim Haus des Atheners anlangte, erfuhr sie, dass er mit mehreren Freunden fortgegangen war, niemand wusste, wohin. Er würde wahrscheinlich auch nicht vor Mitternacht heimkommen.

Die Thessalierin stöhnte; sie sank auf einen Schemel in der Halle und bedeckte das Gesicht mit den Händen, wie um sich zu fassen und ihre Gedanken zu sammeln. »Es ist keine Zeit zu verlieren«, dachte sie und sprang auf. Sie wandte sich an den Sklaven, der sie begleitet hatte.

»Weißt du«, fragte sie, »ob Ione Verwandte oder einen nahen Freund in Pompeji hat?«

»Bei Jupiter!«, rief der Sklave. »Bist du wirklich so dumm, dass du danach erst fragen musst? Jedes Kind in Pompeji weiß, dass Ione einen Bruder hat, der jung und reich ist und doch, im Vertrauen gesagt, so dumm gewesen, Isispriester zu werden.«

»Isispriester? Ihr Götter! Wie heißt er?«

»Apaecides.«

»Jetzt weiß ich alles«, murmelte Nydia. »Beide, Bruder und Schwester, sollen sein Opfer werden! Apaecides, ja, das war der Name, den ich hörte dort drüben in … Ha, er weiß also, welche Gefahr seiner Schwester droht. Ich will zu ihm gehen.«

Bei diesem Gedanken sprang sie auf und ergriff den Stab, der ihre Schritte lenkte. Sie eilte zum nahen Isistempel. Bevor der freundliche Grieche sich ihrer angenommen hatte, war dieser Stab der einzige Führer der armen Blinden vom einen Ende der Stadt zum andern gewesen. Jede Straße, jede Ecke in den verkehrsreichen Teilen der Stadt waren ihr bekannt, und da die Einwohner eine gewisse Ehrfurcht und fast eine abergläubische Scheu vor solchen Unglücklichen hegten, wichen die Spaziergänger überall aus, wo sie mit behutsamen Schritten vorüberkam. Die Arme ließ sich nicht träumen, dass sie in wenigen Tagen an ihrer Blindheit eine Beschützerin und Führerin finden würde, die besser war als die schärfsten Augen.

Seit sie unter dem Dach von Glaucus weilte, hatte dieser

einem Sklaven Anweisung gegeben, sie ständig zu begleiten; als der dazu bestimmte arme Teufel, der recht korpulent war und nun schon zweimal den Weg zu Iones Haus zurückgelegt hatte, sich zu einer dritten Wanderung verurteilt sah, deren Zweck nur die Götter wissen mochten, trabte er hinter ihr her und schwor feierlich bei Kastor und Pollux, das blinde Mädchen hätte die Flügelschuhe Merkurs und die Unbeständigkeit Cupidos.

Nydia benötigte übrigens nur wenig seine Hilfe dabei, den Weg zum beliebten Isistempel zu finden; der Vorhof war leer, und sie kam, ohne aufgehalten zu werden, vor das geweihte Gitter.

»Es ist niemand hier«, sagte der fette Sklave. »Was willst du hier und wen suchst du? Weißt du nicht, dass die Priester nicht im Tempel wohnen?«

»Ruf nur«, sagte sie ungeduldig. »Tag und Nacht hat immer mindestens ein Priester Altarwache.«

Der Sklave rief, aber niemand erschien.

»Siehst du jemand?«

»Keinen Menschen.«

»Du irrst dich; ich höre jemand seufzen. Sieh noch einmal nach.«

Der Sklave ließ erstaunt brummend seine schwerfälligen Augen umherschweifen und erblickte vor einem der Altäre, deren Reste noch heute den engen Raum füllen, eine anscheinend in tiefe Betrachtung versunkene Gestalt.

»Ich sehe da jemand«, sagte er, »und nach dem weißen Kleid zu schließen ist es ein Priester.«

»O Priester der Isis!«, rief Nydia. »Diener der urältesten Göttin, höre mich!«

»Wer ruft?«, sagte eine leise, schwermütige Stimme.

»Jemand, der euch keine alltägliche Mitteilung zu machen hat. Ich komme, Orakel nicht zu erbitten, sondern zu geben.«

»Mit wem willst du sprechen? Jetzt ist keine Sprechstunde. Geh und stör mich nicht. Die Nacht ist den Göttern geweiht, der Tag den Menschen.«

»Mir kommt es vor, als würde ich deine Stimme kennen. Du bist der, den ich suche. Doch habe ich dich erst einmal sprechen hören. Bist du nicht der Priester Apaecides?«

»Der bin ich«, sagte der Priester, erhob sich vom Altar und näherte sich dem Gitter.

»Du bist es! Lob und Preis den Göttern!« Sie winkte dem Sklaven zu, sich zurückzuziehen, und der Mann, der natürlich glaubte, sie sei bei dem nächtlichen Besuch im Tempel nur einer abergläubischen Regung gefolgt, die vielleicht mit Iones Sicherheit zu tun hatte, gehorchte und setzte sich in einiger Entfernung auf den Rasen. »Still!«, sagte Nydia rasch und leise. »Bist du wirklich Apaecides?«

»Wenn du mich kennst, musst du dich doch an mein Gesicht erinnern?«

»Ich bin blind«, antwortete Nydia, »meine Augen sind das Gehör, und *das* erkennt dich. Trotzdem schwöre mir, dass du es bist.«

»Ich schwöre es bei den Göttern, bei meiner rechten Hand und beim Mond.«

»Still, nicht so laut! Komm näher heran, gib mir deine Hand. Kennst du Arbakes? Hast du Blumen zu den Füßen dieses Toten niedergelegt? Ach, deine Hand ist kalt. Aber höre, hast auch du den furchtbaren Eid geschworen?«

»Wer bist du, woher kommst du, blasses Mädchen?«, fragte Apaecides erschrocken. »Ich kenne dich nicht. An deiner Brust hat dieses Haupt nicht gelegen; ich habe dich nie gesehen.«

»Aber meine Stimme hast du schon gehört. Doch lassen wir das, es ist eine Schande für uns beide, daran zurückzudenken. Sag, hast du eine Schwester?«

»Sprich, sprich! Was ist mit ihr?«

»Du kennst die Gelage in der Halle des Toten, Fremder, es macht dir vielleicht Vergnügen, daran teilzunehmen. Doch würde es dich auch freuen, wenn deine Schwester es täte? Würde es dich freuen, wenn Arbakes auch sie ›bewirtete‹?«

»Ihr Götter, das wagt er nicht! Mädchen, wenn du meiner spottest, dann zittere! Ich reiße dich in Stücke!«

»Ich sage die Wahrheit, und während ich spreche, ist Ione in den Hallen des Ägypters zum ersten Mal sein Gast. Du musst wissen, ob dieses erste Mal Gefahren für sie birgt. Lebe wohl, ich habe meine Pflicht getan.«

»Bleib, bleib!«, rief der Priester und strich sich mit der Hand über die Stirn. »Wenn es wahr ist, was … was kann ich tun, um sie zu retten? Man wird mich dort nicht einlassen. Ich kenne nicht alle Schlupfwinkel im Labyrinth dieses vertrackten Hauses. O Nemesis! Gerecht strafst du mich.«

»Ich will den Sklaven da nach Hause schicken, sei du mein Führer und Gefährte. Ich will dich zur Geheimtür des Hauses bringen und dir das Wort zuflüstern, das dir Einlass verschafft. Nimm eine Waffe mit, vielleicht kannst du sie gebrauchen.«

»Warte einen Augenblick«, sagte Apaecides, ging in eine Zelle an der Seite des Tempels und kehrte bald darauf in einen weiten Mantel gehüllt zurück, ein Kleidungsstück, das damals von allen Bevölkerungsschichten getragen wurde und sein Priesterkleid verdeckte. »Nun«, sagte er zähneknirschend, »wenn Arbakes es gewagt hat … doch nein, das wagt er nicht, das nicht! Weshalb sollte ich ihm misstrauen? Ist er ein so gemeiner Verbrecher? Ich mag es nicht glauben … und doch, Sophist, der er ist, der alle Begriffe verwirrt. O Götter, helft mir! Doch still, *gibt* es denn Götter? Ja, eine Göttin wenigstens gibt es, deren Machtwort ich anrufen kann, und das ist – die Rache!«

Diese unzusammenhängenden Worte vor sich hinmurmelnd, hastete Apaecides mit seiner schweigenden Gefährtin auf den einsamsten Wegen zum Haus des Ägypters.

Der Sklave, von Nydia so plötzlich entlassen, zuckte die Achseln, brummte einen Fluch und trabte, gar nicht böse darüber, nach Hause in sein *Cubiculum.*

## KAPITEL VIII

### DIE EINSAMKEIT UND DAS SELBSTGESPRÄCH DES ÄGYPTERS. DEUTUNG SEINES CHARAKTERS.

Wir müssen im Verlauf unserer Erzählung um einige Stunden zurückgehen. Beim ersten Grauen des Tages, den Glaucus bereits als einen glücklichen weiß im Kalender angestrichen hatte, saß der Ägypter schlaflos und allein oben auf dem pyramidenartig aufragenden Turm, der an sein Haus stieß. Eine mächtige Brüstung diente als Wall und schützte ihn vor neugierigen Blicken umso sicherer, da das Gebäude an sich sehr hoch und das Haus rings von düsteren Bäumen umstanden war. Ein Tisch, auf dem eine mit mystischen Zeichen beschriebene Rolle lag, stand vor ihm. Die Sterne am Himmel verblassten, und die Schatten der Nacht wichen von den kahlen Bergspitzen. Nur über dem Vesuv lag eine finstere, schwere Wolke, die sich seit einigen Tagen immer dichter, immer drohender zusammengeballt hatte. Noch sichtbarer war der Kampf zwischen Tag und Nacht auf dem weiten Meer, das sich still, wie ein riesiger See, ausdehnte. Eingegrenzt von der sanft geschwungenen Küste, die mit Reben und Baumgruppen bedeckt war und an der hier und da die weißen Mauern schlummernder Städte aufschienen, wallte es nur leise in kaum merklichem Wogenspiel.

Es war die Stunde, die vor allen anderen der verwegenen, uralten Weisheit des Ägypters geweiht war, jener Weisheit, die unser wandelbares Schicksal aus den Sternen lesen möchte.

Arbakes hatte seine Rolle voll geschrieben, hatte die Stunde und die Sternzeichen eingetragen, und überließ sich jetzt, auf die Hände gestützt, den Betrachtungen, die seine Berechnung ausgelöst hatte.

»Erneut warnen mich die Gestirne. Also erwartet mich sicherlich eine Gefahr«, sagte er langsam. »Eine gewaltsame, plötzliche Gefahr. Die Sterne enthalten für mich dieselbe höhnische Drohung, die sie einst, wenn unsere Geschichtsbücher nicht irren, gegen Pyrrhus aussprachen, gegen ihn, dessen Los es war, um alles zu kämpfen und nichts zu genießen, ruhelos umgetrieben ein Spiel des Schicksals zu sein, alles zu erobern und doch nichts zu gewinnen, Siege zu erkämpfen ohne Frucht, Lorbeeren zu erringen ohne Triumph, Ruhm zu ernten ohne Erfolg. Schließlich wurde er von seinem eigenen Aberglauben betrogen und wie ein Hund von der Hand einer alten Frau mit einem Ziegelstein erschlagen! Wahrhaftig, die Sterne schmeicheln mir, wenn sie mir in diesem Kriegsnarren ein Vorbild setzen! Wenn sie meiner eifrigen, strebsamen Weisheit das gleiche Ergebnis verheißen wie der Narrheit seines Ehrgeizes: ständiges Abmühen und doch kein sicheres Ziel; die Arbeit des Sisyphus, der Berg und der Stein. Der Stein … ein drohendes Bild! Es erinnert mich daran, dass mir ein ähnlicher Tod droht wie dem epirotischen König. Ich will noch einmal einen Blick auf die Rolle werfen. ›Hüte dich‹, sagen die strahlenden Propheten, ›unter alten Dächern oder belagerten Mauern oder überhängenden Felsen herzugehen. Durch den Fluch des Schicksals ist dir ein von oben herabgeschleuderter Stein bestimmt!‹ Nicht fern mehr vom heutigen Tag liegt die Gefahr, doch Tag und Stunde kann ich nicht mit Bestimmtheit erkennen. Wohlan, wenn mein Stundenglas verrinnt, dann soll der Sand darin noch bis zum letzten Körnchen Gold enthalten. Und entgehe ich dieser Gefahr, ja, wenn ich ihr entgehe, dann strahlt der Rest meines Daseins hell und klar wie der Streifen des Mondlichts auf dem Wasser. Ich sehe Ehre, Glück, Erfolg auf jeder Welle des dunklen Abgrunds schimmern, worin ich zuletzt versinken muss. Was denn, wo mir so etwas *jenseits* der Gefahr verheißen ist, sollte ich da der Gefahr erliegen? Meine Seele flüstert mir Hoffnung zu, jubelnd fliegt sie über die drohende Stunde hinaus und schwelgt in der Zukunft: Ihr eigener Mut ist das beste Zeichen für eine glückliche Wendung. Sollte mir ein so früher, plötzlicher Tod bestimmt sein, dann würde sein Schatten schon jetzt mein Haupt umdunkeln, und ich würde ein eisiges Vorgefühl meines Endes verspüren. Meine Seele würde in Gram und Schwermut ein Vorgefühl des traurigen Orkus ausdrücken, aber sie lächelt, sie verbürgt mir meine Rettung.«

Bei diesem Schluss seines Selbstgesprächs stand der Ägypter unwillkürlich auf. Rasch schritt er über den engen, von den Sternen überwölbten Flur, blieb an der Brüstung stehen und blickte noch einmal zum grauen, schwermütigen Himmel empor. Die Kühle der Morgendämmerung wehte erfrischend um sein Gesicht, und allmählich erlangte sein Gemüt die gewohnte Ruhe wieder. Als die Sterne einer nach dem andern in die Tiefe des Himmels zurückwichen, wandte er den Blick von ihnen ab, und seine Augen fielen über die weite Landschaft zu seinen Füßen. Undeutlich ragten im stillen Hafen der Stadt die Masten der Galeeren. Noch war auf diesem Markt des Luxus und der Arbeit das mächtige Getöse nicht laut geworden. Nur hier und dort schimmerte ein Lichtlein aus den Hallen eines Tempels hervor oder von den Säulengängen des stillen Forums herauf und unterbrach den matten, zaghaften Schein des ringenden Morgens. Aus den vielen tausend Herzen der schlummernden Stadt, in der sich bald so viele tausend Leidenschaften regen sollten, klang kein Laut empor, noch waren die Ströme des Lebens nicht in Bewegung, sie lagen noch gefesselt unter dem Eis des Schlafes. Aus den weiten Räumen des Amphitheaters, dessen steinere Sitzreihen sich übereinander erhoben, zusammengeringelt und rundgebogen wie ein schlafendes Ungetüm, erhob sich ein dünner, gespenstischer Nebel, der sich dunkler und dunkler im zerzausten Laub der in der Nähe des Theaters stehenden Bäume zusammenballte. Die Stadt erschien als das, was sie nach der furchtbaren Veränderung von siebzehn Jahrhunderten noch heute dem Reisenden erscheint: eine Stadt der Toten.*

Der Ozean selbst, die heitere, unbewegte See, lag beinah ebenso ruhig, nur dass aus seiner tiefen Brust ein durch die Entfernung gemildertes Geräusch gleich dem Atmen eines Schlafenden regelmäßig herübertönte. Weit im Umkreis wie mit ausgestreckten Armen das grüne, reizende Land umfangend, schien er unbewusst die an seinem Rand aufgebauten Städte an die Brust zu drücken: Stabiae,* Herkulaneum und Pompeji, diese Kinder und Lieblinge der Fluten. »Ihr schlummert«, sagte der Ägypter mit finsterem Blick auf diese Ortschaften, den Glanz und die schönste Blüte Kampaniens. »Ihr schlummert! Oh, wär es doch die ewige Ruhe des Todes! Wie ihr jetzt Juwelen in der Krone des Reiches seid, so waren es einst auch die Städte am Nil. Ihre Größe ist dahin, sie schlafen unter Ruinen, ihre Paläste und Tempel sind Gräber, die Schlange windet sich im Gras, das auf ihren Straßen wuchert, und die Eidechse sonnt sich in ihren verödeten Hallen. Nach jenem geheimnisvollen Naturgesetz, das den einen stürzt, um den anderen zu erhöhen, seid ihr Neulinge auf den Ruinen eurer Vorgänger aufgeblüht, und du, stolzes Rom, hast die Herrlichkeit von Sesostris und Semiramis an dich gerissen; du bist eine Diebin und schmückst dich nur mit dem, was du jenen geraubt hast! Und allen diesen Städten, Sklaven deines Triumphs, die ich, der letzte Spross vergessener Könige, dort unten überschaue, allen diesen Sammelbecken für deine Macht und deine alles verseuchende Üppigkeit, ich gebe ihnen allen meinen Fluch! Die Zeit wird kommen, da Ägypten gerächt wird, da das Ross der Barbaren das goldene Haus des Nero zu seinem Stall machen wird, und durch Eroberungen hast du selbst den Sturmwind gesät, der dir Eroberer zutragen wird, unter deren Sichel du in der Ernte der Verwüstung hinsinken wirst!«

Weder einem Maler noch einem Dichter hat jemals in ihren Träumen ein feierlicheres, drohenderes Bild eines Unglückspropheten vorgeschwebt, als der Ägypter jetzt abgab, indem er diese Weissagung aussprach, die später das Schicksal so schrecklich in Erfüllung gehen ließ. Das Morgenlicht, das selbst die jugendliche Wange der Schönheit blass und fahl macht, verlieh seinen majestätischen, herrischen Zügen fast die Farben des Grabes. Das dunkle Haar umgab sie in dichtem Gewirr, das schwarze Gewand wallte lang und lose herab, er streckte den Arm von seiner hohen Warte aus, sein Auge funkelte vor wilder, teuflischer Freude: So schien er wirklich halb Prophet, halb Dämon zu sein.

Er wandte den Blick von Stadt und Meer ab. Vor ihm lagen die Weingärten und Wiesen des reichen Kampaniens. Die

Tore und Mauern der Stadt – alt und noch halb pelasgischen Ursprungs – schienen die Stadt nicht abzugrenzen, da sich unmittelbar daran Dörfer anschlossen und Landhäuser ringsum an den sanften Hängen des Vesuvs verstreut lagen, der damals noch nicht ganz so steil und hoch erschien wie heutzutage. Denn wie Rom selbst auf einem erloschenen Vulkan erbaut ist, so saßen die Bewohner des Südens in gleicher Sorglosigkeit in den grünen, mit Wein bebauten Gefilden rings um einen Vulkan, dessen Feuer sie für immer erloschen glaubten. Vom Tor aus erstreckte sich die lange Gräberstraße mit ihren vielfältigen, in Größe und Architektur unterschiedlichen Mausoleen, die Straße, auf der man noch heute von dieser Seite her die Stadt betritt. Über das Ganze ragte die Spitze des furchtbaren Berges mit ihrer Wolkenhaube empor. Bald dunkel, bald hell spielten Schatten an den Hängen hin und verhüllten die von Moos überwucherten Höhlen, die aschgrauen Felsen, die Spuren früherer Ausbrüche, die, wäre die Menschheit nicht blind, wohl die kommende Eruption hätten vorauskünden sollen.

Schon damals war es schwer zu erraten, weshalb diese Gegend eine Tradition von so düsterer, unheimlicher Art besaß, weshalb die Dichter in jenen lachenden Ebenen, in jener meilenweiten, von Bajä bis Misenum reichenden Heiterkeit den Eingang und die Schwellen ihrer Hölle vermuteten, ihren Acheron und den Styx ihrer Legenden; warum sie in jenen Phlegräischen Feldern,* auf denen jetzt lachender Wein gedeiht, die Stätte suchten, wo die Götter miteinander kämpften, wo die verwegenen Titanen den Himmel zu erobern strebten – es sei denn, dass in dem versehrten, zerrissenen Berggipfel da drüben die Phantasie die Spuren vom Donnerkeil des Olympiers zu entdecken geglaubt hat.

Aber den Blick des Ägypters fesselten weder die schroffen Höhen des stillen Vulkans noch die Fruchtbarkeit der sanft ansteigenden Felder, weder die melancholische Gräberstraße noch die schimmernden Villen eines zivilisierten, dem Luxus huldigenden Volkes. An einer Stelle der Landschaft senkte sich der Vesuv mit schmalen, unbebauten Rücken zur Ebene herab, auf dem man überall zersprengte Felsblöcke und wildes Gestrüpp erblickte. Am Fuß lag ein sumpfiger, ungesunder Pfuhl; das scharfe Auge des Arbakes erspähte jetzt den Umriss einer menschlichen Gestalt, die an dem Morast hinwandelte und sich dann und wann bückte, wie um das dort wachsende Unkraut zu pflücken.

»Ho!«, sagte er laut. »Ich habe Gesellschaft in meinen unweltlichen Nachtwachen! Die Hexe des Vesuvs geht um. Wie? Erforscht auch sie, wie die Leichtgläubigen vermuten, die Kunde der hohen Gestirne? Hat sie böse Zaubersprüche gegen den Mond ausgestoßen oder sammelt sie, wie ihr häufiges Innehalten vermuten lässt, böse Kräuter in dem giftgetränkten Sumpf? Ich muss diese Mitarbeiterin kennen lernen. Wer immer nach Wissenschaft strebt, dem ist klar, dass keines Menschen Wissen zu verachten ist. Verächtlich seid nur ihr, ihr feisten, aufgedunsenen Geschöpfe, ihr Sklaven der Üppigkeit, ihr gedankenlosen Faulenzer, die ihr nur auf eure ausgedörrte Sinnlichkeit baut, in dem Wahn, dass auf ihrem armseligen Boden die Myrte und der Lorbeer reifen könnten. Nein, der Weise allein kann genießen! Uns allein ist die *wahre* Wollust vergönnt, wenn Geist, Verstand, Erfindung, Erfahrung, Bildung, Wissenschaft und Phantasie alle nur wie Ströme dazu beitragen, das Meer der Sinne zu füllen! – O Ione!«

Als Arbakes dieses letzte Zauberwort aussprach, versank er in tiefes Nachdenken. Er blieb stehen und erhob den Blick nicht mehr vom Boden. Einige Male lächelte er freudig, und als er endlich den Platz seiner Nachtwache verließ, um sein Lager aufzusuchen, murmelte er: »Wenn der Tod mir so nah ist, dann will ich wenigstens sagen können: Ich habe gelebt. Ione soll mein sein!«

Der Charakter des Arbakes gehörte zu jenen verwickelten, vielfädigen Geweben, in denen sich selbst der Geist, der darin wohnt, manchmal nicht mehr zurechtfindet. In ihm, dem Sohn eines gefallenen Herrschergeschlechts, dem Relikt eines untergegangenen Volkes, wohnte missvergnügter Stolz, der immer an einem Hochgeborenen nagt, der sich von der Sphäre, in der seine Väter glänzten, unerbittlich ausgeschlossen sieht, während er sich doch durch seine natürliche Anlage und durch seine Herkunft dazu berechtigt fühlt. Dieses Bewusstsein kennt kein Wohlwollen; es führt Krieg mit aller Welt, es sieht in allen Menschen nur Feinde. Mit diesem Bewusstsein geht meist Armut einher, das war jedoch bei dem Ägypter nicht der Fall. Arbakes besaß ein Vermögen, das dem der meisten römischen Patrizier gleichkam. Es ermöglichte ihm, seine Leidenschaften, die weder durch Geschäftstätigkeiten noch durch Ehrgeiz abgelenkt wurden, in vollem Umfang zu befriedigen. Von Land zu Land war er gereist, doch da er überall nur Rom und die Römer wieder fand, so nahm sein Menschenhass und seine Genusssucht nur immer weiter zu. Die Welt war für ihn ein gewaltiger Kerker, doch verstand er es, ihn sich durch Wonnen und Freuden behaglich einzurichten. Fliehen konnte er aus diesem Gefängnis nicht, deshalb war es sein einziges Ziel, einen Palast daraus zu machen. Seit den ältesten Zeiten huldigten die Ägypter sinnlichen Freuden; Arbakes erbte sowohl ihren Drang nach Sinnenlust als auch ihre glühende Phantasie, die sogar der Verworfenheit noch ein herrliches Licht zu entlocken wusste. Doch liebte er sowohl bei seinen Vergnügungen wie auch bei seinen Beschäftigungen die Einsamkeit; und da er weder Höherstehende noch Gleichgestellte um sich duldete, so gewährte er nur wenigen Zutritt, und dabei handelte es sich durchweg um willige Sklaven seiner Verworfenheit. Er war der einsame Gebieter eines reich besetzten Harems, aber trotz alledem sah er sich zur Übersättigung verdammt, dem regelmäßigen Fluch von Männern, deren Geist über ihr Treiben erhaben ist. Was anfänglich aus leidenschaftlichem Trieb geschehen war, das erkaltete nun zur alltäglichen Gewohnheit. Diesem Überdruss suchte er durch die Pflege der Wissenschaft entgegenzuarbeiten. Aber da es nicht sein Bestreben war, der Menschheit zu dienen, so verachtete er alle praktischen, nützlichen Wissenschaften. Seine finstere Einbildungskraft fühlte sich wohler und heimischer in jenen verstiegenen, dunklen Forschungen, die für ein einsam ausgeschlossenes Gemüt den größten Reiz haben und zu denen ein übergroßer Stolz und die geheimnisvollen Überlieferungen seiner Heimat ihn hinzogen. Als er seinen Glauben an die diffusen Lehren des Heidentums aufgab, setzte er sein größtes Vertrauen auf die Macht menschlicher Weisheit. Vielleicht kannte er ebenso wenig wie alle seine Zeitgenossen die Grenzen, die die Natur unseren Entdeckungen gesetzt hat. Da sich ihm desto mehr Wunder enthüllten, je tiefer er sich in die Wissenschaften versenkte, so bildete er sich ein, die Natur verrichte nicht nur alltäglich in ihrem Lauf allerlei Wunder, sondern sie könne durch den Zauberspruch einer Herrscherseele sogar aus dieser Bahn selbst abgelenkt werden. Deshalb ging er der Wissenschaft bis jenseits der ihr gesteckten Grenzen nach und suchte sie im Land der Unklarheiten und Schatten. Von den Wahrheiten der Astronomie irrte er ab in den trügerischen Wahn der Astrologie. Aus den Geheimnissen der Chemie geriet er in das gespenstische Labyrinth der Magie. Und er, der die Macht der Götter skeptisch leugnete, huldigte bis zur Albernheit dem Aberglauben an die Macht des Menschen.

Die Pflege der Magie, die damals Möchtegern-Weise zu einer merkwürdigen Höhe geführt hatten, war vornehmlich orientalischen Ursprungs. Der früheren Philosophie der Griechen war sie fremd geblieben. Auch hatten sie sie niemals freundlich aufgenommen, bis Osthanes, der das Heer des Xerxes begleitete, in den schlichten Glauben der Hellenen die feierlichen Irrlehren Zoroasters hineinmischte. Unter den römischen Kaisern war die Magie auch in Rom heimisch geworden und wurde dann zu einer willkommenen Zielscheibe für den beißenden Witz Juvenals. Mit der Magie eng verflochten war der Isiskult, und diese ägyptische Religion war das Mittel, die Verehrung der ägyptischen Zauberkunst zu verbreiten. Die theurgische oder wohltätige Magie und die goëtische oder finstere, böse Nekromantie standen im ersten Jahrhundert der christlichen Zeitrechnung in hohem Ansehen, und die Wundertaten eines Faust sind nichts gegen die eines Apollonius.* Könige, Hofleute und Gelehrte zitterten vor den Meistern der furchtbaren Wissenschaft. Und nicht der Geringste in dieser Zunft war der unheimliche, kundige Arbakes. Sein Ruhm und seine Entdeckungen waren bei allen Jüngern der Magie bekannt, sie überlebten ihn sogar. Aber nicht unter seinem wirklichen, irdischen Namen wurde er von den Zauberern und Weisen geehrt. Ihre Huldigung verlieh ihm einen geheimnisvolleren Titel, und lange war er in Großgriechenland und in den Ebenen des Orients unter dem Namen »Hermes, der Herr des flammenden Gürtels« berühmt. Seine scharfsinnigen Untersuchungen und Kenntnisse waren unter den Zeichen »vorwitziger Kunst«, die von den Christen zu Ephesus zwar mit Frohlocken, doch auch mit geheimem Grauen verbrannt wurden, wodurch sich die Nachwelt um einige treffliche Beweise für die Umtriebe des Teufels beraubt sieht.

Das Gewissen saß bei Arbakes nur im Verstand, es scherte sich nicht um Moralgesetze. Wer die große Masse in Schranken zu zwingen vermochte, der konnte sich nach seiner Meinung kraft seiner höheren Weisheit auch über sie erheben. »Wenn ich«, so folgerte er, »den Geist habe, Gesetze zu geben, habe ich dann nicht auch das Recht, über meine Schöpfungen zu gebieten? Ja mehr noch, habe ich nicht auch das Recht, die Machwerke geringerer Geister zu verachten, zu umgehen und umzustürzen?« Wenn er also ein schlechter Mensch war, so rechtfertigte er seine Schlechtigkeit durch etwas, was ihn eigentlich tugendhaft hätte machen sollen: durch seine geistige Überlegenheit.

Wie alle Menschen mehr oder weniger nach Macht streben, so entsprach dieses Bestreben in Arbakes genau seinem Charakter. Sie war bei ihm nicht auf äußerliche, brutale Gewalt gerichtet, ihn gelüstete nicht nach dem Purpur und den Fasces, den Abzeichen gewöhnlicher Herrschaft. Rom war ein Begriff geworden, der soviel bedeutete wie »die Welt«; aber er betrachtete dieses stolze Rom mit der gleichen Geringschätzung, die Rom selbst den Barbaren entgegenbrachte. Sein Stolz und sein Hass hätten ihm nimmermehr erlaubt, nach einem Amt zu streben, denn er hätte sich dann gleichzeitig zur Kreatur, zum

Werkzeug des Kaisers gemacht. Er, der Spross des alten Königsgeschlechts des Ramses, *er* hätte die Befehle eines andern vollziehen und seine Macht von einem andern empfangen sollen? Der bloße Gedanke daran erfüllte ihn mit Wut. Wenn er aber auch auf den Ehrgeiz verzichtete, nach Titeln und Würden zu streben, so gab er sich umso mehr dem Ehrgeiz hin, Gewalt über die Herzen zu erlangen. Indem er geistige Überlegenheit als die höchste irdische Gabe ansah, schwelgte er in dem Bewusstsein, dass ihm eine solche Gewalt über alle verliehen sei, mit denen er in Berührung kam, und es machte ihm Freude, sich das immer wieder deutlich vor Augen zu führen. Deshalb suchte er immer den Umgang mit jungen Leuten, deshalb fesselte er sie an sich und unterjochte sie sich. Er machte sich gern Menschenseelen untertan und fühlte sich als Gebieter eines unsichtbaren, immateriellen Reiches. Wäre er weniger sinnlich und weniger reich gewesen, so hätte er vielleicht danach gestrebt, der Begründer einer neuen Religion zu werden. So aber wurde seine Tatkraft durch seine Genusssucht gehemmt. Neben dieser vagen Liebe für moralische Herrschaft (eine von allen Weisen gehätschelte Eitelkeit!) beeinflusste ihn jedoch vor allem eine seltsame, traumhafte Verehrung für alles, was zu dem mystischen Land gehörte, das seine Vorfahren beherrscht hatten. Obwohl er nicht an ihre Gottheiten glaubte, so glaubte er doch an die Allegorien, die diese darstellten – oder vielmehr gab er diesen Allegorien eine neue Auslegung. Er suchte die Verehrung Ägyptens aufrechtzuerhalten, weil er dadurch eine schattenhafte Erinnerung an seine Macht lebendig erhielt. Er machte deshalb den Altären des Osiris und der Isis wahrhaft königliche Schenkungen und war beständig bemüht, die Priesterschaft durch reiche und vornehme Novizen auf würdevolle Höhe zu bringen. War der Schwur geleistet, der Priesterberuf ergriffen, dann suchte er die Gefährten seiner Genüsse gewöhnlich unter seinen Opfern, teils weil er so ihrer Verschwiegenheit am sichersten war, teils weil er dadurch seine eigenartige Macht über sie noch festigte. Darin lagen auch die Motive für sein Verhalten gegen Apaecides, und sie waren in diesem Fall durch seine Leidenschaft für Ione noch unerlässlicher gemacht worden.

Selten hatte er lange an einem Ort gelebt, doch als er älter wurde, verlor sich bei ihm das Interesse an Ortswechseln. Nun hatte er sich in den köstlichen Städten Kampaniens schon so lange aufgehalten, dass er sich selbst darüber wunderte. Die Wahlmöglichkeiten seines Aufenthaltsorts wurden in gewissem Sinn von seinem Stolz eingeschränkt. In den heißen Ländern, die er für seine rechtmäßigen erblichen Besitzungen hielt und die sich jetzt, niedergedrückt und verfallen, unter die Fittiche des römischen Adlers duckten, konnte er nicht leben. Rom selbst war seiner entrüsteten Seele verhasst; auch behagte es ihm nicht, sich in seinem Reichtum durch die Günstlinge des Hofs überboten und durch die gewaltige Großartigkeit des Hofs selbst zu relativer Armut herabgedrückt zu sehen. Die kampanischen Städte boten ihm alles, was seine Natur verlangte: die Annehmlichkeit eines unvergleichlichen Klimas und die geistigen Verfeinerungen einer üppigen Zivilisation. Er blieb vom Anblick eines dem seinen überlegenen Reichtums verschont; er war sicher vor den Spionen eines missgünstigen Hofes. Und solange er reich war, kümmerte sich niemand um seinen Lebensstil. Ungestört und unangefochten verfolgte er seinen finsteren Weg.

Es ist in der Regel der Fluch sinnlicher Menschen, dass sie erst dann wirklich zu lieben beginnen, wenn sie abgestumpft sind, wenn die Glut ihrer Jugend in zahllosen Begierden verpufft ist, ihre Gefühle verbraucht und ihre Herzen erschöpft sind. Immer nach Liebe jagend, und von einer ruhelosen Phantasie vielleicht auch dazu bewogen, den Reiz der Liebe zu übertreiben, hatte auch der Ägypter die schönsten Jahre seiner Jugend vergeudet, ohne je das Ziel seiner Wünsche zu erreichen. Auf die Schöne von gestern folgte die Schöne von heute, und die Schattenbilder verwirrten ihn, ohne dass er das eigentliche Wesen fand. Als er zwei Jahre zuvor Ione zum ersten Mal sah, erblickte er endlich eine Frau, die er *lieben* zu können glaubte. Er stand damals auf jener Brücke des Lebens, von der man auf der einen Seite deutlich eine vergeudete Jugend fliehen, von der andern Seite die Dunkelheit des Alters herannahen sieht; eine Zeit, in der wir mehr denn je darauf bedacht sind, uns, ehe es zu spät wird, das zu sichern, was wir für den Genuss des Lebens, dessen schönere Hälfte bereits dahin ist, für unentbehrlich halten.

Er hatte sich mit einem Eifer und einer Geduld, die er sonst für seine Vergnügungen nicht aufbrachte, der Aufgabe gewidmet, Iones Herz zu gewinnen. Arbakes genügte es diesmal nicht zu lieben, er wollte auch geliebt werden. In dieser Hoffnung hatte er die aufblühende Jugend der schönen Neapolitanerin beobachtet, und da er den Einfluss geistreicher Männer auf jugendliche Gemüter kannte, die auf Ausbildung des Geistes bedacht sind, so hatte er es sich angelegen sein lassen, Iones Geist zu bilden und ihren Verstand zu schärfen, in der Hoffnung, sie würde dadurch das schätzen lernen, was, wie er fühlte, ihm das beste Anrecht auf ihre Zuneigung gab, nämlich einen Charakter, der bei aller Neigung zum Sündhaften und Unnatürlichen doch durch seine ursprünglichen Elemente der Kraft und Größe reich war. Als er diesen Charakter anerkannt glaubte, da erlaubte er ihr nicht nur den Umgang mit den geistlosen Schwätzern und eitlen Lüstlingen, nein, er ermunterte sie sogar dazu, in der Annahme, dass ihr für Höheres geschaffenes Gemüt sich nach seiner Gesellschaft sehnen und ihn, indem sie ihn mit den andern verglich, allmählich lieb gewinnen würde. Er vergaß dabei, dass, wie die Sonnenblume sich zur Sonne, so die Jugend sich zur Jugend wendet, bis seine Eifersucht auf Glaucus ihn plötzlich seinen Irrtum erkennen ließ. Von diesem Augenblick an wurde seine lange zurückgehaltene Leidenschaft, obwohl er, wie wir gesehen haben, zunächst noch nicht wusste, wie viel Gefahr ihm von dieser Seite drohte, doch bald rücksichtsloser und ungestümer. Nichts facht das Feuer der Liebe so an wie ein Funke der Eifersucht, ihre Flamme schlägt unaufhaltsam hervor, sie vergisst alle Sanftheit, sie hört auf zart fühlend zu sein; sie nimmt etwas von der Gewaltsamkeit, ja selbst von der Grausamkeit des Hasses an.

Arbakes war entschlossen, keine Zeit mehr mit vorsichtigen und gefährlichen Vorbereitungen zu verlieren; er nahm sich vor, sofort eine unüberwindliche Schranke zwischen sich und seinem Nebenbuhler aufzurichten. Er beschloss, sich der Person Iones zu bemächtigen. Nicht als ob ihm bei dieser Liebe, die er so lange gehegt und durch reinere Hoffnungen als die des Genusses allein genährt hatte, der bloße Besitz genügt hätte. Er wollte den Geist und das Herz Iones ebenso vollständig gewinnen wie ihre leibliche Schönheit. Durch ein wagemutiges Verbrechen beabsichtigte er, sie von der Gesellschaft der Menschen zu trennen, und hoffte, sie dadurch zu zwingen, ihre Gedanken durch ein Band, das das Gedächtnis unzerreißbar macht, ganz auf seine Person zu konzentrieren. Seine Künste sollten dann späterhin den Sieg noch vollständiger machen, und genau wie es die Römer mit den Sabinerinnen getan hatten, beabsichtigte er, die mit Gewalt an sich gerissene Herrschaft durch sanftere Mittel zu festigen. Durch seinen Glauben an die Verheißungen der Gestirne wurde er in diesem Entschluss noch mehr bestärkt. Sie hatten ihm seit langem schon dieses Jahr, ja genau diesen Monat als eine Zeit furchtbaren, lebensbedrohenden Unheils vorhergesagt. Er hatte also nur eine eng begrenzte Frist und beschloss, wie ein Monarch, alles, was ihm am teuersten war, auf seinem Scheiterhaufen zu sammeln. In seinen eigenen Worten: Wenn er schon sterben musste, so wollte er das Leben noch einmal genießen und dazu musste Ione die Seine werden!

## KAPITEL IX

### WIE ES IONE IM HAUS DES ARBAKES ERGEHT. DER FURCHTBARE FEIND GIBT DAS ERSTE ZEICHEN SEINES GRIMMS.

Als Ione in die geräumige Halle des Ägypters trat, befiel sie der gleiche Schauer, der ihren Bruder beschlichen hatte. Auch ihr schien etwas Unheil Verkündendes und Warnendes in den ernsten, stillen und traurigen Gesichtern der thebanischen Ungeheuer zu liegen, deren majestätische, leidenschaftslose Gesichter der Marmor so gut zum Ausdruck bringt:

> Ihr Auge sah vergangner Zeit Geschicke,
> Der Geist der Ewigkeit sprach aus dem ernsten Blicke.

Der lange äthiopische Sklave grinste, als er sie hereinließ und einlud, ihm zu folgen. Mitten in der Halle kam Arbakes ihr in festlichen Gewändern entgegen, die von Juwelen funkelten. Obwohl draußen heller Tag war, herrschte im Inneren des Hauses gemäß dem Brauch der im Luxus Lebenden ein künstlich geschaffenes Zwielicht, und die Lampen warfen ihr stilles, Düfte verbreitendes Licht über die prachtvollen Fußböden und mit Elfenbein ausgelegten Decken.

»Schöne Ione«, sagte Arbakes und neigte sich, ihre Hand zu küssen, »du stellst sogar den Tag in den Schatten, deine Augen erleuchten diese Hallen, dein Atem erfüllt sie mit Wohlgerüchen.«

»So darfst du nicht mit mir reden«, sagte Ione lächelnd. »Du vergisst, dass deine Weisheit meinen Geist schon hinreichend gebildet hat, mir solche anmutigen Schmeicheleien unlieb zu machen. Du selbst hast mich gelehrt, Liebedienerei zu verachten. Willst du vor deiner Schülerin gegen deine eigene Lehre verstoßen?«

Als Ione das sagte, lag in ihrem Wesen etwas so Offenherziges und Natürliches, dass der Ägypter verliebter war als je zuvor und mehr denn je Neigung verspürte, den eben begangenen Verstoß zu wiederholen. Er antwortete jedoch rasch und heiter und setzte das Gespräch geschickt fort.

Er führte sie durch mehrere Zimmer eines Hauses, das für ihr nur an die Eleganz der kampanischen Städte gewohntes Auge alle Schätze der Welt zu enthalten schien.

An den Wänden befanden sich Gemälde von unschätzbarem Wert; das Licht fiel auf Statuen aus dem edelsten Zeitalter Griechenlands; Vitrinen mit kostbarem Inhalt füllten die Zwischenräume zwischen den Säulen aus; die Schwellen und Türen waren aus den kostbarsten Hölzern gefertigt; Gold und Edelsteine schienen verschwenderisch überallhin ausgeschüttet. Zuweilen befanden sie sich allein in diesen Gemächern, zuweilen gingen sie durch Reihen schweigender Sklaven, die vor Ione auf die Knie fielen und ihr Armbänder, Ketten und Diamanten zum Geschenk anboten. Trotz der Bitten von Arbakes nahm sie jedoch nichts an.

»Ich habe oft gehört«, sagte sie verwundert, »dass du vermögend bist, doch dass du so reich bist, hätte ich mir nicht träumen lassen.«

»Könnte ich doch alles«, antwortete der Ägypter, »zu einer einzigen Krone zusammenschmelzen, um deine weiße Stirn damit zu krönen!«

»Ach, die Last würde mich erdrücken, ich wäre dann eine zweite Tarpeja«, antwortete Ione lachend.

»Aber du verachtest doch wohl den Reichtum nicht, Ione. Wer nicht reich ist, der weiß nicht, was einem das Leben alles bieten kann. Gold ist der große Zauberkünstler der Welt, es verwirklicht unsere Träume, es verleiht uns göttliche Macht. Es liegt etwas Erhabenes und Erhebendes in seinem Besitz, denn es ist der mächtigste und zugleich gehorsamste unserer Sklaven.«

Der listige Arbakes suchte die junge Neapolitanerin durch seine Schätze und seine Beredsamkeit zu blenden. Er suchte in ihr den Wunsch zu erwecken, das, was sie hier vor sich sah, in ihre Hand zu bekommen, in der Hoffnung, sie werde den Besitzer mit dem Besitz verwechseln und die Verlockungen seines Reichtums würden auch ihn verlockend machen. Ione aber fühlte sich insgeheim etwas unbehaglich bei diesen Schmeicheleien aus dem Mund eines Mannes, der bisher selbst die landläufige Huldigung verachtet hatte, die man der Schönheit zollt. Mit der feinen Gewandtheit, die nur Frauen gegeben ist, verstand sie es, die mit Bedacht auf sie gezielten Pfeile abzuwehren oder dem Sinn seiner leidenschaftlichen Sprache durch Lachen und scherzhafte Formulierungen auszuweichen. Nichts auf der Welt ist reizender als diese Art der Verteidigung; sie gleicht indessen dem Zauber des afrikanischen Schwarzkünstlers, der behauptete, mit einer Feder den Winden eine andere Richtung geben zu können.

Der Ägypter war berauscht und durch ihre Grazie fast noch mehr als durch ihre Schönheit überwältigt; nur mit Mühe hielt er seine Gefühle im Zaum. Aber ach, die Feder hatte nur Gewalt über das sanfte Sommerlüftchen, dem Sturm gegenüber musste sie wehrlos sein.

Als sie in einen Saal getreten waren, der mit Tapeten aus Silberstoff behangen war, klatschte der Ägypter in die Hände, und wie auf einen Zauberschlag erhob sich aus dem Fußboden eine reichgedeckte Tafel und ein Ruhebett mit einem karmesinroten Baldachin. Gleichzeitig erklang hinter einem Vorhang die sanfteste Musik.

Arbakes setzte sich zu Iones Füßen, und Kinder, jung und schön wie Amoretten, bedienten sie.

Die Mahlzeit war vorüber, die Musik sank zu sanfter, gedämpfter Melodie herab, und Arbakes wandte sich an seinen schönen Gast:

»Hast du, meine Schülerin, nie in dieser dunklen, ungewissen Welt den Wunsch gehegt, über sie hinauszuschauen, den Schleier der Zukunft zu lüften und am Gestade des Schicksals die Schattenbilder der Dinge, die da kommen werden, zu erblicken? Nicht nur die Vergangenheit hat ihre Geister, auch jedes zukünftige Ereignis hat sein Gespenst, seinen Schatten. Wenn seine Stunde gekommen ist, dann erhält es Leben, der Schatten nimmt körperliche Gestalt an und schreitet durch die Welt. Im Lande jenseits des Grabes gibt es immer zwei unfassbare, gespenstische Gäste: die Dinge, die sein werden, und die Dinge, die gewesen sind. Wenn wir kraft unserer Weisheit in dieses Land eindringen, dann sehen wir die einen wie die andern und erfahren, wie *ich* es erlebt habe, nicht nur die Mysterien der Toten, sondern auch die Geschicke der Lebenden.«

»Wie du es erlebt hast? Kann Weisheit so weit reichen?«

»Willst du mein Wissen erproben, Ione, und dir den Ablauf deines Schicksals ansehen? Es ist ein ergreifenderes Schauspiel als dasjenige des Aischylos. Ich habe alles vorbereitet, sofern du das Spiel der Schatten sehen willst.«

Die Neapolitanerin zitterte; sie dachte an Glaucus und seufzte. Würden sich ihre Geschicke vereinen? Halb zweifelnd, halb gläubig, halb ehrfürchtig, halb entsetzt über die Worte ihres seltsamen Gastgebers, schwieg sie zunächst, dann sagte sie:

»Es könnte mich befremden und erschrecken. Die Kenntnis der Zukunft vergällt mir vielleicht nur die Gegenwart.«

»Keineswegs, Ione. Ich selbst habe einen Blick in dein künftiges Los getan: Die Geister deiner Zukunft sonnen sich im Garten von Elysium. Aus Asphodill und Rosen winden sie die Girlanden deiner süßen Bestimmung, und die gegen andere so harten Parzen spinnen für dich nur den Faden des Glücks und der Liebe. Willst du also kommen und dein Los schauen, damit du dich im Voraus daran erfreuen kannst?«

Noch einmal flüsterte ihr Herz ihr den Namen *»Glaucus«* zu und sie gab kaum hörbar ihre Einwilligung. Der Ägypter erhob sich, nahm sie bei der Hand und führte sie durch den Speisesaal. Wie von Geisterhänden schoben sich die Vorhänge auf die Seite, und die Musik ging in eine lautere, freudigere Weise über. Die beiden traten durch eine Säulenreihe, zu deren beiden Seiten Fontänen ihr duftendes Wasser emporwarfen, und stiegen auf breiten Marmorstufen in einen Garten hinunter. Der Abend hatte begonnen; der Mond stand hoch am Himmel, und jene süßen Blumen, die tagsüber schlafen und dann mit ihrem Duft die Nachtluft erfüllen, standen zahlreich an den Gängen, die sich durch das sternbeglänzte Gesträuch hinzogen oder lagen, in Körbchen gesammelt, wie Opfergaben zu den Füßen der vielen Statuen, die ihren Weg entlang durch das Dunkel schimmerten.

»Wohin willst du mich führen, Arbakes?«, fragte Ione verwundert.

»Nur dorthin«, erwiderte er und deutete auf ein kleines Gebäude, das die Aussicht schloss. »Es ist ein den Parzen geweihter Tempel; unsere Zeremonie erfordert heiligen Boden.«

Sie betraten einen schmalen Raum, an dessen Ende ein düsterer Vorhang hing. Arbakes hob ihn auf, sie trat ein und befand sich in völliger Finsternis.

»Sei unbesorgt«, sagte er, »es wird gleich hell werden.« Während er sprach, verbreitete sich nach und nach ein weiches, warmes Licht. Es umfloss alle Gegenstände, und Ione erkannte, dass sie in einem relativ kleinen, schwarz ausgeschlagenen Gemach war, ein Lager mit Draperien von der gleichen Farbe stand neben ihr. In der Mitte des Zimmers erhob sich ein kleiner Altar, auf dem ein Dreifuß aus Bronze stand. Eine hohe Granitsäule trug einen kolossalen Kopf aus schwarzem Marmor. An dem Kranz aus Weizenähren, der die Stirn umgab, erkannte Ione die große Göttin Ägyptens. Arbakes trat vor den Altar; er hatte seinen Kranz darauf niedergelegt und schien nun damit beschäftigt, in den Dreifuß den Inhalt einer ehernen Vase zu schütten. Aus dem Dreifuß sprang plötzlich eine unregelmäßig zuckende, blaue Flamme auf. Der Ägypter trat zurück an Iones Seite und murmelte einige Worte in einer ihr unbekannten Sprache. Der Vorhang hinter dem Altar wallte zitternd hin und her und ging langsam auseinander. In der Öffnung, die so entstand, erblickte Ione eine undeutliche, blasse Landschaft, die allmählich heller und klarer wurde. Dann unterschied sie deutlich Bäume und Flüsse und Wiesen und die ganze herrliche Mannigfaltigkeit der Erde. Endlich erschien ein matter Schatten vor der Landschaft und blieb Ione gegenüber stehen. Langsam schien sich derselbe Zauber wie an der ganzen Szene an ihm zu vollziehen. Er nahm Form und Gestalt an, und siehe da, in seinen Zügen, seinem Äußeren erkannte Ione sich selbst.

Nun verschwand die Szenerie hinter dem Schemen, und an ihre Stelle trat die Darstellung eines prachtvollen Palastes. In der Mitte der Halle war ein Thron errichtet; die undeutlichen Gestalten von Sklaven und Wachen standen ringsumher, und eine blasse Hand hielt das Abbild eines Diadems über den Thron.

Jetzt erschien ein neuer Darsteller. Er war von Kopf bis Fuß in ein dunkles Gewand gekleidet und sein Gesicht verhüllt; er kniete zu Füßen der schattenhaften Ione nieder, ergriff ihre Hand und deutete auf den Thron, als wollte er sie einladen, darauf Platz zu nehmen.

Das Herz der Neapolitanerin klopfte heftig. »Soll dieser Schatten sich enthüllen?«, flüsterte eine Stimme neben ihr, die Stimme Arbakes'.

»Ach ja«, sagte Ione leise.

Arbakes erhob die Hand und die Erscheinung schien den Mantel fallen zu lassen, der seine Form umgab; Ione schrie laut auf: Es war Arbakes selbst, der vor ihrem Schatten kniete.

»Das ist dein Schicksal«, flüsterte ihr wieder die Stimme des Ägypters ins Ohr. »Es ist dir bestimmt, die Braut des Arbakes zu sein.«

Ione fuhr auf, der schwarze Vorhang sank über die Phantasmagorie herab, und der wahre, leibhaftige Arbakes lag zu ihren Füßen.

»O Ione«, rief er mit feurigen Blicken, »hör mich an! Lange habe ich vergebens gegen meine Liebe angekämpft! Ich bete dich an! Die Parzen lügen nicht, du bist bestimmt, die Meine zu werden. Die ganze Welt habe ich durchstreift und keine Frau gefunden, die dir glich. Von Jugend auf hab ich mich nach einem Wesen wie dir gesehnt. Mein Leben war nur ein Traum, solange ich dich nicht gesehen hatte; jetzt bin ich erwacht, denn ich sehe dich. Wende dich nicht von mir ab, Ione; glaube nicht, ich sei das kalte, empfindungslose Wesen, das ich zu sein scheine. Nie hat eine Frau einen so innigen Anbeter gehabt, wie ich es dir bin. Nie ist eine Frau so leidenschaftlich geliebt worden, wie ich dich liebe. Winde dich nicht von mir los; sieh, ich gebe deine Hand frei. Nimm sie von mir, wenn du willst. Gut, sei es so! Aber stoße mich nicht von dir, Ione, weise mich nicht voreilig ab. Bedenke, welche Macht du hast über den Mann, den du so hast verwandeln können. Ich, der nie vor einem sterblichen Wesen kniete, ich liege vor dir im Staub, ich, der ich dem Schicksal gebiete, erwarte mein Schicksal aus deiner Hand. Zittere nicht, Ione, du bist meine Königin, meine Göttin: sei meine Braut. Alle deine Wünsche sollen erfüllt werden, alle Herrlichkeit der Erde lege ich dir zu Füßen. Die Welt soll von einem Ende bis zum andern dir zu Diensten sein, Pomp, Macht, Luxus sollen deine Sklaven sein. Arbakes wird keinen andern Ehrgeiz mehr kennen als den Stolz, dir zu gehorchen. Ione, wende mir einen freundlichen Blick zu, spende mir dein Lächeln. In meiner Seele ist es Nacht, solange dein Antlitz von mir gekehrt ist. Scheine mir, meine Sonne, mein Himmel, mein Tageslicht! Ione, Ione, weise meine Liebe nicht zurück!«

Allein und in der Gewalt dieses seltsamen, furchtbaren Mannes, verlor Ione dennoch die Geistesgegenwart nicht. Er sprach respektvoll und sanft, und das beruhigte sie. In ihrer eigenen Keuschheit fühlte sie ihren sichersten Schutz. Aber sie war überrascht und verwirrt, sie benötigte einige Minuten, sich zu fassen und eine Antwort zu finden.

»Steh auf, Arbakes«, sagte sie endlich und überließ ihm noch einmal ihre Hand, die sie jedoch abermals rasch zurückzog, als sie den brennenden Druck seiner Lippen spürte. »Steh auf, und wenn es dir ernst ist mit dem, was du sagst … «

»Wenn?«, sagte er zärtlich.

»Nun, hör mich an. Du bist mein Vormund, mein Freund gewesen, mein Lehrer. Auf diese neue Stellung mir gegenüber war ich nicht vorbereitet. Denke nicht«, fügte sie schnell hinzu, als sie seine finsteren Augen vor wilder Leidenschaft funkeln sah, »denke nicht, ich verachtete dich deshalb, ich sei ungerührt oder ich fühlte mich nicht durch diese Huldigung geehrt. Doch sag, kannst du mich in Ruhe anhören?«

»Ja, und wären deine Worte auch Blitze, die mich versehrten!«

»Ich liebe einen andern!«, sagte Ione errötend, doch fest.

»Bei den Göttern, bei der Hölle!«, schrie Arbakes und richtete sich zu seiner vollen Höhe auf. »Du erkühnst dich, mir das zu sagen? Wage nicht, mit mir dein Spiel zu treiben, es ist unmöglich! Wen hast du gesehen, wen kennen gelernt? O Ione, das ist erfunden, ist nur Weiberlist von dir, du willst Zeit gewinnen. Ich habe dich überrascht und erschreckt. Mach mit mir, was du willst, sag, du liebst mich nicht, aber sag nicht, du liebst einen andern!«

»Ach«, seufzte Ione, und entsetzt über seine plötzliche und unerwartete Heftigkeit brach sie in Tränen aus.

Arbakes trat näher zu ihr heran, sein Atem glühte heiß auf ihrer Wange; er schlang den Arm um sie, doch sie entriss sich ihm. In dem kurzen Kampf fiel ein Schreibtäfelchen aus ihrem Kleid. Arbakes bemerkte es und hob es auf. Es war der Brief, den sie am Morgen von Glaucus erhalten hatte. Halb tot vor Schreck sank Ione auf ein Sofa.

Arbakes überflog rasch das Schreiben; die Neapolitanerin wagte nicht aufzublicken, und sie sah die Totenblässe nicht, die sein Gesicht überzog, sah nicht sein vernichtendes Stirnrunzeln, nicht das Zucken seiner Lippen, noch das Arbeiten seiner Brust. Er las den Brief zu Ende, der anschließend seiner zitternden Hand entfiel, und sagte dann mit gekünstelter Gelassenheit:

»Ist der Schreiber dieses Briefes der Mann, den du liebst?«

Ione schluchzte, antwortete jedoch nicht.

»Sprich!«, schrie er sie an.

»So ist es.«

»Und sein Name ... sein Name steht hier, es ist Glaucus?«

Händeringend sah Ione sich nach Beistand, nach einem Ausweg um.

»So höre mich denn!«, sagte Arbakes, seine Stimme zum Flüstern senkend. »Eher sollst du in dein Grab als in seine Arme sinken! Was denn? Glaubst du denn, Arbakes weicht einem Nebenbuhler wie diesem erbärmlichen Wicht von Griechen? Wie? Glaubst du, ich hätte die Frucht so lang reifen lassen, um sie mir nun von einem andern wegpflücken zu lassen? Nein, schöne Närrin! Mein bist du, ganz mein, mein allein! Und so ergreife ich dich und nehme dich für mich!« Und er nahm sie in die Arme. In dem wilden Griff seiner Fäuste war mehr das Ungestüm der Rache als der Liebe.

Aber die Verzweiflung verlieh Ione übernatürliche Kräfte.

Abermals riss sie sich von ihm los; sie stürzte nach jenem Teil des Gemachs, von wo sie es betreten hatte. Sie zerrte den Vorhang halb zur Seite; doch er ergriff sie aufs Neue, und nochmals entschlüpfte sie ihm. Dann fiel sie erschöpft und mit einem lauten Schrei vor der Säule nieder, die das Haupt der ägyptischen Gottheit trug. Arbakes hielt einen Augenblick inne, um Atem zu holen, dann stürzte er sich erneut auf seine Beute.

In diesem Augenblick wurde der Vorhang mit einem Ruck aufgerissen, und der Ägypter fühlte sich von wütender, kraftvoller Hand an der Schulter gepackt. Er wandte sich um und sah in die blitzenden Augen von Glaucus und in das kränkliche, doch drohende Gesicht von Apaecides. »Ha! Welche Furie schickt euch hierher?«, murmelte er, von einem zum andern starrend.

»Ate!«, rief Glaucus und warf sich sofort auf den Ägypter. Apaecides half unterdessen seiner ohnmächtigen Schwester auf, doch erschöpft durch geistige Abspannung wie er war, hatte er nicht die Kraft, sie wegzutragen, so leicht und zart sie auch war. Er legte sie daher auf das Sofa und stand mit gezücktem Messer vor ihr, den Kampf zwischen Glaucus und dem Ägypter beobachtend und bereit, die Klinge Arbakes in die Brust zu stoßen, falls dieser siegen sollte. Es gibt vielleicht nichts Schrecklicheres auf Erden als das nackte, unbewaffnete Ringen tierischer Kraft, nur mit den Waffen, die die Natur dem Zorn verliehen hat. Die beiden Gegner hielten sich fest umklammert, ein jeder versuchte die Kehle des andern zu fassen, das Gesicht zurückgeworfen, lodernden Auges, die Adern zum Bersten geschwollen. Beider Körperkraft war ungewöhnlich, beide waren sie von unbarmherziger Wut beseelt. Sie taumelten hin und her, flogen auf ihrem engen Kampfplatz von einem Ende zum andern, stießen Schreie des Grimms und Rachedursts aus. Jetzt waren sie vor dem Altar, am Fuß der Säule, wo der Kampf begonnen hatte. Sie ließen voneinander ab, um Atem zu holen, Arbakes lehnte an der Säule, Glaucus stand einige Schritte davor.

»O ehrwürdige Gottheit!«, rief Arbakes, umschlang die Marmorsäule und hob die Augen zu dem heiligen Bild, das darauf stand. »Beschütze deinen Auserwählten! Vollstrecke die Rache an diesem Anhänger eines falschen Glaubens, der mit frevelnder Gewalt deine Stätte entweiht und deinen Diener angreift.«

Noch während er sprach, schienen sich die stillen Züge der Göttin plötzlich zu beleben. Durch den schwarzen Marmor zuckte, wie durch einen dünnen Schleier, ein feuriges Rot; um den Kopf spielte züngelnd ein blitzartiger Lichtschein; die Augen wurden wie Feuerkugeln und schienen sich in vernichtendem, unwiderstehlichem Zorn auf das Gesicht des Griechen zu richten. Entsetzt und eingeschüchtert über diese unerklärliche, geheimnisvolle Antwort, die dem Gebet seines Feindes zuteil wurde, und nicht frei von dem ererbten Aberglauben seines Volkes, erblasste der Grieche, als er den Marmor zu so seltsamem, gespenstischem Leben erwachen sah; seine Knie schlotterten, Gottesfurcht ergriff ihn, und er stand niedergeschmettert, totenbleich und aller Kraft beraubt vor seinem Feind. Arbakes ließ ihm keine Zeit, sich von seinem Entsetzen zu erholen. »Stirb, du Hund!«, schrie er mit Donnerstimme und sprang auf den Griechen los. »Die gewaltige Mutter fordert dich zum Opfer!« Im ersten Überschwang seiner abergläubischen Furcht auf diese Art überrascht, verlor der Grieche das Gleichgewicht – der Marmorboden war glatt wie Glas –, er glitt aus und fiel. Arbakes setzte seinem gefallenen Feind den Fuß auf die Brust. Apaecides wusste auf Grund seines heiligen Berufs, aber auch von seiner Bekanntschaft mit dem Ägypter her, dass allen wundersamen Einmischungen nicht zu trauen war und teilte deshalb den Schrecken seines Freundes nicht. Er stürzte vorwärts und schwang sein Messer in der Luft. Doch der wachsame Ägypter fing seinen Arm auf; mit einem Ruck der kraftvollen Hand entriss er die Waffe dem schwachen Griff des Priesters; ein weit ausgeholter Schlag streckte diesen zu Boden; dann zückte Arbakes selbst mit gellendem, triumphierendem Schrei den Stahl. Glaucus sah, ohne mit der Wimper zu zucken, mit der starren, verächtlichen Resignation eines gefallenen Gladiators dem unvermeidlichen Schicksal entgegen. In diesem furchtbaren Augenblick erbebte unter ihnen der Boden in starken, krampfhaften Stößen. Ein mächtigerer Geist als der des Ägypters war erschienen; eine gigantische zermalmende Gewalt, vor der seine Leidenschaft und seine Künste plötzlich zur Ohnmacht herabsanken. Der schreckliche Dämon des Erdbebens regte sich, er richtete sich auf und verlachte die Magie menschlicher Arglist und die Bosheit menschlicher Wut. Wie ein Titan, auf den Berge gehäuft waren, erwachte er aus seinem jahrhundertelangen Schlaf, bewegte sich in seinem Felsenbett, und die Höhlen unter ihm krachten und bebten, als er seine Riesenglieder reckte. Der dünkelhafte Halbgott wurde im selben Augenblick, da er seine Rache üben, seine Macht zeigen wollte, in den Staub geworfen, der er selber war. Weithin durch den Boden pflanzte sich unterirdischer Donner fort; die Vorhänge des Gemachs flatterten wie in Sturmeswehen, der Altar schwankte, der Dreifuß tanzte, und hoch über dem Kampfplatz zitterte und wankte die Säule. Das düstere Haupt der Göttin aber kippte und fiel vom Piedestal herab. Der Ägypter hatte sich eben über sein Opfer gebeugt, und direkt auf seine gebückte Gestalt, genau zwischen Schulter und Hals fiel die Marmormasse! Der Schlag streckte ihn nieder wie ein Todesstreich; jählings, wie hingemäht, fiel er um und lag, ohne einen Laut von sich zu geben, ohne ein Glied zu rühren, leblos auf dem Boden. Dieselbe Gottheit, die er ruchlos belebt und angerufen, hatte, wie es schien, ihn zerschmettert.

»Die Erde hat ihre Kinder beschützt!«, rief Glaucus und taumelte empor. »Gesegnet sei diese fürchterliche Erschütterung. Lass uns den Göttern danken!« Er half Apaecides aufzustehen und kehrte dann das Gesicht des Arbakes nach oben. Dieser schien tot zu sein; Blut quoll von seinen Lippen über das glitzernde Kleid; schwer entsank er den Armen von Glaucus, und der rote Strom lief langsam über den Marmor. Abermals erbebte die Erde unter ihren Füßen; sie mussten einander fassen und sich gegenseitig fest halten. Die Erschütterung hörte so rasch auf, wie sie gekommen war. Da säumten sie nicht länger; Glaucus nahm Ione leicht auf seine Arme, und sie flüchteten von dem schauerlichen Ort. Kaum waren sie in den Garten gekommen, als ihnen nach allen Seiten fliehende, verwirrte Gruppen von Sklaven und Frauen begegneten, deren Gewänder – denn sie waren alle festlich gekleidet – in lächerlichem Kontrast zu dem unheimlichen Schrecken dieser Stunde standen. Sie schienen die Fremdlinge nicht zu beachten und waren nur mit ihrer eigenen Furcht beschäftigt. Nach sechzehnjähriger Ruhe drohte dieser heiße, verräterische Boden mit Verwüstung; alle Menschen erhoben den einen Schrei: »Das Erdbeben! Das Erdbeben!«, und unbelästigt durch ihre Mitte schreitend, eilten Glaucus und seine Gefährten eine der Alleen hinab und gingen durch ein kleines, offenes Tor. Dort, auf einem niedrigen Erdhügel, auf den der Schatten dunkelgrüner Aloesträucher fiel, saß vom Mond beleuchtet die gebeugte Gestalt der Blinden, und sie weinte bitterlich.

# BUCH III

Hellen Scheines leuchte du, Selene,
Dich beschwört mein leises Zaubersingen,
Hekate, auch dich, die Höllengöttin:
Fährst du aus, dein blutig Mahl zu suchen
Unter Gräbern, zittern selbst die Hunde.
Hekate, dich grüß ich: Hilf vollenden,
Mache mir den Zauber stark wie Kirkes,
Wie Medeas stark und Perimedes.

Theokrit, ›Die Zauberin‹, 10–16.

## KAPITEL I

### DAS FORUM DER POMPEJANER. DIE ERSTEN UNSICHEREN SCHRITTE EINER NEUEN ÄRA.

Es war noch früh am Tag, und doch war das Forum schon von Geschäftsleuten und Müßiggängern angefüllt. Wie noch heute in Paris, so spielte sich schon damals in den Städten Italiens das Leben der Leute größtenteils außerhalb der Häuser ab. Die öffentlichen Gebäude, das Forum, die Säulenhallen, die Bäder, ja selbst die Tempel waren ihr eigentliches Zuhause. Kein Wunder also, dass sie diese Lieblingsplätze so prachtvoll ausschmückten. Sie waren nicht nur stolz auf sie, sie liebten sie sogar wie ihr eigenes Heim. Und in der Tat bot das Forum von Pompeji zu jener Zeit ein Bild regen Lebens. Auf dem breiten Pflaster aus großen Marmorplatten standen mehrere Gruppen versammelt, die sich in der noch heute den Südländern eigentümlichen energischen Weise unterhielten, wobei jedes Wort durch eine entsprechende Gebärde bekräftigt wird. Hier saßen auf der einen Seite des Portikus in sieben Buden die Geldwechsler mit ihren glänzenden Haufen von Münzen, und Kauf- und Seeleute in bunten Trachten standen um sie herum. Auf der andern Seite sah man mehrere Männer in langer Toga* rasch einem großen Gebäude zuschreiten, worin die Gerichtsverhandlungen abgehalten wurden. Das waren die Ad-

*Forum mit Lehrer und Schülern.*

vokaten, geschäftig, schwatzend, scherzend und witzelnd, wie man sie auch heute noch in Westminster findet. In der Mitte des Forums standen auf Piedestalen verschiedene Statuen, unter denen die stattliche Figur des Cicero am meisten auffiel. Um den Gerichtshof lief ein regelmäßiger, symmetrischer Säulengang von dorischer Architektur. Mehrere Leute, die schon früh hier zu tun gehabt hatten, nahmen unter den Säulen ihr frugales Frühstück nach italienischer Art ein, und während sie sehr lebhaft über das Erdbeben der vergangenen Nacht plauderten, stippten sie Brotstückchen in die mit verdünntem Wein gefüllten Becher. In der Mitte des Platzes sah man auch einige Krämer ihre Waren feilbieten. Hier legte ein Mann dem hübschen Mädchen vom Lande Bänder vor; dort pries ein anderer einem dicken Bauern Schuhe an; ein dritter, eine Art Imbissbudenwirt, wie man sie noch häufig in italienischen Städten sieht, kam mit den Gerichten aus seiner kleinen fliegenden Küche manchem hungrigen Mund gelegen. Ein Magister unterrichtete nahebei seine Schüler in den Anfangsgründen der lateinischen Grammatik: ein typisches Beispiel dafür, wie zu jener Zeit Geschäft und Geist auf ihre Rechnung kamen.* Auch auf einer Galerie über dem Säulengang, zu der eine enge Holztreppe hinaufführte, drängten sich Menschen; doch da hier wichtigere Geschäfte abgeschlossen wurden, boten diese Gruppen einen ruhigeren, ernsteren Anblick.

Dann und wann machte die Menge respektvoll Platz, wenn ein Senator auf den Jupitertempel zuschritt, der eine Seite des Forums einnahm und der Versammlungsplatz der Senatoren war; dabei grüßte er unterwegs mit vornehmer Herablassung seine Freunde oder Klienten, die er in dem Gewühl bemerkte. Zwischen die schön gekleideten Leute der besseren Klassen mischten sich die stämmigen Gestalten von Landleuten, die zu den öffentlichen Kornmagazinen schritten. Dicht neben dem Tempel eröffnete sich der Ausblick bis zum Triumphbogen und auf die lange, von Menschen wimmelnde Straße. In einer Nische des Triumphbogens spielte ein Springbrunnen lustig in den Sonnenstrahlen, und vom Sims herab schaute, sich scharf vom Sommerhimmel abhebend, die finstere bronzene Reiterstatue Caligulas. Hinter den Buden der Geldwechsler stand das Gebäude, das man jetzt das Pantheon nennt; ein Haufen ärmerer Pompejaner drängte sich mit Körben unter den Armen durch den schmalen Eingang zu einem zwischen zwei Säulen aufgestellten Tisch, wo Priester die Lebensmittel zum Kauf anboten, die bei den Opfern übrig geblieben waren.

An einem der städtischen Gebäude waren Arbeiter damit beschäftigt, die Säulen zu reparieren, und man hörte den Schlag ihrer Hämmer immer wieder durch den Lärm der Menge hindurch: Diese Säulen sind bis auf den heutigen Tag unvollendet.

All das zusammengenommen, konnte nichts mannigfaltiger sein als die Trachten, die verschiedenen Klassen, die Lebensweise und die Beschäftigungen dieser Menschen. Das Treiben, der Lärm, die Lebhaftigkeit dieser Szene waren unvergleichlich. Man sah hier all die Abertausende von Merkmalen einer überhitzten, fieberhaften Zivilisation, wo Vergnügen und Handel, Faulheit und Arbeit, Habsucht und Ehrgeiz ihre bunten, rauschenden, doch harmonischen Ströme in ein Becken ergossen.

*Reliefdarstellung des Jupitertempels.*

Den Stufen des Jupitertempels gegenüber stand ein etwa fünfzig Jahre alter Mann mit übereinander geschlagenen Armen und verächtlich gerunzelter Stirn. Seine Kleidung war auffallend schlicht, nicht so sehr im Stoff, sondern weil ihm all jener Schmuck fehlte, den die Pompejaner aller Klassen teils aus Eitelkeit, teils als Talisman gegen Magie und den Einfluss des bösen Blicks* zu tragen pflegten. Seine Stirn war hoch, sein Scheitel kahl; die wenigen Haare, die am Hinterhaupt stehen geblieben waren, wurden durch eine Art Kapuze verdeckt, die einen Teil seines Mantels bildete und nach Belieben auf- oder abgesetzt werden konnte. Jetzt trug er sie zum Schutz gegen die Sonnenstrahlen halb über dem Kopf. Sein Gewand war braun, eine Farbe, die bei den Pompejanern nicht sonderlich beliebt war. Die üblichen Beimischungen von Scharlach- oder Purpurrot schien er sorgfältig vermieden zu haben. An seinem Gürtel war ein kleines Tintenfläschchen eingehakt, und auch ein *Stilus* (Schreibgriffel) und ein Täfelchen von ungewöhnlicher Größe waren daran befestigt. Merkwürdigerweise enthielt der Gürtel keine Börse, die sonst dessen unerlässliches Zubehör war, selbst wenn die Börse das Unglück hatte, leer zu sein.

Selten kümmerten sich die heiteren, egoistischen Pompejaner um das Gesicht und die Gebärden herumstehender Leute; aber um Mund und Stirn dieses Menschen lag, als er die religiöse Prozession musterte, die eben die Stufen des Tempels emporstieg, ein so herber, verachtungsvoller Zug, dass viele doch darauf aufmerksam wurden.

»Wer ist dieser Zyniker?«, fragte ein Kaufmann seinen Nachbarn, einen Juwelier.

»Das ist Olinthus«, antwortete dieser. »Er soll ein Nazarener sein.«

Der Kaufmann erschrak. »Eine unheimliche Sekte!«, flüsterte er furchtsam. »Man sagt, wenn sie sich zur Nachtzeit versammeln, dann eröffnen sie ihre Andachten immer mit der Ermordung eines neugeborenen Kindes. Sie fordern auch den gemeinschaftlichen Besitz von Gütern, die Elenden! Was würde aus den Kaufleuten und Goldschmieden werden, wenn solche Verrücktheiten Mode würden!«

»Das ist wahr«, sagte der Juwelier. »Außerdem tragen sie überhaupt keinen Schmuck; sie murmeln Beschwörungen, wenn sie eine Schlange sehen, und in Pompeji haben doch alle unsere Schmucksachen Schlangenform.«

»Seht nur«, sagte ein dritter, ein Bronzefabrikant, »wie der Nazarener die Frommen anschielt, die zum Opfer gehen. Bestimmt murmelt er heimliche Flüche über den Tempel. Weißt du, Celcinus, neulich ging dieser Bursche da an meiner Werkstatt vorbei, ich arbeitete gerade an einer Minerva, da sagte er mit finsterer Miene, wenn sie aus Marmor wäre, würde er sie zerbrechen. Aber Bronze war ihm zu fest. – ›Eine Göttin zerbrechen?‹ sagte ich. – ›Eine Göttin?‹ antwortete der Atheist. ›Ein Dämon ist's, ein böser Geist!‹ – Dann ging er fluchend weiter. Ist so etwas erlaubt? Wen wundert's, dass die Erde in der letzten Nacht so schrecklich gebebt hat, sie wollte die Atheisten von ihrer Oberfläche verschwinden lassen. Ein Atheist, sag ich, und noch was Schlimmeres, nämlich ein Verächter der schönen Künste. Wehe uns Bronzefabrikanten, wenn solche Burschen an die Macht kämen!«

»Das sind die Feuerteufel, die unter Nero Rom angezündet haben«, brummte der Juwelier.

Während diese freundlichen Bemerkungen über Aussehen und Glauben des Nazareners gemacht wurden, gewahrte Olinthus selbst, dass er Aufsehen erregte. Er ließ den Blick umherschweifen und bemerkte, wie die sich immer mehr zusammendrängende Menge flüsternd die Köpfe zusammensteckte und ihn angaffte. Er warf ihnen einen Blick des Trotzes, dann des Mitleids zu, raffte seinen Mantel und ging fort, wobei er so laut, dass man es hören konnte, vor sich hinmurmelte: »Verblendete Götzendiener! Haben die Erschütterungen der letzten Nacht euch nicht gewarnt? Ach, wie wollt ihr bloß am Jüngsten Tage bestehen?«

Die Menge, die diese unheilvollen Worte hörte, legte sie verschieden aus, je nachdem ob beim Einzelnen die Furcht oder die Unwissenheit größer war. Aber alle stimmten darin überein, dass eine schreckliche Verwünschung in ihnen enthalten gewesen sei. Sie erblickten in den Christen Feinde der Menschheit. Die Schimpfnamen, die sie ihnen gaben und unter denen ›Atheist‹ der beliebteste und häufigste war, können vielleicht dazu dienen, uns, die wir Bekenner desselben, jetzt vorherrschenden Glaubens sind, tolerant gegen die Verfolger des Olinthus zu stimmen und diejenigen, deren Glauben von unserem abweicht, nicht mit Namen zu belegen, mit denen man damals gegen die Väter unseres Glaubens so freigebig umging.

Als Olinthus stolz durch die Menge geschritten war und einen einsameren Standort am Ausgang des Forums erreicht hatte, bemerkte er, dass ein bleiches, ernstes Gesicht ihn anstarrte. Er erkannte es sofort.

In ein *Pallium* gehüllt, das zum Teil sein Priestergewand verbarg, musterte der junge Apaecides den Anhänger des neuen, geheimnisvollen Glaubens, zu dem er sich fast einmal hätte bekehren lassen.

»Ist *der* auch ein Betrüger? Verbirgt sich auch bei ihm, der doch so schlicht und bieder ist in seiner Lebensweise, in seiner Tracht, in seiner Miene, verbirgt sich auch bei ihm, wie bei Arbakes, hinter dem Mäntelchen der Strenge ein sinnlicher Charakter? Verhüllt auch hier der Schleier der Vesta die Laster des Verworfenen?«

Olinthus verstand es, mit Leuten aus allen Ständen umzugehen, und vereinte mit großer Begeisterung für seinen Glauben eine tiefe Menschenkenntnis. Er erriet vielleicht aus dem Gesichtsausdruck des Priesters einen Teil der Gedanken, die jenen bewegten, und begegnete dem Blick des Apaecides mit festem Auge und heiterer, offener Stirn.

»Friede sei mit dir!«, begrüßte er ihn.

»Friede?«, wiederholte der Priester in so hohlem Ton, dass es dem Nazarener zu Herzen ging.

»In diesem Wunsch«, fuhr Olinthus fort, »liegt alles Gute vereint: Ohne Tugend kannst du keinen Frieden haben. Gleich dem Regenbogen ruht der Friede auf der Erde, aber seine Wölbung verliert sich im Himmel! Der Himmel badet ihn in Farben des Lichts, er entsteht aus Tränen und Wolken, ist ein Spiegelbild der ewigen Sonne, eine Verheißung der Ruhe, er ist das Zeichen des großen Bundes zwischen den Menschen und Gott. Solcher Friede, junger Mann, ist das Lächeln der Seele, ein Ausfluss aus dem hohen, fernen Bogen des unsterblichen Lichts. Friede sei mit dir.«

»Ach!«, fing Apaecides an, doch er erblickte eine Gruppe von Neugierigen, die herbeikamen, um zu erfahren, was wohl ein als Nazarener bekannter Mann mit einem Isispriester zu sprechen hatte. Er brach ab und fügte dann mit leiser Stimme hinzu: »Wir können hier nicht miteinander sprechen, ich will dir ans Flussufer nachkommen; dort gibt es einen Weg, der um diese Zeit gewöhnlich von niemand besucht wird.«

Olinthus gab durch Kopfnicken sein Einverständnis. Mit schnellen Schritten, doch offenen, alles beobachtenden Augen ging er durch die Straßen. Da und dort wechselte er einen ausdrucksvollen Blick oder ein unauffälliges Zeichen mit einem der Vorübergehenden. Ihrer Kleidung nach waren diese Leute meist Mitglieder der unteren Klassen. In dieser Hinsicht war das Christentum das Vorbild aller anderen, auch der weniger bedeutsamen Revolutionen: Das Senfkorn keimte in den Herzen der Niedrigen; die gewaltige Strömung, die später mit ihren Fluten an die Städte und Paläste der Erde schlug, hatte ihre unbeachtete Quelle in den Hütten der Armut und der Arbeit.

## KAPITEL II

### EIN MITTAGSAUSFLUG AUF DEM KAMPANISCHEN MEER.

»Erzähl mir jetzt einmal, Glaucus«, sagte Ione, als sie in einer Barke den gemächlich strömenden Sarnus hinabglitten, »wie bist du eigentlich mit Apaecides zusammengetroffen, als ihr mir gegen diesen bösen Menschen zu Hilfe eiltet?«

»Frag Nydia da drüben«, antwortete der Athener und deutete auf die Blinde, die ein Stück abseits saß und sich nachdenklich über ihre Laute neigte. »Ihr bist du Dank schuldig, nicht uns. Wie es scheint, ist sie zuerst in meine Wohnung gegangen, und als sie mich dort nicht fand, eilte sie in den Tempel, um deinen Bruder zu suchen. Dieser begleitete sie zu Arbakes. Unterwegs begegneten sie mir. Ich war mit einigen Freunden ausgegangen, denn dein lieber Brief hatte mich heiter gestimmt. Nydias scharfes Gehör erkannte sogleich meine Stimme unter denen der anderen; ein paar Worte genügten, und ich schloss mich Apaecides an. Meinen Gefährten sagte ich nicht, weshalb ich sie verließ. Konnte ich ihren leichtfertigen Zungen und ihrer Indiskretion deinen Namen anvertrauen? Nydia führte uns zu der Gartentür, durch die wir dich später hinaustrugen; wir traten ein und waren im Begriff, in die Geheimnisse des unheimlichen Hauses einzudringen, als wir deinen Hilferuf aus einer anderen Richtung hörten. Das übrige weißt du.«

Ione errötete tief. Dann blickte sie zu Glaucus auf, und er las in ihrem Auge all den Dank, den sie nicht aussprechen konnte. »Komm, Nydia«, sagte sie zärtlich zu der Thessalierin. »Hab ich dir nicht gesagt, du solltest meine Freundin und Schwester sein? Und bist du nicht schon viel mehr gewesen? Meine Beschützerin, meine Retterin!«

»Nicht der Rede wert«, antwortete Nydia kalt und ohne sich zu rühren.

»Oh, ich vergaß, dass ich zu dir kommen muss«, fuhr Ione fort, und sie schritt an den Bänken entlang, bis sie den Platz erreichte, wo Nydia saß, schlang liebkosend den Arm um sie und bedeckte ihre Wangen mit Küssen.

Nydia war an diesem Morgen blasser als sonst, doch als sie die Liebkosungen der schönen Neapolitanerin hinnahm, wurde sie fast noch farbloser. »Aber wie konntest du die Gefahr ahnen, in der ich schwebte, Nydia?«, flüsterte Ione. »Wusstest du etwas von dem Ägypter?«

»Ja, ich wusste von seinen Lastern.«

»Und woher?«

»Edle Ione, ich war bei lasterhaften Leuten Sklavin. Die, denen ich diente, gehörten zu seinen Lakaien.«

»Und bist du öfter in dem Haus gewesen? Dir war der geheime Eingang so genau bekannt.«

»Ich habe dem Arbakes auf der Laute vorgespielt«, antwortete Nydia verlegen.

»Und du bist dem Verderben entronnen, vor dem du Ione bewahrt hast?«, entgegnete die Neapolitanerin so leise, dass Glaucus die Worte nicht verstehen konnte.

»Edle Ione, ich bin weder schön noch hoch gestellt; ich bin ein Kind, eine Sklavin und blind. Die Verachteten sind immer sicher.«

In gequältem, stolzem, entrüstetem Ton gab Nydia die Antwort, und Ione fühlte, dass sie Nydia nur verletzte, wenn sie weiterfragte. Sie schwieg, und das Boot schwamm jetzt in die See hinaus.

»Gib zu, Ione«, sagte Glaucus, »ich hatte Recht, als ich dich veranlasste, diesen schönen Mittag nicht in deinem Zimmer zu vergeuden; gib zu, ich hatte Recht.«

»Du hattest Recht, Glaucus«, sagte Nydia unvermittelt.

»Das liebe Kind spricht für dich«, entgegnete der Athener. »Doch erlaube, dass ich mich dir gegenübersetze, sonst verliert unser leichtes Boot das Gleichgewicht.«

Mit diesen Worten nahm er ihr gegenüber Platz, und sich vorbeugend stellte er sich vor, es sei nicht die sommerliche Brise, sondern ihr Atem, der süßen Wohlgeruch über die See verbreitete.

»Du wolltest mir sagen, warum deine Tür mir so viele Tage verschlossen war«, sagte Glaucus.

»Oh, denk nicht mehr daran«, antwortete Ione hastig. »Ich habe auf eine Verleumdung gehört, die ich nun durchschaue.«

»Und sie ging von dem Ägypter aus?«

Iones Schweigen bejahte die Frage.

»Seine Motive sind ziemlich durchsichtig.«

»Sprich nicht mehr von ihm«, sagte Ione und bedeckte ihr Gesicht mit den Händen, als ob sie jeden Gedanken an ihn verbannen wollte.

»Vielleicht ist er jetzt schon am Ufer des langsamen Styx«, fuhr Glaucus fort. »Doch hätten wir in dem Fall wohl von seinem Tod gehört. Ich glaube, dein Bruder hat den finsteren Einfluss seiner unheimlichen Seele tief erfahren. Als wir letzte Nacht bei deinem Haus ankamen, verließ er mich ganz plötzlich. Will er denn nie mein Freund werden?«

»Ein geheimer Kummer verzehrt ihn«, antwortete Ione unter Tränen. »Könnten wir ihn doch mit sich selbst versöhnen! Wir wollen es gemeinsam versuchen!«

»Er wird mir ein Bruder werden«, entgegnete der Grieche.

»Wie ruhig«, sagte Ione und riss sich aus der Schwermut, in die der Gedanke an Apaecides sie versetzt hatte, »wie ruhig scheinen die Wolken am Himmel zu stehen, und doch hast du mir erzählt, – denn ich selbst habe ja nichts davon gemerkt – die Erde habe in der letzten Nacht gebebt.«

»Ja, und die Leute sagen, es sei noch heftiger gewesen als bei dem großen Erdbeben vor sechzehn Jahren. Das Land, in dem wir leben, nährt noch immer geheimnisvolle Schrecken in sich, und Plutos Reich, das sich unter unseren glühenden Feldern ausdehnt, scheint unsichtbar in Aufruhr zu geraten. Fühltest du, Nydia, nicht auch das Beben der Erde, wo du gestern Nacht saßt? Und war es nicht die Furcht davor, weshalb du weintest?«

»Ich fühlte, wie der Boden sich hob und krümmte wie eine ungeheure Schlange«, antwortete Nydia, »aber da ich nichts sah, fürchtete ich mich nicht. Ich bildete mir ein, die Erschütterung käme von einem Zauber des Ägypters. Die Leute sagen, er habe Macht über die Elemente.«

»Du bist eine Thessalierin, Nydia«, erwiderte Glaucus, »und hast ein Recht, an Magie zu glauben.«

»Magie? Wer zweifelt daran?«, antwortete Nydia einfach. »Du etwa?«

»Bis zur letzten Nacht, wo mich in der Tat ein Wunder der Schwarzen Kunst entsetzte, glaubte ich an keine andere Magie als die der Liebe!«, sagte Glaucus mit zitternder Stimme und sah Ione fest an.

»Ach!«, murmelte Nydia mit leisem Schauer und schlug mechanisch ein paar sanfte Töne auf ihrer Laute an. Der Klang passte zu dem Frieden über den Wassern und zu der Sonnenstille des Mittags.

»Spiel uns etwas vor, Nydia«, sagte Glaucus, »spiel und sing dazu eines deiner alten thessalischen Lieder, ob es nun um Magie geht oder nicht, doch lass es wenigstens von Liebe handeln.«

»Von Liebe?«, wiederholte Nydia und schlug die großen, umherirrenden Augen auf, die alle, die hineinblickten, mit einem Gemisch aus Furcht und Mitleid erfüllten. Man konnte sich nie an ihren Anblick gewöhnen; es war zu seltsam, dass diese dunklen, wilden Sterne den Tag nicht sehen sollten. Bald starrten sie tief und geheimnisvoll vor sich hin, bald rollten sie unstet hin und her, und wenn man ihnen dann begegnete, hatte man die gleiche, unheimliche, halb unnatürliche Empfindung wie in Gesellschaft eines jener Wahnsinnigen, deren Leben äußerlich dem unseren gleicht, die aber noch ein ganz anderes, unerforschliches, ungeahntes Leben innerhalb des uns sichtbaren führen.

»Und ich soll also von Liebe singen?«, fragte sie und heftete diese Augen auf Glaucus.

»Ja«, antwortete er und sah zu Boden.

Sie machte sich ein wenig von Iones Arm los, der sie noch immer umfangen hielt, als ob diese zarte Umschlingung ihr hinderlich sei, stellte das leichte, zierliche Instrument auf ihre Knie und sang nach einem kurzen Vorspiel folgendes Lied:

NYDIAS LIEBESLIED

I

Luft und Lichtstrahl liebt die Rose,
Und die Rose liebt das Licht;
Denn wer liebt die Heimatlose,
Und wer liebt die Sonne nicht?

2

Niemand weiß, wohin sich stehle,
Die des Himmels Hauch verjagt;
Niemand weiß, dass eine Seele
Aus des Lüftchens Seufzern klagt.

3

Sel'ger Strahl, du kannst bekunden
Deiner Liebe helle Glut,
Hast die Botin schnell gefunden
In des Lichtes Flut.

4

Aber welch willkommnes Zeichen
Folgt des Lüftchens Aufgebot?
Leis nur kann's zur Rose schleichen –
Sein Erweis ist – Tod.

»Du singst ein trauriges Lied, süßes Kind«, sagte Glaucus, »doch du bist jung und hast ja bis jetzt nur den dunklen Schatten der Liebe gefühlt. Ein ganz anderes Gefühl der Begeisterung aber erweckt die Liebe, wenn sie uns in ihrem vollen Himmelsglanz aufgeht.«

»Ich singe, wie ich es gelernt habe«, antwortete Nydia seufzend.

»Dann hat wohl dein Lehrer unglücklich geliebt. Versuch deine Hand an einer froheren Melodie. Doch nein, Mädchen, gib mir das Instrument.« Als Nydia gehorchte, berührte ihre Hand die seine, und bei dieser flüchtigen Berührung hob sich ihre Brust und färbte sich ihre Wange rot. Ione und Glaucus, ganz mit sich beschäftigt, bemerkten nicht diese seltsamen Zeichen einer vorzeitigen Leidenschaft, die ein Herz ergriff, das sich ohne jede Hoffnung in Träumen verzehrte.

Und nun dehnte sich vor ihnen jenes weite, blau schimmernde, friedliche Meer aus, herrlich wie in diesem Augenblick, wo ich es, siebzehn Jahrhunderte nach dieser Zeit, gegen dieselben göttlichen Gestade plätschern höre. Hier herrscht ein Klima, das uns wie ein Zauber der Kirke untätig macht, und unmerklich und geheimnisvoll in Harmonie mit sich selbst versetzt, so dass wir die Gedanken an harte Arbeit aufgeben, den Stimmen wilden Ehrgeizes das Ohr verschließen und von den Kämpfen und Stürmen des Lebens nichts mehr wissen wollen. Es erfüllt uns mit sanften, berückenden Träumen und macht unserer Natur das am unentbehrlichsten, was am wenigsten zum irdischen Leben gehört. Die Luft selbst flößt uns die Sehnsucht, den Durst nach Liebe ein. Wer dieses Wunderland besucht, glaubt die Erde und ihre grauen Sorgen hinter sich zu haben und durch das Elfenbeintor in das Land der Träume einzutreten. Die jungen, lachenden Horen der *Gegenwart,* diese lieblichen Kinder des Saturn, die der hungrige Vater sonst immer verschlingen möchte, scheinen hier vor seiner Gier sicher zu sein. Die Vergangenheit, die Zukunft sind vergessen; wir freuen uns nur des Augenblicks. Du Blume im Garten der Erde, du Quelle der Wonne, du schönster Teil des schönen Italiens – herrliches, gesegnetes Kampanien! Töricht waren in der Tat die Titanen, wenn sie an diesem Fleck um einen andern Himmel kämpften. Wenn es Gott gefiele, dieses Werktagsleben in einen beständigen Feiertag zu verwandeln, wer würde sich nicht danach sehnen, für immer hier zu wohnen, hier wo man nichts verlangen, nichts zu hoffen, nichts zu fürchten hat, solange nur der heitere Himmel über uns ist, die schimmernde See unter uns sich ausdehnt, die laue Luft uns süße Botschaft von Veilchen und Orangen bringt und das Herz, nur einem Gefühl sich hingebend, nur für dieses eine schlagend, die Lippen und Augen finden kann, die ihm vorschmeicheln – Eitelkeit der Eitelkeiten! –, die Liebe könne der Gewohnheit trotzen und ewig sein.

Unter diesem Himmel, auf diesem Meer blickte der Athener in ein Antlitz, das eher einer Nymphe, einem Schutzgeist dieses Landes anzugehören schien als einem Menschen. Er weidete die Augen an den zarten Rosen dieser Wangen, in seinem Glück erhaben über alles Glück der Welt; er liebte und wusste sich wiedergeliebt.

Die Darstellung menschlicher Leidenschaften aus längst vergangener Zeit gewinnt eben durch den zeitlichen Abstand etwas Anziehendes. Wir fühlen gern in uns das Band, das weit zurückliegende Epochen miteinander verknüpft. Menschen, Völker, Bräuche gehen zugrunde: Die Liebe ist unsterblich! Sie ist das Mitgefühl, das von Geschlecht zu Geschlecht die Menschheit verbindet. Die Vergangenheit lebt wieder auf, wenn wir das betrachten, was ihr Herz bewegt hat, denn dasselbe lebt in unseren Herzen. Was gewesen ist, ist immer. Die Zaubergabe, die die Toten belebt, die den Staub vergessener Gräber auferweckt, liegt nicht in der Geschicklichkeit des Schriftstellers, sondern im Herzen der Leser.

Vergebens suchte Glaucus den Augen Iones zu begegnen. Er lieh mit sanfter, leiser Stimme seinen Gefühlen Worte in dem folgenden Lied, zu dem ihn glücklichere Gedanken begeisterten, als die, mit denen Nydia ihr Lied geschmückt hatte:

## DAS LIED VON GLAUCUS

1

Wie die Barke durchgleitet die leuchtende Glut
So wiegt sich das Herz mir in brennender Flut;
Verloren im Meere erzittert es nicht,
Strahlest du ihm doch hell aus der Tiefe Gesicht;
Still ist jetzt die Woge, jetzt stürmedurchweht,
Wie dein Lächeln, dein Seufzen drauf haucht;
Wie ein Sternpaar* erglänzt auf des Schiffers Gebet,
Mein Gott aus den Augen dir taucht.

2

Die Barke mag sinken in wolkiger Nacht,
Wenn Liebe als rettende Leuchte nicht wacht;
Wie dein Gruß und dein Wink durch die Wellen sich trägt,
Ist dein Zürnen der Sturm, der sie wirbelnd verschlägt.
Doch besser, sie sinkt, weil der Himmel noch klar,
Wenn später dein Herz mich vergisst!
Heißt leben beweinen, was einst es mir war:
O stürb ich bewusst, was es ist!

Als die letzten Worte des Liedes über der See verklungen waren, sah Ione auf. Ihr Blick begegnete dem des Geliebten. Glückliche Nydia! Glücklich in deinem Unglück warst du, dass du diesen Blick nicht sehen konntest, der so viel sagte, der das Auge zur Stimme der Seele machte und beteuerte, dass es niemals anders werden könne.

Aber obgleich die Thessalierin diesen Blick nicht sah, so ahnte sie dessen Bedeutung doch aus dem Schweigen und aus dem Seufzer der Liebenden. Sie drückte die Hände fest aufs Herz, als wollte sie jede Regung der Eifersucht unterdrücken. Dann sprach sie schnell, denn dieses Schweigen war ihr unerträglich:

»Dein Lied war aber auch nicht gerade sehr heiter, Glaucus.«

»Und doch wollte ich etwas Heiteres singen, als ich deine Laute ergriff. Vielleicht erlaubt uns das Glück noch nicht, heiter zu sein, meine Hübsche.«

»Wie sonderbar«, sagte Ione, um dem Gespräch, das wohl großen Reiz für sie hatte, ihr aber auch unangenehm war, eine Wendung zu geben, »seit einigen Tagen hängt diese Wolke beregungslos über dem Vesuv, aber sie ist nicht ganz ohne Bewegung, denn sie verändert manchmal ihre Gestalt. Jetzt erscheint sie mir wie ein Gigant, der den Arm weit über die Stadt ausstreckt. Kommt es dir nicht auch so vor, oder bilde ich mir das nur ein?«

»Schöne Ione, ich sehe es genau wie du. Die Gestalt ist verblüffend deutlich. Der Gigant scheint auf der Spitze des Berges zu sitzen; es ist, als ob die verschiedenen Schattierungen der Wolke ein weißes, fliegendes Gewand bildeten, das seine breiten Schultern und seine Brust umwallt. Er scheint mit festem Blick auf die Stadt herabzuschauen. Mit der einen Hand deutet er auf die schimmernden Straßen, die andere – erkennst du das auch? – reckt er zum Himmel empor. Er gleicht dem Geist eines gewaltigen Titanen, der um die schöne Welt trauert, die er verloren hat; er beklagt seine eigene Vergangenheit und scheint doch auch unsere Zukunft zu bedrohen.«

»Kann dieser Berg in Zusammenhang mit dem Erdbeben der letzten Nacht stehen? Man sagt, er habe in früheren, doch fast sagenhaften Zeiten, wie der Ätna heute noch, Feuer gespien. Vielleicht zucken und lodern die Flammen noch dort unten?«

»Das ist gut möglich«, sagte Glaucus nachdenklich.

»Du sagtest, du würdest nicht so leicht an Magie glauben«, fiel Nydia rasch ein. »Ich habe gehört, eine mächtige Zauberin wohne in den ausgebrannten Höhlen des Berges, und die Wolke dort ist vielleicht der undeutliche Schatten des bösen Geistes, mit dem sie sich bespricht.«

»Du steckst noch voll thessalischer Märchen«, sagte Glaucus, »und bist selbst eine seltsame Mischung von Vernunft und Aberglauben.«

»Im Finstern sind alle abergläubisch«, erwiderte Nydia. »Sag mir«, fügte sie nach kurzer Pause hinzu, »sag mir, Glaucus, ähneln sich alle, die schön sind? Du sollst schön sein und Ione auch. Habt ihr die gleichen Gesichter? Ich kann es mir nicht vorstellen, und doch müsste es so sein.«

»Denk dir doch nicht so etwas aus«, rief Glaucus lachend, »damit tust du Ione schmählich Unrecht. Wohl ähneln sich die Hässlichen und Schönen manchmal untereinander, doch ach, wir ähneln uns nicht! Iones Haar ist schwarz, meines blond. Iones Augen sind – welche Farbe haben deine Augen, Ione? Ich kann es nicht sehen, schau mich an! Sind sie schwarz? Nein, dazu sind sie zu sanft. Sind sie blau? Nein, dazu sind sie zu tief. Sie wechseln mit jedem Sonnenstrahl, ich kann ihre Farbe nicht genau bestimmen. Meine aber, Nydia, sind grau und haben nur Licht, wenn Ione hineinblickt. Iones Wangen sind…«

»Ich verstehe kein Wort von deiner Beschreibung«, unterbrach Nydia ihn verdrießlich. »Ich verstehe nur, dass ihr einander nicht ähnlich seid und freue mich darüber.«

»Weshalb, Nydia?«, fragte Ione.

Nydia errötete leicht. »Weil ich mir euch beide immer verschieden vorgestellt habe«, antwortete sie kalt, »und man hört doch gern, dass man Recht hat.«

»Und wie hast du dir Glaucus vorgestellt?«, fragte Ione sanft. »Womit hast du ihn im Geist verglichen?«

»Mit Musik«, antwortete Nydia und schlug die Augen nieder.

»Da hast du Recht«, sagte Ione.

»Und welchen Vergleich hast du für Ione gefunden?«, fragte Glaucus.

»Das kann ich noch nicht sagen«, antwortete die Blinde. »Ich kenne sie noch nicht lange genug, um ein Gleichnis dafür zu finden, wie ich sie mir vorstelle.«

»Dann will ich es dir sagen«, rief Glaucus leidenschaftlich.

»Sie ist gleich der wärmenden Sonne, gleich der erfrischenden Welle.«

»Die Sonne versengt manchmal, und die Welle kann uns hinabziehen«, antwortete Nydia.

»So nimm diese Rosen«, sagte Glaucus, »ihr Duft möge dir eine Vorstellung von Ione geben.«

»Ach, die Rosen verwelken«, sagte Nydia schalkhaft.

Unter solchem Geplauder verging die Zeit. Die Liebenden gingen ganz in der Glückseligkeit ihrer Liebe auf, die Blinde aber fühlte nur die düstere Seite der Liebe: Qualen, Eifersucht und Enttäuschung.

Wie sie so dahinglitten, ergriff Glaucus noch einmal die Laute und entlockte ihren Saiten mit nachlässiger Hand ein so aus seinem Innersten kommendes, so freudig schönes Lied, dass selbst Nydia aus ihrer Träumerei erwachte und einen Ruf der Bewunderung ausstieß.

»Du siehst, mein Kind«, rief Glaucus, »ich kann den Charakter der Liebesmusik wieder zu Ehren bringen, und ich hatte Unrecht, als ich sagte, vollkommenes Glück lasse keine völlige Heiterkeit zu. Lausche, Nydia! Lausche, teure Ione und hört:

### DIE GEBURT DER LIEBE*

I

Wie ein Stern aus Wolkentrübe,
Wie aus dunklem Schlaf ein Traum,
Stieg die gottgewordne Liebe
Aus der Wundertiefe Schaum.
Über Zyperns feuchte Matten
Lächelten die Himmel leis,
Und durchs grüne Herz der Schatten
Braust' der Sturm des Lebensmai's,
Der mit freudiger Gebärde
Sprang vom Schoß der sel'gen Erde.
  Heil, hohes Fest!

Ihres Abgrunds Wogenfülle
Und des Himmels höchster Gurt,
Fühlten dich in ihrer Stille,
Holde, junge Weltgeburt.
West, zarter West,
Mit der Heimat Silberflocken
Hast du sanft sie hergewiegt,*
Schmeichelnd jetzt den goldnen Locken,
Jetzt zur warmen Brust geschmiegt;
Und des Jahres schnelle Horen
Harrten ihrer grußbereit;
Die der Erde, neu geboren,
Ist zur Königin geweiht!

2

Seht sie in der Muschel Kreise
Knien, von der Flut gelenkt,
In das wogende Gehäuse
Eine Perle eingesenkt;
Sehet von der Muschel Rosen
Wang und Brust ihr angehaucht:
Und den Leib, den hüllenlosen,
In Erröten eingetaucht:
Seht sie langsam, leise schwimmen
Durch der Wogen freud'gen Fluss,
Hört das Licht mit tausend Stimmen
Bieten seinem Kind den Gruß.
Heil!
Wir sind dein auf jedem Pfad,
Nicht ein Blättchen am Gestad,
Keine Welle in der Flut,
Kein süßes Ach,
So weit der Sterne Dach,
Worauf deine Weihe nicht ruht.

*Die dem Meer entsteigende Venus.*

3

Und jetzt, wenn meine Blicke saugen,
Geliebte, deiner Himmel Licht,
So seh ich, dass aus deinen Augen
Die Heilige von neuem bricht.
Die Wimpern sind der Muschel Zelle,
Worin die junge Liebe schwebt,
Und vom Geheimnis in die Helle
Des Tags errötend sich erhebt.
　Glück, ew'ges Glück!
Sie kommt, wie aus des Meeres Fluten
In meiner Seele süße Gluten
Aus deinem Blick!
Sie kommt, wie aus des Meeres Fluten
In meiner Seele süße Gluten
　Glück, ew'ges Glück!

## KAPITEL III

### DIE GEMEINDE.

Gefolgt von Apaecides hatte der Nazarener das Ufer des Sarnus erreicht. Dieser Fluss – jetzt nur ein kleiner Bach, doch damals strömte er munter dem Meer zu –, war mit zahllosen Booten bedeckt, und in seinen Wellen spiegelten sich die Gärten, Weinberge und Tempel Pompejis wider. Olinthus bog zum belebteren Teil des Ufers ab und schlug einen Fußweg ein, der sich wenige Schritte vom Fluss entfernt zwischen schattigen Baumpflanzungen hinschlängelte. Am Abend war dies der Lieblingsspazierweg der Pompejaner, doch während der heißen und geschäftigen Stunden des Tages wurde die Stelle nur wenig aufgesucht, ausgenommen von Kindern, die spielen, von Dichtern, die sich ihren Gedanken hingeben, oder von Philosophen, die ungestört ein Streitgespräch führen wollten. An der vom Ufer am weitesten abgelegenen Stelle löste dichter Buchsbaum das zartere Laubwerk ab und war durch die Gartenschere zu allerlei bizarren Formen zurechtgeschnitten worden. Manche Sträucher sahen aus wie Faune und Satyrn, manchmal bildeten sie Miniaturen ägyptischer Pyramiden, andere wieder setzten in einzelnen Buchstaben den Namen eines beliebten oder berühmten Bürgers zusammen. Der schlechte Geschmack ist also ebenso alt wie der gute, und die Handelsherren, die vor hundert Jahren in Hackney oder Paddington ihre Ruhesitze hatten, ahnten wohl kaum etwas davon, dass sie für die Mode, Taxus und Buchsbaum skulpturenförmig zurechtzustutzen, in den Gärten von Pompeji oder in den Villen des anspruchsvollen Plinius die Vorbilder hätten finden können.

Dieser Spazierweg war jetzt, wo die Mittagssonne senkrecht durch die ausgedörrten Blätter fiel, fast ganz verlassen. Nur Olinthus und der Priester belebten die Einsamkeit. Sie setzten sich auf eine der Bänke, die hier und da zwischen den Bäumen standen. Vom Fluss wehte träge ein laues Lüftchen herüber, die Wellen spielten und schimmerten vor ihnen. Die beiden Männer waren ein seltsames Paar: der Jünger des jüngsten Glaubens und ein Anhänger des ältesten Kults der Erde!

»Seit du mich so hastig verlassen hast«, fragte Olinthus, »bist du da glücklich gewesen? Hat dein Herz unter diesem Priestergewand Zufriedenheit gefunden? Hast du, den es noch immer nach Gottes Stimme verlangt, etwa seinen tröstlichen Zuruf in den Orakeln der Isis vernommen? Dieser Seufzer, dieses abgewandte Gesicht geben mir die Antwort, die meine Seele ahnte.«

»Ach«, antwortete Apaecides, »du hast einen unglücklichen, zerrissenen Menschen vor dir. Von Kindheit auf habe ich den Traum von der Tugend angebetet, ich beneidete die Heiligkeit der Männer, die in Höhlen und einsamen Tempeln der Gemeinschaft mit überirdischen Wesen gewürdigt wurden; meine Tage vergingen in fieberhafter, unbestimmter Sehnsucht, meine Nächte unter trügerischen, doch feierlichen Visionen. Verführt durch die mystischen Versprechungen eines Betrügers, nahm ich dieses Priesterkleid, und nun ist mein Inneres, meine ganze Natur empört und angewidert, das gestehe ich dir ganz offen, von dem, was ich gesehen, woran teilzunehmen ich gezwungen worden bin. Die Wahrheit suchte ich – ein Diener der Lüge bin ich geworden. Am letzten Abend, als ich dir begegnete, hatte derselbe Betrüger, den ich bereits besser hätte kennen sollen, mich durch neue Hoffnungen verführt. Ich habe … aber egal, genug davon! Ich will nur sagen, ich habe der Übereilung und dem Leichtsinn den Meineid und die Sünde hinzugefügt. Für immer ist mir der Schleier von den Augen gefallen. In dem Mann, den ich wie einen Halbgott verehrte, habe ich ein Scheusal erkannt. Die Erde verfinsterte sich vor meinen Blicken, ich bin in den tiefsten Abgrund des Chaos versunken, ich weiß nicht, ob es noch Götter über uns gibt, ob wir ein Spiel des Zufalls sind, ob uns jenseits dieser beschränkten, jämmerlichen Gegenwart ewige Vernichtung oder ewiges Leben winkt. Weihe mich deshalb in deinen Glauben ein und entwirre meine Zweifel, wenn du dazu tatsächlich die Macht hast.«

»Mich wundert es nicht«, erwiderte der Nazarener, »dass du dem Irrtum und Zweifel anheim gefallen bist. Vor achtzig Jahren hatten die Menschen auch noch keine Gewissheit von Gott oder eine sichere Zukunft jenseits des Grabes. Eine neue Ordnung ist denen verkündigt worden, die Ohren haben zu hören; ein Himmel, ein wahrer Olymp tut sich vor denen auf, die Augen haben zu sehen. So höre und sieh!«

Mit all der Inbrunst eines Mannes, der selbst von dem lebendigen Glauben und Bekehrungseifer beseelt ist, verkündigte der Nazarener dem jungen Mann die Verheißungen der Heiligen Schrift. Mit Tränen in den Augen erzählte er zuerst von den Leiden und Wundern Christi, dann schilderte er die Himmelfahrt des Heilands und sprach schließlich von den sicheren Verheißungen der Auferstehung. Er beschrieb in den lebhaftesten Farben die reinen, geistigen Freuden des Himmels, die den Tugendhaften zuteil würden, die Martern und Qualen der Hölle, welche die Lasterhaften erwarteten.

Zweifel, wie sie von späteren Denkern erhoben wurden wegen der Unermesslichkeit des Opfers, das Gott der Menschheit gebracht hatte, kamen in jenen frühesten Zeiten keinem Heiden in den Sinn. Diese waren daran gewöhnt, von ihren Göttern zu glauben, dass sie auf der Erde gehaust, Menschengestalt angenommen, menschliche Leidenschaften, Mühen und Schicksale geteilt hatten. Was waren die zwölf Arbeiten des Sohnes der Alkmena, Herkules, dem jetzt in zahllosen Städten Altäre rauchten, anders als Wohltaten für das Menschengeschlecht? Hatte nicht der große dorische Apollo eine mystische Sünde dadurch gesühnt, dass er in das Grab stieg? Die Götter des Himmels waren Gesetzgeber und Wohltäter auf der Erde gewesen, und die Dankbarkeit hatte zur Anbetung geführt. Dem Heiden erschien daher die Lehre weder neu noch fremdartig, dass Christus vom Himmel gesandt worden war, dass ein Unsterblicher Sterblichkeit angenommen und die Bitternis des Todes gekostet hatte. Und der Zweck, um dessen willen er dies alles getan und erduldet hatte, um wie viel glorreicher erschien er dem Apaecides, als all das, wofür die alten Götter die Erdenwelt aufgesucht und durch die Pforten des Todes gegangen waren! War es nicht eines Gottes würdig, in diese umdüsterten Täler hinabzusteigen, die Nebel zu zerteilen, die den finsteren Berg dort drüben umlagerten, die Zweifelsfragen der Weisen zu beantworten, die Ahnung in Gewissheit zu verwandeln, durch eigenes Beispiel ein Vorbild des Lebens zu geben, durch Offenbarung die Rätsel des Todes zu lösen und zu beweisen, dass die Sehnsucht der Seele nach Unsterblichkeit kein leerer Wahn ist? Genau das war das wichtigste Argument jener demütigen Männer, die berufen waren, die Welt zu bekehren. Dem Stolz und der Hoffnung des Menschen schmeichelt nichts so sehr, als wenn er seinem Leben – sei es auch noch so nichtig – eine ewige Dauer gesichert weiß. Die Lehren der heidnischen Weisen über diesen mystischen Punkt waren aber verworren und ungenügend. Apaecides hatte bereits gelernt, dass der Glaube der Philosophen nicht derjenige der großen Herde war; dass, wenn sie im Geheimen auch an eine göttliche Macht glaubten, dieser Glaube doch nicht der gleiche war, den sie der Allgemeinheit einzuflößen für gut befanden. Ebenso hatte er auch schon erfahren, dass die Priester selbst das belächelten, was sie dem Volk predigten, dass die Meinungen der Wenigen und der Vielen sehr verschieden waren. Bei diesem neuen Glauben aber schienen Philosophen, Priester und Volk, die Erklärer der Religion und die Nachbeter, in vollem Einvernehmen zu stehen. Sie grübelten und stritten nicht über Unsterblichkeit, sie sprachen davon als von etwas Sicherem und Feststehendem. Die Großartigkeit der Verheißung blendete Apaecides, die darin enthaltenen Tröstungen beruhigten ihn. So machte denn auch das Christentum seine ersten Bekehrungen unter Sündern. Die Kirchenväter und Märtyrer waren vielfach Männer, die die Bitternis des Lasters an sich selbst erfahren hatten und sich deshalb künftig nicht mehr durch das Scheinbild des Genusses vom strengen, entsagungsvollen Pfad der Tugend abbringen ließen. All die Zusicherungen dieses heilenden Glaubens luden zur Buße ein und waren besonders wunden, kranken Gemütern willkommen. Die aufrichtigen Gewissensbisse, die Apaecides wegen seiner letzten Ausschweifungen empfand, erweckten in ihm eine Neigung für denjenigen, der in diesem Gefühl der Zerknirschung eine gewisse Heiligkeit erblickte und ihm leise von der Freude erzählte, die im Himmel über einen reuigen Sünder herrsche.

»Komm«, sagte der Nazarener, als er die Wirkung bemerkte, die er hervorgebracht hatte, »komm mit in die bescheidene

Halle, in der wir uns versammeln, ein auserwähltes Häuflein des Herrn. Hör dir dort unsere Gebete an, sieh unsere von Herzen kommenden Tränen und nimm teil an unseren Opfern, bei denen wir keine Tiere schlachten und keine Blumengewinde niederlegen, sondern nur unsere reinen Gedanken auf dem Altar eines gottgefälligen Herzens darbieten. Die Blumen, die wir opfern, sind unvergänglich; ja sie blühen noch, wenn wir nicht mehr sind, sie begleiten uns übers Grab hinaus, sie sprießen unter unseren Füßen im Himmel, sie erquicken uns mit ewigem Duft, denn sie sind Blumen der Seele, sie haben dieselbe Natur wie diese. Überwundene Versuchungen und bereute Sünden sind unsere Opfer. Komm doch, komm! Verlier keinen Augenblick mehr, bereite dich zu der großen, feierlichen Wallfahrt vom Dunkel zum Licht, von Trübsal zur Freude, vom Verderben zur ewigen Seligkeit! Heute ist der Tag des Herrn, ein Tag, den wir immer der Andacht weihen. Obgleich wir uns gewöhnlich nachts versammeln, so sind doch einige von uns auch jetzt beieinander. Welche Freude, welcher Triumph für uns alle, wenn wir ein verirrtes Lamm zur heiligen Herde führen können!«

Für Apaecides mit seinem reinen Herzen lag in dem Bekehrungseifer des Olinthus, der sein Glück nur darin fand, andere glücklich zu machen, der nur deshalb Umgang suchte, um seinen Mitmenschen das ewige Leben zu gewinnen, etwas unsagbar Edles und Wohlwollendes. Er fühlte sich gerührt, besänftigt und überwunden. Er war in einer Stimmung, dass er unmöglich allein bleiben konnte. Und auch Neugier mischte sich in die reineren Regungen. Er wollte den Gottesdienst kennen lernen, über den so viele dunkle, sich widersprechende Gerüchte umgingen. Einen Augenblick zögerte er, sah auf sein Gewand, dachte an Arbakes, schauderte vor Abscheu und blickte zu der freien Stirn des Nazareners auf. Der sah ihn gespannt, aufmerksam, fast angstvoll an. War diesem Mann wirklich nur um sein Wohl, um sein Seelenheil zu tun? fragte er sich, und dann schlug er den Mantel um sich, um sein Kleid ganz zu verbergen und sagte: »Geh voran! Ich folge dir.«

Olinthus drückte ihm freudig die Hand. Dann stiegen sie zum Ufer hinab und riefen eines der ständig dort verkehrenden Boote herbei. Sie nahmen darin Platz. Eine Plane, die vor den Sonnenstrahlen schützte, sicherte sie auch vor zudringlichen Blicken. Rasch glitten sie über die Wellen. Aus einer der Barken, die an ihnen vorüberfuhr, erklang sanfte Musik, und ihr Bug war mit Blumen geschmückt. Sie steuerte dem Meer zu.

»So segeln«, sagte Olinthus traurig, »ahnungslos und lustig in ihren Trugleben die dem Genuss Ergebenen dem großen Ozean der Stürme und Schiffbrüche zu. Wir fahren schweigend und unbeachtet an ihnen vorüber, um das Land zu erreichen.«

Apaecides sah auf und erkannte durch eine Öffnung in der Plane ein Gesicht in dem vorübergleitenden Kahn: das Gesicht Iones. Die Liebenden hatten eben das Fahrzeug bestiegen, um den Ausflug zu unternehmen, dessen Zeugen wir gewesen sind. Der Priester seufzte und sank auf seinen Sitz zurück. Sie erreichten das Ufer an einer Stelle der Vorstadt, wo sich eine Reihe niedriger Häuschen hinzog. Hier stiegen sie an Land. Olinthus ging durch das Labyrinth von Gässchen voran und führte den Priester zu der verschlossenen Tür einer Behausung, die ein wenig größer war als die benachbarten. Er klopfte dreimal, die Tür ging auf und schloss sich wieder, sobald Apaecides seinem Führer über die Schwelle gefolgt war.

Sie schritten durch ein verlassenes Atrium und erreichten ein kleines Zimmer, das, nachdem die Tür geschlossen worden war, nur durch ein über dieser angebrachtes Oberlicht erhellt wurde. An der Schwelle dieser Kammer war Olinthus stehen geblieben, hatte wiederum dreimal geklopft und gerufen: »Friede sei mit euch!« Eine Stimme von innen hatte geantwortet: »Friede mit wem?« – »Mit den Gläubigen!«, antwortete Olinthus, und darauf ging die Tür auf. Zwölf oder vierzehn Personen saßen drinnen im Halbkreis, schweigend, anscheinend in Gedanken versunken, und ein roh aus Holz geschnitztes Kruzifix stand vor ihnen.

Als Olinthus eintrat, sahen sie auf, doch keiner sprach. Der Nazarener selbst kniete, ehe er sie anredete, nieder, bewegte die Lippen und richtete den Blick auf das Kruzifix, woran Apaecides erkannte, dass er betete. Nachdem diese Zeremonie vollzogen war, wandte Olinthus sich an die Versammelten: »Männer und Brüder«, sagte er, »erschreckt nicht, dass ihr einen Isispriester unter euch seht; er hat bei den Blinden geweilt, doch der Heilige Geist ist über ihn gekommen: Er sehnt sich danach zu sehen, zu hören und zu verstehen.«

»Das möge er tun«, sagte einer aus der Versammlung, und Apaecides gewahrte in dem, der diese Worte gesprochen hatte, einen Mann, der noch jünger war als er; er hatte gleich ihm ein abgezehrtes, blasses Gesicht und tief liegende Augen, worin man die ruhelose, stürmische Arbeit eines nimmer rastenden Geistes erkannte.

»Das möge er tun«, wiederholte eine andere Stimme, und der, der jetzt sprach, stand in der Blüte der Mannesjahre. An seiner bronzenen Haut und den asiatischen Zügen erkannte man den Sohn Syriens. Er war in der Jugend ein Räuber gewesen.

»Das möge er tun«, sagte eine dritte Stimme. Der Priester sah sich wieder zu dem Sprechenden um und erblickte einen Alten mit langem grauen Bart, einen ihm bekannten Sklaven des reichen Diomed.

»Das möge er tun«, wiederholten einstimmig die übrigen Männer, die bis auf zwei den unteren Klassen angehörten. Diese zwei kannte Apaecides ebenfalls: Einer war ein Offizier von der Garde, der andere ein Kaufmann aus Alexandria.

»Wir verpflichten dich nicht zur Verschwiegenheit«, begann Olinthus. »Wir fordern keinen Eid von dir aus Furcht vor Verrat, wie einige unserer schwächeren Brüder es vielleicht tun möchten. Es gibt allerdings kein eigentliches Gesetz gegen uns, doch die Menge, die noch grausamer ist als ihre Beherrscher, dürstet nach unserem Leben. So war es, als Pilatus mit seinem Urteil zögerte; da war es das *Volk,* das schrie: ›Kreuzige ihn!‹ Wir aber machen dich nicht für unsere Sicherheit verantwortlich, nein, verrate uns getrost der Menge, klage uns an, verleumde uns, wir fürchten den Tod nicht; wir würden frohen Mutes in die Höhle des Löwen schreiten oder uns ans Kreuz schlagen lassen. Die Finsternis des Grabes schreckt uns nicht, denn was dem Verbrecher der Tod ist, das ist dem Christen ewige Seligkeit!«

Ein leises Murmeln des Beifalls lief durch die Versammlung.

»Du kommst zu uns als ein Prüfender, mögest du als Bekehrter bei uns bleiben! Unsere Religion? Das Kreuz da ist unser einziges Sinnbild, und jene Schriftrolle enthält alle Geheimnisse unseres Caere, unseres Eleusis. Unsere Sittenlehre? Sie besteht in unserer Lebensweise. Wir alle waren Sünder. Wer kann uns noch eines Verbrechens bezichtigen, wo wir uns selbst durch die Taufe von der Vergangenheit getrennt haben. Tritt näher heran, Medon«, und er winkte dem alten Sklaven, der als Dritter für die Aufnahme von Apaecides gesprochen hatte, »du bist der Einzige unter uns, der kein freier Mann ist. Doch im Himmel werden die Letzten die Ersten sein, und so auch bei uns. Entfalte die Rolle, lies vor und erkläre!«

Für uns würde es ohne Nutzen sein, Medons Lesung oder den Kommentaren der Gemeinde beizuwohnen. Die damals fremde, neue Lehre ist uns bestens vertraut. Nach achtzehn Jahrhunderten, die seitdem vergangen sind, bleibt nur wenig zur Erläuterung der Heiligen Schrift und des Lebens Jesu nachzutragen. Auch würden wir wenig in den Zweifeln eines heidnischen Priesters und wenig Gelehrsamkeit in den Antworten finden, die ihm von ungebildeten, einfachen Männern gegeben wurden, deren einziges Wissen schließlich darin bestand, dass sie durch ihren Glauben größer waren, als sie schienen.

Ein Ereignis aber machte auf den Neapolitaner tiefen Eindruck. Als die Vorlesung beendet war, wurde ganz leise an die Tür geklopft. Das Losungswort wurde gegeben, man öffnete, und herein traten zwei schüchterne Kinder, von denen das ältere sieben Jahre zählen mochte. Sie gehörten dem Herrn des Hauses, der auch unter der Versammlung war, eben jener finstere, verwegene Syrier, der eine Jugend in Raub und Blutvergießen zugebracht hatte. Der Älteste der Versammlung, der alte Sklave, empfing sie mit offenen Armen; sie eilten zu ihm hin, hängten sich an seinen Hals, und die gerunzelte Stirn des Greises erheiterte sich, als er sie liebkoste. Und die harten, heißblütigen Männer, die in Lasterhaftigkeit aufgewachsen waren, die der raue Sturm des Lebens umweht hatte – Männer von eiserner Tapferkeit, gerüstet, der Welt entgegenzutreten, vorbereitet auf Folter und Tod – diese Männer, die allen erdenklichen Gegensatz darstellten zu den weichen Gemütern, den leichten Herzen, der zarten Zerbrechlichkeit von Kindern, umringten nun die Kleinen. Und ihre rauen Stirnen glätteten sich, auf ihren bärtigen Lippen lag ein herzliches, liebevolles Lächeln. Dann öffnete der Alte die Rolle und ließ die Kinder das Gebet nachsprechen, das wir noch immer an Gott richten und noch immer unsere Kinder lehren. Er sprach zu ihnen in einfachen Worten von der Liebe des Herrn zu den Kleinen, und wie nicht ein Sperling falle, ohne dass sein Auge es sehe. Diese liebliche Sitte, die Kinder in die Lehre des Christentums einzuweihen, war lange in den Anfangszeiten der Kirche üblich, zum Gedächtnis an die Worte des Heilands: »Lasset die Kindlein zu mir kommen und wehret ihnen nicht.« Auf ihr beruhte vielleicht auch die abergläubische Verleumdung, die den Nazarenern jenes Verbrechen zuschrieb, das diese, nachdem sie obsiegt hatten, wiederum den Juden zuschrieben, nämlich den Brauch, Kinder zu fangen und dann unter schrecklichen Zeremonien abzuschlachten.

Und ihr ernster Vater, der reuige Übeltäter, schien sich in der Unschuld seiner Kinder selbst in seine früheste Jugend zurückversetzt zu fühlen, in jene Zeit des Lebens, die die Sünde noch nicht kannte. Mit innigem Blick folgte er der Bewegung ihrer Lippen. Er lächelte, als sie mit scheuen, ehrfürchtigen Blicken die heiligen Worte nachsprachen, und als dieser kurze Unterricht vorüber war und sie losgelassen wurden, liefen sie fröhlich an seine Knie; er drückte sie an die Brust und küsste sie wieder und wieder. Tränen rannen ihm über die Wangen, Tränen, deren Quelle aufzufinden unmöglich gewesen wäre, so innig vermischten sich darin Freude und Schmerz, Buße und Hoffnung, Reue um seiner selbst willen und Liebe zu den Kindern.

Es lag, wie gesagt, in dieser Szene etwas, das Apaecides besonders zu Herzen ging, und man hätte sich wirklich auch kaum eine Zeremonie vorstellen können, die besser zu der Religion der Barmherzigkeit gepasst, die eindringlicher die schlichten Gefühle angeregt oder wirksamer die weichsten Saiten der Menschenbrust angeschlagen hätte.

Jetzt öffnete sich sanft eine Innentür, und ein hochbetagter Mann betrat, auf einen Stab gestützt, das Zimmer. Bei seinem Erscheinen erhoben sich alle, und auf eines jeden Gesicht las man den Ausdruck größter Hochachtung. Als Apaecides den Greis ansah, fühlte er sich in unwiderstehlicher Sympathie zu ihm hingezogen. In dieses fromme, heitere Gesicht hatte noch niemand ohne freudige Rührung geblickt, denn ihm war einst das Lächeln der Gottheit, der Verkörperung göttlicher Liebe zuteil geworden, und die Glorie dieses Lächelns war niemals von ihm gewichen.

»Gott sei mit euch, meine Kinder«, rief der Alte, die Arme ausbreitend, und die Kleinen sprangen ihm entgegen. Er setzte sich, und liebkosend schmiegten sie sich an seine Brust. Dieses Beisammensein der beiden Lebensenden – der aus den jungen Quellen sprudelnden Flüsse und des majestätisch zum Ozean der Ewigkeit gleitenden Stroms – war ein wunderschöner Anblick. Wie das Licht des scheidenden Tages Himmel und Erde ineinander verschwimmen lässt, so dass man die Konturen der Berge von denen der Wolken nicht unterscheiden kann, so schien das Lächeln des gesegneten Alters einen heiligen Schein über die Versammlung zu breiten, die scharfen Unterschiede des Alters zu verwischen und über Kindheit und Mannheit jenes Himmelslicht auszugießen, in dem es sobald nun aufgehen und sich verlieren sollte.

»Vater«, sagte Olinthus, »du, an dessen Leib das Wunder des Erlösers gewirkt hat, du, der dem Grabe entrissen ward, um ein lebendiger Zeuge seiner Barmherzigkeit und Macht zu sein, sieh diesen Fremden in unserer Versammlung: ein neues Lamm, das zur Herde gefunden hat.«

»Lasst mich ihn segnen«, sagte der Greis. Die Anwesenden machten Platz. Apaecides näherte sich instinktiv und fiel vor ihm auf die Knie; der Greis legte die Hand auf den Kopf des Priesters und segnete ihn mit leiser Stimme. Während seine Lippen sich bewegten, waren seine Augen nach oben gewandt, und Tränen – Tränen, wie sie nur gute Menschen in der Hoffnung auf das Glück eines andern vergießen – rannen über seine Wangen.

Die Kinder standen zu beiden Seiten des Bekehrten; sein Herz war nun wie das ihrige, er war gewissermaßen zum Kind geworden. Er zählte nun zu jenen, von denen die Bibel sagt: Ihrer ist das Himmelreich.

## KAPITEL IV

### DER STROM DER LIEBE FLIESST WEITER – WOHIN?

Für die Liebe junger Menschen sind die Tage wie Jahre, wenn keine Schranke, kein Hindernis zwischen ihren Herzen steht, wenn die Sonne scheint und der Strom der Liebe sanft dahinfließt, wenn ihre Liebe glücklich ist und sie sich zu ihr bekannt haben. Ione verbarg ihre Liebe nicht länger vor Glaucus, und sie sprachen von nichts anderem als von dieser ihrer Liebe. Über dem Rausch der Gegenwart leuchteten die Hoffnungen der Zukunft wie der Himmel über Frühlingsgärten. Ihre zuversichtlichen Gedanken fuhren auf dem Strom der Zeit weit hinab; sie breiteten den Plan der Zukunft vor sich aus; sie ließen das Licht des Heute sich über das Morgen ergießen. Der Jugend ihrer Herzen schienen Sorge, Veränderung und Tod unbekannte Dinge zu sein. Vielleicht liebten sie sich umso inniger, weil der Zustand der Welt Glaucus kein anderes Ziel und keinen anderen Wunsch als die Liebe übrig ließ, weil die Ablenkungen, die in freien Staaten Geist und Gefühl eines Mannes in Anspruch nehmen, für den Athener nicht vorhanden waren, weil kein Vaterland ihn im Treiben des öffentlichen Lebens benötigte, weil der Ehrgeiz kein Gegengewicht gegen die Liebe abgab. Daher herrschte in all ihren Plänen und Entwürfen nur die Liebe. Mitten im Eisernen Zeitalter wähnten sie, noch im Goldenen zu leben, nur bestimmt zu leben und zu lieben.

Dem oberflächlichen Beobachter, der sich nur für scharf gezeichnete, grell gefärbte Charaktere interessiert, erscheint vielleicht unser Liebespaar zu flach, zu alltäglich. Bei Charakteren, deren Färbung absichtlich gedämpft gehalten wird, erblickt der Leser oftmals einen Mangel an Charakter, und vielleicht tue ich wirklich der wahren Natur dieser beiden Liebenden Unrecht, wenn ich ihre Individualität nicht nachdrücklicher zeichne. Aber indem ich so lange bei den Tagen ihres Glücks verweile, bedrückt mich, ohne dass ich es will, der Gedanke an das ganz andere Schicksal, das ihrer harrt und auf das sie so wenig vorbereitet sind. Diese ungetrübte Heiterkeit ihres Daseins steht in einem zu schroffen Gegensatz zu den Schicksalsschlägen ihrer Zukunft. Für die Eiche, die keine Frucht und Blüte hat und deren hartes, raues Herz gegen den Sturm gefeit ist, besteht weniger Furcht als für die zarten Zweige der Myrte oder die lachenden Trauben des Weins.

Man war jetzt schon weit im August, im nächsten Monat sollte die Vermählung gefeiert werden, und die Schwelle von Glaucus war bereits mit Girlanden geschmückt. Allabendlich brachte er vor Iones Tür ein Liebesopfer dar. Für seine flotten Genossen war er nun nicht mehr zu haben, er weilte stets bei Ione. Die Morgenstunden wurden mit Musik zugebracht, an den Abenden vermieden sie die überlaufenen Treffpunkte der Vergnügungslustigen und machten Wasserfahrten oder gingen auf den fruchtbaren, mit Wein bedeckten Gefilden spazieren, die am Fuße des unheilvollen Vesuvs lagen. Die Erde bebte nicht mehr; die fröhlichen Pompejaner begannen sogar bald die furchtbare Warnung des ihnen drohenden Unheils, die dadurch an sie ergangen war, zu vergessen. In der Eitelkeit seiner heidnischen Religion bildete Glaucus sich ein, dieses Beben sei nur ein ganz besonderer Eingriff der Götter gewesen, der weniger seinetwegen als zur Rettung Iones erfolgt sei. Er brachte Dankopfer in den Tempeln seines Glaubens dar und bekränzte selbst den Tempel der Isis. Was das Wunder des erglühenden und belebten Marmors betrifft, so schämte er sich der Wirkung, die es auf ihn gehabt hatte. Er führte es nun auf die Macht eines Menschen zurück, und das Ergebnis hatte ihn überzeugt, dass es kein Zeichen für den Zorn einer Gottheit gewesen war.

Von Arbakes hörten sie nur, dass er noch am Leben sei. Auf das Krankenlager geworfen, erholte er sich langsam von dem Schlag, der ihn getroffen hatte. Er ließ die Liebenden unbehelligt, doch nur, um über Stunde und Art seiner furchtbaren Rache zu brüten.

Sowohl am Morgen, im Haus Iones, wie am Abend, wenn sie Ausflüge machten, war Nydia ihre ständige, oft die einzige Begleiterin des Liebespaares. Sie hatten keine Ahnung von der Leidenschaft, von der die Thessalierin verzehrt wurde: Die Freimütigkeit, womit sie sich oft plötzlich in ihr Gespräch mischte, ihre launenhafte, oft verdrießliche Stimmung nahmen sie ihr nicht übel; sie erinnerten sich immer des Dienstes, den Nydia ihnen geleistet hatte, und vergaßen nie das Mitleid mit ihrem Gebrechen. Sie hegten vielleicht ein umso größeres und liebevolleres Interesse für sie, weil Nydias Natur so seltsam, so unberechenbar war, weil sie so absonderlich zwischen Leidenschaftlichkeit und Sanftmut hin und her schwankte, weil sie eine so eigentümliche Mischung von Unwissenheit und Geist, von Grobheit und Zartheit, von kindlichem Trotz und stolzer weiblicher Ruhe war. Obwohl sie die Freilassung stets zurückwies, ließ man ihr doch völlige Freiheit. Sie ging, wohin es ihr gefiel, und weder ihren Worten noch ihrem Tun wurde der geringste Zwang auferlegt. Sie fühlten für dieses Mädchen, dessen Los so furchtbar war und das die leichteste Wunde so tief empfand, dasselbe Mitleid, dieselbe Nachsicht wie eine Mutter für ein kränkliches, verhätscheltes Kind. Sie scheuten sich vor einem strengen Wort, selbst wo es für Nydia heilsam gewesen wäre. Sie benutzte diese Nachgiebigkeit, um sich die Begleitung des Sklaven zu verbitten, den Glaucus ihr zum Führer bestimmt hatte. Unbeschützt, wie früher nur von ihrem Stab geleitet, ging sie jetzt durch die belebten Straßen, und es schien fast ein Wunder, wie sie sich durch jede Menschenmenge durchschlängelte, wie sie allen Gefahren auswich und ihren umnachteten Weg durch die verschlungenen Straßen der Stadt fand. Ihre größte Freude aber war nach wie vor, das Gärtchen von Glaucus zu besuchen und die Blumen zu pflegen, die wenigstens ihre Liebe erwiderten. Oft betrat sie sein Zimmer und knüpfte ein Gespräch an, das sie jedoch fast jedes Mal plötzlich abbrach, denn jede Unterhaltung lief jetzt auf ein Thema hinaus: Ione. Und diesen Namen aus seinem Mund zu hören, schnitt ihr ins Herz. Oft bereute sie bitter den Dienst, den sie Ione geleistet hatte. Oft sagte sie zu sich selbst: »Wäre sie gefallen, so hätte Glaucus sie nicht länger lieben können.« Dann schlichen fürchterliche, finstere Gedanken in ihr Herz.

Als sie so edelmütig gehandelt hatte, da kannte sie die Prüfungen noch nicht, die ihr bevorstanden. Sie war vorher nie dabei gewesen, wenn Glaucus und Ione beieinander waren. Sie hatte noch nie gehört, dass seine Stimme, die so sanft klang, wenn er mit ihr sprach, noch viel sanfter war, wenn er mit der anderen redete. Als sie erfuhr, dass Glaucus liebte, hatte dieser Schock sie zuerst nur betäubt und betrübt. Nach und nach aber wurde die Eifersucht wilder und finsterer. Sie steigerte sich zum Hass und flüsterte von Rache. Das grüne Blatt am Zweig bewegt der Wind nur hin und her, aber das Blatt, das verdorrt und verwelkt am Boden gelegen hat, zertreten und misshandelt, bis der Saft und das Leben von ihm gegangen sind, das wirbelt er plötzlich hoch in die Luft, treibt es hierhin und dorthin, ohne Halt, ohne Rast. So führt die Liebe, die den Glücklichen und Hoffnungsvollen heimsucht, nur Erquickung auf ihren Schwingen, ihr Sturm ist nur ein Spiel. Aber das Herz, das von der Blüte des Lebens abgefallen ist, das ohne Hoffnung ist, das keinen Sommer in seinen Adern hat, das wird von demselben Wind, der seine Geschwister nur liebkost, davongerissen. Es hat ja keinen Zweig an den es sich klammern kann, es wird von Pfad zu Pfad getrieben, bis der Wind sich legt und das Blättlein für immer im grauen Straßenstaub vergeht.

Eine freudlose Kindheit hatte Nydias Charakter vorzeitig verhärtet. Vielleicht hatten die verhassten Szenen der Verworfenheit, zwischen denen sie, anscheinend davon unberührt, aufgewachsen war, doch ihre Leidenschaften zur Reife gebracht, wenn sie auch ihr keusches Herz nicht befleckten. Die Orgien bei Burbo mögen sie für den Moment nur angewidert, die Feste bei dem Ägypter sie nur entsetzt haben, aber die Winde, die spurlos über den Boden hinstreichen, lassen doch Samen darauf zurück. Da außerdem Finsternis die Phantasie begünstigt, so hatte vielleicht auch ihre Blindheit an sich schon dazu beigetragen, die Liebe des unglücklichen Mädchens mit wilden, fieberischen Visionen zu nähren. Glaucus' Stimme war die erste gewesen, deren Wohlklang ihrem Ohr schmeichelte; seine Güte machte tiefen Eindruck auf ihr Gemüt. Als er im vergangenen Jahr Pompeji verließ, bewahrte sie jedes Wort, das er mit ihr gesprochen hatte, getreu in ihrem Herzen; und als ihr irgendwer erzählte, dieser Freund und Gönner des armen Blumenmädchens sei der reichste und anmutigste junge Lebemann von ganz Pompeji, da war es für sie umso wohltuender, an ihn zurückzudenken. Selbst die Pflege seiner Blumen – ein Amt, das sie freiwillig übernahm – hielt das Andenken in ihrem Herzen lebendig; sie brachte ihn mit allem in Verbindung, was auf sie einen angenehmen Eindruck machte, und als sie sich geweigert hatte, ein Gleichnis für die Schönheit Iones zu nennen, lag der Grund vielleicht zum Teil auch darin, dass sie alles, was in ihrer Vorstellung schön und gut war, schon in Gedanken mit Glaucus verknüpft hatte. Wenn einer meiner Leser jemals in einem Alter liebte, das er jetzt belächeln möchte, in einem Alter, das der Vernunft die Phantasie voranstellte, so möge er uns nur sagen, ob diese Liebe in all ihrer seltsamen, komplizierten Zartheit nicht vor allen anderen und späteren Liebesbeziehungen ganz besonders zur Eifersucht geneigt gewesen sei. Ich frage nicht nach den Gründen, sondern stelle nur fest, dass es gewöhnlich so ist.

Bei Glaucus' Rückkehr nach Pompeji war Nydia um ein Jahr älter geworden. Dieses Jahr mit seiner Verlassenheit, mit seinen Schmerzen und Prüfungen hatte ihr Herz und ihren Geist weit entwickelt. Als der Athener sie ahnungslos an die Brust drückte, als er sie dem Gemüt wie den Jahren nach noch für ein Kind hielt, als er sie küsste und den Arm um ihre zitternde Gestalt schlang, da überkam es sie wie eine Offenbarung, dass die Gefühle, die sie so lange unschuldig gehegt hatte, Liebe waren. Das Schicksal wollte, dass Glaucus sie der Tyrannei entriss, dass sie in seinem Haus Obdach fand, dass sie – wenn auch nur für kurze Zeit – die gleiche Luft mit ihm atmete; und nun sah sie sich dazu verurteilt, im ersten Ansturm von tausend Hoffnungen, bei den ersten köstlichen Gefühlen eines überfließenden Herzens alsbald zu hören, er liebe eine andere, als Botin, als Mittlerin zu dieser anderen gesandt zu werden, mit einem Mal sich bewusst zu werden, dass sie dem nichts bedeutete, der für sie alles war, und dass sie ihm allezeit ein Nichts bleiben würde. Daran hatte ihr jugendliches Gemüt aber bisher noch gar nicht gedacht. Was Wunder, dass in ihrer wilden, leidenschaftlichen Seele alle Saiten misstönend klangen, dass, wenn sie auch ganz von Liebe erfüllt war, dies dennoch nicht jene Liebe war, die in sanften, heiligen Regungen ihren Urquell hat. Zuweilen fürchtete sie, Glaucus könne ihr Geheimnis entdecken; manchmal aber war sie entrüstet darüber, dass er *gar nichts* merkte. Sie sah darin ein Zeichen der Verachtung. Und doch, wie hätte er ahnen sollen, wie hoch sich ihre Gedanken verstiegen? Ihre Gefühle für Ione wechselten fast stündlich. Mal liebte sie sie, weil *er* sie liebte, mal hasste sie sie aus demselben Grund. Es gab Augenblicke, wo sie ihre ahnungslose Gebieterin hätte ermorden können, und gleich darauf wäre sie fähig gewesen, ihr Leben für sie hinzugeben. Diese heftigen Schwankungen der Leidenschaft waren zu aufreibend, um lange Zeit ertragen zu werden. Ihre Gesundheit litt darunter, obgleich sie es nicht merkte; ihre Wangen wurden blass, ihr Gang schwach, und ihre Augen flossen oft von Tränen über, die ihr jedoch keine Erleichterung gewährten.

Eines Morgens, als sie ihre gewöhnliche Arbeit im Garten des Atheners besorgte, fand sie Glaucus in der Säulenhalle des Peristyls in Gesellschaft eines Kaufmanns aus der Stadt; Glaucus suchte Juwelen für seine Braut aus. Er hatte bereits ihr Zimmer ausstatten lassen; die Schmucksachen, die er an diesem Tag kaufte, wurden auch dort niedergelegt. Das Schicksal wollte es allerdings, dass sie niemals die schöne Ione zieren sollten. Man kann sie noch heute unter den in Pompeji ausgegrabenen Kostbarkeiten im Museum von Neapel* besichtigen.

»Komm her, Nydia, stell die Blumenvase weg und komm her. Du musst diese Kette von mir annehmen; halt, so, ich hab sie dir umgelegt. Da, Servilius, steht sie ihr nicht gut?«

»Wundervoll!«, antwortete der Juwelier, denn Juweliere waren damals wie heute wohlerzogene Leute, die gern schmeichelten. »Doch lass erst einmal diese Diamanten in den Ohren Iones blitzen, *dann,* bei Bacchus, wirst du sehen, dass meine Kunst Schönheit noch zu erhöhen vermag.«

»Ione?«, wiederholte Nydia, die bis dahin unter Lächeln und Erröten die Gabe von Glaucus angenommen hatte.

»Ja«, erwiderte der Athener, nachlässig mit den Edelsteinen spielend, »ich suche ein Geschenk für Ione aus, doch finde ich keines, das ihrer würdig wäre.«

Diesen Worten folgte eine unvermutete Gebärde Nydias: Sie riss sich die Kette vom Hals und warf sie zu Boden.

»Was soll das? Nydia, gefällt dir der Tand nicht? Habe ich dich beleidigt?«

»Du behandelst mich immer wie eine Sklavin und ein Kind«, entgegnete die Thessalierin mit unterdrücktem Schluchzen und entfernte sich nach der entgegengesetzten Ecke des Gartens.

Glaucus dachte nicht daran, ihr zu folgen und sie zu beruhigen. Er fühlte sich gekränkt und fuhr fort, die Schmuckstücke zu prüfen, sprach über die Machart, lobte dies und tadelte jenes. Schließlich ließ er sich vom Juwelier überreden, alles zu kaufen: das sicherste Verfahren für einen Liebenden, welches zu befolgen jeder andere gut tun wird, vorausgesetzt, dass er dadurch eine Ione erobern kann.

Nachdem er den Handel abgeschlossen und den Kaufmann entlassen hatte, ging er in sein Zimmer, zog sich an, bestieg seinen Wagen und fuhr zu Ione. Er dachte nicht mehr an die Blinde, noch an deren Kränkung.

Den Vormittag verbrachte er bei der schönen Neapolitanerin. Dann besuchte er die Bäder, speiste allein und außer Haus zu Abend (falls wir, wie bereits früher erwähnt, die um drei Uhr nachmittags stattfindende *Coena* der Römer mit Abendessen übersetzen dürfen), und kehrte dann nach Hause zurück, um sich noch einmal umzuziehen, ehe er wieder zu Ione ging. Versunken in Träumerei und zerstreut, wie eben ein Verliebter zu sein pflegt, schritt er durch das Peristyl, ohne die arme Blinde zu beachten, die noch an derselben Stelle, wo er sie verlassen hatte, in gebeugter Haltung dasaß. Doch obwohl er sie nicht sah, so erkannte ihr Ohr sogleich seinen Schritt. Sie hatte die Minuten bis zu seiner Wiederkehr gezählt. Kaum war er in sein Lieblingszimmer getreten, das auf das Peristyl hinausführte, und hatte sich nachdenklich auf ein Polster niedergelassen, da fühlte er, dass jemand zaghaft sein Gewand berührte. Er wandte sich um und erblickte Nydia, die vor ihm kniete und ihm eine Hand voll Blumen entgegenstreckte, ein passendes, zart fühlendes Friedensangebot. Ihre Augen, die in ihrer Nacht zu ihm emporgerichtet waren, flossen von Tränen über.

»Ich hab dich gekränkt«, sagte sie schluchzend, »und das zum ersten Mal. Ich möchte lieber sterben als dir einen Augenblick wehtun. Sag, dass du mir vergibst. Schau, ich habe die Kette aufgehoben und umgelegt. Ich will mich nie von ihr trennen, sie ist doch ein Geschenk von dir.«

»Liebe Nydia«, sagte Glaucus, richtete sie auf und küsste sie auf die Stirn, »denk nicht mehr daran. Aber weshalb wurdest du plötzlich so unwirsch, mein Kind? Ich konnte keinen Grund dafür finden.«

»Frag nicht danach!«, sagte sie, heftig errötend. »Ich bin ein garstiges, launenhaftes Ding. Du weißt ja, nur ein Kind, du sagst es so oft. Kann man von einem Kind verlangen, dass es bei jeder Dummheit seine Gründe hat?«

»Aber Hübscheste, du wirst bald kein Kind mehr sein, und wenn du willst, dass wir dich wie eine Erwachsene behandeln, dann musst du diese seltsamen Impulse und leidenschaftlichen Ausbrüche beherrschen lernen. Du darfst nicht glauben, ich wollte dich schelten, nein, nein, es ist nur zu deinem Besten, dass ich das sage.«

»Es ist wahr«, antwortete Nydia, »ich muss mich beherrschen lernen, ich muss mein Herz verbergen und beschwichtigen. Das ist Aufgabe und Pflicht der Frau, doch mir erscheint solche Tugend als Heuchelei.«

»Selbstbeherrschung ist keine Heuchelei, Nydia«, entgegnete der Athener, »und diese Tugend geziemt den Männern ebenso wie den Frauen. Sie ist die wahre Senatorentoga; das Abzeichen der Würde, die sich darunter verbirgt.«

»Selbstbeherrschung, Selbstbeherrschung! Gut, gut, was du sagst, ist richtig. Wenn ich dich höre, Glaucus, dann kommen meine wildesten Gedanken zur Ruhe, und eine köstliche Heiterkeit kehrt bei mir ein. Berate und führe mich immer, mein Beschützer.«

»Dein zart fühlendes Herz wird, wenn du gelernt hast, seine Gefühle zu beherrschen, dein bester Führer sein, Nydia.«

»Ach, das wird nie passieren«, seufzte Nydia, die Tränen abwischend.

»Sag das nicht, Nydia. Nur der erste Versuch ist schwer.«

»Ich habe viele erste Versuche gemacht«, antwortete Nydia unschuldig. »Aber dir, mein Mentor, fällt es dir denn so leicht, dich zu beherrschen? Kannst du deine Liebe zu Ione verbergen oder gar zügeln?«

»Meine Liebe? Da ist es etwas ganz anderes, liebe Nydia«, erwiderte der junge Lehrmeister.

»Das dachte ich mir«, antwortete Nydia mit schwermütigem Lächeln. »Glaucus, willst du meine armseligen Blumen annehmen? Tu mit ihnen, was du willst. – Du kannst sie auch Ione geben«, fügte sie ein wenig zögernd hinzu.

»Nicht doch, Nydia«, antwortete Glaucus freundlich. Er witterte Eifersucht hinter ihren Worten, hielt dies aber nur für das Schmollen eines eitlen, empfindlichen Kindes. »Ich gebe deine hübschen Blumen nicht weg. Setz dich her und winde sie zu einem Kranz. Ich will ihn heute Abend tragen. Es ist nicht der erste, den diese zarten Finger für mich geflochten haben.«

Entzückt setzte sich das arme Mädchen neben Glaucus. Sie zog aus dem Gürtel ein Knäuel vielfarbigen Garns, oder vielmehr dünner Bänder, wie sie damals beim Blumenwinden gebräuchlich waren. Da dies früher Nydias Beruf gewesen war, führte sie dieses Handwerkszeug immer bei sich. Schnell und anmutig machte sie sich an die Arbeit. Bald waren auf ihren jugendlichen Wangen die Tränen getrocknet und ein stilles, aber glückliches Lächeln spielte um ihren Mund. Wie ein Kind fühlte sie nun nur noch die Freude der gegenwärtigen Stunde. Sie war mit Glaucus versöhnt, er hatte ihr vergeben; sie saß an seiner Seite, er spielte mit ihrem seidenen Haar, sie fühlte den Hauch seines Atems, und Ione, die grausame Ione, war fern, keine andere nahm ihn in Anspruch, mit niemandem teilte sie seine Aufmerksamkeiten. Ja, Nydia war glücklich und hatte allen Kummer vergessen. Es war dies einer der wenigen Augenblicke ihres kurzen, unruhigen Lebens, der ihr kostbar und der Erinnerung wert war. Wie der Schmetterling, der, durch die Wintersonne hervorgelockt, ein Weilchen im flüchtigen Schein spielt, ehe der Wind erwacht und der Frost kommt, um ihn noch vor dem Abend zu vernichten, so ließ Nydia es sich gut gehen in einem Sonnenstrahl, der im Gegensatz zu den gewohnten Wolken nicht kalt und unfreundlich war; und während sie instinktiv die Kürze dieses Sonnenstrahls hätte ahnen sollen, erfreute sie sich nur an seinem Lächeln.

»Du hast schöne Locken«, sagte Glaucus, »sie waren bestimmt früher die Freude deiner Mutter.«

Nydia seufzte; sie schien nicht als Sklavin geboren zu sein, doch sie scheute es, je von ihrer Herkunft zu sprechen, und ob sie nun von hoher oder niedriger Geburt war, sicher ist nur, ihre Wohltäter haben niemals erfahren, wer ihre Eltern gewesen sind. Das blieb bis zu ihrem letzten Augenblick ein Geheimnis an jenen fernen Gestaden. Ein Kind des Kummers und des Rätsels kam und ging sie wie ein Vogel, der für einen Augenblick in unser Zimmer huscht. Wir sehen ihn wohl ein Weilchen vor uns herumflattern, doch wissen wir nicht, woher er gekommen ist, noch wohin er entschlüpft.

Nydia seufzte und sagte nach einer Weile, ohne auf die Worte von Glaucus einzugehen:

»Aber flechte ich vielleicht zu viel Rosen in meinen Kranz, Glaucus? Man hat mir gesagt, die Rose sei deine Lieblingsblume.«

»Und sollte auch immer bei allen beliebt sein, Nydia, die Sinn für Poesie haben; ist sie doch die Blume der Liebe, der Feste, ist sie doch auch die Blume, die wir dem Grab, dem Tod weihen. Sie blüht auf unserer Stirn, solange das Leben uns lebenswert ist, und man streut sie über unsere Gruft, wenn wir nicht mehr sind.«

»Ach«, sagte Nydia, »könnte ich doch statt dieses vergänglichen Geflechts deinen Lebensfaden aus den Händen der Parzen nehmen und die Rosen *dort* hineinweben.«

»Hübsche, dein Wunsch ist einer Stimme würdig, die so melodisch zu singen versteht, und er ist im Geiste des Gesangs ausgedrückt. Was mein Los auch immer sein möge, ich danke dir dafür.«

»Was dein Los sein möge? Ist dir nicht schon alles Schöne und Herrliche zugesichert? Mein Wunsch war unnütz. Die Parzen werden ebenso gut zu dir sein, wie ich es wäre.«

»Vielleicht würde es nicht so sein, Nydia, hätte ich nicht Glück in der Liebe. Solange ich jung bin, vergesse ich wohl mein Vaterland. Doch welcher Athener kann im reiferen Mannesalter an die Größe Athens denken und *sein* Glück genießen, während *sie* dahin ist – dahin auf immer!«

»Und warum auf immer?«

»Wie Asche nicht wieder angezündet werden kann, wie Liebe, die einmal tot ist, nimmer wieder lebendig werden kann, so kann auch die Freiheit, einmal einem Volk entrissen, nimmer zurückerworben werden. Doch sprechen wir nicht von solchen Dingen, das ist nichts für dich.«

»Nichts für mich? Oh, du irrst. Auch ich klage um Griechenland. Meine Wiege stand am Fuße des Olympus. Die Götter haben den Berg verlassen, aber ihre Spuren sieht man noch, man sieht sie in den Herzen ihrer Anbeter, in der Schönheit ihres Landes. Man sagt mir, es sei schön, und ich habe ja auch die Luft dort gefühlt, gegen die die Luft hier rau ist; und ich habe die Sonne dort gespürt, hier ist der Himmel dagegen fast frostig. Oh, erzähl mir von Griechenland! Wenn ich auch ein armes, einfältiges Ding bin, ich kann dich verstehen, und ich glaube, wäre ich als Griechenmädchen aufgewachsen und wäre mir das Los zuteil geworden, zu lieben und geliebt zu werden, dann hätte ich meinen Geliebten zu einem zweiten Marathon, zu einem neuen Plataea begeistern können. Ja, die Hand, die jetzt den Kranz aus Rosen windet, hätte dir die Olivenkrone geflochten.«

»Käme doch ein solcher Tag!«, rief Glaucus und erhob sich halb, hingerissen von der Begeisterung der Thessalierin. »Doch nein, die Sonne ist untergegangen, die Nacht heißt uns vergessen und im Vergessen heiter sein. Winde du nur immer Rosen!«

Doch der Athener sagte diese letzten Worte in einem Ton erzwungener Heiterkeit. Er versank in schwermütige Träumerei, aus der ihn erst ein Weilchen später die Stimme von Nydia weckte, die leise die folgenden Worte sang, die er sie einstmals gelehrt hatte:

### ENTSCHULDIGUNG FÜR VERGNÜGEN

I

Wer möcht des Lorbeers Schmuck beneiden,
Entschlafnen Heldentums Gewinn,
Die Kränze auf dem Grab der Zeiten,
Für unsre Stirnen längst dahin?

Wer möcht der Tapfern Ruhe stören,
Entschatten ihren heil'gen Staub?
Der Lorbeer grünt zu ihren Ehren,
Dem hehren Stamme bleib sein Laub!
Aber die schnell entblätterte Rose
Blühet des Herrn und des Sklaven Lose.

2

Wenn nur der Toten fernem Land
Erinnerung noch huldigt,
Wenn Hoffnung floh und Freiheit schwand,
Ist Lebens Lust entschuldigt.
Komm, brich die Rose ohne Dorn;
Sie hat uns nicht verstoßen;
Der Väter mitleidvoller Zorn
Ließ uns zum Erbteil Rosen!

3

Unter Phyles hohem Schloss
Haftet noch der Helden Fährte
An der greisen Felsenerde;
Noch in dem Athenerheere
Schlägt das Herz, das Kampfesehre
Einst wie Lebensflut durchfloss.
Nimmer steigt Athene nieder,
Alle Götter fliehn im Zorn,
Doch noch wandeln frohe Lieder
Mit der Ströme blauem Born.
Lunas wache Strahlen lauschen
Noch der Nachtigallen Chor,
Und der Bienen Flügel rauschen
Zum Hymettos leis empor.
Gefallen sind wir, nicht verloren,
Solang das Herz noch etwas hebt;

Wie Liebe ward zuerst geboren
Ist sie die Letzte, die da lebt.

Windet die Rosen denn, windet die Kränze,
Noch gehört uns das *Schöne.*
In des Stromes Flut, in des Himmels Glut
Leuchtet für uns noch das *Schöne.*
Was hell und milde auf uns lacht,
In Tages Schoß, im Arm der Nacht,
Flüstert zu uns wie Griechenland,
Gibt unsrem Schmerz ein Friedenspfand.
Brecht denn die Rosen vom blühenden Strauch,
Sie sprechen von glücklichen Stunden;
Duftend umweht mich des Vaterlands Hauch
Im Kranz, den die Fremde gewunden.

## KAPITEL V

### NYDIA UND JULIA TREFFEN SICH. GESPRÄCH DER HEIDNISCHEN SCHWESTER MIT DEM BEKEHRTEN BRUDER. WIE EIN ATHENER ÜBER DAS CHRISTENTUM DENKT.

»Welch ein Glück für Ione! Welche Seligkeit, immer an der Seite von Glaucus zu sein, immer seine Stimme zu hören. Und *sie,* ach, sie kann ihn ja auch sehen!«

Unter solchen Selbstgesprächen ging die Blinde in der Abenddämmerung allein zum Haus ihrer neuen Herrin, wohin Glaucus bereits vorausgegangen war, als sie plötzlich durch eine weibliche Stimme aus ihren zärtlichen Gedanken gerissen wurde.

»Blindes Blumenmädchen, wohin gehst du? Du hast heute keinen Korb am Arm; hast du all deine Blumen verkauft?«

Die Person, die Nydia so ansprach, war eine hübsche Dame, doch hatte ihr Gesicht einen frechen Zug und ihr ganzes Wesen wenig Frauliches an sich. Es war Julia, die Tochter von Diomed. Sie hob, während sie sprach, den Schleier halb auf. Diomed selbst begleitete sie, und ein Sklave trug eine Laterne vor ihnen her. Der Kaufmann und seine Tochter kehrten von einem Gelage zurück, das sie bei einem Nachbarn gefeiert hatten.

»Erinnerst du dich meiner Stimme nicht mehr?«, fuhr Julia fort. »Ich bin die Tochter des reichen Diomed.«

»Ach, vergib mir, ja, ich erinnere mich jetzt deiner Stimme. Nein, edle Julia, ich habe keine Blumen zu verkaufen.«

»Wie ich gehört habe, soll der schöne Grieche Glaucus dich gekauft haben. Ist das wahr, hübsches Kind?«, fragte Julia.

»Ich bin bei der Neapolitanerin Ione in Dienst«, antwortete Nydia ausweichend.

»Ah! Und ist es wahr, dass … ?«

»Komm doch, komm«, unterbrach sie Diomed, bis zum Mund in seinen Mantel gehüllt. »Der Abend wird kühl, und ich mag nicht hier stehen, während du mit dieser Blinden schwatzt. Soll sie mit heimkommen, wenn du mit ihr reden willst.«

»So komm mit uns, Kind«, sagte Julia, nicht gewohnt, abschlägige Antworten zu erhalten, »ich habe dich viel zu fragen. Komm!«

»Heute abend kann ich nicht mehr, es wird zu spät«, antwortete Nydia. »Ich muss nach Hause, denn ich bin keine Freie, edle Julia.«

»Was denn, würde die milde Ione dich schelten? Ja, ja, sicher ist sie eine zweite Thalestris. Komm aber dann morgen, hörst du? Denk daran, ich war immer schon deine Freundin.«

»Ich werde deinen Wünschen entsprechen«, antwortete Nydia, und Diomed mahnte abermals ungeduldig zur Eile. Julia musste weiter und hatte keine Zeit mehr, Nydia das zu fragen, woran ihr am meisten gelegen war.

Wir kehren unterdessen zu Ione zurück. Die Zeit, die an diesem Tag zwischen dem ersten und zweiten Besuch von Glaucus lag, war nicht allzu heiter für sie verflossen. Ihr Bruder hatte ihr einen Besuch gemacht. Seit dem Abend, an dem er mitgewirkt hatte, sie dem Ägypter zu entreißen, hatte sie ihn nicht wieder gesehen.

Mit seinen eigenen Gedanken beschäftigt, die sehr ernster Natur waren, hatte der junge Priester sich wenig um seine Schwester gekümmert. Männer, deren enthusiastisches Gemüt allzeit *über* die Erde hinwegstrebt, sind vielleicht für Zuneigungen irdischer Art unbrauchbar, und seit langem schon hatte Apaecides nicht mehr den freundschaftlichen Gedankenaustausch, die süßen Vertraulichkeiten gesucht, die ihn in seiner früheren Jugend mit Ione verknüpften und für das innige Band zwischen beiden ja auch ganz natürlich waren.

Ione dagegen begann diese Entfremdung schmerzlich zu empfinden. Sie schrieb sie derzeit seinen zunehmenden Priesterpflichten zu. Oft jedoch musste sie mitten in ihren glänzendsten Hoffnungen und ihrer Liebe zu dem Verlobten tief seufzen, wenn sie an die frühzeitig gefurchte Stirn ihres Bruders, an seinen Mund, von dem jedes Lächeln verschwunden war, an seine gebückte Gestalt dachte. Und sie konnte es nicht begreifen, dass die Götter einen so finsteren Schatten über eine Erde werfen sollten, die sie doch nur zur Freude der Menschen geschaffen hatten.

Als Apaecides aber an diesem Abend bei seiner Schwester war, lag in seinem Gesicht ein Ausdruck größerer Ruhe, seine hohlen Augen hatten so etwas wie Frieden, was sie seit Jahren nicht mehr an ihm bemerkt hatte. Doch diese scheinbare Besserung war nur vorübergehend; es war eine trügerische Stille, die durch den leisesten Windhauch gestört werden konnte.

»Mögen die Götter dich segnen, Bruder!«, sagte sie, ihn umarmend.

»Die Götter? Sprich nicht so unbestimmt, möglicherweise gibt es nur *einen* Gott.«

»Bruder?«

»Wie, wenn der erhabene Glaube der Nazarener der wahre wäre? Wenn Gott nun Alleinherrscher wäre, ein alleiniger Gott, unsichtbar und ohne Nebengötter? Wenn die zahllosen Gottheiten, deren Altäre die Erde füllen, nur böse Dämonen wären, die uns vom wahren Glauben abzubringen suchen? Es ist gut möglich, Ione!«

»Aber nein, könnten wir so etwas glauben? Oder, wenn wir es glaubten, würde es nicht ein recht trübseliger Glaube sein?«, entgegnete die Neapolitanerin. »Wie? Diese schöne Welt sollte mit einem Mal nur von Menschen bevölkert sein? Die Berge sollen ihrer Oreaden, die Wasser ihrer Nymphen beraubt werden? Jene schöne Vielfältigkeit des Glaubens, die alles göttlich macht, die die geringsten Blumen heiligt und in den leisesten Luftzug himmlisches Flüstern legt, das willst du leugnen und aus der Erde bloßen Staub und Lehm machen? Nein, Apaecides, alles Gute und Schöne in unserem Herzen geht aus jenem Glauben hervor, der das Weltall mit Göttern bevölkert.«

Diese Antwort Iones entsprang dem festen Glauben an die Poesie der antiken Mythologie; ihr ist aber auch zu entnehmen, wie hartnäckig und schwer der Kampf war, den das Christentum gegen das Heidentum zu bestehen hatte. Dieser anmutige Aberglaube schwieg eben nie; jede, selbst die alltäglichste Handlung des heidnischen Lebens war damit verflochten, er war ein Teil des Lebens selbst, wie die Blumen ein Teil des Thyrsusstabs sind. Bei jedem Vorfall wandten die Alten sich an einen Gott; zu jedem Becher Wein wurde der Anfang durch ein Trankopfer gemacht; selbst die Girlanden an den Türpfosten waren einer Gottheit geweiht; ja ihre eigenen Ahnen selbst walteten, zu Heiligen gemacht, als Laren über Haus und Halle. So überschwänglich war bei ihnen der Glaube, dass in ihren Ländern bis auf den heutigen Tag der Götzendienst noch nicht völlig ausgerottet ist, nur die Gegenstände seiner Verehrung sind andere geworden. Er wendet sich jetzt anstelle der vielen Gottheiten von früher zahllosen Heiligen zu. Und das Volk schart sich in großer Zahl, in lauschender Ehrfurcht auf das Orakel wartend, vor dem Altar eines Sankt Januarius oder des Sankt Stephan zusammen, während es das damals vor denen von Isis oder Apollo tat.

Dieser Aberglaube war den ersten Christen Gegenstand weniger der Verachtung als des Schreckens. Sie hielten die

Götter nicht, wie es die heidnischen Philosophen in ihrem gelassenen Skeptizismus taten, für eine Erfindung der Priester, noch teilten sie den Glauben der Menge, dass sie in frühester Vorzeit Menschen wie sie gewesen seien. Sie hielten die heidnischen Gottheiten für böse Geister, sie verpflanzten nach Italien und Griechenland die unheimlichen Dämonen Indiens und des Orients und erblickten in Jupiter oder in Mars schaudernd die römischen Vertreter von Moloch und Satan.*

Noch hatte Apaecides den christlichen Glauben nicht offiziell angenommen, er stand aber auf der Schwelle zur Bekehrung. Er teilte bereits die Überzeugungen, die Olinthus lehrte; er glaubte bereits, die Wahngebilde der Heiden seien nur Eingebungen, die vom Erzfeind der Menschheit ausgingen. Bei der unschuldigen, ganz natürlichen Antwort von Ione überlief ihn ein Schauder. Er antwortete ungestüm, doch so verworren, dass Ione weniger seine Heftigkeit fürchtete, als sich um seinen Verstand zu sorgen begann.

»Ach Bruder«, sagte sie, »die schweren Pflichten, die man dir auferlegt, haben dir die Sinne verwirrt. Komm zu mir, Apaecides, mein Bruder, mein einziger Bruder! Gib mir deine Hand, lass mich dir den Schweiß von der Stirn wischen. Sei mir nicht böse, aber ich verstehe dich nicht mehr. Glaub mir, ich will dir ja nicht wehtun.«

»Ione«, sagte Apaecides, zog sie zu sich und betrachtete sie zärtlich, »soll ich denn glauben, diese schöne Gestalt, dieses gute Herz seien in Ewigkeit zu Folterqualen verurteilt?«

*»Dii meliora!* Das mögen die Götter verhüten!«, rief Ione in der üblichen Formel, womit ihre Zeitgenossen ein Unheil abwenden zu können glaubten.

Diese Worte und mehr noch der Aberglaube, der in ihnen lag, verletzten Apaecides aufs Neue. Er stand auf, murmelte etwas vor sich hin und verließ das Zimmer. Auf halbem Weg blieb er noch einmal stehen, sah sie nachdenklich an und breitete seine Arme aus.

Voll Freude flog Ione zu ihm; er küsste sie innig und sagte dann:

»Lebe wohl, Schwester! Wenn wir uns wieder sehen, bedeutest du mir vielleicht nichts mehr. Nimm daher diesen Kuss, noch voll der zarten Erinnerungen an die Kinderzeit, an jene Tage, als Glaube und Hoffnung, Überzeugung und Bräuche, Interessen und Ziele uns beiden noch die gleichen waren. Jetzt wird dieses Band zerrissen werden.«

Mit diesen seltsamen Worten verließ er das Haus.

Die größte, schwerste Prüfung der ersten Christen bestand in der Tat darin, dass sie durch die Bekehrung von ihren Angehörigen getrennt wurden. Sie konnten fortan nicht mehr mit Leuten verkehren, deren alltäglichstes Tun und Treiben, deren geringstes Wort von Götzendienst durchtränkt waren. Sie schreckten selbst vor dem Segen der Liebe zurück, denn er wurde im Namen eines Teufels ausgesprochen, der ihren Ohren ein Gräuel war. Doch dieses Unglück machte gerade ihre Stärke aus. Wenn sie dadurch von der übrigen Welt abgesondert wurden, so schlossen sie sich umso enger aneinander an. Die Männer, die Gottes Wort verkündeten, waren Männer aus Eisen, und auch die Bande, die sie miteinander verknüpften, waren eisern.

Glaucus fand Ione in Tränen. Er hatte sich schon das schöne Vorrecht des Tröstens herausgenommen. Er entlockte ihr einen Bericht über das Zusammentreffen mit ihrem Bruder; doch aus ihren verworrenen Worten konnte er, da er auf einen solchen Vorfall gar nicht vorbereitet war, keinen Aufschluss darüber erhalten, was Apaecides beabsichtigt oder gemeint hatte.

»Hast du schon«, fragte sie, »etwas von dieser neuen Sekte der Nazarener gehört, von der mein Bruder sprach?«

»Ich habe schon oft von ihren Gelübden gehört«, entgegnete Glaucus, »aber dem genauen Inhalt nach ist mir ihre Lehre nicht bekannt, nur dass sie mir überaus frostig, fast krankhaft zu sein scheint. Sie leben ganz abgesondert, sie tun so, als ob selbst unsere schlichte Vorliebe für Kränze ihnen abscheulich sei. Sie haben keinen Sinn für die heiteren Vergnügungen des Lebens. Sie drohen mit einem nahe bevorstehenden Weltuntergang. Sie scheinen mit einem Wort ihren düsteren, unfreund-

*Raffael: ›Die Predigt des Paulus in Athen‹.*

lichen Glauben aus der Höhle des Trophonius genommen zu haben. Indessen hat es ihnen«, fuhr Glaucus nach kurzem Innehalten fort, »nicht an Männern von Geist und großer Macht gefehlt; sie haben sogar unter den Mitgliedern des Athener Areopags Bekehrungen gemacht und Anhänger gehabt. Ich erinnere mich noch gut, wie unser Vater uns oft von einem seltsamen Mann erzählte, der vor vielen Jahren öfter nach Athen kam. Ich glaube, sein Name war Paulus. Mein Vater befand sich unter der riesigen Menschenmenge, die sich auf einem unserer unvergesslichen Hügel gelagert hatte, um diesen Weisen des Ostens predigen zu hören. In dem weiten Gedränge wurde nicht das leiseste Murren laut; der Spott und das Geschrei, womit unsere heimatlichen Redner gewöhnlich empfangen werden, verstummten ihm gegenüber. Als dieser geheimnisvolle Mann auf der höchsten Spitze des Hügels stand, hoch über der atemlosen Menge unten, da flößte schon sein Antlitz, sein Gesichtsausdruck, noch ehe er die Lippen öffnete, jedem Herzen Ehrfurcht ein. Er war, wie ich meinen Vater sagen hörte, ein Mann von hohem Wuchs und eindrucksvollen Zügen; er trug ein dunkles, weites Gewand. Die untergehende Sonne – denn es war Abend – fiel schräg auf seine hochaufgerichtete, regungslose, gebietende Gestalt. Sein Gesicht war tief durchfurcht, wie bei einem Mann, der Unglück erduldet und viele Jahre wechselhaften, herben Schicksals durchgemacht hat. Aber seine Augen leuchteten von einem fast überirdischen Feuer, und als er den Arm erhob, um zu sprechen, geschah es mit der Majestät eines Mannes, in den der Geist eines Gottes gefahren war.

›Männer von Athen‹, soll er gesagt haben, ›ich finde bei euch einen Altar, darauf steht geschrieben: *Dem unbekannten Gott.* Ihr dient, ohne es zu wissen, derselben Gottheit wie ich. Diese euch bis jetzt unbekannte Gottheit – jetzt sei sie euch offenbart.‹

Dann erklärte dieser Mann feierlich, der allmächtige Schöpfer aller Dinge, der den Menschen die verschiedenen Stämme und Wohnsitze angewiesen hat, der Herr des Himmels und der Erde, wohne nicht in Tempeln, die von Menschenhand errichtet worden seien; Seine Gegenwart, Sein Geist sei in der Luft, die wir atmen, unser Leben, unser ganzes Sein sei in Ihm! ›Glaubt ihr‹, rief er, ›der Unsichtbare sei gleich den goldenen, silbernen und steinernen Bildern? Glaubt ihr, er brauche Opfer von euch, er, der Himmel und Erde gemacht hat?‹ Dann sprach er von furchtbaren Zeiten, die da kommen sollten, vom Ende der Welt, von der Auferstehung der Toten, wofür den Menschen Gewissheit gegeben sei in der Auferstehung des mächtigen Wesens, dessen Religion zu verkünden er gekommen sei.

Als er so sprach, erhob sich das lange zurückgehaltene Gemurmel, und die Philosophen, die unter dem Volk waren, äußerten ihre gelehrte Verachtung. Man hätte da das kalte Stirnrunzeln des Stoikers und das Hohnlächeln des Kynikers* sehen können. Und der Epikureer, der ja nicht einmal an unser Elysium glaubt, schritt verächtlich lachend durch die Menge. Aber das Herz des Volkes war tief gerührt und erschüttert, obgleich niemand wusste, weshalb, denn wahrlich, der Fremde hatte die Stimme und Majestät eines Mannes, dem ›Der unbekannte Gott‹ die Verbreitung seines Glaubens selbst auferlegt hatte.«

Ione lauschte voll Entzücken, und der tiefe Ernst des Erzählers verriet, welchen starken Eindruck auf ihn der bloße Bericht eines Augenzeugen gemacht hatte, der einer von den zahlreichen Zuhörern gewesen war, die auf dem Hügel des heidnischen Mars die erste Kunde von Jesus Christus vernommen hatten.

## KAPITEL VI

### DER PFÖRTNER, DAS MÄDCHEN UND DER GLADIATOR.

Die Tür von Diomeds Haus stand offen, und Medon, der alte Sklave, saß am Fuß der Treppe, die man zur Wohnung emporstieg. Dieses prachtvolle Haus des reichen Kaufmanns aus Pompeji ist noch heute außerhalb des Stadttors am Anfang der Gräberstraße zu sehen. Es war indessen trotz der Nähe der Toten eine heitere Gegend. Auf der andern Straßenseite, dem Tor um einige Schritte näher, lag ein geräumiges Wirtshaus, wo die Leute, die für Geschäfte oder zum Vergnügen nach Pompeji kamen, oft einkehrten. Vor dem Tor des Gasthauses hielten in diesem Augenblick Karren, Wagen und Wägelchen, einige waren eben erst angekommen, andere standen im Begriff wegzufahren, und es herrschte das geschäftige Treiben eines belebten und beliebten öffentlichen Hauses. Vor der Tür saßen auf einer Bank um ein rundes Tischchen herum ein paar Bauern und schwatzten zu ihrem Morgentrunk über Angelegenheiten ihres Berufs. Neben der Tür war frisch und in grellen Farben das uralte Wirtshauszeichen des Schachbretts* gemalt. In gleicher Höhe mit dem Dach der Schänke zog sich eine Terrasse hin, auf der einige Frauen, die Gattinnen der unten sitzenden Bauern, teils saßen, teils sich über die Brüstung lehnten und mit ihren Bekannten unten plauderten. Ein Stückchen abseits befand sich in einer tiefen Nische ein überdachter Sitz, wo sich ein paar ärmere Wanderer ausruhten und den Staub von den Kleidern schüttelten. Auf der andern Seite lag ein weiter, freier Platz, ursprünglich die Begräbnisstätte eines älteren Volksstamms, der vor den damaligen Pompejanern dort gewohnt hatte. Jetzt war er zum *Ustrinum* gemacht worden, zum Verbrennungsplatz für die Toten. Über diesem erhoben sich die Terrassen einer schönen Villa, die halb zwischen Bäumen verborgen war. Die Gräber selbst verliehen mit ihren anmutigen, vielfältigen Formen und den Blumen, dem Laub um sie her, der Landschaft nicht den Zug der Melancholie. Dicht neben dem Stadttor stand in einer kleinen Nische die regungslose Gestalt des wohldisziplinierten römischen Wachtpostens. Die Sonne schien hell auf den geputzten Helm und auf die Lanze, an der er lehnte. Das Tor selbst war in drei Bogen geteilt, der mittlere diente für den Wagenverkehr, die beiden seitlichen waren für die Fußgänger. Zu beiden Seiten erhoben sich die wuchtigen Mauern, die die Stadt umgürteten, zusammengestückelt, ausgebessert und geflickt zu tausend verschiedenen Zeitläuften, wenn Krieg, Wetter oder Erdbeben den völlig unwirksamen Schutz zerstört hatten. In regelmäßigen Abständen ragten viereckige Türme auf, deren Spitzen in malerischer Schroffheit die regelmäßige Linie der Mauer durchbrachen und einen krassen Kontrast zu den modernen Bauten bildeten, die daneben weiß aufleuchteten.

Die kurvenreiche Straße, die in dieser Richtung von Pompeji nach Herkulaneum führte, verlor sich zwischen hängendem Wein, über dem die düstere Majestät des Vesuvs dräute.

»Weißt du schon das Neueste, alter Medon?«, fragte ein junges Mädchen mit einem Weinkrug in der Hand, und blieb neben der Tür des Diomed einen Augenblick stehen, um mit dem Sklaven zu plaudern, ehe sie sich in das benachbarte Wirtshaus begab, um sich dort den Krug füllen zu lassen und mit den Gästen zu kokettieren.

»Neuigkeiten? Was für Neuigkeiten?«, fragte der Sklave und erhob die Augen schwerfällig vom Boden.

»Nun, durch dieses Tor ist heute Morgen, ehe du richtig wach warst, ein seltsamer Besuch in Pompeji eingezogen.«

»So, so«, sagte der Sklave gleichgültig.

»Ja, ein Geschenk des edlen Pomponianus.«

»Ein Geschenk? Ich dachte, du sagtest ein Besuch.«

»Es ist beides, ein Besuch und ein Geschenk, blöder Kerl. Es war ein prachtvoller junger Tiger, der bei den bevorstehenden Kampfspielen im Amphitheater auftreten soll. Hörst du das, Medon? Oh, das wird herrlich werden! Ich kann bis zu dem Tierkampf keine Nacht mehr ruhig schlafen. Er soll schrecklich brüllen können.«

»Arme Närrin!«, sagte Medon traurig und zynisch zugleich.

»Nenn mich nicht Närrin, du alter Griesgram! So ein Tiger ist etwas Schönes, besonders wenn man ihm einen Menschen zum Fraß vorwerfen kann. Wir haben jetzt einen Löwen und einen Tiger, stell dir das vor, Medon. Und wenn sich keine Verbrecher finden, dann werden wir uns wohl ansehen müssen, wie beide sich gegenseitig auffressen. Halt! Dein Sohn ist ja Gladiator, ein hübscher Bursche und ein starker obendrein. Kannst du ihn nicht überreden, dass er mit dem Tiger kämpft? Tu es doch, ich wäre dir wirklich dankbar dafür, ja du würdest dich dadurch zum Wohltäter für die ganze Stadt machen!«

»*Vah, vah!*«, rief der Sklave böse. »Denk an deine eigene Gefahr, ehe du so über den Tod meines armen Jungen daherschwatzt!«

»Meine eigene Gefahr?«, sagte sie und sah sich erschrocken um. »Die Götter mögen es verhüten! Mögen die Worte auf dein Haupt fallen!« Dabei berührte sie einen Talisman, den sie um den Hals trug. »Meine eigene Gefahr? Welche Gefahr sollte mir denn drohen?«

»War denn das Erdbeben vor wenigen Nächten keine Warnung?«, fragte Medon. »War das keine Mahnung? Rief es nicht uns allen zu: ›Bereitet euch zum Tode! Es ist nahe gekommen das Ende aller Dinge‹?«

»Ach, Blödsinn!«, versetzte das Mädchen und strich die Falten ihrer Tunika glatt. »Jetzt schwatzt du wie ein Nazarener! Ich glaube gar, du bist einer von ihnen. Nun, ich kann nicht länger mit dir plaudern, grauer Krächzer, du wirst immer mürrischer. *Vale!* O Herkules, schick uns einen Mann für den Löwen und einen andern für den Tiger!

Hopp heißa! Zum lustigen Spiele herbei,
ein Wald von Gesichtern auf jeglicher Reih!
Trotzig und keck, wie der Sohn der Alkmena,
durchziehen die Kämpfer die stumme Arena.
Schwatzt noch, weil's Zeit ist, bald sitzet ihr leis,
wenn sie sich haben in blutigem Schweiß.
Trapp, trapp! Wie schreiten sie stattlich und frei!
Heißa, zum lustigen Spiele herbei!«

Mit silberklarer Stimme sang sie dieses zarte Liedchen und während sie ihre Tunika hochhielt, um nicht den Staub der Straße zu streifen, ging sie leichtfüßig zu dem mit Gästen gefüllten Wirtshaus hinüber.

»Mein armer Sohn«, klagte der Sklave halblaut, »für Geschöpfe dieser Art sollst du hingeschlachtet werden? Oh Glaube Christi, ich könnte dir in aller Aufrichtigkeit schon allein deswegen huldigen, weil du das Herz mit Abscheu vor diesen blutigen Kämpfen erfüllst.«

Niedergeschlagen ließ der Alte den Kopf auf die Brust sinken. Schweigend und versunken saß er da, und nur ab und zu wischte er sich mit dem Ärmel die Augen. Sein Herz war bei seinem Sohn; er bemerkte die Gestalt nicht, die sich jetzt mit raschen Schritten vom Tor her näherte und etwas Wildes, Herausforderndes in Gang und Haltung hatte. Der Alte sah erst auf, als der Ankömmling dicht vor ihm stand und ihn sanft anredete:

»Vater!«

»Mein Junge, mein Lydon, bist du es wirklich?«, fragte der Alte freudig. »Ach, eben erst hab ich an dich gedacht!«

»Das freut mich, Vater«, antwortete der Gladiator und berührte ehrerbietig die Knie und den Bart des Sklaven, »bald werde ich immer bei dir sein können, nicht nur in Gedanken!«

»Ja, mein Sohn, doch nicht in dieser Welt«, antwortete der Sklave betrübt.

»Sag nicht so etwas, Vater! Freu dich doch, denn ich habe

das Gefühl, ja ich bin überzeugt, ich werde siegen, und dann erkauft dir das gewonnene Gold die Freiheit. O Vater, vor ein paar Tagen beschimpfte mich ein Mann, den ich gern eines Besseren belehren würde, denn er ist edler als alle seinesgleichen. Er ist kein Römer, sondern aus Athen. Er warf mir Habsucht und Geldgier vor, als ich fragte, wie hoch die Siegesprämie sei. Ach, er kannte Lydons Herz nicht.«

»Mein Junge, mein Junge!«, sagte der alte Sklave und, langsam die Stufen hinansteigend, führte er den Sohn in seine kleine Kammer. Sie hatte ihren Eingang von der Vorhalle her, die in dieser Villa nicht das Atrium, sondern das Peristyl war. Man kann dieses Stübchen noch heute sehen, es ist, wenn man hineinkommt, die dritte Tür rechter Hand. Die erste Tür führt zur Treppe, die zweite zu einer Nische, in der eine Bronzestatue stand. »So gutherzig, so liebreich, so fromm deine Motive auch sind«, sagte Medon, als sie sie in diesem Stübchen vor beobachtenden Blicken sicher waren, »deine Tat selbst ist schuldvoll. Du willst dein Leben wagen um deines Vaters Freiheit willen, das könnte dir noch vergeben werden; aber den Sieg kannst du nur durch den Tod eines anderen erlangen, das ist eine Todsünde, und zu welchem Zweck sie auch immer geschieht, sie bleibt eine Todsünde. Lass ab, lass ab, ich will lieber in alle Ewigkeit Sklave bleiben, als um einen solchen Preis die Freiheit erwerben.«

»Still, Vater!«, versetzte Lydon ungeduldig. »Sprich bitte nicht von diesem neuen Glauben, denn die Götter haben mir wohl Kraft gegeben, aber nicht Klugheit, und ich verstehe kein Wort von dem, was du mir so oft vorpredigst. Du hast mit diesem neuen Glauben ganz sonderbare Begriffe von Recht und Unrecht angenommen. Vergib mir, wenn ich dich kränke, aber überleg doch mal! Mit wem will ich kämpfen? Wenn du die Rotte der Gladiatoren kennen würdest, mit denen ich jetzt nur deinetwegen Umgang habe, so würdest du es vielmehr loben, dass ich die Erde von diesem Gezücht befreie, sei es auch nur von einem. Es sind wilde, blutrünstige Tiere, sie bestehen nur aus Wildheit und Mut und kennen nichts anderes. Sie sind grimmig, ohne Herz und Gefühl. Kein zartes Band verbindet sie mit dem Leben. Sie kennen keine Furcht, das ist wahr, aber sie kennen auch keine Dankbarkeit, keine Barmherzigkeit, keine Liebe. Sie sind nur für die eine Laufbahn geschaffen: ohne Erbarmen abzuschlachten und ohne Angst zu sterben. Können deine Götter, welcher Art sie auch sein mögen, wirklich auf einen Kampf mit solchen Tieren und zu solchem Zweck voll Zorn herabschauen? O Vater, wo immer die himmlischen Mächte auf die Erde blicken, da sehen sie keine heiligere, keine heiligendere Pflicht, als dass ein dankbarer Sohn sich pietätvoll für seinen alten Vater opfern solle!«

Der arme, alte Sklave war selbst kein allzu heller Kopf und auch erst seit kurzem zum Christentum bekehrt worden, so dass er nicht wusste, mit welchen Argumenten er seinen Sohn widerlegen sollte, dessen Unwissenheit so finster und zugleich doch so schön in ihrem Irrtum war. Sein erster Impuls war, sich an seine Brust zu werfen, sein nächster, vor ihm zurückzuweichen und die Hände zu ringen. Und während er ihn zu tadeln versuchte, erstickte seine Stimme in Tränen.

»Und wenn«, fuhr Lydon fort, »wenn dein Gott – ich glaube, du willst bloß einen haben – wirklich eine so wohlwollende, barmherzige Macht ist, wie du behauptest, dann wird er auch wissen, dass dein Glaube an ihn mich überhaupt erst in dem Entschluss bestärkt hat, den du tadelst.«

»Wieso? Wie meinst du das?«, fragte der Sklave.

»Du weißt, ich wurde als kleiner Junge in die Sklaverei verkauft, aber durch das Testament meines Herrn, der mir zu meinem Glück wohl gesonnen war, in Rom freigelassen. Ich eilte nach Pompeji, dich aufzusuchen, und fand dich als Sklaven und schwach, unter dem Joch eines launenhaften, protzigen Herrn. Du hattest vor kurzem diesen neuen Glauben angenommen, und seit der Bekehrung war dein Sklaventum nur doppelt schmerzlich für dich. Denn dadurch wurde ihm all der besänftigende Reiz der lieben Gewohnheit genommen, der uns so oft mit dem Schlimmsten versöhnt. Hast du dich nicht mir gegenüber beklagt, dass du zu Diensten gezwungen seist, die für den Sklaven nicht verwerflich, aber für den Nazarener ein Verbrechen seien? Hast du mir nicht gesagt, deine Seele bebe vor Schuldbewusstsein, wenn du auch nur eine Brotkrume am Altar der Laren niederlegen müsstest, die das Impluvium dort bewachen? Hast du mir nicht gesagt, ein beständiger Kampf zerreiße dir das Herz? Hast du mir nicht gesagt, wenn du auch nur Wein auf der Schwelle ausgössest und den Namen einer griechischen Gottheit anriefest, so verdientest du dadurch schrecklichere Buße, als Tantalus sie erlitten hat, und eine Ewigkeit von Qualen, die furchtbarer sind als alle Martern im Tartarus? Sagtest du mir das nicht? Ich wunderte mich darüber, denn ich konnte es nicht begreifen. Auch jetzt kann ich es noch nicht verstehen, bei Herkules! Aber ich war dein Sohn; mir kam nichts weiter zu, als dich zu bemitleiden und dein Los zu erleichtern. Konnte ich dein Stöhnen mit anhören, deine heimliche Angst mit anschauen, Zeuge deiner fortwährenden Furcht sein und untätig bleiben? Nein, bei den unsterblichen Göttern! Der Gedanke kam mir wie ein Licht vom Olymp. Ich hatte kein Geld, aber ich besaß Stärke und Jugend; das waren meine Gaben, ich konnte sie zu deinem Besten zu Geld machen. Ich erkundigte mich nach der Höhe des Lösegeldes, das für dich verlangt wurde, ich erkundigte mich nach der Höhe der gewöhnlichen Prämie, die ein siegreicher Gladiator erhält, und wusste nun, dass man dich dafür zweimal freikaufen konnte. Da wurde ich Gladiator, da machte ich mich zum Genossen dieser verfluchten Menschen, die ich verachte und verabscheue. Und ich erlernte ihre Kunst, gesegnet sei die Lehre! Denn sie wird es mir ermöglichen, meinen Vater zu befreien!«

»O könntest du doch Olinthus reden hören!«, seufzte der Alte, mehr und mehr gerührt von der Tugend seines Sohnes, doch darum nicht weniger fest überzeugt, dass sein Vorhaben sündhaft sei.

»Ich will mir die ganze Welt anhören«, antwortete der Gladiator gut gelaunt, »aber erst, wenn du kein Sklave mehr bist. Unter deinem eigenen Dach, Vater, magst du dann diesen blöden Schädel hier den ganzen Tag über und auch noch die ganze Nacht mit deinen Predigten bearbeiten, wenn es dir Spaß macht. Oh, ich habe schon einen herrlichen Fleck für dich ausgesucht. Es ist einer von den 999 Läden der Julia Felix, im sonnigen Teil der Stadt, wo du den ganzen Tag vor der Tür sitzen kannst. Und ich will Öl und Wein für dich verkaufen, Vater, und dann, wenn es Venus gefällt (oder auch nicht gefällt, denn du hörst ihren Namen nicht gern, und dem Lydon ist alles einerlei), also, wie gesagt, dann bekommst du vielleicht auch noch eine Tochter, die dir das graue Haar streicheln wird, und hörst Kinderstimmen an deinem Knie, die dich ›Großvater‹ nennen werden! Ach, wir wollen glücklich sein; und das alles erkauft uns die Siegesprämie! Sei vergnügt, Vater. Und nun muss ich fort, es ist höchste Zeit, der Lanista wartet auf mich. Komm, gib mir deinen Segen!«

Bei diesen Worten war er schon wieder aus der dunklen Kammer des Pförtners herausgetreten, und während sie noch eifrig, doch leise miteinander redeten, standen sie an demselben Fleck, wo wir den Pförtner zuerst getroffen haben.

»Gesegnet seist du, gesegnet seist du, mein tapferer Junge!«, rief Medon. »Und möge der Allmächtige, der in alle Herzen sieht, die edle Absicht erkennen und deinen Irrtum vergeben!«

Die hohe Gestalt des Gladiators schritt rasch ihres Weges. Die Augen des Sklaven folgten seinem leichten, doch stattlichen Schritt, bis er ihn nicht mehr sehen konnte. Dann sank der Alte wieder auf seinen Sitz zurück und heftete die Augen zur Erde. Stumm und regungslos saß er da wie ein Gebilde aus Stein. Doch sein Herz war in Aufruhr. Wer in unserer glücklicheren Zeit kann sich auch nur vorstellen, welcher Kampf, welcher Aufruhr sich darin abspielte?

»Darf ich eintreten?«, fragte eine süße Stimme. »Ist deine Herrin Julia zu Hause?«

Der Sklave gab dem Besuch mechanisch einen Wink einzutreten, doch die, die ihn angesprochen hatte, konnte diese Handbewegung nicht sehen. Sie wiederholte schüchtern, doch lauter ihre Frage.

»Habe ich das nicht gesagt?«, versetzte der Sklave verdrießlich. »Tritt ein!«

»Ich danke«, sagte die Sprecherin wehmütig, und durch diesen Ton aufmerksam gemacht, sah der Sklave auf und erkannte das blinde Blumenmädchen. Kummer und Gebrechen sind immer bereit, einander die Hand zu reichen, deshalb stand der Greis auf und führte Nydia zu der nahen Treppe, auf der man zu Julias Zimmer gelangte. Hier rief er eine Sklavin, der er Nydia übergab.

## KAPITEL VII

### DAS SCHMINKZIMMER EINER POMPEJANISCHEN SCHÖNEN. EIN WICHTIGES GESPRÄCH ZWISCHEN JULIA UND NYDIA.

Die elegante Julia saß in ihrem Zimmer, ihre Sklavinnen um sich. Wie das anstoßende Cubiculum war das Zimmer klein, jedoch erheblich größer als die üblichen Schlafzimmer, die im Allgemeinen so winzig waren, dass, wer diese Schlafzimmer, selbst in den prächtigsten Herrenhäusern, noch nicht gesehen hat, sich gar keinen Begriff von den Taubenschlägen machen kann, in denen die Pompejaner offenkundig die Nacht zuzubringen für wünschenswert hielten. Das »Bett« war eben bei den Alten kein so ernster, wichtiger Bestandteil der häuslichen Mysterien wie bei uns. Das Ruhelager war mehr eine Art schmales, kleines Sofa und wog so wenig, dass eine Person es leicht forttragen konnte.* Auch wurde es, je nach der Jahreszeit oder den Launen der Herrschaft, oft in andere Zimmer gebracht. Denn derjenige Flügel des Hauses, der in dem einen Monat voller Menschen steckte, wurde vielleicht schon im nächsten sorgfältig gemieden, so empfindlich waren die Bewohner des schönsten Klimas der Welt für jene Veränderungen der Sonne und Luft, die von unserer härteren, an den raueren Himmel des Nordens gewöhnten Konstitution kaum bemerkt worden wären. Auch hatten die Italiener jener Zeit eine seltsame, übertriebene Abneigung gegen zu viel Tageslicht. Anfangs hielt man es für eine fehlerhafte Bauart, dass ihre Zimmer alle dunkel waren, doch man hatte sie mit Vorbedacht so angelegt. Wenn sie Sonne haben wollten, dann gingen die Römer in die Säulengänge oder in die Gärten; im Inneren der Häuser aber wünschten sie nur kühle Luft und Zwielicht.

Julias Zimmer lag zu dieser Jahreszeit neben den oberen Empfangs- und Festzimmern, in gleicher Höhe mit dem Garten, auf den man hinaussehen konnte. Nur durch die breite Tür, die Glasscheiben hatte, konnte das Morgenlicht herein. Aber Julias Auge war an eine gewisse Dunkelheit gewöhnt und sah daher scharf genug, um deutlich zu erkennen, welche Schminke ihr am besten stand, welche Schattierung des Rouge ihrem dunklen Blick den hellsten Glanz und ihrer Wange die jugendlichste Frische verlieh.

Auf dem Tisch, an dem sie saß, stand ein kleiner runder Spiegel aus geschliffenem Stahl, um den hübsch ordentlich die kosmetischen Mittel und Salben, Parfüms und Schminken, Juwelen und Kämme, Bänder und goldenen Nadeln herumstanden oder -lagen, alle dazu bestimmt, den natürlichen Reizen der Schönheit den Aufputz der Kunst und der Mode hinzuzufügen. Durch das im Zimmer herrschende Zwielicht leuchteten die lebhaften, bunten Farben der Wand, die nach pompejanischem Geschmack ganz mit prächtigen Fresken bedeckt war. Vor dem Ankleidetisch und unter Julias Füßen lag ein Teppich, den die Webstühle des Orients geliefert hatten. Auf einem anderen, danebenstehenden Tisch sah man griffbereit ein Becken und eine Kanne aus Silber. Dort stand auch eine ausgelöschte Lampe von prachtvoller Arbeit, auf der Künstlerhand einen unter den ausgebreiteten Zweigen eines Myrtenbaums ruhenden Cupido dargestellt hatte. Daneben lag eine kleine Papyrusrolle, die die sanftesten Elegien des Tibull enthielt. Vor der zum Cubiculum führenden Tür hing ein reich mit goldenen Blumen bestickter Vorhang. So sah vor achtzehn Jahrhunderten das Boudoir einer Schönen aus.

Julia lehnte nachlässig in ihrem Stuhl, während die *Ornatrix*, die Haarkräuslerin oder Friseuse, allmählich einen Aufbau von

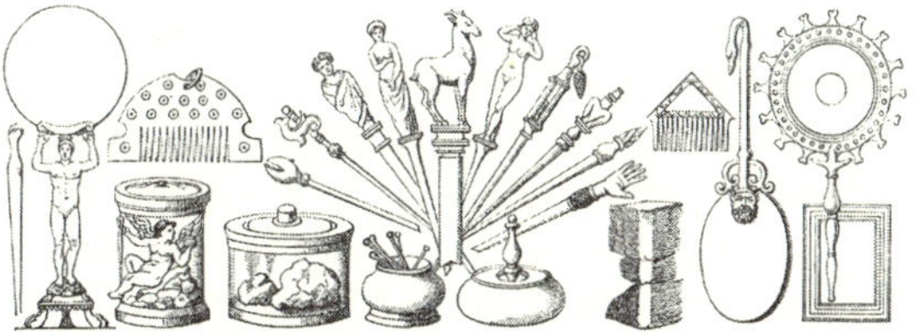

*Toilettengegenstände.*

echten und falschen Locken geschickt miteinander verwob und bis zu einer Höhe türmte, durch die der Kopf mehr zur Mitte als zur Spitze der Gestalt wurde.

Ihre Tunika von tiefer Bernsteinfarbe, die das dunkle Haar und die etwas gebräunte Haut vorteilhaft hervorhob, fiel in reichen Falten über ihre Füße. Diese steckten in Pantoffeln, die an den zarten Knöcheln durch weiße Bänder fest gehalten wurden. Die Pantoffeln waren verschwenderisch mit Perlen verziert, von purpurner Farbe und an den Spitzen ein wenig aufwärts gebogen, wie noch heutzutage die türkischen Pantoffeln. Neben der Kräuslerin stand eine alte Sklavin, die durch lange Erfahrung tief vertraut mit allen Geheimnissen der Schminkkunst war. Sie hielt den breiten, silberbeschlagenen Gürtel ihrer Herrin, und während sie von Zeit zu Zeit Anweisungen zum Turmbau der Haare erteilte, verstand sie dazwischen in sehr kluger Weise ihrer Herrin zu schmeicheln.

»Diese Nadel mehr nach rechts … tiefer, du dummes Ding! Siehst du denn gar nicht, wie gerade diese schönen Augenbrauen geschnitten sind? Man könnte meinen, du frisiertest Corinna, die ein ganz schiefes Gesicht hat. Nun steck die Blumen hinein; nicht doch, Närrin, nicht die dunkle Nelke da, du hast doch nicht die fahle Wange der Chloris vor dir! Nur die hellsten Blumen passen zur Wange der schönen Julia.«

»Gib doch Acht!«, schrie die Dame und stampfte heftig mit dem Fuß. »Du ziehst ja an meinem Haar, als ob du Unkraut ausreißen wolltest.«

»Du Tollpatsch!«, fuhr die Zeremonienmeisterin fort. »Weißt

du nicht, wie zart deine Herrin ist? Du kämmst doch nicht das grobe Pferdehaar der Witwe Fulvia. Nun noch das Band da! So ist's recht. Schöne Julia, sieh in den Spiegel; hast du je etwas Reizenderes als dich gesehen?«

Als nach unendlichen Beanstandungen, Schwierigkeiten und Verzögerungen der komplizierte Turmbau endlich vollendet war, bestand die nächste Aufgabe darin, den Augen einen sanften, schmachtenden Ausdruck zu verleihen, was durch dunklen Puder erreicht wurde, der auf die Lider und die Brauen kam. Ein zartes, halbmondförmiges Pflästerchen wurde geschickt auf die rosigen Wangen gesetzt, um deren Grübchen und auch die Zähne deutlicher hervortreten zu lassen. Deren natürliches Weiß war schon durch alle möglichen Mittel blendender gemacht worden.

Einer andern, bisher unbeschäftigten Sklavin fiel nun die Aufgabe zu, die Schmucksachen anzulegen: die Ohrringe aus Perlen, zwei für jedes Ohr; die massiv goldenen Armbänder; die aus Ringen des gleichen Metalls geformte Kette, an der ein Talisman aus Kristall hing; die schöne Schnalle für die linke Schulter, die eine erlesene Kamee mit dem Bild der Psyche trug; den Gürtel aus Purpurband, der reich mit Goldfäden durchwirkt war und von zwei ineinander verketteten Schlangen zusammengehalten wurde; und zuletzt die verschiedenen Ringe, die auf jeden der weißen, schlanken Finger gesteckt wurden. Nun war die Toilette nach der neuesten Mode von Rom beendet. Die schöne Julia betrachtete sich mit einem letzten Blick selbstgefälliger Eitelkeit, und indem sie sich wieder in ihren Stuhl zurücksinken ließ, befahl sie der Jüngsten ihrer Sklavinnen lustlos, ihr die verliebten Verse Tibulls vorzulesen. Diese Vorlesung war im Gang, als eine Sklavin Nydia in das Zimmer der Hausherrin führte.

»*Salve,* Julia«, sagte das Blumenmädchen und blieb einige Schritte vor der Stelle stehen, wo Julia saß, wobei sie die Arme auf der Brust kreuzte, »ich habe deinem Befehl gehorcht.«

»Das ist recht, Blumenmädchen«, antwortete die Dame. »Tritt näher, du kannst dich setzen.«

Eine der Sklavinnen schob einen Stuhl herbei, und Nydia nahm nun neben Julia Platz.

Julia sah die Thessalierin ein Weilchen in verlegenem Schweigen an. Dann befahl sie ihren Sklavinnen durch einen Wink hinauszugehen und die Tür zu schließen. Als sie allein waren, blickte sie mechanisch von Nydia weg, da sie vergaß, dass sie jemand vor sich hatte, der ihr Gesicht nicht sehen konnte, und fragte:

»Du bist bei der schönen Neapolitanerin Ione in Dienst?«

»Ich bin zurzeit bei ihr«, antwortete Nydia.

»Ist sie so hübsch, wie die Leute sagen?«

»Ich weiß nicht«, erwiderte Nydia, »wie soll *ich* das beurteilen können?«

»Ach, ich hätte daran denken sollen. Doch du hast zwar keine Augen, aber Ohren. Sagen deine Mitsklavinnen, sie sei hübsch? Wenn Sklaven miteinander reden, dann vergessen sie sogar, ihren Gebietern zu schmeicheln.«

»Sie sagen, sie sei schön.«

»Hm! Sagen sie auch, sie sei schlank?«

»Ja.«

»Nun, das bin ich auch. Dunkles Haar?«

»So hörte ich.«

»Das hab ich auch. Und besucht Glaucus sie oft?«

»Jeden Tag«, antwortete Nydia mit einem unterdrückten Seufzer.

»Täglich, sieh mal an! Findet er sie hübsch?«

»Ich möchte es meinen, da sie in Kürze ihre Hochzeit feiern wollen.«

»Hochzeit?«, rief Julia und wurde durch das falsche Rosa ihrer Wangen hindurch blass, während sie von ihrem Stuhl aufsprang.

Nydia konnte nicht sehen, welchen Aufruhr ihre Mitteilung hervorrief. Julia schwieg lange, doch jedem, der sehen *konnte,* hätten ihre blitzenden Augen, ihre wogende Brust verraten müssen, eine wie tiefe Wunde ihrer Eitelkeit geschlagen worden war.

»Wie ich höre, bist du aus Thessalien«, sagte sie, endlich das Schweigen brechend.

»Ja, das bin ich.«

»Thessalien ist das Land der Zauberei und der Hexen, der Talismane und der Liebestränke«, sagte Julia.

»Es war schon immer wegen seiner Zauberei berühmt«, antwortete Nydia zurückhaltend.

»Und kennst du vielleicht irgendeinen Liebeszauber, blinde Thessalierin?«

»Ich?«, antwortete das Blumenmädchen errötend. »*Ich?* Wie sollte ich? Nein, bestimmt nicht.«

»Desto schlimmer für dich. Ich hätte dir so viel Gold geben können, dass du dich hättest freikaufen können, wenn du weiser gewesen wärst.«

»Doch was kann die schöne, reiche Julia veranlassen, eine solche Frage an ihre Dienerin zu richten?«, fragte Nydia. »Hat sie nicht Geld, Jugend und Liebreiz? Sind *das* nicht Zaubermittel genug, so dass sie gar keine andere Magie braucht?«

»Sie sind es für alle auf der Welt, bis auf einen«, antwortete Julia hochmütig. »Doch mir kommt es so vor, als sei deine Blindheit ansteckend, und … aber lassen wir das.«

»Und diese eine Person?«, fragte Nydia hastig.

»Ist *nicht* Glaucus!«, rief Julia mit der üblichen Heuchelei ihres Geschlechts. »Nein, nicht Glaucus.«

Nydia atmete auf, und nach einer kurzen Pause fuhr Julia fort:

»Da wir gerade von Glaucus sprachen und von seiner Zuneigung für diese Neapolitanerin, kam mir eben der Gedanke an Liebeszauber in den Sinn. Mich kümmert es nicht, und ich weiß auch nichts Näheres, doch vielleicht hat sie einen solchen gegen Glaucus angewandt? Blindes Mädchen, ich liebe und – muss eine Julia das gestehen? – werde nicht wiedergeliebt. Das demütigt mich, nein, demütigen ist nicht das rechte Wort, es verletzt meinen Stolz. Ich möchte diesen Undankbaren zu meinen Füßen sehen; nicht, um ihn zu mir emporzuziehen, sondern um ihn dann von mir zu stoßen. Als man mir erzählte, du seist aus Thessalien, dachte ich, du hättest in deiner Jugend vielleicht die dunklen Geheimnisse deines Vaterlands kennen gelernt.«

»Leider nein«, murmelte Nydia. »Ich wollte, es wäre so!«

»Ich danke dir wenigstens für diesen freundlichen Wunsch«, sagte Julia, ohne zu ahnen, was in der Brust des Blumenmädchens vorging.

»Aber sag mir, – du hörst ja, was Sklaven schwätzen, die immer gern an solchem dunklen Aberglauben hängen und für ihre niedrigen Liebschaften immer gern zu Zaubermitteln zu greifen bereit sind –, hast du nicht von einem morgenländischen Magier in dieser Stadt gehört, der die Kunst beherrscht, in der du dich nicht auskennst? Kein bloßer Handleser, kein Marktschreier, sondern ein kundiger, gewaltiger Zauberer aus Indien oder wohl aus Ägypten?«

»Aus Ägypten? Ja!«, sagte Nydia schaudernd. »Welcher Pompejaner hätte nicht schon von Arbakes gehört?«

»Arbakes, richtig«, antwortete Julia, der nun der Name auch einfiel. »Man sagt, er gehöre nicht zu den landläufigen Wahrsagern und sei über all den kleinlichen Betrug der falschen Magier erhaben. Er soll in den Sternen lesen und die Geheimnisse der uralten *Nox* entziffern können. Warum sollte er nicht auch die Mysterien der Liebe beherrschen?«

»Wenn es einen Magier gibt, dessen Kunst über der anderer steht, dann ist es dieser furchtbare Mann«, antwortete Nydia und berührte bei diesen Worten ihren Talisman.

»Er ist sicher zu reich, um des Geldes wegen wahrzusagen«, fuhr Julia spöttisch fort. »Kann ich ihn nicht besuchen?«

»Sein Haus ist ein übler Ort für junge Schönheiten«, sagte Nydia. »So viel ich gehört habe, liegt er danieder, weil …«

»Ein übles Haus?«, sagte Julia, nur an die ersten Worte anknüpfend. »Inwiefern?«

»Er feiert sündhafte nächtliche Orgien, wenigstens hört man das.«

»Bei Ceres, Pan und Kybele, du stachelst nur meine Neugier an, statt mir Angst zu machen«, entgegnete die dreiste Pompejanerin. »Ich will ihn aufsuchen und sehen, was es mit seiner Weisheit auf sich hat. Wenn bei diesen Orgien die Liebe eine Rolle spielt, dann ist es sehr wahrscheinlich, dass er sich auch mit ihren Geheimnissen auskennt.«

Nydia antwortete nicht.

»Ich will noch heute zu ihm gehen, nein, warum nicht noch zu dieser Stunde?«, fuhr Julia fort.

»Bei Tageslicht, und solange er in seinem derzeitigen Zustand ist, hast du sicherlich nicht viel zu befürchten«, antwortete Nydia, indem sie ihrem eigenen plötzlichen Wunsch nachgab zu erfahren, ob der finstere Ägypter wirklich die Kunst besitze, von der sie selbst auch schon so oft gehört hatte: die Kunst, die Liebe eines Mannes oder einer Frau von einem Nebenbuhler oder einer Nebenbuhlerin abzulenken.

»Und wer sollte es wagen, die Tochter des reichen Diomed zu beleidigen?«, rief Julia hochmütig. »Ich werde gehen.«

»Darf ich dich hinterher aufsuchen, um zu erfahren, was dabei herausgekommen ist?«, fragte Nydia begierig.

»Gib mir einen Kuss dafür, dass du so sehr um Julias Ehre besorgt bist«, antwortete die Dame. »Aber sicher darfst du kommen. Heute Abend essen wir außerhalb; komm morgen um dieselbe Stunde, dann sollst du alles erfahren. Vielleicht kann ich dich auch dabei gebrauchen, doch jetzt genug davon! Hier, nimm dieses Armband für die neue Idee, auf die du mich gebracht hast. Denk daran, wenn du Julia dienst, ist sie dankbar und freigebig.«

»Das Geschenk kann ich nicht annehmen«, sagte Nydia und schob das Armband beiseite. »Doch jung, wie ich bin, kann ich auch ohne Bezahlung mit all denen fühlen, die lieben, ohne wiedergeliebt zu werden.«

»Was sagt du da?«, versetzte Julia. »Du sprichst wie eine Freie, und du sollst auch frei werden. Lebe wohl!«

## KAPITEL VIII

### JULIA BESUCHT ARBAKES. DAS ERGEBNIS DIESES GESPRÄCHS.

Arbakes saß in seinem Zimmer, das auf eine Art Balkon oder Portikus hinausführte, von dem aus man in den Garten hinuntersah. Seine Wange war noch immer bleich und eingefallen von den überstandenen Leiden des Körpers und der Seele, aber seine eiserne Natur hatte sich schon fast ganz von den schlimmen Folgen jenes Unfalls erholt, der im Augenblick des Triumphs seine Pläne zuschanden gemacht hatte. Die Luft, die ihm den Duft der Blumen zutrug, kühlte seine Stirn und erfrischte die müden Sinne. Das Blut in seinen abgespannten Adern zirkulierte lebhafter als seit vielen Tagen.

»So ist denn der Schicksalssturm«, dachte er, »losgebrochen und vorübergezogen. Das Unheil, das meine Weisheit mir prophezeite, dieses lebensbedrohende Unheil hat sich zugetragen, und ich habe es überlebt! Es ist eingetroffen, wie die Sterne es verkündeten, aber nun liegt die lange, glänzende Laufbahn, die auf jenes Unheil folgen sollte, wenn ich es überlebte, offen vor mir. Ich bin davongekommen, ich habe die letzte Gefahr meines Schicksals überwunden. Sicher und furchtlos darf ich nun die blühenden Gärten meiner Zukunft gestalten. Das Erste aber vor allen meinen Freuden, selbst vor denen der Liebe, soll die Rache sein. Dieses griechische Jüngelchen, das sich meiner Leidenschaft in den Weg stellt, das meine Absichten vereitelt, das mich besiegte, als schon das Messer sein verfluchtes Blut trinken wollte, soll mir nicht noch einmal entwischen. Und welchen Weg soll meine Rache einschlagen? Das will gut überlegt sein! O Ate, wenn du wirklich eine Göttin bist, so erfülle mich mit deinem finsteren Geist!« Der Ägypter versank in tiefes Nachdenken, das ihm jedoch keinen klaren oder befriedigenden Gedanken einzuflößen schien. Unruhig wechselte er seine Stellung, während er Plan auf Plan durchdachte, die er jedoch alle, kaum ersonnen, auch schon wieder verwarf. Mehrmals schlug er sich an die Brust und stöhnte laut in seiner Gier nach Rache; das Gefühl, dass es nicht in seiner

Macht stand, sie zu befriedigen, bedrückte ihn zutiefst. Während er so in Gedanken versunken war, trat ein Sklavenjunge schüchtern herein.

Er meldete, eine Frau, anscheinend von Rang, sofern man nach ihrer Kleidung und der des einzigen Sklaven, der sie begleitete, urteilen dürfe, warte unten und wünsche Arbakes zu sprechen.

»Eine Frau?«, rief er, und sein Herz klopfte ungestüm. »Ist sie jung?«

»Ein Schleier verdeckt ihr Gesicht; doch ihre Gestalt ist wohlgeformt und schlank wie die der Jugend.«

»Lass sie herein«, sagte der Ägypter. Einen Augenblick wähnte sein eitles Herz, die Fremde könnte Ione sein.

Der erste Blick jedoch, den er auf die Eintretende warf, nahm ihm diesen Wahn. Sie war allerdings ebenso groß wie Ione, vielleicht auch ebenso alt, sie war auch schön und üppig gebaut, doch wo war die unsagbare Anmut, die in jeder Bewegung der unvergleichlichen Neapolitanerin lag, die keusch verhaltene Art sich zu kleiden, die Sorgfalt mit Einfachheit vereinte, der würdevolle, doch mädchenhafte Gang, die Majestät der Weiblichkeit und zugleich deren Zurückhaltung?

»Entschuldige, dass ich dich im Sitzen empfange«, sagte Arbakes und musterte die Fremde, »ich leide noch unter kaum überstandener Krankheit.«

»Mach keine Umstände wegen mir, großer Ägypter«, entgegnete Julia, indem sie die sich regende Furcht unter dem Deckmantel der Schmeichelei geschickt zu verbergen suchte, »und vergib einer Unglücklichen, die Trost bei deiner Weisheit sucht.«

»Tritt näher, schöne Fremde«, sagte Arbakes, »sprich ohne Furcht und ganz offen.«

Julia setzte sich auf einen Sessel neben den Ägypter und sah sich voll Verwunderung im Zimmer um, dessen kunstvoller Luxus sogar den Reichtum im Haus ihres Vaters übertraf. Nicht ohne Bangen betrachtete sie die hieroglyphischen Inschriften an den Wänden; die Gesichter der geheimnisvollen

Statuen, die ihr aus jeder Ecke entgegensahen; den etwas abseits stehenden Dreifuß; und vor allem das ernste, merkwürdige Gesicht von Arbakes selbst. Ein langes, weißes Gewand bedeckte wie ein Schleier zur Hälfte seine rabenschwarzen Locken und wallte zu seinen Füßen herab; durch die Blässe, die seine Wangen zurzeit überzog, wurde die Miene noch eindrucksvoller als sonst, und die dunklen, stechenden Augen schienen durch den Schleier zu dringen und die Geheimnisse ihres eitlen, unweiblichen Herzens zu ergründen.

»Und was führt dich in das Haus des Fremdlings aus dem Osten, Mädchen?«, fragte er mit leiser, tiefer Stimme.

»Dein Ruf«, antwortete Julia.

»Welcher Ruf?«, fragte er mit seltsamem, flüchtigem Lächeln.

»Kannst du fragen, weiser Arbakes? Ist nicht ganz Pompeji vom Ruf deiner Weisheit erfüllt?«

»Einige Kenntnisse habe ich wohl gesammelt«, antwortete Arbakes, »doch wie könnten solche ernsten, nüchternen Dinge das Ohr einer Schönheit erfreuen?«

»Ach«, sagte Julia, durch diese Schmeichelei, an die sie ja gewöhnt war, ein wenig ermutigt, »flüchtet nicht der Kummer schutzsuchend zur Weisheit, und sind nicht jene, die ohne Gegenliebe lieben, die auserwählten Opfer des Grams?«

»Ha«, sagte Arbakes, »kann unerwiderte Liebe das Los einer so schönen Gestalt sein, deren makellose Formen selbst unter den Falten dieses anmutigen Kleides sichtbar sind? Geruhe den Schleier zu lüften, Mädchen, damit ich sehen kann, ob das Gesicht an Liebreiz mit solchen Formen übereinstimmt.«

Julia war stets bereit, ihre Schönheit zu zeigen; vielleicht dachte sie auch, der Magier würde sich, wenn er sie sähe, noch mehr für ihr Schicksal interessieren. Nach einigem schwachen Zaudern schlug sie daher den Schleier zurück und enthüllte ein Gesicht, das dem Ägypter bestimmt gefallen haben würde, wären nicht zu viel Spuren künstlicher Nachhilfe sichtbar gewesen.

»Du ersuchst mich um Rat in unglücklicher Liebe«, sagte er.

»Tja, da wende doch einfach dem Undankbaren dieses Antlitz zu! Welchen anderen Liebeszauber könnte ich dir geben?«

»O lass doch diese Schmeicheleien«, sagte Julia, »ein Liebeszauber war es in der Tat, den ich von deiner Kunst erbitten wollte.«

»Schöne Fremde«, antwortete Arbakes ein wenig spöttisch, »Liebeszauber zählen nicht zu den Geheimnissen, die ich in mitternächtlichen Studien ergründet habe.«

»Nicht? Dann verzeih mir, großer Arbakes, und lebe wohl.«

»Bleib«, sagte der Ägypter, der trotz seiner großen Leidenschaft für Ione gegenüber der Schönheit seines Besuchs nicht kalt bleiben konnte. Hätte er die Kraft voller Gesundheit besessen, er würde vielleicht versucht haben, Julia mit anderen Mitteln als übernatürlicher Weisheit zu trösten: »Bleib. Obgleich ich zugebe, dass ich das Brauen von Liebestränken und Giften denen überlasse, die mit solcher Wissenschaft Handel treiben, so bin ich doch nicht abgestumpft gegen Schönheit und habe in meiner Jugend auch selbst einmal derartige Mittel für mich angewandt. Wenn du aufrichtig mit mir sein willst, kann ich dir immerhin einen Rat geben. Sag mir erst einmal, bist du unverheiratet, wie dein Gewand andeutet?«

»Ja«, sagte Julia.

»Und da du nicht mit Reichtum gesegnet bist, möchtest du einen vermögenden Liebhaber anlocken?«

»Ich bin reicher als der, der mich verschmäht.«

»Sonderbar, immer sonderbarer. Und du liebst den, der dich nicht liebt?«

»Ich weiß nicht, ob ich ihn liebe«, antwortete Julia hochmütig. »Aber das eine weiß ich, dass ich gerne über eine Nebenbuhlerin triumphieren möchte; ich will den, der mich zurückstieß, verliebt in mich sehen; und die, die er mir vorzieht, als Verschmähte.«

»Für eine Frau ein natürlicher Ehrgeiz«, sagte der Ägypter in einem Ton, der zu ernst war, um ironisch gemeint zu sein. »Doch noch eins, Mädchen! Willst du mir den Namen dessen, den du liebst, anvertrauen? Kann es ein Pompejaner sein, der so den Reichtum verachtet, selbst wenn er blind für die Schönheit wäre?«

»Er ist aus Athen«, antwortete Julia und schlug die Augen nieder.

»Ha!«, rief der Ägypter ungestüm, und das Blut schoss ihm in die Wangen. »Es gibt nur einen jungen Mann von edler Abstammung in Pompeji, der aus Athen ist. Sollte es Glaucus sein, von dem du sprichst?«

»O verrate mich nicht, das ist tatsächlich sein Name.«

Der Ägypter sank zurück, starrte das abgewandte Gesicht der Kaufmannstochter an und murmelte etwas vor sich hin. Könnte ihm diese Unterhaltung, die er bisher nur oberflächlich geführt hatte, um sich an der Leichtgläubigkeit und der Eitelkeit seines Besuchs zu weiden, nicht ein Mittel zur Rache zuspielen?

»Ich sehe, du kannst mir nicht helfen«, sagte Julia, gekränkt durch sein langes Schweigen. »Behalte wenigstens mein Geheimnis für dich. Nochmals, lebe wohl!«

»Mädchen«, sagte der Ägypter ernst und feierlich, »dein Anliegen hat mich gerührt, ich will deinen Wunsch erfüllen. Hör zu, ich habe mich selbst mit diesen untergeordneten Mysterien nicht abgegeben, aber ich kenne jemand, der sich damit auskennt. Am Fuße des Vesuvs, kaum eine Meile von der Stadt, haust eine mächtige Hexe. Unter dem verderblichen Tau des Neumonds hat sie die Kräuter gesammelt, denen die Kraft innewohnt, die Liebe auf ewig in Fesseln zu schlagen. Ihre Kunst kann den Geliebten zu deinen Füßen bringen. Such sie auf und sag ihr, dass du von Arbakes kommst. Sie fürchtet diesen Namen und wird dir ihre kraftvollsten Zaubertränke geben.«

»Aber«, antwortete Julia, »ich kenne ja den Weg nicht zu der Wohnung der Person, von der du sprichst. So kurz der Weg auch sein mag, so ist er doch lang für ein Mädchen, das ohne Wissen des Vaters das Haus verlässt. Die Gegend ist mit wildem Wein überwuchert und durch verborgene Höhlen droht Gefahr. Der Führung fremder Leute mag ich mich nicht anvertrauen. Wie leicht ist der Ruf einer Frau von meinem Stand angetastet, und obwohl es mir gleichgültig ist, ob alle Welt um meine Liebe zu Glaucus weiß, so möchte ich es doch nicht in die Öffentlichkeit getragen wissen, dass ich seine Liebe durch einen Zaubertrank gewonnen hätte.«

»Wenn ich nur drei Tage in meiner Genesung weiter wäre«, sagte der Ägypter, erhob sich und ging, wie um seine Kräfte zu erproben, mit schwankenden, schwachen Schritten durch das Zimmer, »so würde ich mit dir gehen. Du musst eben warten.«

»Aber Glaucus wird die verhasste Neapolitanerin in Kürze heiraten.«

»Heiraten?«

»Ja, gleich Anfang nächsten Monats.«

»So rasch? Weißt du das bestimmt?«

»Aus dem Mund ihrer eigenen Sklavin.«

»Das darf nicht sein!«, rief der Ägypter ungestüm. »Sei unbesorgt, Glaucus soll dein sein. Wie aber kannst du ihm den Liebestrank, sofern du ihn bekommst, einflößen?«

»Mein Vater hat Glaucus und, wie ich glaube, auch die Neapolitanerin auf übermorgen eingeladen. Dann wird sich mir vielleicht eine Gelegenheit bieten, ihm den Trank zu verabreichen.«

»So sei es!«, erwiderte der Ägypter, und in seinen Augen leuchtete eine so wilde Freude, dass Julia zu Boden sah. »Sorge dafür, dass morgen Abend eine Sänfte für dich bereitsteht, du hast doch eine zur Verfügung?«

»Selbstverständlich«, entgegnete die geldstolze Julia.

»Bestell eine Sänfte und lass dich nach dem Vergnügungsort bringen, der etwa zwei Meilen außerhalb der Stadt liegt und von den reicheren Pompejanern wegen seiner prächtigen Bäder und anmutigen Gärten viel besucht wird. Du kannst ja sagen, du wolltest dorthin einen Ausflug machen. Dort, an der Silenus-Statue, die in dem Hain neben dem Garten steht, werde ich dich treffen, wie schlecht es mir auch gehen möge. Ich selbst werde dich zu der Hexe führen. Wir wollen aber warten, bis mit dem Abendstern die Ziegen der Hirten zur Ruhe gegangen sind, die Dämmerung uns verbirgt und niemand uns mehr begegnen kann. Geh nach Hause und mach dir keine Sorgen. Bei Hades schwört Arbakes, der Zauberer von Ägypten, Ione wird nie die Gattin von Glaucus werden!«

»Und Glaucus soll mein sein!«, fügte Julia hinzu, den unbeendeten Satz ergänzend.

»Du sagst es«, erwiderte Arbakes, und Julia, halb verängstigt durch die seltsame Verabredung, mehr noch von Eifersucht und verletzter Eitelkeit als von Liebe getrieben, entschloss sich, darauf einzugehen.

Als Arbakes allein war, stieß er hervor:

»Funkelnde Sterne, ihr lügt doch nie; schon beginnt euer Versprechen sich zu erfüllen: Glück in der Liebe und Sieg über meine Feinde für den Rest meines glatten Lebenswegs! In derselben Stunde, wo mein Geist keinen Weg zur Rache finden konnte, schickt ihr mir diesen schönen Dummkopf als Werkzeug.« Tief in Gedanken hielt er inne. »Ja«, fuhr er ruhiger fort, »ich selbst hätte ihr das Gift nicht geben können, das dieser Liebestrank werden soll, die Spur seines Todes hätte dann vielleicht bis in mein Haus verfolgt werden können. Doch die Hexe, ja, *sie* ist die passende, die natürliche Vollstreckerin meiner Pläne!«

Er rief einen seiner Sklaven, dem er befahl, Julia nachzueilen und ihren Namen und ihre Stellung zu erkunden. Hierauf trat er in die Säulenhalle. Der Himmel war heiter und klar; doch er, tief erfahren in den Anzeichen, die auf eine Wetteränderung deuten, erblickte in einer schweren Wolke, die sich fern am Horizont langsam im Wind zu regen begann, das Nahen eines Sturms.

»Wie meine Rache«, sagte er hinüberblickend; »der Himmel ist klar, aber die Wolke zieht heran.«

## KAPITEL IX

### EIN STURM IM SÜDEN. DIE HÖHLE DER HEXE.

Als die Mittagshitze langsam nachgelassen hatte, machten Glaucus und Ione sich auf den Weg, die abgekühlte, angenehme Luft zu genießen. Zu jener Zeit waren bei den Römern verschiedene Fuhrwerke im Gebrauch. Von den reicheren Bürgern, wenn sie ohne Gesellschaft ausfuhren, wurde am meisten die *Biga* benutzt, die schon am Anfang dieses Werkes beschrieben worden ist; das bei den älteren Damen übliche Beförderungsmittel nannte man *Carpentum,** das im Allgemeinen zweirädrig war. Auch gab es eine Art Sänfte, die einem großen Tragestuhl glich, doch bequemer eingerichtet war als diejenigen, die man noch vor gar nicht langer Zeit bei uns sehen konnte. Sie erlaubte nämlich ganz bequem darin zu liegen, statt gerade und steif sitzen zu müssen und sich hin und her schütteln zu lassen.* Wieder ein anderes Gefährt benutzte man fürs Reisen und zu Ausflügen aufs Land. Dieses war bequem und bot ausreichend Platz für drei bis vier Personen. Es hatte ein Dach, das nach Belieben hochgestellt und herabgelassen werden konnte. Das Ganze erfüllte durchaus den Zweck einer Droschke unserer Tage, obwohl es dem Aussehen nach davon ganz verschieden war. Ein Fahrzeug dieser Art benutzten nun die beiden Liebenden, nur begleitet von einer Sklavin Iones. Etwa zehn Meilen von der Stadt entfernt lag damals eine Ruine, anscheinend die Überreste eines griechischen Tempels, und da Glaucus und Ione sich für alles interessierten, was griechisch war, hatten sie beschlossen, sich diese Ruine anzusehen. Dorthin also ging ihr Ausflug.

Der Weg führte anfangs zwischen Weingärten und Olivenhainen dahin, wurde aber allmählich, je höher er sich am Vesuv emporwand, immer rauer. Langsam und mühselig bewegten sich die Maultiere vorwärts, und bei jeder Lichtung, die sich im Gehölz öffnete, erblickten sie in den spröden, zerfressenen Felsen die grauen, schauerlichen Höhlen, von denen Strabo eine Beschreibung hinterlassen hat. Infolge verschiedener Umwälzungen, die die Zeit und neuerliche Ausbrüche bewirkt haben, sind sie heute verschwunden. Die Sonne war im Sinken und warf lange, scharfe Schatten über die Abhänge; hier und da erscholl noch zwischen lichten Buchen- und Eichenwäldchen die ländliche Hirtenflöte. Mitunter erblickten sie auch eine jener anmutigen, seidenhaarigen *Capellae* mit gewundenen Hörnern und glänzenden grauen Augen, wie sie noch heute unter Ausoniens Himmel an den Hügeln weiden und uns Vergils ›Hirtengedichte‹ in die Erinnerung rufen. Aus den Gewölben von Blattwerk, die sich zwischen den Bäumen ausspannten, schienen die Trauben hervor, vom Lächeln des vorgerückten Sommers bereits mit Purpur angehaucht. Über ihnen am heiteren Himmel schwebten lockere Wölkchen und bewegten sich so langsam in der blauen Weite vorwärts, dass sie fast stillzustehen schienen. Zur Rechten kam manchmal das reglose Meer zum Vorschein; ein Schifflein schwamm auf dem Spiegel, und das Sonnenlicht brach sich über der Tiefe in jenen zahllosen weichen Farbtönen, wie man sie nur auf diesem herrlichen Meer sieht.

»Wie schön es ist, dass wir die Erde unsere Mutter nennen«, sagte Glaucus, halb flüsternd. »Ein schöner Ausdruck. Mit wie inniger, treuer Liebe schüttet sie ihren Segen über ihre Kinder aus. Selbst dem unfruchtbaren Fleck, dem die Natur alles Schöne versagt hat, sucht sie noch ihr Lächeln zuzuwenden. Beweisen das nicht die Erdbeeren und die Reben, mit denen sie den spröden, heißen Boden des erloschenen Vulkans da drüben umkränzt? Ach, zu solcher Stunde und in solcher Umgebung erwarten wir fast ein Faunsgesicht zu sehen, das uns lachend aus dem Gebüsch entgegenschaut, oder wohl auch eine Bergnymphe, die durch das dichteste Dickicht des Waldes huscht. Aber, schöne Ione, die Nymphen sind wohl verschwunden, als *du* erschaffen wurdest.«

Kein Mund schmeichelt so sehr wie der eines Liebenden, und doch scheint ihm im Übermaß seiner Empfindung die Schmeichelei noch hinter der Wahrheit zurückzubleiben. Seltsame, verschwenderische Fülle, die sie durch Überfließen bald erschöpft! Man behauptet, die Freundschaft, die auf die Liebe folge, mache uns glücklicher als die Liebe selbst. Das mag wohl sein. Die Quellen der Phantasie, der Hoffnung, des Ehrgeizes, die alle in einen einzigen Kanal gezwängt waren, kehren in ihre natürlichen Betten zurück. Die Liebe ist eine Revolution: solange sie dauert, gibt es keine Harmonie, keine Ordnung, folglich auch kein vollkommenes Glück. Ist die Revolution vorüber, so wundern wir uns über die Verzückung, der wir uns hingegeben haben. Vielleicht lieben wir noch immer, werden auch vielleicht noch immer geliebt, aber wir sind nicht mehr *verliebt.* Ich für mein Teil halte indessen manche Arten unvollkommenen Glücks für besser als das vollkommene. Nimm den Herzen die Sehnsucht, und du nimmst der Erde die Luft.

Sie kamen bei der Ruine an und besichtigten sie mit der Ehrfurcht, mit der wir den geheiligten, heimischen Spuren unserer Ahnen nachgehen. Sie blieben dort, bis der Abendstern am rosigen Himmel erschien. Dann machten sie sich in der Dämmerung auf den Heimweg, noch schweigsamer als bei der Hinfahrt; denn im Zwielicht und beim Sternenschein fühlten sie inniger denn je die beiderseitige Liebe.

Da begann der Sturm, den der Ägypter vorausgesagt hatte, sich über ihnen zusammenzubrauen. Zuerst warnte ein leiser, ferner Donner vor dem nahenden Kampf der Elemente und rollte über den finsteren Massen dicht geballter Wolken dahin. In diesem Klima pflegen sich Gewitter mit fast übernatürlicher Wucht zu entladen, so dass die abergläubischen Menschen jener Zeit darin wohl eine göttliche Einwirkung erblicken mochten. Einige große Tropfen fielen schon schwer durch die Zweige, die über den Pfad hingen; gleich darauf zuckte ein jäher, blendender Blitz dicht vor den Ausflüglern auf und wurde von der zunehmenden Finsternis sofort wieder verschlungen.

»Fahr zu, guter *Carrucarius!«,* rief Glaucus dem Wagenführer zu. »Das Unwetter zieht mit Macht herauf.«

Der Sklave schlug auf die Maultiere ein, und in schneller Fahrt ging es über die holprige, steinige Straße. Die Wolken wurden immer dichter, näher und näher rollte der Donner, und ein Platzregen stürzte nun in Strömen herab.

»Hast du Angst?«, flüsterte Glaucus, indem er das Gewitter zum Vorwand nahm, näher an Ione heranzurücken.

»Nicht, wenn du bei mir bist«, antwortete sie leise.

In diesem Augenblick geriet der Wagen, der simpel war und wie viele Erfindungen zu jener Zeit den Anforderungen des praktischen Gebrauchs nicht recht genügte, in eine tiefe Karrenspur, über der ein gestürzter Baumstamm lag. Fluchend trieb der Fuhrmann die Maultiere gegen das Hindernis an. Dabei brach ein Rad aus der Nabe, und das Gefährt schlug um.

Glaucus befreite sich schnell aus dem Gefährt und beeilte sich, Ione zu helfen, die bei dem Sturz zum Glück keinen Schaden davongetragen hatte. Mit einiger Mühe gelang es, die *Carruca* wieder aufzurichten; doch es zeigte sich, dass der Wagen nun nicht einmal mehr als Unterschlupf benutzt werden konnte, denn die Bänder, von denen das Dach festgehalten wurde, waren gerissen, und ungehindert konnte der Regen in das Innere hineinprasseln.

Was sollten sie in so unangenehmer Lage tun? Sie waren noch weit entfernt von der Stadt, und kein Haus, keine Hilfe schien in der Nähe zu sein.

»Nicht weit von hier wohnt ein Schmied«, sagte der Sklave, »wenn ich ihn hole, könnte er uns wenigstens das Rad ausbessern. Aber Jupiter, ist das ein Platzregen! Ehe ich zurück bin, ist meine Herrin durch und durch nass.«

»Lauf nur hin«, rief Glaucus, »wir müssen uns, bis du wieder da bist, zu schützen suchen, so gut es eben geht.«

Der Weg war von Bäumen beschattet, und unter den am dichtesten belaubten zog Glaucus die Geliebte. Er zog den Mantel aus und versuchte sie damit zusätzlich gegen den strömenden Regen zu schirmen; es goss jedoch mit solcher Heftigkeit, dass ein so kümmerliches Mittel keinen Schutz bieten konnte. Während Glaucus seine Schutzbefohlene leise bat, nicht den Mut sinken zu lassen, schlug der Blitz in einen Baum dicht neben ihnen und spaltete mit furchtbarem Krachen den gewaltigen Stamm mitten entzwei. Dieser schreckliche Vorfall ließ sie die Gefahr erkennen, der sie unter ihrem gegenwärtigen Obdach ausgesetzt waren, und Glaucus sah sich besorgt nach einem Zufluchtsort um, wo sie sicherer aufgehoben wären. »Wir sind jetzt auf halber Höhe des Vesuvs«, sagte er, »in den rebenumsponnenen Felsen muss doch wohl eine Grotte oder Höhle sein. Vielleicht finden wir eine, die früher den nun entschwundenen Nymphen als Unterschlupf gedient haben mag.« Mit diesen Worten trat er unter den Bäumen hervor und ließ die Blicke spähend über die Umgebung schweifen. Nach angestrengtem Suchen erblickte er ein rotes, zitterndes Licht, dessen Schimmer in nicht allzu weiter Entfernung die zunehmende Finsternis durchbrach. »Dort muss der Herd eines Hirten oder eines Winzers sein«, sagte er, »da werden wir einen Unterschlupf vor dem Unwetter finden. Willst du hier bleiben, während ich … doch nein! Ich kann dich in einer so gefahrvollen Lage nicht allein lassen.«

»Ich gehe gern mit dir«, erwiderte Ione. »Obgleich wir auf unserem Weg dorthin gar keinen Schutz mehr haben, ist es dort sicher besser als unter dem verräterischen Dach dieser Zweige.«

Ione halb führend, halb tragend, schritt Glaucus auf das Licht zu, das ihnen mit stetem roten Schein entgegenleuchtete. Zuletzt aber war der Pfad nicht mehr frei. Wilder Wein umstrickte ihre Füße, und man konnte nur hin und wieder den leitenden Lichtschein durch das Dickicht erspähen. Schneller und immer heftiger goss der Regen; die Blitze loderten ununterbrochen. Mit größerer Eile strebten die Ausflügler vorwärts, in der Hoffnung, eine Hütte oder, wenn das Licht eine Täuschung sein sollte, doch eine Höhle zu finden. Das Gewirr der Reben wurde immer undurchdringlicher; das Flämmchen entschwand nun ihren Blicken ganz. Dennoch sahen sie beim Schein der fortwährenden und lang anhaltenden Blitze einen kleinen Pfad, den sie mit großer Mühe verfolgten. Plötzlich hörte der Regenguss für einen Augenblick auf. Abschüssige, zerrissene Lavaklippen starrten ihnen entgegen. Beim zuckenden Schein der Blitze, die den dunklen, tückischen Boden erleuchteten, sahen sie noch unheimlicher aus als sonst. Mitunter weilten die lodernden Blitze über den eisengrauen, zum Teil mit altem Moos oder verkrüppelten Bäumen bedeckten Schlackenhaufen, als suchten sie umsonst nach einem edleren Erderzeugnis, das ihres Zorns würdiger gewesen wäre. Dann wieder ließ der Blitz diesen Teil der Landschaft in Finsternis und hing rot und weit ausgebreitet über dem tief unten brausenden Meer, bis dessen Wellen von Feuer zu glühen schienen. Der Strahl war so grell, dass er selbst die entfernteren Bögen der Küste, vom ewigen Misenum mit seiner hohen Kuppe bis zum schönen Sorrent und den riesigen Hügeln dahinter, in scharfen Umrissen hervortreten ließ.

Ratlos blieben unsere Liebenden stehen, unsicher, wohin sie sich wenden sollten, als sie plötzlich, mitten in der Finsternis, die auf die grimmigen Blitzstrahlen folgte, das Licht ganz in der Nähe wieder erblickten, doch diesmal hoch über ihnen. Als ein neuer Blitz Himmel und Erde in rotes Feuer tauchte, erkannten sie die Umgebung. Ein Haus war nicht in der Nähe, aber dort, wo sie das Licht bemerkt hatten, glaubten sie nun im Hintergrund einer Höhle die Umrisse einer menschlichen Gestalt zu erblicken. Aufs Neue wurde es finster um sie her, und das Lichtlein, nicht mehr vom Feuer des Himmels überstrahlt, kam erneut zum Vorschein. Sie beschlossen, zu ihm hinaufzusteigen; sie mussten sich einen Weg durch große Felsblöcke suchen, über die hier und dort wirres Gesträuch wucherte, aber sie kamen dem Licht immer näher, und schließlich standen sie vor dem Eingang einer Höhle, die augenscheinlich durch mächtige, übereinander gestürzte Steintrümmer gebildet worden war. Als sie jedoch in das Innere hineinblickten, schraken beide, von abergläubischer Furcht erfasst, zurück.

Im Hintergrund brannte ein Feuer, über dem ein kleiner Kessel hing. Auf einer hohen, dünnen Eisensäule stand eine primitive Lampe; an derjenigen Wand, an der das Feuer brannte, hingen Reihen von Kräuterbüscheln, offenbar zum Trocknen ausgespannt. Ein vor dem Feuer liegender Fuchs stierte die

Fremdlinge mit seinen roten, funkelnden Augen an; sein Haar sträubte sich, und er fletschte, leise knurrend, die Zähne. Mitten in der Höhle stand eine irdene Statue mit drei Köpfen von seltsam phantastischer Art, nämlich echte Schädel von einem Hund, einem Pferd und einem Bären. Ein niedriger Dreifuß stand vor dieser wilden Darstellung der populären Göttin Hekate.

Doch nicht dieses Zubehör und Beiwerk der Höhle war es, bei dessen Anblick den Hineinblickenden das Blut erstarrte, sondern vielmehr das Gesicht der Person, die diese Höhle bewohnte. Vom vollen Schein der Flamme beleuchtet, saß vor dem Feuer eine Frau, die hochbetagt zu sein schien. Vielleicht in keinem Land sieht man so viele Hexen wie in Italien, in keinem Land verwandelt sich im Alter Schönheit zu so abschreckender Hässlichkeit. Dabei war die Alte, die sie vor sich sahen, nicht einmal eines der Beispiele äußerster Widerwärtigkeit in Menschengestalt, im Gegenteil, ihr Gesicht verriet noch die Spuren regelmäßiger, stolzer und adlerartiger Bildung der Züge. Aber die steinernen Augen waren so starr auf sie geheftet, der Blick so kalt und doch so faszinierend, dass sie das schreckliche Antlitz einer Leiche vor sich zu haben glaubten. Die gläsernen, lichtlosen Pupillen, die blauen, eingeschrumpften Lippen, die schlaffen, hängenden Backen, das erstorbene, glatte, blassgraue Haar, die grünliche, gespenstisch fahle Haut; alles schien die Farbe des Grabes zu tragen!

»Es ist etwas Totes«, sagte Glaucus.

»Nein, es bewegt sich, es ist ein Geist, eine *Larva«,* stammelte Ione und klammerte sich an die Brust des Atheners.

»Weg hier, weg!«, ächzte die Sklavin. »Es ist die Hexe des Vesuvs.«

»Wer seid ihr und was sucht ihr hier?«, erklang eine hohle, geisterartige Stimme.

Dieser schreckliche und totenhafte Klang, der ganz zu dem Gesicht der Person passte, die ihn hervorbrachte, schien eher die Stimme eines körperlosen Wanderers vom Styx als die eines lebenden Menschen zu sein. Ione wäre am liebsten in den Sturm zurückgeflüchtet, so mitleidlos er auch wütete, doch

Glaucus, obwohl selbst nicht ganz frei von Grausen, zog sie in die Höhle hinein.

»Wir sind aus der nahen Stadt und vom Unwetter überrascht worden«, sagte er. »Das Licht hat uns hierher gelockt. Wir bitten um Schutz an deinem Herd.«

Während seiner Worte erhob sich der Fuchs vom Boden und nahte sich den Fremden. In voller Breite zeigte er seine weißen Zähne und fuhr mit seinem drohenden Knurren in noch tieferem Ton fort.

»Platz, Sklave!«, rief die Hexe. Beim Klang ihrer Stimme legte sich das Tier sogleich, bedeckte das Gesicht mit dem Schweif und spähte nur noch mit wachsamem, regem Auge zu den Eindringlingen hin, die seine Ruhe störten. »Kommt ans Feuer, wenn ihr wollt«, sagte die Alte, sich an Glaucus und seine Gefährtinnen wendend. »Ich bekomme hier sonst nie etwas Lebendes zu sehen, außer dem Uhu, dem Fuchs, der Kröte und der Schlange. Deshalb kann ich euch auch nicht willkommen heißen. Doch tretet ruhig ohne Willkommen ans Feuer. Wozu die Förmlichkeiten?«

Die Sprache, in der die Hexe sie anredete, war ein absonderliches, barbarisches Latein, durchsetzt mit vielen Worten eines rohen, alten Dialekts. Sie rührte sich dabei nicht von ihrem Platz, sah aber mit starrem Blick zu, als Glaucus Ione den Mantel abnahm und sie aufforderte, sich auf einen Holzblock zu setzen, dem einzigen Sitzplatz, den er erblickte. Während er in die Kohlen blies, um die Glut anzufachen, legte die Sklavin, ermutigt durch die Beherztheit ihrer Herrschaft, gleichfalls ihre lange *Palla* ab und schlich furchtsam auf die andere Seite des Feuers.

»Ich hoffe, wir stören nicht«, sagte Ione mit ihrer sanften Silberstimme.

Die Hexe antwortete nicht; sie sah aus wie ein Wesen, das für einen Augenblick vom Tode erwacht und nun wieder in seinen ewigen Schlummer zurückgesunken ist.

»Sagt mir«, fragte sie plötzlich nach langem Schweigen, »seid ihr Bruder und Schwester?«

»Nein«, antwortete Ione errötend.

»Seid ihr verheiratet?«

»Auch nicht«, sagte Glaucus.

»Hoho, ein Liebespaar also, hahaha!« Und die Hexe lachte so laut und so lange, dass die Höhle widerhallte.

Als Ione diesen Laut befremdender Heiterkeit hörte, hatte sie das Gefühl, als ob ihr Herz stillstände. Glaucus sprach rasch und leise ein paar beschwörende Worte, um das böse Omen unwirksam zu machen, und die Sklavin wurde so bleich wie die Wange der Hexe selbst.

»Was lachst du, altes Weib?«, fragte Glaucus barsch, nachdem er seinen Spruch beendet hatte.

»Hab ich gelacht?«, fragte die Hexe zerstreut.

»Altersschwachsinn«, flüsterte Glaucus, sah aber, dass die Hexe ihn, während er es sagte, scharf und böse anstarrte.

»Du lügst!«, rief sie heftig.

»Und du bist eine sehr unhöfliche Gastgeberin«, gab Glaucus zurück.

»Still, provoziere sie nicht, lieber Glaucus«, sagte Ione leise.

»Ich will dir sagen, weshalb ich lachte, als ich dahinter kam, dass ihr ein Liebespaar seid«, erwiderte die Alte. »Weil es für Alte und Verwelkte immer eine Lust ist, junge Herzen wie die eurigen zu sehen und dabei an die Zeit zu denken, wo ihr einander zum Ekel werdet, zum Ekel … zum Ekel … hahaha!«

Jetzt war es an Ione, ein Stoßgebet gegen die hässliche Prophezeiung zu sprechen.

»*Dii avertite omen,* die Götter mögen es verhüten!«, sagte sie. »Alte, du verstehst wenig von Liebe, sonst wüsstest du, dass sie sich nimmermehr ändert.«

»Meinst du, ich sei nicht auch einmal jung gewesen?«, fragte die Hexe hastig. »Und bin doch nun alt und hässlich wie ein Skelett. Wie die Hülle, so das Herz!« Nach diesen Worten versank sie wieder in tiefes, unheimliches Schweigen, als ob sie zu leben aufgehört hätte.

»Wohnst du schon lange hier?«, fragte Glaucus nach einer Weile, denn ihm wurde bei dieser bedrückenden Stille unbehaglich zumute.

»O ja, lange!«

»Es ist eine recht triste Behausung.«

»Da hast du Recht, denn unter uns ist die Hölle!«, antwortete die Alte und wies mit ihren knöchernen Fingern auf den Boden. »Ich will dir ein Geheimnis verraten: Die dunklen Dinge da unten brauen Verderben für euch da oben, für euch, die Jungen, die Gedankenlosen, die Hübschen!«

»Du gibst nur Bosheiten von dir. Das ist nicht besonders gastfreundlich«, sagte Glaucus. »In Zukunft werde ich mich lieber dem Unwetter aussetzen, als deinen Herd aufzusuchen.«

»Daran wirst du gut tun; niemand sollte mich aufsuchen, außer den Unglücklichen.«

»Und warum Unglückliche?«, fragte der Athener.

»Ich bin die Hexe des Berges«, erwiderte die Zauberin mit gespenstischem Grinsen, »mein Geschäft ist es, den Hoffnungslosen Hoffnung zu machen; für unglücklich Liebende habe ich Zaubertränke, für die Habsüchtigen Verheißungen großen Vermögens, für die Rachsüchtigen braue ich Rache. Für die Glücklichen und Guten habe ich nur, was das Leben selbst bietet: Flüche! Stört mich nicht weiter.«

Nach diesen Worten verfiel die grimme Höhlenbewohnerin wiederum in hartnäckiges, mürrisches Schweigen, und vergebens bemühte sich Glaucus noch einige Male, ein Gespräch mit ihr anzuknüpfen. Ihre starren, verschlossenen Züge veränderten sich so wenig, als ob sie ihn nicht einmal hörte. Zum Glück begann nun der ebenso kurze wie heftige Sturm nachzulassen, der Regen verlor seine Stärke, die Wolken teilten sich, der Mond erschien an dem purpurnen Stück Himmel, das man durch die Öffnung der Höhle sehen konnte, und warf sein Licht klar und voll in die jämmerliche Behausung. Vielleicht hatte er noch nie eine Gruppe beschienen, die würdiger gewesen wäre, vom Pinsel eines Malers festgehalten zu werden. Die jugendliche, wunderschöne Ione saß neben dem rauen Feuer; ihr Geliebter, der schon wieder die Anwesenheit der Hexe vergessen schien, saß zu ihren Füßen und flüsterte ihr süße Worte zu; die bleiche, verschreckte Sklavin hockte ein Stück abseits; und die schauerliche Hexe ließ ihre toten Augen auf ihnen ruhen. Aber diese schönen Menschen waren dem Anschein nach heiter und frei von Angst, denn die Nähe des geliebten Herzens hat eine Macht, alles Grausen zu bannen. In dieser finsteren, teuflischen Höhle mit dem düsteren, bizarren Beiwerk erschienen sie wie Wesen aus einer anderen Welt. Der Fuchs beobachtete sie aus seinen scharfen, funkelnden Augen, und als Glaucus sich wieder zu der Hexe wandte, erblickte er erst jetzt unter ihrem Platz den emporgereckten Kopf einer großen Schlange, die ihn mit grellem Blick anstarrte. Ob nun die helle Farbe des Mantels, den der Grieche seiner Braut umwarf, das Tier reizte, kurz, sein Kopf begann zu schwellen und zu glühen, als drohte es auf die Neapolitanerin loszustürzen. Glaucus packte rasch eines der halbverbrannten Holzscheite vom Herd, und die Schlange, durch diese Gebärde wütend gemacht, kam vollends aus ihrem Versteck hervor und richtete sich mit einem lauten Zischen so hoch empor, dass sie fast so groß war wie der Grieche.

»Hexe«, schrie Glaucus, »ruf dein Tier zurück, sonst wirst du es tot sehen!«

»Das Gift ist ihm genommen«, erwiderte die Hexe, durch seine Drohung aus ihrem Brüten aufgeschreckt. Aber ehe sie noch ausgeredet hatte, war die Schlange auf Glaucus losgeschossen. Rasch und wachsam war der flinke Grieche zur Seite gesprungen und führte einen so kräftigen, gutgezielten Hieb gegen den Kopf des Reptils, dass es in Todeszuckungen zu Boden fiel und sich in der Asche des Feuers hin und her wand.

Die Hexe sprang auf und stellte sich direkt vor Glaucus. Ihr Gesicht hätte in diesem Augenblick der wildesten Furie keine Schande gemacht, obgleich es selbst in der höchsten Entfaltung des ihm eigenen grausen und gespenstischen Ausdrucks nicht ganz die Spuren früherer Schönheit verlor, so dass es frei blieb von jener grotesken Scheußlichkeit, in der die Sagendichtung des Nordens die Quelle des Schreckens gesucht hat.

»Du hast«, sagte sie mit langsamer, fester Stimme, die in ihrer Ruhe und Gelassenheit den wilderregten Ausdruck ihres Gesichts Lügen strafte, »unter meinem Dach Schutz gefunden und Wärme an meinem Herd. Du hast Gutes mit Bösem vergolten, du hast das Tier geschlagen und zu Tode getroffen, das an mir hing und mein war. Ja noch mehr, dieses Tier ist vor allen anderen den Göttern heilig und wird von den Menschen für verehrungswürdig gehalten.* Nun höre deine Strafe! Beim Mond, dem Beschützer der Zauberin, beim Orkus, dem Schatzmeister des Verderbens, fluche ich dir. Mögest du verflucht sein! Möge deine Liebe schändlich enden, möge dein Name mit Schmach bedeckt werden, mögen die Höllischen dich zeichnen, möge dein Herz verwelken und verdorren, möge deine letzte Stunde dich an den Fluch der Saga des Vesuvs erinnern! Und du«, fügte sie hinzu, indem sie sich schroff Ione zuwandte und den rechten Arm erhob – doch in diesem Augenblick unterbrach Glaucus sie mit Ungestüm:

»Hexe«, schrie er, »halt ein! Mich hast du verflucht, ich vertraue mich den Göttern an, ich mache mir nichts daraus und verachte dich! Aber sprich ein Wort gegen dieses Mädchen hier, und ich werde den Fluch aus deinem Schandmaul in das Röcheln einer Sterbenden verwandeln! Nimm dich in Acht!«

»Ich bin fertig«, versetzte die Hexe mit wildem Lachen. »Denn in den Fluch ist auch die verstrickt, die den Verfluchten liebt! Und das umso mehr, als ich aus *ihrem* Mund deinen Namen gehört habe und weiß, mit welchem Namen ich dich den Dämonen überliefern kann! *Glaucus,* du bist verflucht!« Nach diesem Ruf wandte die Hexe dem Athener den Rücken zu, kniete neben ihrem verwundeten Liebling nieder, den sie vom Herd wegzog, und würdigte ihre Gäste keines Blickes mehr.

»O Glaucus«, sagte Ione aufs Tiefste erschrocken, »was haben wir getan? Lass uns diesen Ort so schnell wie möglich verlassen. Das Unwetter ist vorbei. Gute Frau, verzeih ihm und widerruf deine Worte, er wollte mich ja nur verteidigen; nimm dies zum Zeichen des Friedens und mach rückgängig, was du gesagt hast!« Dabei bückte sie sich und legte ihre Börse der Hexe in den Schoß.

»Fort mit dir!«, rief diese schroff. »Den einmal ausgesprochenen Fluch können nur die Parzen rückgängig machen. Fort!«

»Komm, Geliebte«, drängte Glaucus sie. »Glaubst du denn, die Götter droben oder drunten hörten auf das ohnmächtige Gekeife einer schwachsinnigen Alten? Komm!«

Lang hallte die Höhle laut wider von dem schrecklichen Gelächter der Sibylle. Zu einer weiteren Antwort ließ sie sich nicht herab.

Die Liebenden atmeten erleichtert auf, als sie wieder draußen an der frischen Luft waren; doch die Szenen, deren Zeugen sie gewesen waren, die Worte und das Gelächter der Hexe bedrückten Ione mit dem Gefühl des Grauens, und selbst Glaucus konnte den Eindruck, der sie erschüttert hatte, nicht von sich abschütteln. Der Sturm hatte sich gelegt, nur hin und wieder rollte noch leiser Donner durch fernes, finsteres Gewölk, oder ein Blitzstrahl bäumte sich noch für einen Augenblick der Alleinherrschaft des Mondes entgegen. Nach einigen Schwierigkeiten fanden sie den Weg wieder, wo sie den Wagen zur Weiterreise bereits hinlänglich repariert fanden. Der Carrucarius rief mit lauter Stimme Herkules an, und bat ihn, ihm zu sagen, wohin seine Fahrgäste verschwunden seien.

Vergebens bemühte sich Glaucus, die völlig erschöpfte Ione aufzuheitern; es gelang ihm nicht einmal, seine eigene Fröhlichkeit wiederzufinden. Bald erreichten sie das Stadttor. Als es für sie geöffnet wurde, sahen sie den Weg durch eine Sänfte versperrt, die von Sklaven getragen wurde.

»Es ist zu spät zur Ausfahrt«, rief die Wache den Insassen der Sänfte zu.

»Für mich nicht«, antwortete eine Stimme, bei deren Klang die Liebenden stutzten, denn sie erkannten sie sofort. »Ich muss zur Villa des Marcus Polybius und kehre bald zurück. Ich bin Arbakes, der Ägypter.«

Der Torwächter hatte nun keine Bedenken mehr, die Sänfte hinauszulassen, und sie kam dicht an dem Wagen vorbei, in dem das Liebespaar saß.

»Arbakes, zu dieser Stunde? Und kaum genesen, wie mir scheint. Wohin will er, und wozu verlässt er jetzt die Stadt?«, fragte Glaucus.

»Ach«, antwortete Ione, in Tränen ausbrechend, »meine Seele fühlt mehr und mehr das Nahen des Unheils. Beschützt uns, oh Götter, oder«, fügte sie bei sich hinzu, »rettet wenigstens meinen Glaucus!«

## KAPITEL X

### DER HERR DES FLAMMENDEN GÜRTELS UND SEINE DIENERIN. DAS SCHICKSAL SCHREIBT SEINE PROPHEZEIUNG IN ROTEN LETTERN, DOCH WER WIRD SIE LESEN?

Arbakes hatte nur gewartet, bis das Unwetter vorüber war, um im Schutz der Nacht die Saga des Vesuvs aufzusuchen. Er ließ sich von denjenigen unter seinen Sklaven tragen, die bei geheimeren Unternehmungen seine Vertrauten zu sein pflegten. Er lag auf der Sänfte ausgestreckt, und sein heißblütiges Herz gab sich dem Traum gestillter Rache und befriedigter Liebe hin. Bei einer so kurzen Ausfahrt waren die Sklaven nicht viel langsamer als Maultiere, und Arbakes erreichte bald den Anfang eines kleinen Fußpfads, den die Liebenden unglücklicherweise verfehlt hatten. Dieser Weg führte am Rande des Rebendickichts unmittelbar auf die Höhle der Hexe zu. Der Ägypter ließ die Sänfte Halt machen und befahl seinen Leuten, sich mit dem Tragsessel unter dem Weinlaub verborgen zu halten, falls Leute vorüberkämen. Alsdann stieg er allein und noch immer schwachen Schrittes, auf einen langen Stab gestützt, an dem schroffen, öden Abhang empor.

Kein Tropfen fiel vom ruhigen Himmel, doch von den regenschweren Rebenblättern rieselte melancholisch Nässe herab und sammelte sich hier und dort in Rissen und Spalten des Pfades zu Pfützen.

»Seltsame Leidenschaften für einen Gelehrten«, dachte Arbakes, »die einen Menschen wie mich, der eben dem Tod mit knapper Not entkommen ist, und der sich, wenn er gesund ist, zwischen den üppigsten Rosen betten kann, auf solche nächtliche Pfade führt; aber wenn Liebe und Rache ihrem

Ziel zuschreiten, so können sie aus einem Tartarus ein Elysium machen.« Hoch, klar und schwermütig beleuchtete der Mond den Weg des in der Finsternis hinschreitenden Mannes, spiegelte sich in jeder Pfütze und erfüllte die Abhänge mit dämmrigem Schatten. Der Wanderer erblickte dasselbe Licht vor sich, das die Schritte seiner beabsichtigen Opfer geleitet hatte, aber da jetzt keine schwarzen Wolken mehr das Licht am Himmel verdunkelten, so war sein Schein weniger rot und grell.

Als er sich endlich dem Eingang der Höhle näherte, blieb er stehen, um Atem zu schöpfen. Dann trat er in der gewohnten festen, stolzen Haltung über die unheilige Schwelle.

Der Fuchs sprang auf, als sich abermals ein Fremder nahte, und kündigte seiner Gebieterin durch ein langes Geheul dessen Eindringen an.

Die Alte hatte sich hingesetzt, und ihr Gesicht trug wieder den Ausdruck grabesähnlicher, grimmiger Ruhe. Auf einer Streu von trockenen Kräutern lag die verwundete Schlange vor ihr; obgleich ihr Leib halb zugedeckt war, erkannte das scharfe Auge des Ägypters sogleich die im Schein des Feuers schillernden Schuppen, die das Tier in Schmerz und ungestillter Wut bald zusammenzog, bald ausstreckte.

»Platz, Sklave!«, rief die Hexe wie zuvor dem Fuchs zu, und wie zuvor legte sich das Tier auf den Boden, stumm, aber wachsam.

»Steh auf, Dienerin der Nox und des Erebus«, rief Arbakes gebieterisch, »ein höherer Meister deiner Kunst steht vor dir. Steh auf und begrüße ihn!«

Als er das sagte, heftete die Hexe den Blick auf die ragende Gestalt und die finstere Miene des Ägypters. Lange und unverwandt sah sie ihn an, während er in seiner morgenländischen Kleidung mit gekreuzten Armen und unerschütterter, hoheitsvoller Stirn vor ihr stand. »Wer bist du«, fragte sie endlich, »dass du dich einen höheren Meister in der Kunst nennst als die Saga der verbrannten Felder, die Tochter des untergegangenen etruskischen Volkes?«

»Ich bin der«, antwortete Arbakes, »von dem alle Meister

*Ein Reisender bittet eine Sibylle um die Zubereitung eines Zaubertranks.*

der Magie von Norden bis Süden, von Osten nach Westen, vom Ganges und vom Nil bis zu den Tälern Thessaliens und den Ufern des gelben Tiber in Demut gelernt haben.«

»Es lebt nur ein solcher Mann in dieser Gegend«, erwiderte die Hexe, »den die Leute in Unkenntnis seiner höheren Eigenschaften und seines geheimen Rufs bloß Arbakes, den Ägypter, nennen. Wir aber, die von höherer Natur sind und tieferes Wissen haben, nennen ihn bei seinem rechtmäßigen Namen ›Hermes des flammenden Gürtels‹.«

»Sieh mich gut an«, versetzte Arbakes, »der bin ich!«

Mit diesen Worten schlug er den Mantel auseinander und enthüllte einen Gürtel, der wie von Feuer glühte und in der Mitte durch einen Verschluss zusammengehalten wurde, der ein unverständliches, der Hexe aber scheinbar nicht unbekanntes Zeichen trug. Sie sprang schnell auf und warf sich ihm zu Füßen. »So steht vor mir also«, rief sie unterwürfig aus, »der mächtige Herr des flammenden Gürtels. Empfange meine Huldigung.«

»Steh auf«, sagte der Ägypter, »ich benötige deine Hilfe.«

Mit diesen Worten setzte er sich auf denselben Holzblock, auf dem Ione gesessen hatte, und winkte der Hexe, ihren Platz wieder einzunehmen.

»Du sagtest«, begann er, während sie ihm Folge leistete, »du seiest eine Tochter der alten etruskischen Stämme,* deren felsenerbaute Städte noch jetzt mit ihren mächtigen Mauern auf das Räubervolk herabzürnen, das ihre alte Herrschaft an sich gerissen hat. Diese Völker kamen teils aus Griechenland, teils waren sie Flüchtlinge aus einem heißeren, älteren Land. In beiden Fällen bist du ägyptischer Abstammung, denn die Überwältiger der Ureinwohner Griechenlands gehörten zu jenen unsteten Kindern, die der Nil aus seinem Schoß verbannte. Du stammst also von Vätern ab, Saga, die den meinigen Gehorsam geschworen haben. Durch Geburt wie auch durch deine Wissenschaft bist du die Untertanin des Arbakes. Höre denn und gehorche.«

Die Hexe neigte den Kopf.

»So groß unsere Kunst in der Zauberei auch sein mag«, fuhr Arbakes fort, »sind wir doch zuweilen zur Erreichung unserer Zwecke auf natürliche Mittel angewiesen. Der Ring und der Kristall, die Asche und die Kräuter* geben nicht immer unfehlbare Auskunft über die Zukunft, und auch die Einsicht in die höheren Geheimnisse des Mondes entheben den Herrn des Gürtels nicht von der Notwendigkeit, hin und wieder menschliche Wege zu einem menschlichen Ziel einzuschlagen. Gib also Acht: Du bist, soviel ich weiß, in der Kenntnis tödlicher Kräuter sehr bewandert. Du kennst die Gewächse, die das Leben vernichten, die die Seele aus ihrem Refugium treiben und die Kanäle des jungen Blutes zu einem Eis erstarren lassen, das keine Sonne mehr schmelzen kann. Überschätze ich deine Kunst? Sprich und sag die Wahrheit!«

»Mächtiger Hermes, solche Wissenschaft beherrsche ich in der Tat. Sieh dieses gespenstische, leichenhafte Gesicht an. Wenn die Farbe des Lebens aus ihm gewichen ist, so kommt das nur daher, weil es Tag und Nacht über den Kräutern wachte, die ständig in dem Kessel dort sieden.«

Der Ägypter rückte, als die Alte das sagte, ein Stückchen von dem Kessel weg, dessen Nähe ihm nun gesundheitsschädlich erschien.

»Es ist gut, dass du den Grundsatz gelernt und befolgt hast«, antwortete er, »der für alle der oberste ist, die höhere Weisheit erringen wollen: ›Verachte den Leib, um den Geist weise zu machen.‹ Doch zu dem, was ich dir auftragen will! Morgen, wenn die Sterne aufgehen, kommt ein eitles Mädchen zu dir und wird von deiner Kunst einen Liebestrank fordern, um Augen, die nur zu den ihrigen eine sanfte Sprache sprechen sollten, von einer anderen abzulenken. Gib ihr keinen Liebestrank, sondern eines deiner furchtbarsten Gifte. Der junge Liebhaber soll seine Gelübde den Schatten vorseufzen.«

Die Hexe zitterte am ganzen Leibe.

»Verzeih, verzeih, gestrenger Meister«, sagte sie mit bebender Stimme. »Aber so etwas wage ich nicht. Das Gesetz in diesen Städten ist streng und wachsam, man wird mich ergreifen und töten.«

»Wozu nützen dann deine Kräuter und Zaubertränke, eingebildete Saga?«, fragte Arbakes höhnisch.

Die Hexe bedeckte ihr hässliches Gesicht mit den Händen.

»Ach, vor vielen Jahren«, sagte sie mit einer Stimme, die jetzt den Ton sanfter Klage hatte und ganz anders klang als bisher, »war ich nicht das Wesen, das ich jetzt bin. Ich liebte, und ich glaubte mich wiedergeliebt.«

»Und was hat deine Liebe mit meinem Befehl zu schaffen?«, fragte Arbakes ungestüm.

»Geduld«, fuhr die Hexe fort. »Ich flehe dich an, hab Geduld! Ich liebte, doch eine andere, eine weniger Schöne als ich – ja, bei Nemesis, sie war lange nicht so schön – hatte mir meinen Auserwählten abspenstig gemacht. Ich war aus dem finsteren Geschlecht der Etrusker, von denen fast ein jeder die Geheimnisse der schwarzen Magie beherrscht. Meine Mutter war selbst eine Saga. Sie erbarmte sich ihres Kindes in seinem tiefen Schmerz, und aus ihren Händen erhielt ich den Trank, der mir seine Liebe wiedergewinnen sollte. Doch ich – oh, zerschmettert mich, ihr grauen Wände! – ich verwechselte die Phiolen, und mein Geliebter fiel mir wohl zu Füßen, doch tot, tot! Ich wurde mit einem Schlag alt und widmete mich selbst der Zauberei meines Geschlechts. Von unwiderstehlichem Drang getrieben verdammte ich mich selber zu einer entsetzlichen Sühne. Noch immer suche ich die tödlichsten Kräuter, mische Gifte und bilde mir ein, ich sollte sie der verhassten Rivalin geben. Noch immer gieße ich das Gebräu in die Phiolen, noch immer stelle ich mir vor, es solle ihre Schönheit zu Staub machen, und noch immer sehe ich den zuckenden Körper, die schäumenden Lippen, die starren Augen meines Aulus vor mir: ermordet, und durch mich!«

Die skelettartige Gestalt der Hexe erzitterte wie in heftigen Krämpfen. Arbakes sah sie mit neugierigen, doch verächtlichen Blicken an.

»Und dieses scheußliche Wesen hat noch menschliche Empfindungen«, dachte er, »noch immer kauert sie über der Asche desselben Feuers, das den Arbakes verzehrt. So sind wir alle! Geheimnisvoll ist dieses Band sterblicher Leidenschaften, das den Größten mit dem Geringsten verbindet.«

Er gab keine Antwort, bis die Alte sich beruhigt hatte. Endlich saß sie wieder still auf ihrem Stuhl, obgleich sie immer noch den Kopf hin und her wiegte. Ihre gläsernen Augen starrten ins Feuer, dicke Tränen standen auf ihren aschfahlen Wangen.

»Das ist wirklich eine traurige Geschichte«, sagte er, »aber solche Empfindungen schicken sich mehr für junges Volk; das Alter soll unsere Herzen gegen alles außer uns selbst verhärten. Wie jedes Jahr neue Schuppen um das Schalentier legt, so sollte jedes Jahr das Herz mit einer stärkeren Mauer, einer festeren Kruste umschließen. Denk nicht mehr an diese Verirrungen, und höre wieder auf mich! Bei der Rache, die auch dir teuer war, befehle ich dir, mir zu gehorchen! Denn der Rache wegen suche ich dich auf. Der Knabe, den ich aus dem Weg geräumt wissen will, hat trotz all meiner Zauberkunst meine Pläne durchkreuzt. Dieses Nichts aus Purpur und Stickerei, aus Lächeln und süßen Blicken, dieser seelen- und geistlose Niemand, der nichts hat als ein bisschen Schönheit, er sei verflucht, diese Wanze, dieser Glaucus. Ich sage dir bei Orkus und Nemesis, er muss sterben!«

Mit jedem Wort hatte die Wut des Ägypters sich gesteigert. Er vergaß seine Schwäche, seine sonderbare Gefährtin, er vergaß alles über seiner wilden Rachsucht und ging mit weiten, raschen Schritten in der Höhle hin und her.

»Sagtest du Glaucus, mächtiger Meister?«, fragte plötzlich die Hexe, und ihr düsteres Auge leuchtete bei diesem Namen in all dem Groll, den die Erinnerung an kleine Kränkungen oft bei Einsamen und Verstoßenen wachruft.

»Ja, so heißt er. Doch was kümmert dich der Name? Möge er heute über drei Tage keinem Lebenden mehr angehören!«

»Höre mich an!«, rief die Alte, aus einem kurzen Grübeln auffahrend, in das sie bei den letzten Worten des Ägypters versunken war. »Höre mich an! Ich bin dein Geschöpf und deine Sklavin, aber verschone mich hiervon. Wenn ich dem Mädchen, von dem du sprachst, etwas gebe, das das Leben des Glaucus zerstört, so wird man mich entdecken, und der Tod findet immer seine Rächer. Auch du, gewaltiger Mann, dürftest wohl deine stärkste Zauberkunst benötigen, um dich zu schützen, wenn bekannt wird, dass du mich aufgesucht hast, um deinen Hass auf Glaucus zu stillen!«

»Ha!«, rief Arbakes und blieb abrupt stehen. Es zeigte sich hier wieder, wie die blinde Leidenschaft das Auge des Scharfsinnigsten blenden kann, denn sein sonst so wachsamer vorausschauender Geist erkannte jetzt zum ersten Mal die Gefahr, in die er selbst bei dieser Art, seine Rache zu befriedigen, sich begeben konnte.

»Wenn ich nun statt eines Gifts, das dem Herzschlag ein Ende macht«, fuhr die Hexe fort, »eines gäbe, das nur das Hirn verbrennt und verdorrt, das denjenigen, der es genießt, unfähig zu aller Tätigkeit und allen Aufgaben des Lebens macht, das ihn in ein verworfenes, rasendes, umnachtetes Wesen verwandelt, das den Verstand zum Wahnsinn verkehrt, die Jugend zum Schwachsinn des Alters – wird da deine Rache nicht ebenso befriedigt, dein Ziel nicht genauso erreicht?«

»O Hexe! Nicht länger Dienerin, sondern Schwester, Ebenbürtige des Arbakes! Wie viel schärfer als der unsere ist doch

Weiberwitz, auch wenn es um Rache geht. Oh, um wie viel schrecklicher als der Tod ist ein solches Los!«

»Und«, fuhr die Hexe fort, ihren abscheulichen Plan näher erläuternd, »die Gefahr ist dabei nicht halb so groß; unser Opfer kann auf zehntausend Arten, die zu erforschen niemandem einfallen wird, wahnsinnig geworden sein. Da ist er etwa in den Weinbergen gewesen und hat eine Nymphe gesehen,* oder der Wein selbst hat auf ihn diese Wirkung hervorgebracht! Hahaha! Derartige Dinge, bei denen die Götter die Hand im Spiel gehabt haben können, untersucht man nie allzu genau. Selbst wenn es zum Ärgsten kommt, wenn bekannt wird, dass ein Liebestrank dahinter steckt, so ist ja Irrsinn die gewöhnliche Folge dieser Tränke, und selbst der Schönen, die den Liebestrank gereicht hat, wird deshalb nichts passieren. Mächtiger Hermes, habe ich dir einen klugen Rat gegeben?«

»Dafür sollst du zwanzig Jahre länger leben!«, antwortete Arbakes. »Ich will das Zeitmaß deines Schicksals von neuem ins Angesicht der bleichen Sterne schreiben. Nicht umsonst sollst du dem Herrn des flammenden Gürtels gedient haben. Und hier, Saga, grabe dir mit diesen goldenen Werkzeugen eine wärmere Zelle in dieser öden Höhle! Ein einziger mir geleisteter Dienst soll dir ebenso viel einbringen wie tausend Prophezeiungen, die du dummen Bauern aus Sieb und Schere weissagst.« Mit diesen Worten warf er eine schwere Börse auf den Boden, ein Klang, der dem Ohr der Hexe nicht unangenehm war, die sich in dem Bewusstsein gefiel, Mittel zum Kauf von Bequemlichkeiten zu besitzen, die sie eigentlich verachtete. »Lebe wohl«, schloss Arbakes, »und halte Wort. Ruhe nicht, bis du das Gift gebraut hast. Du wirst den ersten Platz unter deinen Schwestern am Walnussbaum* einnehmen, wenn du ihnen sagst, Hermes der Ägypter sei dein Freund und Gönner. Morgen Nacht sehen wir uns wieder.«

Er hielt sich nicht damit auf, sich Lebewohl oder Danksagungen der Hexe anzuhören, sondern trat mit raschem Schritt in die mondhelle Nacht hinaus und eilte den Berg hinunter.

Die Hexe folgte ihm bis zur Schwelle und blieb lange am Eingang der Höhle stehen, um der Gestalt, die sich immer weiter entfernte, nachzusehen. Und wie das matte Mondlicht auf ihre finstere Gestalt und ihr totenhaftes, zwischen den düsteren Felsen hervorlugendes Gesicht fiel, schien es fast, als sei ein Wesen, das wirklich übernatürliche Zauberkraft besaß, aus dem furchtbaren Orkus entwischt, als stehe die Vorderste in der Geisterschar an den schwarzen Toren der Unterwelt und rufe einen Flüchtling zur Rückkehr, oder seufze umsonst, ihm folgen zu dürfen. Langsam trat die Hexe wieder in die Höhle zurück, hob stöhnend die schwere Börse auf, nahm die Lampe von ihrem Ständer und zog sich in den fernsten Winkel ihrer Kammer zurück. Ein schwarzer, plötzlich hervortretender Gang gähnte ihr entgegen. Man sah ihn erst, wenn man dicht davor stand, weil schroffes überhängendes Gestein ihn von allen Seiten umschloss. Sie ging mehrere Schritte auf diesem finsteren Weg weiter, der sich allmählich abwärts senkte, als führe er ins Innere der Erde hinein. Dann hob sie einen Stein auf und legte ihren Schatz in ein Loch, das anscheinend schon viele Münzen von verschiedenem Wert enthielt: der Lohn, der ihr von der Leichtgläubigkeit oder der Dankbarkeit ihrer Besucher zuteil geworden war.

»Ich betrachte euch gern«, sagte sie zu den Münzen, »bei eurem Anblick fühle ich, dass ich wirklich Macht besitze. Zwanzig Jahre soll ich länger leben, euch zu vermehren. Oh, du großer Hermes!«

Sie legte den Stein wieder über das Loch, folgte aber dem Gang noch mehrere Schritte weiter hinab und blieb dann vor einer tiefen, unregelmäßigen Erdspalte stehen. Hier bückte sie sich und hörte in der Ferne ein merkwürdiges dumpfes Rumpeln. Zugleich quoll von Zeit zu Zeit mit lautem Zischen, wie wenn – um ein einfaches, aber treffendes Gleichnis zu gebrauchen – Stahl auf dem Rad geschliffen würde, finsterer Rauch in dicken Stößen hervor und wirbelte durch die Höhle.

»Die Schatten sind emsiger als gewöhnlich«, sagte die Hexe und schüttelte die grauen Haare. Sie sah tief in den Riss hinunter und bemerkte ganz unten den Schimmer eines dunkelrot aufglühenden Lichtstreifens. »Seltsam«, murmelte sie zurückbebend, »dieser tiefdunkle Schein zeigt sich erst seit zwei Tagen. Was mag das bedeuten?«

Der Fuchs, der seiner Gebieterin gefolgt war, stieß ein klägliches Geheul aus und rannte mit eingezogenem Schweif nach der Höhle zurück. Ein kalter Schauder ergriff die Hexe bei dem Geheul des Tieres, was nach dem Aberglauben jener Zeit als ein unheildrohendes Zeichen gedeutet werden musste, da dafür keine handgreifliche Ursache vorhanden war. Sie murmelte einen Versöhnungszauber und tappte in die Höhle zurück, wo sie sich unter Beschwörungen ihren Kräutern widmete, um den Auftrag des Ägypters zu vollziehen.

»Altersschwachsinnig hat mich dieser Glaucus genannt«, sagte sie, als Schwaden aus dem dampfenden Kessel aufstiegen. »Wenn erst der Kiefer herabsinkt, die Zähne ausfallen und das Herz kaum noch schlägt, dann ist Schwachsinn etwas Klägliches, aber wenn«, fügte sie mit schadenfrohem Grinsen hinzu, »wenn die Schönen, die Jungen, die Kraftvollen plötzlich verblöden, ah, *das* ist furchtbar! Flackere Flamme, köchelt Kräuter, dörre Kröte. Ich habe ihm geflucht, und so möge er verflucht sein!«

In dieser Nacht, ja fast zu derselben Stunde, da die finstere, teuflische Unterredung zwischen der Saga und Arbakes stattfand, wurde Apaecides getauft.

## KAPITEL XI

### DIE DINGE ENTWICKELN SICH WEITER. DIE KNOTEN SIND GEKNÜPFT, ABER DAS NETZ GERÄT IN ANDERE HÄNDE.

»Und du hast wirklich den Mut, Julia, die Hexe des Vesuvs heute Abend aufzusuchen, noch dazu in Gesellschaft dieses fürchterlichen Menschen?«

»Wieso, Nydia? Glaubst du, es sei dabei etwas zu befürchten?«, antwortete Julia erschrocken. »Ich denke, diese alten

Weiber mit ihren Zauberspiegeln, mit dem Sieb, das sie hin und her schütteln, und mit den Kräutern, die sie im Mondschein sammeln, sind nur Gauklerinnen, die vielleicht nichts weiter verstehen, als so ein Mittelchen zu bereiten, um dessentwillen ich die Fertigkeit dieser Alten in Anspruch nehme. Dieses Geheimnis erklärt sich doch ganz einfach daraus, dass sie eben die Kräuter und Gewächse des Feldes kennen. Was hätte ich also zu fürchten?«

»Hast du keine Angst vor deinem Begleiter?«

»Was, vor Arbakes? Bei Diana, ich habe noch nie einen höflicheren Verehrer gehabt als diesen Magier. Wenn der nur nicht ganz so dunkelhäutig wäre, so würde er sogar recht hübsch sein.«

Trotz ihrer Blindheit entging es Nydias Scharfsinn nicht, dass für Julia die Artigkeiten des Ägypters nichts Abschreckendes hatten. Sie riet ihr deshalb nicht länger ab, hegte aber im Herzen den wilden, immer ungestümeren Wunsch zu erfahren, ob es wirklich Zauberkräfte gäbe, durch die man die Liebe eines Mannes an sich fesseln könne.

»Lass mich mit dir gehen, edle Julia«, bat sie endlich. »Meine Begleitung ist zwar kein Schutz für dich, aber ich möchte gern bei dir sein, bis alles vorüber ist.«

»Dein Angebot gefällt mir«, antwortete die Tochter Diomeds. »Aber wie willst du es anfangen? Wir werden erst spät zurück sein, und man wird dich vermissen.«

»Ione ist nachsichtig«, antwortete Nydia. »Wenn du mir erlauben willst, unter deinem Dach zu schlafen, brauche ich ihr nur sagen, die edle Julia, eine meiner früheren Gönnerinnen, habe mich aufgefordert, einen Abend bei ihr zu verbringen und ihr thessalische Lieder vorzutragen, so wird Ione, freundlich wie sie ist, mir gern erlauben, dir einen solchen Gefallen zu tun.«

»Nein, nein, frag ruhig selbst«, entgegnete Julia hochmütig. »*Ich* habe keine Lust, die Neapolitanerin um eine Gefälligkeit zu bitten. Bitte du nur für dich selber«

»Gut, so sei es. Ich will jetzt gehen, um meine Bitte vorzubringen, die mir, das weiß ich im Voraus, ohne weiteres gewährt wird. Dann bin ich bald wieder bei dir.«

»Tu das. Ich lasse dir in meinem eigenen Zimmer ein Bett herrichten.«

Damit verließ Nydia die schöne Pompejanerin.

Auf ihrem Rückweg zu Ione begegnete sie dem Wagen von Glaucus, dessen feurige, tänzelnde Rosse auf der von Menschen erfüllten Straße allgemeines Aufsehen erregten.

Freundlich hielt er einen Moment an, um mit dem Blumenmädchen zu sprechen.

»Sieh da, meine hübsche Nydia, blühend wie deine Rosen! Und wie geht es deiner holden Herrin? Hoffentlich hat sie sich von dem gestern überstandenen Unwetter ganz erholt?«

»Ich war noch nicht bei ihr«, antwortete Nydia, »aber ... «

»Was, aber? Tritt ein wenig zurück, du stehst zu nah bei den Pferden.«

»Aber glaubst du, dass Ione mir erlauben wird, diesen Tag bei Julia, der Tochter Diomeds, zuzubringen? Sie wünscht es sehr, und sie war immer gütig zu mir, damals, als ich erst wenige Freunde hatte.«

»Mögen die Götter dein dankbares Herz segnen! Ich will die Erlaubnis auf mich nehmen.«

»Darf ich auch über Nacht fortbleiben und erst morgen früh zurückkommen?«, fragte Nydia, und das Lob, das sie so wenig verdiente, gab ihr einen Stich ins Herz.

»Wie es dir und der schönen Julia gefällt. Empfiehl mich ihr. Halt, noch eins, Nydia! Wenn du sie sprechen hörst, dann pass einmal gut auf, welcher Unterschied zwischen ihrer Stimme und dem Silberklang der Iones besteht. *Vale!*«

Er hatte die Schrecken der letzten Nacht völlig überwunden und war fröhlich wie immer; seine Locken wehten im Wind, sein Herz schlug hoch vor Freude bei jedem Sprung seiner edlen Parther; in seiner jugendlichen Lebensfreude und Verliebtheit glich er wirklich einem Abbild seines heimatlichen Gottes. In flottem Trab fuhr er zur Gebieterin seines Herzens.

Genießt die Gegenwart, solange ihr könnt! Wer kann die Zukunft lesen?

Als der Abend hereinbrach, ließ Julia sich in ihrer Sänfte, die so geräumig war, dass auch ihre blinde Gefährtin darin noch Platz fand, zu den von Arbakes bezeichneten Bädern vor der Stadt tragen. Leichtsinnig wie sie war, bereitete das Unternehmen ihr keine Angst, sondern nur eine gewisse wohl tuende Aufregung. Wenn sie aber daran dachte, dass sie nun doch noch über die verhasste Neapolitanerin triumphieren würde, dann herrschte eitel Freude in ihrem Herzen.

Eine Gruppe von einigen vergnügten Herren stand vor dem Tor der Villa, als die Sänfte auf ihrem Weg zu dem für Frauen bestimmten Eingang der Bäder vorübergetragen wurde.

»Soweit ich in der Dämmerung erkennen kann«, bemerkte einer der Herren, »sind das die Sklaven Diomeds.«

»Ganz recht, Clodius«, antwortete Sallust, »es ist wohl die Sänfte seiner Tochter Julia. Sie ist reich, Freund, warum hältst du nicht um sie an?«

»Ich hoffte einmal, Glaucus würde sie heiraten. Sie macht kein Hehl aus ihrer Liebe zu ihm, und da er gern hoch spielt und immer Unglück hat ... «

»Würden die angeheirateten Sesterzien dann auf diese Weise dein Eigentum geworden sein, oh, du weiser Clodius. Wie gut ist doch eine Frau, wenn sie ein anderer hat!«

»Aber da Glaucus«, fuhr Clodius fort, »die Neapolitanerin heiraten will, wie ich höre, werde ich wohl wirklich selbst mein Glück bei dem verschmähten Mädchen versuchen müssen. Wenigstens wird dann Hymens Lampe vergoldet sein und der Leuchter für den Duft der Flamme entschädigen. Nur dagegen erhebe ich Einspruch, Sallust, dass Diomed etwa *dich* zum Vermögensverwalter seiner Tochter* macht.«

»Haha! Lass uns hineingehen, mein *Comissator!* Wein und Kränze warten auf uns.«

Julia schickte ihre Sklavinnen in die Räume, die den Dienerinnen zum Aufenthalt bestimmt waren, und trat mit Nydia in die Bäder. Sie lehnte jedoch alle Angebote der Badewärterinnen ab und begab sich durch eine Seitentür in den Garten.

»Sie kommt sicher zu einer Verabredung hierher«, sagte eine der Sklavinnen.

»Was geht das dich an?«, versetzte eine Aufseherin barsch. »Sie bezahlt ebenso viel, als ob sie badet, und es kostet uns keinen Safran. Solche Verabredungen sind für uns das beste Geschäft. Horch! Hörst du nicht? Die Witwe Fulvia klatscht in die Hände. Lauf, dummes Ding, lauf!«

Julia und Nydia vermieden den belebteren Teil des Gartens und fanden die von Arbakes bezeichnete Stelle. Auf einem kleinen Rasenrondell stand, von den Sternen beschienen, eine Statue des Silenus: Der fröhliche Gott ruhte auf einem Steinblock, zu seinen Füßen kauerte der bacchische Luchs, und an den Mund hielt er mit ausgestrecktem Arm ein Bündel Trauben, an dessen Anblick er sich anscheinend weidete, bevor er es verzehrte.

»Ich sehe den Magier nicht«, sagte Julia, sich umschauend, aber noch während sie sprach, trat der Ägypter gemächlich aus dem nahen Gebüsch. Das Sternenlicht fiel bleich auf seine wallenden Gewänder.

»*Salve,* süßes Mädchen! Aber wen hast du denn da? Wir dürfen keine Begleiter haben.«

»Es ist ja nur das blinde Blumenmädchen, weiser Magier«, erwiderte Julia. »Sie ist eine Thessalierin.«

»Oh, Nydia«, sagte der Ägypter. »Ich kenne sie.«

Nydia zog sich schaudernd zurück.

»Ich glaube, du warst in meinem Haus«, flüsterte er Nydia ins Ohr, »du kennst den Eid. Verschwiegenheit, heute wie damals, sonst wehe dir! Doch«, fügte er sinnend hinzu, »warum soll man einer Blinden mehr vertrauen, als nötig ist? Julia, wagst du es denn nicht, mit mir allein zu gehen? Glaube mir, der Magier ist nicht so gefährlich, wie er scheint.«

Mit diesen Worten zog er Julia sanft zur Seite und fuhr dann fort:

»Die Hexe sieht es nicht gern, wenn mehrere zugleich kommen«, sagte er. »Lass Nydia hier warten, bis wir zurückkehren. Helfen kann sie uns nicht, und zu deinem Schutz reicht deine Schönheit aus – deine Schönheit und dein Rang, Julia; ja, ich kenne deinen Namen und deinen Rang. Komm, vertraue dich mir an, reizende Nebenbuhlerin der jüngsten der Najaden!«

Die eitle Julia ließ sich, wie wir gesehen haben, nicht leicht Angst machen. Es gefiel ihr, dass Arbakes ihr schmeichelte, und sie gab ohne Zögern ihre Zustimmung, dass Nydia bis zu ihrer Rückkehr im Bad warten solle. Auch drängte Nydia ihre Begleitung nicht auf. Die bloße Stimme des Ägypters hatte genügt, all ihre Furcht vor ihm wiederzuerwecken. Es war ihr lieb, dass sie nicht mit ihm zu gehen brauchte.

Sie kehrte ins Haus zurück und wartete in einer der Dienerstuben auf die Rückkehr der beiden. Mannigfaltig und traurig waren ihre Gedanken, als sie hier in ihrer ewigen Dunkelheit saß. Sie dachte an ihre Verlassenheit, an ihr freudloses Geschick. Sie war fern von ihrer Heimat, fern von der liebevollen Obhut, die sie einst über die kleinen Kümmernisse ihrer Kindheit hinweggetröstet hatte. Sie war des Tageslichts beraubt, sie hatte nur Fremdlinge zu Führern ihrer Schritte; und das einzige Gefühl ihres Herzens war nun verurteilt hinzusterben. Sie liebte, aber ihrer Liebe blühte keine Hoffnung, abgesehen von dem finsteren, sündhaften Strahl, der ihr Gemüt durchzuckte, wenn ihre thessalische Phantasie halb zweifelnd über Zauberkräfte und magische Einwirkungen grübelte.

Die Natur hatte in das Herz dieses armen Mädchens den Samen von Tugenden gesät, die nie zur Reife kommen sollten. Die Lehren des Unglücks sind nicht immer heilsam; zuweilen mildern und bessern sie, ebenso oft aber verhärten und verderben sie das Herz. Sehen wir uns selbst vom Schicksal rauer behandelt als die andern Menschen um uns her, ohne doch in unserem eigenen Tun einen triftigen Grund für eine solche Strenge zu finden, so sind wir gern geneigt, die Welt für unsere Feindin zu halten, uns in Trotz zu hüllen, gegen unser besseres Ich anzukämpfen und den finsteren Leidenschaften Raum zu geben, die durch die Empfindung erlittenen Unrechts nur zu leicht in Gärung kommen. Nydia war frühzeitig in die Sklaverei geraten und einem habgierigen Gebieter preisgegeben worden. Als sie in ein anderes Haus kam, gestaltete sich ihr Los fast noch herber, und in ihrer von Natur so edlen Brust begann alles zu welken und zu verkümmern. Infolge der Leidenschaft, der sie sich bis zum Wahnsinn überließ, verwirrten sich ihre Begriffe für Recht und Unrecht. In ihrem Busen herrschten und tobten jene Gefühle, die wir bei einigen Frauen der Antike wie zum Beispiel bei einer Medea oder Myrrha finden – Gefühle, die die einmal von der Liebe ergriffene Seele im Sturm mit sich fortreißen.

Die Zeit verging. Ein leichter Fuß betrat die Kammer, in der Nydia noch immer ihren düsteren Betrachtungen nachhing.

»Dank den unsterblichen Göttern!«, sagte Julia. »Da bin ich wieder, ich habe diese entsetzliche Höhle hinter mir. Komm, Nydia, wir kehren auf der Stelle heim.«

Erst als sie in der Sänfte saß, fuhr Julia mit zitternder Stimme fort:

»Oh, wie das aussah!«, sagte sie zitternd, »Oh, diese grässlichen Beschwörungen! Und das Totengesicht dieser Hexe! Aber genug davon. Jedenfalls habe ich den Liebestrank, und die Hexe bürgt dafür, dass er wirken wird. Meine Nebenbuhlerin wird seinem Auge gleichgültig werden, und ich, ich allein werde die Göttin von Glaucus sein!«

»Glaucus?«, stieß Nydia hervor.

»Aber sicher, Mädchen, ich sagte dir wohl zuerst, der Athener sei *nicht* der Mann, den ich liebe, aber ich sehe ja jetzt, dass ich dir völlig vertrauen kann: es *ist* der schöne Grieche.«

Was ging da in Nydias Gemüt vor, als sie das hörte! Dann hatte sie also zugelassen, ja selbst dabei mitgewirkt, dass Glaucus Ione entrissen würde, doch nur, damit eine andere durch die Kraft der Zauberei sein Herz gewönne, eine andere, gegen die sie erst recht nicht würde ankämpfen können. Ihr Herz drohte zu brechen; es war ihr zumute, als müsse sie ersticken, und sie rang nach Atem. In der dunklen Sänfte bemerkte Julia nichts von der Aufregung ihrer Begleiterin. Sie schwätzte weiter von der Wirkung, die dem Versprechen der Hexe gemäß der erworbene Trank ausüben werde, und von dem bevorstehenden Triumph, den sie über Ione erringen würde. Dazwischen schilderte sie wieder den vor kurzem verlassenen Ort des Grauens, die unerschütterliche Ruhe des Ägypters und seine Gewalt über die grauenhafte Saga.

Unterdessen gewann Nydia ihre Fassung wieder. Ein Gedanke blitzte in ihr auf. Sie schlief in Julias Zimmer, konnte sie nicht den Trank an sich bringen?

Sie langten vor Diomeds Haus an und begaben sich in Julias Zimmer, wo das Abendessen auf sie wartete.

»Trink, Nydia, dir muss kalt sein. Es war eine schneidende Luft heute Abend. Mir wenigstens ist zumute, als hätte ich Eis in den Adern.«

Und ohne zu zögern, tat sie einige Züge von dem gewürzten Wein.

»Du hast den Zaubertrank«, sagte Nydia, »lass ihn mich einmal anfassen. Wie klein das Fläschchen ist! Welche Farbe hat denn die Flüssigkeit?«

»Klar wie Kristall«, antwortete Julia und nahm den Liebestrank wieder an sich. »Man kann es von diesem Wasser hier nicht unterscheiden. Auch versicherte mir die Hexe, es habe keinen Geschmack. So klein das Fläschchen auch ist, sein Inhalt fesselt den Mann fürs ganze Leben an die, die ihm den Saft einflößt. Man gießt es in irgendein Getränk, und nur durch die Wirkung wird Glaucus erfahren, was er zu sich genommen hat.«

»Und es sieht wirklich aus wie Wasser?«

»Ja, genauso farblos und klar. Wie durchsichtig es ist! Wie ein Extrakt aus mondbeglänztem Tau! O du lichter Trank, welchen Glanz wirfst du aus deinem Kristallgefäß auf meine Hoffnung!«

»Und wie ist das Fläschchen verschlossen?«

»Nur durch einen kleinen Stöpsel. Du kannst ihn einmal herausziehen, es riecht nach gar nichts. Seltsam, dass etwas, das keinen unserer Sinne anspricht, doch über alle Sinne Gewalt haben soll!«

»Und wirkt es sofort?«

»In der Regel ja, manchmal aber erst nach einigen Stunden.«

»Ach, wie angenehm ist dagegen dieses Parfüm«, rief Nydia plötzlich, indem sie sich über eine kleine Flasche beugte, die sie vom Tisch nahm.

»Findest du? Die Flasche ist mit Edelsteinen von einigem Wert besetzt. Du wolltest gestern Morgen das Armband nicht annehmen, willst du jetzt diese Flasche behalten?«

»So ein Wohlgeruch würde allerdings jemand, der nicht sehen kann, am besten an die edle Julia erinnern. Wenn die Flasche nicht zu kostbar ist …«

»Oh, ich habe tausend kostbarere. Nimm sie, Kind.«

Nydia verneigte sich dankbar und steckte das Fläschchen in ihr Kleid.

»Und für die Wirkung des Liebestranks ist es gleichgültig, von wessen Hand er gereicht wird?«

»Wer ihn gibt, auf den wird die Liebe gelenkt, und wenn die hässlichste Hexe unter der Sonne ihn Glaucus gäbe, so müsste er sie für die Schönste halten und keine andere.«

Der Wein hatte Julia angeheitert, ihre Lebensgeister waren frisch erwacht. Vergnügt und angeregt lachte sie laut und plauderte über hunderterlei Sachen. Erst als die Nacht sich dem Morgen näherte, rief sie ihre Sklavinnen und ließ sich auskleiden.

Als diese entlassen waren, sagte sie zu Nydia:

»Ich will diesen heiligen Trank bis zu der Stunde, wo er gebraucht werden soll, nicht von mir lassen. Liege unter meinem Kissen, durchsichtiger Geist, und gib mir glückliche Träume.«

Mit diesen Worten legte sie den Trank unter ihr Kopfkissen. Nydias Herz klopfte heftig.

»Weshalb trinkst du dieses pure Wasser, Nydia? Nimm doch den Wein, der daneben steht.«

»Mich fiebert«, antwortete die Blinde, »und das Wasser schafft mir Kühlung. Ich will diesen Krug neben mein Bett stellen, es erfrischt in solchen Sommernächten, wenn der Tau des Schlafs nicht auf unsere Lippen fällt. Schöne Julia, ich muss dich sehr früh verlassen, Ione hat es mir befohlen, vielleicht bist du dann noch gar nicht wach. Nimm daher jetzt schon meinen Glückwunsch entgegen.«

»Danke. Wenn wir uns das nächste Mal treffen, siehst du vielleicht Glaucus zu meinen Füßen.«

Sie hatten sich hingelegt, und Julia, von den Anstrengungen des Tages erschöpft, schlief bald ein. Aber sehnsüchtige, wilde Gedanken erfüllten das Gemüt der schlaflosen Thessalierin. Sie lauschte auf die ruhigen Atemzüge Julias, und ihr Ohr, an die feinsten Geräuschnuancen gewohnt, ließ sie bald erkennen, dass ihre Gefährtin fest eingeschlafen war.

»Jetzt steh mir bei, Venus!«, sagte sie flüsternd.

Leise stand sie auf und goss das Parfüm aus Julias Geschenk auf den Marmorboden, spülte das Fläschchen mehrmals mit dem neben ihr stehenden Wasser aus, fand ohne Schwierigkeit zu Julias Bett (denn für sie waren ja Tag und Nacht dasselbe), schob die zitternde Hand unter das Kissen und ergriff den Liebestrank. Julia rührte sich nicht. Ihr Atem streifte in regelmäßigen Zügen die glühende Wange des blinden Mädchens. Nydia öffnete die Phiole, goss den Inhalt in das Fläschchen, das ihn leicht fasste, füllte das leere Gefäß mit Wasser, dem ja nach Julias Versicherung der Trank völlig glich, und legte es an den Platz zurück, von dem sie es unbemerkt hervorgezogen hatte. Dann stahl sie sich zu ihrem Lager zurück und wartete – unter tollsten Gedanken – auf das Grauen des Tages.

Die Sonne war aufgegangen. Julia schlief noch, als Nydia sich geräuschlos ankleidete, ihren Schatz sorgfältig in ihrem Kleid verbarg, ihren Stab ergriff und eilends das Haus verließ.

Medon, der Pförtner, begrüßte sie freundlich, als sie die Stufen zur Straße hinabstieg. Im Chaos ihrer Gefühle hörte sie ihn gar nicht. Ein Sturm von Gedanken tobte in ihrem Innern, und jeder Gedanke war eine Leidenschaft für sich. Sie fühlte die reine Morgenluft auf den Wangen, doch die Glut in ihren Adern blieb ungekühlt.

»Glaucus«, murmelte sie, »alle Liebestränke der wildesten

Magie könnten dir nicht so viel Liebe zu mir einflößen, wie ich für dich fühle. Ione … Ach, fort mit allem Zagen, mit allen Gewissensbissen! Glaucus, mein Schicksal liegt in deinem Lächeln, und das deine – o Hoffnung, o Freude, o grenzenlose Wonne – *dein* Schicksal liegt in diesen Händen!«

# BUCH IV

Zaubertrank schadet dem Geist und treibt ihn zum Wahn.
OVID, ›Die Liebeskunst‹, II, 106.

## KAPITEL I

### BETRACHTUNGEN ÜBER DEN GLAUBENSEIFER DER ERSTEN CHRISTEN. ZWEI MENSCHEN FASSEN EINEN GEFÄHRLICHEN ENTSCHLUSS. WÄNDE HABEN OHREN, BESONDERS HEILIGE WÄNDE.

Jeder, der die frühe Geschichte des Christentums betrachtet, wird verstehen, wie unerlässlich für dessen Sieg der ungestüme Glaubenseifer war, der ohne Rücksicht auf Gefahren und ohne sich auf Kompromisse einzulassen seine Verfechter begeisterte und seine Märtyrer standhaft machte. An einer herrschenden Kirche wird der Geist der Intoleranz zum Verräter, in einer schwachen und verfolgten dagegen ist eben dieser Geist ihr mächtigster Erhalter. Es war notwendig, die Religion der andern Menschen als verächtlich, ja als abscheulich hinzustellen, um wirksam gegen die Versuchungen anzukämpfen, die sie bot. Es war unerlässlich, das Evangelium nicht nur als den wahren Glauben, sondern als den einzigen wahren und zur Seligkeit führenden Glauben anzuerkennen, um die ersten Bekenner für die Strenge des neuen Glaubens zu stärken und sie zu dem heiligen, gefahrvollen Kampf gegen die Polytheisten und Heiden, zur Werbung von Bekehrten unter ihnen zu ermutigen. Jener starre Sektengeist, der die Tugend und den Himmel auf die Auserwählten beschränkte, andere Götter für Teufel, Andersgläubige für Kinder der Hölle erklärte, machte es den Gläubigen natürlich zur Gewissenssache, alle zu bekehren, an die Bande der Zuneigung sie fesselten, und dieser durch die Nächstenliebe gezogene Kreis wurde noch mehr durch den Wunsch erweitert, etwas zum Ruhme Gottes zu tun. Zur Ehre des christlichen Glaubens geschah es, wenn der

Christ seine Lehrsätze hartnäckig dem Skeptizismus der einen, dem Widerstreben der andern, dem Zweifel der Philosophen und dem frommen Schauder des Volkes aufdrang; eben seine Intoleranz versah ihn mit den besten Mitteln, zum Erfolg zu kommen. Der weichliche Heide fing endlich an zu glauben, es müsse doch etwas Heiliges in einem Eifer liegen, desgleichen ihm bisher noch niemals begegnet war, schreckten doch diese Menschen vor keinem Hindernis, vor keiner Gefahr zurück. Ja, noch auf der Folterbank oder dem Schafott stellten sie ihre Behauptungen, die mit den Spitzfindigkeiten der spekulativen Philosophie gar nichts gemein hatten, der Entscheidung eines ewigen Richters anheim. Dieselbe Inbrunst, die den Christen des Mittelalters zu einem Fanatiker ohne Erbarmen machte, ließ aus dem Christen der ersten Zeit einen Helden ohne Furcht werden.

Unter diesen kühnen und ernsten Naturen war Olinthus eine der eifrigsten. Kaum war Apaecides durch die Taufe in den Schoß der Kirche aufgenommen worden, als der Nazarener ihm deutlich machte, dass es sich für ihn nun nicht länger zieme, das Priestergewand zu tragen oder den Dienst der Isis zu versehen. Er könne sich unmöglich zu einem Verehrer Gottes bekennen, wenn er den abgöttischen Altären des Satans auch nur äußerlich noch irgendwelche Ehre erwiese.

Das war aber noch nicht alles. Das heftige und eifernde Gemüt Olinthus' sah in Apaecides ein ihm vom Himmel gesandtes Werkzeug, das betrogene Volk über das Gaukelspiel der Orakel aufzuklären, die Augen der Menge sehend zu machen und vielleicht den Weg zur Bekehrung einer ganzen Stadt anzubahnen. So zögerte er denn nicht, die frisch geweckte Begeisterung des Apaecides weiter zu entfachen, seinen Mut zu schüren, seinen Eifer anzuspornen. Er traf sich einer Verabredung zufolge mit dem jungen Mann an dem Abend, nachdem dieser getauft worden war, in dem bereits beschriebenen Hain der Kybele.

»Bei der nächsten feierlichen Befragung des Orakels«, sagte Olinthus, als er sich in Eifer geredet hatte, »tritt an das Gitter und verkünde dem Volk laut den Betrug, der mit ihm getrieben wird. Fordere es auf einzutreten und sich mit eigenen Augen von dem plumpen, doch schlau angelegten Mechanismus zu überzeugen, durch den es hintergangen wird, wenn es sich wirklich so verhält, wie du es mir beschrieben hast. Fürchte dich nicht: Der Herr, der Daniel beschützte, wird seine Hand auch über dir halten. *Wir,* die Christengemeinde, werden unter der Menge sein, *wir* werden die Zaudernden antreiben, und ich selbst werde, wenn das Volk sich in Empörung und Scham erhitzt, den Palmenzweig, das Sinnbild des Evangeliums, auf die Altäre der Isis pflanzen, und in meine Zunge wird der siegreiche Geist des lebendigen Gottes fahren!«

Erhitzt und aufgeregt, wie er war, stimmte Apaecides diesem Vorschlag zu. Es freute ihn, so bald eine Gelegenheit zu finden, seinen Eifer für den neuen Glauben betätigen zu können; in seinem Fall kam ja zu seinen religiösen Empfindungen noch der Zorn über den Betrug, der ihm selbst angetan worden war, und das Verlangen, sich dafür zu rächen. Ihr im Hoffen schneller Geist übersprang die Hindernisse, ein Übermut, der notwendig ist für alle, die ein kühnes Wagnis ausführen wollen, und so waren sich Olinthus und der Neubekehrte nicht klar über die Schwierigkeiten, die sich dem Gelingen entgegenstellen mussten. War doch damit zu rechnen, dass das Volk in seiner Ehrfurcht, in seinem Aberglauben vor dem heiligen Altar der großen ägyptischen Gottheit keinem ihre Macht und Göttlichkeit angreifenden Zeugnis Glauben schenken würde, und käme es von einem ihrer Priester selbst.

Apaecides willigte mit einem Eifer ein, der Olinthus erfreute. Die beiden trennten sich, nachdem verabredet war, dass Olinthus mit den Bedeutenderen unter seinen christlichen Brüdern das große Unternehmen besprechen solle, um ihren Rat oder die Zusicherung ihrer Hilfe an dem ereignisreichen Tag einzuholen. Es traf sich, dass in zwei Tagen ein großes Isisfest stattfinden sollte; das war eine günstige Gelegenheit, die Sache auszuführen. Sie verabredeten, sich am folgenden Abend an derselben Stelle noch einmal zu treffen, um dann endgültig festzusetzen, in welcher Weise am nächsten Tag die Enthüllung vor sich gehen sollte.

Der Zufall wollte es, dass der letzte Teil dieses Gesprächs in der Nähe eines *Sacellums,* einer kleinen Kapelle, geführt wurde, und hinter dieser trat nun, sobald Olinthus und der Isispriester gegangen waren, eine finstere, ungeschlachte Gestalt hervor.

»Ich bin dir also nicht umsonst nachgeschlichen, mein lieber Priesterkollege«, murmelte der Lauscher. »Du, der Isispriester, bist also mit diesem trübsinnigen Christen nicht bloß zusammengekommen, um über religiöse Fragen zu diskutieren! Ach, wie schade, dass ich nicht euren köstlichen Plan von Anfang bis Ende habe mit anhören können. Aber ich weiß wenigstens, dass ihr die heiligen Mysterien entweihen wollt und euch morgen noch einmal hier treffen werdet, um alles Nähere zu vereinbaren. Möge mir dann Osiris das Gehör schärfen, damit ich eure unglaubliche Frechheit in vollem Umfang ergründen kann. Sobald ich mehr weiß, werde ich sofort mit Arbakes sprechen. So klug ihr euch auch vorkommt, Freundchen, wir wollen euren Anschlag schon zunichte machen. Vorerst bleibt euer Geheimnis in meiner Brust verschlossen.«

Mit diesen Worten hüllte sich Calenus, denn er war es, in seinen Mantel und schritt nachdenklich nach Hause.

## KAPITEL II

### GASTGEBER, KOCH UND KÜCHE IN ANTIKER ZEIT. APAECIDES BESUCHT IONE. IHR GESPRÄCH.

Der Tag, an dem Diomed für eine kleine Gruppe ausgewählter Freunde und Bekannter ein Gastmahl geben wollte, war gekommen. Der anmutige Glaucus, die schöne Ione, der pedantische Pansa, der hochwohlgeborene Clodius, der unsterbliche Fulvius, der blasierte Lepidus, der Feinschmecker Sallust waren nicht die einzigen, die diesem Schmaus die Ehre geben sollten. Diomed erwartete auch noch einen invaliden Senator aus Rom (ein Mann, der bei Hof in Ruf und Gunst stand) und einen großen Kriegsmann aus Herkulaneum, der mit Titus gegen die Juden gekämpft und, nachdem er sich in den Feldzügen ungemein bereichert hatte, von seinen Freunden fortwährend die Versicherung erhielt, das Vaterland sei seinen uneigennützigen Bemühungen auf ewig verpflichtet. Es waren noch beträchtlich mehr Gäste geladen, denn obgleich es zu einer gewissen Zeit bei den Römern für unfein galt, weniger als drei und mehr als neun Personen zu Tisch einzuladen, so wurde diese Regel doch von neureichen Protzen gern überschritten, und es ist denn auch geschichtlich verbürgt, dass einer der verschwenderischsten Gastgeber meistens eine Gesellschaft von dreihundert Personen bewirtete. Diomed war bescheidener und begnügte sich damit, doppelt so viel einzuladen, wie die Musen an Zahl waren, nämlich achtzehn Gäste: eine Anzahl, die auch heutzutage nicht gegen den guten Ton verstoßen würde. »Je mehr, desto munterer«, sagt das Sprichwort; doch ich für meine Person habe bei Gastmahlen immer das genaue Gegenteil beobachtet.

Der Morgen des festlichen Tages war angebrochen, und Diomed, der sich gern als Mann von Stand und Bildung aufspielte, blieb dabei noch immer so weit Kaufmann, dass er niemals die Regel vergaß: Das Auge des Herrn macht schnelle Diener. Die offene Tunika über dem stattlichen Bauch, bequeme Pantoffel an den Füßen und ein Stöckchen in der Hand, womit er bald einen säumigen Sklaven antrieb, bald auch dem einen oder andern Rücken einen nachdrücklichen Denkzettel verpasste, so wandelte Diomed in seiner prächtigen Villa von Zimmer zu Zimmer.

Er verschmähte nicht einmal den Besuch in jenem Allerheiligsten, wo die Priester des Festes ihre Opfer zubereiteten. Als er die Küche betrat, tat es ihm gut, den Lärm, den man mit Schüsseln und Pfannen machte, und die hin und her gehenden Flüche und Befehle zu hören. So klein dieser unentbehrliche Raum auch in den Häusern Pompejis durchweg gewesen zu sein scheint, so war es in der Regel doch mit der erstaunlichen Menge von Töpfen, Pfannen, Formen, Rosten und Bratspießen ausgerüstet, ohne die ein Koch von Verstand, ganz gleich ob in antiker oder moderner Zeit, es für eine reine Unmöglichkeit erklärt, irgendetwas Genießbares zu schaffen. Und weil damals wie auch heute noch das Brennmaterial in dieser Gegend rar und teuer war, so hat sich die Erfindungsgabe besonders darauf gerichtet, bei möglichst kleinem Feuer möglichst viele Gerichte zustande zu bringen. Eine bewundernswerte Einrichtung dieser Art ist ein tragbarer Bronzeherd, den man noch heute im Museum von Neapel besichtigen kann. Er hat etwa die Größe eines Foliobandes und enthält Kohlenlöcher für vier Gerichte und eine Vorrichtung zum Heizen des Wassers oder zum Wärmen von Getränken. Eine solche Küche würde eine vortreffliche Ergänzung unserer heutigen wohlfeilen Bibliotheken abgeben, da sie ebenso viel Nahrung für den Leib böte wie diese für den Geist, mit dem einen Unterschied, dass man weit häufiger und mit weit mehr Befriedigung zu der ersteren als zu der letzteren Anstalt seine Zuflucht nehmen könnte.

In der kleinen Küche huschte eine Menge von Gestalten herum, die der Hausherr nicht kannte.

»Oh, oh«, brummte er vor sich hin. »Dieser verfluchte Congrio hat eine ganze Legion Köche zur Unterstützung angeheuert. Die werden das nicht umsonst tun, und das ergibt einen neuen Posten in der Gesamtsumme meiner heutigen Ausgaben. Bei Bacchus, ich werde von Glück sagen können, wenn die Kerle nicht noch Geschirr mitgehen lassen. Sie haben flinke Hände und weite Kleider, *me miserum.*«

Die Köche arbeiteten weiter, ohne, wie es schien, auf die Anwesenheit Diomeds zu achten.

»He, Euklio, deine Eierpfanne! Was? Ist das die größte? Da passen ja höchstens dreiunddreißig Eier rein; in Häusern, wo *ich* sonst arbeite, fasst die kleinste, wenn es sein muss, fünfzig Stück!«

»Der gewissenlose Schuft!«, dachte Diomed. »Er spricht von Eiern, als ob man hundert für eine Sesterze bekäme!«

»Bei Merkur!«, rief ein kleiner, frecher Küchenjunge, der

*Bronzenes Küchengerät.*

*a.* Kessel auf Dreifuß, *b, g, h, l.* Kochtöpfe, *c, d.* Eimer, e. Schöpflöffel, *f.* Kasserolle, *i, t.* Formen für kleine Kuchen, *k.* Krug, *m.* Küchenlöffel, *n, v.* Esslöffel, *o, p.* Bratpfannen, *s.* Kuchenform, *q, u.* Schöpflöffel für Wein, *r.* Pfanne mit zwei Griffen.

erst vor kurzem seine Lehrzeit angetreten haben mochte. »Wer hat je so altmodische Kuchenformen gesehen wie diese hier? Mit so plumpem Material kann man doch seine Kochkunst nicht entfalten. Bei Sallust stellt die einfachste Form die ganze Belagerung von Troja dar; Hektor, Paris, Helena, der kleine Astyanax und das hölzerne Pferd sind auch dabei.«

»Schweig, du Idiot!«, versetzte Congrio, der Koch des Hauses, der den Hauptteil des Kampfes seinen Verbündeten zu überlassen schien. »Mein Herr Diomed gehört nicht zu den verschwenderischen Taugenichtsen, die alles nach der neuesten Mode haben müssen und nicht danach fragen, was es kosten mag!«

»Du lügst, elender Sklave!«, schrie Diomed außer sich. »Du allein hast mich schon Geld genug gekostet, dass sogar ein Lukullus darüber Bankrott gemacht hätte! Komm raus aus deinem Loch, ich habe ein Wörtchen mit dir zu reden.«

Der Sklave warf seinen Verbündeten einen pfiffigen Blick zu und gehorchte dem Befehl.

»Du Dreibuchstabenkerl«,* sagte Diomed mit feierlicher Richtermiene. »Wie konntest du es wagen, all diese Schurken in mein Haus zu holen? Das Wort Dieb steht in jedem Zug ihrer Galgengesichter geschrieben!«

»Ich kann dir aber versichern, gnädiger Herr, es sind Männer von respektabelstem Charakter. Es sind die besten Köche der Stadt; und man kann froh sein, wenn man sie überhaupt bekommt, doch um *mir* einen Gefallen zu tun, sind sie …«

»Um dir einen Gefallen zu tun, unglückseliger Congrio?«, unterbrach ihn Diomed. »Welchem gestohlenen Geld, welchen Unterschlagungen beim Einkaufen, welchen guten Fleischportionen, die du in Fett verwandeltest, um es in den Vorstädten zu verschachern, welchen betrügerischen Rechnungen für unbrauchbar gewordenes Küchengerät oder zerbrochenes Geschirr hast du es zu verdanken, dass diese Köche *dir* einen Gefallen tun?«

»O Herr, tritt meiner Ehrlichkeit nicht zu nah! Mögen die Götter mich im Stich lassen, wenn …«

»Schwöre keinen Eid!«, unterbrach ihn Diomed, immer noch wütend. »Die Götter würden dich für deinen Meineid zerschmettern, und dann hätte ich heute, wo ich ein Essen gebe, keinen Koch. Doch genug davon! Pass auf deine verdächtigen Brüder gut auf und erzähl mir morgen keine Märchen von Gefäßen, die auf unerklärliche Weise zerbrochen, oder von Bechern, die wie durch ein Wunder abhanden gekommen sind, sonst schmerzt dir dein ganzer Rücken morgen, merk dir das! Und hör mal, du hast mir für diese phrygischen *Attagene** eine Summe abverlangt, von der sich ein Mensch, bei Herkules, bei einiger Genügsamkeit ein ganzes Jahr lang verpflegen könnte. Pass bloß auf, dass sie nicht um eine Spur zu lange gebraten werden. Bei dem letzten Festessen, das ich meinen Freunden gab, verführte dich deine Eitelkeit zu dem kühnen Unterfangen, einen Kranich aus Melos als Delikatesse auftischen zu wollen, und er kam, wie du dich noch recht gut erinnern wirst, wie ein Stein vom Ätna herein, so hart, als ob alle Feuer des Phlegeton ihm den Saft ausgebrannt hätten. Mute dir diesmal nicht zu viel zu, Congrio. Sei bescheiden und vorsichtig! Bescheidenheit ist die Amme großer Taten, und wenn du schon wie immer auch diesmal keine Rücksicht auf die Geldbörse deines Herrn nehmen willst, dann sorge wenigstens dafür, dass dein Herr keine Schande davonträgt.«

»Seit den Tagen des Herkules soll es keine solche *Coena* in ganz Pompeji gegeben haben!«

»Sachte, sachte! Schon wieder diese verfluchte Prahlerei! Sag mal, Congrio, was ist mit diesem *Homunculus* da, mit diesem Gernegroß, der mein Geschirr schlecht macht, mit diesem vorlauten Lehrjungen; war es mehr als bloße Unverschämtheit, als er meine Kuchenformen geschmacklos nannte? Ich möchte doch nichts Altmodisches auf den Tisch bringen, Congrio.«

»Es ist nur so Brauch bei uns Köchen«, antwortete Congrio ernst, »dass wir an unserm Werkzeug herummäkeln, um dadurch unsere Leistungen in ein möglichst vorteilhaftes Licht zu stellen. Die Kuchenform ist schön und anmutig; dennoch möchte ich meinem gnädigen Herrn anheim stellen, bei der nächsten Gelegenheit einige neue anzuschaffen, die …«

»Das reicht!«, rief Diomed, der entschlossen schien, seinen Sklaven nie ausreden zu lassen. »Mach dich wieder an die Arbeit! Glänze, stell dich selbst in den Schatten! Sorge dafür, dass die Leute den Diomed um seinen Koch beneiden, dass die Sklaven von Pompeji dich Congrio den Großen nennen. Vorwärts, doch halt! Du hast doch noch nicht etwa das ganze Geld ausgegeben, das ich dir für Einkäufe gegeben habe?«

»Noch nicht *das ganze?* Ach, die Nachtigallenzungen, die römische *Tomacula** und die britischen Austern und viele andere Dinge, zu zahlreich, um sie einzeln aufzuzählen, sind noch nicht einmal bezahlt. Doch was macht das? Der *Archimagirus** des reichen Diomed hat überall Kredit.«

»Du gewissenloser Verschwender! Welche Vergeudung, welche Verschleuderung! Ich bin ruiniert! Geh, halt dich dran und pass auf! Koste alles, schaffe viel und übertriff dich selbst! Sorge dafür, dass der römische Senator den armen Pompejaner nicht verachtet! Fort, Sklave, und vergiss die phrygischen Attagene nicht!«

Der Küchenchef kehrte in sein angestammtes Reich zurück, und die korpulente Gestalt Diomeds begab sich wieder in die Prunkgemächer. Dort fand er alles nach Wunsch; die Blumen waren frisch, die Springbrunnen sprudelten munter und die Mosaikböden waren spiegelblank.

»Wo ist meine Tochter Julia?«, fragte er.

»Im Bad.«

»Ah, das erinnert mich daran, wie die Zeit vergeht, ich muss ja auch noch baden.«

Unsere Erzählung kehrt zu Apaecides zurück. Nachdem er einen Glauben angenommen hatte, der sich so auffallend und tief gehend von den Ansichten unterschied, mit denen er groß geworden war, verbrachte er eine unruhige, fieberische Nacht. Als er aus dem Schlaf erwachte, der ihn nicht erquickt hatte, konnte er kaum glauben, dass er nicht mehr träumte. Er hatte den verhängnisvollen Strom überschritten; seine Vergangenheit und seine Zukunft sollten nun für immer geschieden und ohne Zusammenhang sein. Diese zwei Welten, das, was geschehen war, und das, was geschehen sollte, waren nun scharf voneinander abgesondert. Und für welches kühne Wagnis hatte er nun sein Leben verpfändet? Er wollte die Mysterien entschleiern, an denen er selbst mitgewirkt, die Altäre entheiligen, deren Diener er gewesen, die Göttin anklagen, deren Priestergewand er getragen hatte! Allmählich erkannte er, welchen Hass er sich, selbst wenn der Plan glückte, von Seiten aller frommen Leute zuziehen würde. Welcher Strafe aber setzte er sich aus, wenn der Versuch misslang, war dies doch ein bisher ganz unerhörter Frevel, für den es kein bestimmtes, auf vorherigen Fällen basierendes Gesetz gab? Würde man gegen diese Schandtat nicht grausame Bestimmungen aus der veralteten, sonst nicht mehr angewandten Gesetzgebung heranziehen? Seine Freunde, seine Schwester, konnte er denn von ihnen Gerechtigkeit erwarten? Vielleicht würdigten sie ihn nicht einmal des Mitleids. Ihren heidnischen Augen erschien diese tapfere, heldenhafte Tat vielleicht als ein hässlicher Treuebruch, im besten Fall als erbarmungswürdiger Wahnwitz.

Er setzte alles auf eine Karte, entsagte allem, was diese Welt für ihn noch hatte, in der Zuversicht, dadurch ein ewiges Leben zu gewinnen, das ihm so plötzlich enthüllt worden war. Während diese Gedanken einerseits seine Brust bestürmten, vereinten sich andererseits Stolz, Mut und Gerechtigkeitssinn, das noch immer rege Verlangen, sich für den erlittenen Betrug zu rächen, und die Entrüstung darüber, dass er selbst sich an diesem Betrug beteiligt hatte, und diese Gefühle bestärkten ihn in seinem Vorsatz.

Der seelische Konflikt war hart, aber die neuen Empfindungen siegten über die alten; wir alle dürfen in der Selbstüberwindung des frommen Jünglings ein Beispiel und einen mächtigen Antrieb erblicken, den Kampf gegen Althergebrachtes und überkommene Formeln mit gleichem Mut aufzunehmen. Hätten die Urchristen mehr Ehrfurcht vor dem strengen Gebot des Althergebrachten gehabt, wären sie weniger demokratisch gewesen (dieses oft missbrauchte Wort ist hier in seinem edleren, höheren Sinn gemeint), so wäre das Christentum schon in der Wiege untergegangen.

Da alle Priester reihum mehrere Nächte hintereinander in den Gemächern des Tempels schlafen mussten, hatte auch Apaecides gerade wieder einmal Dienst. Er war von seinem Lager aufgestanden, hatte wie gewöhnlich das Priesterkleid angelegt, verließ sein Zimmerchen und begab sich zu den Altären.

In der Erschöpfung seiner in den letzten Tagen so mächtig aufgewühlten Gefühle hatte er weit in den Morgen hinein geschlafen. Die Sonne warf bereits ihre sengenden Strahlen senkrecht auf die heilige Stätte.

»*Salve,* Apaecides«, sprach eine Stimme, deren von Natur rauer Ton durch langjährige Verstellung zu einer fast unangenehmen Milde herabgedämpft worden war. »Du bist spät aufgestanden. Hat sich dir die Gottheit in Traumbildern gezeigt?«

»Könnte sie ihre wahre Gestalt dem Volk enthüllen, Calenus,

wie wenig Weihrauch würde dann auf diesen Altären brennen.«

»Das mag wahr sein, aber die Göttin ist weise genug, nur mit ihren Priestern Zwiesprache zu halten.«

»Es könnte die Zeit kommen, wo man ihr den Schleier herunterreißt, ob sie will oder nicht.«

»Das ist nicht wahrscheinlich. Sie hat ihre Herrschaft durch zahllose Jahrhunderte hindurch behauptet, und was so lange die Probe der Zeit bestanden hat, das fällt selten der Neuerungssucht zum Opfer. Und hör mal, junger Bruder, solche Behauptungen sind taktlos.«

»Dir steht es nicht zu, sie zum Schweigen zu bringen«, versetzte Apaecides stolz.

»So ungestüm? Doch ich will nicht mit dir streiten. Hat der Ägypter dich nicht davon überzeugt, dass es absolut notwendig für uns ist, einträchtig beieinander zu wohnen? Hat er dich nicht davon überzeugt, dass wir das Recht haben, das Volk zu betrügen und das Leben zu genießen? Wenn nicht, so ist er nicht der große Zauberer, für den er gilt.«

»So bist auch du bei ihm in die Lehre gegangen?«, fragte Apaecides mit hohlem Lächeln.

»Ja, aber ich hatte sie weniger nötig, als du; die Natur hat mir bereits Genusssucht, Gewinnstreben und Machthunger mit auf den Weg gegeben. Lang ist der Weg, den der Genussfreudige zu einem Leben der Enthaltsamkeit geht; aber es ist nur ein Schritt von den Freuden der Sünde zum Schutzdach der Heuchelei. Dass dieser Schritt so kurz ist, das darf der Menge nicht enthüllt werden, sonst fürchte die Rache der Göttin!«

»Fürchte du die Stunde, wo das Grab sich auftut und die Fäulnis an den Tag kommt!«, erwiderte Apaecides feierlich. *»Vale!«*

Mit diesen Worten überließ er den Kollegen seinen Betrachtungen. Einige Schritte vom Tempel entfernt sah er sich noch einmal um. Calenus war schon in das Priesterzimmer getreten, denn es nahte nun die Stunde der Mahlzeit, die die Römer *Prandium* nannten und die der Zeit nach etwa dem Frühstück unserer Zeit entspricht. Der schöne weiße Tempel schimmerte hell im Sonnenschein; Girlanden von blühenden Blumen hingen daran, und von den Altären stieg Weihrauch empor. Lange und traurig betrachtete der Jüngling diese Stätte. Es war das letzte Mal, dass er sie sah.

Hierauf wandte er sich um und schritt langsam weiter seines Weges zu Iones Haus. Denn ehe vielleicht das letzte Band, das ihn mit ihr verband, zerrissen werden sollte, ehe er sich in das gefahrvolle Wagnis des kommenden Tages stürzte, dessen Ende niemand voraussehen konnte, trieb es ihn, noch einmal seine einzige Verwandte und beste, zugleich früheste Freundin zu sehen. Er langte in ihrer Wohnung an und fand sie mit Nydia im Garten.

»Das ist lieb von dir, Apaecides«, rief Ione voller Freude. »Ich habe dich sehnsüchtig erwartet! Wie danke ich dir! Aber es war nicht nett, dass du auf keinen meiner Briefe geantwortet hast, dass du nicht hergekommen bist, damit ich dir danken konnte, denn du hast doch mitgeholfen, deine Schwester vor Entehrung zu bewahren. Wie kann sie dir nun danken, wo du endlich gekommen bist.«

»Meine liebe Ione, du hast mir nicht zu danken, denn deine Sache war auch die meine, sprechen wir nicht mehr darüber. Lass uns nicht mehr diesen teuflischen, für uns beide so hassenswerten Menschen erwähnen! Vielleicht bietet sich mir bald Gelegenheit, der Welt zu zeigen, was für eine Bewandtnis es mit seiner angeblichen Weisheit, mit seiner vermeintlichen Reinheit hat. Doch setzen wir uns, Schwester. Die Sonnenglut hat mich müde gemacht. Wir wollen uns noch einmal für kurze Zeit in unser geschwisterliches Verhältnis, wie es früher war, zurückversetzen.«

Sie traten unter eine große Platane, rings um sie her rankte Zistus und Arbutus, vor ihnen sprudelte der Springbrunnen, zu ihren Füßen dehnte sich der grüne Rasen, über dessen Gras hier und da die frohe, Athen einst so teure Zikade hüpfte. Auf den sonnigen Blumen – er selbst eine geflügelte Blume – der Schmetterling, das Sinnbild der Psyche, das auch christlichen Dichtern Stoff zu sinnreichen Deutungen gab, gekleidet in die bunten, dem heißen Himmel Siziliens* entnommenen Farben. An solchem Ort und in einer solchen Umgebung saßen nun Bruder und Schwester zum letzten Mal auf Erden beisammen. Noch heute kann man diesen Platz betreten, aber der Garten ist verschwunden, die Säulen sind umgestürzt, der Springbrunnen sprudelt nicht mehr. Der Reisende möge unter den Trümmern von Pompeji das Haus von Ione suchen. Noch jetzt sind die Ruinen zu sehen, aber ich will dem Alltagstouristen nicht verraten, wo sie zu finden sind. Wer mehr Sinn hat als die große Masse, der wird sie unschwer erkennen, und wenn es ihm gelungen ist, so möge er das Geheimnis bewahren.

Beide setzten sich, und Nydia, froh, allein zu bleiben, zog sich an das entgegengesetzte Ende des Gartens zurück.

»Ione, Schwester«, begann der Neubekehrte, »leg mir die Hand auf die Stirn, lass mich die kühle Berührung deiner Finger fühlen. Sprich auch mit mir, denn deine sanfte Stimme ist wie ein frischer, wohltuender Lufthauch. Sprich mit mir, *doch segne mich nicht.* Kein Wort mehr von jenem Formelkram, den man uns, als wir Kinder waren, heilig achten ließ.«

»Ach, was soll ich dann sagen? Die Sprache unseres Herzens ist so verwoben mit der Sprache unserer Andacht, dass die Worte kalt und inhaltslos werden, wenn ich jeden Hinweis auf unsere Götter aus ihnen verbannen soll.«

*»Unsere Götter?«,* murmelte Apaecides mit einem Schauder. »Schon ignorierst du meine Bitte!«

»Soll ich denn nur von Isis mit dir reden?«

»Von diesem bösen Geist? Nein! Lieber auf ewig stumm sein, es sei denn, du könntest … doch Schluss mit solchem Gerede! Wir wollen jetzt nicht miteinander streiten, wir wollen nicht hart übereinander urteilen. Du sollst jetzt nicht den Abtrünnigen in mir erblicken, und ich in dir nicht voll Scham und Schmerz die Götzendienerin gewahren. Nein, Schwester, wir wollen all diese Fragen und Gedanken beiseite lassen. In deiner süßen Nähe kommt Frieden über meinen Geist. Für einen kurzen Augenblick vergesse ich all mein Elend. Wenn ich so die Stirn an deine Brust lege, wenn dein sanfter Arm mich umschlingt, dann ist mir, als wären wir wieder Kinder, als lächelte der Himmel uns beiden noch mit gleicher Freundlichkeit. Denn ach, wenn ich demnächst einer Gefahr entrinne, über die ich noch nicht sprechen darf, wenn es mir dann vergönnt ist, mich in einer heiligen Sache an dich zu wenden, und ich dann dein Ohr verschlossen, dein Herz verhärtet finde, dann könnte mir die seligste Hoffnung sicher sein, sie würde doch nicht meinen Gram um die Schwester aufwiegen. In dir, Schwester, erblicke ich ein Abbild meines Ichs, nur schöner, nur edler noch. Soll der Spiegel ein ewiges Leben haben und die Form selbst wie Töpferton zerbrochen werden? Nein, nein! Du wirst mich anhören. Erinnerst du dich, wie wir Hand in Hand bei Bajä durch die Felder gingen, um Frühlingsblumen zu pflücken? Ebenso wollen wir einmal Hand in Hand in das ewige Paradies eintreten, um uns mit unvergänglichen Asphodillblüten zu bekränzen.«

Verwundert und verwirrt durch diese Worte, die sie nicht begreifen konnte, doch durch den klagenden Ton, in dem sie gesprochen wurden, zu Tränen gerührt, lauschte Ione stumm diesem Erguss eines vollen, bedrückten Herzens. Allerdings war Apaecides auch in einer viel sanfteren Stimmung als gewöhnlich, zeigte er sich doch nach außen hin meistens mürrisch oder unwirsch. Denn gerade die edelsten Bestrebungen haben etwas von Eifersucht an sich; sie bemächtigen sich der ganzen Seele, und die Begeisterung, die keine Beachtung findet, verwandelt sich oft in verschrobenes, unleidliches Wesen. Gleichgültig gegen die Bagatellen um uns her, erscheinen wir verstimmt. Weil wir uns über jede irdische Störung unserer himmlischen Träume ärgern, hält man uns für reizbar und launenhaft. Denn da es kein eitleres Hirngespinst gibt als die Hoffnung, ein gleich gestimmtes Herz zu finden, so beurteilt uns niemand gerecht, und selbst das Wesen, das unserem Herzen am nächsten steht, bringt uns oft gar keine Nachsicht entgegen. Erst wenn wir gestorben sind und die Reue zu spät kommt, werden Freunde und Feinde zu ihrem Erstaunen gewahr, wie wenig sie uns im Grunde zu vergeben hatten.

»So will ich denn mit dir über unsere gemeinsame Jugend sprechen«, sagte Ione. »Soll die Blinde dort dir von den Tagen der Kindheit singen? Ihre Stimme ist süß und voller Wohlklang, und sie kennt ein Lied, das frei ist von den Anspielungen, die zu hören dir Schmerz bereitet.«

»Erinnerst du dich noch an den Text?«, fragte Apaecides.

»Ich glaube ja, denn die Melodie ist so einfach, dass sich der Text leicht einprägt.«

»So sing es mir selbst vor. Mein Ohr mag keine fremde Stimme, und die deine, Ione, die so heimisch, so traut klingt, ist für mich immer süßer gewesen als alle Melodien der gemieteten Sänger aus Lykien oder Kreta. Sing du mir also!«

Ione winkte eine Sklavin herbei, die in der Säulenhalle stand, und ließ sich die Laute bringen. Als man sie ihr gereicht hatte, schlug sie eine zarte, schlichte Weise an und sang dazu die folgenden Verse:

### DIE KLAGE UM DIE KINDHEIT

#### I

Nicht dass im jungen Maienglanz
Nie Wetterwolken glühten;
Nicht dass im sel'gen Kinderkranz
Nie dunkle Blumen blühten:
  Ach, Dornen hat
  Das hellste Blatt,
Das uns die Horen bieten!
Mit Tränen naht Vergangenheit,
Die Gegenwart mit Sorgen,
Doch Hoffnung strahlt der Jugendzeit
Auf jeden neuen Morgen.
  Wie Ostens Pracht
  Kann Waldes Nacht
Noch Rosenstrahlen borgen.

2

Nicht dass das abgeblühte Herz
Dem Gram nur war verbunden:
Doch Lächeln folgt nicht leicht dem Schmerz,
Und später heilen Wunden!
  Und fromme Scheu
  Den Toten treu,
Verbeut zu frohen Stunden.
Ach, nimmer will der Iris Band
Aus Wolken lächelnd ragen;
Wir ziehen in ein ödes Land,
Vom dunklen Sturm verschlagen.
  Weit blieb zurück
  Beim Kinderglück
Der Stab, der uns getragen.

So traurig das Lied auch endete, Ione hatte es klug und voll Zartgefühl gewählt, denn wenn uns tiefer Schmerz bedrückt, ist uns lärmender Frohsinn oft widerwärtig. Das geeignetste Mittel, Schwermut zu bannen, ist die Schwermut selbst. Düstere Gedanken können, wenn man auch nicht Helligkeit unmittelbar an ihre Stelle setzen kann, doch in eine sanfte Dämmerung zurückgeschoben werden, so dass sie ihre harten, scharfen Umrisse verlieren und eine idealere Färbung annehmen. Wie der Arzt als Mittel gegen innere Schärfe einen äußeren Reiz anwendet, der durch eine belanglose Wunde das Gift von edleren Teilen abzieht, so besteht unsere Kunst bei fressenden Geschwüren der Seele darin, den am Inneren nagenden Schmerz in eine sanfte Trauer, die sich auf die Oberfläche beschränkt, zu verwandeln. So war es nun bei Apaecides. Ergriffen von dieser Silberstimme, die ihn an die Vergangenheit erinnerte und die Schmerzen der Gegenwart nur flüchtig streifte, vergaß er die unmittelbaren, furchtbaren Ursachen seiner Unrast. Mehrere Stunden lang blieb er bei Ione, ließ sie singen oder plauderte mit ihr. Und als er aufstand, um zu gehen, hatte der Sturm in seinem Herzen sich gelegt.

»Ione«, sagte er, indem er sanft ihre Hand drückte, »würdest du, wenn je mein Name beschimpft und verleumdet würde, einem solchen Gerücht Glauben schenken?«

»Niemals, Bruder, niemals!«

»Und bist du nicht auch nach deinem Glauben überzeugt, dass in einem späteren Leben der Bösewicht bestraft, der Gute belohnt wird?«

»Zweifelst du daran?«

»Bist du also auch der Meinung, dass jemand, der wahrhaft gut sein will, seinen Eifer bis zu völliger Rücksichtslosigkeit gegen sich selbst treiben soll?«

»Wer das tut«, antwortete Ione, »wird den Göttern gleich.«

»Und du glaubst, dass das Maß seiner Seligkeit jenseits des Grabes im Verhältnis zu seiner Tugend und zu dem Mut, mit dem er seiner Tugend lebt, stehen wird?«

»So lehrt man uns zu hoffen.«

»Gib mir einen Kuss, Schwester. Noch eine Frage: Du willst dich mit Glaucus vermählen. Vielleicht werden wir durch diese Heirat noch hoffnungsloser getrennt; doch davon will ich jetzt nicht sprechen. Du willst dich mit Glaucus vermählen, liebst du ihn? – Nein, Schwester, sag es mir mit Worten.«

»Ja«, murmelte Ione errötend.

»Fühlst du dich fähig, um seinetwillen allem Stolz zu entsagen, aller Schande zu trotzen und in den Tod zu gehen? Ich habe gehört, wenn eine Frau wirklich liebe, so gehe ihre Liebe bis zu diesem Übermaß.«

»Bruder, all das könnte ich für Glaucus tun, und ich würde es nicht einmal als ein Opfer empfinden, denn das, was der Liebende für den Geliebten erduldet, ist für ihn kein Opfer.«

»Genug! Das soll eine Frau für einen Mann fühlen, und soll ein Mann geringerer Hingebung für seinen Gott fähig sein?«

Hier verstummte er. Seine ganze Haltung strahlte wie von göttlicher Begeisterung beseelt; seine Brust hob sich stolz, seine Augen leuchteten, auf seiner Stirn stand die Majestät eines Menschen, der es wagt, edel zu sein. Dann wandte er sich zur Seite und blickte tief in Iones ernstes, wehmütiges, ahnungsvolles Auge. Er küsste sie zärtlich, drückte sie innig ans Herz, und einen Augenblick später hatte er das Haus verlassen.

Lange blieb Ione stumm und gedankenvoll auf derselben Stelle sitzen. Immer wieder erinnerten die Dienerinnen sie daran, dass der Mittag nah sei und sie die Einladung Diomeds zum Essen nicht vergessen solle. Endlich raffte sie sich auf aus ihren Träumen und zog sich zu der Festlichkeit um, nicht mit dem Stolz der Schönheit, sondern gleichgültig und voller Schwermut. Nur ein Gedanke versöhnte sie mit dem versprochenen Besuch: Sie traf dort mit Glaucus zusammen. Ihm durfte sie ihr Herz ausschütten, ihm konnte sie sagen, wie sehr sie sich um den Bruder sorgte.

Liebe! Vor allem eine Segnung unterscheidet deine keuschen, heiligen Bande von den schuldvollen und unerlaubten, den Eros vom Anteros: Nur denen, die wir ohne Sünde lieben, teilen wir das Geheimnis all unserer häuslichen, heimischen Schmerzen mit. Für den Lüstling ist die Liebe bloß eine Leidenschaft; da gibt es nur einen Verehrer und eine Gebieterin. Für den Reinen dagegen schließt die Liebe Zärtlichkeit, Heiligkeit und Pflichttreue jedes Grades in sich, wie man es nur unter Blutsverwandten finden kann! Nicht der leichtsinnigen Helena, sondern der treuen Andromache legte Homer die rührenden, in ihrer Empfindung von der ältesten bis zu der spätesten Zeit so wahren Worte in den Mund:

Hektor, siehe, du bist mir Vater jetzt und auch Mutter,
und mein Bruder allein, o du, mein blühender Gatte.

## KAPITEL III

### EINE VORNEHME GESELLSCHAFT UND EIN DINER À LA MODE IN POMPEJI.

Unterdessen schlenderten Sallust und Glaucus gemächlich zu Diomeds Haus. Trotz seiner üppigen Lebensart fehlte es Sallust nicht an manchen schätzenswerten Eigenschaften. Er wäre ein tätiger Freund, ein nützlicher Bürger, kurzum, ein vorzüglicher Mensch gewesen, wenn er sich nicht in den Kopf gesetzt hätte, ein Philosoph zu sein. In den Schulen gebildet, in denen die römischen Nachbeter dem Echo der griechischen Weisheit huldigten, hatte er die Lehren in sich aufgenommen, durch die die späteren Epikureer die schlichten Grundsätze ihres Meisters verkehrten. Er überließ sich ganz dem Genuss und redete sich ein, es gäbe keine größere Kunst als die, ein guter Gesellschafter zu sein. Immerhin besaß er aber viel Gelehrsamkeit und Bildung, Verstand und Humor. Die ungeschminkte Offenheit, mit der er seinen ausschweifenden Lebenswandel zur Schau trug, schien fast noch eine Tugend neben der vollendeten Verkommenheit eines Clodius oder der kläglichen Verweichlichung eines Lepidus. Deshalb war er Glaucus von allen Bekannten der liebste. Sallust aber, der die edleren Eigenschaften des Atheners erkannte, schätzte ihn fast so sehr wie eine kalte Muräne oder wie einen Becher vom besten Falerner.

»Ein vulgärer Mensch, dieser Diomed«, sagte er, »aber er hat doch auch gute Eigenschaften – in seinem Keller.«

»Und einige Reize – in seiner Tochter.«

»Allerdings, Glaucus, doch ich habe den Eindruck, sie lassen dich kalt. Clodius möchte, glaube ich, dein Nachfolger werden.«

»Meinen Segen hat er. Beim Fest, das ihre Schönheit gibt, wird wahrhaftig kein Gast als *Musca** betrachtet.«

»Du urteilst streng. Aber sie hat wirklich etwas Korinthisches* an sich. Da würden die beiden sehr gut zueinander passen. Was für gutmütige Trottel sind wir doch, dass wir uns mit diesem Spieler und Taugenichts abgeben!«

»Das Vergnügen bringt die absonderlichsten Menschen zusammen«, antwortete Glaucus. »Er macht mir Spaß …«

»Und schmeichelt dir. Aber dafür kommt er gut auf seine Kosten. Er bestreut sein Lob mit Goldstaub.«

»Du deutest oft an, dass er falsch spielt. Glaubst du das wirklich?«

»Mein lieber Glaucus, ein römischer Edelmann muss standesgemäß leben, und das ist kostspielig. Clodius muss betrügen wie ein Strauchdieb, um wie ein vornehmer Herr leben zu können.«

»Haha! Ich habe inzwischen das Würfelspiel aufgegeben. Ach, Sallust, wenn ich erst mit Ione verheiratet bin, hoffe ich, noch eine ganze Jugend voller Dummheiten wieder gutmachen zu können. Wir beide, Freund, sind zu etwas Besserem geboren, als was uns jetzt zusammenhält, für edlere Tempel als für den Schweinestall Epikurs.«

»Ach was!«, entgegnete Sallust melancholisch. »Was wissen wir denn mehr als: das Leben ist kurz; jenseits des Grabes ist alles düster. Es gibt keine größere Weisheit als die, welche ich predige: ›Genieße!‹«

»Bei Bacchus, ich bezweifle, ob wir bei unserer Lebensweise wirklich dem Leben den höchsten Genuss abgewinnen, den es zu bieten vermag.«

»Ich bin ein genügsamer Mensch«, versetzte Sallust, »und verlange gar nicht ›das Höchste‹. Wir gleichen Übeltätern, die sich am Rande des Todes noch mit Wein und Myrrhe berauschen. Aber wenn wir das nicht täten, so wäre uns der Blick in den Abgrund ganz unerträglich. Ich muss zugeben, ich neigte sehr zur Schwermut, bevor ich mich so lustig dem Trinken hingab. Das ist wie ein neues Leben, Glaucus.«

»Ja, aber am nächsten Morgen folgt ein neuer Tod.«

»Je nun; ja, der nächste Morgen ist dann ekelhaft, zugegeben. Aber wäre das nicht so, dann würden wir niemals in der Stimmung sein, auch nur einmal etwas zu lesen. Bei den Göttern, ich studiere doch manchmal nur, weil ich bis zum Mittag zu nichts anderem zu gebrauchen bin!«

»Pfui, du Skythe!«

»Pah, das Schicksal des Pentheus dem, der Bacchus abschwört.«

»Na, Sallust, bei all deinen Fehlern bist du doch der beste Lebenskünstler, dem ich je begegnet bin, und ich glaube, wenn ich einmal in Lebensgefahr geriete, so wärest du der einzige Mann in ganz Italien, der zu meiner Rettung einen Finger krumm machen würde.«

»Vielleicht auch *nicht,* wenn ich nämlich gerade beim Essen wäre. Doch im Ernst, wir Römer sind furchtbare Egoisten.«

»Wie alle Unfreien«, sagte Glaucus mit einem Seufzer, »die Freiheit allein begeistert die Menschen, sich füreinander zu opfern.«

»Dann müsste die Freiheit etwas sehr Ermüdendes für einen Epikureer sein«, antwortete Sallust. »Doch da sind wir beim Haus unseres Gastgebers angekommen.«

Da die Villa von Diomed zu den größten zählt, die man bis jetzt in Pompeji gefunden hat, und da sie außerdem ein durchaus typisches Beispiel für eine Vorstadtvilla echt römischen Stils ist, so ist es wohl von Interesse, die Anlage der Zimmer, durch die nun die Gäste schritten, kurz zu beschreiben.

Sie traten also durch dasselbe schmale Vestibulum ein, vor dem wir früher Bekanntschaft mit dem alten Medon gemacht haben, und kamen von da sogleich in eine Kolonnade, für die der Fachbegriff Peristyl lautet; denn der Hauptunterschied zwischen einer vorstädtischen Villa und einem Haus innerhalb der Stadt bestand darin, dass in ersterer die genannte Kolonnade genau den Platz einnahm, an dem sich in einem Stadthaus das Atrium befand. In der Mitte des Peristyls war ein offener Hof, der das Impluvium enthielt.

Von diesem Peristyl führte eine Treppe zu den Wirtschaftsräumen hinab; auf der einen Seite führte ein schmaler Gang in den Garten; verschiedene kleine Zimmer lagen rings um die Kolonnade und dienten wahrscheinlich als Gästezimmer. Eine zweite Tür, wenn man eintrat zur Linken, führte in eine kleine dreieckige Säulenhalle, die zu den Bädern gehörte, und dahinter lag die Garderobe, wo die Festtagskleider der Sklaven und vielleicht des Herrn selbst aufbewahrt wurden. Siebzehn Jahrhunderte später fand man diese Überbleibsel antiken Putzes von Kalk und Staub bedeckt. Ach, sie waren länger aufbewahrt worden, als ihr knauseriger Eigentümer vorausgesehen hatte!

Wir kehren zu dem Peristyl zurück und versuchen, dem Leser einen *coup-d'œil* über die ganze Zimmerreihe zu geben, die sich nun vor den Gästen erstreckte.

Der Leser möge sich zunächst die Säulen des Portikus vorstellen, die mit Blumen reich behangen waren. Die Säulen selbst hatten unten einen roten Anstrich, während die Wände von bunten und abwechslungsreichen Fresken erstrahlten. Von dort aus blickte man durch einen zu zwei Dritteln seiner Breite weggezogenen Vorhang in das Tablinum oder Gesellschaftszimmer, das mittels Glastüren, die jetzt in die Wände hineingeschoben waren, nach Belieben verschlossen werden konnte. Zu beiden Seiten dieses Tablinums lagen kleine Zimmer, von denen eines eine Art Schatzkammer war. Von diesen Stuben und vom Tablinum selbst kam man in eine lange Galerie, die zu beiden Seiten auf Terrassen hinausführte. Zwischen diesen Terrassen lag in der Mitte der Galerie eine Halle, die für das Gelage dieses Tages hergerichtet worden war. Alle diese Räumlichkeiten lagen um ein Stockwerk höher als der Garten, doch auf gleicher Höhe mit der Straße, und die mit der Galerie zusammenhängenden Terrassen endeten in Gängen, die auf Pfeilern ruhten, die den unten liegenden Garten rechts und links einfassten.

Unten, auf gleicher Ebene mit dem Garten, lagen die Zimmer, die bereits beschrieben wurden und hauptsächlich für Julia bestimmt waren.

In der eben erwähnten Galerie empfing jetzt Diomed seine Gäste.

Der Handelsherr spielte sich gewaltig als ein gebildeter Mann auf und trug mithin seine Vorliebe für alles Griechische zur Schau; darum erwies er Glaucus ganz besondere Aufmerksamkeit.

»Du wirst sehen, mein Freund«, sagte er mit einer breiten Geste, »es ist alles ein bisschen klassisch bei mir, ich habe so etwas von einem Kekropier, he? Die Halle, in der wir essen werden, ist ganz nach griechischem Muster, ganz wie ein kyzikenischer Ökus. Edler Sallust, in Rom gibt es, wie ich höre, diese Art Zimmer nicht.«

»Hm«, meinte Sallust mit einem halbunterdrückten Lächeln, »ihr Pompejaner verbindet das Beste der griechischen Kunst mit dem Besten der römischen. Möge es dir, oh Diomed, bei den Speisen ebenso gut gelingen wie in der Architektur.«

»Du wirst sehen, Sallust, du wirst sehen«, antwortete der Kaufmann. »Wir haben Geschmack in Pompeji, und wir haben auch Geld.«

»Das sind zwei prächtige Dinge«, antwortete Sallust. »Doch sieh da, die Hausherrin Julia.«

Wie ich schon früher bemerkt habe, bestand ein Hauptunterschied zwischen der Lebensweise der Athener und derjenigen der Römer darin, dass bei den ersten sittsame Frauen selten oder nie an Festlichkeiten teilnahmen, während sie bei den letzteren die übliche Zierde des Gastmahls waren. Allerdings endete der Schmaus, wenn sie teilnahmen, in der Regel früher als sonst.

In ein prachtvolles weißes Gewand gehüllt, das mit Perlen und Goldfäden bestickt war, trat die schöne Julia in die Halle.

Sie war gerade von den beiden ersten Gästen begrüßt worden, als fast zu gleicher Zeit der Ädil Pansa mit seiner Frau, dann Lepidus, Clodius und der römische Senator eintraten. Hierauf erschien auch die Witwe Fulvia und dann der Dichter Fulvius, der mit der Dame, wenn nichts anderes, so wenigstens den Namen gemein hatte. Nach diesen beiden kam der Krieger aus Herkulaneum, begleitet von seinem ›Schatten‹; darauf weniger bedeutende Gäste. Ione fehlte noch.

Bei den höflichen Alten war Schmeichelei üblich, wo immer sich Gelegenheit dazu bot, und daher galt es für ein Zeichen schlechter Erziehung, wenn man sich gleich nach dem Eintritt in ein fremdes Haus setzte. Nachdem Gastgeber und Gäste den ersten Gruß gewechselt hatten, der meistens in demselben herzlichen Schütteln der rechten Hand wie noch heute bei uns bestand, mitunter aber auch in der noch vertrauteren Umarmung, blieb der Besuch mehrere Minuten stehen, betrachtete das Zimmer und bewunderte die Bronzen, die Gemälde und das Hausgerät, das dessen Schmuck bildete, eine Mode, die nach unseren verfeinerten englischen Begriffen sehr unhöflich wäre, denn wir legen weit weniger Wert auf die so genannte gute Erziehung und würden um nichts in der Welt in anderer Leute Haus große Bewunderung bekunden, aus Angst, den Eindruck zu hinterlassen, wir hätten noch nie etwas so Feines und Schönes gesehen.

»Eine reizende Statue ist das, die des Bacchus!«, rief der römische Senator.

»Nicht der Rede wert«, erwiderte Diomed.

»Und allerliebste Malereien!«, sagte Fulvia.

»Nicht der Rede wert«, wiederholte der Besitzer.

»Und ausgesuchte Kandelaber!«, rief der Kriegsmann.

»Ausgesucht!«, sprach ihm sein Schatten nach.

»Alles nicht der Rede wert, nicht der Rede wert«, wiederholte der Kaufmann abermals.

Inzwischen begab sich Glaucus an eines der Fenster, die von der Galerie auf die Terrasse hinausführten. Die schöne Julia war an seiner Seite.

»Gilt es in Athen als Tugend, Glaucus«, fragte die Tochter des Handelsherrn, »denen aus dem Weg zu gehen, deren Umgang man sonst gesucht hat?«

»Nein, schöne Julia.«

»Aber ich habe den Eindruck, es ist eine Eigenschaft von Glaucus.«

»Einem *Freund* geht Glaucus niemals aus dem Weg«, antwortete der Grieche mit besonderer Betonung auf dem zweiten Wort.

»Darf Julia sich zu seinen Freunden zählen?«

»Es wäre selbst für den Kaiser eine Ehre, eine so attraktive Dame zur Freundin zu haben.«

»Du weichst meiner Frage aus«, entgegnete die verliebte Julia. »Doch sag mir, ist es wahr, bewunderst du die Neapolitanerin Ione?«

»Nötigt Schönheit uns nicht Bewunderung ab?«

»Ah, schlauer Grieche, wieder weichst du dem Sinn meiner Worte aus. Sag doch, wird dir Julia wirklich eine Freundin sein?«

»Wenn sie mich dieser Gunst würdigen sollte, seien die Götter gepriesen! Der Tag, an dem mir eine solche Ehre zuteil wird, soll von mir immerdar mit einem weißen Strich bezeichnet sein.«

»Und doch, während du sprichst, ist dein Auge voll Unruhe; du wirst bald blass, bald rot, du bewegst dich unwillkürlich weg. Du kannst es nicht erwarten, an Iones Seite zu kommen.«

Denn Ione war im selben Augenblick eingetreten, und Glaucus hatte wirklich die innere Bewegung verraten, die der eifersüchtigen Schönen aufgefallen war.

»Kann Bewunderung für die eine mich der Freundschaft der anderen unwert machen? Bestätige doch nicht, oh Julia, die Vorwürfe, die Dichter gegen dein Geschlecht ausgesprochen haben!«

»Ja, du hast Recht, wenigstens will ich mich bemühen, das zu glauben. Glaucus, noch einen Augenblick. Du willst Ione heiraten, nicht wahr?«

»Wenn es die Schicksalsgöttinnen erlauben. Es ist meine seligste Hoffnung.«

»So nimm von mir als Zeichen unserer neuen Freundschaft ein Geschenk für deine Braut an; du weißt ja, es ist Brauch unter Freunden, Braut und Bräutigam einige kleine Zeichen der Achtung und der Gratulation zu überreichen.«

»Julia, ein Freundschaftszeichen aus solchen Händen kann ich nicht ausschlagen. Ich will das Geschenk als ein günstiges Omen von Fortuna selbst annehmen.«

»Dann komm nach dem Fest, wenn die Gäste sich verabschieden, mit mir in mein Zimmer hinab und empfange es aus

*Statue der Diana.*

meinen Händen. Vergiss es nicht!« Damit trat sie zur Gattin des Pansa und gab Glaucus frei, der zu Ione eilte.

Die Witwe Fulvia und die Gattin des Ädils waren bei einer hochwichtigen Erörterung.

»O Fulvia, ich versichere dir, nach den neuesten Modeberichten aus Rom trägt man die Haare nicht mehr gekräuselt, sondern turmartig aufgebaut, wie du es bei Julia siehst, oder in Form eines Helms, eine Art *Galerus,* wie du es bei mir siehst. Es macht sich ganz gut, meine ich. Ich sage dir, Vespius«, so hieß der Held aus Herkulaneum, »bewundert diese Frisur.«

»Und niemand trägt das Haar nach griechischer Art wie die Neapolitanerin dort?«

»Wie? Auf der Stirn gescheitelt und hinten zum Knoten geschlungen? O nein, wie lächerlich! Das erinnert ja an die Statue der Diana! Aber trotzdem ist diese Ione hübsch, was?«

»Die Männer halten sie dafür. Außerdem ist sie reich. Sie soll den Athener heiraten; ich wünsche ihr Glück. Ich fürchte nur, er wird ihr nicht lange treu bleiben. Diese Ausländer sind sehr flatterhaft.«

»Ah, Julia, hast du schon den Tiger gesehen?«, fragte Fulvia, als die Kaufmannstochter zu ihnen trat.

»Nein.«

»Wie? Alle Damen haben ihn sich schon angeschaut, er ist ganz allerliebst.«

»Hoffentlich werden wir einen Verbrecher oder sonst jemand für ihn und den Löwen haben«, antwortete Julia. »Dein Gatte«, wandte sie sich an Pansas Frau, »kümmert sich nicht so energisch darum, wie er sollte.«

»Wieso? Die Gesetze sind einfach zu mild«, sagte die Dame mit der Helmfrisur. »Es gibt nur ganz wenige Verbrechen, für die jemand zur Arena verurteilt werden kann. Außerdem werden die Gladiatoren immer schlapper. Die kraftstrotzendsten Tierkämpfer erklären, sie würden wohl gegen einen Bären oder einen Stier kämpfen, aber mit einem Löwen oder Tiger wollen sie es nicht aufnehmen. Sie meinen, dieser Spaß könne ihnen doch übel bekommen.«

»Sie haben eine Mitra* verdient«, meinte Julia verächtlich.

»Hast du schon das neue Haus von Fulvius, unserem lieben Poeten, gesehen?«, fragte Pansas Frau.

»Nein. Ist es schön?«

»Sehr. So geschmackvoll. Doch man munkelt, meine Liebe, die Gemälde darin seien ein bisschen unanständig. Er will sie auch keiner Dame zeigen, ist das nicht ungezogen?«

»Diese Dichter sind immer etwas verschroben«, meinte die Witwe. »Aber er ist ein interessanter Mensch. Was für hübsche Verse er schreibt! In der Poesie sind wir doch viel weiter gekommen. Es ist unmöglich, das alte Zeug noch zu lesen.«

»Der Ansicht bin ich auch«, antwortete die behelmte Hausherrin. »Die moderne Schule hat viel mehr Kraft und Energie.«

Der Kriegsmann kam auf die Damen zugeschlendert.

»Es söhnt mich mit dem Frieden aus«, sagte er, »wenn ich solche Gesichter sehe.«

»Oh, ihr Helden seid immer solche Schmeichler«, versetzte Fulvia, indem sie sich beeilte, das Kompliment in erster Linie auf sich zu beziehen.

»Bei dieser Kette, die ich aus des Kaisers eigener Hand empfing«, antwortete der Krieger, mit einer kurzen Kette spielend, die seinen Hals wie ein Band umgab, statt wie bei Nichtsoldaten bis auf die Brust herabzuhängen, »bei dieser Kette, du tust mir Unrecht. Ich sag's, wie's ist, wie es einem Soldaten zukommt.«

»Wie gefallen dir die Damen von Pompeji im Allgemeinen?«, fragte Julia.

»Bei Venus, einfach hervorragend! Sie sind mir ein wenig gewogen, und das veranlasst vielleicht mein Auge, ihre Reize doppelt zu sehen.«

»Wir haben Krieger gern«, sagte Pansas Frau.

»Das merke ich, bei Herkules! Allzu viel Ruhm kann einem in diesen Städten förmlich zur Last werden. In Herkulaneum klettern die Leute aufs Dach meines Atriums, um einen flüchtigen Blick durchs Impluvium auf mich zu werfen. Am Anfang ist es ja ganz nett, von seinen Mitbürgern bewundert zu werden, mit der Zeit aber bekommt man es satt.«

»Wie wahr, wie wahr, Vespius«, rief der Poet, hinzutretend. »Das geht mir auch so.«

»Dir?«, versetzte der stattliche Krieger, indem er die unscheinbare Gestalt des Dichters mit unsäglicher Geringschätzung maß. »In welcher Legion hast du gedient?«

»Du kannst meine Spolien, meine Exuvien sogar auf dem Forum sehen«, antwortete der Poet mit einem vielsagenden Blick auf die Frauen. »Ich gehöre zu den Zeltkameraden, den *Contubernales,* des großen Mantuaners.«

»Ich kenne keinen General aus Mantua«, entgegnete der Krieger ernst. »Welchen Feldzug hast du mitgemacht?«

»Den Zug auf den Helikon.«

»Von dem habe ich noch nie gehört.«

»Aber Vespius, er macht doch nur Witze«, sagte Julia lachend.

»Witze! Bei Mars, bin ich ein Mann, mit dem man Witze machen kann?«

»Jawohl, Mars selbst war verliebt in die Mutter der Witze«, entgegnete der Poet ein wenig verängstigt. »Wisse denn, o Vespius, ich bin der Dichter Fulvius. Ich bin es, der Krieger unsterblich macht.«

»Das mögen die Götter verhüten«, murmelte Sallust der Julia zu. »Wenn Vespius unsterblich würde, was für ein Muster von langweiligem Großmaul hätte da die Nachwelt am Hals!«

Der Soldat schaute verdutzt drein, doch im selben Augenblick wurde zu seiner und der anderen Erleichterung das Zeichen zum Beginn des Essens gegeben.

Da wir im Haus des Glaucus schon mitbekommen haben, in welcher Weise in Pompeji gewöhnlich die Festessen abliefen, so darf auf eine zweite Schilderung der Gerichte und der Art, in der sie aufgetragen wurden, verzichtet werden.

Diomed, der großen Wert auf Förmlichkeit legte, hatte einen *Nomenclator* aufgestellt, der die Gäste aufrief und ihnen den Platz anwies.

Der Leser möge sich die Tafel in Hufeisenform, aus drei aneinandergerückten Tischen vorstellen, von denen einer die Mitte, zwei die Flügel bildeten. Die Speisenden saßen an den Außenseiten, die Innenseiten blieben für die Kellner oder *Ministri* frei, damit diese möglichst nicht behindert wurden. Die äußere Ecke des einen Flügels hatte als Dame des Hauses Julia inne; den Platz neben ihr Diomed. An einer Ecke des Mitteltischs saß der Ädil, an der anderen Ecke der römische Senator, denn das waren die Ehrenplätze. Die übrigen Gäste waren so verteilt, dass die jungen Leute (Herren und Damen) nebeneinander saßen und in gleicher Weise die älteren Herrschaften Paare bildeten: eine ganz angenehme Einrichtung, nur dass sie diejenigen unter den Alten, die noch für jung gehalten werden wollten, häufig vor den Kopf gestoßen haben mag.

Iones Stuhl* stand neben der Couch des Glaucus. Die Sitze waren mit Schildkrötenschalen ausgelegt und mit Polstern bedeckt, die mit Federn gestopft und mit kostbaren babylonischen Stickereien geschmückt waren. An Stelle des modernen Tafelzierrats waren bronzene, elfenbeinerne oder silberne Götterbilder aufgestellt. Der heilige Salzstreuer und die Laren fehlten nicht. Über der Tafel und den Sitzen spannte sich an der Zimmerdecke ein reich geschmückter Baldachin. An jeder Ecke der Tische standen hohe Kandelaber, denn obgleich es erst früher Nachmittag war, hatte man das Zimmer verdunkelt. Von Dreifüßen, die an verschiedenen Punkten aufgestellt waren, stieg der Wohlgeruch von Weihrauch und Myrrhe auf, und auf dem *Abacus* oder Schanktisch sah man große Gefäße und verschiedene silberne Schmuckgegenstände nebeneinander stehen, in genau derselben Prachtentfaltung (allerdings mit mehr Geschmack), wie wir sie noch heutzutage bei einem Festessen finden.

Statt eines Tischgebets wurde den Göttern ein Trankopfer dargebracht, und gewöhnlich empfing Vesta als Königin der Hausgötter diese anmutige Huldigung.

Nachdem diese feierliche Handlung vollzogen war, streuten die Sklaven Blumen auf die Ruhepolster und auf den Boden und setzten jedem Gast einen Kranz aus Rosen auf, der mit Bändern durchflochten und mit Lindenbast gebunden war. In jedem befand sich außerdem ein wenig Efeu und Amethyst, weil diese als Schutzmittel gegen die Wirkung des Weins galten. Nur die Kränze der Damen wiesen dieses letztere Laub nicht auf, weil es sich für Frauen nicht schickte, Wein zu trinken, wenigstens nicht öffentlich. Nun hielt der Präside der Tafel, Diomed, es für geraten, einen *Basileus* oder Festkönig zu ernennen – ein wichtiges Amt, das manchmal durch das Los, manchmal, wie in diesem Fall, durch den Gastgeber verliehen wurde.

Diomed bereitete es ein wenig Kopfzerbrechen, wen er wählen sollte. Der invalide Senator war zu ernst und auch schon zu alt, um die Pflichten des Festleiters so richtig erfüllen zu können. Der Ädil Pansa wäre wohl der richtige Mann gewesen, jedoch ihn, der an Rang unter dem Senator stand, als Festkönig über ihn zu setzen, wäre eine Beleidigung gewesen. Während

Diomed noch darüber grübelte, wer von den andern wohl der Würdigste wäre, traf sich sein Blick mit den munteren Augen von Sallust, und es kam ihm plötzlich die Idee, diesen fröhlichen Epikureer zum Festkönig oder *Arbiter bibendi* zu ernennen. Sallust nahm die Würde mit geziemender Bescheidenheit an.

»Ich werde«, rief er aus, »ein gnädiger König für diejenigen sein, die tiefe Züge tun; gegen einen Drückeberger aber unerbittlicher als Minos selbst. Nehmt euch in Acht.«

Nun reichten die Sklaven Becken mit parfümiertem Wasser herum, denn ein Essen begann gewöhnlich mit dem Waschen der Hände. Bald ächzte der Tisch unter der Last des ersten Gerichts. Die Unterhaltung war zuerst flüchtig und auf einzelne Gruppen beschränkt, so dass Ione Gelegenheit fand, mit Glaucus jenes süße Geflüster zu wechseln, das alle Beredsamkeit der Welt aufwiegt. Julia beobachtete sie dabei mit blitzenden Augen.

»Wie bald werde ich deinen Platz einnehmen«, dachte sie.

Clodius aber, der am mittleren Tisch lag und daher Julias Gesicht genau betrachten konnte, bemerkte ihren Verdruss und beschloss, ihn sich zunutze zu machen. Über die Tafel hinüber sprach er sie mit den üblichen Phrasen der Galanterie an, und da er hochgeboren und äußerlich nicht unschön war, so kam es Julia, trotz ihrer Verliebtheit, nicht ungelegen, sich von ihm den Hof machen zu lassen.

In der Zwischenzeit hielt der wachsame Sallust die Sklaven wacker in Atem. Er ließ die Becher mit einer Geschwindigkeit füllen, als wäre er entschlossen, die geräumigen Keller Diomeds, die der Leser noch heute unter dessen Haus sehen kann, vollständig zu leeren. Als eine Amphore nach der andern gebracht und ausgeschenkt wurde, bereute es der würdige Handelsmann schon, dass er diesen trinkfesten Burschen zum Festkönig ernannt hatte. Die Sklaven, alle noch unter dem Mannesalter – die jüngsten, die Schenken, waren etwa zehn Jahre alt, die ältesten, die den Wein mit Wasser mischten, etwa fünf Jahre älter* –, ließen sich von Sallusts Eifer hinreißen, und Diomeds Gesicht rötete sich mehr und mehr, als er die unverschämte Bereitwilligkeit mit ansah, mit der sie den Festkönig in seinen Anstrengungen unterstützten.

»Entschuldige, o Senator«, rief Sallust, »aber ich sehe, du kneifst. Dein Purpursaum kann dich nicht retten, trink!«

»Bei den Göttern«, antwortete der Senator hustend, »meine Lungen stehen schon in Flammen, du gehst mit einer solchen Schnelligkeit zu Werk, dass Phaeton nichts gegen dich ist. Ich bin ein kranker Mann, freundlicher Sallust, erspar mir das.«

»Bei Vesta, nein! Ich bin ein unparteiischer Regent, trink!«

Nach den Trinkregeln musste der arme Senator gehorchen, und ach, jeder Becher brachte ihn dem Styx näher.

»Langsam, langsam, mein König!«, stöhnte Diomed. »Es macht sich schon ein wenig ... «

»Rebellion?«, unterbrach ihn Sallust. »Hier darf keiner den gestrengen Brutus spielen! Ich dulde keinen Eingriff in meine königliche Machtbefugnis!«

»Aber die Damen ... «

»Die lieben einen Zecher! War Ariadne nicht in Bacchus verliebt?«

Das Fest nahm seinen Fortgang. Die Gäste wurden gesprächiger, und es begann hoch herzugehen. Das Dessert stand schon auf dem Tisch, und die Sklaven reichten Wasser mit Myrrhe und Ysop herum, womit die Gäste sich zum Schluss noch einmal die Hände wuschen. Gleichzeitig öffnete sich wie durch Zauberhand ein rundes Tischchen, das den Gästen genau gegenüberstand, und goss einen duftenden Sprühregen auf die Tafel und die Schmausenden. Als dieser nachließ, wurde der über ihren Köpfen schwebende Baldachin weggezogen, und die Gäste sahen ein Seil, das sich quer unter der Zimmerdecke hinspannte. Auf diesem Seil begann jetzt einer jener schnellfüßigen Tänzer, die Pompeji so berühmt gemacht haben, und deren Nachkömmlinge den Festlichkeiten bei Astley oder im Vauxhall zu London einen besonderen Zauber verliehen haben, direkt über ihren Köpfen seine halsbrecherischen Kunststückchen aufzuführen.

Eine solche Erscheinung, die nur durch ein Seil von den Schä-

*Seiltänzer.*

deln der Zuschauer geschieden war, sich in den tollsten Sprüngen erging und es dem Anschein nach darauf abgesehen hatte, auf den eben genannten Teil des Kopfes herabzupurzeln, wäre von einer Tischgesellschaft in Mayfair wahrscheinlich mit gewissem Entsetzen beobachtet worden. Unsere pompejanischen Schmauser aber verfolgten mit Entzücken die tanzende Gestalt, und der Beifall wurde umso lauter, je näher der Tänzer daran war, auf den gerade unter ihm Sitzenden zu fallen. Dem Senator erwies er die ganz besondere Ehre, dass er direkt über ihm wirklich vom Seil fiel und es im Sturz gerade noch mit der Hand packte, um sich im selben Augenblick wieder hinaufzuschwingen, als die andern schon meinten, der Schädel des Römers sei mindestens ebenso in Stücke zersplittert wie der Kopf des armen Dichters, auf den der Adler die Schildkröte fallen ließ. Endlich, zur großen Herzenserleichterung Iones, die an derartige Belustigungen nicht gewöhnt war, hielt der Tänzer inne; zugleich erscholl jedoch von draußen Musik, und der Seiltänzer begann von neuem und sprang diesmal noch wilder. Die Melodie wechselte, doch noch vermochte sie den Zauber nicht zu lösen, von dem der Akrobat besessen schien; denn er stellte einen Menschen dar, der durch eine seltsame Krankheit unter dem Zwang zu tanzen* steht und nur durch eine bestimmte Musik geheilt werden kann. Schließlich schienen die Musikanten aber doch den richtigen Ton zu treffen. Der Tänzer machte noch einen Sprung, schwang sich vom Seil herab, kam auf den Fußboden zu stehen und verschwand.

Nun folgte eine Darbietung der anderen; die Musiker draußen auf der Terrasse spielten eine sanfte Weise, zu der die folgenden Worte gesungen wurden, die allerdings nur die wenigsten Gäste verstanden, weil der Gesang hinter einer Wand hervorklang und deshalb nur sehr leise war:

### FESTMUSIK MUSS LEISE SEIN

1

Hört, durch die Blüten senden unsere Saiten
Den Schatten Gruß, die Psilas* sich erkor:
So ließ der Gott die zarten Töne gleiten
Aus Pans Schalmei in Ariadnes Ohr.
Wie die Reben tauig quellen
In der Trinker lust'gen Schmaus,
Ströme deines Wohllauts Wellen,
Lyra, Aphroditen aus.

2

Wild ruft zum Ruhme der Trompete Schmettern,
Zum Kampfe reißt der Sturm der Töne fort;
Doch Liebe, lispelnd unter Rosenblättern,
Will zartes Flüstern gleich dem eignen Wort.
Stehle, milder Klang, oh stehle
Dich zum Ohr wie leises Ach,
Klinge in des Hörers Seele
Wie der liebsten Stimme nach.

Ich weiß nicht, wie es kam, aber gegen Ende des Liedes errötete Ione tiefer als bisher, und Glaucus wusste es unter dem Schutz des Tisches so einzurichten, dass ihre Hand in seiner lag.

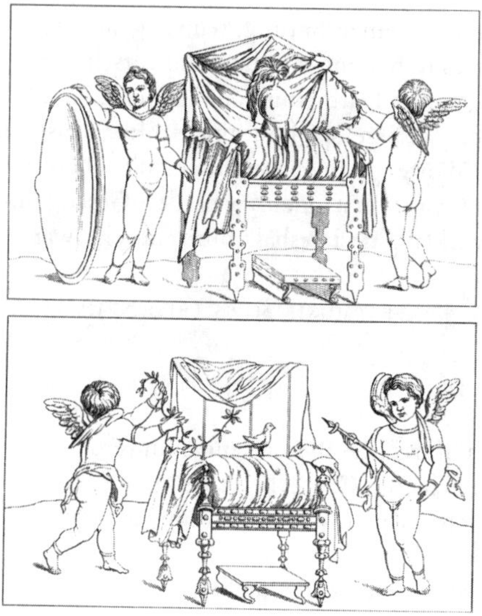

*Helm (Mars) und Taube (Venus), die von Liebesgöttern auf einen Thron gesetzt werden.*

»Ein niedliches Liedchen«, sagte Fulvius mit Gönnermiene.

»Ach, wenn *du* uns doch etwas zum Besten geben würdest«, säuselte die Gattin Pansas.

»Soll Fulvius singen?«, fragte der Festkönig, der gerade die Gesellschaft aufgefordert hatte, auf die Gesundheit des römischen Senators zu trinken, und zwar auf jeden Buchstaben seines Namens einen Becher.

»Wie kannst du fragen«, antwortete die Matrone mit einem schmeichelhaften Blick auf den Dichter.

Sallust schnippte mit den Fingern und flüsterte dem dienstfertig herbeigeeilten Sklaven etwas zu. Dieser lief fort und kehrte kurz darauf mit einer kleinen Harfe in der einen und einem Myrtenzweig in der anderen Hand zurück.

Der Sklave ging auf den Dichter zu und übergab ihm mit einer tiefen Verbeugung die Harfe.

»Ach, ich kann leider nicht spielen«, sagte der Dichter.

»Dann musst du zum Myrtenzweig singen. Das ist griechischer Brauch; Diomed liebt die Griechen, ich liebe die Griechen, du liebst die Griechen, wir alle lieben die Griechen; und unter uns, dieser Brauch ist nicht das einzige, was wir ihnen gestohlen haben. Sei dem, wie ihm wolle, ich führe die Sitte einfach ein, denn ich bin der König. Also sing, Untertan, sing!«

Mit verschämtem Lächeln nahm der Poet die Myrte in die Hand und sang nach einem kurzen Vorspiel mit gefälliger, wohlklingender Stimme folgendes Lied:

### DIE KRÖNUNG DER LIEBE*

1

Die Liebesgötter schwärmten frisch
An einem Feiertage;
Doch sowas sitzt nicht lang am Tisch,
So setzt es üble Klage.
Erst lachten, lärmten sie durchs Haus,
Dann kam's zum offnen Streit und Strauß.
Pfui, pfui! Wer kann dergleichen doch?
Mein Liebchen, leise, leise!
Wir hielten's, 's ist kein Stündchen noch,
Nach Amoretten-Weise.

2

Das Völkchen war noch nicht gelenkt
Von einem Sittenrichter:
Doch selbst kein Gott sei unbeschränkt,
Verkünden alle Dichter,
Drum ward ein König ihr Beschluss,
Ein Ziel zu setzen dem Verdruss.
Ein Kuss – ach, welch ein leidig Ding
War jeder wohl uns Zweien,

Wenn ich an einem König hing
Und wiche von den Freien!

3

Des Ares' Helm ward bald entdeckt
Bei andern Rumpelwaren;
Mit Federn war der Kamm besteckt
Zum Grauen aller Laren.
Ein solcher Prinz war unerhört,
Man fand ihn gleich des Thrones wert.
Dem Mutigen gehört die Welt,
Drum wählten sie den Krieger;
Doch dein Panier vorangestellt
War' rascher noch der Sieger.

4

Der Helm fand sie zu wild gesinnt
Als Meister zu beharren;
Ein Krieger weiß, wie *ein* solch Kind
Ihn oft schon hielt zum Narren.
Sie plagten ihn, dass er im Gram
Sich eine Schmerzgehilfin nahm.
Wenn Fürsten selbst des Lebens Streit
Allein sich nicht bequemen,
Welch gutes Recht für uns, solch Leid
Selbander aufzunehmen!

5

Die Taube hatte zugeschaut
Den ungebärd'gen Knechten;
Der König grüßte sie als Braut
Und setzt' sie sich zur Rechten.
Das war just in der Kleinen Sinn:

»Hoch lebe König, Königin!«
Ach Liebchen, welche süße Lust
Brächt' ich dir eine Krone;
Doch geht ein Platz an deiner Brust
Mir über alle Throne.

6

Die Buben meinten bessre Wahl
Hab' noch kein Fürst getroffen,
Doch bald ward im Regierungssaal
Der arge Irrtum offen.
Ihr war's von Venus beigebracht,
Und eisern übt' sie ihre Macht.
Auch du nahmst mir auf gleiche Art
Zu spät des Wahnes Flimmer.
Wo wäre ein Gesicht so zart,
Und wo ein Herrscher grimmer?

Dieses Lied, das dem heiteren, lebenslustigen Sinn der Pompejaner überaus zusagte, wurde mit großem Beifall aufgenommen. Die Witwe bestand darauf, dass ihr Namensvetter mit demselben Myrtenzweig gekrönt wurde, zu dem er gesungen hatte. Der Zweig wurde leicht zum Kranz umgebogen, und der unsterbliche Fulvius wurde unter Händeklatschen mit dem Ruf: *»Io triumphe!«* gekrönt. Gesang und Harfe machten nun die Runde durch die ganze Gesellschaft; ein frischer Myrtenzweig ging von Hand zu Hand* und machte bei jedem Gast Halt, der sich bewegen ließ, ein Lied zu singen.

Die Sonne neigte sich jetzt dem Untergang zu, obgleich die Schmausenden, denen bereits mehrere Stunden in frohem Treiben vergangen waren, es in dem verdunkelten Zimmer nicht bemerkten. Der Senator jedoch war müde, und der Kriegsmann wollte noch nach Herkulaneum zurück; beide erhoben sich und gaben damit das Zeichen zu allgemeinem Aufbruch. »Bleibt doch noch ein Weilchen, Freunde!«, sagte Diomed.

»Wenn ihr schon so zeitig gehen wollt, so beteiligt euch wenigstens noch rasch an unserem Schlussspiel!«

Mit diesen Worten winkte er einen seiner Sklaven zu sich und flüsterte ihm etwas ins Ohr. Der Diener lief hinaus und kam bald mit einem kleinen Becher zurück, worin sich mehrere sorgsam versiegelte und anscheinend identische Täfelchen befanden. Jeder Gast musste nun für den Preis der niedrigsten Silbermünze ein Täfelchen kaufen, und der Witz bei dieser Lotterie (einer Lieblingsunterhaltung von Augustus, der sie übrigens einführte) bestand in der Ungleichheit, mitunter sogar Ungereimtheit der Gewinne, deren Art und Wert auf der Innenseite der Täfelchen zu lesen war. So gewann der Poet zum Beispiel eines seiner eigenen Gedichte, worüber er ein sehr saures Gesicht machte (niemals hat ein Arzt mit größerem Widerwillen die von ihm selbst gebraute Medizin hinuntergeschluckt). Der Krieger zog eine Schachtel mit Haarnadeln, was zu einigen spöttischen Anspielungen auf Herkules und den Spinnrocken Anlass gab. Der Witwe Fulvia fiel ein mächtiger Trinkbecher zu. Julia erhielt eine Herrenschnalle und Lepidus eine Schminkdose. Das treffendste Los aber zog der Spieler Clodius: mit Zornesröte im Gesicht empfing er einen Satz falsche Würfel.* Die Belustigung, die das launenhafte Ergebnis der »Tombola« hervorrief, bekam einen kleinen Dämpfer, durch einen kleinen Unfall, der als ein böses Vorzeichen gedeutet wurde. Auf Glaucus fiel nämlich der wertvollste Gewinn: eine kleine Marmorfigur der Fortuna, ein griechisches Kunstwerkchen. Der Sklave ließ sie beim Überreichen fallen, und sie ging in Stücke.

Ein Schauer flog über die Versammlung, und jeder murmelte unwillkürlich: *»Dii avertite omen!«*

Glaucus allein, obwohl vielleicht ebenso abergläubisch wie die übrigen, stellte sich, als sei das Ereignis ihm völlig gleichgültig.

»Süße Neapolitanerin«, flüsterte er Ione zu, die so bleich geworden war wie der zerbrochene Marmor selbst, »ich nehme das Omen an. Es bedeutet für mich, dass Fortuna, wenn ich dich erlange, mir nichts mehr zu schenken hat und *ihr* Bild für mich selbst zerbricht, nachdem sie mir *deines* für immer überlassen hat.«

Der Vorfall hatte bei allen einen unangenehmen Eindruck hervorgerufen, ein Aberglaube, der, wenn man die Bildung sämtlicher Gäste bedenkt, unfassbar erscheinen würde, sähe man nicht noch heutzutage bei mancher Landpartie eine Dame schwermütig werden, weil sie das Zimmer als die letzte von dreizehn Personen verlässt. Um diesen Eindruck zu verwischen, bekränzte Sallust seinen Becher mit Blumen und brachte ein Hoch auf die Gesundheit des Gastgebers aus. Diesem Trinkspruch folgte der auf den Kaiser. Darauf leerte man einen Abschiedsbecher auf Merkur, den man um einen angenehmen Schlaf bat, und dann wurde das Gelage durch ein letztes Trankopfer beendet. Die Gesellschaft ging auseinander.

Innerhalb von Pompeji benutzte man die Wagen wenig, teils weil die Straßen ziemlich eng, teils weil die Entfernungen nicht sonderlich groß waren. So legten denn die meisten Gäste die Sandalen wieder an, die sie vorm Festzimmer ausgezogen hatten, legten die Mäntel um und verließen, von ihren Sklaven begleitet, zu Fuß das Haus.

Glaucus hatte sich von Ione verabschiedet. Auf der Treppe, die in Julias Zimmer hinabführte, erwartete ihn eine Sklavin, die ihn in ein Zimmer führte wo die Tochter des Kaufmanns ihn schon erwartete.

»Glaucus«, sagte sie, die Augen niederschlagend, »ich sehe, du liebst Ione aufrichtig. Und sie ist auch wirklich schön.«

»Julia ist liebenswürdig bis zur Großmut«, antwortete der Grieche. »Ja, ich liebe Ione. Mögest du unter den vielen jungen Männern, die dir huldigen, einen ebenso treuen Verehrer finden!«

»Ich bitte die Götter, dass sie mir dieses Glück bescheren! Sieh hier, Glaucus, diese Perlen hier möchte ich deiner Braut schenken. Möge Juno ihr Gesundheit geben, dass sie den Schmuck recht lange tragen kann!«

Mit diesen Worten legte sie ein Kästchen in seine Hände, das eine Kette mit ziemlich großen, kostbaren Perlen enthielt. Es war allgemein Brauch, Personen, deren Hochzeit bevorstand, mit derartigen Gaben zu beschenken, und Glaucus durfte sie ohne weiteres annehmen, obwohl der stolze, von heikelstem Ehrgefühl beseelte Grieche im Stillen beschloss, der Geberin dafür ein dreimal so wertvolles Geschenk zu machen. Julia ließ ihm keine Zeit, seinen Dank auszusprechen und schüttete ihm etwas Wein in einen Becher.

»Du hast so manches Glas mit meinem Vater geleert«, sagte sie lächelnd. »Trink nun auch eines mit mir. Gesundheit und langes Leben deiner Braut!«

Sie berührte das Glas nur flüchtig mit den Lippen und reichte es Glaucus. Nach den Anstandsregeln musste es der Athener bis zur Neige leeren, was er auch tat. Da Julia keine Ahnung hatte, welcher Streich ihr von Nydia gespielt worden war, beobachtete sie den Trinkenden mit funkelnden Augen. Obwohl die Hexe erklärt hatte, dass die Wirkung unter Umständen auch erst nach mehreren Stunden erfolgen würde, so hoffte sie doch auf eine sofortige Verwandlung. Sie war daher sehr enttäuscht, als Glaucus ganz ruhig den Becher hinstellte und das Geplauder ebenso höflich und gelassen fortsetzte. Und obgleich sie ihn so lange zurückhielt, wie es schicklich war, trat keine Änderung seines Benehmens ein.

»Nun gut, dann morgen!«, dachte sie und raffte sich triumphierend aus ihrer verdrießlichen Stimmung auf. »Morgen, wehe dir, Glaucus!«

Ja leider: wehe ihm!

## KAPITEL IV

### DIE ERZÄHLUNG VERWEILT FÜR EINEN AUGENBLICK BEI EINER EPISODE.

Unruhig und besorgt hatte sich Apaecides den Rest des Tages über auf den einsamsten Wegen in der Umgebung der Stadt umhergetrieben. Die Sonne ging langsam unter, als er an einem entlegenen, menschenleeren Fleckchen am Sarnus stehen blieb, wo die Ufer des Flusses noch frei waren von allen Spuren der Üppigkeit und Schwelgerei. Nur durch einzelne Öffnungen im Gehölz und den Weingärten blinkte hier und da ein Streifen der weißen, prächtigen Stadt herüber; aber aus dieser Ferne war kein Lärm, nicht »der Menschen Getümmel« zu hören. An dem grünen Gestade kroch die Eidechse, hüpfte die Heuschrecke, und ab und zu ließ auch ein vereinzelter Vogel im Gesträuch einen Gesang hören, der ebenso schnell wieder verstummte. Tiefe Stille herrschte ringsumher, doch war es noch nicht die Stille der Nacht. Noch atmete die Luft das frische Leben des Tages, noch wurde das Gras von Insektenscharen durchschwärmt, und am jenseitigen Ufer zog die anmutige weiße Ziege über die Wiese, nagte an Knospen und hielt am Wasser, um zu trinken.

Als Apaecides gedankenvoll auf das Wasser blickte, hörte er neben sich das Bellen eines Hundes.

»Still, armer Freund«, sagte eine Stimme ganz in der Nähe, »der Schritt des Fremden tut deinem Herrn kein Leid.« Dem Neubekehrten kam die Stimme bekannt vor. Er wandte sich um und erblickte den geheimnisvollen Greis, den er in der Versammlung der Nazarener gesehen hatte.

Der alte Mann saß auf einem mit altem Moos bedeckten Stein, neben ihm lagen Stab und Bündel, und zu seinen Füßen streckte sich ein kleiner, zottiger Hund aus, sein Gefährte auf mancher mühseligen, gefahrvollen Pilgerschaft.

Das Gesicht des Alten wirkte wie Balsam auf den aufgeregten Geist des Neophyten. Er trat zu ihm, bat ihn um seinen Segen und setzte sich neben ihn.

»Du bist wie zu einer Reise gerüstet, Vater«, sagte er, »willst du uns schon verlassen?«

»Mein Sohn«, erwiderte der Alte, »mir sind auf Erden nur noch wenige Tage vergönnt. Ich verbringe sie, wie es mir zukommt, indem ich von Ort zu Ort reise, um diejenigen zu trösten, die Gott in seinem Namen versammelt hat, und die Herrlichkeit seines Sohnes zu verkünden, wie sie an mir selbst offenbart worden ist.«

»Man sagt, du habest das Antlitz Christi selbst geschaut?«

»Und dieses Antlitz erweckte mich von den Toten. Wisse, junger Proselyt des wahren Glaubens, ich bin der, von dem du im Evangelium des Apostels liest. Im fernen Judäa, in der Stadt Nain, lebte eine Witwe, demütigen Geistes und traurigen Herzens, denn von allen Blutsverwandten war ihr bloß ein einziger Sohn geblieben, und sie liebte ihn mit schwermütiger Liebe, denn er war das Ebenbild ihres verstorbenen Mannes. Und der Sohn starb. Das Rohr, auf das sie sich gestützt hatte, war zerbrochen, im Krug der Witwe trocknete das Öl. Sie trugen den Toten auf der Bahre hinaus, und nahe beim Stadttor, wo sich die Menge versammelt hatte, kam ein Schweigen über die Laute des Schmerzes, denn der Sohn Gottes ging vorüber. Die Mutter schritt leise weinend hinter der Bahre her, aber alle, die sie erblickten, sahen, dass ihr vor Kummer das Herz brach. Und der Herr sah sie und hatte Erbarmen mit ihr und sprach zu ihr: ›Weine nicht!‹ Und er trat hinzu, berührte die Bahre und sagte: ›Jüngling, ich sage dir, steh auf!‹ Und der Tote wachte auf und sah in das Angesicht des Herrn. Oh, welche ruhige, feierliche Stirn, welch unbeschreibbares Lächeln, welch trauriges, gramverklärtes Gesicht, erhellt von der Güte Gottes. Da wichen die Schatten des Grabes von mir! Ich richtete mich auf, ich sprach, ich lebte. Ich sank in die Arme meiner Mutter. Ja, *ich* bin der vom Tode Auferweckte! Die Menge schrie, aus den Leichenflöten erklangen nun Freudentöne. Und ringsum brauste der Ruf: ›Gott hat sein Volk heimgesucht!‹ Ich hörte es nicht. Ich fühlte und sah nichts als das Antlitz des Erlösers.«

Tief ergriffen schwieg der Greis, und der junge Mann fühlte sich von Schauer durchbebt, sein Haar sträubte sich empor. Stand er doch vor einem Menschen, der das Geheimnis des Todes geschaut hatte!

»Bis zu jener Zeit«, fuhr der Sohn der Witwe fort, »war ich gewesen wie alle andern Menschen: gedankenlos, doch nicht verworfen. Ich kümmerte mich um nichts als Liebe und Leben; ja, ich war dem düsteren Glauben der irdisch gesinnten Sadduzäer nicht abhold! Aber von den Toten auferweckt, zurückgerufen aus furchtbaren, öden Träumen, welche diese Lippen niemals zu enthüllen wagen, der Erde wiedergegeben, um die Macht des Himmels zu bezeugen, abermals sterblich geworden, um Zeuge für die Unsterblichkeit zu sein, brachte ich ein neues Dasein aus dem Grabe mit. O Jerusalem, unglückliche, von aller Gnade verlassene Stadt! Ihn, dem ich mein Leben verdankte, ihn sah ich verurteilt zum qualvollsten Tod! Im dichten Gedränge weitab stehend, sah ich doch das Licht unverwandt über dem Kreuz schimmern. Ich hörte das johlende Volk, ich schrie laut, ich tobte, ich drohte: Niemand achtete auf mich. Meine Stimme verhallte im Gedränge und Gebrüll von Tausenden! Aber selbst da, in meiner und seiner Qual, da war es mir, als wenn das glänzende Auge des Menschensohns mich herausfände; seine Lippen lächelten, als habe er den Tod überwunden. Da kam Ruhe über mich, und ich verstummte. Er hatte ja einen anderen dem Grabe entrissen, was konnte für ihn schon das Grab bedeuten? Die Sonne schien trüb auf die bleichen, hoheitsvollen Züge, dann erlosch sie. Finsternis breitete sich über die Erde; wie lange sie anhielt, ich weiß es nicht. Und ein Schrei zerriss die Luft, ein lauter, bitterer Schrei, und alles war still. Aber wer beschreibt die Schrecken dieser Nacht? Ich ging durch die Stadt; die Erde wankte hin und her, die Häuser zitterten in ihren Grundfesten; die Lebenden hatten die Straßen verlassen, aber *nicht die Toten!* Durch die Dunkelheit sah ich sie dahingleiten, düstere, gespenstische Schatten in Leichentüchern; Grauen und Weh und Warnung auf den stummen Lippen und in den lichtlosen Augen! Sie wallten an mir vorüber, sie starrten mich an, ich war ihr Bruder gewesen; sie erkannten mich und neigten das Haupt; sie waren auferstanden, um den Lebenden zu sagen, dass die Toten auferstehen können!«

Abermals schwieg der alte Mann und fuhr dann ruhiger fort:

»Von jener Nacht an entsagte ich jedem irdischen Gedanken und war nur darauf bedacht, *Ihm* zu dienen! Als Prediger und Pilger habe ich die fernsten Gegenden der Erde durchwandert, seine Göttlichkeit verkündet und neue Jünger in seine Herde geführt. Ich komme wie der Wind, und wie der Wind scheide ich. Und wie der Wind sät, streue ich den Samen aus, der die Welt bereichert. Mein Sohn, auf Erden werden wir uns nicht wieder sehen. Vergiss diese Stunde nicht; was sind die Freuden und Schätze dieser Welt? Wie die Lampe leuchtet, so flackert das Leben ein Stündlein. Aber das Licht der Seele ist der Stern, der ewig brennt im Herzen des grenzenlosen Raumes.«

Damit ging ihr Gespräch auf die allgemeine, erhabene Lehre von der Unsterblichkeit über; es wirkte besänftigend und erhebend auf das junge Gemüt des Bekehrten, das noch zu einem großen Teil an den finsteren Unklarheiten jenes Glaubens hing, dem er vor kurzer Zeit erst entsagt hatte. Himmelsluft wehte den endlich befreiten Gefangenen an. Zwischen dem Christentum dieses Greises und dem von Olinthus bestand ein großer, markanter Unterschied; das des ersteren war leiser, sanfter, göttlicher. Der schroffe Heroismus von Olinthus hatte etwas Wildes, Intolerantes; er war ein unentbehrlicher Bestandteil der Rolle, die diesem Mann zugefallen war, und gemahnte mehr an den Mut des Märtyrers als an die Barmherzigkeit des Heiligen. Er wirkte aufrührerisch, hinreißend, blendend, aber nicht besänftigend und zwingend. Das ganze Herz dieses göttlichen Alten war in Liebe gebadet; das Lächeln der Gottheit hatte die Hefe irdischer, grober Leidenschaften hinweggeschmolzen und ihm neben der Tatkraft des Helden alle Sanftmut des Kindes verliehen.

»Und nun«, sagte er und stand schließlich auf, als die letzten Sonnenstrahlen im Westen verblichen, »ziehe ich in der Kühle der Dämmerung meines Weges gen Rom, die kaiserliche Stadt. Dort wohnen noch einige heilige Männer, die gleich mir das Antlitz Christi geschaut haben. Und diese möchte ich sehen, ehe ich sterbe.«

»Aber die Nacht ist kalt für dein Alter, Vater, und der Weg ist weit und von Räubern heimgesucht. Ruhe bis morgen.«

»Lieber Sohn, was ist in dieser Tasche, das einen Dieb anlocken könnte? Und Nacht und Einsamkeit, diese beiden sind doch die Leiter, auf der die Engel auf- und absteigen, während hienieden mein Geist von Gott träumt. Oh, niemand kann fühlen, was der Pilger fühlt, wenn er seines heiligen Weges zieht, keine Furcht nährend, keine Gefahr vermutend – denn Gott ist mit ihm. Ihm flüstern die Winde frohe Botschaft, ihm schlafen die Wälder im Schatten des Allmächtigen; die Sterne sind die Schriftzeichen des Himmels, Pfänder der Liebe und Zeugen der Unsterblichkeit. Die Nacht ist des Pilgers Tag.« Mit diesen Worten drückte der Alte Apaecides an die Brust und hob Stab und Beutel auf; der Hund sprang lustig vor ihm her, und mit langsamen Schritten und gesenkten Blicken ging er seines Weges.

Der Bekehrte sah der gebückten Gestalt nach, bis sie zwischen den Bäumen seinem Blick entschwunden war. Die Sterne tauchten auf; er entriss sich seinem Sinnen und erinnerte sich an die Verabredung, die er mit Olinthus getroffen hatte.

## KAPITEL V

### DER LIEBESTRANK UND SEINE WIRKUNG.

Als Glaucus in sein Haus zurückkam, fand er Nydia unter der Säulenhalle des Gartens sitzen. Sie hatte darauf gehofft, er könne vielleicht früh heimkommen, und war daher in seine Wohnung gegangen. Voller Unruhe, Angst und auch wieder voreilig hatte sie beschlossen, den Liebestrank bei der ersten günstigen Gelegenheit zu verwenden, wobei sie jedoch im selben Augenblick hoffte, diese Gelegenheit würde sich vielleicht nicht so bald ergeben. Diese seltsame Mischung von Entschlossenheit und Zaghaftigkeit haben wir wohl in unserer Jugend alle erfahren. Wie oft haben wir nicht auf Morgenspaziergängen oder im Gedränge der Abendgesellschaften die Gebieterin unseres Herzens zugleich gesucht und gemieden; wie oft sind wir stundenlang gegangen mit dem Vorsatz, ein einziges süßes Wort zu flüstern, und sind heimgekehrt, ohne das Wort ausgesprochen zu haben! Dem Himmel sei Dank, wenn wir erst ein wenig Erfahrung besitzen und nicht mehr so viel Jugend und Liebe zu vergeuden haben, dann gehen wir haushälterischer mit unserer Zeit um!

In solch banger Erwartung, klopfenden Herzens und mit glühenden Wangen, wartete Nydia darauf, dass Glaucus möglicherweise noch vor der Nacht zurückkehre. Er betrat den Portikus, als eben die ersten Sterne aufgingen und der Himmel sich in den tiefsten Purpur gehüllt hatte.

»Kind, wartest du auf mich?«

»Nein, ich habe die Blumen gegossen und bin nur noch ein Weilchen geblieben, um mich auszuruhen.«

»Es war warm heute«, sagte Glaucus und setzte sich auf einen der Sitze im Portikus.

»Sehr warm.«

»Sei so gut und ruf Davus. Ich glühe vom vielen Wein. Ich brauche etwas Kühlendes.«

Da bot sich mit einem Mal und ganz unerwartet die Gelegenheit, die Nydia ersehnte. Der Geliebte selbst bot sie ihr, aus eigenem freien Entschluss. Ihr Atem flog. »Ich werde dir aus Honig und leichtem Wein, in Schnee gekühlt, einen Sommertrank bereiten, wie ihn Ione liebt«, sagte sie.

»Danke«, sagte der ahnungslose Grieche. »Wenn Ione ihn liebt, ist er bestimmt gut. Er wird mir gut tun, selbst wenn es Gift wäre.«

Finster sah Nydia vor sich hin, dann lächelte sie. Sie ging fort und kehrte schon nach wenigen Augenblicken mit dem Becher wieder, der das Getränk enthielt. Glaucus nahm ihn ihr aus der Hand. Was hätte Nydia darum gegeben, wenn ihr jetzt nur für eine Stunde die Gabe des Sehens vergönnt gewesen wäre, wenn sie mit eigenen Augen Zeugin hätte sein können, wie ihre Hoffnungen zur Erfüllung reiften, wie die erste Morgendämmerung der versprochenen Liebe anbrach. Mit inbrünstigerer Andacht als ein Priester Persiens hätte sie die aufgehende Sonne angebetet, die nun, wie ihre gläubige Seele wähnte, ihre düstere Nacht ablösen sollte! Wie so ganz anders waren die Gefühle, die Gedanken der Blinden, während sie nun hier stand, von dem, was in der gleichen Erwartung das Herz der eitlen Pompejanerin empfunden hatte! Von einer wie armseligen Leidenschaft hatte die letztere sich zu ihrer verwegenen Tat bewegen lassen! Was sie mit dem hohen Namen Liebe belegte, war nichts gewesen, als kleinliche Eifersucht, Rachgier und das Verlangen, über eine Nebenbuhlerin, über einen Mann, der sie verschmähte, zu triumphieren! In der phantasievollen Brust der Thessalierin hingegen wohnte reine, zügellose Leidenschaft, die zwar auf Irrwege geraten war und sich zu unweiblichem Wahnsinn gesteigert hatte, aber sie war doch durch keine unedle Empfindung entwürdigt. Sie war von Liebe erfüllt, Liebe war der Quell all ihres Lebens, wie hätte sie auf die Gelegenheit verzichten sollen, sich Gegenliebe zu verschaffen?

Um nicht zu fallen, lehnte sie sich an die Wand; ihr eben noch glühendes Gesicht war weiß wie Schnee; sie schlang die zarten Hände krampfhaft ineinander; den Mund geöffnet, die Augen niedergeschlagen, wartete sie auf die ersten Worte, die der verwandelte Glaucus zu ihr sprechen würde.

Der Grieche hatte den Becher an den Mund gesetzt und etwa ein Viertel des Inhalts getrunken, da fiel sein Blick plötzlich auf Nydia. Er hielt inne, es fiel ihm auf, dass sie mit einem Mal so verändert aussah, und verwundert über den sonderbaren, schmerzlich gespannten Ausdruck ihrer Züge, rief er:

»He, Nydia! Nydia, bist du krank? Tut dir etwas weh? Nein, streit es nicht ab, ich seh's dir an. Zu deutlich steht es dir im Gesicht geschrieben. Was fehlt meinem armen Kind?« Mit diesen Worten setzte er den Becher hin, stand auf und wollte zu ihr gehen, da zuckte plötzlich ein Stich kalt und scharf durch sein Herz, auf den ein wilder, verwirrender Schwindelanfall und Blutandrang zum Kopf folgte. Der Boden schien ihm unter seinen Füßen weggezogen zu werden, ihm war, als ginge er durch die Luft. Eine mächtige, überirdische Freude durchbrauste ihn, er fühlte sich federleicht, ihn ergriff das Verlangen, sich emporzuschwingen, und in der Tat hatte er das Gefühl, als besäße er Flügel. Ohne es zu wollen, brach er in ein lautes, schrilles Lachen aus, klatschte in die Hände und sprang empor wie eine Pythia, wenn der Gott in sie fährt. Aber diese jähe Anwandlung von Lustigkeit ging ebenso schnell wieder vorüber, doch nur zum Teil. Nun fühlte er sein Blut laut und rasend durch die Adern toben; es schien zu schwellen und dahinzuschäumen wie ein Strom, der die Ufer überschwemmt und zum Meer stürmt. Im Ohr verspürte er nun ein gewaltiges Brausen, es war ihm, als ob etwas zu seiner Stirn emporsteige, als ob die Adern an den Schläfen sich dehnten und zu platzen drohten, unfähig, die brausende, wachsende Flut noch länger zu fassen. Und dann überkam ihn Finsternis, doch kein völliges Dunkel, sondern eine Art traumhaftes Dämmerlicht. Er sah noch nebelhaft die gegenüberliegende Wand, und die Gestalten auf den Gemälden schienen sich zu bewegen und träge hin und her zu schleichen. Das Sonderbarste war, dass er nicht das Gefühl von Übelkeit hatte. Die schreckliche Raserei, der er jetzt zur Beute wurde, warf ihn nicht in qualvollen Schmerzen nieder, nein, neue, köstliche Gefühle schienen über ihn zu kommen; ihm war zumute, als ob frische Jugendkraft ihn beseelte, frischer noch als die, die ihm bisher zu Eigen. Er näherte sich dem Wahnsinn – und wusste es nicht!

Nydia hatte auf seine Frage nicht geantwortet, sie war keines Wortes fähig. Sein wildes, grässliches Lachen hatte sie aus der bangen Erwartung aufgeschreckt. Sie konnte seine wilden Gebärden nicht sehen, nicht sehen, wie er schwankenden Schrittes, ohne dieses Schwanken selbst zu merken, hin und her taumelte. Aber sie hörte die stockenden, unzusammenhängenden, wahnsinnigen Worte, die von seinen Lippen stürzten. Sie erschrak zu Tode, eilte zu ihm, tastete sich an ihn heran, bis sie seine Knie fühlte, fiel zu Boden, umschlang sie mit den Armen und weinte vor Schreck und Bestürzung.

»Oh, sprich zu mir, sprich! Du hasst mich nicht, oder? Sprich, sprich!«

»Bei der Göttin der Schönheit, ein herrliches Land, dieses Zypern! Ho, wie sie uns Wein statt Blut in die Adern füllen! Nun öffnen sie dem Faun da drüben die Venen, um zu zeigen, wie es da drinnen sprudelt und schäumt! Komm her, lustiger alter Gott! Du reitest auf einem Bock, he? Was für langes, seidenes Haar das Tier hat! Er ist mehr wert als alle parthischen Renner! Doch auf ein Wort: Dein Wein ist zu schwer für uns Sterbliche! Oh, wie schön! Der Wald ist schlafen gegangen – still, still die Blättlein hangen. Die grünen Wogen des Waldes haben den Zephyr erwischt und ertränkt. Kein Hauch regt die Blätter mehr, und ich sehe die Träume mit zusammengefalteten Schwingen auf der regungslosen Eiche hocken und schlafen, und ich sehe einen blauen Strom durch den stillen Morgen rauschen; eine Quelle, eine Quelle sprudelt dort oben. Haha, mein Quell! Du wirst die Strahlen meiner griechischen Sonne nicht auslöschen, so sehr du dich mit deinen zarten Silberarmen auch abmühst! Und ho! Was für eine Gestalt schleicht dort jetzt leise durchs Gezweig? Sie schwebt dahin wie Mondstrahl, auf dem Kopf trägt sie einen Kranz von Eichenlaub, in der Hand hält sie eine Vase, aus der sie glitzernde Nelken und winzige Muscheln und sprudelndes Wasser ausgießt. Oh, seht doch das Gesicht! Ein solches Gesicht hat noch nie ein Mensch erschaut. Sieh, wir sind allein, ich und sie, im weiten Wald ganz allein; da ist kein Lächeln auf ihren Lippen, sie winkt so ernst und trüb, oh, nein, nein, geh nicht hin! Es ist ja eine Nymphe, eine von den wilden Napäen.* Wer die sieht, wird wahnsinnig! Fliehe! Aber ach, sie hat mich schon gesehen!«

»O Glaucus, Glaucus! Kennst du mich nicht mehr? Tob doch nicht so wild, sonst tötest du mich mit deinen Worten!«

Eine neue Veränderung schien über den aus den Fugen geratenen Geist des unglücklichen Atheners zu kommen. Er legte die Hand auf Nydias seidenes Haar, er streichelte ihre Locken, er sah ihr nachdenklich ins Gesicht, und da in der zerrissenen Kette seiner Gedanken noch ein paar Glieder zusammenhielten, schienen die Züge der Blinden ihn an Ione zu erinnern. Diese Erinnerung steigerte noch seine Raserei, und in zügelloser Leidenschaft brach es aus ihm heraus:

»Ich schwöre bei Venus, Diana und Juno, dass ich die Welt,

die ich jetzt auf den Schultern trage wie mein Landsmann Herkules (ah, blödes Rom, alles wahrhaft Große kam aus Griechenland, und du würdest nicht einmal Götter haben, wenn wir nicht gewesen wären!), ich sage, ich würde diese Welt, wie mein Landsmann Herkules vor mir, ins Chaos hinabfallen lassen für ein Lächeln von Ione! Ach, Schöne, Angebetete«, fügte er in unsagbar zärtlichem, klagendem Ton hinzu, »du liebst mich nicht! Du bist unfreundlich zu mir. Der Ägypter hat mich bei dir schlecht gemacht. Du weißt nicht, wie viele Stunden ich wartend unter deinem Fenster zugebracht habe, nicht, wie ich der Sterne Licht kommen und gehen sah in der Hoffnung, du, meine Sonne, würdest mir aufgehen. Und du liebst mich nicht, du hast mich verstoßen. Ach, verlass mich jetzt nicht! Ich fühle, ich werde nicht mehr lange leben, lass mich dich anschauen, bis mein Auge bricht. Ich bin ja aus dem schönen Land deiner Väter, ich habe auf den Höhen von Phyle gestanden, ich habe Hyazinthen und Rosen in den Olivenhainen des Ilissos gepflückt. *Du* solltest mich nicht verlassen, denn deine Väter waren die Brüder der meinen. Und wohl sagen sie, dieses Land sei herrlich, dieser Himmel heiter, aber dennoch will ich nicht allein dorthin, ich will dich mit mir nehmen. Ha, düsteres Gespenst, was steigst du auf wie eine Wolke zwischen ihr und mir? Der Tod sitzt in schrecklicher Ruhe auf deiner Stirn, auf deinen Lippen lauert das Lächeln, das tötet, dein Name ist Orkus, aber auf Erden nennen sie dich Arbakes. Siehe, ich kenne dich. Weg mit dir, finsterer Schatten, dein Zauber kann mir nichts anhaben!«

»Glaucus! Glaucus!«, murmelte Nydia. Überwältigt von Angst, Reue und Verzweiflung ließ sie ihn los und sank ohnmächtig zu Boden.

»Wer ruft da?«, antwortete er laut. »Es ist Ione! Sie haben dich weggeschleppt, wir wollen sie retten! Wo ist mein Stilus? Ha, da hab' ich ihn, ich komme dir zu Hilfe! Ich komme, Ione, ich komme!«

Bei diesen Worten sprang der Grieche mit einem Satz aus der Säulenhalle und lief mit raschen, aber schwankenden Schritten durch sein Haus und auf die sternenhellen Straßen hinaus. Der furchtbare Trank brannte wie Feuer in seinen Adern, da er nach dem vielen Wein, den er kurz zuvor getrunken hatte, nur umso rascher gewirkt hatte. Gewöhnt an Exzesse nächtlicher Schwärmer, machten die Einwohner, lächelnd und mit den Augen zwinkernd, vor seinen unsicheren Schritten Platz. Sie glaubten natürlich, der bromische Gott* sei in ihn gefahren, der ja in Pompeji nicht vergeblich angebetet wurde. Wer aber genauer hinsah, der fuhr in namenlosem Entsetzen zurück, und das Lächeln erstarb ihm auf den Lippen. So kam er durch die belebteren Straßen. Mechanisch den Weg nach Iones Haus verfolgend, geriet er in ein entlegenes Viertel und kam schließlich in den einsamen Hain der Kybele, wo das Gespräch zwischen Apaecides und Olinthus stattgefunden hatte.

## KAPITEL VI

### VERSCHIEDENE AKTEURE TREFFEN AUFEINANDER. STRÖME, DIE SONST IN GETRENNTEN BETTEN FLOSSEN, STÜRZEN IN EIN UND DASSELBE MEER.

Ungeduldig zu erfahren, ob der schlimme Trank seinem verhassten Nebenbuhler von Julia schon eingegeben worden sei und mit welchem Erfolg, beschloss Arbakes, mit dem Herannahen des Abends ihr Haus aufzusuchen und sich Gewissheit zu verschaffen. Wie schon erwähnt, war es damals Brauch unter den Männern, beim Ausgehen Schreibtafel und Griffel *(Stilus)* in den Gürtel zu stecken. Zu Hause legte man dieses Gerät mit dem Gürtel ab. Der Griffel oder Stilus galt lediglich als Schreibwerkzeug, war aber zugleich eine furchtbare Waffe, die einem Dolch nicht nachstand. Mit einem solchen Stilus hat Kassius im Senat Cäsar erstochen.* Arbakes nahm also Gürtel und Mantel an sich und verließ sein Haus. Noch immer mit unsicheren Schritten, auf einen langen Stab gestützt, machte er sich auf den Weg zu Diomeds Haus. Er fühlte sich immer noch schwach, doch neue Hoffnung auf Befriedigung seiner Rachsucht hatte zusammen mit seinen hervorragenden Kenntnissen in der Heilkunst erheblich zur Besserung seines Befindens beigetragen.

Schön ist das Mondlicht des Südens! In diesen Breiten bricht die Nacht so schnell über den Tag herein, dass die Dämmerung kaum einen Übergang vom einen zum andern hervorbringt. Für einen Augenblick leuchtet der Himmel in tiefem Purpur, tausend rosige Farben bedecken die Flut, der Schatten der Nacht hat schon fast über das Licht gesiegt, und auf einmal stehen die zahllosen Sterne am Himmel, der Mond scheint und die Nacht hat ihre Herrschaft angetreten.

Der *sanfte* Schein des Mondlichts fiel also hell auf den alten Hain der Kybele. Die stattlichen Bäume, deren Alter keine Überlieferung anzugeben vermochte, warfen lange Schatten über den Boden, und durch die Lücken im Gezweig schien still das Gewimmel der Sterne herein. Umrankt von dunklen Büschen, tauchte plötzlich mitten im Wäldchen die weiße Farbe des kleinen *Sacellums* auf, unvermittelt, überraschend. Schlagartig erinnerte es an den Zweck, dem der Wald geweiht war, seine Heiligkeit und seine Würde.

Mit raschen, verstohlenen Schritten war Calenus durch das Dunkel der Bäume gehuscht, erreichte die Kapelle, teilte das Gesträuch, das die Rückseite dicht umschloss, und nistete sich in seinem Versteck ein. Sein Schlupfwinkel war vorn durch die Bäume und hinten durch den Tempel so vollkommen abgeschlossen, dass kein Vorübergehender den Lauscher hätte entdecken können, er hätte denn im Voraus Verdacht gehabt. Abermals herrschte dem Anschein nach tiefe Einsamkeit im Hain; aus der Ferne erschollen schwach die Stimmen einiger lauterer Nachtschwärmer, oder man hörte Musik, denn es war damals wie noch heute unter Italiens Himmel üblich, in den Sommernächten in Gruppen lange auf den Straßen zu verweilen und sich in der frischen Nachtluft und dem kühlenden Mondlicht einen milderen Tag zu bereiten.

Von der Höhe aus, auf der sich der Hain befand, erblickte man durch die Lichtungen der Bäume in der Ferne die weite, purpurne, von einem leichten Wind gewellte See. Man unterschied die weißen Villen von Stabiae * an der sanft geschwungenen Küste und die verschwommenen laktiarischen. Hügel, die mit dem zarten Himmel verschwammen. Eben trat die hohe Gestalt des Arbakes auf ihrem Weg nach Diomeds Haus am äußersten Ende in den Hain, da kreuzte im selben Augenblick, seiner Verabredung mit Olinthus folgend, Apaecides den Pfad des Ägypters.

»He, Apaecides!«, rief Arbakes, der den Priester auf den ersten Blick erkannte. »Als wir uns das letzte Mal trafen, warst du mein Feind. Seitdem hätte ich dich gern einmal getroffen, denn es wäre schön, wenn du mein Schüler und mein Freund bliebest.«

Als Apaecides die Stimme des Ägypters hörte, fuhr er zusammen. Er blieb auf der Stelle stehen und sah ihn starr mit einer Miene des Hasses, des Trotzes und der bittersten Verachtung an.

»Du elender Betrüger«, rief er nach einer Weile, »so bist du den Kiefern des Grabes entronnen! Doch hoffe nicht, mich noch einmal in deine sündhaften Netze zu verstricken, du *Retiarius,* du! Jetzt bin ich gewappnet gegen dich!«

»Still!«, sagte Arbakes ganz leise; aber der Stolz, der in diesem Abkömmling von Königen sehr groß war, verriet die Wunde, die ihm die Beschimpfungen des Priesters zugefügt hatten, durch das Zittern seiner Lippen und die Zornesröte auf der Stirn. »Still, nicht so laut! Man könnte dich hören, und würden andere Ohren als die meinen diese Worte hören, dann ... «

»Drohst du mir? Was wäre, wenn die ganze Stadt mich gehört hätte?«

»Die Geister meiner Väter hätten es mir dann zur Pflicht gemacht, diese Beleidigungen zu rächen! Doch halt ein und hör mich an! Du bist außer dir, weil ich deiner Schwester Gewalt antun wollte. Nicht doch, bleib nur einen Augenblick ruhig und friedlich, ich bitte dich! Du bist ja im Recht, es geschah im Übermaß meiner Leidenschaft und Eifersucht, und ich habe meine Verrücktheit schon bitter bereut. Vergib mir; ich, der ich noch nie ein Erdenkind um Verzeihung gebeten habe, ich flehe dich darum an! Ja, ich will die Kränkung wieder gutmachen, ich begehre deine Schwester zur Gemahlin – erschrick nicht! Überleg doch, was ist denn dieser Geck von einem Griechen gegen mich, was ist die Vereinigung der Schwester mit ihm gegen den Ehebund mit mir? Unermesslicher Reichtum, eine Geburt, die an Alter eure griechischen und römischen Namen als Dinge von gestern erscheinen lässt, Wissenschaft … doch all das weißt du ja. Gib mir deine Schwester, und mein ganzes Leben soll die Verirrung eines Augenblicks wieder gutmachen.«

»Ägypter, selbst wenn ich meine Zustimmung gäbe, meine Schwester verabscheut sogar die Luft, die du atmest. Aber ich habe ja keine eigenen Unbilden zu verzeihen, und ich, nun, ich kann dir wohl verzeihen, dass du mich zum Werkzeug deiner Betrügereien gemacht hast, allerdings niemals, dass du mich dazu gebracht hast, der Mitschuldige deiner Laster zu werden, dass du mich zu einem befleckten, meineidigen Menschen gemacht hast! Sieh dich vor! Gerade jetzt bereite ich die Stunde vor, da der Schleier von dir und deinen falschen Göttern gerissen werden soll. Dein schändliches, lasterhaftes Leben soll an den Tag gebracht, der Mummenschanz deiner Orakelsprüche enthüllt werden, der Tempel deiner Abgöttin Isis soll ein Schimpfwort, ein Spott werden und der Name Arbakes eine Zielscheibe der Verwünschung und des Hohns. Sieh dich vor!«

Die Röte im Gesicht des Ägypters wich der Leichenblässe. Er sah rings um sich und überzeugte sich, dass niemand in der Nähe war. Dann heftete er sein finsteres Auge, das jetzt noch größer schien als sonst, auf den Priester mit einem Blick der Wut und der Drohung, dem nur jemand furchtlos standhalten konnte, der wie Apaecides von dem feurigen Wagemut göttlichen Eifers getragen wurde. Der junge Christ begegnete diesem Blick, ohne mit der Wimper zu zucken, ja mit stolzer Herausforderung.

»Apaecides«, sagte der Ägypter mit zitternder, tief aus dem

Innern heraufklingender Stimme, »nimm dich in Acht! Was führst du im Schilde? Hast du – halt ein und überlege, ehe du antwortest – hast du im Zorn des Augenblicks gesprochen, ohne noch recht zu wissen, was du willst, oder deuten deine Worte auf einen festen Vorsatz?«

»Ich spreche, wie es mir der wahre Gott eingibt, dessen Diener ich nun bin«, erwiderte der Christ mutig. »Ich sprach in der Überzeugung, dass durch Seine Gnade zwei mutige Menschen deiner Heuchelei und deinem Götzendienst das Ziel gesteckt haben. Ehe noch dreimal die Sonne aufgegangen ist, wirst du alles wissen! Finsterer Hexenmeister, zittere und lebe wohl!«

All die wilden, grimmigen Leidenschaften, die der Ägypter von seinem Volk und seinem Land geerbt hatte und immer geschickt unter listiger Sanftmut und kühler Gelehrsamkeit verbarg, waren jetzt in seiner Brust entfesselt. Ein Gedanke jagte in irrsinniger Hast den andern. Er sah die gesetzmäßige Vereinigung mit Ione durch eine unüberwindliche Schranke verhindert; er sah den Mann vor sich, der Glaucus beigestanden hatte, seine Pläne zu durchkreuzen, den Mann, der die Gottheit zu entweihen drohte, der er noch diente, obwohl er nicht mehr an sie glaubte, und schließlich den, der all seine eigenen Betrügereien und Laster an die Öffentlichkeit zu bringen beabsichtigte. Seine Liebe, sein Ruf, ja sogar sein Leben standen auf dem Spiel. Schon schienen Tag und Stunde eines gegen ihn gerichteten Komplotts festgesetzt zu sein. Er hatte aus Apaecides' eigenem Mund erfahren, dass er den christlichen Glauben angenommen hatte, und er kannte den unbezähmbaren Eifer, von dem die Proselyten dieses Glaubens beseelt waren. Und dieser Mann war sein Feind! Er griff nach seinem Stilus – der Feind war ja in seiner Gewalt. Sie standen eben vor der Kapelle. Rasch blickte er sich noch einmal um; er sah niemand in der Nähe; tiefe Ruhe und Einsamkeit ermutigten ihn.

»So stirb, Waghals! Aus dem Weg mit dir!«, murmelte er bei sich. »Weg, du Stolperstein! Aus dem Weg meines vorwärtsstürmenden Geschicks!«

Und gerade als der junge Christ sich zum Gehen wandte, hob der Ägypter die Hand hoch über die linke Schulter des nichts Ahnenden und bohrte ihm die scharfe Waffe zweimal in die Brust.

Apaecides fiel, ins Herz getroffen, am Fuß der heiligen Kapelle lautlos zu Boden, er stöhnte nicht einmal.

Einen Augenblick betrachtete ihn Arbakes mit wilder, tierischer Freude wie ein Raubtier seine Beute. Doch gleich darauf wurde er sich der Gefahr bewusst, der er sich ausgesetzt hatte. Sorgfältig wischte er die Waffe im langen Gras und an den Kleidern seines Opfers ab, hüllte sich in den Mantel und wollte gehen, als er genau vor sich auf dem Weg die Gestalt eines jungen Mannes mit seltsam schwankenden Schritten herankommen sah. Das stille Mondlicht fiel voll auf das Gesicht, das in dem bleichen Strahl erschreckend farblos und marmorhaft aussah. Der Ägypter erkannte Gestalt und Züge von Glaucus. Der unglückliche, umnachtete Grieche sang ein zusammenhangloses, verrücktes Lied, das aus bizarr verschlungenen Bruchteilen von Hymnen und heiligen Oden bestand, wie ein umnachteter Mensch sie vermengt.

»Ha«, dachte der Ägypter, der sofort erriet, wie es mit dem Griechen stand und woher sein Zustand kam, »also wirkt der Trank schon, und das Schicksal hat dich hierher geschickt, damit ich zwei Feinde auf einmal erledigen kann.«

Schnell, noch bevor er diesen Gedanken ausgedacht hatte, war er rasch hinter eine Seite der Kapelle getreten und versteckte sich zwischen den Zweigen. Von diesem Schlupfwinkel aus beobachtete er wie ein Tiger das Herannahen seines zweiten Opfers. Er sah das irre, ruhelose Flackern in den hellen, schönen Augen des Atheners, er sah die Krämpfe, in denen die statuenähnlichen Züge und die farblosen Lippen sich verzerrten; der Grieche war völlig von Sinnen. Als Glaucus aber vor dem Leichnam des Apaecides stand, von dem der dunkelrote Strom langsam über das Gras sickerte, da schreckte er doch bei diesem furchtbaren, unerwarteten Anblick auf, so tief auch seine verwirrten Sinne umnachtet waren. Er blieb stehen, legte die Hand an die Stirn, wie um sich zu sammeln, und rief dann:

»Heda, Endymion! Schläfst du so fest? Was hat dir der Mond gesagt? Du machst mich eifersüchtig, es ist Zeit aufzuwachen…«, und er bückte sich, um den Leichnam aufzuheben.

Der Ägypter vergaß in diesem Augenblick seine eigene Schwäche, er fühlte sie nicht mehr. Er sprang aus seinem Versteck heraus und stieß den Griechen, der sich gerade niederbeugte, mit Wucht zu Boden, so dass er genau über die Leiche des Christen fiel. Dann erhob er seine kräftige Stimme so laut er nur konnte und schrie:

»He, Bürger, he! Zu Hilfe! Hierher, Hilfe! Ein Mord, ein Mord vor eurem Heiligtum! Hilfe, oder der Mörder entkommt!« Bei diesen Worten stellte er seinen Fuß auf die Brust des Glaucus, was völlig überflüssig war, denn der vom Gift Geschwächte war durch den Schlag und den Fall bewusstlos geworden und lag regungslos da. Nur hin und wieder kam ein unbestimmter, gurgelnder Laut des Wahnsinns über seine Lippen.

Als der Ägypter so dort stand und auf die Leute wartete, die er noch immer mit lauter Stimme herbeirief, da mochte wohl Reue, da mochten Gewissensbisse – denn so verbrecherisch er war, hatte er doch Menschlichkeit – flüchtig in seinem Herzen rege werden. Der wehrlose Zustand von Glaucus, die irren Worte, die dieser murmelte, der Wahnsinn, von dem er ergriffen war, das alles ging ihm nah, noch mehr fast als der Tod von Apaecides. Leise murmelte er vor sich hin:

»Armer Staub, armselige menschliche Vernunft! *Wo ist nun deine Seele?* Ich könnte dich verschonen, mein Nebenbuhler – mein ehemaliger Nebenbuhler! Aber das Schicksal muss seinen Lauf nehmen, meine Sicherheit verlangt deine Opferung.« Damit rief er, als wollte er diesen Anflug von Reue ersticken, noch lauter, zog aus dem Gürtel des Griechen den Stilus hervor, den dieser bei sich trug, tauchte ihn in das Blut des Ermordeten und legte ihn neben die Leiche.

Und nun kamen hastend und atemlos mehrere Bürger herbei. Einige trugen Fackeln, die der Mond überflüssig machte. Nun fiel ihr Licht flackernd und zitternd in die Finsternis des Hains, die Leute umringten den Platz.

»Hebt die Leiche dort auf«, sagte der Ägypter, »und bewacht den Mörder gut.«

Sie hoben den Toten empor, und groß war ihr Schrecken und ihre fromme Entrüstung, als sie in dem Leblosen einen Priester der angebeteten, verehrungswürdigen Isis erblickten; doch noch größer vielleicht war ihr Erstaunen, als sie in dem Angeklagten den prächtigen, bewunderten Athener erkannten.

»Glaucus!«, riefen die Umstehenden wie aus einem Mund. »Ist denn das die Möglichkeit!«

»Ich möchte eher glauben«, flüsterte einer seinem Nachbarn zu, »der Ägypter selbst ist's gewesen.«

Hier drängte sich ein Zenturio mit Amtsmiene durch die Menge.

»Was? Blut vergossen? Wer ist der Mörder?«

Die Umstehenden deuteten auf Glaucus.

»Der? Bei Mars, er macht eher den Eindruck, als wäre er das Opfer. Wer beschuldigt ihn?«

*»Ich!«,* sagte Arbakes, sich majestätisch aufrichtend, und die Juwelen, die sein Gewand zierten, funkelten dem würdigen Kriegsmann entgegen. Er erkannte daran sofort, dass er einen vornehmen Herrn vor sich hatte.

»Verzeih, dein Name?«, fragte er.

»Arbakes, bekannt genug, glaube ich, in Pompeji. Ich ging durch den Hain und sah den Griechen und den Priester vor mir anscheinend in ein ernstes Gespräch vertieft. Das Taumeln des ersteren fiel mir auf, er machte heftige Gebärden und sprach auffallend laut; er schien entweder betrunken oder verrückt. Plötzlich sah ich ihn einen Stilus heben, ich sprang vorwärts, doch zu spät, um den Stoß noch aufzuhalten. Zweimal hatte er sein Opfer getroffen und bückte sich über den Unglücklichen, da schlug ich den Mörder in Abscheu und Entrüstung zu Boden. Er fiel, ohne sich zu wehren, was mich noch mehr vermuten ließ, dass er nicht bei Sinnen war. Denn ich bin erst vor kurzem von schwerer Krankheit genesen, und mein Schlag war deswegen recht schwach. Glaucus aber ist, wie du siehst, stark und jung.«

»Jetzt macht er die Augen auf, seine Lippen bewegen sich«, sagte der Soldat. »Sprich, Gefangener, was sagst du zu der Anschuldigung.«

»Zu der Anschuldigung? Haha! Tja, eine lustige Geschichte! Die Alte jagte ihre Schlange auf mich, und Hekate stand dabei und sperrte grinsend das Maul auf, was konnte ich da tun! Aber ich bin krank, Ohnmacht umfängt mich, die feurige Zunge der Schlange hat mich gebissen. Bringt mich zu Bett und schickt nach dem Arzt. Der alte Äskulap selbst wird nach mir schauen, wenn ihr ihm sagt, ich sei ein Grieche. Oh, Erbarmen, Erbarmen, ich verbrenne mit Mark und Hirn, ich verbrenne!«

Und mit einem durchdringenden, wilden Stöhnen fiel der Athener den Umstehenden in die Arme.

»Er ist wahnsinnig«, sagte der Offizier mitleidig, »und im Delirium hat er den Priester erschlagen. Hat ihn einer von euch heute schon einmal gesehen?«

»Ich«, sagte einer der Zuschauer, »heute Morgen. Er ging an meinem Laden vorbei und sprach mich an. Er schien frisch und gesund wie der Stärkste von uns.«

»Und ich habe ihn vor einer halben Stunde durch die Straßen gehen sehen«, sagte ein anderer, »da sprach er unter seltsamen Gebärden mit sich selbst, genau wie es der Ägypter beschrieben hat.«

»Eine Bestätigung seiner Aussage. Dann muss es ja wohl wahr sein. Er muss auf jeden Fall vor den Prätor. Jammerschade, so jung und so reich! Aber es ist ein Kapitalverbrechen: handelt es sich doch um einen Isispriester, der obendrein sein Priestergewand anhatte, und dazu ist die Tat noch am Fuß unserer ältesten Kapelle verübt worden.«

Bei diesen Worten wurde die Menge noch nachdrücklicher, als es bisher in ihrer Aufregung und Neugier der Fall gewesen war, an die Abscheulichkeit der begangenen Tempelschändung erinnert. Sie erschauerte in frommem Abscheu.

»Kein Wunder, dass die Erde gebebt hat«, sagte einer, »wo sie ein solches Ungeheuer trug!«

»Fort mit ihm, ins Gefängnis!«, riefen alle.

Und eine vereinzelte Stimme ließ sich schrill und freudig aus den anderen heraushören:

»Den wilden Tieren fehlt jetzt kein Gladiator mehr!

Trapp, Trapp, wie ziehen sie stattlich und frei!
Heißa! zum lustigen Spiele herbei!«

Es war die Stimme des Mädchens, dessen Gespräch mit Medon oben wiedergegeben worden ist.

»Richtig! Ja sicher! Der kommt gerade recht für die Spiele!«, stimmten mehrere ein, und bei diesem Gedanken schien alles Mitleid für den Angeklagten zu schwinden. Dass er jung und schön war, das machte ihn ja nur noch brauchbarer für die Arena.

»Bringt ein paar Bretter her«, sagte Arbakes, »oder eine Sänfte, wenn eine zur Hand ist, um den Toten zu tragen! Ein Isispriester sollte nicht von gemeinen Händen in seinen Tempel gebracht werden wie ein abgeschlachteter Gladiator.«

Darauf legten die Umstehenden den Leichnam des Apaecides mit aufwärtsgekehrtem Gesicht ehrfurchtsvoll auf den Boden, und einige gingen fort, um eine Bahre herbeizuschaffen, auf der man den Toten, unberührt von profanen Händen, wegtragen konnte.

In diesem Augenblick machte die Menge vor einer kräftigen Gestalt Platz, die sich hindurchdrängte, und Olinthus, der Christ, stand unmittelbar vor dem Ägypter. Im ersten Moment fiel aber sein Blick mit unaussprechlichem Schmerz und Entsetzen auf die blutige Brust und das emporgerichtete Gesicht, auf dem die Qual eines gewaltsamen Todes noch zu lesen war.

»Ermordet?«, rief er. »Dahin musste dich dein Eifer bringen?

Ist dein edles Vorhaben ruchbar geworden? Sind sie durch deinen Tod ihrer Schande zuvorgekommen?«

Plötzlich sah er sich um, und sein Blick fiel auf die hochmütigen Züge des Ägypters.

Sein Gesicht und ein leiser Schauder, der seine Gestalt zu schütteln schien, ließen deutlich den Abscheu erkennen, den ihm der Anblick eines Menschen bereitete, dessen Sündhaftigkeit, dessen verbrecherische Natur ihm bekannt war. Es war in der Tat der Blick, den der Vogel auf den Basilisken heftet, so still war er, so lang währte er. Dann aber raffte sich Olinthus aus dem jähen Grausen auf, das ihn beschlich, streckte den rechten Arm gegen Arbakes aus und rief mit lauter, tiefer Stimme:

»Hier ist ein Mord geschehen. Wo ist der Mörder? Tritt vor, Ägypter, denn so wahr ein Gott lebt, ich glaube, *du* bist dieser Mann!«

Angst und Verwirrung huschten kurz über die düsteren Züge von Arbakes. Dann aber erschien darauf der zürnende Ausdruck der Entrüstung und Verachtung, während die Zuschauer sich, erschrocken über eine so plötzliche und heftige Anschuldigung, dicht um die zwei Menschen drängten, die nun die Hauptrollen spielten.

»Ich kenne den, der mich anklagt«, versetzte Arbakes stolz, »und kann mir auch denken, weshalb er mich verdächtigt. Männer und Bürger, erkennt in diesem Menschen den fanatischsten Nazarener oder Christen, wie sich die Anhänger dieser Sekte wohl auch nennen! Kein Wunder, dass er es in seiner Bosheit sogar wagt, einen Ägypter des Mordes an einem ägyptischen Priester anzuklagen!«

»Wir kennen ihn! Wir kennen den Hund!«, erklang es von mehreren Seiten. »Es ist Olinthus, der Christ, oder vielmehr Atheist. Er leugnet die Götter!«

»Gebt Frieden, Brüder«, sagte Olinthus mit Würde, »und hört mich an! Dieser ermordete Isispriester hat vor seinem Tod den christlichen Glauben angenommen; er hat mir die finsteren Sünden und Zaubereien dieses Ägypters enthüllt und auch den ganzen Betrug, den ganzen Mummenschanz des Isisorakels. Er wollte dieses Treiben öffentlich bloßstellen. Und nun bedenkt, er war ein Fremder, ein harmloser Mensch, der keine Feinde hatte. Wer hätte sein Blut vergießen sollen, als einer von jenen, die seine Aussage fürchten mussten? Wer aber musste diese Aussage am meisten fürchten? Arbakes, der Ägypter!«

»Hört, hört!«, rief Arbakes. »Er lästert! Fragt ihn, ob er an Isis glaubt!«

»Ich sollte an einen bösen Dämon glauben?«, versetzte Olinthus kühn.

Ein Murmeln der Angst und des Entsetzens lief durch die Menge. Uneingeschüchtert – denn er war immer darauf vorbereitet, Gefahren zu trotzen, und verlor in der Aufregung des Augenblicks obendrein alle Besonnenheit – fuhr der Christ fort:

»Zurück, ihr Götzendiener! Diese sterblichen Reste sind nicht für eure feilen, entweihenden Gebräuche bestimmt. Es steht uns, den Anhängern Christi, zu, einem, der einer der Unsern war, die letzten Ehren zu erweisen. Ich fordere die Übergabe der Leiche im Namen des großen Schöpfers, der den Geist in sein Reich hat eingehen lassen.«

Er hatte diese Worte in so gebietender Stimme und Haltung gesprochen, dass selbst die Menge es nicht wagte, der Furcht und dem Hass, von denen alle beseelt waren, laut Ausdruck zu geben. Und nie vielleicht, seit Luzifer und der Erzengel um den Leichnam des großen Gesetzgebers stritten, gab es einen würdigeren Gegenstand für das Genie eines großen Malers als diese Szene. Die dunklen Bäume, der prächtige Tempel, der volle Mond, der den Leichnam des Erschlagenen beleuchtete, im Hintergrund das flackernde Licht der Fackeln, die zahlreichen Gesichter der bunten Menge, abseits die leblose Gestalt des Atheners, im Vordergrund als Hauptfiguren Arbakes und der Christ; ersterer zur vollen Höhe emporgerichtet, den Haufen um ihn her weit überragend, die Arme gekreuzt, die Brauen gefurcht, die Augen weit geöffnet, der Mund von

Trotz und Verachtung leicht gebogen; letzterer mit gerunzelter Stirn, auf der sich eine ebenso starke Herrschernatur ausprägte, die Züge streng und furchtlos, die ganze Haltung würdevoll und von einem unbeschreiblichen Ernst getragen, den ein Mitgefühl des heiligen Schauders, den er selbst hervorgerufen hatte, wiederum milderte; die linke Hand zeigte auf den Erschlagenen, die Rechte war zum Himmel erhoben!

Da trat der Zenturio wieder vor:

»Zuallererst, Olinthus oder wie du sonst heißen magst, hast du über bloßen Verdacht hinaus einen Beweis für die Anklage vorzubringen, die du gegen Arbakes erhebst?«

Olinthus schwieg; der Ägypter lachte verächtlich.

»Beanspruchst du den Leichnam eines Isispriesters, weil er zur Sekte der Nazarener oder Christen gehörte?«

»So ist es.«

»Dann schwöre bei diesem Tempel, bei der Statue der Kybele, bei der ältesten Kapelle Pompejis, dass der Ermordete deinen Glauben angenommen hatte!«

»Törichter Mensch! Ich leugne deine Götzen, ich verabscheue deine Tempel, wie kann ich also bei Kybele schwören?«

»Fort, fort mit dem Atheisten! Die Erde verschlingt uns, wenn wir solche Lästerungen an einem heiligen Ort dulden! Fort mit ihm, er muss sterben!«

»Vor die Raubtiere!«, fügte eine weibliche Stimme in der Menge hinzu. »Dann haben wir einen für den Löwen und einen für den Tiger!«

»Wenn du, Nazarener, nicht an Kybele glaubst«, fuhr der Soldat fort, ohne auf das Geschrei zu hören, »welche von den Gottheiten erkennst du an?«

»Keine.«

»Hört, hört!«, schrie die Menge.

»O ihr Toren und Blinden!«, rief der Christ noch einmal, die Stimme erhebend. »Wie könnt ihr an Bilder aus Holz und Stein glauben? Bildet ihr euch denn ein, sie hätten Augen zu sehen, Ohren zu hören, Hände, euch zu helfen? Ist das stumme Ding dort, von Menschenhand geschnitzt, eine Göttin? Hat es Menschen geschaffen? Überzeugt euch selber von seiner Nichtigkeit, von eurer Torheit!«

Bei diesen Worten schritt er auf das Heiligtum zu, und ehe einer der Anwesenden noch ahnen konnte, was er vorhatte, schlug er – ob aus Mitleid oder aus Eifer – die Holzstatue vom Sockel herab.

»Seht«, schrie er, »eure Göttin ist nicht imstande sich zu rächen! Wie kann man so etwas anbeten?«

Weiter kam er nicht. Eine solche Lästerung, ausgestoßen gegen einen der heiligsten Andachtsorte, erfüllte selbst die Lauesten mit Wut und Abscheu. Wie ein Mann warf die Menge sich auf ihn, packte ihn und würde ihn, wenn der Zenturio nicht eingegriffen hätte, in Stücke gerissen haben.

»Ruhe!«, rief der Soldat im Amtston. »Dieser unverschämte Lästerer kommt vor das entsprechende Tribunal. Wir haben schon zu viel Zeit vergeudet. Beide Verbrecher müssen vor die Obrigkeit. Legt den Leichnam des Priesters auf die Bahre und bringt ihn in sein Haus.«

In diesem Augenblick trat ein Isispriester vor. »Ich erhebe nach dem Brauch unserer Priesterschaft Anspruch auf diese sterblichen Reste«, sagte er.

»Dem Priester soll gehorcht werden«, sagte der Zenturio. »Wie steht es um den Mörder?«

»Er ist ohnmächtig, oder er schläft.«

»Wäre sein Verbrechen geringer, ich könnte ihn bedauern. Vorwärts!«

Arbakes wandte sich um und begegnete dem Blick dieses Isispriesters; es war Calenus, und in diesem vielsagenden, finsteren Blick lag etwas, das den Ägypter stutzig machte.

»Sollte er die Tat gesehen haben?«, murmelte er vor sich hin.

Ein Mädchen drängte sich durch die Menge und musterte Olinthus mit taxierenden Blicken. »Bei Jupiter, ein strammer Bursche! Jetzt haben wir auch einen für den Tiger. Einen für jede Bestie – heißa!«

»Heißa«, brüllte die Menge, »einen für den Löwen und einen für den Tiger! Was für ein Glück, heißa!«

## KAPITEL VII

### WORIN DER LESER ERFÄHRT, WIE ES UM GLAUCUS STEHT. FREUNDSCHAFT AUF DER PROBE. FEINDSCHAFT GEMILDERT. DIE LIEBE BLEIBT UNVERÄNDERT, WEIL DIE LIEBENDE BLIND IST.

Spät in der Nacht waren die Vergnügungsorte der Pompejaner noch von Menschen gefüllt. Indessen fiel auf fast allen Gesichtern an diesem Tag ein etwas ernsterer Ausdruck auf als sonst. Sie standen in zahlreichen Gruppen plaudernd beisammen, als wollten sie sich durch ihre Anzahl über die halb schmerzliche, doch wiederum auch halb angenehme Spannung hinweghelfen, in die ihr Gesprächsthema sie versetzte. Und das war eines, bei dem es sich um Leben und Tod handelte.

Ein junger Mann ging an dem anmutigen Portikus des Fortunatempels so rasch vorüber, dass er ziemlich heftig gegen die runde, feiste Gestalt des würdigen Bürgers Diomed stieß, der eben auf dem Heimweg in seine Vorstadtvilla war.

»Holla!«, stöhnte der Handelsherr und hielt nur mit einiger Mühe das Gleichgewicht. »Hast du keine Augen im Kopf? Glaubst du, ich fühle nichts? Du hättest mir, bei Jupiter, um ein Haar den Lebensfunken ausgeblasen. Noch so ein Stoß, und meine Seele ist im Hades.«

»Ah, Diomed, bist du's? Entschuldige, dass ich so ungeschickt war. Ich war in Gedanken darüber, wie schnell es doch im Leben anders kommen kann. Unser armer Freund Glaucus! Wer hätte das gedacht?«

»Ja, ja; aber sag mal, Clodius, wird seine Sache wirklich vor den Senat kommen?«

»Ja, man behauptet, das Verbrechen sei so außerordentlich, dass der Senat selbst darüber zu Gericht sitzen muss. Die Liktoren werden ihn also vorführen.«*

»Also ist er öffentlich angeklagt?«

»Na sicher! Wo bist du bloß gewesen, dass du das noch nicht weißt?«

»Je nun, ich bin gerade erst aus Neapel zurückgekommen, wohin ich am Morgen nach dem Verbrechen geschäftlich reisen musste. Schrecklich! Und dass er aber auch an demselben Abend, wo es passierte, vorher in meinem Haus gewesen sein muss!«

»An seiner Schuld besteht kein Zweifel«, sagte Clodius achselzuckend. »Und da solche Kapitalverbrechen vor kleinen belanglosen Delikten abgeurteilt werden, so werden sie sich beeilen, die Geschichte noch vor Beginn der Kampfspiele zu erledigen!«

»Vor den Spielen? Gute Götter!«, rief Diomed schaudernd. »Man wird ihn doch nicht zum Tode durch die Bestien verurteilen? Er ist so jung, so reich!«

»Sicher, aber er ist ein Grieche. Wenn er ein Römer wäre, so würde man wohl Gnade vor Recht ergehen lassen. Diese Ausländer mag man wohl dulden, solange es ihnen gut geht; aber wenn es anders kommt, dürfen wir eben nicht vergessen, dass sie streng genommen Sklaven sind. Immerhin sind wir in den oberen Klassen keine Barbaren, und er würde ja noch leidlich davonkommen, wenn er nur mit uns zu tun hätte. Denn unter uns gesagt, was liegt uns an einem armseligen Isispriester? Was an Isis selbst? Aber der Pöbel ist abergläubisch und schreit nach dem Blut des Tempelschänders. Und es ist gefährlich, der öffentlichen Meinung die Stirn zu bieten.«

»Und der Gottesleugner, der Christ oder Nazarener oder wie man ihn nennen mag?«

»Der arme Hund! Wenn er einmal nur der Kybele oder Isis opfert, will man ihn begnadigen, wenn nicht, kriegt ihn der Tiger. Das vermute ich zumindest; aber warte, bis das Gericht entschieden hat. Niemand weiß Genaues, solange die Urne leer ist. Auch der Grieche kann immer noch dem tödlichen Theta seines Alphabets* entgehen. Doch genug von dieser traurigen Geschichte. Wie geht's der schönen Julia?«

»Danke, ich denke gut.«

»Empfiehl mich ihr. Horch, dort knarrt eine Tür, das ist das Haus des Prätors. Wer tritt heraus? Bei Pollux, der Ägypter. Was mag der bei unserem von Geschäften überlasteten Freund zu schaffen gehabt haben?«

»Zweifellos haben sie über den Mord gesprochen. Was nimmt man denn als Motiv für die Tat an? Glaucus sollte doch die Schwester des Priesters heiraten.«

»Ja, und einige sagen, Apaecides wäre gegen diese Verbindung gewesen. Da mag es plötzlich zum Streit gekommen sein. Allem Anschein nach war Glaucus betrunken, ja, so schwer betrunken, dass er ganz bewusstlos war, als man ihn aufhob. Er soll sogar noch jetzt ohne Besinnung sein. Ob wegen des Weins, des Schreckens, der Reue, der Furien oder der Sauferei, das kann ich nicht sagen.«

»Armer Kerl! Hat er einen guten Anwalt?«

»Den besten sogar, Gaius Pollio; der Bursche kann vielleicht reden! Er hat alle verarmten und wohlgeborenen Habenichtse von Pompeji gemietet, dass sie sich in schäbige Kleider stecken und überall umherschleichen. Sie müssen unaufhörlich ihre Freundschaft mit Glaucus beteuern und versuchen, die hartherzigen Bürger mitleidig zu stimmen. Diese Kerle hätte Glaucus nicht angeguckt, und wenn man ihn zum Kaiser gemacht hätte; das muss man ihm ja lassen, bei der Wahl seiner Freunde war er ein Mann von Charakter. Aber es wird nichts nützen, Isis ist augenblicklich äußerst beliebt.«

»Da fällt mir ein, ich habe ja noch Waren in Alexandria. Aber natürlich, man darf es sich mit Isis nicht verderben.«

»Zweifellos. So lebe wohl, alter Herr. Wir sehen uns bald wieder. Wenn nicht, müssen wir im Amphitheater eine freundschaftliche Wette abschließen. Alle meine Berechnungen sind durch diese widerwärtige Geschichte, die Glaucus angezettelt hat, über den Haufen geworfen worden. Er hatte auf Lydon, den Gladiator, gesetzt. Nun muss ich mir einen andern suchen, der gegen mich hält. *Vale!*«

Damit ließ Clodius den weniger flinken Diomed allein seinen Heimweg fortsetzen und schritt von dannen, eine griechische Melodie vor sich hinsummend, und die Nacht mit dem Wohlgeruch erfüllend, der aus seinen weißen Gewändern und wehenden Locken strömte.

»Wenn Glaucus«, dachte er, »dem Löwen vorgeworfen wird, ist keiner mehr da, den Julia mir vorziehen könnte. Bestimmt wird sie es dann auf mich abgesehen haben, und es bleibt mir nichts andres übrig, als zu heiraten. Bei den Göttern, die zwölf Linien lassen mich im Stich, die Leute gucken mir schon misstrauisch auf die Finger, wenn ich die Würfel schüttle. Dieser Teufel von Sallust hat bereits den Verdacht des Falschspiels auf mich gelenkt, und wenn es wirklich an den Tag kommt, dass mein Elfenbein präpariert* ist, dann ade lustige Gelage und parfümierte Liebesbriefchen! Dann ist Clodius erledigt. Also lieber heiraten, damit ich ohne Spielen auskommen und mein Glück, oder vielmehr das der edlen Julia, am kaiserlichen Hof machen kann.«

In diesem Selbstgespräch über seine ehrgeizigen Pläne, falls diese hohe Bezeichnung den Projekten eines Clodius gegeben werden darf, wurde er plötzlich von jemand angefasst; er sah sich um und erblickte die düstere Stirn des Ägypters.

»Sei gegrüßt, edler Clodius! Verzeih mir, wenn ich dich aufhalte. Kannst du mir bitte sagen, wo Sallust wohnt?«

»Nur ein paar Schritte von hier, weiser Arbakes. Gibt Sallust heute Abend ein Essen?«

»Das weiß ich nicht, auch bin ich wohl keiner von denen, die er zum Zechen einladen würde. Aber du weißt, sein Haus dient dem Mörder Glaucus als Gewahrsam.«

»Ach richtig, der gutmütige Epikureer glaubt ja an die Unschuld des Griechen. Er leistet Bürgschaft* für ihn, soviel ich weiß, und haftet bis zur Gerichtsverhandlung für seine Person. Nun, das Haus von Sallust ist immer noch besser als ein Kerker, besonders als das erbärmliche Loch auf dem Forum. Aber was hast *du* mit Glaucus zu schaffen?«

»Das fragst du, edler Clodius? Wenn wir ihn vor dem Tod eines Verbrechers bewahren könnten, wäre das doch wünschenswert. Wenn ein Reicher verurteilt wird, ist das ein

Schlag, der gewissermaßen auf die ganze vornehme Gesellschaft zurückfällt. Ich möchte mit ihm sprechen – wie ich höre, ist er ja wieder bei Sinnen –, um etwas Näheres über die Motive der Tat zu erfahren. Vielleicht sind sie entschuldbar, so dass ich als sein Verteidiger auftreten könnte.«

»Du bist sehr gütig, Arbakes.«

»Güte ist die Pflicht des Mannes, der nach Weisheit strebt«, erwiderte der Ägypter bescheiden. »Wo liegt also Sallusts Haus?«

»Ich will es dir zeigen, wenn du mir erlaubst, dich ein paar Schritte zu begleiten. Aber sag mir doch, was ist aus dem unglücklichen Mädchen geworden, das den Athener in Kürze heiraten wollte? Sie war ja wohl die Schwester des ermordeten Priesters?«

»Ach, sie ist dem Wahnsinn nah. Bald verwünscht sie den Mörder, dann wieder hält sie plötzlich inne und ruft: ›Was fluche ich ihm? Ach, mein Bruder. Glaucus war *nicht* der Mörder! Nein, niemals werde ich das glauben!‹ Und dann fängt sie von neuem an, und schaudernd flüstert sie vor sich hin: ›Wenn er's aber doch gewesen wäre?‹«

»Unglückliche Ione!«

»Es ist gut für sie, dass die religiösen Vorschriften, die den feierlichen Dienst bei Verstorbenen betreffen, sie jetzt ganz in Anspruch nehmen und ihre Aufmerksamkeit ein wenig von Glaucus und sich selbst ablenken. Sie scheint überhaupt derart verwirrt, dass sie sich kaum der Verhaftung von Glaucus und der bevorstehenden Gerichtsverhandlung bewusst ist. Doch wenn die Begräbnisfeier vorüber ist, wird ihre Angst wieder erwachen, und dann fürchte ich sehr, sie könnte ihren Bekannten den empörenden Anblick bieten, dass sie zum Mörder ihres Bruders hält und zu seinen Gunsten aussagt.«

»Das wäre ein Skandal. Das muss verhindert werden.«

»Ich habe schon entsprechende Maßnahmen getroffen. Ich bin nämlich ihr gesetzlicher Vormund und habe soeben die Erlaubnis eingeholt, dass sie nach der Bestattung des Apaecides in mein Haus gebracht werden kann. Dort wird sie, wenn es den Göttern gefällt, in Sicherheit sein.«

»Daran hast du gut getan, weiser Arbakes. So, da drüben ist das Haus von Sallust. Mögen die Götter dich beschützen! Doch höre, Arbakes, warum bist du immer so finster und aller Geselligkeit abgeneigt? Man munkelt, du *könntest* lustig sein. Warum lässt du dich nicht von mir in die Genüsse einführen, die Pompeji zu bieten hat? Ich darf wohl, ohne mich zu loben, behaupten, dass kein Mensch sie besser kennt.«

»Danke, edler Clodius. Unter deiner gütigen Leitung würde ich es vielleicht wagen, die *Philyra* zu tragen, aber ich bin alt und würde einen schwerfälligen Schüler abgeben.«

»Oh, sei unbesorgt! Ich habe noch Burschen von siebzig Jahren bekehrt. Und außerdem, reiche Leute werden ja nie alt.«

»Du schmeichelst mir. Ich werde bei Gelegenheit auf deinen Vorschlag zurückkommen.«

»Du kannst jederzeit über Marcus Clodius gebieten. Und damit, *vale!*«

»Hm«, überlegte der Ägypter, »blutgierig bin ich nicht. Ich möchte diesen Griechen gern retten, wenn er einwilligt, das Verbrechen zu gestehen, dadurch Ione auf ewig zu verlieren und mich von der Möglichkeit einer Entdeckung für immer zu befreien. Und ich *kann* ihn retten: Ich brauche nur Julia zu veranlassen, dass sie zugibt, ihm einen Liebestrank gegeben zu haben. Das wird man ihm dann als strafmildernd anrechnen. Wenn er aber das Verbrechen nicht gesteht, dann muss ich Julia dazu bringen, unter keinen Umständen etwas verlauten zu lassen, und dann muss er sterben! Sterben, damit er nicht unter den Lebenden mein Nebenbuhler ist! Sterben, damit er bei den Toten meine Schuld auf sich nimmt. Wird er gestehen? Kann er nicht vielleicht sogar überredet werden, er habe in seinem Wahnsinn den Mord begangen? Das bedeutete für mich sogar noch größere Sicherheit als sein Tod. Hm, hm! Wir müssen den Versuch wagen.«

Arbakes war jetzt vor dem Haus von Sallust angekommen. Auf der Türschwelle sah er, lang ausgestreckt, in einen dichten Mantel gehüllt, eine menschliche Gestalt liegen.

Sie lag so regungslos, und ihre Umrisse waren so nebelhaft,

dass jeder andere als der Ägypter eine abergläubische Furcht empfunden haben würde, so als erblicke er eine von jenen grimmigen *Lemures,* die vor allen andern Orten die Schwelle der Stätten heimsuchen, die sie im Leben besaßen. Aber Arbakes scherte sich nicht um solche Ammenmärchen.

»Steh auf!«, rief er und stieß die Gestalt mit dem Fuß an. »Du liegst mir im Weg.«

»Ha, wer bist du?«, kreischte sie auf. Sie erhob sich; das Sternenlicht fiel auf die bleichen Züge und die weitgeöffneten, doch blinden Augen Nydias, der Thessalierin. »Wer bist du? Deine Stimme kenn ich doch.«

»Blinde, was machst du hier noch zu so später Stunde? Schäm dich! Gehört sich das für dein Geschlecht und Alter? Mach, dass du nach Hause kommst, Mädchen!«

»Nun erkenne ich dich«, sagte Nydia leise, »du bist Arbakes, der Ägypter.« Und wie von einem blitzartigen Gedanken durchzuckt, warf sie sich ihm zu Füßen, umfing seine Knie und rief wild und leidenschaftlich: »O unheimlicher, mächtiger Mann, rette ihn, rette ihn. Er ist unschuldig, ich bin's gewesen! Er liegt da drinnen, krank, im Sterben, und ich bin schuld daran, ich Verdammenswerte, und sie wollen mich nicht zu ihm lassen, sie jagen die Blinde aus der Halle. Oh, mach ihn gesund! Du kennst bestimmt ein Kraut, ein Zaubermittel, ein Gegengift, denn durch einen Trank ist dieser Wahnsinn entstanden.«

»Still, Kind, ich weiß alles. Du vergisst, ich war ja zusammen mit Julia bei der Vesuvhexe. Sicher hat sie ihm den Trank eingeflößt, doch aus Rücksicht auf ihren Ruf muss das verschwiegen werden. Mach du dir keine Vorwürfe. Was sein muss, muss sein. Inzwischen will ich zu dem Verbrecher gehen. Vielleicht kann er noch gerettet werden. Fort!«

Mit diesen Worten stieß Arbakes die Thessalierin zurück, die ihn leidenschaftlich umklammerte, und klopfte laut an die Tür.

Nach einigen Sekunden wurden die schweren Riegel plötzlich zurückgeschoben, der Pförtner steckte den Kopf durch den Spalt und fragte, wer da sei.

»Arbakes, ich komme in wichtiger Angelegenheit zu Sallust. Es betrifft Glaucus, ich komme vom Prätor.«

Halb gähnend, halb ächzend ließ der Türhüter die hohe Gestalt herein. In diesem Augenblick stürzte Nydia hervor. »Wie geht es ihm? Sag doch, sag!«, rief sie.

»Ho, noch immer da, du verrücktes Ding? Schäm dich! Es heißt, er sei wieder bei Bewusstsein.«

»Gepriesen seien die Götter! Und willst du mich nicht reinlassen? Ich bitte dich inständig!«

»Dich reinlassen? Das wär so was; hübsch was auf den Buckel kriegen tät ich, würd ich so ein Ding wie dich reinlassen; mach, dass du heimkommst!«

Die Tür wurde geschlossen, und mit einem tiefen Seufzer sank Nydia wieder auf die kalten Steine, hüllte das Gesicht in den Mantel und setzte ihre trübselige Nachtwache fort.

Unterdessen war Arbakes in das Triclinium getreten, wo Sallust mit seinem Lieblingsfreigelassenen noch beim Abendessen saß.

»Was, Arbakes? Zu dieser Stunde noch? Nimm diesen Becher!«

»Nein, edler Sallust, nicht Vergnügen, sondern Geschäfte führen mich hierher, sonst hätte ich es wohl nicht gewagt, dich zu stören. Wie geht es deinem Schutzbefohlenen? Man spricht in der Stadt davon, dass er wieder zur Vernunft gekommen sei.«

»Ach ja«, antwortete der leichtfertige, doch herzensgute Sallust, indem er sich die Tränen abwischte, »aber seine Nerven und seine Natur sind noch so erschüttert, dass ich den fröhlichen, heiteren Zecher kaum noch wiedererkenne. Seltsamerweise kann er sich noch immer nicht erklären, was zu diesem plötzlichen Wahnsinn geführt hat. Er kann sich nur ganz undeutlich an die Ereignisse erinnern, aber er beteuert entgegen deiner Aussage, weiser Ägypter, feierlich, am Tod des Apaecides unschuldig zu sein.«

»Sallust«, erwiderte Arbakes sehr ernst, »in der Sache deines Freundes liegt so manches, was geeignet wäre, seine Richter milde zu stimmen. Könnten wir ihn nur dazu bewegen, ein Geständnis abzulegen und die Ursachen seiner Tat anzugeben, so ließe sich von der Gnade des Senats sicherlich vieles erhoffen. Der Senat hat, wie du weißt, die Befugnis, Bestimmungen des Gesetzes abzuschwächen oder aufs Schärfste anzuwenden. Daher habe ich schon mit dem höchsten Beamten der Stadt gesprochen und die Erlaubnis erhalten, noch heute Abend mit dem Athener unter vier Augen zu sprechen. Morgen ist, wie dir bekannt sein wird, Gerichtstermin.«

»Gut«, entgegnete Sallust. »Allen Respekt vor deinem ägyptischen Namen und deinem Ruf, aber du wirst wohl auch nicht mehr aus ihm herausbringen können. Armer Glaucus! Er hatte immer einen so prächtigen Appetit! Jetzt lehnt er alles ab.«

Diese Betrachtung ging dem gutmütigen Epikureer wieder sehr zu Herzen. Er seufzte und befahl dem Sklaven, ihm einen neuen Becher einzuschenken.

»Die Nacht geht zu Ende«, sagte der Ägypter. »Erlaube mir jetzt, zu dem Gefangenen zu gehen.«

Sallust nickte zustimmend und führte Arbakes zu einem kleinen Zimmer, vor dem zwei schlaftrunkene Sklaven als Wächter saßen. Die Tür wurde geöffnet. Auf die Bitte seines Gastes entfernte sich Sallust, und der Ägypter war mit Glaucus allein.

Einer jener hohen, anmutigen Kandelaber, wie sie damals üblich waren, stand mit einer Lampe neben einem kleinen Bett. Der Lichtschein fiel auf das Gesicht des Atheners, und Arbakes erschrak beim Anblick der Veränderung, die diese Züge erlitten hatten. Die blühende Farbe war verflogen, die Wangen eingesunken, die Lippen farblos und faltig. Ein grimmer Kampf zwischen Wahnsinn und Vernunft, zwischen Tod und Leben hatte sich hier abgespielt. Die Jugendkraft hatte zwar gesiegt, aber die Frische des Blutes und der Seele, der innerste Kern des Lebens, das Herrliche, Sprudelnde seiner Natur war für immer dahin.

Der Ägypter setzte sich ruhig neben das Bett. Glaucus lag regungslos da und merkte nichts von seinem Eintritt. Endlich, nach langem Schweigen, begann Arbakes:

»Glaucus, wir sind Feinde gewesen. Jetzt komme ich zu dir allein, in der Totenstille der Nacht, als Freund, vielleicht als dein Retter.«

Wie das Ross vor der Spur des Tigers scheut, so schnellte Glaucus auf – atemlos, erschrocken über die Stimme und von dem plötzlichen Erscheinen seines Todfeindes völlig überrumpelt. Sie sahen sich beide in die Augen, und einige Sekunden lang hatte keiner die Kraft, den Blick zur Seite zu wenden. Der Athener wurde abwechselnd rot und blass, die bronzefarbene Wange des Ägypters wurde um einen Schatten bleicher. Endlich wandte Glaucus sich mit einem Seufzer ab, fuhr mit der Hand über die Stirn, sank zurück und murmelte:

»Träume ich denn immer noch?«

»Nein, Glaucus, du bist wach. Bei dieser rechten Hand und beim Haupt meines Vaters, du siehst einen vor dir, der dir das Leben retten kann. Hör zu! Ich weiß, was du getan hast, aber ich weiß auch, wie es zu entschuldigen ist, was du selber nicht weißt. Du hast einen Mord begangen, das ist allerdings wahr, einen frevelhaften Mord – runzle nicht die Stirn, fahr nicht zurück, diese Augen haben es gesehen. Aber ich kann dich retten, ich kann beweisen, dass man dich um den Verstand gebracht hat, so dass du nicht mehr Herr deines Denkens und Handelns gewesen bist. Um dich retten zu können, musst du jedoch den Mord gestehen. Unterschreib nur dieses Blatt hier, räum ein, dass Apaecides von deiner Hand gestorben ist, und du entgehst der verhängnisvollen Urne.«

»Was sind das für Worte? Mord und Apaecides? Lag er nicht schon blutend und tot im Gras, als ich kam. Und du willst mir einreden, *ich* hätte es getan. Mann, du lügst, mach, dass du fortkommst!«

»Sei nicht vorschnell, Glaucus! Nicht so hastig! Die Tat ist erwiesen. Man kann verstehen, dass du dich einer Tat nicht erinnern kannst, die du bei ungetrübtem Verstand nicht einmal hättest mit ansehen können; doch erlaube mir, deinem erschöpften, geschwächten Gedächtnis nachzuhelfen. Du weißt, du bist mit dem Priester gegangen, und ihr habt euch beide wegen seiner Schwester gestritten. Du weißt, es war schlecht mit ihm zu reden, er war schon halb ein Nazarener und versuchte, auch dich zu bekehren. Darüber seid ihr in einen heftigen Wortwechsel geraten. Er bezichtigte dich eines liederlichen Lebenswandels und erklärte entschieden, deine Heirat mit Ione nie zuzulassen. Und daraufhin hast du in wahnsinniger Wut den Todesstreich geführt. Komm, kannst du dich denn nicht wenigstens daran erinnern? Lies dieses Papier hier, darauf steht es genau so geschrieben. Unterschreib, und du bist gerettet!«

»Barbar! Her mit der geschriebenen Lüge, aber nur, damit ich sie zerfetzen kann! *Ich* der Mörder von Iones Bruder? *Ich* soll gestehen, ich hätte jemandem, den sie liebte, auch nur ein Haar gekrümmt? Eher sterbe ich tausend Tode!«

»Nimm dich in Acht!«, sagte Arbakes leise und zischend. »Es bleibt dir nur eine Wahl: gestehen und unterschreiben, oder im Amphitheater vom Löwen zerrissen zu werden!«

Der Ägypter heftete den Blick fest auf den Leidenden. Mit innerem Frohlocken bemerkte er, dass diese Worte Eindruck gemacht hatten. Ein Schauer flog über die Gestalt des Atheners, seine Lippe sank herab, und ein Ausdruck von Furcht und Staunen zeigte sich auf seiner bleichen Stirn.

»Große Götter!«, sagte er leise. »Was für eine Verwandlung! Nur ein Tag ist vergangen, da lachte mir das Leben in lauter Rosen; Ione war mein; Jugend, Gesundheit, Liebe schütteten ihre Schätze über mich aus – und jetzt? Schmerz, Wahnsinn, Schande, Tod? Wofür? Was habe ich denn getan? Oh, ich bin immer noch wahnsinnig.«

»Unterschreib, und du bist gerettet!«, erklang die weiche, verführerische Stimme des Ägypters.

»Niemals, Versucher!«, rief Glaucus, und sein voriger Zorn ergriff ihn wieder: »Du kennst mich nicht, du kennst die stolze Seele eines Atheners nicht! Es konnte mich einen Augenblick erschrecken, dem Tod so plötzlich ins Auge zu blicken, aber die Furcht ist vorbei! Entehrung dagegen entsetzt mich für immer! Wer würde seinen Namen schänden, um sein Leben zu retten? Wer ein reines Gewissen opfern, um befleckte Tage zu gewinnen? Wer eine erlogene Schande auf sich laden, um gebrandmarkt dazustehen bei allen Ehrenhaften und bei der, die er liebt? Dass einer so niedrig, so feige sein könnte, dadurch ein paar Jahre eines mit Schande beladenen Lebens zu gewinnen, das bilde dir doch nicht ein, du blöder Barbar des Ostens! Glaube doch ja nicht, du fändest einen solchen Feigling in einem Menschen, der denselben Boden betreten hat wie Harmodios, dieselbe Luft geatmet wie Sokrates. Geh! Lass mich ohne Selbstvorwürfe leben – oder ohne Furcht sterben!«

»Überleg es dir gut! Die Pranken des Löwen, das Hohngeschrei des schonungslosen Pöbels, seine Freude an deiner Todesqual, an deinen verstümmelten Gliedern, dein Name entehrt, deine Leiche auf dem Schindanger; die Schande, die du vermeiden willst, an dich geheftet, jetzt und für alle Zeit.«

»Du faselst, *du* bist der Verrückte, nicht ich. Schande, das ist nicht die Achtung der andern zu verlieren, sondern die Achtung vor sich selbst einzubüßen. Willst du wohl endlich gehen? Du bist meinen Augen ein Ekel. Ich habe dich bisher nur gehasst, jetzt aber verachte ich dich!«

»Ich gehe«, versetzte Arbakes erbittert, doch nicht ohne Mitleid und Bewunderung für sein Opfer zu empfinden. »Ich gehe. Zweimal noch werden wir uns sehen: vor Gericht, und wenn du stirbst! Lebe wohl.«

Der Ägypter erhob sich langsam, hüllte sich in seinen Mantel und ging hinaus. Einen Augenblick noch trat er zu Sallust, dem sich vom vielen Wein bereits alles vor seinen Augen zu drehen begann. »Er ist immer noch nicht bei Vernunft oder er ist verstockt; es gibt keine Hoffnung für ihn.«

»Sag das nicht«, antwortete Sallust, der dem Ankläger des Atheners kaum zürnte, war er doch selber nicht sonderlich streng in seinen Grundsätzen und obendrein mehr vom Pech als von der Unschuld seines Freundes überzeugt. »Sag das nicht, Ägypter, ein so wackerer Zecher sollte nach Möglichkeit gerettet werden. Bacchus gegen Isis!«

»Wir werden sehen«, antwortete der Ägypter.

Der Riegel schob sich hinter ihm wieder zu. Er stand auf der offenen Straße, da schreckte die arme Nydia abermals aus ihrer Nachtwache auf.

»Wirst du ihn retten?«, rief sie händeringend.

»Kind, komm mit mir. Ich möchte mit dir reden. Ich bitte dich darum um seinetwillen.«

»Und wirst du ihn retten?«

Keine Antwort traf das dürstende Ohr der Blinden. Arbakes war schon weit vorausgeschritten. Sie zögerte einen Augenblick, dann eilte sie ihm schweigend nach.

»Ich muss mich dieses Mädchens versichern«, sagte er nachdenklich zu sich selbst. »Sie schwatzt sonst die Geschichte mit dem Liebestrank aus. Die eitle Julia wird sich schon nicht selbst verraten.«

## KAPITEL VIII

### EIN ANTIKES BEGRÄBNIS.

Während Arbakes auf solche Weise beschäftigt war, beherrschten das Haus von Ione Tod und Trauer. Es war die Nacht vor dem Tag, an dem im Morgengrauen die irdische Hülle des ermordeten Apaecides feierlich bestattet werden sollte. Die Leiche war aus dem Isistempel in das Haus der nächsten Verwandten gebracht worden, und Ione hatte vom Tod ihres Bruders und der Beschuldigung des Geliebten in ein und demselben Moment gehört. In der ersten Qual hatte sie jedes Verständnis für ihre Umgebung verloren, und da ihre Sklavinnen ihr schonend die näheren Umstände verschwiegen, war sie über die Einzelheiten nicht unterrichtet. Seine Krankheit, sein Wahnsinn und der gegen ihn schwebende Prozess waren ihr unbekannt. Sie wusste nichts weiter, als dass man ihn der Tat beschuldigt hatte, eine Anklage, die sie mit Entrüstung als völlig unglaubhaft zurückwies. Und als sie gar erfuhr, Arbakes habe diese Anklage erhoben, da benötigte sie keinen Beweis mehr zu der festen Überzeugung, der Ägypter sei selbst der Mörder.

Aber im antiken Leben waren die Zeremonien, die auf den Tod eines Verwandten folgten, so wichtig, dass alles andere dagegen zurücktrat; darum war sie aus dem Totenzimmer bisher nicht herausgekommen. Der Schmerz über das jähe Unglück und alle Meinungen und Vermutungen, die sich daran knüpften, waren auf die vier Wände beschränkt geblieben, die die teure Leiche einschlossen. Wohl war es ihr nicht vergönnt gewesen, die zarte, rührende Pflicht zu vollziehen, die der nächsten Verwandten zufiel: den letzten Atemzug, den Seufzer aufzufangen, mit dem die Seele des geliebten Bruders von hinnen fuhr; aber sie hatte doch die starren Augen zudrücken, die verzerrten Lippen schließen können und durfte nun bei der heiligen Hülle wachen, die, frisch gebadet und gesalbt, in festlichen Gewändern auf dem elfenbeinernen Schragen lag. Und sie hatte täglich das Lager mit frischen Blättern und Blumen bestreut und den geweihten Zypressenzweig an den Türpfosten erneuert. Über diesem traurigen Dienst, in Wehklagen und Gebeten, vergaß Ione sich selbst. Es war einer der anmutigsten Bräuche der Alten, junge Leichen bei Morgengrauen zu bestatten. Wie man überhaupt bestrebt war, dem Sterben eine möglichst versöhnliche Deutung zu geben, so ging man dabei von dem poetischen Bild aus, Aurora, die die Jugend liebe, entführe den Jüngling aus der Mitte der Lebenden. Obwohl in diesem Fall, wo es sich um einen Mord handelte, diese dichterische Fabel nicht angewandt werden konnte, so wurde doch der allgemeine Brauch beibehalten.*

Die Sterne erblichen einer nach dem andern am grauen Himmel; der neue Tag dämmerte, langsam wich die Nacht vor dem nahenden Morgen zurück, da stand eine dunkle Gruppe bewegungslos vor Iones Haus. Hohe, schlanke Fackeln, die im fahlen Zwielicht geisterhaft flackerten, warfen einen düsteren Schein auf die Gesichter, die einen feierlichen, fast steinernen Ausdruck zur Schau trugen. Jetzt erklang getragene, traurige Musik, die zu dem Anlass gut passte und weithin durch die menschenleere, stille Straße schallte. Ein Chor von weiblichen Stimmen (die von den römischen Dichtern so oft genannten

*Praeficae)** stimmte zu den Klängen der Tibia und der mysischen Flöte die Totenklage an:

GRABGESANG

Aus dunklem Tor, wo der Zypresse Laub
Vertreten hat des Rosenschmuckes Stelle,
Tritt Wanderer der Erde letzten Staub
Auf trübem Weg nach des Kokytus Welle.
In Tränen wird der Gruß dir zugebracht,
Dein Wirt heißt Tod, er fordert dich zum Zecher.
Die Kränze hängen in dem Haus der Nacht
Und schwarze Fluten füllen deinen Becher.

Nicht mehr für dich das Lachen und das Lied,
Des Tages Glanz, der Nächte süßes Scherzen:
Die Flut, die stets der Argos Töchter* flieht;
Den Geier, nagend an Titanenherzen;*
Den Äoliden,* wälzend aus dem Tal
Den ew'gen Fels, den neu der Abgrund raubte;
Der Lyder Fürsten* in der heißen Qual;
Den Sohn Kalirrhoes* mit dreigestaltem Haupte –

Sie wirst du sehn in Dämmerung gebannt,
Die trübe glänzt an Plutos ödem Strande;
Schon stehst du dort, den Blick zum Kahn gewandt,
Der zögernd harrt, dass er dich drüben lande.*
So säumt denn nicht, grabloser Schar vereint
Muss vor dem letzten Haus der Schatten weilen:
Im Morgengrau die Fackel düster scheint –
Komm, Weinende, der Tote heißt dich eilen!

Das Lied verklang, die Gruppe teilte sich in zwei Reihen, und die Leiche des Apaecides wurde auf einem Totenbett, von einem purpurnen Tuch bedeckt, die Füße voran, herausgebracht. Der *Designator* oder Marschall der Trauerfeier, begleitet von seinen schwarz gekleideten Fackelträgern, gab das Zeichen, und langsam setzte sich der Zug in Bewegung.

Zuerst kamen die Musikanten, die einen feierlichen Marsch spielten, worin der tiefe Ton der Bassinstrumente oftmals durch den wilden, schmetternden Klang der Totentrompete unterbrochen wurde. Danach kamen die gemieteten Klageweiber, die Grablieder auf den Verstorbenen sangen; in die weiblichen Stimmen mischten sich die von Knaben, deren zarte Jahre den Gegensatz zwischen Leben und Tod, zwischen dem frischen und dem welken Laub noch eindrucksvoller hervortreten ließen. Die Schauspieler aber, die Possenreißer und der *Archimimus* (dessen Aufgabe es war, die Person des Toten darzustellen und mimisch nachzuahmen), die sonst bei Leichenbegängnissen zu der Begleitung gehörten, traten bei dieser Bestattung nicht auf, weil Apaecides eines plötzlichen und furchtbaren Todes gestorben war.

Die Isispriester folgten als Nächste, in weißen Gewändern, barfuß und mit Kornbüscheln in den Händen. Vor der Bahre wurden die Bilder des Verstorbenen und seiner vielen athenischen Vorfahren hergetragen. Hinter der Bahre aber folgte, umgeben von ihren Dienerinnen, die einzige Verwandte des Toten, barhäuptig, mit aufgelöstem Haar. Ihr Gesicht war bleicher als Marmor, aber gefasst und ruhig. Wenn ein liebender Gedanke hin und wieder, von der Musik erweckt, durch die dunkle Lethargie des Schmerzes zuckte, dann bedeckte sie das Gesicht mit den Händen und schluchzte leise; denn der laute Schmerz, die kreischende Klage, die unbeherrschte Gebärde waren nicht ihre Sache, sind dies doch meist Merkmale derer, denen Trauer nicht von Herzen kommt. Damals, wie zu allen Zeiten, floss der Strom des echten Schmerzes wellenlos und still.

So bewegte sich der Trauerzug dahin, bis er die Straßen und das Stadttor hinter sich hatte und außerhalb der Mauern die Grabstätte erreichte, die der Reisende noch heute sehen kann.

In Form eines Altars aus grobem Tannenholz, zwischen das man leicht brennendes Material gesteckt hatte, erhob sich der

Scheiterhaufen. Um ihn her nickten die schwarzen, düsteren Zypressen, welche die Poesie so oft dem Grab geweiht hat.

Sobald die Bahre auf den Scheiterhaufen gestellt worden war, machte das Gefolge zu beiden Seiten Platz, und Ione stieg zum Totenbett hinauf. Regungslos und schweigend stand sie eine Weile vor dem Entseelten. Die Züge der Leiche hatten den krampfhaften Ausdruck des gewaltsamen Todes verloren. Auf ewig waren Zweifel und Schrecken zur Ruhe gekommen, die seelischen Kämpfe, die Furcht vor den ewigen Mächten, der Konflikt zwischen Vergangenheit und Gegenwart, die Hoffnung und die Schauder der Zukunft hatten ihr Ende. Und welche Spur von allem, was die Brust dieses Jünglings durchtobt hatte, der um das Heiligste des Lebens gerungen, welche Spur blieb nun zurück? Eine ernste Ruhe lag auf der unergründlichen Stirn und der odemlosen Lippe. Die Schwester sah ihn an; kein Laut war in der Menge zu hören. Es lag etwas Ehrfurcht Gebietendes und auch etwas Beruhigendes in diesem Schweigen, und als es endlich gebrochen wurde, geschah es ganz plötzlich und unvermutet mit einem lauten und leidenschaftlichen Schrei, dem Ausbruch lange zurückgehaltener Verzweiflung:

»Mein Bruder, mein Bruder!«, rief die arme Waise und sank vor der Bahre nieder. »Du, vor dem der Wurm auf dem Weg nicht erschrak, welche Feinde hast du dir zuziehen können? Ach, ist es wirklich dahin mit dir gekommen? Wach auf, wach auf! Wir sind zusammen groß geworden, sollen wir so auseinander gerissen werden? Du bist nicht tot, du schläfst. Wach auf, wach auf!«

Ihre durchdringende Stimme erweckte die Teilnahme der Trauergäste, und sie brachen in lautes, ungestümes Klagen aus. Darüber kam Ione wieder zu sich. Sie raffte sich auf und sah sich bestürzt und verwirrt um, als bemerkte sie zum ersten Mal die Versammlung.

»Ach«, murmelte sie schaudernd, »wir sind ja nicht allein!«

Nach einer kurzen Pause stand sie auf, und ihr bleiches, schönes Gesicht war wieder gefasst, nahm seinen Ausdruck starrer

Ruhe wieder an. Mit zitternder, sanfter Hand öffnete sie die Lider des Verstorbenen,* wie es der Brauch verlangte. Doch als der leere, erloschene Starrblick, der nicht länger von Liebe und Leben strahlte, ihrem Auge begegnete, da schrie sie laut auf, als hätte sie ein Gespenst gesehen. Noch einmal fasste sie sich und küsste wieder und wieder Augen, Mund und Stirn. Mit mechanischer Hand, wie unbewusst, nahm sie vom Oberpriester des Tempels, dem ihr Bruder angehört hatte, die Leichenfackel entgegen.

Plötzlich erscholl wieder Musik, die Klageweiber stimmten ein Lied an. Die heiligenden Flammen hatten das Holz ergriffen.

### HYMNE AN DEN WIND

1

Aus der Wolke Schoß erhoben,
Wache auf, oh heil'ger Wind;
Heilig seist du uns gepriesen,
Wo auch deine Quellen fließen,
Ob du Austers* düstres Kind,
Ob entflammt des Eurus* Toben,
Oder dem, der Nordens* Sümpfe
Peitscht im Sturme wild und rau:
Teuer seist du unsrem Feste
Gleich dem blumenhauptgen Weste,
Wenn er in des Zwielichts Tau
Bebt um die geliebte Nymphe.*

2

Sieh uns Silberschalen schwingen,
Düfte deinem Pfad zu bringen:
Nie durch Tempels stille Matten,
Nie durch Zyperns Zedernschatten,

Noch der Roseninsel* Meer
Floss die Luft so würzeschwer:
Sieh, aus silbernem Geschirre
Sendet dir mit Nard' und Myrrhe
Kassias des Balsams Guss;
Einen Teppich deinem Fuß.

3

Hohe, ew'ge Ätherfülle,
Jedes Odems heil'ger Born,
Nimm aus dieser stummen
Hülle deines Lebens Samenkorn!
Wollest, helle Flamme, steigen,
Wache auf, oh wilder Wind;
Nimm, oh Feuer, was dein Eigen,
Nimm, oh Luft, zurück dein Kind!

4

Er kommt, er kommt, den wir erfleht,
Es naht der heil'ge Sturm;
Er zischt und braust; die Lohe weht
Hinauf am heiligen Turm.
Er hebt sich! Durch die Flammenwellen
Taucht sein Fittich; wie sie heulen und schwellen!
Kreisend, wirbelnd, abgemüht,
Wie die Flammenschlange glüht!
Rausche frei und freier
Aufwärts, furchtbar Feuer;
Verschlinge deine Riesenglieder
Mit des Windes Sturmgefieder.
Vereinigt an des Todes Thron
Fordern die Elemente ihren Sohn!

5

Schwingt des Rauchgefäßes Kreise,
Stimmet eure Saiten leise!
Von dem irdischen Gefängnis,
Von der sterblichen Beengnis,
Von der leiblichen Bedrängnis
Ward, oh Seele, heil'ges Feuer
Dir der rettende Befreier.

Wie die Winde in ewigem Zug
Durchbrausen des Äthers Meer,
Magst du messen den Raum in unendlichem Flug –
Keine Kette bindet dich mehr!
Freu dich, über des Styxes Schoß
Fährt deine Barke jetzt fessellos,
Und du schweifst im Dämmerscheine
Stille durch die sel'gen Haine,
Wo uns, fern Kokyts Gestaden,
Geliebte und Gelebte laden.
Du gehst nicht mehr ein Knecht auf Erden,
Du bist, oh Seele, frei – doch wir?
Wann werden wir entlastet werden,
Und Ruhe finden, wann bei dir?

Hoch und weit stieg das wohlriechende Feuer am dämmernden Himmel auf. Sein heller Schein drang durch die düsteren Zypressen und loderte höher empor als die Mauern der nahen Stadt; und die Fischer, die früh an die Arbeit gingen, erschraken über die rote Glut, die auf den Wellen der See tanzte.

Ione saß nun abseits und allein. Sie legte das Gesicht in die Hände und sah die Flamme nicht, hörte nicht die klagende Weise der Musik. Sie wusste nur, dass sie nun verlassen war; sie war noch nicht zu jener heiligenden, tröstlichen Zuversicht gekommen, dass wir *nicht* einsam, dass die Toten um uns sind!

Der frische Morgenwind fachte das Brennmaterial zwischen

*Die Gräberstraße.*

den Holzscheiten an. Allmählich wurden die Flammen schwankend, kleiner und schwächer; endlich erloschen sie in einzelnen aufflackernden Stößen, ein Bild des Lebens selbst. Wo eben noch Feuer und Unruhe gewesen waren, da schwelte jetzt rauchende Asche.

Die letzten Funken wurden von den Leichenbegleitern gelöscht, dann die Asche gesammelt, mit dem kostbarsten Wein angefeuchtet und mit dem seltensten Parfüm vermischt. Sie wurde in eine silberne Urne getan, die man in einem der nahen Mausoleen am Rande der Straße aufstellte. Auch die Phiole voll Tränen und die kleine Münze, die nach der Poesie der Alten für den unterirdischen Fährmann bestimmt war, erhielten dort ihren Platz. Das Grabmal aber wurde mit Blumen und Kränzen bedeckt, man zündete Weihrauch auf dem Altar an und hängte rings um das Mausoleum zahllose Lampen auf.

Als jedoch am folgenden Morgen der Priester an das Grab kam, um dort frische Kränze niederzulegen, fand er, dass unbekannte Hände zu den letzten Gaben des heidnischen Glaubens einen grünen Palmzweig hinzugefügt hatten. Er ließ ihn liegen, denn er wusste nicht, dass dies der bei den Christen übliche Gräberschmuck war.

Nach Beendigung der Zeremonien besprengte eine der *Praeficae* die Trauernden mit dem reinigenden Lorbeerzweig und sprach das letzte Wort: *»Ilicet.«* – Du darfst gehen! – Damit war die Totenfeier beendet.

Doch noch blieben sie, um oftmals und unter Tränen das rührende Lebewohl zu rufen: *»Salve Aeternum!«* Und da auch Ione noch verweilte, so stimmten sie das Abschiedslied an:

SALVE AETERNUM

I

Lebe wohl entfloh'ne Seele,
Lebe wohl, oh heil'ger Staub!
Deines Grabes enger Höhle
Lassen trauernd wir den Raub.
Nach dem düstern Lande drunten
Gingst du unsrem Schritt voran,
Uns auch führen bald die Stunden
Deiner Schritte dunkle Bahn.
*Salve, Salve!*
Teurer Staub, von uns geschieden,
Stilles Haus, dir ew'gen Frieden!
*Salve, Salve!*

2

*Ilicet – ire licet,*
Ach umsonst ist unser Scheiden,
Deine Gruft ist unser Herz!
Ewig wirst du uns begleiten:
Wer entreißt dich unserm Schmerz?
Fruchtlos sprengen wir nach oben
Tropfen reinigender Flut,

Fruchtlos hat ihr Haupt erhoben
Unsrer Läut'rung helle Glut!
Aus der Brust dich zu beschwören,
Wohnet ihr kein Zauber in;
Dein Altar sind unsre Zähren,
Die Erinn'rung Priesterin!
*Salve, Salve!*

3

*Ilicet, ire licet!*
Seine Lohe flog vom Herde
Wie der Lüfte Hauch sie weist,
Zu der Erde kehrt die Erde,
Zu den Schatten steigt der Geist.
Trost wird unser Gram dir geben,
Wenn der dunkle Strom dich nässt:
Ist die Liebe kurz im Leben,
Ist im Tod sie ewig fest.
*Salve, Salve!*
In des Festes Schimmersaale
Welkt die Rose schnell dahin!
Ewig überm Totenmale
Dunkelt der Zypresse Grün!
*Salve, Salve!*

## KAPITEL IX

### WORIN IONE ETWAS UNERWARTETES ZUSTÖSST.

Während einige zurückblieben, um mit den Priestern am Totenmahl teilzunehmen, schlug Ione mit ihren Dienerinnen den traurigen Heimweg ein. Und erst jetzt, nachdem sie ihrer letzten Pflicht gegen den Bruder genügt hatte, erinnerte sie sich ihres Bräutigams und der furchtbaren gegen ihn erhobenen Anklage. Wie schon erwähnt, schenkte sie dieser nicht den geringsten Glauben, wohl aber hegte sie den stärksten Verdacht gegen Arbakes. Sie fühlte, sie war es dem Geliebten und dem ermordeten Verwandten schuldig, zum Prätor zu gehen und diesem ihren Verdacht mitzuteilen, so wenig Beweise sie dafür auch erbringen konnte. Als sie sich bei ihren Mädchen erkundigte, die bisher, um ihr in liebevoller Fürsorge zusätzliche Qualen zu ersparen, nichts von der Krankheit des Glaucus erzählt hatten, erfuhr sie, dass er gefährlich krank gewesen war, unter dem Dach von Sallust als Schutzbefohlener weilte und der Tag der Gerichtsverhandlung schon festgesetzt war.

»Schützende Götter!«, rief sie. »Wie konnte ich ihn nur so lange vergessen? Hat es den Anschein, als miede ich ihn? Oh, ich will ihm sofort Gerechtigkeit widerfahren lassen. Er soll sehen, dass ich, die nächste Verwandte des Ermordeten, an seine Unschuld glaube. Schnell, schnell, lasst uns eilen! Ich will ihn trösten, mich um ihn kümmern, ihn pflegen. Und wenn man mir nicht glaubt, wenn man meine Überzeugung nicht teilt, wenn man ihn zum Exil oder gar zum Tode verurteilt, so will ich mit ihm in die Verbannung gehen oder mit ihm sterben.«

Unwillkürlich beschleunigte sie die Schritte. Doch in ihrer Verwirrung und Aufregung konnte sie sich nicht entschließen, wohin sie zuerst gehen sollte, zum Prätor oder zu Glaucus. Sie schritt rasch weiter, flog fast, trat durch das Stadttor und befand sich in der langen Straße, die die Stadt in ihrer ganzen Ausdehnung durchschnitt. Die Häuser standen offen, aber noch war niemand auf den Straßen, denn das Leben in der Stadt war eben erst erwacht. Da stieß sie plötzlich auf eine kleine Gruppe von Männern, die eine geschlossene Sänfte umstanden. Aus der Mitte trat eine hohe Gestalt hervor, und Ione schrie laut auf, denn vor ihr stand Arbakes.

»Schöne Ione«, sagte er sanft und schien ihr Entsetzen nicht zu bemerken, »mein Mündel, meine Schülerin! Vergib mir, wenn ich deinen frommen Kummer störe, doch der Prätor, dem deine Ehre am Herzen liegt, befürchtet, du könntest dich durch deinen Übereifer verleiten lassen, in den bevorstehenden Prozess einzugreifen. Er kennt deine seltsam verwickelte Lage, in der du Gerechtigkeit für den Bruder forderst, aber auch den Bräutigam vor der Strafe schützen möchtest. Der Prätor beklagt es, dass du so schutzlos und ohne Freunde dastehst. Er findet es hart, dass du allen Beistand in deiner schweren Lage, in deiner Trauer entbehren sollst. Deshalb hat er dich in weiser, väterlicher Fürsorge der Obhut deines gesetzmäßigen Vormunds anvertraut. Sieh, hier ist das Schreiben, worin mir die Aufsicht über dich erteilt wird.«

»Fort mit dir, finsterer Ägypter«, rief Ione und trat zurück. »Du bist es gewesen, du hast meinen Bruder ermordet! Und in deine noch blutbefleckten Hände will man mich geben? Ha, du erbleichst! Dein Gewissen schlägt. Du zitterst vor dem Donnerkeil des rächenden Gottes. Fort mit dir, und lass mich allein mit meinem Schmerz!«

»Eben der Schmerz verwirrt dir die Sinne, Ione«, entgegnete der Ägypter, doch bemühte er sich vergebens, seinen gewohnt ruhigen Ton beizubehalten. »Ich verzeihe dir. Du wirst in mir jederzeit den dir ergebenen zuverlässigen Freund erkennen. Aber die offene Straße ist nicht der Ort, um uns zu besprechen. Herbei, Sklaven! Komm, meine süße Schutzbefohlene, die Sänfte wartet auf dich!«

Überrascht und erschrocken drängten sich die Dienerinnen um Ione und umfassten deren Knie.

»Arbakes«, rief die älteste, »das ist ungesetzlich! Steht nicht im Gesetz geschrieben, dass nach einer Bestattung die Angehörigen des Verstorbenen neun Tage lang nicht belästigt werden, damit sie sich in ihrem Haus ungestört ihrem Gram hingeben können?«

»Weib«, versetzte Arbakes mit einer gebieterischen Handbewegung, »es ist kein Verstoß gegen die Trauergesetze, wenn man ein Mündel in das Haus des Vormunds bringt. Ich sage dir, ich habe dazu die Vollmacht des Prätors. Es erregt nur unschickliches Aufsehen, dass wir hier zaudern. Bringt sie in die Sänfte!«

Mit diesen Worten schlang er den Arm fest um die zitternde Ione. Sie bog sich zurück, sah ihm ernst ins Gesicht und brach dann in hysterisches Lachen aus:

»Haha, das ist gut, wirklich gut! O du prächtiger Vormund, o du väterliches Gesetz! Haha!« Und selbst erschrocken über den furchtbaren, kreischenden Ton dieses Gelächters, sank sie, als es verhallte, besinnungslos zu Boden. Im nächsten Augenblick hatte Arbakes sie in die Sänfte gehoben. Die Träger schritten rasch davon, und bald war die unglückliche Ione den Blicken ihrer weinenden Dienerinnen entschwunden.

## KAPITEL X

### WAS AUS NYDIA IM HAUS VON ARBAKES WIRD. DER ÄGYPTER HAT MITLEID MIT GLAUCUS. MITLEID IST JEDOCH MEIST EIN SEHR UNNÜTZER GAST BEI SCHULDIGEN.

Man wird sich erinnern, dass Nydia dem Ägypter auf seine Aufforderung in sein Haus gefolgt war. Hier hörte er in einem längeren Gespräch mit ihr das verzweifelte und reuevolle Geständnis, dass nicht Julia, sondern sie selbst dem Athener den verhängnisvollen Trank gegeben hatte. Zu jeder anderen Zeit würde es Arbakes schon aus psychologischen Gründen interessiert haben, Tiefe und Ursprung der seltsamen, verzehrenden Leidenschaft zu erforschen, die dieses wunderbare Kind in seiner Blindheit und Sklaverei zu nähren gewagt hatte, im jetzigen Augenblick aber konnte er dem eigenen Ich keinen Gedanken entübrigen. Deshalb achtete er, als sich die arme Nydia nun nach ihrem Geständnis ihm zu Füßen warf, gar nicht auf ihre flehentlichen Bitten, Glaucus wieder gesund zu machen und sein Leben zu retten, denn in ihrer jugendlichen Unwissenheit hielt die Thessalierin den dunklen Zauberer für allmächtig; sondern er wurde sich nur sofort darüber klar, dass er Nydia so lange in Gewahrsam behalten musste, bis der Prozess vorüber war und das Schicksal des Griechen sich erfüllt hatte. Als er Nydia mit in sein Haus nahm, geschah es in der

Vermutung, sie sei bei der Anwendung des Liebestranks lediglich Julias Helfershelferin gewesen und der volle Erfolg seiner Rache könne nun vereitelt werden, wenn man die Blinde frei herumlaufen lasse; sie könnte als Zeugin auftreten und aussagen, auf welche Weise Glaucus so plötzlich einen Wahnsinnsanfall erlitt, was dann als mildernder Umstand bei der Beurteilung seines Verbrechens sehr ins Gewicht gefallen wäre. Wie viel wahrscheinlicher aber wurde es nun, dass sie sich freiwillig zur Zeugenaussage melden würde, da sie Glaucus den Trank sogar in eigener Person gegeben hatte! Angetrieben durch ihre Liebe, würde sie, ohne Rücksicht auf die eigene Schande, nur darauf bedacht sein, ihre Verirrung wieder gutzumachen und den Geliebten zu retten. Wie sehr musste überdies der Ruf eines Arbakes leiden, wie entehrend war es für seinen hohen Rang, wenn die Welt erfuhr, dass er sich für die mannstolle Julia zum Kuppler hergegeben, dass er in dem verruchten Spiel der Saga des Vesuvs und der Beschaffung des Tranks eine Rolle gespielt hatte! Er hätte auch niemals der Person der Julia oder der Frage, ob sie ein Geständnis ablegen würde, auch nur einen einzigen Gedanken gewidmet, wenn er nicht darauf bedacht gewesen wäre, Glaucus zu veranlassen, dass er den Mord an Apaecides gestehe, weil das für Arbakes das beste Mittel war, sowohl sich dauernde Sicherheit zu verschaffen, als auch die Werbung um Ione erfolgreich fortzusetzen.

Nydia war infolge ihrer Blindheit nur schlecht vertraut mit dem Leben und hatte überdies als Fremde, als Sklavin keine Kenntnis von der Strenge der römischen Gesetze. Sie hatte ihre Gedanken daher mehr auf die Krankheit und den Wahnsinn des Atheners gerichtet als auf das Verbrechen, das er begangen haben sollte und von dem sie nur flüchtig gehört hatte; mit dem unglücklichen Verlauf, den die Gerichtsverhandlung möglicherweise nehmen könnte, beschäftigte sie sich weniger. Was wusste das arme Ding, um das sich niemand kümmerte, dem niemand ein Wort vergönnte, von Senat und Urteilsspruch, der Lotterie der Justiz, der Wildheit des Mobs, der Arena und der Höhle des Löwen? Sie war gewöhnt, mit der Vorstellung von Glaucus alle Begriffe von Glück und Erhabenheit zu verbinden; sie konnte sich nicht vorstellen, dass irgendeine andere Gefahr als der Wahnsinn ihrer Liebe dieses geheiligte Haupt bedrohen könne. Er schien ihr ausschließlich für die Segnungen des Lebens bestimmt zu sein. *Sie* allein hatte den Strom seines Glücks getrübt; sie wusste nicht, sie ahnte nicht, dass dieser einst so klare Strom jetzt der Finsternis und dem Tod entgegenrauschte. Nur um den Verstand wieder zu heilen, den sie gestört, nur um das Leben zu retten, das sie gefährdet hatte, flehte sie den großen Ägypter um Hilfe an.

»Kind«, sagte Arbakes, aus seiner Träumerei erwachend, »du musst hier bleiben; es ziemt sich nicht für dich, durch die Straßen zu irren und dich vom groben Fuß der Sklaven von den Türen stoßen zu lassen. Ich habe Mitleid mit dir, hast du doch nur aus Liebe gefrevelt. Ich will alles tun, dein Vergehen wieder gutzumachen. Bleib ein paar Tage geduldig hier; Glaucus wird geheilt werden.« Mit diesen Worten und ohne abzuwarten, was sie erwidern würde, ging er rasch hinaus, riegelte die Tür zu und trug dem Sklaven auf, unter dessen Obhut dieser Teil des Hauses stand, für die Gefangene zu sorgen und sie zu bewachen.

Allein und in tiefe Gedanken versunken, wartete er den folgenden Morgen ab und machte sich, wie wir gesehen haben, bei Tagesanbruch auf den Weg, um nun auch Ione in seine Gewalt zu bringen.

Indem er sich der unglücklichen Neapolitanerin bemächtigte, verfolgte er, wie er gegenüber Clodius geäußert hatte, tatsächlich vor allem den Zweck, ihr Auftreten im Prozess gegen Glaucus zu verhindern. Er wollte es ihr unmöglich machen, die Treulosigkeit, die Gewalttat ans Licht zu bringen, die der Vormund gegen sie verübt hatte, aufzudecken, wie triftige Ursache er hatte, Glaucus zu hassen, sein heuchlerisches Benehmen zu entlarven und dadurch seine Anklage zu entkräften oder doch zu erschüttern. Erst als er am Morgen mit ihr zusammentraf und sie ihm rückhaltlos ihre Beschuldigungen ins Gesicht schleuderte, wurde ihm völlig bewusst, dass ihm durch den Verdacht, den sie gegen ihn hegte, eine neue Gefahr drohte. Nun war er mit sich selbst sehr zufrieden, hatte er doch seinen Zweck insofern erreicht, als die Person, die zugleich Gegenstand seiner Leidenschaft und seiner Furcht bildete, jetzt in seiner Gewalt war. Mehr denn je glaubte er den schmeichelhaften Verheißungen der Sterne; und als er Ione in dem Zimmer aufsuchte, in das er sie hatte bringen lassen (es lag in den tiefsten Schlupfwinkeln dieses geheimnisvollen Hauses), als er sie von den aufeinander folgenden Schicksalsschlägen überwältigt und stets sich erneuernden Anfällen ausgeliefert fand, als er sah, wie sie von wilder Wut zu dumpfer Betäubung schritt und alle Phasen der Hysterie durchmachte, auch da dachte er noch mehr an den Liebreiz, den kein Wahnsinn beeinträchtigen konnte, als an das Leid, das er über sie gebracht hatte. In der zuversichtlichen Eitelkeit, die allen Menschen eigen ist, die ihr ganzes Leben hindurch von den äußeren Verhältnissen, von der Liebe und vom Glück begünstigt worden sind, schmeichelte er sich, wenn Glaucus erst seinen Untergang gefunden habe, wenn sein Name durch richterlichen Spruch entehrt worden sei, wenn er als der zum Tode verurteilte Mörder ihres eigenen Bruders jeglichen Anspruch auf Iones Herz auf ewig verloren hätte, dann würde Iones Abscheu sich in Liebe verwandeln, dann würde seine Liebe, seine Leidenschaft, unterstützt durch all jene Künste, durch die er die weibliche Phantasie so gut zu bezaubern verstand, ihm den Platz auf dem Thron verschaffen, von dem er seinen Nebenbuhler in furchtbarem Kampf herabgestürzt hatte. Das erhoffte er für sich; und sollte die Hoffnung fehlschlagen, flüsterte seine unbeherrschte Leidenschaft ihm zu: »Auf jeden Fall ist sie *jetzt* in meiner Gewalt!«

Bei alledem aber empfand er doch jenes unbestimmte Angstgefühl, das auch dann vorhanden ist, wenn der Verbrecher gegen die Stimme des Gewissens taub bleibt, sofern nur eine Möglichkeit der Entdeckung besteht. Er war von dumpfer Furcht vor den Folgen des Verbrechens beherrscht, die fälschlicherweise oft für Reue gehalten wird. Die angenehme Luft

Kampaniens bedrückte ihm jetzt die Brust; er sehnte sich fort von diesem Ort, wo die Gefahr vielleicht nicht ewig im Grab des Toten schlummern mochte, und da Ione sich nun in seiner Macht befand, nahm er sich insgeheim vor, sobald er sich an dem Todeskampf seines Nebenbuhlers geweidet hätte, mit all seinen Reichtümern und mit ihr, seinem kostbarsten Schatz, nach einer fernen Küste überzusiedeln.

»Dasselbe Gesetz, das mir die Person des Mündels zuspricht, sichert mir zugleich die Braut«, sprach er zu sich selbst, indem er in seinem einsamen Zimmer auf und ab ging. »Weithin über den Ozean wollen wir fahren, neue Genüsse und unbekannte Freuden aufzusuchen. Von meinen Sternen begünstigt, von den Verheißungen meiner Seele getragen, wollen wir zu den großen, herrlichen Welten steuern, die, wie meine Wissenschaft verkündet, noch unentdeckt in den Fernen des allumschließenden Meeres liegen. Dort, im ungestörten Besitz der Liebe, kann mein Herz endlich auch für den Ehrgeiz schlagen. Dort, unter Völkern, die noch nicht vom römischen Joch gebeugt sind, zu deren Ohren der Name Rom noch nicht gedrungen ist, kann ich vielleicht ein neues Reich begründen und den Glauben meiner Väter zu neuem Leben erwecken. Dort glüht dann vielleicht noch einmal die Asche von Thebens untergegangenem Herrscherstamm auf, das Geschlecht meiner gekrönten Ahnen gelangt zu noch größerer Macht, und in Iones Herzen wird das dankbare Bewusstsein erwachen, dass sie das Geschick eines Mannes teilt, der sich der alten Fäulnis dieser Sklavenwelt entrissen hat, um die Elemente ursprünglicher Größe zu erneuern und in einer machtvollen Seele die Eigenschaften des Propheten und des Königs gleichzeitig zu vereinen.«

Aus diesem triumphierenden Selbstgespräch wurde Arbakes dadurch gerissen, dass man ihn aufforderte, bei der Gerichtsverhandlung über den Athener zu erscheinen.

Das blasse, abgezehrte Gesicht seines Opfers rührte ihn weniger als die Tatsache, dass der Athener die Nerven nicht verlor und mit unerschrockener Stirn vor seinen Richtern stand. Der Ägypter war ein Mensch, der Mitleid mit dem Unglück kaum kannte. Mut und Verwegenheit aber machten immer Eindruck auf ihn. Wenn uns Gefühlsbande mit andern Personen verknüpfen, so beruht das immer auf einer inneren Verwandtschaft dieser Person mit uns selbst. Ein Held vergießt keine Träne um das Unglück seines Feindes, wohl aber rührt ihn der Mut, mit dem der Feind sein Unglück trägt. Wir alle sind Menschen, und auch Arbakes hatte bei aller Lasterhaftigkeit seinen Anteil an den allen Menschen gemeinsamen Regungen, war ein Kind unserer gemeinschaftlichen Mutter, der Erde. Hätte der Ägypter von Glaucus das schriftliche Geständnis des Mordes erlangt, durch das dieser noch endgültiger als durch fremden Urteilsspruch aus Iones Herzen verbannt und jede Möglichkeit späterer Entdeckung vernichtet worden wäre, dann wäre der Ägypter nach allen Kräften bemüht gewesen, den Athener zu retten. Selbst jetzt war sein Hass fast erloschen, sein Verlangen nach Rache war befriedigt. Wenn er seinen Gegner zermalmte, so geschah es nicht aus Feindschaft, sondern weil er ein Hindernis auf seinem Weg war. Gleichwohl blieben Entschlossenheit, Schlauheit, Beharrlichkeit gleich, während er nach wie vor den Zweck verfolgte, einen Menschen zu verderben, dessen Tod zur Erreichung seiner Ziele notwendig war. Anscheinend mit Widerwillen und von Mitleid erfüllt, machte er vor Gericht seine Zeugenaussage. Gleichzeitig aber ließ er durch die Priester der Isis die Empörung des Volkes über den furchtbaren Priestermord schüren; denn je ungestümer das Volk den Tod des Mörders forderte, umso unmöglicher wurde es dem Senat, Milde walten zu lassen. Er hatte Julia besucht, hatte ihr mitgeteilt, was Nydia ihm gestanden hatte, und dadurch ohne Schwierigkeit die Gewissensbisse eingeschläfert, die das Mädchen vielleicht hätten veranlassen können, die wahre Ursache des Wahnsinns zu enthüllen, in den der Angeklagte verfallen war, und mithin sein Verbrechen zu mildern. Das war dem Ägypter umso leichter gewesen, weil ihr eitles Herz nicht die Person des Glaucus, sondern dessen Ansehen und Vermögen geliebt hatte. Für einen Entehrten hatte sie nichts mehr übrig, ja sie frohlockte fast über diese Entehrung, denn es war ja zugleich eine Demütigung der verhassten Ione. Wenn Glaucus nun auch nicht mehr ihr Sklave werden konnte, so blieb er auch nicht der Anbeter ihrer Nebenbuhlerin. Das war ein hinreichender Trost, der kein Mitleid mit seinem Schicksal aufkommen ließ. Flatterhaft und unbeständig wie sie war, lieh sie der ernsten Werbung des Clodius nun wieder ein geneigtes Ohr und mochte sich nicht der Gefahr aussetzen, durch ein Bekanntwerden ihrer früheren Dummheit und ihrer wilden Leidenschaft für einen andern die Hand dieses verkommenen, jedoch hochadligen Liebhabers zu verlieren. So verlief für den Ägypter alles nach Wunsch, der Athener aber schien verloren.

## KAPITEL XI

### NYDIA SPIELT DIE ZAUBERIN.

Als die Thessalierin dahinter kam, dass Arbakes nicht mehr zu ihr zurückkehrte, als sie Stunde um Stunde der für eine Blinde doppelt qualvollen Ungewissheit überlassen blieb, begann sie mit ausgestrecktem Arm einen Ausgang des Kerkers zu suchen. Als sie die einzige Tür verschlossen fand, schrie sie mit der ganzen Heftigkeit eines von Natur leidenschaftlichen, jetzt von Ungeduld und Angst zum Äußersten gereizten Temperaments.

»Ho, Mädchen«, sagte der Sklave, der Wache hielt, und öffnete die Tür, »hat dich die Tarantel gestochen? Oder glaubst du, wir stürben hier vor lauter Stille und wären nur, wie Jupiter als kleines Kind, durch recht tolles Geschrei zu retten?«

»Wo ist dein Herr und weshalb bin ich hier eingesperrt? Ich brauche Luft und Freiheit! Lass mich raus!«

»Ach, Kleine, kennst du denn Arbakes nicht genug, um zu wissen, dass sein Wille genauso viel gilt wie der des Kaisers? Er hat befohlen, dass du eingesperrt bleibst, also bleibst du eingesperrt, und ich bin dein Wächter. Luft und Freiheit kannst du nicht haben, aber etwas besseres, nämlich Essen und Wein.«

»Bei Jupiter«, rief das Mädchen händeringend, »und weshalb bin ich eingesperrt? Was kann der große Arbakes mit einem armseligen Ding wie mir im Schilde führen?«

»Das weiß ich nicht; vielleicht sollst du deiner neuen Herrin als Dienerin aufwarten. Sie ist heute hergebracht worden.«

»Was? Ione ist hier?«

»Ja, die arme Dame. Ich fürchte, es gefiel ihr nicht sonderlich. Doch beim Tempel Kastors, Arbakes ist sehr höflich gegen Frauen. Und die Dame ist sein Mündel, wie du weißt.«

»Kannst du mich zu ihr führen?«

»Sie ist krank, sie ist ganz außer sich vor Wut und Hass. Und dann habe ich auch keinen Befehl dazu erhalten. Ich denke mir niemals etwas. Als Arbakes mich zum Sklaven dieser Zimmer* machte, hat er gesagt: ›Ich habe dir bloß eine Anweisung zu geben: Solange du mir dienst, darfst du weder Ohren noch Augen noch Gedanken haben. Du darfst nur eine Eigenschaft haben: Gehorsam.‹«

»Aber was kann es schaden, wenn ich Ione sehe?«

»Das weiß ich nicht. Wenn es dir nur darum geht Gesellschaft zu haben, so will ich mit dir schwatzen, Kleine, denn ich bin immer so allein in meinem dunklen Cubiculum. Und überhaupt, du bist doch aus Thessalien. Kennst du nicht irgend so ein Zauberstückchen mit Messer und Schere? Verstehst du dich nicht ein bisschen aufs Wahrsagen? Die meisten deiner Landsleute tun das doch zum Zeitvertreib.«

»Still, Sklave, schwatz nicht so dumm, oder wenn du schwatzen willst, dann sag mir, was du von Glaucus gehört hast!«

»Ei, mein Herr ist zu der Gerichtsverhandlung gegangen, in der man dem Athener den Prozess macht. Glaucus wird schwer dafür büßen.«

»Büßen? Wofür?«

»Dafür, dass er den Priester Apaecides ermordet hat.«

»Ha!«, rief Nydia und drückte die Hände gegen die Stirn. »Davon habe ich wohl schon gehört, doch kein Wort verstanden. Wer will es wagen, ihm ein Haar zu krümmen?«

»Der Löwe, fürchte ich.«

»Schützende Götter! Was schwatzt du da Grässliches?«

»Je nun, wenn er schuldig befunden wird, dann dürfte man es wohl dem Löwen oder dem Tiger überlassen, das Urteil an ihm zu vollstrecken.«

Nydia schrie auf, als hätte ein Pfeil sie ins Herz getroffen. Sie stieß einen furchtbaren Schrei aus, fiel dem Sklaven zu Füßen und rief in einem Ton, der selbst diesem rauen Mann nahe ging:

»O sag mir, dass es nur Scherz von dir ist, dass es nicht wahr ist, sag es, sag es!«

»Wahrlich, ich versteh nichts vom Gesetz, blindes Mädchen. Vielleicht kommt es nicht so schlimm, wie ich glaube. Aber Arbakes ist der Ankläger, und das Volk verlangt ein Opfer für die Arena. So sei doch ruhig! Was geht es dich an, wie es dem Athener ergeht?«

»Das tut nichts zur Sache, jedenfalls ist er immer gütig zu mir gewesen. Du weißt also nicht, wie es ausgehen wird? Arbakes ist sein Ankläger? O Schicksalsfügung! Das Volk, das Volk, *diese* Menschen können doch sein Gesicht sehen! Wie können sie dann noch grausam gegen ihn sein? Aber war nicht selbst die, die ihn liebt, grausam gegen ihn?«

Mit diesen Worten ließ sie den Kopf auf die Brust sinken und verstummte. Heiße Tränen flossen über ihre Wangen, und wie sehr sich der Sklave auch freundlich um sie bemühte, sie ließ sich nicht trösten oder von ihrem gramvollen Sinnen ablenken.

Als der Sklave, durch häusliche Pflichten abberufen, das Zimmer verließ, begann Nydia nachzudenken. Arbakes war also der Ankläger des Glaucus, und Arbakes hielt sie hier gefangen. Deutete das nicht darauf hin, dass ihre Freiheit Glaucus vielleicht nützen konnte? Offenbar war sie in eine Falle gelockt worden und trug nun zur Vernichtung des Geliebten bei. Oh, wie sehnte sie sich nach Befreiung! Zum Glück für sie ging in dem Wunsch nach Freiheit jede andere Schmerzempfindung unter, und als sie nun über Mittel und Wege grübelte, wie sie entkommen konnte, gewann sie ihre Ruhe und Besonnenheit zurück. Sie besaß viel vom listigen Geschick ihres Geschlechts, und das war durch die langen Jahre der Sklaverei noch gesteigert worden. Und welchem Menschen, der des freien Willens beraubt ist, hätte es je an List gefehlt? Sie beschloss also, ihr Heil bei dem Wächter zu versuchen, und indem sie sich plötzlich an seine Frage nach ihren thessalischen Künsten erinnerte, hoffte sie, auf diesem Weg auf irgendeine Weise die Flucht zu bewerkstelligen. Unter angestrengtem Nachdenken verflossen ihr die letzten Stunden des Tages und die lange Nacht, und als sich Sosia am andern Morgen bei ihr einfand, lenkte sie das Gespräch, das der geschwätzige Mann bald schon mit ihr anfing, geschickt in das Fahrwasser, auf das dieser selbst schon hingesteuert hatte.

Im Übrigen war ihr klar, dass sie einen Fluchtversuch nur zur Nachtzeit ausführen konnte, und sie musste sich daher, so schmerzlich ihr dies auch war, bis dahin in Geduld fassen.

»Die Nacht«, sagte sie, »ist die einzige Zeit, wo wir das Schicksal richtig deuten können. Bei Nacht musst du zu mir kommen. Aber was willst du denn eigentlich wissen?«

»Bei Pollux, ich möchte so viel wissen wie mein Herr, aber das kann ich wohl nicht erwarten. So lass mich wenigstens wissen, ob ich so viel ersparen werde, dass ich mich freikaufen kann, oder ob der Ägypter mir die Freiheit umsonst geben wird. Manchmal tut er so etwas. Und dann möchte ich noch wissen, ob ich, falls mir dieses Glück zuteil wird, den hübschen Laden bei den *Myropolia** bekommen werde, auf den ich schon lange ein Auge geworfen habe. Der Handel mit Spezereien passt gut für einen freigelassenen Sklaven, der sich etwas von der Vornehmheit seines Gebieters angeeignet hat.«

»Gut, du willst auf diese Fragen eine genaue Antwort haben. Es gibt mehrere Wege, dich zufrieden zu stellen. Da ist zum Beispiel die Lithomanteia oder der sprechende Stein, der deine Fragen mit der Stimme eines Kindes beantworten wird, aber diesen kostbaren, seltenen Stein haben wir nicht bei der Hand. Da wäre dann noch die Gastromanteia. Dabei entwirft der Geist undeutliche, gespenstische Bilder ins Wasser, aus denen man die Zukunft liest. Aber es sind zu dieser Kunst besondere

Gläser nötig, in die man die geweihte Flüssigkeit tun muss, und die haben wir auch nicht hier. Ich glaube, am besten ließe sich dein Wunsch noch durch die Zauberei der Luft erfüllen.«

»Hoffentlich passiert dabei nichts Unheimliches«, antwortete Sosia zitternd, »ich bin nämlich kein Freund von Geistererscheinungen.«

»Sei ohne Furcht, sehen wirst du gar nichts; du kannst nur am Brodeln des Wassers hören, ob dein Wunsch in Erfüllung geht oder nicht. Kümmer dich zunächst darum, dass das Gartentor ein wenig offen steht, sobald der Abendstern aufgeht, damit der Geist verlockt wird, hereinzukommen, und stell zum Zeichen der Gastfreundschaft Früchte und Wasser neben das Tor. Komm dann drei Stunden nach der Dämmerung mit einer Schale kalten, frischen Wassers zu mir, dann sollst du alles erfahren, wie meine Mutter es mich nach thessalischer Weise gelehrt hat. Aber vergiss bloß die Gartentür nicht, alles hängt davon ab. Sie muss, wenn du zu mir kommst, schon drei Stunden offen gestanden haben.«

»Verlass dich auf mich«, antwortete der arglose Sosia. »Ich weiß, Leute von Stand haben es nicht gern, wenn man ihnen die Tür vor der Nase zumacht, wie es der Gastwirt oft bei mir tut. Ich weiß auch, ein angesehener Herr – und ein Geist muss doch wohl einer sein – wird sich andererseits über das kleinste Zeichen freuen, das auf Gastfreundschaft und Höflichkeit deutet. Einstweilen, mein liebes Kind, ist hier dein Frühstück.«

»Wie steht es bei der Gerichtsverhandlung?«

»Oh, die Anwälte sind noch nicht fertig, sie reden und reden; es wird wohl bis morgen dauern.«

»Bis morgen? Weißt du das sicher?«

»Die Leute sagen es.«

»Und Ione?«

»Bei Bacchus, der muss es wohl gut gehen! Sie hat es fertig gebracht, meinen Herrn heute derartig in Wut zu versetzen, dass er mit dem Fuß auf den Boden stampfte und sich in die Lippe biss. Ich sah ihn mit einem Gesicht wie sieben Tage Sturmwetter aus ihrem Zimmer kommen.«

»Ist ihr Zimmer hier in der Nähe?«

»Nein, im oberen Stockwerk. Aber jetzt kann ich hier nicht länger schwatzen. *Vale!*«

## KAPITEL XII

### EINE WESPE WAGT SICH IN DAS NETZ DER SPINNE.

Der Abend des zweiten Verhandlungstages war angebrochen, und es war um die Stunde, in der Sosia der gespenstischen Erscheinung gegenübertreten sollte, als durch die Gartentür, die der Sklave offen gelassen hatte, jemand hereinkam. Es war jedoch keiner von den geheimnisvollen Erd- oder Luftgeistern, sondern die wuchtige, höchst menschliche Gestalt des Isispriesters Calenus. Er beachtete kaum das anspruchslose Opfer, das Sosia für ausreichend gehalten hatte, den unsichtbaren Geist zum Eintritt zu bewegen: ein wenig gewöhnlichen Obsts und noch gewöhnlicheren Weins. »Ein Obolus für den Gott des Gartens«, dachte er. »Beim Haupt meines Vaters, wenn die Götter immer so schäbig bedient würden, dann täten sie besser, die Götterprofession an den Nagel zu hängen. Ach, wenn die Priester nicht wären, wäre es schlecht um die Götter bestellt. Nun zu Arbakes. Ich bewege mich jetzt auf Treibsand, aber vielleicht kommt eine Goldmine darunter zum Vorschein. Ich habe das Leben des Ägypters in der Hand. Wie viel wird es ihm wert sein?«

In solchem Selbstgespräch kam er durch den offenen Hof in das Peristyl, wo ein paar Lampen mit den Sternen der Nacht um die Oberhand stritten. Hier begegnete er unvermittelt dem Ägypter, der eben aus einem der Zimmer an der Seite der Kolonnade heraustrat.

»Hallo, Calenus! Suchst du mich?«, fragte er etwas konsterniert.

»Ja, weiser Arbakes, hoffentlich komme ich nicht ungelegen.«

»Nein, nein. Gerade erst hat mein Freigelassener Kallias zu

meiner Rechten dreimal genießt. Da wusste ich, dass mir noch etwas Gutes bevorstände. Und schau, schon schicken die Götter mir den Calenus.«

»Wollen wir in dein Zimmer gehen, Arbakes?«

»Wie du möchtest. Aber die Nacht ist heute klar und mild. Ich bin nach meiner letzten Krankheit noch etwas schwach, da tut die Luft mir gut. Lass uns im Garten auf und ab gehen, wir sind dort ebenso unter vier Augen.«

»Herzlich gern«, erwiderte der Priester. Und die beiden ›Freunde‹ gingen gemächlich zu einer der Terrassen, die durch den Garten führten, von Marmorvasen und schlummernden Blumen umsäumt.

»Eine prachtvolle Nacht«, sagte Arbakes, »lau und lieblich wie die, in der ich vor zwanzig Jahren zum ersten Mal die Gestade Italiens auftauchen sah. Calenus, wir werden langsam alt. Sehen wir zu, dass wir wenigstens sagen können, wir haben gelebt.«

»Du zumindest kannst das sagen«, entgegnete Calenus, der nach einer Gelegenheit suchte, das Geheimnis, das ihn bedrückte, zu offenbaren; zugleich fühlte er mehr als sonst jene ehrfurchtsvolle Scheu vor dem Ägypter, die dieser ihm immer einflößte und die sich mit jedem Wort verstärkte, das er im freundschaftlichen Ton würdevoller Herablassung zu ihm sprach. »Du zumindest kannst das sagen. Du bist sehr reich, hast einen Körper, dessen festes Gefüge jeder Krankheit trotzt, du hast Glück in der Liebe, Genuss ohne Grenzen, und in dieser Stunde wird dir auch noch der Triumph befriedigter Rache zuteil!«

»Du spielst auf den Athener an. Ja, morgen wird er zum Tode verurteilt werden. Der Senat lässt keine mildernden Umstände gelten. Aber du irrst dich, sein Tod hat für mich nur insofern Bedeutung, als ich dadurch von einem Nebenbuhler befreit werde, der Iones Herz besitzt. Ich hege kein anderes feindliches Gefühl gegenüber dem unglücklichen Totschläger.«

»Totschläger?«, wiederholte Calenus langsam und vielsagend, wobei er Arbakes fest ansah. Das fahle Licht der Sterne fiel voll auf das Gesicht des Mannes, der in ihnen zu lesen verstand, sie aber konnten in seinem Antlitz keine Veränderung wahrnehmen. Da schlug der Priester verwirrt und fast beschämt die Augen nieder und fuhr hastig fort: »Totschläger! Du tust gut daran, ihn des Mordes anzuklagen, doch niemand weiß besser als du, dass er unschuldig ist.«

»Sprich deutlicher«, versetzte Arbakes kalt, denn er hatte diesen Auftritt kommen sehen und sich schon dagegen gewappnet.

»Arbakes«, antwortete Calenus und senkte seine Stimme zum Flüstern, »ich war im heiligen Hain; ich saß hinter der Kapelle im Gebüsch versteckt. Ich habe alles gehört und gesehen! Ich war Zeuge, wie du Apaecides die Waffe ins Herz gestoßen hast. Ich tadle die Tat nicht, vernichtete sie doch einen Feind und Abtrünnigen.«

»So, du hast alles gesehen?«, antwortete Arbakes ganz ruhig. »Das dachte ich mir. Warst du allein?«

»Ganz allein«, antwortete Calenus, verdutzt über die Ruhe des Ägypters.

»Und warum hattest du dich zu jener Stunde hinter der Kapelle versteckt?«

»Weil ich vom Übertritt des Apaecides zum Glauben der Christen erfahren hatte, weil ich wusste, dass er an diesem Ort mit dem fanatischen Olinthus zusammentreffen wollte, um zu beraten, wie sie allem Volk die heiligen Mysterien unserer Göttin ausplaudern könnten. Ich wollte dahinter kommen und dann ihr schändliches Vorhaben vereiteln.«

»Hast du irgendwem anvertraut, was du gesehen hast?«

»Nein, Meister. Das Geheimnis ist in der Brust deines Dieners verschlossen.«

»Was denn, nicht einmal dein Vetter Burbo ahnt etwas davon? Komm, sag die Wahrheit!«

»Bei den Göttern … «

»Still, wir kennen uns. Was kümmern uns die Götter?«

»Nun gut, bei der Furcht vor deiner Rache, nein!«

»Und warum hast du dieses Geheimnis bis jetzt vor mir verschwiegen? Warum hast du bis zu dem Abend vor der Verurteilung des Atheners gewartet, ehe du mir zu sagen wagst, Arbakes sei ein Mörder? Und warum, nachdem du so lange gezögert hast, rückst du nun mit der Sprache heraus?«

»Weil … weil …«, stammelte Calenus unsicher und errötete verwirrt.

»Weil«, unterbrach ihn Arbakes mit einem feinen Lächeln und klopfte ihm freundschaftlich auf die Schulter, »weil du, Calenus – ich will jetzt einmal in deinem Herzen lesen und seine Motive untersuchen –, weil du warten wolltest, bis ich so tief in den Gerichtsprozess verwickelt wäre, dass mir kein Hintertürchen offen bliebe, wenn du gegen mich aufträtest. Es sollte so weit gekommen sein, dass ich in einem solchen Fall nicht nur selbst des Totschlags überführt würde, sondern dazu noch des Meineids und des Betrugs. Es sollte so weit gekommen sein, dass das Volk, dessen Blutdurst ich selber entfacht habe, durch keine Reichtümer, durch keine Macht der Welt davon abgebracht werden könnte, meinen Tod zu fordern, wenn Glaucus sich als unschuldig erwiese. Und du teilst mir dein Geheimnis jetzt mit, noch bevor die Verhandlung beendet und der Unschuldige verurteilt worden ist, um mir zu zeigen, dass ein Wort von dir genügt, um das kunstvolle Gewebe der Bosheit zu zerreißen, um mir in dieser letzten Stunde den Wert deines Schweigens recht eindringlich vor Augen zu stellen, um mich erkennen zu lassen, dass die List, mit der ich den Zorn des Volkes immer mehr angefacht habe, durch deine Aussage auf mein eigenes Haupt zurückfallen muss, dass sich dann der Rachen des Löwen nicht für Glaucus, sondern für *mich selbst* öffnen würde. Habe ich Recht?«

»Arbakes«, antwortete Calenus, den die gewöhnliche Frechheit seiner Natur völlig im Stich ließ, »du bist *wirklich* ein großer Zauberer. Du liest in einem Menschenherzen wie in einer offenen Schriftrolle.«

»Das ist mein Beruf«, antwortete Arbakes mit gutmütigem Lächeln. »Nun, halte deinen Mund, und wenn alles vorüber ist, will ich dich zum reichen Mann machen.«

»Entschuldige«, antwortete der Priester, dem die Habsucht, die höchste seiner Leidenschaften, rasch einflüsterte, sich in punkto Großmut nicht auf die *Zukunft* vertrösten zu lassen, »du sagtest vorhin sehr richtig, wir kennen einander. Wenn du willst, dass ich schweige, so musst du etwas im Voraus als Opfer für Harpokrates* entrichten. Wenn die Rose, das schöne Sinnbild der Verschwiegenheit, feste Wurzeln schlagen soll, musst du sie noch diese Nacht mit einem Strom von Gold begießen.«

»Sehr witzig und poetisch!«, antwortete Arbakes, noch immer in dem sanften Ton, der seinen erpresserischen Kumpan einlullte und ermutigte, während er ihn im Gegenteil hätte abschrecken und zur Vorsicht mahnen sollen. »Willst du nicht bis morgen warten?«

»Wozu dieser Aufschub? Wollte ich meine Aussage erst dann machen, wenn ich dadurch den Tod eines Unschuldigen nicht mehr abwenden kann, so würde ich mich der Schande aussetzen, und du würdest dann vielleicht mein Anrecht auf Belohnung vergessen. In der Tat scheint mir dein Zögern darauf hinzudeuten, dass ich in der Zukunft auf keinerlei Dankbarkeit deinerseits rechnen dürfte.«

»Gut denn, Calenus, wie viel soll ich dir also zahlen?«

»Dein Leben ist sehr kostbar, dein Reichtum unermesslich«, entgegnete der Priester grinsend.

»Immer witziger. Sprich dich ruhig aus, nenn die Summe!«

»Arbakes, ich habe gehört, du bewahrtest in deiner geheimen Schatzkammer unter den oskischen Säulen, auf denen dein prächtiges Haus steht, Haufen von Gold, Vasen und Juwelen, die mit den Schatzkammern des gottgleichen Nero wetteifern können. Ohne den Verlust zu empfinden, kannst du von diesem Haufen so viel wegnehmen, dass Calenus zum reichsten Priester von ganz Pompeji wird.«

»Komm, Calenus«, antwortete Arbakes in gewinnendem Ton und mit einer Miene von Offenheit und Großmut, »du bist ein alter Freund und warst mir immer ein treuer Diener. Es kann ebenso wenig dein Wunsch sein, mir das Leben zu nehmen, wie ich darauf aus sein kann, dir deinen Lohn vorzuenthalten. Du sollst mit mir in die Schatzkammer hinabsteigen, von der du gesprochen hast; du sollst deine Augen am Schimmer unzählbaren Goldes, am Funkeln unschätzbarer Edelsteine weiden, und noch heute Nacht kannst du als Lohn so viel wegtragen, wie du unter deinen Kleidern verbergen kannst. Wenn du erst einmal gesehen hast, wie reich dein Freund ist, dann wirst du einsehen, dass es eine große Torheit wäre, dich mit einem Mann zu entzweien, der so viel zu geben vermag. Wenn Glaucus nicht mehr ist, dann sollst du das Gewölbe noch einmal besuchen dürfen. Spreche ich offen und als Freund?«

»O größter und bester aller Menschen!«, rief Calenus, vor Freude fast weinend. »Kannst du mir meine kränkenden Zweifel an deiner Gerechtigkeit, deiner Großmut vergeben?«

»Still! Noch hier um die Biegung, und wir steigen zu den oskischen Gewölben hinab.«

## KAPITEL XIII

### DER SKLAVE BEFRAGT DAS ORAKEL. WER VERBLENDET IST, DEN KÖNNEN BLINDE AN DER NASE HERUMFÜHREN. ZWEI NEUE GEFANGENE IN EINER NACHT.

Ungeduldig wartete Nydia auf die Ankunft des nicht weniger gespannten Sosia. Nachdem der leichtgläubige Sklave seinen Mut durch ein paar kräftige Züge aus einem Krug besseren Weins, als er dem Geist geopfert, gestärkt hatte, schlich er in das Zimmer der Blinden.

»Nun, Sosia, bist du bereit? Hast du die Schale mit frischem Wasser?«

»Ja, aber ich habe ein bisschen Angst. Bis du sicher, dass ich den Geist nicht sehen werde? Ich habe mir sagen lassen, diese Herrschaften sähen nicht gerade anmutig aus und hätten auch kein sehr höfliches Benehmen.«

»Sei unbesorgt. Hast du auch die Gartentür ein wenig offen gelassen?«

»Ja, und ein paar schöne Nüsse und Äpfel auf ein Tischchen daneben gelegt.«

»Gut. Und die Tür steht auch jetzt noch offen, so dass der Geist herein kann?«

»Sicher.«

»Gut, dann öffne auch die Zimmertür ... genug, nur einen Spalt weit! Nun gib mir die Lampe, Sosia!«

»Was? Du willst sie doch nicht ausmachen?«

»Nein, aber ich muss meinen Zauber über dem Licht sprechen. In dem Feuer wohnt nämlich auch ein Geist. Setz dich.«

Der Sklave gehorchte. Nydia bückte sich schweigend eine Zeit lang über die Lampe, dann stand sie auf und sang mit leiser Stimme zu einer volkstümlichen Melodie folgende simple Verse:

### ANRUFUNG DES LUFTGEISTES

Gleich geliebt von Well' und Wind
War noch stets Thessaliens Kind;
Zauberkräft' ist uns verliehen,
Die den Mond vom Himmel ziehen;
All der Parsen Wunderkraft,
Ganz Ägyptens Wissenschaft
Ward geschöpft aus Lied und Blume,
Uns zum stillen Eigentume.

Geist der unsichtbaren Luft,
Höre, was die Blinde ruft:
Bei Erichthos Kunst, die goss
Lebenstau in Todes Schoß;
Bei dem König Ithakas,
Der den hellen Quell im Gras
Zur Prophetenstimme zwang;
Bei des Musensohns Gesang,
Der dem dunklen Schattenland
Einst Eurydike entwandt;

Bei Medeas Zauberspruch
Nach des Jason Treuebruch:
Geistin in der hohen Luft,
Höre eine, die dich ruft!

Hauch in dieses volle Erz
Und verkünd' dem bangen Herz
Der verhüllten Dinge Los
In der Zukunft finstrem Schoß.
Geist, von wilder Luft umweht,
Höre, was die Blinde fleht.
Komm, ach komm!

Keinem Gott des Weltenrunds,
Nicht der Fürstin Amathunts,
Nicht dem Herrn der Sonnenpracht,
Nicht der Dreigestalt der Nacht,
Noch dem Gott des Donnerkeils
Bring ich frommem Wunsch des Heils,
Komm, o komm!

»Jetzt kommt der Geist *ganz* bestimmt«, sagte Sosia, »ich fühle schon, wie er über mein Haar hinstreicht.«

»Stell die Schale mit Wasser auf den Boden. So, nun gib mir dein Tuch, dass ich dir die Augen verbinden kann.«

»Hoho! Ist das immer noch Mode bei diesen Beschwörungen? Aber nicht so fest! Ein wenig lockerer!«

»So, kannst du noch sehen?«

»Sehen? Beim Jupiter, nichts als Schwärze.«

»Stell dann beliebige Fragen an den Geist, mit leiser Stimme und dreimal. Hörst du das Wasser sieden und brodeln, dann ist das eine bejahende Antwort. Wenn die Fragen verneint werden, bleibt das Wasser ganz still.«

»Aber du spielst mir doch hoffentlich keinen Streich mit dem Wasser, oder?«

»Ich kann ja die Schale zwischen deine Füße stellen, so. Jetzt kannst du beruhigt sein; du würdest es merken, wenn ich sie nun noch einmal berühre.«

»Sehr gut! Und nun, Bacchus, steh mir bei! Du weißt, ich habe dich immer mehr geliebt als alle andern Götter, und ich will dir den Silberbecher schenken, den ich voriges Jahr dem dicken *Carptor,* dem Kellermeister, gestohlen habe; nur musst du bei diesem Geist, der das Wasser liebt, ein gutes Wort für mich einlegen. Und du, o Geist, hör zu und erhöre mich! Werde ich im nächsten Jahr in der Lage sein, mich freizukaufen? Du weißt es, du lebst doch in der Luft, und da werden dir wohl die Vögel* alle Geheimnisse des Hauses verraten haben. Seit drei Jahren habe ich alles stibitzt und beiseite geschafft, worauf ich ehrlicherweise, das heißt, ohne mich erwischen zu lassen, die Hand legen konnte. Aber trotz aller Mühe fehlen mir an der nötigen Summe noch zweitausend Sesterzen. Wird es mir möglich sein, guter Geist, diesen Fehlbetrag noch im Laufe dieses Jahres herbeizuschaffen? Sprich! Ha, brodelt das Wasser? Nein, alles ist still wie im Grab. Gut denn, geht's in diesem Jahr nicht, so geht's vielleicht in zwei Jahren, oder? Aha, jetzt hör ich was. Der Geist kratzt an der Tür, gleich wird er hier sein. In zwei Jahren, nicht wahr, mein gutes Bürschchen? Komm schon, in zwei Jahren, oder? Das ist doch noch eine angemessene Zeit. Was, es brodelt immer noch nicht? Zweieinhalb ... drei ... vier? Soll dich der Pluto holen, Freund Geist! Du bist keine Sie, das ist klar, sonst könntest du nicht solange das Maul halten. Fünf ... sechs ... sechzig Jahre? Oh, soll dich der Pluto holen, ich geb das Fragen auf!« Und wütend stieß Sosia das Wasser um, das ihm darauf über die Beine lief. Dann wickelte er mit großer Mühe und manchem Fluch den Kopf aus dem Tuch heraus, in das er völlig eingewickelt war, sah sich um und merkte, dass er im Finstern saß.

»Was ist das! Nydia, die Lampe ist weg. Aha, und du auch, du Verräterin; aber ich werde dich schon kriegen, und dann sollst du mir büßen!«

Der Sklave tappte zur Tür; sie war von außen verriegelt. Er war also an Nydias Stelle gefangen. Was konnte er tun? Laut zu klopfen oder zu rufen wagte er nicht, denn Arbakes hätte ihn hören und entdecken können, dass er sich hatte übertölpeln lassen. Und Nydia war inzwischen sicherlich schon zur Gartentür hinaus und setzte draußen ihre Flucht fort.

»Aber sie wird nun nach Hause gehen«, dachte er, »oder sich sonst wo in der Stadt rumtreiben. Morgen, wenn bei Tagesanbruch die Sklaven im Peristyl aufräumen, kann ich mich bemerkbar machen; dann kann ich hinaus und mich auf die Suche nach ihr machen. Ich werde sie sicher finden und zurückbringen, ehe Arbakes ein Wort davon erfährt. Ja, das ist das Beste. Du kleine Verräterin, mir juckt die Hand nach dir! Und mir nur eine Schale Wasser zu lassen. Wenn es wenigstens Wein wäre, dann möcht's noch hingehen.«

Während der überlistete Sosia so sein Schicksal bejammerte und alle möglichen Pläne schmiedete, wie er Nydia wieder einfangen könne, war die Blinde mit jener Sicherheit und Geschwindigkeit, die wir an ihr schon kennen, durch das Peristyl gelaufen, war auf dem gegenüberliegenden Gang nach dem Garten geeilt und war eben klopfenden Herzens dabei, auf die Gartentür zuzugehen, als sie Schritte hörte und die Stimme des gefürchteten Ägypters erkannte. Verwirrt und erschrocken blieb sie einen Augenblick stehen; dann fiel ihr plötzlich ein, dass es hier noch einen andern Gang gab, der gewöhnlich nur von den schönen Teilnehmerinnen an Arbakes' Orgien benutzt wurde. Dieser Weg führte am Fundament des Hauses entlang zu einer Pforte, die ebenfalls in den Garten mündete. Vielleicht fügte es das Glück, dass auch diese offen stand. Bei diesem Gedanken machte die Flüchtige rasch kehrt, stieg die schmale Treppe zur rechten Hand hinab und stand bald am Ende des Gangs. Doch ach, die Tür hier war verschlossen. Noch tastete sie mit den Händen daran, um ganz sicherzugehen, da hörte sie hinter sich erneut die Stimme von Calenus und die des Ägypters, die ihm leise Antwort gab. Sie konnte nicht hier stehen bleiben, denn möglicherweise kamen die beiden auf diese Tür zu. Sie hastete weiter und merkte, dass sie nun in einen Bereich geraten war, wo sie sich noch nicht auskannte. Die Luft war dumpf und kalt, und das beruhigte sie, denn sie nahm an, sich im Keller des weitläufigen Hauses zu befinden, den der stolze Besitzer wohl kaum aufsuchen würde; da vernahm ihr feines Ohr aufs Neue Schritte und Stimmen. Die Arme vor sich ausgestreckt, flüchtete sie wieder und stieß jetzt häufig gegen dicke, wuchtige Pfeiler an. Doch mit dem ihr eigenen feinen Gefühl, das durch die Furcht noch verschärft wurde, entging sie jeder Gefahr und setzte ihren Weg fort, während die Luft ringsum immer feuchter und modriger wurde. Doch so oft sie stehen blieb, um Atem zu holen, so oft hörte sie auch die Schritte und das leise Flüstern von Stimmen hinter sich. Endlich stieß sie an eine Mauer, wo der Weg nicht weiterzuführen schien. War kein Versteck für sie da, keine Nische, keine Grube? Ach, nirgends fand sie einen Schlupfwinkel. Sie machte Halt und rang verzweifelt die Hände; aber durch die nahenden Stimmen aufgeschreckt, eilte sie an der Wand entlang, stolperte plötzlich und fiel zu Boden, wobei sie gegen einen der hier und dort aufragenden Strebepfeiler stieß. Obgleich sie eine nicht unbeträchtliche Beule davontrug, unterdrückte sie doch jeden Schmerzensschrei; ja, sie segnete den Unfall sogar, denn sie war dadurch hinter eine Art Schutzwand geraten, wo sie wenigstens von der einen Seite her nicht gesehen werden konnte, wenn sie sich dicht in die von dem Pfeiler gebildete Ecke drückte. Hier machte sie sich nun so klein wie nur möglich und wartete atemlos ab, was geschehen würde.

Unterdessen näherten sich Arbakes und der Priester der geheimen Kammer, wo nach der Versicherung des Ägypters die unermesslichen Schätze liegen sollten. Die beiden Männer waren hier in einer großen unterirdischen Halle; die niedrige Decke ruhte auf kurzen, dicken Pfeilern, deren Konstruktion aber gegen die griechische Anmut dieser verfeinerten Epoche weit zurückstand. Das einzige Licht, eine kleine Lampe, die Arbakes in der Hand hielt, beleuchtete nur schwach die nackten, rissigen Wände, deren Quadersteine ohne Mörtel auf bizarre, kunstlose Weise zusammengefügt waren. Das aufgestörte Gewürm starrte die Eindringlinge stumpf an und verkroch sich dann im Schatten der Mauern.

Calenus schauderte, als er sich umsah und die stickige, ungesunde Luft atmete.

»Und doch bergen diese rauen Wände«, sagte Arbakes, der das Schaudern seines Begleiters bemerkt hatte, lächelnd, »alles, wovon die Pracht der Hallen dort oben bestritten wird. Sie gleichen den Arbeitern auf Erden: wir verachten sie ihrer unansehnlichen Erscheinung wegen, und doch geben sie eben dem Stolz, der so vornehm auf sie herabblickt, seine Nahrung.«

»Und wohin führt der dunkle Gang zur Linken?«, fragte Calenus. »Er scheint in dieser Finsternis ohne Grenze, als ob er sich nach dem Hades hinwände.«

»Im Gegenteil, dieser Gang führt wieder zum Tageslicht«, antwortete Arbakes leichthin. »Wir müssen uns rechts halten.«

Die Halle teilte sich, wie viele überirdische Hallen Pompejis, am Ende in zwei Flügel oder Gänge, die in Wirklichkeit nicht sehr geräumig waren, dem Auge aber infolge des hier herrschenden Dunkels, das die Lampe nicht zu durchdringen vermochte, ungeheuer groß vorkamen. Gegen den rechten dieser *Alae* lenkten die beiden nun ihre Schritte.

»Der muntere Glaucus wird morgen in ein Gemach kommen, das nicht viel trockener, aber längst nicht so geräumig ist«, sagte Calenus, als sie an der Stelle vorbeikamen, wo die Thessalierin im Schatten eines breiten, weit vorspringenden Pfeilers kauerte.

»Jawohl, aber ein umso trockeneres und größeres wird ihm am folgenden Tag in der Arena zur Verfügung stehen. Und wenn ich so bedenke«, sagte Arbakes langsam und bedeutungsvoll, »dass ein Wort von dir ihn retten und mich zu seinem Schicksal verurteilen könnte.«

»Dieses Wort wird nie gesprochen werden«, versicherte Calenus.

»Richtig, Calenus!«, antwortete Arbakes und legte vertraulich den Arm um die Schulter des Priesters. »Es wird nie gesprochen werden. Und jetzt … halt, wir sind vor der Tür.«

Das Licht fiel flackernd auf ein tief in die Mauer eingelassenes, durch viele eiserne Beschläge und Bänder gesichertes Pförtchen. Arbakes zog nun aus dem Gürtel einen kleinen Ring, an dem drei oder vier kurze, starke Schlüssel hingen. Oh, wie klopfte dem habgierigen Priester das Herz, als er das rostige Schloss knarren hörte, als weigerte es sich, jemand zu den Schätzen hineinzulassen, die es bewachte.

»Tritt ein, mein Freund«, sagte Arbakes. »Ich will die Lampe in die Höhe halten, damit deine Augen sich an den Goldbergen weiden können!«

Der Gierige ließ sich das nicht zweimal sagen; geschwind trat er durch die Tür.

Kaum aber war er über die Schwelle, da gab Arbakes ihm einen kraftvollen Stoß.

»Das Wort wird nie gesprochen werden!«, rief er mit einem lauten, frohlockenden Gelächter und schloss rasch die Tür hinter dem Priester.

Calenus war mehrere Stufen hinabgestürzt; doch ohne in diesem Augenblick den Schmerz des Falls zu fühlen, sprang er sofort wieder auf die Beine und eilte zur Tür zurück. Mit geballter Faust schlug er dagegen, und mit einer Stimme, die in verzweifelter Todesangst mehr dem Geheul eines Tieres als menschlichen Lauten glich, schrie er: »Lass mich raus, lass mich raus, ich will kein Gold mehr haben!«

Die Worte drangen nur undeutlich durch die massive Tür. Arbakes lachte von neuem. Dann stampfte er heftig mit dem Fuß auf, vor Freude vielleicht, dass er nun seiner lange unterdrückten Wut die Zügel schießen lassen konnte.

»Alles Gold Dalmatiens«, rief er, »wird dir keine Brotkruste mehr erkaufen. Verhungere, du Wicht! Deine Todesschreie werden nicht einmal ein Echo finden, und kein Lüftchen wird, wenn du dir im grimmigen Hunger die Knochen benagst, vom Tod eines Menschen künden, der Arbakes bedroht hat, der Arbakes hätte vernichten können! Gehab dich wohl!«

»Erbarmen, Gnade! Unmenschlicher Schurke. Also deshalb hast du … «

Den Rest des Satzes hörte der Ägypter nicht mehr. Er kehrte langsam in die düstere Halle zurück. Eine aufgedunsene, unförmige Kröte lag regungslos auf seinem Weg. Die Strahlen der Lampe fielen auf den hässlichen Körper und das rote, aufwärtsgerichtete Auge. Arbakes wich aus, um ihr keinen Schaden zuzufügen.

»Du bist ekelhaft und widrig«, murmelte er, »aber du kannst mir nichts anhaben; darum bist du sicher auf meinem Pfad.«

Das Geschrei von Calenus drang, wenn auch gedämpft durch die Wände, die ihn umschlossen, doch noch schwach an das Ohr des Ägypters. Er hielt inne und lauschte gespannt.

»Das ist unangenehm«, dachte er, »nun kann ich nicht reisen, ehe nicht diese Stimme auf ewig verstummt ist. Meine Vorräte und Schätze liegen zwar nicht in diesem Verlies, sondern im gegenüberliegenden Flügel, aber meine Sklaven dürfen, wenn sie die Keller ausräumen, diese Stimme nicht hören. Doch das macht ja weiter nichts! Wenn er in drei Tagen noch am Leben ist, dann wird, beim Bart meines Vaters, sein Geschrei weit schwächer geworden sein; man wird den Schurken kaum noch durch die Wände seines Grabes hören können. Bei Isis, es ist kalt. Ich sehne mich nach einem ordentlichen Schluck gewürzten Falerners.«

Damit hüllte sich der reuelose Ägypter dichter in sein Gewand und eilte nach der frischen Luft empor.

## KAPITEL XIV

### NYDIA WENDET SICH AN CALENUS.

Was für grässliche Worte hatte Nydia da gehört! Und doch waren es auch Worte der Hoffnung gewesen. Am folgenden Tag sollte Glaucus verurteilt werden, aber ein Mensch lebte noch, der ihn retten, der das Schicksal, das Glaucus drohte, auf Arbakes abwenden konnte; und dieser Mensch befand sich nur wenige Schritte von ihrem Versteck! Sie hörte ihn schreien, fluchen, beten, wenn seine Stimme auch nur dumpf ihr Ohr erreichte. Er war eingekerkert, aber sie kannte dieses Geheimnis und wusste auch, weshalb er eingesperrt worden war. Wenn es ihr gelang zu entschlüpfen, dann konnte sie zum Prätor laufen, und es war immer noch möglich, den Gefangenen rechtzeitig ans Tageslicht zu bringen und Glaucus dadurch zu retten. Das Übermaß an Aufregung drohte sie zu ersticken; Schwindel befiel sie; sie hatte das Gefühl, als müsste sie ohnmächtig werden. Aber sie raffte sich gewaltsam auf und beherrschte sich wieder. Als sie ein Weilchen aufmerksam gelauscht und sich vergewissert hatte, dass Arbakes den Keller ihr und der Einsamkeit überlassen hatte, schlich sie, ihrem scharfen Gehör folgend, zu der Tür, die sich hinter Calenus geschlossen hatte. Hier hörte sie deutlicher seine Schreckensrufe und sein Gejammer. Dreimal versuchte sie mit ihm zu sprechen, und dreimal vermochte sie nicht laut genug zu rufen, um durch die dicken Bohlen der Tür hindurch von ihm gehört zu werden. Endlich fand sie das Schloss, an dessen Schlüsselloch sie die Lippen legte; und nun hörte der Gefangene deutlich seinen Namen von einer sanften Stimme gesprochen.

Sein Atem stockte, sein Haar sträubte sich. Welches übernatürliche Wesen mochte in seine furchtbare Einsamkeit gedrungen sein? »Wer ist da?«, rief er, in neuen Schrecken versetzt, »welches Gespenst, welche schreckliche *Larva* ruft den verlorenen Calenus?«

»Priester«, antwortete die Thessalierin, »ohne Wissen des Arbakes fügten es die Götter, dass ich Zeugin seines Verbrechens wurde. Wenn ich nun selbst aus diesen Mauern flüchten kann, kann ich dich retten. Aber lass deine Stimme durch diese kleine Öffnung an mein Ohr gelangen und antworte auf meine Fragen.«

»Gesegneter Geist«, rief der Priester frohlockend, Nydias Anweisung befolgend, »rette mich, und ich will sogar die heiligen Altargefäße zu Geld machen, um deinen Dienst zu belohnen.«

»Ich will dein Geld nicht, ich will dein Geheimnis. Habe ich richtig gehört? Kannst du den Athener von der tödlichen Anklage entlasten?«

»Das kann ich, das kann ich! Mögen die Furien den niederträchtigen Ägypter vor sich her jagen! Hat er mich doch in diesen Kerker gelockt, um mich verhungern und verfaulen zu lassen.«

»Der Athener ist des Mordes angeklagt, kannst du die Anklage entkräften?«

»Befreie mich nur, und er wird ebenso sicher sein wie der stolzeste Mann von Pompeji. Ich habe die Tat mit angesehen, ich habe gesehen, wie Arbakes den Dolchstoß geführt hat! Ich kann beweisen, wer der wahre Mörder ist, und meine Aussage wird den Schuldlosen von der Anklage entlasten. Aber wenn ich umkomme, stirbt auch er. Liegt dir daran, ihn zu retten, dann rette mich, gesegnete Fremde! In meinem Herzen ist die Urne, die ihn verurteilt oder freispricht.«

»Und willst du bedingungslos gestehen und beschwören, was du weißt?«

»Ob ich will? Und wäre die Hölle unter meinen Füßen, jawohl! Ich will Rache an dem falschen Ägypter, Rache, Rache, Rache!«

Zähneknirschend stieß Calenus diese Worte aus, und Nydia fühlte, dass gerade in seiner Wut und Bosheit die sicherste Gewähr für die Rettung des Atheners lag. Ihr Herz schlug heftig. War ihr wirklich das stolze Los beschieden, ihren Abgott, den Mann, den sie anbetete, zu retten? »Genug«, sagte sie. »Die Mächte, die mich hierher geführt haben, werden mich auch weiterhin leiten. Ja, ich glaube bestimmt, dass ich dich befreien kann. Hab Geduld und verlier die Hoffnung nicht!«

»Aber sei auf der Hut, sei klug, süßes, unbekanntes Wesen! Wende dich nicht etwa an Arbakes, der ist aus Stein. Geh zum Prätor, sag ihm, was du nun weißt. Veranlasse, dass eine Hausdurchsuchung angeordnet wird. Bring Soldaten und sachkundige Schlosser mit, denn diese Riegel sind außerordentlich stark. Die Zeit vergeht, ich könnte verhungern, wenn du dich nicht beeilst. Geh, geh! Doch halt! Es ist schrecklich, allein zu sein; die Luft ist wie in einer Totengruft und Skorpione gibt es hier – ha! Und die bleichen *Larvae!* O bleib lieber, bleib!«

»Nein, nein«, rief Nydia, und seine Furcht stimmte auch sie wieder ängstlich, sie sehnte sich danach, ihre Gedanken zu sammeln, »nein, wenn ich dich retten soll, muss ich fort. Die Hoffnung sei deine Gefährtin, lebe wohl.«

Mit diesen Worten schlüpfte sie fort und tappte mit ausgestreckten Armen an den Pfeilern hin, bis sie die entgegengesetzte Wand der Halle und das Ende des nach oben führenden Ganges erreicht hatte. Dort machte sie Halt, denn sie sagte sich, dass es sicherer wäre, wenn die Nacht so weit fortgeschritten war, dass im Haus alles in Schlaf lag. So legte sie sich abermals hin und zählte die trägen Minuten. Ihr Herz war voll von Zuversicht und Freude: Glaucus schwebte in Todesgefahr, aber *sie* würde ihn retten!

## KAPITEL XV

### ARBAKES UND IONE. NYDIA GELANGT IN DEN GARTEN. WIRD SIE ENTKOMMEN UND DEN ATHENER RETTEN?

Nachdem Arbakes sein Blut durch einen ausgiebigen Schluck jenes gewürzten, blumigen Weines erwärmt hatte, der damals bei den Schwelgern so sehr beliebt war, fühlte er sich in außergewöhnlich gehobener Stimmung. Die triumphierende Klugheit führt einen Stolz mit sich, der auch dann kraftvoll durchbricht, wenn sie einem verbrecherischen Gegenstand gewidmet war. Unsere eitle Menschennatur weidet sich an dem Bewusstsein überlegener List und selbsterrungener Erfolge, erst später kommt die furchtbare Gegenwirkung der Reue.

Reue war jedoch eine Empfindung, die ein Arbakes wohl kaum über das Schicksal eines Calenus empfinden konnte. Er verbannte aus seinem Gedächtnis jeglichen Gedanken an die langsame Todesqual des Priesters; und nur das Gefühl, dass eine große Gefahr abgewandt und ein Mensch für immer mundtot gemacht worden war, der sich als sein Feind hätte erweisen können, blieb von diesem Geheimnis noch in seiner Seele zurück. Das einzige, was noch zu tun war, den übrigen

Priestern das plötzliche Verschwinden des Calenus zu erklären, konnte nicht schwer fallen. Calenus war oft von ihm mit religiösen Aufträgen in die Nachbarstädte geschickt worden. Er brauchte nur zu behaupten, er habe ihn auch jetzt mit einem solchen Auftrag weggeschickt, etwa um dem Isistempel in Stabiae oder Neapolis Sühneopfer wegen des am Priester Apaecides verübten Mordes zu überbringen. Sobald Calenus den Tod gefunden hatte, konnte die Leiche noch vor der Abreise in den Sarnus versenkt werden; und wenn sie je dort entdeckt werden sollte, dann fiele der Verdacht auf die gottlosen Nazarener und würde als ein Racheakt für den Tod des Olinthus in der Arena ausgelegt. Als Arbakes diese Pläne geschmiedet hatte, durch die er sich zu schützen können glaubte, verbannte er die letzte Erinnerung an den unglücklichen Priester aus seinem Gemüt und wandte, ermutigt durch den Erfolg, der in letzter Zeit alle seine Pläne gekrönt hatte, seine Gedanken der schönen Neapolitanerin zu. Das letzte Mal, als er bei ihr gewesen war, hatte sie ihn mit bitterem Spott und vorwurfsvollem Hohn, der seinem Stolz schwere Wunden schlug, von sich getrieben. Jetzt fühlte er sich stark genug, noch einmal zu ihr zu gehen; denn in seiner Leidenschaft für sie unterschied er sich wenig von anderen Menschen. Es trieb ihn immer wieder zu ihr, obgleich sie ihn erzürnte und demütigte. Aus Rücksicht auf ihre Trauer behielt er die dunklen, schlichten Kleider an, träufelte jedoch neues Parfüm in sein rabenschwarzes Haar und legte die Tunika in die anmutigsten Falten. Bevor er bei Ione eintrat, fragte er draußen die Dienst tuende Sklavin, ob die Herrin schon zur Ruhe gegangen sei. Als er hörte, dass sie noch wach, außergewöhnlich ruhig und sehr gefasst sei, wagte er es einzutreten. Sein schönes Mündel saß an einem Tisch und stützte das Gesicht nachdenklich in beide Hände. Aber ihr Gesicht hatte nicht den offenen und psycheähnlichen Ausdruck wacher Intelligenz, der eine ausgeglichene Seele verrät, die mit sich im Reinen ist. Ihr Mund war halb geöffnet, ihr Auge wirr und blickte wie abwesend vor sich hin, und das lange, schwarze Haar, das nachlässig und lose am Nacken herabhing, ließ die Wangen, die schon an Rundung eingebüßt hatten, noch bleicher erscheinen.

Arbakes musterte sie ein Weilchen, dann trat er näher. Sie blickte auf, und als sie sah, wer hereingekommen war, schloss sie rasch die Augen und verzog schmerzhaft das Gesicht, rührte sich aber nicht.

»Oh«, sagte Arbakes leise und ernst, während er respektvoll, ja fast unterwürfig vortrat und sich ein wenig entfernt vom Tisch hinsetzte, »oh, könnte doch mein Tod deinen Hass auslöschen, freudig wollte ich sterben! Du tust mir bitter Unrecht, Ione! Doch dieses Unrecht will ich ohne Murren hinnehmen, lass mich dich nur von Zeit zu Zeit sehen. Beschimpfe mich, mache mir Vorwürfe, meinetwegen verachte mich auch, ich will es ertragen lernen. Selbst das bitterste Wort von dir ist mir süßer als die schönsten Lautenklänge. Wenn du schweigst, ist mir, als stände die Welt still, als stockten ihres Herzens Fibern. Ohne das Licht deines Antlitzes, ohne den Wohllaut deiner Stimme gibt es für mich keine Erde und kein Leben.«

»Gib mir meinen Bruder und meinen Bräutigam wieder!«, sagte Ione ruhig, in bittendem Ton, und ein paar große Tränen rollten unbeachtet ihre Wangen hinunter.

»Oh, dass ich dir den einen wiederbringen und den andern retten könnte!«, antwortete Arbakes mit geheuchelter Ergriffenheit. »Ja, um dich glücklich zu machen, würde ich meiner unglücklichen Liebe entsagen und deine Hand mit Freuden in die des Atheners legen! Vielleicht kommt er noch ohne Schmach und Schande aus der Gerichtsverhandlung heraus.« (Arbakes hatte Ione nicht wissen lassen, dass der Prozess bereits begonnen hatte.) »In diesem Fall soll es bei dir liegen, ihn freizusprechen oder zu verdammen. Und sei versichert, Ione, ich werde dich dann mit keinem Wort von Liebe mehr behelligen. Ich weiß, es wäre umsonst. Nur weinen, nur klagen lass mich bei dir. Vergib mir, dass ich dir Gewalt antun wollte, ich habe es tief bereut, ich werde dir nie mehr zu nahe treten. Lass mich dir nur sein, was ich dir einst war: ein Freund, ein Vater, ein Beschützer. Ach, Ione, sei großmütig und vergib mir!«

»Ich vergebe dir. Rette nur Glaucus, und ich will ihm sogar entsagen. O mächtiger Arbakes, du hast viel Macht im Guten und im Bösen. Rette den Athener, und die arme Ione wird ihn nie wieder sehen!« Schwach und zitternd erhob sie sich bei diesen Worten, fiel zu seinen Füßen nieder und umschlang seine Knie. »Wenn du mich wirklich liebst, wenn du menschliches Empfinden in dir hast, dann denk an die Asche meines Vaters, denk an meine Kindheit, denk an all die Stunden, die wir glücklich miteinander verlebt haben, und rette meinen Glaucus!«

Arbakes wurde am ganzen Leib wie von Krämpfen geschüttelt, und in seinen Zügen spiegelte sich ein furchtbarer Widerstreit ab; er wandte das Gesicht zur Seite und sprach mit hohler Stimme: »Wenn ich ihn retten könnte, ich würde es tun, noch jetzt. Doch das römische Gesetz kennt kein Erbarmen. Wenn es mir aber *dennoch* glückte, wenn ich ihn vom Tod retten und befreien *könnte,* würdest du dann die Meine werden, meine Braut?«

»Die Deine?«, wiederholte Ione und stand auf. »Deine Braut? Noch ist meines Bruders Blut nicht gerächt. *Wer* hat ihn erschlagen? O Nemesis! Kann ich die heilige Pflicht, die du mir auferlegst, preisgeben, sei es auch um das Leben von Glaucus? Arbakes, die *Deine?* Niemals!«

»Ione, Ione!«, rief Arbakes leidenschaftlich aus. »Wozu diese rätselhaften Worte? Weshalb verbindest du meinen Namen in einem Atemzug mit dem Tod deines Bruders?«

»In meinen Träumen vermischen sich beide, und Träume kommen uns von den Göttern!«

»Hirngespinste! Wegen eines Traums willst du dem Unschuldigen Unrecht tun, willst du die einzige Möglichkeit von dir weisen, deinem Geliebten wenigstens das Leben zu retten?«

»Hör gut zu!«, entgegnete Ione mit entschlossener, feierlicher Stimme. »Wenn Glaucus durch dich gerettet wird, will ich nie als Braut in sein Haus einziehen. Aber den Abscheu vor der Vermählung mit einem andern kann ich nicht überwinden! Deine Frau kann ich nicht werden. Unterbrich mich nicht, und merk dir eins, Arbakes: Wenn Glaucus stirbt, so mache ich am selben Tag alle deine Künste zuschanden und lasse dir nur meinen Staub! Du magst Messer und Gift aus meiner Reichweite entfernen, du kannst mich auch einkerkern und in Fesseln legen. Einer tapferen Seele, die entschlossen ist, sich loszureißen, fehlt es nie an Mitteln. Mit diesen Händen, sind sie auch nackt und unbewaffnet, will ich die Bande des Lebens zerreißen. Und legst du mir Fesseln an, so werden diese Lippen der Luft den Zugang verwehren. Du bist belesen, du weißt, dass manche Frau eher gestorben ist, als dass sie sich entehren ließ. Geht Glaucus unter, so will ich nicht in Schmach hinter ihm zurückbleiben. Bei allen Göttern des Himmels, des Meeres und der Erde, ich weihe mich dem Tod! Das ist mein letztes Wort!«

Hoch, stolz, ihre Gestalt wie eine Begeisterte über das gewöhnliche Maß emporreckend, erfüllte Ione durch Stimme und Haltung den Mann, der ihr zuhörte, mit Ehrfurcht.

»Tapferes Herz!«, rief er nach einer kurzen Pause. »Du bist in der Tat würdig, die Meine zu werden. Oh, wie oft habe ich davon geträumt, mit einer so erhabenen Seele mein erhabenes Schicksal zu teilen, aber nie habe ich sie gefunden, erst jetzt in dir, Ione«, fuhr er rasch fort. »Siehst du denn nicht ein, dass wir füreinander geschaffen sind? Erkennst du in meiner hohen, nur sich selbst gehorchenden Seele nicht etwas, das deiner Energie und deinem Mut verwandt ist? Wir sind dazu bestimmt, unsere Sympathien zu vereinigen, wir sind dazu geschaffen, dieser abgenutzten, grobschlächtigen Welt einen neuen Geist einzuhauchen, wir sind zu den gewaltigen Zwecken geschaffen, die meine Seele, das Dunkel der Zeit durchdringend, mit prophetischem Auge voraussieht. Mit einer Entschlossenheit, die der deinen ebenbürtig ist, trotze ich deiner Drohung unrühmlichen Selbstmords. Ich grüße dich als die Meine! Königin von Welten, die der Fittich des Römeradlers noch nicht beschattet und verdunkelt, sein Schnabel noch nicht verheert hat, ich *verneige* mich vor dir in Huldigung und Ehrfurcht, aber ich *fordere* dich in Anbetung und Liebe! Zusammen werden wir den Ozean durchkreuzen, zusammen werden wir unser Königreich begründen, und ferne Zeiten werden noch das lange Geschlecht von Königen anerkennen, die dem Hochzeitsbett von Arbakes und Ione entsprießen werden.«

»Du bist wahnsinnig! Dieses mystische Gerede passt eher zu einer gelähmten Alten, die auf dem Markt Amulette verkauft, als zu dem weisen Arbakes. Du hast meinen Entschluss gehört, er steht fest wie das Schicksal selbst. Der Orkus hat mein Gelübde vernommen, und es ist in das Buch des nimmer vergessenden Hades eingeschrieben. Tu Sühne, Arbakes, tu Sühne für die Vergangenheit! Verwandle Hass in Achtung, Rache in Dankbarkeit! Rette einen Mann, der niemals dein Nebenbuhler werden soll. Das wären Taten, die zu deinem wahren Wesen passen, in dem ein Funke von Hohem, Edlem schlummert. Solche Taten haben Gewicht in der Waage des Totenrichters und geben den Ausschlag an jenem Tag, wo die entkörperte Seele schaudernd und trostlos zwischen Tartarus und Elysium steht. Solche Taten erfreuen das Herz noch im Leben stärker und länger als die Befriedigung einer vorübergehenden Leidenschaft. O Arbakes, erhöre mich und lass dich erweichen!«

»Genug, Ione! Alles was ich für Glaucus tun kann, soll geschehen. Doch mache mir keine Vorwürfe, wenn ich nichts erreiche. Frage meine Feinde, ob ich nicht versucht habe, ja noch versuche, das Urteil von seinem Haupt abzuwenden, und beurteile mich demgemäß. Geh jetzt schlafen, Ione; die Nacht ist bald zu Ende. Ich lasse dich jetzt allein, mögest du Freundlicheres träumen von dem, der kein Leben hat als nur in dir!«

Ohne eine Antwort abzuwarten, zog sich Arbakes hastig zurück. Vielleicht fürchtete er sich davor, Iones leidenschaftliches Flehen länger anzuhören. Es stimmte ihn mitleidig, doch zugleich erfüllte es ihn auch mit qualvollster Eifersucht. Aber das Mitleid kam nun zu spät. Selbst wenn ihm Ione ihre Hand zur Belohnung versprochen hätte, konnte er jetzt, nachdem er seine Aussage gemacht und das Volk angestachelt hatte, den Athener nicht mehr retten. Aber die Energie seines Geistes erfüllte ihn noch immer mit Hoffnung, und er schwelgte in der Zukunft, glaubte sich immer noch des Sieges über die Frau sicher, die sein Herz so in Fesseln geschlagen hatte.

Während die Diener ihm beim Entkleiden behilflich waren, dachte er plötzlich an Nydia. Es stand für ihn fest, Ione durfte nie etwas davon erfahren, dass Glaucus einen Wahnsinnsanfall gehabt hatte, damit das ihm zur Last gelegte Verbrechen ihr nicht entschuldbar erscheine. Es war nun aber möglich, dass sie durch die Sklavinnen erfuhr, dass Nydia unter seinem Dach weilte. Vielleicht wollte sie dann die Blinde sehen. Kaum war ihm dieser Gedanke gekommen, da wandte er sich an seinen Freigelassenen:

»Geh sofort zu Sosia, Kallias«, sagte er, »und sag ihm, er dürfe die blinde Nydia auf keinen Fall aus ihrem Zimmer lassen, ganz gleich, unter welchem Vorwand. Halt, geh zuerst zu den Sklavinnen, die ich meinem Mündel zugeteilt habe, und schärfe ihnen ein, dass sie von der Anwesenheit der Blinden ihr gegenüber nichts verlauten lassen dürfen. Beeil dich!«

Der Freigelassene entfernte sich diensteifrig. Nachdem er seinen Auftrag bei den Dienerinnen von Ione vollzogen hatte, suchte er den wackeren Sosia auf. Da er ihn in der kleinen Kammer nicht fand, die ihm als Schlafzimmer diente, rief er laut seinen Namen und hörte nun aus dem dicht daneben liegenden Zimmer von Nydia Sosias Stimme antworten:

»O Kallias, bist du es? Die Götter seien gepriesen! Öffne die Tür, ich bitte dich!«

Kallias schob den Riegel zurück, und das klägliche Gesicht Sosias kam schnell zum Vorschein.

»Was? In einem Zimmer mit dem jungen Mädchen? *Proh pudor!* Ist nicht reifes Obst genug da? Warum befasst du dich mit so einem grünen … ?«

»Erwähne die kleine Hexe nicht!«, fiel ihm Sosia ungeduldig ins Wort. »Sie wird noch mein Ruin sein.« Und sogleich erzählte er Kallias die Geschichte vom Luftgeist und der Flucht der Thessalierin.

»Dann häng dich ruhig auf, Pechvogel! Eben schickt mich

Arbakes mit einer Botschaft an dich: Du sollst das Mädchen unter keinen Umständen aus ihrem Zimmer lassen, sei es auch nur für einen Augenblick!«

*»Me miserum!«,* rief der Sklave. »Was soll ich tun? In der Zwischenzeit kann sie schon halb Pompeji besucht haben. Aber morgen will ich sie in einem ihrer alten Schlupfwinkel wieder einfangen. Verrate mich nur nicht, lieber Kallias!«

»Ich will bestimmt alles tun, was ein Freund für den Freund tun kann, solange ich mir nicht selbst dadurch schade. Aber weißt du bestimmt, dass sie das Haus verlassen hat? Sie hat sich vielleicht nur irgendwo versteckt.«

»Wie wäre das möglich? Sie hat leicht in den Garten kommen können, und die Pforte stand doch offen, wie ich dir gesagt habe.«

»Nicht doch, zu der Zeit, von der du sprichst, war Arbakes mit dem Priester Calenus im Garten. Ich war eben dabei, Kräuter für das morgige Bad des Herrn zu sammeln, und sah das Tischchen mit der Opfergabe. Die Gartentür war geschlossen, das weiß ich genau. Sicher ist Calenus durch den Garten gekommen und hat die Tür beim Eintreten hinter sich zugemacht.«

»Aber sie war doch noch unverschlossen.«

»Nein, denn ich ärgerte mich über die Schlamperei, durch die doch die Bronzebüsten im Peristyl der Gnade und Barmherzigkeit des erstbesten Langfingers preisgegeben waren; darum drehte ich den Schlüssel herum und nahm ihn mit mir. Hier steckt er noch in meinem Gürtel, denn ich konnte den Sklaven nicht finden, der für die Wache im Garten zuständig ist, sonst hätte ich ihm wohl meine Meinung gesagt.«

»O du gnädiger Bacchus, da habe ich nicht umsonst zu dir gefleht! Lass uns keine Zeit verlieren, komm gleich mit mir in den Garten, vielleicht ist sie noch dort.«

Der gutmütige Kallias willigte ein, und nachdem sie zuerst die Nachbarzimmer und jeden Winkel des Peristyls durchsucht hatten, traten sie in den Garten hinaus.

Ungefähr zur selben Zeit hatte Nydia beschlossen, ihr Versteck zu verlassen und den Fluchtversuch zu wagen. Leichtfüßig, zitternd und den Atem anhaltend, glitt sie an den bekränzten Säulen des Peristyls entlang, verdunkelte den stillen Mondschein, der auf den Mosaikboden fiel, mit ihrem Schatten, überquerte die Gartenterrasse und huschte gleich darauf unter die düsteren, lautlosen Bäume. Jetzt war sie an der verhängnisvollen Tür und fand sie – verschlossen! Wir haben alle schon den Ausdruck der Qual, der Ungewissheit, der Angst gesehen, der sich plötzlich auf dem Gesicht eines Blinden zeigt, wenn seine sehenden Hände – wenn man so sagen darf – enttäuscht werden, wenn sie nicht das finden, was sie erwarten. Doch Worte können die grenzenlose Qual kaum schildern, die sich auf dem Gesicht der Thessalierin abzeichnete! Ihr Herz schien für einen Augenblick stehen zu bleiben und immer wieder tasteten die kleinen, zitternden Hände über die unerbittliche Tür hin. Armes Kind, umsonst war dein Edelmut, deine unschuldige List, deine Mühen, dem Jäger und der Meute zu entrinnen! Nur wenige Schritte von dir stehen deine Verfolger und lachen über deine Bemühungen, sie weiden sich an deiner Verzweiflung. Sie wissen genau, dass du ihnen nicht entkommen kannst, und warten mit grausamer Geduld auf den richtigen Augenblick, ihre Beute zu packen. Es ist noch ein Glück für dich, dass du deine Verfolger wenigstens nicht sehen kannst!

»Ruhig, Kallias, lass sie nur machen. Wir wollen mal sehen, was sie tut, wenn sie dahinter kommt, dass die Tür zu ist.«

»Schau nur, sie guckt zum Himmel, sie murmelt etwas, und nun sinkt sie verzweifelnd zu Boden. Aber nein, bei Pollux, es ist ihr scheinbar ein neuer Ausweg eingefallen. Sie gibt es noch nicht ganz auf. Bei Jupiter, ist die Kleine zäh! Sieh nur, sie springt auf und geht zurück. Was mag sie jetzt wieder im Schilde führen? Ich rate dir, Sosia, warte nicht länger. Schnapp sie dir, bevor sie abhaut. Da!«

»Ha, du Ausreißerin, hab ich dich!«, rief Sosia und packte die unglückliche Nydia.

Wie der letzte, menschenähnliche Schrei des Wildes, wenn die Hunde es packen, wie der gellende Schreckenslaut, den ein

Nachtwandler ausstößt, wenn er jählings zu sich kommt, so klang der Schrei des blinden Mädchens, als sie die Faust ihres Kerkermeisters fühlte. Es war ein Schrei der höchsten Todesangst, der äußersten Verzweiflung, der jedem, der ihn gehört hätte, auf ewig in den Ohren geklungen hätte. Sie hatte das Gefühl, als würde dem untergehenden Glaucus die letzte rettende Planke aus den Händen gerissen. Leben und Tod hatten bisher noch miteinander gerungen, doch nun hatte der Tod das Spiel gewonnen.

»Ihr Götter! Dieses Geschrei wird das ganze Haus auf die Beine bringen. Arbakes hat einen sehr leichten Schlaf. Kneble sie!«, rief Kallias.

»Ja, hier ist noch das Tuch, mit dem die junge Hexe mir die Augen verbunden und mich blind gemacht hat. Komm her – so ist's recht! Jetzt bist du genau so stumm wie blind.«

Mit der leichten Last auf seinen Armen eilte Sosia ins Haus und in das Zimmer, aus dem Nydia geflohen war. Hier erst nahm er ihr den Knebel ab und überließ sie einer Einsamkeit, mit deren Schrecken und Qualen nicht einmal der Hades wetteifern konnte.

## KAPITEL XVI

### DIE ANTEILNAHME UNSERER ZECHKUMPANE AN UNSEREM UNGLÜCK. DER KERKER UND SEINE OPFER.

Es war der dritte und letzte Tag des Prozesses gegen Glaucus und Olinthus. Wenige Stunden, nachdem das Urteil gefällt und die Sitzung geschlossen worden war, hatte sich eine kleine Gruppe der Lebewelt von Pompeji am Abend um den Tisch des Lepidus versammelt.

»Glaucus hat also bis zum letzten Augenblick geleugnet?«, fragte Clodius.

»Ja, aber die Aussage von Arbakes gab den Ausschlag, er hat selbst mit angesehen, wie der Todesstoß geführt wurde«, antwortete Lepidus.

»Was mag nur das Motiv für die Tat gewesen sein?«

»Nun, der Priester war ein unleidlicher, mürrischer Kerl. Wahrscheinlich hat er Glaucus wegen seines lockeren Lebens und seiner Spielsucht den Kopf gewaschen und schließlich gar gedroht, er werde nicht in seine Vermählung mit Ione einwilligen. Ein Wort gab das andere, und Glaucus, den, wie es scheint, die Leidenschaft gepackt hatte, stieß im Jähzorn zu. Der übermäßige Weingenuss und dann die Gewissensbisse haben zu einem Wahnsinnsanfall geführt, an dem er mehrere Tage gelitten hat, und ich kann mir gut vorstellen, dass der arme Kerl noch jetzt unter dem verwirrenden Einfluss dieser Geistesstörung steht und noch immer nichts von dem Verbrechen weiß, das er begangen hat! So erklärt jedenfalls der scharfsinnige Arbakes den Hergang; er scheint übrigens seine Zeugenaussage mit großer Schonung gemacht zu haben.«

»Ja, er hat sich dadurch allgemein beliebt gemacht. Nur hätte der Senat in Anbetracht dieser mildernden Umstände auch ein milderes Urteil fällen können.«

»Das hätte er auch getan, aber da ist das Volk, und das ist außer sich vor Wut. Die Priester hatten alles aufgeboten, es aufzureizen, die blutrünstigen Bestien! Sie bildeten sich ein, Glaucus könnte davonkommen, weil er reich und vornehm ist; gerade deshalb wollten sie nichts von Gnade wissen und bestanden absolut darauf, dass er verurteilt würde. Dem Senat blieb nichts übrig, als ihm die bürgerlichen Rechte abzusprechen und damit das Todesurteil zu fällen. Allerdings war es nur eine Mehrheit von drei Stimmen gegen ihn. Heda! Gib mir Chierwein!«

»Er hat sich arg verändert, dennoch ist er sehr gefasst und ohne Furcht.«

»Nun, wir werden sehen, ob das morgen auch noch der Fall ist. Was ist Mut noch wert, wenn dieser ketzerische Hund, der Olinthus, genau dieselbe Seelenruhe zur Schau trägt?«

»Ja, dieser Gottesleugner!«, rief Lepidus in frommer Entrüstung. »Kein Wunder, dass noch vor wenigen Tagen ein Dekurio* bei heiterem Himmel vom Blitz erschlagen wurde! Die

Götter zürnen Pompeji, solange der niederträchtige Schänder ihres Heiligtums noch in unseren Mauern lebt.«

»Und doch war der Senat so milde, dass man, hätte er Reue gezeigt und nur ein paar Körnchen Weihrauch auf dem Altar der Kybele verbrannt, ihn hätte laufen lassen. Ich bezweifle, ob diese Nazarener, wenn ihr Glaube die Staatsreligion wäre, so tolerant gegen uns wären, wenn wir das Bild ihres Gottes umstürzten, ihre Zeremonien verspotteten und ihren Glauben leugneten!«

»Auch Glaucus lassen sie, da mildernde Umstände gegeben waren, noch eine Chance auf Rettung. Er darf sich gegen den Löwen mit demselben Stilus wehren, mit dem er den Priester erstochen hat.«

»Hast du den Löwen gesehen? Hast du dir seine Pranken und Zähne angeschaut? Und *das* nennst du eine Chance? Schwert und Schild wären Ried und Papyrus gegen den Angriff dieser gewaltigen Bestie. Nein, ich glaube, die eigentliche Barmherzigkeit besteht darin, dass man ihn nicht lange in Ungewissheit gelassen hat. Es war ein Glück für ihn, dass unsere gnädigen Gesetze sehr bedächtig das Urteil fällen, in seiner Vollstreckung aber sehr rasch vorgehen, und dass die Spiele im Amphitheater wie durch eine Schicksalsfügung schon seit langem auf den morgigen Tag anberaumt waren. Wer lange auf den Tod warten muss, stirbt zweimal!«

»Was den Ketzer betrifft, der muss es mit unbewaffneter Hand mit dem Tiger aufnehmen. Bei einem solchen Kampf kann man keine Wette abschließen, oder will einer auf Olinthus setzen?«

Schallendes Gelächter belohnte diese scherzhafte Frage.

»Armer Clodius«, sagte der Gastgeber, »es ist schon schlimm, einen Freund zu verlieren, aber noch viel schlimmer ist es, niemand zu finden, der auf die Möglichkeit seiner Rettung mit dir wetten will.«

»Ja, das ist bitter. Er wäre doch durch seinen Tod noch recht nützlich gewesen – für ihn wie für mich ein tröstlicher Gedanke.«

»Das Volk ist mit dem Urteilsspruch recht zufrieden«, sagte der gestrenge Pansa. »Man befürchtete allgemein, es würden sich keine Verbrecher für den Kampf mit den Bestien finden lassen, und nun sind auf einmal zwei Verbrecher da. Die Leute sind natürlich außer Rand und Band vor Freude. Nun ja, sie arbeiten schwer, da sollen sie auch ihren Spaß haben.«

»Hier spricht der volkstümliche Pansa, er kann keinen Schritt tun, ohne dass ihm ein Schwanz von Bittstellern folgt, der so lang ist wie ein indischer Triumphzug! Dauernd nimmt er sich des Volkes an. Ihr Götter! Zuletzt wird er gar noch ein Gracche werden.«

»Ich bin bestimmt kein unnahbarer Patrizier«, sagte Pansa mit großmütigem Lächeln.

»Es wäre gefährlich gewesen, am Vorabend eines Tierkampfs einen Verbrecher zu begnadigen«, sagte Lepidus. »Sollte *ich* je in einen Prozess verwickelt werden, so möge Jupiter es fügen, dass gerade keine wilden Tiere in den *Vivaria* sind oder dass im Gefängnis kein Mangel an Spitzbuben besteht.«

»Und was macht denn«, fragte einer aus der Gesellschaft, »das arme Mädchen, das Glaucus heiraten wollte? Schon eine Witwe, und war nicht einmal seine Frau, das ist hart!«

»Oh«, erwiderte Clodius, »sie ist bei ihrem Vormund Arbakes gut aufgehoben. Selbstverständlich hat sie sich nach dem Verlust des Bruders und des Bräutigams unter seinen Schutz gestellt.«

»Bei der süßen Venus, Glaucus hatte Glück bei den Frauen! Man munkelt, auch die reiche Julia sei in ihn verliebt gewesen.«

»Bloß ein Märchen, mein Freund!«, versetzte Clodius geziert. »Ich war heute bei ihr. Wenn sie je ein Gefühl dieser Art gehegt hat, so schmeichle ich mir, sie darüber hinweggetröstet zu haben.«

»Still, ihr Herren«, rief Pansa, »wisst ihr nicht, dass Clodius zurzeit im Hause von Diomed damit beschäftigt ist, kräftig auf die Fackel zu blasen? Sie brennt sogar schon, und bald wird die Fackel am Altar Hymens leuchten.«

»Steht es so?«, rief Lepidus. »Was denn, Clodius will ein Ehemann werden? Pfui!«

»Sei unbesorgt«, versetzte Clodius, »der alte Diomed ist entzückt, dass seine Tochter einen Adligen heiraten wird, und wird ordentlich Sesterzen lassen müssen. Du wirst sehen, dass ich sie nicht im Atrium horte. Der Tag, an dem Clodius eine reiche Erbin heiratet, soll von seinen munteren Freunden weiß markiert werden!«

»Versprichst du das?«, rief Lepidus. »Dann einen vollen Becher auf die Gesundheit der schönen Julia!«

Während im prächtigen Triclinium des Lepidus dieses Gespräch geführt wurde (das zu der gewöhnlichen Stimmung der Lebemänner jener Zeit passte und noch vor hundert Jahren in den sittenlosen Salons von Paris ein Echo gefunden haben dürfte), starrte den jungen Athener eine ganz andere Umgebung finster an.

Nachdem er verurteilt worden war, durfte er nicht mehr in der milden Obhut seines Freundes Sallust bleiben, des einzigen, der ihm im Unglück die Treue wahrte. Man führte ihn über das Forum. Bei einer Tür an der Seite des Jupitertempels machten die Wächter Halt. Noch heute kann man diesen Kerker besichtigen. Die Pforte öffnete sich von der Mitte aus auf eine etwas merkwürdige Art, indem sie sich wie ein modernes Drehkreuz in den Angeln bewegte, so dass immer nur die Hälfte der Schwelle frei wurde. Durch diesen engen Spalt schoben sie den Gefangenen hinein, stellten Brot und einen Krug voll Wasser vor ihn hin und überließen ihn der Finsternis und, wie er glaubte, der Einsamkeit. So abrupt war der Umschwung gewesen, so unvermittelt war er von der Höhe jugendlicher Freuden und erwiderter Liebe in den tiefen Abgrund der Schande hinabgeschleudert und dem Grausen eines höchst blutigen Todes ausgeliefert worden, dass er sich immer wieder fragte, ob das Ganze nicht am Ende nur ein fürchterlicher Traum sei. Seine widerstandsfähige, prächtige Natur hatte über das Gift gesiegt, doch war es ein Glück für ihn, dass er es nur zum kleineren Teil getrunken hatte. Verstand und Bewusstsein hatte er wiedererlangt, aber noch immer lastete ein dumpfer, nebelhafter Druck auf seinen Nerven und verdüsterte sein Gemüt. Sein natürlicher Mut und sein griechischer Adel hatten ihm die Fähigkeit verliehen, alle ungeziemende Furcht zu bezwingen und im Gerichtssaal mit gefasster Miene und ruhigem Blick seinem furchtbaren Schicksal entgegenzusehen. Aber als das Auge der Leute nicht mehr auf ihm ruhte und Stolz und Mut in ihm entfachte, da genügte das Bewusstsein der Unschuld kaum noch, ihn aufrechtzuerhalten. Einsamkeit und Todesstille warfen ihn nieder. Fröstelnd erschauerte er, als die Kerkerluft seinen geschwächten Körper umgab – er, der anspruchsvolle, schwelgerische, verfeinerte Mensch hatte bisher ja noch nie Elend und Not kennen gelernt. Er glich einem schönen Vogel; warum hatte er seinen fernen, sonnigen Himmel, die Olivenhaine seiner Heimat, die Musik ihrer ewigen Ströme verlassen? Warum hatte er sich mit seinem zarten Gefieder unter diese rohen, seinem Wesen fast entgegengesetzten Fremdlinge gemischt? Warum hatte er vor ihren Augen seine prächtigen Farben enthüllt, ihr Ohr mit seinem lieblichen Gesang ergötzt, um nun plötzlich gefangen, in einen Käfig gesteckt und getötet zu werden? Für immer war sein froher Flug beendet. Der arme Athener! Selbst seine Fehler waren nur dem Überschwang einer edlen, glücklichen Natur entsprungen. Und wie wenig hatte ihn sein bisheriges Leben auf die Prüfungen vorbereitet, denen er nun unterworfen wurde! Das Gespött der Menge, unter deren bewunderndem Zuruf er oft in seinem schönen Wagen die feurigen Renner gelenkt hatte, klang ihm noch schmerzvoll im Ohr. Die kalten, steinernen Gesichter seiner früheren Freunde, der Zechkumpane so mancher durchschwärmten Nacht, standen ihm vor Augen. Jetzt war keiner da, der diesen einst bewunderten und umschmeichelten Ausländer unterstützt oder auch nur getröstet hätte. Diese Mauern nahmen ihn auf, um ihn nur noch in die Arena hinauszulassen, wo ein gewaltsamer, entehrender Tod ihn erwartete. Und Ione? Auch von ihr hatte er nichts mehr gehört. Auch von ihr war ihm kein ermutigendes Wort, keine Botschaft des Mitgefühls zuteil geworden. Auch sie hatte ihn im Stich gelassen. Sie hielt ihn für schuldig! Und welches Verbrechens? Ihren Bruder ermordet zu haben! Er knirschte mit den Zähnen, er stöhnte laut, und plötzlich durchzuckte ihn ein schrecklicher Gedanke: War es nicht möglich, dass er in jenem tödlichen, unerklärlichen Wahnsinn, der so plötzlich sein Gemüt befallen hatte, die Tat, deren er angeklagt war, vielleicht *doch* begangen hatte? Sie begangen hatte, ohne dass er darum wusste, ohne dass sein aus den Fugen gerissenes Hirn sich dessen erinnern konnte? So schnell dieser Gedanke aufgetaucht war, so rasch unterdrückte er ihn. Denn so tief auch alles hinter ihm in Dunkel gehüllt war, so konnte er sich doch noch deutlich an den nächtlichen Hain der Kybele erinnern, an das nach oben gewandte Gesicht des bleichen Toten, an den Schreck, mit dem er selbst vor dem Leichnam stehen geblieben war, und an den plötzlichen Stoß, der ihn zu Boden geworfen hatte. Er war fest von seiner Unschuld überzeugt, aber wer würde nach seinem Tod diese Überzeugung teilen? Wer würde später einmal, wenn seine zermalmten Glieder sich längst mit dem Staub vermischt hatten, ihn für schuldlos erklären und seine Ehre retten? Dann fiel ihm Arbakes ein, sein letztes Zusammentreffen mit ihm, und der gute Grund, den er diesem dunklen, furchtbaren Menschen gegeben hatte, ihn zu hassen und sich an ihm zu rächen; es beschlich ihn der Argwohn, das alles sei vielleicht ein Racheakt des Ägypters, er müsse einer schlau gesponnenen Hinterlist zum Opfer fallen, die nun freilich für immer unentdeckt bleiben würde. Und Ione? Arbakes liebte sie. Sollte sein Tod dem Nebenbuhler den Weg zu ihr ebnen? Dieser Gedanke quälte ihn mehr als alle andern, und sein edles Herz wurde mehr durch die Eifersucht verzehrt, als von Furcht erschüttert. Und wieder stöhnte er laut.

Auf diesen neuen Schmerzausbruch antwortete aus der tiefen Finsternis heraus eine Stimme: »Wer ist mein Gefährte in dieser furchtbaren Stunde? Bist du es, Glaucus von Athen?«

»So nannte man mich in glücklicheren Tagen. Vielleicht haben sie jetzt andere Namen für mich. Und wie heißt *du*, Fremdling?«

»Olinthus, dein Genosse im Gefängnis wie vor Gericht.«

»Was? Der, den man den Atheisten nennt? Bist du durch die Ungerechtigkeit der Menschen so weit gebracht worden, dass du nicht mehr an die Vorsehung der Götter glaubst?«

»Ach«, antwortete Olinthus, »nicht ich, sondern du bist der wahre Atheist. Du leugnest den einzigen wahren Gott, den Unbekannten, dem auch deine Väter in Athen einen Altar errichtet haben. Ich aber lerne erst in dieser Stunde meinen Gott richtig kennen. Er ist im Kerker an meiner Seite; sein Lächeln durchdringt die Finsternis; am Vorabend des Todes raunt mein Herz mir von Unsterblichkeit zu, und die Erde weicht von mir zurück, damit die müde Seele in den Himmel kommen kann.«

»Sag mir«, fragte Glaucus plötzlich, »ist in dem Prozess gegen mich dein Name nicht zusammen mit dem von Apaecides genannt worden? Hältst du mich für schuldig?«

»Gott allein schaut in unser Herz. Aber mein Verdacht fiel nicht auf dich.«

»Auf wen dann?«

»Auf deinen Ankläger, auf Arbakes.«

»Ha! Du gibst mir neues Leben; und warum auf ihn?«

»Weil ich die ganze Bosheit dieses Menschen kenne und weiß, dass er Ursache hatte, den Ermordeten zu fürchten.«

Darauf teilte er Glaucus alles mit, was wir bereits wissen: seine Unterredung mit Apaecides und ihre Pläne, die Betrügereien der ägyptischen Priester aufzudecken und die Verführungskünste anzuprangern, durch die Arbakes den Neubekehrten umgarnt hatte. »Hat also«, schloss Olinthus, »der Verstorbene, als er mit Arbakes zusammentraf, diesem seine Verräterei und die Drohung, alles zu offenbaren, ins Gesicht geschleudert, so mögen dem Ägypter Ort und Stunde günstig erschienen sein, seinen Zorn zu kühlen. Der Todesstoß ist daher zugleich mit kluger Besonnenheit und in blinder Wut geführt worden.«

»So muss es gewesen sein!«, rief Glaucus voller Freude. »Oh, wie glücklich mich das macht.«

»Was hilft dir diese Entdeckung jetzt, Unglücklicher? Du bist verurteilt und musst sterben, so unschuldig du auch bist.«

»Aber *ich selbst* weiß nun ganz bestimmt, dass ich schuldlos bin, während mir bis jetzt wegen meines geheimnisvollen Wahnsinns furchtbare Zweifel aufgestiegen sind, wenn auch nur vorübergehend. Doch sag mir, Mann eines fremden Glaubens, meinst du, wir würden auch für kleine Fehler, für angeborene Untugenden von den Mächten da oben, wie immer du sie nennen magst, verstoßen und verdammt?«

»Gott ist gerecht und verstößt seine Geschöpfe nicht wegen menschlicher Schwächen. Gott ist gnädig und verdammt nur die Übeltäter, die nicht bereuen.«

»Und doch kommt es mir so vor, als sei durch göttlichen Zorn der Wahnsinn plötzlich über mich gekommen, eine übernatürliche, nicht durch menschliche Mittel hervorgerufene Geistesstörung.«

»Es gibt böse Geister auf Erden«, sagte der Nazarener nicht ohne Furcht, »so wie es einen Gott und seinen Sohn im Himmel gibt, und da du den letzteren nicht anerkennst, so mögen wohl die ersteren Gewalt über dich erlangt haben.«

Glaucus antwortete nicht, und eine Zeit lang herrschte tiefe Stille. Endlich fragte der Athener mit veränderter, leiser Stimme, wobei die Worte gleichsam zaudernd über seine Lippen kamen: »Christ, gehört das Fortleben nach dem Tod zu den Lehren deines Glaubens? Glaubst du daran, dass diejenigen, die sich hienieden geliebt haben, später im Himmel wieder vereinigt werden, dass jenseits des Grabes unser Name von dem Wust des Vergänglichen, der ihn vor den rohen Augen der Welt ungerechterweise verdunkelte, ganz befreit wird und die durch Wüsten und Klippen getrennten Bäche im heiligen Hades zusammentreffen und von neuem in einem Bett fließen?«

»Ob ich das glaube, Athener? Nein, ich glaube es nicht nur, ich *weiß* es! Und diese schöne, segensreiche Zuversicht hält mich jetzt aufrecht. O Cyllene«, fuhr Olinthus leidenschaftlich fort, »Braut meines Herzens, von mir gerissen im ersten

Monat unserer Ehe, bevor noch der Tage viel verflossen sind, werde ich bei dir sein! Willkommen, willkommen, Tod, der mich in den Himmel und zu dir führt!«

In diesem plötzlichen Ausbruch menschlicher Liebe lag etwas, das eine verwandte Saite im Herzen des Atheners erklingen ließ. Zum ersten Mal fühlte er sich durch ein inniges Band zu seinem Gefährten hingezogen, der ihm bisher nur als Leidensgefährte erschienen war. Er kroch dichter zu Olinthus hin, denn so blutrünstig die Römer in gewissen Beziehungen auch waren, so übten sie doch in anderen Fällen keine unnötige Grausamkeit; die Einzelzelle und besonders die überflüssige Kette waren nicht üblich. Sie ließen den Opfern der Arena den traurigen Trost einer Freiheit und Gesellschaft, soweit dies in einem Gefängnis möglich war.

»Ja«, fuhr der Christ mit heiligem Eifer fort, »die Unsterblichkeit der Seele, die Auferstehung, die Wiedervereinigung der Toten im Himmel, das ist die große Grundlage unseres Glaubens, die große Wahrheit, die zu verkünden und zu verbürgen ein Gott selbst den Tod erlitten hat. Kein märchenhaftes Elysium, das nur in der Fabel lebt, kein dichterischer Orkus, sondern der reine und strahlende Anteil am Himmel selbst, das ist der den Guten verheißene Lohn.«

»So weihe mich in deinen Glauben ein und erkläre mir deine Hoffnungen«, sagte Glaucus ernst.

Olinthus zögerte nicht, diese Bitte zu erfüllen, und wie so oft in der Frühzeit der christlichen Religion, goss in der Dunkelheit des Kerkers und im Schatten des Todes das heilige Evangelium seinen milden, verklärenden Schimmer aus.

## KAPITEL XVII

### EINE CHANCE FÜR GLAUCUS.

Quälend langsam verstrichen für Nydia die Stunden, seit sie in ihre Zelle zurückgebracht worden war.

Sosia, der zu befürchten schien, sie könne ihre List noch einmal an ihm versuchen, war erst spät am folgenden Morgen zu ihr gekommen. Auch dann stellte er den üblichen Korb mit Essen und Wein nur ganz schnell herein und machte die Tür sofort wieder zu. Der Tag verging, und es kam die Stunde, in der das Urteil über Glaucus gefällt wurde; wäre sie frei gewesen, so hätte sie ihn retten können, doch nun saß sie hinter unerbittlichen Schlössern. Doch obwohl sie ihre Ohnmacht erkannte, obwohl die übergroße Aufregung sie ganz erschöpfte, sagte sie sich doch immer wieder, dass bei ihr die einzige Möglichkeit läge, den Geliebten zu retten. Und so unmöglich ein Entkommen erschien, beschloss sie, sich nicht der Verzweiflung zu überlassen und so viel Kraft zu bewahren, dass sie jede neue, sich *möglicherweise* bietende Gelegenheit sofort beim Schopf packen konnte. So oft sie auch nah daran war, in den Strudeln unerträglicher Gedanken die Besinnung zu verlieren, immer wieder raffte sie sich gewaltsam auf. Ja, sie aß und trank, um bei Kräften zu bleiben und jederzeit bereit zu sein.

Einen Plan nach dem andern erwog sie zu ihrer Befreiung, aber einen nach dem andern musste sie aufgeben. Ihre einzige Hoffnung richtete sich immer wieder auf Sosia; er war das einzige Werkzeug, dessen sie sich bedienen konnte. Er hatte das Orakel befragt, um zu erfahren, ob er sich endlich freikaufen könne. Gesegnete Götter! War er nicht vielleicht durch die Freiheit selbst zu gewinnen? War sie nicht reich genug, das Lösegeld für ihn zu bezahlen? Ihre zarten Arme waren mit Armbändern bedeckt, die Ione ihr geschenkt hatte, und um den Hals trug sie noch die Kette, die, wie man sich erinnern wird, ihre Eifersucht wachgerufen hatte. Wie sie damals gelobt hatte, trug sie sie seitdem ständig. Brennend vor Ungeduld wartete sie auf Sosia. Als aber eine Stunde nach der andern verstrich, ohne dass er kam, ergriff sie qualvollste Ungeduld. Jeder Nerv in ihr zuckte fieberhaft. Sie hielt die Einsamkeit nicht länger aus, sie jammerte, sie schrie laut, sie warf sich gegen die Tür. Ihr Angstgeschrei hallte durch das ganze Haus, und Sosia eilte sehr verärgert herbei, um zu sehen, was los war, und seine Gefangene nötigenfalls mit Gewalt zum Schweigen zu bringen.

»Holla, was hast du denn?«, brummte er ungemütlich. »Wenn du so weiter kreischst, Kleine, müssen wir dich wieder knebeln. Mein Rücken hätte es zu büßen, wenn dich der Herr hört.«

»Lieber Sosia, schimpf nicht mit mir, ich kann es nicht länger aushalten, so allein zu sein«, antwortete Nydia. »Diese Einsamkeit erschreckt mich. Bleib doch bitte ein Weilchen bei mir. Hab keine Angst, ich will auch keinen Fluchtversuch mehr machen. Du kannst ja deinen Stuhl vor die Tür stellen und mich immer im Auge behalten. Ich will mich nicht von der Stelle rühren.«

Sosia, der selbst nichts so sehr wie einen gemütlichen Plausch liebte, rührten diese Worte. Er fühlte Mitleid mit dem Mädchen, das niemand hatte, mit dem es plaudern konnte. Er wusste, wie das war, erging es ihm doch oft selbst so. Er beschloss, sich selber von der Qual der Langeweile zu erlösen und ging deshalb auf Nydias Vorschlag ein, stellte einen Stuhl vor die Tür, lehnte sich mit dem Rücken daran und antwortete:

»Ich will bestimmt nicht grob zu dir sein und dir gern einen Gefallen tun, solange es ein harmloses Schwätzchen bleibt. Aber keine Tricks, keine Geisterbeschwörungen!«

»Nein, nein. Sag doch, lieber Sosia, wie spät ist es?«

»Es ist schon Abend. Die Ziegen werden heimgetrieben.«

»O ihr Götter! Und wie steht es auf dem Gericht?«

»Man hat beide verurteilt.«

Nydia unterdrückte den Schmerzensschrei, der ihr in die Kehle fuhr. »Gut, gut. Ich dachte mir schon, dass es so kommen würde. Und wann sollen sie sterben?«

»Morgen im Amphitheater. Bloß deinetwegen werde ich

wohl keinen Urlaub bekommen, sonst könnte ich hingehen und zuschauen.«

Nydia lehnte sich einige Augenblicke zurück, aber das war zu viel für sie, sie fiel in Ohnmacht. Doch Sosia merkte es gar nicht, denn es war Abenddämmerung, und sein Herz war mit dem Unrecht beschäftigt, das er erleiden musste. Er klagte, dass ihm ein so herrliches Schauspiel entginge; er nannte Arbakes ungerecht, dass er gerade ihn unter all seinen Gefährten für das Amt eines Gefangenenwärters ausgesucht habe. Und ehe er mit seinem Gejammer endete, kam Nydia mit einem tiefen Seufzer wieder zu sich.

»Du seufzt über mein Missgeschick, Blinde, das tröstet mich. Solange du selbst einsiehst, wie sehr du mir zur Last fällst, will ich es bleiben lassen, dich zu schelten. Aber schlimm dran sein und nicht einmal bedauert werden, das wäre hart.«

»Sosia, wie viel brauchst du noch, um dich freizukaufen?«

»Wie viel? Ach, noch fast zweitausend Sesterzen.«

»Die Götter seien gepriesen! Mehr nicht? Siehst du diese Armspangen und diese Kette? Sie sind wohl doppelt so viel wert. Ich will sie dir geben, wenn ... «

»Führe mich nicht in Versuchung, ich kann dich nicht hinauslassen. Arbakes ist ein strenger und furchtbarer Mann. Wer weiß, ob ich dann nicht den Fischen des Sarnus zum Futter vorgeworfen würde? Ach, alle Sesterzen der Welt können mir dann das Leben nicht zurückkaufen. Und besser ein Hund und am Leben als ein Löwe und tot.«

»Sosia, die Freiheit! Überleg doch; dafür brauchst du mich nur eine Stunde lang hinauszulassen. Es kann um Mitternacht sein, und wenn der Morgen graut, will ich wieder da sein. Ja, du kannst selber mit mir gehen.«

»Nichts zu machen!«, erwiderte Sosia hartnäckig. »Einmal war ein Sklave dem Arbakes ungehorsam, man hat nie wieder etwas von ihm gehört.«

»Aber das Gesetz gibt dem Herrn kein Recht über das Leben des Sklaven.«

»Das ist sehr gütig vom Gesetz, nur richtet es mit dieser

Artigkeit in Wirklichkeit nicht viel aus. Ich weiß, Arbakes würde immer das Gesetz auf seiner Seite haben. Außerdem, wenn ich erst einmal tot bin, welches Gesetz könnte mich ins Leben zurückrufen?«

Nydia rang die Hände. »Gibt es denn gar keine Hoffnung?«, rief sie, von Krämpfen geschüttelt.

»Dass du hinauskommst, nein! Nicht bis Arbakes es erlaubt.«

»Nun gut«, sagte Nydia schnell, »aber einen Brief könntest du doch für mich besorgen? Dafür kann dein Gebieter dich nicht töten!«

»Einen Brief? An wen denn?«

»An den Prätor.«

»An einen vom Gericht? Bewahre! Man könnte mich als Zeugen vor Gericht führen, und Sklaven werden nur auf der Folter verhört.«

»Verzeih, ich meinte auch gar nicht den Prätor, das Wort ist mir nur so herausgerutscht. Ich meinte einen ganz andern, den lustigen Sallust!«

»Oho, was willst du von dem?«

»Glaucus war mein Herr. Er hat mich dem grausamen Gebieter, den ich vor ihm hatte, abgekauft, und nun soll Glaucus sterben. Ich werde nie wieder froh, wenn ich ihn nicht in seiner Todesstunde wissen lassen kann, dass wenigstens ein Herz seiner in Dankbarkeit gedenkt. Sallust ist sein Freund, er wird ihm den Brief überbringen.«

»Das wird er bestimmt nicht tun. Glaucus hat zwischen heute und morgen genug zu überdenken, da wird ihn keiner, obendrein eines blinden Mädchens wegen, belästigen.«

»Mann«, antwortete Nydia und stand auf, »willst du frei sein? Jetzt bietet sich dir eine Gelegenheit, morgen wird es zu spät sein. Nie hat jemand die Freiheit billiger erkauft. Du kannst leicht und ohne dass ein Hahn nach dir kräht, das Haus verlassen und nach weniger als einer halben Stunde wieder da sein. Und wegen dieser Kleinigkeit willst du die Freiheit ausschlagen?«

Sosia war in großer Aufregung. Die Bitte der Blinden war merkwürdig albern, aber das war ja nicht seine Sache. Für ihn standen die Dinge dadurch nur umso besser. Er konnte Nydia einschließen, und wenn Arbakes wirklich erfuhr, dass er fortgegangen war, so war das ja ein ganz geringfügiges Vergehen und konnte ihm höchstens einen leichten Verweis einbringen. Aber wenn nun Nydia mehr schrieb, als sie angegeben hatte? Etwa, dass sie gefangen gehalten würde, was dann? Arbakes brauchte ja nie zu erfahren, dass sein Sklave Sosia diesen Brief überbracht hatte. Selbst im schlimmsten Fall: Der Preis, der ihm geboten wurde, war ungeheuer, die Gefahren gering, die Versuchung unwiderstehlich. Er zögerte nicht länger, sondern ging auf den Vorschlag ein.

»Gib mir den Schmuck, und ich will den Brief besorgen. Aber warte einmal: Du bist ja auch eine Sklavin. Da hast du ja überhaupt kein Recht auf diese Dinge. Sie sind doch Eigentum deines Herrn.«

»Es sind Geschenke von Glaucus, meinem Herrn. Kann er sie denn jemals von mir zurückverlangen? Und wer außer ihm weiß, dass ich sie besessen habe?«

»Gut, ich bringe dir Papyrus.«

Nach ein paar Minuten hatte Nydia den Brief geschrieben, den sie vorsichtshalber auf Griechisch schrieb, ihrer Muttersprache, die jeder Römer der oberen Klassen damals beherrschte. Sie knüpfte sorgsam den sichernden Faden um den Brief und bedeckte den Knoten mit Wachs. Ehe sie nun den Brief in Sosias Hände legte, redete sie ihn mit folgenden Worten an:

»Sosia, ich bin blind und gefangen, vielleicht willst du mich betrügen. Vielleicht sagst du nur, du würdest den Brief zu Sallust bringen, und tust es in Wirklichkeit gar nicht. Feierlich weihe ich dein Haupt der göttlichen Rache, deine Seele den Mächten der Unterwelt, wenn du dein Versprechen nicht hältst. Leg deine rechte Hand in meine und sprich die Worte nach, die ich dir vorsage: ›Bei dem Boden, auf dem wir stehen, bei den Elementen, die das Leben erhalten und das Leben vernichten, bei dem Orkus, der jede Untat rächt, bei dem allwissenden Jupiter schwöre ich, dass ich mein Versprechen ehrlich halten und diese Epistel getreulich dem Sallust überbringen will. Wenn ich diesen Eid breche, dann möge der Fluch des Himmels und der Erde über mich kommen!‹ So, nun glaube ich dir. Nimm deinen Lohn. Es ist schon finster, mach dich gleich auf den Weg.«

»Du bist ein seltsames Mädchen, du hast mir schrecklich Angst gemacht. Aber ich verstehe, du willst sichergehen. Wenn Sallust aufzufinden ist, gebe ich ihm diesen Brief, wie ich geschworen habe. Meiner Treu, ich habe ein paar kleine Sünden auf dem Kerbholz, aber Meineid – nein, *das* überlasse ich Leuten, die vornehmer sind als ich.«

Mit diesen Worten ging Sosia, schob sorgfältig den schweren Riegel vor die Tür und schloss die Vorlegeschlösser ab. Den Schlüssel steckte er in den Gürtel, dann ging er in seine Kammer, hüllte sich von Kopf bis Fuß in einen groben Mantel und schlüpfte durch das Hinterpförtchen unbehelligt und unbemerkt hinaus.

Die Straßen waren leer, und bald hatte er das Haus von Sallust erreicht. Der Pförtner sagte ihm, er solle den Brief dalassen und wieder gehen, denn Sallust sei über die Verurteilung des Glaucus so betrübt, dass er durch nichts gestört werden wolle.«

»Aber ich habe feierlich geschworen, diesen Brief eigenhändig an Sallust abzuliefern, also muss ich es auch tun.« Mit diesen Worten drückte Sosia, der aus eigener Erfahrung wusste, dass ein Zerberus oft durch einen hingeworfenen Bissen zu besänftigen ist, dem Pförtner ein paar Münzen in die Hand.

»Gut, gut«, antwortete dieser schon etwas nachgiebiger. »Du kannst eintreten, wenn du willst. Aber ich will dir die Wahrheit sagen, Sallust ist dabei, seinen Gram in Wein zu ersäufen. Das macht er immer so, wenn ihm etwas gegen den Strich geht. Er befiehlt dann ein tüchtiges Essen und den besten Wein. Dann hört er nicht eher auf, als bis alles aus seinem Kopf heraus ist, außer dem Alkohol.«

»Eine ausgezeichnete Methode, wirklich ausgezeichnet! Ach

ja, es ist doch schön, ein reicher Mann zu sein. Wenn ich Sallust wäre, so wäre ich völlig zufrieden, wenn ich jeden Tag einen neuen Kummer hätte. Aber leg ein Wort für mich beim Atriensis ein, ich sehe ihn eben kommen.«

Sallust war zu traurig, um Besuch zu empfangen, aber er war auch zu traurig, um allein zu trinken. Er ließ sich daher, wie er immer zu tun pflegte, von seinem Lieblingsfreigelassenen Gesellschaft leisten, und nie sah man eine seltsamere Schwelgerei. Der gutherzige Epikureer seufzte alle Augenblicke, jammerte und weinte laut. Dann wieder machte er sich mit doppeltem Eifer über ein neues Gericht oder einen neugefüllten Becher her.

»Mein guter Junge«, sagte er zu seinem Gefährten, »diese Urteilsverkündung war das Furchtbarste, was du dir vorstellen kannst! – Hm, das Zicklein ist übrigens gut, wie? – Armer, guter Glaucus! Was für einen Rachen dieser Löwe hat. – Ach, ach, ach!«

Er schluchzte laut, doch dieser Schmerzausbruch wurde von einem heftigen Schluckauf unterbrochen.

»Trink einen Schluck Wein«, sagte der Freigelassene.

»Er ist eine Idee zu kalt. Doch wie muss erst Glaucus frieren! Morgen wird das Haus zugeschlossen, keiner von meinen Sklaven darf hinaus, von meinen Leuten soll niemand diese verdammte Arena betreten – niemand!«

»Trink doch noch einen Becher, dein Gram macht dich ganz verwirrt. Bei den Göttern, das hilft! Ein Stückchen von diesem Käsekuchen?«

In diesem günstigen Augenblick wurde Sosia vor den untröstlichen Zecher geführt.

»Ho, was bist du denn für einer?«

»Nur ein Bote an Sallust. Ich überbringe ihm dieses Briefchen von einer jungen Dame. Soviel ich weiß, brauche ich nicht auf Antwort zu warten. Darf ich mich wieder zurückziehen?«

So sprach der taktvolle Sosia, wobei er das Gesicht mit dem Mantel verhüllte und mit verstellter Stimme sprach, damit man ihn später nicht wiedererkennen konnte.

»Bei den Göttern, ein Kuppler? Du gefühlloser Schurke, siehst du nicht meinen Gram? Geh, und der Fluch des Pandarus falle auf dich!«

Sosia verlor keinen Augenblick, sich zu verabschieden.

»Willst du den Brief lesen?«, fragte der Freigelassene.

»Brief? Was für einen Brief?«, antwortete der Epikureer wankend, denn er fing an, doppelt zu sehen. »Fluch über diese Dirnen, sag ich, wie sollte ich an – hick – Vergnügungen denken, wenn – hick – wenn mein Freund nahe daran ist – hick –, aufgefressen zu werden?«

»Noch ein Törtchen?«

»Nein, der Kummer schnürt mir die Kehle zu.«

»Bringt ihn zu Bett!«, sagte der Freigelassene, und Sallust, dessen Kopf schwer auf die Brust niedersank, wurde ins Schlafzimmer getragen. Aber noch immer klagte er, vor sich hinmurmelnd, um seinen Freund Glaucus und fluchte über die gefühllose Zudringlichkeit der Freudenmädchen.

Inzwischen lief Sosia wieder nach Hause. »Ein Kuppler, da hört sich doch alles auf!«, sprach er mit sich selbst. »Ein Kuppler! Eine böse Zunge hat dieser Sallust. Wenn er mich Schurke oder Dieb gescholten hätte, so könnte es noch hingehen. Aber Kuppler? Pfui! In diesem Wort liegt etwas, wogegen sich der zäheste Magen der Welt auflehnen würde. Ein Schurke ist zu seinem eigenen Vergnügen ein Schurke, ein Dieb ist zu seinem eigenen Nutzen ein Dieb, und es liegt etwas Ehrenvolles und Philosophisches darin, um seiner selbst willen ein Schuft zu sein. Man nennt das ›nach Prinzipien handeln‹ und ›in großem Maßstab denken‹. Aber ein Kuppler, das ist ein Ding, das sich selbst um eines andern willen wegwirft! Das ist ein Topf, der sich für einen andern aufs Feuer setzen lässt, ein Tischtuch, an dem jeder Gast sich die Hände abwischt, und selbst der Küchenjunge sagt dabei nur: ›Mit Verlaub!‹ Ein Kuppler! Eher hätte er mich Vatermörder nennen können. Aber der Mann war betrunken und wusste nicht, was er sagte. Außerdem war ich vermummt. Hätte er gesehen, dass es Sosia war, der mit ihm sprach, dann würde er gesagt haben: ›Wackerer

Sosia!‹ und ›Ehrlicher Bursche!‹ Unter Garantie, das hätte er gesagt! Hauptsache aber ist: der Schmuck der Blinden ist leichten Kaufs gewonnen. O Göttin Feronia! Bald werde ich frei sein, und dann möchte ich den sehen, der mich noch einmal Kuppler nennt, es sei denn, er bezahlte ein gutes Stück Geld dafür!«

Während Sosia in diesem hochtrabenden Stil mit sich selbst sprach, führte sein Weg durch ein Gässchen, das zum Amphitheater und zu den Palästen in dessen Nähe führte. Als er um eine scharfe Ecke bog, geriet er mitten in eine große Menschenmenge. Männer, Frauen und Kinder liefen, lachten, schwatzten, gestikulierten, und ehe er sich's versah, wurde der würdige Sosia von dem lauten Strom mit fortgerissen.

»Was ist denn hier los?«, fragte er den Mann an seiner Seite, einen jungen Handwerker. »Wohin drängen denn die ganzen Leute? Verteilt ein reicher Mann heute Abend Almosen oder Essen?«

»Nein, Freund, etwas viel Besseres«, erwiderte der junge Handwerker. »Der edle Pansa, der Freund des Volkes, hat Erlaubnis zur Besichtigung der wilden Tiere erteilt. Man darf sie sich in ihren Vivarien anschauen. Bei Herkules! Es gibt ein paar Leute, die sie morgen nicht so ungefährdet in Augenschein nehmen werden!«

»Ja, das ist natürlich eine echte Augenweide«, entgegnete der Sklave und ließ sich von der nachrückenden Menge ohne Widerstand fortschieben. »Ich darf morgen nicht zu den Spielen gehen, da will ich wenigstens einen Blick auf die Bestien werfen.«

»Gute Idee«, antwortete sein neuer Bekannter; »Löwen und Tiger sieht man in Pompeji schließlich nicht alle Tage.«

Die Menge erreichte jetzt einen unebenen, weiten Platz, der nur spärlich beleuchtet war, denn die nächsten Lampen hingen ein gutes Stück entfernt. Hier wurde das Gedränge für schwache und zarte Glieder und Schultern gefährlich; nichtsdestoweniger erzwangen sich gerade die Frauen – viele von ihnen mit Kindern auf den Armen oder gar an der Brust – mit größter Entschlossenheit den Durchgang, und ihre kreischenden Stimmen übertönten klagend oder schimpfend laut die fröhlichen Männerstimmen. Doch hörte man dazwischen auch die Stimme eines jungen Mädchens, das in seiner übergroßen Freude auf die Beschwerlichkeiten des Gedränges nicht zu achten schien.

»Na, hab ich's euch nicht gesagt?«, rief sie einigen ihrer Begleiterinnen zu. »Ich habe immer gesagt, wir würden einen Menschen für den Löwen bekommen, und nun haben wir sogar noch einen für den Tiger! Wär's doch nur schon morgen!

Hopp heißa! Zum lustigen Spiele herbei!
Ein Wald von Gesichtern auf jeglicher Reih!
Die Kämpfer, stark wie der Sohn der Alkmena,
Ziehen Paar und Paar durch die weite Arena.
Schwatzt noch, weil's Zeit ist, bald sitzet ihr leis,
Wenn sie sich drängen in blutigem Schweiß.
Trapp, trapp, wie schreiten sie stattlich und frei!
Heißa! Zum lustigen Spiele herbei!«

»Ein munteres Ding!«, meinte Sosia.

»Ja«, entgegnete der Handwerker, ein krausköpfiger, hübscher junger Mann, mit einem Anflug von Eifersucht; »ja, die Weiber schwärmen für die Gladiatoren. Wenn ich ein Sklave wäre, ich hätte mich schon lange beim Lanista als Schüler angemeldet.«

»Wirklich?«, entgegnete Sosia höhnisch. »Die Geschmäcker sind verschieden!«

Jetzt hatte man das Ziel erreicht. Da die wilden Tiere sich in einem ziemlich engen Raum befanden, wurde hier das Drücken und Drängen der Einlasssuchenden noch weit ärger als zuvor. Zwei am Eingang stehende Diener des Amphitheaters verringerten das Übel in praktischer Weise, indem sie an die Vordersten eine beschränkte Anzahl Einlasstäfelchen austeilten und nicht eher neue Zuschauer hereinließen, bis die jeweiligen Vorgänger ihre Neugier befriedigt hatten. Der ziemlich stämmige Sosia, der sich nie sonderlich durch Schüchternheit oder gutes Benehmen ausgezeichnet hatte, verstand es, sich so vorzudrängen, dass er mit zu den ersten gehörte, die hineingelassen wurden.

Von seinem Gefährten, dem jungen Handwerker, getrennt, stand er nun in einem engen, drückend heißen Raum, der von ein paar übel riechenden, flackernden Leuchten erhellt wurde.

Die Tiere, die gewöhnlich in getrennten Käfigen gehalten wurden, waren jetzt, zum großen Vergnügen der Zuschauer, in einen gemeinsamen Verschlag gebracht worden, der jedoch in der Mitte durch starke, mit eisernen Stangen versehene Gitter in zwei Hälften aufgeteilt war.

Hier waren sie also, die schrecklichen, bösartigen Wanderer der Wüste, die inzwischen fast zu den Hauptpersonen unserer Erzählung geworden sind. Den Löwen, der von Natur sanftmütiger war als sein Bruder vom Katzengeschlecht, hatte man durch Hunger wild gemacht. Er schritt rastlos und blutgierig in seinem engen Käfig hin und her, seine Augen funkelten vor Wut und Fressgier, und wenn er dann und wann stehen blieb und umherstarrte, wichen die Zuschauer ängstlich zurück und hielten erschrocken den Atem an. Der Tiger dagegen lag der ganzen Länge nach in seinem Käfig ausgestreckt ruhig da und zeigte nur durch ein gelegentliches Spielen mit dem Schweif oder ein langes, ungeduldiges Gähnen einige Aufmerksamkeit für seinen Kerker oder die Menge, die ihn mit ihrer Gegenwart beehrte.

»Selbst im Amphitheater in Rom habe ich nie ein wilderes Tier gesehen als diesen Löwen«, sagte ein riesiger, muskulöser Kerl, der rechts neben Sosia stand.

»Man muss sich schämen, wenn man seine Glieder betrachtet«, meinte links neben dem Sklaven eine schlankere, jüngere Gestalt mit über der Brust gekreuzten Armen. Sosia blickte von einem zum andern.

»*Virtus in medio!* – Die Tugend ist immer in der Mitte«, murmelte er vor sich hin. »Eine schöne Gesellschaft für dich, Sosia. Ein Gladiator auf jeder Seite!«

»Da hast du Recht, Lydon«, antwortete der grobschlächtigere Gladiator, »ich habe dasselbe Gefühl.«

»Und nun«, fügte Lydon im Ton tiefen Mitgefühls hinzu, »soll der edle Grieche, den wir noch vor wenigen Tagen in der Fülle der Jugend, Gesundheit und Freude vor uns sahen, dem Ungetüm zum Fraß dienen, ein entsetzlicher Gedanke!«

»Wieso auch nicht?«, knurrte Niger wild. »Mancher ehrliche Gladiator wurde schon vom Kaiser zu einem solchen Kampf gezwungen, warum sollte nicht auch einmal ein reicher Mörder vom Gesetz dazu verdammt werden?«

Lydon zuckte seufzend die Achseln und blieb still. Mittlerweile hatten die übrigen Zuschauer mit weit aufgerissenen Augen und Mündern zugehört, denn die Gladiatoren interessierten das Volk genauso sehr wie die Tiere; sie wurden sozusagen für Geschöpfe vom gleichen Schlag gehalten. Die Menge musterte abwechselnd die Bestien und die Kämpfer, die Leute flüsterten untereinander und stellten Mutmaßungen über den morgigen Tag an.

»Nun«, sagte Lydon und wandte sich ab, »ich danke den Göttern, dass nicht *ich* es bin, der mit dem Löwen oder dem Tiger zu kämpfen hat; selbst du, Niger, bist ein sanftmütigerer Gegner.«

»Aber ein ebenso gefährlicher«, entgegnete dieser mit ungestümem Lachen, und die Umstehenden stimmten schüchtern mit ein und bestaunten seine gewaltigen Glieder und rohen Züge.

»Das wollen wir dahingestellt sein lassen«, antwortete Lydon gleichgültig, drängte sich durch die Menge und verschwand.

»Dessen Schultern kann ich mir eigentlich zunutze machen«, dachte der pfiffige Sosia und zwängte sich hinter ihm her, »vor einem Gladiator macht alles Platz, also halte ich mich dicht hinter ihm und nutze so den Vorteil seiner Kraft.«

Rasch schritt Medons Sohn durch das Gedränge, und viele erkannten ihn.

»Das ist der junge Lydon, ein wackerer Bursche«; hieß es hier und dort, »er wird morgen auch kämpfen.«

»Sicher, ich hab sogar auf ihn gewettet«, sagte einer. »Seht nur, wie stramm er dahinschreitet!«

»Viel Glück, Lydon!«, sagte ein Dritter.

»Lydon, du hast meine besten Wünsche!«, flüsterte halblaut eine junge Frau aus dem Mittelstand; »und wenn du siegst, dann wirst du mehr von mir hören.«

»Ein schöner Mann, bei Venus!«, rief eine andere, ein Mädchen von kaum zwölf Jahren.

»Ich danke dir«, erwiderte Sosia, der das Kompliment allen Ernstes auf sich bezog.

Obwohl Lydon den blutigen Beruf des Gladiators nur aus dem edlen Motiv ergriffen hatte, seinem Vater die Freiheit zu erkämpfen, so war er doch nicht unempfindlich gegen das Aufsehen, dass er erregte. Er dachte nicht daran, dass dieselben Stimmen, die ihm jetzt Lob spendeten, am folgenden Tag vielleicht über seine Todesqual jubeln würden. Von Natur ebenso wild und verwegen wie edel und gefühlvoll, war er auf das Gewerbe, das er zu verachten meinte, doch wiederum sehr stolz. Der Geist der Genossenschaft, die ihm widerwärtig war, hatte ihn eben schon angesteckt. Er sah, dass er eine wichtige Person war, und in diesem Bewusstsein schritt er leichter und majestätischer als sonst dahin.

»Niger«, sagte er und wandte sich um, als er etwas aus dem Gedränge herausgekommen war, »wir haben oft miteinander gestritten. Wir werden uns zwar morgen nicht gegenüberstehen, aber vermutlich wird einer von uns auf dem Platz bleiben. Gib mir deine Hand.«

»Aber gern«, antwortete Sosia und streckte seine aus.

»Ha! Was für ein Tropf ist das? Ich dachte, Niger sei mir gefolgt!«

»Ich verzeihe dir deinen Irrtum«, entgegnete Sosia herablassend, »sprich nicht weiter davon, das Versehen ist verständlich. Ich und Niger sind ungefähr gleich gebaut.«

»Haha! Das ist prachtvoll! Niger würde dir die Kehle aufschneiden, wenn er das hörte!«

»Ihr Herren von der Arena habt eine höchst unangenehme

Art, mit den Leuten zu reden«, entgegnete Sosia; »unterhalten wir uns über etwas anderes.«

»*Vah, vah!*«, antwortete Lydon ungeduldig, »Ich habe überhaupt keine Lust, mich mit dir zu unterhalten.«

»Je nun«, entgegnete der Sklave, »du hast freilich Ursache, dir ernste Gedanken zu machen; soviel ich weiß, trittst du morgen zum ersten Mal in der Arena auf. Ich bin überzeugt, du wirst dem Tod mutig ins Auge sehen und gefasst sterben!«

»Mögen deine Worte auf dein eigenes Haupt fallen!«, rief Lydon abergläubisch, denn der Segenswunsch Sosias war ihm durchaus nicht angenehm. »*Sterben?* Nein, ich hoffe, daß meine Stunde noch nicht gekommen ist.«

»Wer mit dem Tod würfelt, muss sich auf den Hundswurf gefasst machen«, erwiderte Sosia boshaft; »doch du bist ein starker Bursche, und ich wünsche dir alles mögliche Glück. *Vale!*«

Damit drehte sich der Sklave auf dem Absatz herum und schlug den Weg nach Hause ein.

»Hoffentlich haben die Worte des Schurken keine schlechte Vorbedeutung«, sagte Lydon nachdenklich zu sich selbst. »In meinem Eifer, den Vater zu befreien, und im Vertrauen auf meine muskulösen Arme habe ich bisher noch nicht daran gedacht, dass ich ja auch den Tod finden kann. Mein armer Vater! Ich bin dein einziger Sohn! Sollte ich fallen ... «

Von dieser Vorstellung durchdrungen, eilte der Gladiator mit schnellerem, unruhigerem Schritt vorwärts, als er plötzlich in einer Querstraße die Gestalt dessen erblickte, der sein Inneres so sehr in Anspruch nahm. Auf seinen Stab gestützt, von Kummer und Alter niedergebeugt, die Augen zu Boden geschlagen, näherte sich der grauhaarige Medon mit zitternden Schritten dem Gladiator. Lydon blieb stehen; er erriet sogleich, was den alten Mann zu so später Stunde noch auf die Straße getrieben hatte.

»Bestimmt sucht er mich«, dachte er. »Er ist entsetzt darüber, dass Olinthus verurteilt worden ist, und hält die Arena nun für sündhafter und schrecklicher denn je. Deshalb will er mir ins Gewissen reden, vom Kampf zurückzutreten. Ich muss ihm aus dem Weg gehen. Ich kann sein Flehen nicht hören, seine Tränen nicht sehen.«

Diese Gedanken, die sich nur mit vielen Worten nacherzählen lassen, durchzuckten den jungen Mann blitzartig. Hastig machte er kehrt und lief in entgegengesetzter Richtung davon. Er hielt nicht eher an, bis er beinah erschöpft und atemlos auf den Gipfel einer kleinen Anhöhe kam, der auf den anmutigsten, prächtigsten Teil dieses Miniaturbildes einer Großstadt hinabsah. Er blickte auf die stillen Straßen, in die das Licht des gerade aufgegangenen Mondes fiel, er schaute nach der Menschenmenge hinüber, die um das Amphitheater herwogte und im malerischen Schimmer des gerade aufgegangenen Gestirns deutlich zu erkennen war. Der eigenartige Reiz dieser Szenerie machte tiefen Eindruck auf ihn, so rau und phantasielos seine Natur auch war. Er setzte sich auf die Stufen einer verlassenen Säulenhalle, und die ringsumher herrschende Ruhe tat ihm gut. Vor sich sah er die Lichter eines nahen Palastes, dessen Besitzer gerade ein Gelage veranstaltete. Die Türen standen auf, um die kühle Abendluft hereinzulassen, und der Gladiator sah die zahlreichen, prächtig gekleideten Gäste um die Tische im Atrium versammelt,* während hinter ihnen, den weiten Durchblick der erleuchteten Zimmer abschließend, der Sprühregen eines fernen Springbrunnens im Mondlicht funkelte. Dort waren Girlanden um die Säulen geflochten, dort glänzten still die vielen Marmorstatuen, und dort wurde unter schallendem Gelächter zu den Klängen der Musik ein Lied gesungen:

### EPIKUREISCHES LIED

Hinweg mit der Hadesgeschichte,
Dem pfaffenerfundenen Mythus;
Weg mit dem Drei-Jungfern-Gedichte,
Den Parzen, und eurem Kokytus.

Herr Zeus wäre übel geschoren,
Ging's droben nach eurem Geflause;

Vorm Weibe verschloss er die Ohren,
Und sah auf der Menschen Gezause.

Dein Nam', Epikur, sei gepriesen,
Du hast uns befreit von der Fabel;
Als zum Hades den Anker sie ließen,
Zerschnittst du das furchtbare Kabel.

Lebt ein Jupiter, lebt eine Juno:
Sie machen um uns sich nicht Sorgen.
Lass die Götter dem eigenen Tun – O
Selig, wer lebet verborgen!

Was? Zählt ihr's zu Göttergenüssen,
Den Sündern den Weg abzupassen?
Zu rechnen wie viele wir küssen,
Wie viel wir beim Becher verprassen?

Bei der Lippen süßem Erproben,
Bei Wein und Musik bleibt zufrieden:
Lasst schlafen die Götter da droben,
Wir wissen, 's gibt keine hienieden!

Lydons religiöse Gefühle waren toleranter Art, dennoch fühlte er sich durch diese Verse verletzt, in denen die Modephilosophie jener Zeit zum Ausdruck kam. Als er noch den Eindruck zu verwinden suchte, den sie auf ihn gemacht hatten, kam eine kleine Schar von einfach gekleideten Männern, die dem Mittelstand anzugehören schienen, an seinem Ruheplatz vorüber. Sie sprachen ernst miteinander und schienen den Gladiator nicht zu bemerken oder nicht zu beachten.

»Schrecklich, schrecklich«, sagte der eine; »Olinthus ist von uns gerissen! Mit ihm wurde unser rechter Arm abgehauen. Wann wird Christus herniederfahren, die Seinen zu beschützen?«

»Kann menschliche Grausamkeit noch weiter gehen?«, fragte

ein anderer. »Ein Unschuldiger wird zu demselben Kampf verurteilt wie ein Mörder. Aber lasst uns nicht verzweifeln. Noch kann der Donner des Sinai vernommen werden, noch kann der Herr seinen Heiligen retten. ›Nur der Narr spricht in seinem Herzen: Es ist kein Gott.‹«

In diesem Augenblick erklangen aus dem erleuchteten Palast noch einmal die Schlussverse des schwelgerischen Liedes:

Lasst schlafen die Götter da droben,
wir wissen, 's gibt keine hienieden.*

Ehe noch die Worte verhallt waren, stimmten die Nazarener, von plötzlicher Entrüstung ergriffen, gleich einem Echo laut eine ihrer Lieblingshymnen an:

WARNUNGSHYMNE DER NAZARENER

Um dich her, dir ewig nah,
Gottes Aug dich ewig sah!
Auf des Sturmes Wogen naht er der Sünde!
Beugt euch ihr Himmel und zittert ihr Gründe!
Wehe den Stolzen, die ihm nicht eignen,
Wehe den Träumern, die ihn verleugnen!
Wehe den Sündern, weh!
Wenn der Posaune Donner ruft,
Berstet die Erde, springt die Gruft!
Und ein heißer Flammensee
Wogt und kämpft in Todesweh,
Jede Welle ein lebend Herz!
Die Sterne bleich, die Sonne matt!
Der Himmel verschrumpft wie ein welkes Blatt;
Durch die ächzende Lehre niederwärts
Scheint lang und rot im trüben Licht
Des Engels drohend Flammenschwert,
Das von Gott den Verlornen wehrt
An der Erde letztem Gericht!

Wehe den Stolzen, die ihm nicht eignen,
Wehe den Träumern, die ihn verleugnen!
Wehe den Sündern, weh!

Die Leute in der Festhalle schreckten auf, und Stille trat dort ein, als man diese inhaltsschweren Worte hörte. Die Christen schritten weiter und waren bald den Blicken des Gladiators entschwunden. Von ihrer geheimnisvollen Warnung tief ergriffen, fühlte Lydon sich von unerklärlicher Furcht beschlichen. Nach einer Weile stand er auf und machte sich auf den Heimweg.

Wie heiter schlummerte das Sternenlicht über der lieblichen Stadt vor ihm! Wie ruhig und sicher schliefen die von Säulen eingerahmten Straßen! Wie sanft wallten drüben die dunkelgrünen Wogen auf und ab! Wie wolkenlos breitete sich – ein blauer Dom – der träumende Himmel Kampaniens aus! Und doch war dies für das fröhliche Pompeji die letzte Nacht, die letzte Nacht auch für die Kolonie der ehrwürdigen Chaldäer, die Sagenstadt des Herkules, für all diese Orte, die die Freude der üppigen Römer waren! Jahrhundert auf Jahrhundert war über Pompejis Mauern hingerollt, ohne Zerstörung mit sich zu bringen, und nun zitterte der letzte Strahl auf der Sonnenuhr seines Schicksals! Der Gladiator hörte leichte Schritte hinter sich; eine Gruppe von Frauen kehrte vom Besuch des Amphitheaters heim. Als er sich umdrehte, wurde sein Blick von einer plötzlichen, unerwarteten Erscheinung gefesselt. Von dem dunklen, aus der Ferne herüberblickenden Gipfel des Vesuvs schoss ein blassblaues, meteorartiges, unheimliches Licht auf, flackerte eine Sekunde nur und war verschwunden. Und im selben Augenblick, als er das sah, schlug die Stimme der jüngsten unter den Frauen schrill und fröhlich an sein Ohr:

»Trapp, trapp! Wie ziehen sie stattlich und frei!
Heißa! Zum morgigen Spiele herbei!«

# BUCH V

Siehe, vorm Altar steht das Opfer und erwartet deinen Schlag mit gesenktem Nacken.

SENECA, ›Der rasende Herkules‹, 1040.

Gestört ist die Ordnung, nichts liegt an der ihm zukommenden Stelle, sondern alles ist widernatürlich gebildet.

SENECA, ›Ödipus‹, 366.

Freilich gab auch die Erde und gaben die Fluten damals Zeichen genug.

VERGIL, ›Landbau‹, 1, 469/71.

## KAPITEL I

### DER TRAUM DES ARBAKES. DER ÄGYPTER BEKOMMT BESUCH UND EINE WARNUNG.

Langsam verstrich die Nacht, die der wilden Freude des Amphitheaters voranging. Grau und düster dämmerte der letzte Tag von Pompeji! Die Luft war ungewöhnlich still und schwül. Dünner, dumpfer Nebel hing über den Tälern und Gründen der weiten kampanischen Gefilde. Und dennoch bemerkten die Fischer, die früh auf die See fuhren, zu ihrer Verwunderung, dass trotz der vollständigen Windstille ein beträchtlicher Wellengang herrschte und die Wogen gleichsam angstvoll vom Ufer zurückzufluten schienen. Den breiten, herrlichen Sarnus entlang (sein damals umfangreiches Bett sucht der Reisende heute vergebens), tönte ein heiseres, verhaltenes Murmeln, während der Fluss an den lachenden Ebenen und prächtigen Villen der reichen Bürger vorüberströmte. Klar über dem niedrig schwebenden Nebel erhoben sich die verwitterten Türme der uralten Stadt, die roten Ziegeldächer in den schönen Straßen, die hehren Säulen der zahlreichen Tempel und die mit Statuen gekrönten Portale am Forum und am Triumphbogen. In weiter Ferne erhoben sich die Linien des Bergkranzes und verschwammen in den wechselnden Farben des Morgenhimmels. Die Wolke, die so lange über der Kuppe des Vesuvs geschwebt hatte, war plötzlich verschwunden, seine raue, stolze Stirn blickte ruhig auf die wundervolle Landschaft zu seinen Füßen herab.

Trotz der frühen Stunde waren die Stadttore bereits offen. Reiter auf Reiter, Wagen auf Wagen drängten in Hast herein, und die Stimmen ganzer Scharen von festlich gekleideten Fußgängern erklangen lachend und jubelnd. Die Straßen waren voll von Bürgern und Fremden aus der dicht bevölkerten Umgebung Pompejis, und lärmend, reißend, chaotisch eilten sie in vielen lebendigen Strömen dem einen Hafen zu: dem verhängnisvollen Zirkus.

Das Amphitheater hatte einen gewaltigen Umfang, der in auffallendem Missverhältnis zur Größe der Stadt zu stehen schien. Man hätte meinen können, die ganze Bevölkerung von Pompeji müsse darin Platz gehabt haben. Doch bei außergewöhnlichen Gelegenheiten war der Zulauf von Fremden aus allen Teilen Kampaniens so stark, dass der weite Raum vor dem Gebäude in der Regel schon mehrere Stunden vor dem Beginn der Spiele dicht besetzt war von Leuten, die durch ihren Rang kein Anrecht auf reservierte oder besondere Plätze hatten. Das Aufsehen, das der Prozess und die Verurteilung zweier so merkwürdiger Verbrecher erregt hatte, lockte diesmal eine bisher noch nie erreichte Zuschauerzahl an.

Während das Volk mit der dem kampanischen Blut eigentümlichen Lebhaftigkeit und Aufregung zum Zirkus eilte, sich vor ihm drängte und zusammenschob, während es trotz all diesem Eifer – wie noch heute die Italiener bei derartigen Versammlungen – eine musterhafte Ordnung und von allen Zänkereien freie Heiterkeit bewahrte, ging eine seltsame Fremde ihres Wegs zu dem abgelegenen Haus des Ägypters. Die Vorübergehenden sahen verwundert ihre absonderliche Tracht, die aus grauer Vorzeit zu stammen schien, ihre unwirsche Haltung, ihre bizarren Bewegungen. Man stieß sich an und lächelte; und wer von diesem Gesicht noch einmal auf die vermoderten Gewänder blickte, der mochte glauben, ein Wesen vor sich zu haben, das aus jahrelanger Grabesruhe plötzlich zu den Lebenden zurückgekehrt war. Schweigend und furchtsam wich alles vor ihr zur Seite, und bald erreichte sie den breiten Säulengang vor dem Palast des Ägypters.

Der schwarze Pförtner, der wie alle andern Leute schon zu dieser ungewöhnlichen Stunde auf den Beinen war, fuhr zusammen, als er auf ihr Klopfen die Tür öffnete.

Arbakes hatte in dieser Nacht ungewöhnlich fest geschlafen, gegen Morgen hatten ihn jedoch verworrene, unruhige Träume heimgesucht, die einen umso tieferen Eindruck auf ihn machten, als sie die Färbung der bizarren Philosophie trugen, deren Meister er sich nannte.

Es war ihm, als sei er ins Innere der Erde versetzt und stünde allein in einer mächtigen Höhle, die auf den ungeheuren, rauen Felsen des Urgesteins ruhte. Ihre Spitzen verloren sich in einer furchtbaren Finsternis, in deren ewige Nacht nie ein Strahl des Tages gedrungen war. Zwischen diesen Säulen befanden sich riesige Räder, die in tosendem, wirbelndem, lärmendem Schwung herum und herum wirbelten. Nur am rechten und linken Ende der Höhle befand sich zwischen den Felsenpfeilern ein freier Raum, und die Öffnungen zwischen den Säulen dehnten sich hier zu Gängen aus, in denen es nicht völlig finster war. Ein unsteter, flackernder Feuerschein verbreitete hier ein dämmerhaftes Licht. Die Feuer krochen bald schlangenartig über den rauen, feuchten Boden hin, bald tanzten sie wild auf und ab, bald schossen sie in tollen Zuckungen durch das Dunkel, plötzlich verschwindend und gleich darauf in zehnfacher Leuchtkraft wieder erglühend. Während er staunend auf den Gang zur Linken blickte, kamen von dorther langsam dünne, nebelhafte Gestalten herangeschwebt. Als sie in die Höhle gelangten, schienen sie emporzusteigen und zu verschwinden, wie Rauch sich in unermesslichen Höhen verlierend.

Angstvoll wandte er sich nach dem anderen Ende, und siehe da, dort kamen aus der Nacht über ihm ähnliche Gestalten und flogen mit großer Geschwindigkeit in den Gang zur rechten Seite, als ob sie von den Fluten eines gewaltigen Stroms hinweggerissen würden. Die Gesichter dieser Phantome waren deutlicher als diejenigen, die aus dem Gang zur Linken gekommen waren; in einigen stand Freude, in andern Schmerz, einige strahlten in froher Hoffnung, andere waren von Furcht und Grausen unsäglich entstellt. So wallten sie vorüber, schnell und ohne Unterlass, bis die ewig wechselnde Folge von Dingen, die offenbar durch eine fremde Kraft angetrieben wurden, die Augen des Betrachters geblendet und seine Sinne verwirrt hatten.

Arbakes wandte sich ab, da sah er im Hintergrund der Höhle die gewaltige Gestalt einer Riesin. Sie saß auf übereinandergetürmten Totenschädeln, und ihre Hände arbeiteten emsig an einem fahlen, schattenhaften Gewebe, das, wie er bemerkte, mit den zahllosen Rädern in Verbindung stand, als ob es die Maschinerie ihrer Bewegungen leitete. Ihm war, als ob seine Füße durch eine geheime Macht auf die Frau hingelenkt würden; er fühlte sich vorwärtsgetrieben, bis er ihr von Angesicht zu Angesicht gegenüberstand. Das Antlitz der Riesin war feierlich und ruhig, ja heiter und schön. Es glich dem Gesicht einer Sphinx, einem jener kolossalen Steinbilder seiner Vorfahren. Keine Leidenschaft, keine menschliche Bewegung störte die nachdenkliche, faltenlose Stirn; weder Schmerz noch Freude, weder Erinnerung noch Hoffnung stand auf ihr geschrieben; sie war frei von allem, wofür das wilde Menschenherz schlägt. Das Geheimnis der Geheimnisse ruhte auf dieser Schönheit; sie flößte wohl Ehrfurcht, doch keine Angst ein; sie war die Verkörperung der Erhabenheit. Und Arbakes fühlte, wie eine Stimme aus seinem Mund kam, ohne dass er selbst hatte sprechen wollen, und seine Stimme fragte:

»Wer bist du, und was treibst du?«

»Ich bin das, woran du geglaubt hast«, antwortete das gewaltige Phantom, ohne seine Arbeit zu unterbrechen. »Mein Name ist *Natur.* Dies sind die Räder der Welt, und meine Hand lenkt sie, wodurch alle Dinge leben.«

»Und was«, fragte seine Stimme weiter, »sind das für Gänge,

die sich seltsam und nur schwach erleuchtet zu beiden Seiten in den Abgrund der Finsternis erstrecken?«

»Das«, antwortete die Riesin, »was du links siehst, ist der Gang der Ungeborenen. Die Schatten, die da heranschweben und in die Welt hinaufsteigen, sind die Seelen, die aus der langen Ewigkeit des Seins die ihnen bestimmte Pilgerfahrt auf Erden antreten. Was du rechts siehst, wo die Schatten von oben herabschweben, ist der Gang der Toten.«

»Und wozu«, fragte die Stimme des Arbakes, »dienen diese wandernden Lichter, die so wirr die Finsternis durchbrechen, doch nur *durchbrechen,* nicht *erhellen?*«

»Du finsterer Narr des Menschenwissens, der du von den Sternen träumst und das Herz und den Ursprung der Dinge enträtseln möchtest, diese Lichter sind nur das Glimmen jener Wissenschaft, derer die Natur bedarf, ihren Weg zu gehen und so viel von der Vergangenheit und Zukunft zu erkennen, dass ihr Wirken mit der Vorsehung übereinstimmt. Beurteile danach, du Marionette, von welcher Bedeutung die Lichter sind, die dir geleuchtet haben!«

Arbakes fühlte, dass er zitterte, als er von neuem fragte: »Weshalb bin ich hier?«

»Deine Seele ahnt, was ihr bevorsteht; sie fühlt, dass dein Geschick seinem Ende zugeht. Dein Schicksal wirft an deinem Erdenabend seinen langen Schatten in die Ewigkeit hinein.«

Ehe er antworten konnte, fühlte er, wie ein brausender Wind durch die Höhle rauschte gleich den Fittichen eines Riesengottes. Vom Boden emporgehoben und wie ein Blättlein im Herbststurm umhergewirbelt, sah sich der Ägypter mitten zwischen den Geistern der Verstorbenen und wurde mit ihnen durch die Finsternis hinweggetragen. Während er ohnmächtig und verzweifelt gegen die Gewalt ankämpfte, die ihn mit sich riss, glaubte er zu erkennen, dass der Wind Gestalt annahm. Er unterschied die gespenstischen Umrisse der Schwingen und Fänge eines Adlers, dessen Glieder fern und verschwommen durch die Luft schwebten. Nur die Augen waren deutlich zu sehen, und sie starrten steinern und erbarmungslos in die seinen.

»Was bist du?«, hörte er die eigene Stimme wieder fragen.

»Ich bin das, woran du geglaubt hast«, und lautes Gelächter erscholl. »Mein Name ist *Notwendigkeit.*«

»Wohin trägst du mich?«

»Ins Unbekannte.«

»Zu Glück oder Leid?«

»Wie du gesät hast, so wirst du ernten.«

»Furchtbares Wesen, nicht doch! Wenn du der Lenker des Lebens bist, so fallen meine Verbrechen auf dich, nicht auf mich.«

»Ich bin nur der Odem Gottes«, antwortete der gewaltige Wind.

»So ist mein Wissen unnütz«, stöhnte der Träumende.

»Der Bauer klagt nicht das Schicksal an, wenn er Disteln gesät hat und kein Korn erntet. Du hast Sünde gesät. Klage nicht das Schicksal an, wenn du nicht die Ernte der Tugend in die Scheuer fährst!«

Plötzlich änderte sich der Schauplatz. Arbakes war an einem Platz voller Menschengebeine, und siehe da, mitten unter ihnen lag ein Schädel, der im wirren Gestaltungszauber des Traums langsam und seine fleischlosen Höhlen immer noch beibehaltend, die Züge von Apaecides annahm. Aus den klaffenden Kinnladen kroch ein winziger Wurm hervor und schlängelte sich bis zu den Füßen des Ägypters hin. Er wollte das Tier zertreten, doch als er es berührte, wurde es größer, breiter, blähte sich und schwoll zu einer ungeheuren Schlange an, die seine Glieder umschnürte, seine Knochen zermalmte und die funkelnden Augen, den giftgeschwollenen Rachen gegen sein Gesicht erhob. Umsonst kämpfte er mit ihr; seine Kräfte schwanden, er keuchte unter dem Einfluss ihres mörderischen Atems, er fühlte den Tod nahen. Und da erklang eine Stimme aus dem Reptil, das noch immer die Gesichtszüge des Apaecides trug, und hallte gellend in seinen sausenden Ohren wider:

»Das Opfer wird zu deinem Richter! Der Wurm, den du zertreten wolltest, wird zu der Schlange, die dich verschlingt!«

Mit einem Schrei der Wut, des Schmerzes und des verzweifelten Widerstands wachte Arbakes auf; das Haar stand ihm zu Berge, seine Stirn war in Schweiß gebadet, die Augen starrten gläsern, seine mächtige Gestalt zitterte unter der Todesqual dieses Traumes wie die eines Kindes. Er sammelte sich und lobte die Götter, an die er nicht glaubte, dass alles nur ein Traum gewesen war. Er blickte sich nach allen Seiten um; er sah dämmerndes Licht durch das schmale, hohe Fenster fallen; er war wieder im Reich des Tages. Da freute er sich und lächelte; doch plötzlich senkte er den Blick, und vor sich gewahrte er die gespenstischen Züge, die blauen Lippen der Vesuvhexe.

»Ha!«, rief er und legte die Hand vor die Augen, um die schreckliche Erscheinung nicht länger zu sehen. »Träume ich immer noch? Bin ich noch bei den Toten?«

»Mächtiger Hermes, nein! Du siehst eine, die den Toten ähnlich, doch noch nicht tot ist; erkennst du deine Freundin und Sklavin nicht?«

Es trat ein langes Schweigen ein. Langsam zog ein Schauer nach dem andern über den Leib des Ägypters hin … sie wurden schwächer … die Zwischenräume wurden länger … endlich war er wieder er selbst.

»Dann war es also ein Traum«, sagte er. »Ich will nicht mehr träumen, sonst könnte der Tag mich nicht für die Qualen der Nacht entschädigen. Weib, wie bist du hierher gekommen und weshalb?«

»Ich bin gekommen, dich zu warnen«, erwiderte die Grabesstimme der Alten.

»Mich warnen? So hat der Traum nicht gelogen! Vor welcher Gefahr?«

»Hör mir zu! Irgendein Unheil schwebt über dieser Stadt der Verdammnis. Fliehe, solange noch Zeit ist. Du weißt, ich wohne auf dem Berg, in dessen Schoß, wie die Sage spricht, noch immer die Feuer des Phlegeton glühen und brennen. In meiner Höhle befindet sich ein ungeheurer Abgrund, und darin habe ich schon seit geraumer Zeit einen dunkelroten Bach langsam dahinfließen sehen. Manchmal erklang auch lautes Zischen und Brausen durch die Finsternis. Als ich aber in der letzten Nacht hinuntersah, da war der Bach nicht mehr dunkel, sondern er leuchtete wild und grell; und während ich ihn betrachtete, stieß das Tier, das meine Wohnung teilt und an meiner Seite hockte, ein schrilles Geheul aus und fiel tot zu Boden,* Geifer und Schaum auf den Lefzen. Ich kroch auf mein Lager zurück, doch die ganze Nacht hindurch fühlte ich das Felsgestein beben und schwanken. Die Luft war still und schwül, doch unter der Erde brauste es, als ob Winde dort eingeschlossen wären, und es erklang ein Rollen und Knirschen wie von Rädern. Sobald ich mich heute Morgen in aller Frühe erhoben hatte, schaute ich wieder in den Abgrund und sah, dass große Felsblöcke schwarz und wogend auf dem funkelnden Bach dahinschwammen. Der Bach selbst war breiter, wilder und röter geworden, als er noch am Abend vorher gewesen war. Da ging ich hinaus und stieg auf die Spitze des Berges. Da sah ich, dass in den Gipfel eine große Öffnung gerissen war, wie ich das noch nie zuvor gesehen hatte. Und aus dem Loch stieg ein schwacher Dunst auf. Der aber war tödlich und ich rang nach Atem, fiel in Ohnmacht und wäre fast gestorben. Ich kehrte heim, nahm mein Gold und meine Kräuter und verließ die Stätte, wo ich so viele Jahre gehaust hatte. Denn ich gedachte der alten etruskischen Prophezeiung, die da sagt: ›Wenn sich der Berg öffnet, wird die Stadt fallen; wenn Rauch den Berg der versengten Felder krönt, dann kommt Wehklagen und Weinen über die Herzen der Kinder der See.‹ – Erhabener Meister, ehe ich diese Mauern verlasse, um einen entlegenen Wohnort aufzusuchen, komme ich zu dir. So gewiss du lebst, so gewiss weiß ich in meinem Herzen: Das Erdbeben, das vor sechzehn Jahren die Stadt in ihren Grundfesten erschütterte, war nur der Vorbote eines tödlicheren Schicksals. Die Mauern Pompejis sind über den Gefilden der Toten erbaut, über den Strömen der schlaflosen Hölle. Lass dich warnen und fliehe!«

»Hexe, ich danke dir für deine Fürsorge und werde mich dir erkenntlich zeigen. Auf dem Tisch dort steht ein Becher aus

Gold. Nimm ihn, er ist dein. Ich habe mir nicht träumen lassen, dass es außer den Isispriestern noch einen Menschen gäbe, der den Arbakes von Gefahren erretten würde. Die Zeichen, die du im Krater des erloschenen Vulkans gesehen hast, deuten allerdings darauf hin, dass der Stadt Unheil droht.« Dann fügte Arbakes nachdenklich hinzu: »Vielleicht wird ein Erdbeben kommen, schrecklicher und verhängnisvoller als das erste. Sei dem, wie ihm wolle, es ist ein weiterer Grund für mich, diese Mauern schleunigst zu verlassen. Morgen will ich die Reise vorbereiten. Tochter der Etrusker, wohin wirst du gehen?«

»Ich lasse mich noch heute nach Herkulaneum hinüberfahren. Von dort werde ich an der Küste entlang wandern, um mir ein neues Heim zu suchen. Ich habe keine Freunde, meine Genossen, der Fuchs und die Schlange, sind tot. Großer Hermes, du hast mir prophezeit, dass ich noch zwanzig Jahre leben werde?«

»Ja«, antwortete der Ägypter, »das habe ich dir versprochen. Doch Weib«, fügte er hinzu, richtete sich auf den Armen empor und sah ihr neugierig ins Gesicht, »sag mir bitte, warum liegt dir denn etwas am Leben? Welche Freuden kann dir das Dasein bieten?«

»Es ist weniger, weil das Leben süß ist, nein, aber der Tod ist schrecklich«, versetzte die Hexe scharf und so eindringlich, dass die Antwort den eitlen Sternenseher tief ins Herz traf. Er fuhr zusammen unter ihrer Wahrheit, und nicht länger gewillt, eine so erschreckende Person bei sich zu sehen, sagte er: »Es wird spät. Ich muss mich fertig machen zum Prachtschauspiel dieses Tages. Schwester, lebe wohl. Erfreue dich, so gut du kannst, an der Asche des Lebens!«

Die Hexe hatte die kostbare Gabe des Arbakes in die losen Falten ihres Gewandes gesteckt und erhob sich nun, um zu gehen. Als sie die Tür erreichte, blieb sie stehen, wandte sich um und sagte: »Es ist vielleicht das letzte Mal, dass wir uns auf Erden begegnen; doch wohin flieht die Flamme, wenn sie die Asche verlässt? Auf und ab, hin und her getrieben, gleich einem Irrlicht im Moor, sieht man sie wohl über den Sümpfen, und vielleicht sehen Meister und Schülerin, Hexe und Zauberer, der Große und die Verfluchte dort einander wieder! Lebe wohl!«

»Hinaus, Unglücksrabe!«, murmelte Arbakes, als die Tür sich hinter dem zerrissenen Kleid der Alten geschlossen hatte. Unzufrieden mit seinen eigenen Gedanken, noch halb in die Schrecken des Traumes verstrickt, rief er eilends nach seinen Sklaven.

Es war üblich, zu den Spielen im Amphitheater in Festkleidung zu erscheinen, und Arbakes schmückte sich daher heute mit größerer Sorgfalt als gewöhnlich. Seine Tunika war vom glänzendsten Weiß, und die zahlreichen *Fibulae* daran bestanden aus kostbarsten Edelsteinen; über die Tunika wallte ein weites, orientalisches Gewand herab, halb Talar, halb Mantel, das im tiefsten Rot des tyrischen Purpurs erglühte; die bis in die Mitte der Wade heraufreichenden Sandalen waren mit Juwelen besetzt und mit Gold ausgelegt. Arbakes hatte jenen Sinn für äußerlichen Prunk, der zu seinem Priestergenie gehörte, und vernachlässigte daher bei bedeutenden Anlässen niemals all die Künste, die den großen Haufen blenden und faszinieren. An diesem Tag aber, der ihn durch die Opferung des Glaucus auf ewig von der Furcht vor einem Nebenbuhler und der Möglichkeit einer Entdeckung befreien sollte, war es ihm, als schmücke er sich zu einem Triumph oder zu einem Hochzeitsfest.

Es war außerdem üblich, dass die Leute von Rang sich durch einen Zug von Sklaven und Freigelassenen zu den Spielen begleiten ließen. Die große Schar der ›Familie‹ des Arbakes stand daher schon in Reih und Glied und wartete darauf, die Sänfte des Gebieters zu geleiten.

Nur die Sklavinnen, die Ione zu bedienen hatten, und der brave Sosia, der Nydia bewachen musste, sahen sich zu ihrem größten Kummer verurteilt, zu Hause zu bleiben.

»Kallias«, sagte Arbakes leise zu seinem Freigelassenen, der ihm den Gürtel umlegte, »es gefällt mir nicht mehr in Pompeji. Wenn der Wind günstig ist, möchte ich die Stadt binnen drei

Tagen verlassen. Du kennst das Schiff im Hafen, das dem Narses von Alexandria gehört. Ich habe es ihm abgekauft. Übermorgen wollen wir damit anfangen, die Schätze an Bord zu schaffen.«

»So bald? Der Wille des Arbakes ist mir Befehl. Und sein Mündel Ione?«

»Begleitet mich. Genug jetzt! Ist heute Vormittag das Wetter schön?«

»Drückend schwül. Es wird heute wohl sehr heiß werden.«

»Die armen Gladiatoren und die noch unglücklicheren Verbrecher! Geh hinunter und sorge dafür, dass die Sklaven sich aufstellen.«

Alleingelassen trat Arbakes in sein Studierzimmer und dann auf den Portikus hinaus. Er sah dichte Massen von Menschen zum Amphitheater strömen, er hörte die Stimmen der Arbeiter, er vernahm das Knarren der Taue, an denen die gewaltige Plane ausgespannt wurde, unter deren Schutz die Bürger, von keinem Sonnenstrahl belästigt, sich in ungestörtem Behagen an der Todesqual ihrer Mitmenschen weiden konnten. Plötzlich erhob sich ein wildes, seltsames Geräusch und erstarb ebenso schnell wieder: Der Löwe hatte gebrüllt. Das Summen der fernen Menge verstummte, dann aber folgte auf die Stille lautes, fröhliches Lachen; man machte sich lustig über Hunger und Ungestüm des königlichen Tieres.

»Bestien«, murmelte Arbakes voll Verachtung, »seid ihr weniger Mörder als ich? *Ich* töte nur zu meiner Verteidigung, ihr aber mordet bloß zum Zeitvertreib.«

Dann wandte er das rastlose Auge neugierig zum Vesuv hinüber. Die grünen Weingärten um den Rumpf des Berges lachten im Sonnenschein. Ruhig wie die Ewigkeit ragte die gewaltige Gestalt des Berges zum lautlosen Himmel empor.

»Das Erdbeben lässt sich noch Zeit«, dachte Arbakes und trat in sein Zimmer. Er kam an dem Tisch vorbei, auf dem seine mystischen Rollen und chaldäischen Berechnungen lagen.

»Erhabene Kunst«, dachte er, »seit die Gefahr, seit der Wendepunkt vorüber ist, den du mir vorausgesagt hast, habe ich dich nicht wieder befragt. Aber was macht das noch? Ich weiß ja, *künftig* ist mein Weg hell und eben. Haben die Ereignisse das nicht schon bewiesen? Hinweg, Zweifel und Mitleid! Spiegle du, mein Herz, in Zukunft nur noch zwei Bilder zurück: die Königskrone und Ione!«

## KAPITEL II

### DAS AMPHITHEATER.

Auf den Bericht hin, den ihr Sosia bei seiner Rückkehr gegeben hatte, beruhigte Nydia sich. Sie war überzeugt, dass ihr Brief sich in Sallusts Händen befand, und schöpfte neue Hoffnung. Sicherlich würde Sallust keine Zeit verlieren, sich zum Prätor begeben, dann zum Haus des Ägypters eilen, sie befreien und den Kerker des Calenus aufbrechen. Dann konnte Glaucus noch in dieser Nacht frei sein! – Aber ach, die Nacht verging, und es wurde wieder Morgen, doch sie hörte nichts als die geschäftigen Schritte der Sklaven in der Halle und im Peristyl, und Stimmen, die nur den Vorbereitungen für den Besuch der Spiele galten. Nach und nach kam ihr auch der Befehlston von Arbakes zu Ohren, eine Fanfare erklang und dann machte sich der lange Zug auf den Weg zum Amphitheater, um die Augen am Todesschmerz des Atheners zu weiden.

Langsam und feierlich zog diese Prozession dahin, bis zu der Stelle, wo alle, die in Tragen oder mit Wagen ankamen, absteigen mussten. Arbakes verließ sein Gefährt und schritt auf den Eingang zu, durch den die vornehmeren Zuschauer eingelassen wurden. Seine Sklaven mischten sich unter das niedrige Volk und wurden von den Aufsehern gegen Abgabe ihrer Eintrittskarten (unseren modernen Theaterbilletts nicht unähnlich) in die *Popularia* (die für die gewöhnlichen Leute bestimmten Plätze) gewiesen. Und von der Stelle aus, wo Arbakes saß, ließ er nun den Blick über die gewaltige, ungeduldige Menschenmenge schweifen, die das riesige Theater füllte.

Auf den obersten Rängen, jedoch getrennt von den Männern,

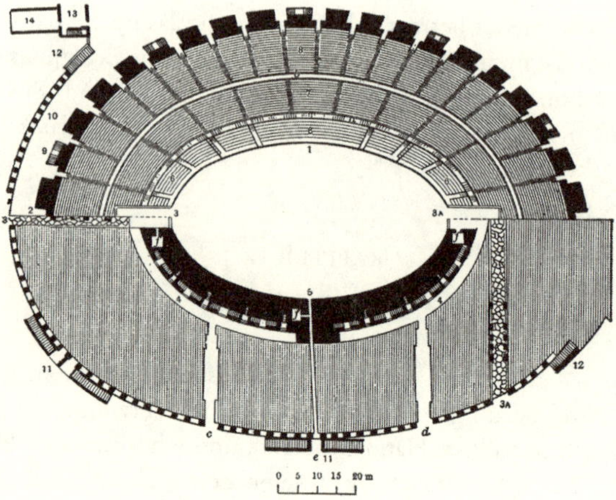


*Grundriss des Amphitheaters in verschiedener Höhe, oben die Sitze, unten die gewölbten Gänge unter den Sitzen.*

1. Podium, 2. Galerie, 3, 3 A. Eingänge zur Arena, 4. Gewölbter Umgang (Krypta), 5. Porta Libitinensis, 6. Ima cavea, 7. Media cavea, 8. Summa cavea, 9. Treppen zur Galerie, 10. Terrasse, 11. Doppeltreppen zur Terrasse, 12. Einfache Treppen zur Terrasse, 3. Turm der Stadtmauer, 14. Stadtmauer, *a.* Erste Praecinctio, *b.* Zweite Praecinctio, *c, d.* Eingänge zur Krypta, *e.* Eingang zur Porta Libitinensis, *f.* Kammern.

saßen die Frauen. Ihre farbenprächtigen Kleider nahmen sich aus wie ein buntes Blumenbeet, und es braucht wohl kaum gesagt zu werden, dass es auf diesen Bänken am geschwätzigsten zuging. Auch waren sie das Ziel vieler Blicke, besonders von jenen Rängen, wo die ledigen jungen Männer saßen. Auf den unteren Plätzen um die Arena herum saß das vornehmere und reichere Publikum, die Beamten und die Angehörigen von Senat und Ritterstand.* Die Zugänge, durch die man von jedem Ende der ovalen Arena auf Gängen, die rechts und links hinliefen, zu diesen Plätzen gelangen konnte, wurden auch von den Kämpfern beim Eintritt in die Arena benutzt. Starkes Pfahlwerk vor diesen Portalen schützte vor unwillkommenen, exzentrischen Launen der wilden Tiere und beschränkte sie auf

*Fresko mit Gladiatoren aus dem Amphitheater.*

die ihnen zugedachte Beute. An der Brüstung, die am Rande der Arena entlanglief und von der aus die Sitze stufenförmig aufstiegen, waren ringsherum Inschriften zu Ehren der Gladiatoren und Fresken mit für das Gebäude typischen Kampfszenen angebracht. Durch den ganzen Bau liefen unsichtbare Röhren, aus denen bei allzugroßer Hitze Sprühregen von kühlendem, parfümiertem Wasser über das Publikum gesprengt werden konnten. Die Arbeiter des Amphitheaters waren noch damit beschäftigt, das große Sonnendach (oder *Velaria)* auszuspannen, das das Ganze bedecken sollte – ein Luxus, als dessen Erfinder sich die Kampanier selbst ausgaben. Es bestand aus einem Gewebe von weißer apulischer Wolle, aufgelockert durch breite Purpurstreifen. Infolge der Unerfahrenheit der Arbeiter oder auch eines Fehlers im Mechanismus war die Plane diesmal nicht so gut gespannt wie gewöhnlich. In der Tat erforderte das Errichten eines Daches dieser ungeheuren Größe viel Anstrengung und Geschicklichkeit, so dass es bei rauem oder windigem Wetter selten unternommen werden konnte. An diesem Tag aber war es auffallend windstill, und deshalb gab es nach Meinung des Publikums keine Entschuldigung für die Ungeschicklichkeit der Arbeiter. Als gar am hinteren Teil der Plane eine weite Öffnung blieb, weil sich dort ein Teil der Velaria trotz aller Bemühungen nicht mit dem Rest verbinden ließ, wurden überall verärgerte Stimmen laut.

Der Ädil Pansa, auf dessen Kosten das ganze Schauspiel veranstaltet wurde, sah besonders verdrießlich zu dieser Lücke hinüber und schwor dem Oberaufseher der Spiele bittere Rache. Dieser lief keuchend und schwitzend hin und her und mühte sich unter nutzlosen Anweisungen und fruchtlosen Drohungen ab.

Plötzlich verstummte der Lärm, die Handwerker gaben die Arbeit auf, die Menge beruhigte sich und vergaß die Lücke. Denn jetzt zogen unter lautem, kriegerischem Trompetengeschmetter die Gladiatoren in Reih und Glied in die Arena ein. Langsam und gemessen durchschritten sie den ovalen Raum, um den Zuschauern Gelegenheit zu geben, ihre entschlossenen Gesichtszüge, ihre muskulösen Gliedmaßen und ihre unterschiedlichen Waffen zu betrachten, und unter dem anregenden Eindruck dieses ersten Anblicks Wetten abzuschließen.

»Oh!«, rief die Witwe Fulvia zu Pansas Frau, mit der sie von ihrem hohen Platz herabschaute. »Sieh nur den riesengroßen Gladiator da? Wie komisch der angezogen ist!«

»Ja«, antwortete die Frau des Ädils mit wichtigtuerischer Selbstgefälligkeit, denn sie kannte Namen und Eigenschaften jedes einzelnen Kämpfers; »das ist ein *Retiarius* oder Netzwerfer. Seine einzigen Waffen sind, wie du siehst, ein Speer mit drei Spitzen, also ein Dreizack, und ein Netz. Er trägt keine Rüstung, sondern bloß Stirnband und Tunika. Er ist sehr stark und wird mit Sporus kämpfen. Das ist der vierschrötige Bursche dort, der ebenfalls weiter keine Rüstung trägt als Rundschild und Kurzschwert. Er hat jetzt keinen Helm auf, damit man sein Gesicht sehen kann. Wie furchtlos er dreinschaut! Kämpfen wird er aber mit geschlossenem Visier.«

»Aber ein Netz und ein Speer sind doch wohl armselige Waffen gegen Schild und Schwert, oder?«

»Das beweist, wie wenig du dich auskennst, liebe Fulvia. Im Gegenteil, meistens siegt der Retiarius.«

»Aber wer ist denn der hübsche Gladiator dort? Er ist fast ganz nackt! So was gehört sich doch nicht! Aber bei Venus, er ist herrlich gebaut!«

*Das Grab des Scaurus mit Gladiatorenszenen.*

»Das ist Lydon, ein junger Anfänger. Er ist so unbesonnen, es mit dem ebenso gekleideten – oder vielmehr entkleideten – Gladiator namens Tetraides aufzunehmen. Sie kämpfen zuerst auf griechische Art mit dem Cestus; nachher legen sie Rüstungen an und bringen es mit Schwert und Schild zu Ende.«

»Ein schmuckes Mannsbild, dieser Lydon. Die Frauen hat er bestimmt auf seiner Seite.«

»Aber nicht die Leute, die im Wetten Erfahrung haben. Clodius hat drei zu eins gegen ihn gesetzt.«

»O Jupiter, einfach hinreißend!«, rief die Witwe, als zwei schwer bewaffnete Gladiatoren auf leichten, tänzelnden Pferden um die Arena ritten. Sie glichen den Kämpfern, die man im Mittelalter im Turnier sah und trugen Lanzen sowie Rundschilde mit prachtvollen Einlagen. Ihre Rüstungen bestanden aus kunstvoll geflochtenen Eisenbändern, schützten aber nur die Schenkel und den rechten Arm. Kurze, bis auf den Sattel herabhängende Umhänge erhöhten das malerische und gefällige Aussehen ihrer Kleidung. Die Beine waren nackt, bis auf die Sandalen, deren Bänder kurz über dem Knöchel zusammengeschlungen waren. »O wie schön! Wer sind diese denn?«, rief die Witwe.

»Der eine heißt Berbix und hat schon zwölfmal gesiegt. Der andere hat sich den überheblichen Namen Nobilior zugelegt. Beide sind Gallier.«

Während dieses Gesprächs hatten die Einführungszeremonien der Spiele ihr Ende gefunden. Es folgte nun ein Scheinkampf mit Holzschwertern zwischen den verschiedenen Gladiatorenpaaren. Hierbei wurden zwei römische Kämpfer, die man eigens für diese Gelegenheit angeheuert hatte, besonders bewundert. Nach ihnen erwies sich Lydon als der eleganteste Kämpfer. Diese Scheingefechte dauerten jedoch kaum eine Stunde und erweckten höchstens bei den wenigen Kennern Interesse, denen es um das Können und nicht ums Blutvergießen ging. Die große Menge der Zuschauer aber war froh, als das Vorspiel zu Ende war und ihr bloßes Betrachten sich zum Schrecken steigern konnte. Die Gladiatoren traten nun paarweise an. Man untersuchte ihre Waffen, und das gefährliche Spiel dieser Zeit nahm in tiefer Stille, die nur ganz zu Beginn durch einen kriegerischen Trompetenstoß unterbrochen wurde, seinen Anfang.

Es war üblich, die Spiele mit dem grausamsten von allen zu eröffnen. Ein *Bestiarius,* ein zum Kampf mit den wilden Tieren verdammter Gladiator, musste als Einweihungsopfer sein Leben lassen. Diesmal hielt es der erfahrene Pansa aber für besser, das blutige Drama schrittweise an Interesse zu- und nicht abnehmen zu lassen, und deshalb wurde die Hinrichtung von Glaucus und Olinthus für das Ende aufgespart. Zuerst sollten sich die beiden Reiter in der Arena zeigen, darauf die zu Fuß miteinander kämpfenden Gladiatorenpaare alle auf einmal, dann hatte Glaucus seinen blutigen Zweikampf mit dem Löwen zu bestehen, und zum Schluss kam das große Finale, der Kampf des Tigers gegen den Nazarener. Der Kenner der römischen Geschichte muss jedoch bei den Belustigungen der Pompejaner seiner Phantasie Grenzen ziehen und darf keine

*Bebrix und Nobilior.*

so gigantischen, prachtliebenden Darstellungen grausamster Menschenschlächterei erwarten, wie die, mit denen Nero oder Caligula die Bewohner der Kaiserstadt erfreuten. In der Tat wurde bei den Spielen in Rom die Mehrzahl der berühmteren Gladiatoren und der wilden Tiere eingesetzt, so dass sich die kleineren Städte des Reiches mit Darbietungen begnügen mussten, die vergleichsweise menschlich waren und auch nicht so oft stattfanden. In dieser wie in jeder anderen Hinsicht war Pompeji bloß das Miniaturbild, der Mikrokosmos Roms. Trotzdem war auch dies noch ein furchtbares, imposantes Schauspiel, dem die neueren Zeiten glücklicherweise nichts Vergleichbares an die Seite zu stellen haben. Ein gewaltiges Theater erhob sich Reihe um Reihe zu gewaltiger Höhe, mit einer Masse von 15 000 bis 18 000 Menschen bis zum Bersten gefüllt. Und alle diese Menschen freuten sich nicht etwa auf die Darstellung einer Dichtung oder auf eine gespielte Tragödie, nein, sie erwarteten den wirklichen Sieg oder Fall, triumphierendes Leben oder blutigen Tod eines jeden, der die Arena betrat!

An jedem der beiden entgegengesetzten Endpunkte der Schranken (wenn dieser Ausdruck erlaubt ist) befand sich jetzt einer von den beiden Reitern. Als Pansa das Zeichen gab, sprengten sie im selben Augenblick in vollem Galopp direkt aufeinander los, wobei jeder seinen Rundschild vorhielt und den leichten, aber stabilen Speer in der Luft schwang. Drei Schritte war Berbix nur noch von seinem Gegner entfernt, da machte sein Pferd plötzlich Halt und wirbelte herum. Nobilior schoss an ihm vorbei, und sein Gegner fiel ihm in den Rücken. Gerade noch rechtzeitig streckte Nobilior schnell und geschickt seinen Schild hoch und fing einen Stoß ab, der sonst wohl tödlich gewesen wäre.

»Gut pariert, Nobilior!«, rief der Prätor und lieh damit der allgemeinen Aufregung Stimme.

»Ordentlich zugestoßen, Berbix!«, rief Clodius von seinem Platz aus.

Und von einer Seite zur andern erklang jetzt aufgeregtes Stimmengewirr, das noch von zahlreichen lauten Ausrufen verstärkt wurde, die von allen Seiten erschollen.

Wie bei den Rittern späterer Zeiten waren die Visiere beider Reiter vollständig geschlossen; trotzdem richtete jeder den Angriff besonders auf den Kopf des andern. Nobilior warf jetzt sein Pferd mit derselben Geschicklichkeit herum, wie zuvor sein Gegner, und richtete seinen Speer direkt auf den Helm seines Feindes. Berbix hob den Schild, um sich zu schützen, doch sein Feind stieß, mit einem raschen Blick die Gelegenheit erspähend, einige Zoll tiefer zu und durchbohrte seine Brust. Berbix wankte und stürzte aus dem Sattel.

»Nobilior! Nobilior!«, johlte das Volk.

»Ich habe zehn Sesterzien* verloren«, murmelte Clodius zähneknirschend.

»*Habet!* Er hat ihn erwischt!«, sagte Pansa bedächtig.

Die Menge war noch nicht in grausamer Stimmung und gab das Zeichen der Gnade; aber als die Diener der Arena hinzueilten, entdeckten sie, dass diese Gunst zu spät kam. Das Herz des Galliers war durchbohrt, seine Augen waren schon gebrochen. Es war sein Lebensblut, das sich schwarz über den Sand und das Sägemehl der Arena ergoss.

»Schade, dass es so schnell vorbei war; das war ja noch nichts besonderes«, meinte die Witwe Fulvia.

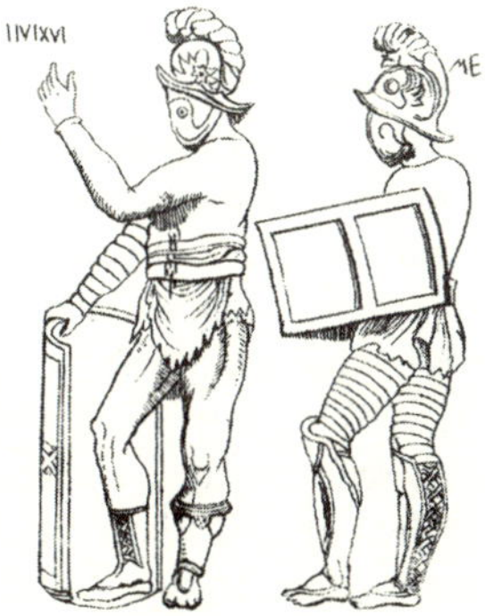

*Gladiatorenpaar.*

»Ja, ich habe kein Mitleid mit Berbix. Das konnte doch jeder sehen, dass Nobilior nur eine Finte machte! Schau, da befestigen sie den Todeshaken an der Leiche und schleifen sie ins Spoliarium. Man streut neuen Sand auf den Kampfplatz. Pansa bedauert nichts so sehr wie die Tatsache, dass er nicht reich genug ist, die Arena mit Borax und Zinnober ausstreuen lassen zu können, wie Nero es gemacht hat.«

»Der Kampf war nur kurz, aber es folgt wenigstens schnell ein neuer. Schau, da tritt mein hübscher Lydon an! Ja, und auch der Netzwerfer und die Schwertkämpfer! Oh, entzückend!«

Tatsächlich betraten gerade drei Paare auf einmal die Arena: Niger mit Netz und Dreizack gegen Sporus mit Schild und zweischneidigem Kurzschwert; Lydon und Tetraides, beide bis auf einen Lendenschurz ganz nackt und nur mit einem schweren griechischen Cestus bewaffnet; und schließlich zwei völlig in Stahl gekleidete Gladiatoren aus Rom, beide mit gewaltigen Schilden und spitzen Schwertern.

Beim Einleitungskampf zwischen Lydon und Tetraides ging es nicht unmittelbar um Leben und Tod wie bei dem zwischen den anderen Kämpfern. Daher traten, als diese sich in der Mitte der Arena aufgestellt hatten, die übrigen wie auf gemeinsame Verabredung zurück, um das Ende des Faustkampfs mit anzusehen und abzuwarten, bis der Cestus gegen schärfere Waffen vertauscht würde. Auf ihre Waffen gelehnt standen sie voneinander getrennt da und verfolgten gespannt dieses Schauspiel, das zwar nicht blutig genug war, um den vollen Beifall des großen Haufens zu finden, immerhin von ihm aber bewundert wurde, weil es aus Griechenland, dem Land seiner Ahnen stammte.

Auf den ersten Blick schienen die beiden Gegner ein völlig ungleiches Paar zu sein. Tetraides war zwar nicht größer als Lydon, aber beträchtlich schwerer und wuchtiger gebaut. Seine Muskeln erschienen dem oberflächlichen Beobachter viel größer, da sie von Massen fetten Fleisches bedeckt waren; denn da man allgemein glaubte, dass beim Cestuskampf der Korpulentere im Vorteil sei, so hatte Tetraides seine natürliche Anlage zur Körperfülle auf jede erdenkliche Art unterstützt. Seine Schultern waren gewaltig, seine Beine dick, stämmig und leicht nach außen gebogen, in jener eigentümlichen Form, die zwar der Schönheit starken Abbruch tut, dafür aber den Eindruck größerer Kraft hervorruft. Lydon dagegen war schlank, ja fast mager, dabei aber doch von schönen, feinen Proportionen. Den Kennern konnte es nicht entgehen, dass seine Muskeln zwar weit weniger fleischig waren als die seines Feindes, dafür aber kräftig und fest. Außerdem durfte man annehmen, dass er im gleichen Verhältnis, wie es ihm an Fleisch fehlte, an Behändigkeit überlegen war. Ein stolzes Lächeln auf seinem entschlossenen Gesicht, das einen auffallenden Kontrast zu der feisten Schwerfälligkeit seines Gegners bildete, flößte allen, die ihn musterten, Vertrauen ein. Sie hatten nicht nur Mitleid mit ihm, sie setzten auch Hoffnung auf ihn. Obwohl das Paar also völlig ungleich erschien, schrie die Menge fast ebenso laut für Lydon wie für Tetraides.

Wer schon einmal einen modernen Boxkampf gesehen hat, wer die schweren zermalmenden Schläge kennt, die die menschliche Faust, richtig geführt, auszuteilen vermag, der wird sich vorstellen können, wie sehr diese Wucht durch die Lederriemen noch verstärkt werden musste, die wie Binden bis zum Ellenbogen hinauf um den Arm gewunden waren und durch

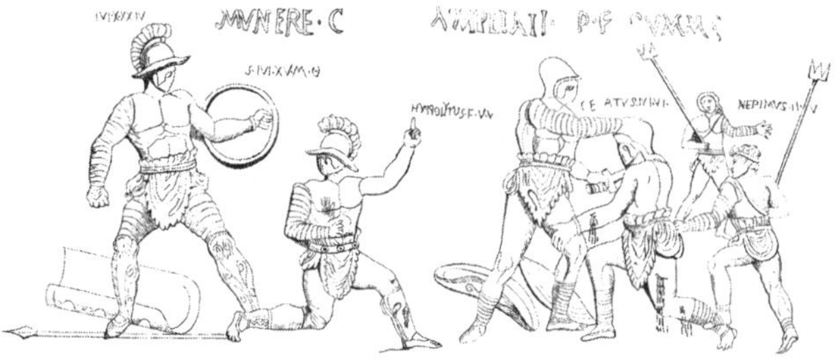


*Ein Gladiatorenpaar, Secutores und Retiarii (Nepimus, Eumolpus und Lydon).*

Eisenstücke, ja gelegentlich sogar durch Bleigewichte an den Knöcheln, eine furchtbare Verstärkung erhielten. Doch genau dieser Umstand verringerte eher das Interesse am Kampf, statt es, wie eigentlich beabsichtigt, zu steigern, denn er musste unvermeidlich zu einem schnellen Ende führen. Ein paar gelungene, nach allen Regeln der Kunst *platzierte* Schläge konnten schon die Entscheidung herbeiführen, und so gab es dabei nur selten Gelegenheit, jene Energie, Unverzagtheit und zähe Ausdauer zur Schau zu stellen, die häufig sogar über die höhere Gewandtheit die Oberhand behält und das Interesse am Kampf und die Sympathie mit den Mutigen zu einem fast schmerzlichen Vergnügen erhöht.

»Nimm dich in Acht!«, knurrte Tetraides, der seinem Feind immer näher auf den Leib rückte; der wich jedoch nicht zurück, sondern bewegte sich im Kreis um ihn herum.

Lydon antwortete nur mit einem verächtlichen Blick seiner scharfen, wachsamen Augen. Tetraides schlug zu – es war wie der Schlag eines Schmieds auf den Amboss. Doch Lydon ließ sich plötzlich auf ein Knie fallen und der Streich ging über ihn hinweg in die Luft. Nicht ganz so harmlos war Lydons Gegenschlag. Er sprang blitzschnell auf, und wohlgezielt krachte sein Cestus mit voller Wucht auf die breite Brust seines Gegners. Tetraides taumelte – das Volk aber jubelte.

»Du hast heute kein Glück«, sagte Lepidus zu Clodius. »Eine

Wette hast du schon verloren, und auch bei der zweiten wirst du den Kürzeren ziehen.«

»Bei den Göttern, dann müsste ich meine Bronzen versteigern lassen. Ich habe nicht weniger als einhundert Sesterzien* auf Tetraides gesetzt. Doch schau, schau! Wie er sich wieder aufrafft! Hei, das war ein tüchtiger Schlag! Er hat Lydon die Schulter aufgeschlagen. Drauf, Tetraides! Tetraides!«

»Aber Lydon gibt noch nicht auf! Bei Pollux! Sieh doch, wie ruhig er bleibt. Wie geschickt er diesen hämmernden Fäusten ausweicht. Mal entschlüpft er hierhin, mal dorthin und dreht sich wie ein Kreisel um seinen Feind herum. Ach, armer Lydon! Da hat er wieder was abgekriegt.«

»Noch immer drei zu eins auf Tetraides! Was hältst du davon, Lepidus?«

»Meinetwegen! Neun Sesterzien gegen drei; abgemacht. Was? Schon wieder Lydon? Er hält inne, er schnappt nach Luft. Bei den Göttern, er geht zu Boden! Nein, er kommt wieder auf die Beine, oder? Tapferer Lydon! Tetraides fasst Mut, er lacht laut, er stürzt sich auf ihn.«

»Der Narr! Der Erfolg blendet ihn, er sollte sich lieber vorsehen! Lydon hat wahre Luchsaugen!«, murmelte Clodius zwischen den Zähnen hindurch.

»Ha, Clodius! Hast du das gesehen? Dein Mann taumelt – da, noch ein Schlag! Er fällt, er fällt!«

»Und die Erde belebt ihn wieder. Da ist er schon wieder auf den Beinen. Aber das Blut strömt ihm übers Gesicht.«

»Beim Donnerer, Lydon gewinnt! Schau, wie er auf ihn losgeht! Dieser Schlag an die Schläfe hätte einen Ochsen niedergestreckt, und das hat er auch Tetraides. Da liegt er und rührt sich nicht mehr. *Habet, habet!*«

*»Habet!«,* wiederholte Pansa. »Führt sie hinaus und gebt ihnen Rüstung und Schwert.«

»Edler Editor«, erwiderten die Aufseher, »wir fürchten, Tetraides wird sich nicht so schnell wieder erholen. Aber wir wollen es versuchen.«

»Tut das.«

*Ein leicht bewaffneter und ein zum Tode verurteilter Gladiator.*

Nach wenigen Minuten kehrten die Diener, die den betäubten und bewusstlosen Gladiator hinausgeschleppt hatten, mit trauriger Miene zurück. Sie meldeten, dass Tetraides nicht imstande sei, die Arena wieder zu betreten. Man fürchte um sein Leben.

»In dem Fall«, entgegnete Pansa, »muss sich Lydon als *Subditius* bereithalten. Sobald ein Gladiator besiegt ist, soll Lydon seine Stelle dem Sieger gegenüber einnehmen.«

Das Volk jubelte, als es diese Anordnung vernahm. Dann trat wieder tiefes Schweigen ein. Laut ertönten die Trompeten und die beiden anderen Paare standen einander kampfbereit und finster gegenüber.

»Kennst du diese Römer, Clodius? Gehören sie zu den Berühmteren, oder sind es nur *Ordinarii?*«

»Eumolpus ist ein guter zweitrangiger Schwertkämpfer, Lepidus. Den Kleineren, den Nepimus, habe ich noch nicht gesehen; aber er ist der Sohn eines kaiserlichen *Fiscales** und hat eine gute Schule gehabt. Die beiden werden zweifellos einen guten Kampf liefern, doch ich habe keine Lust mehr am Spiel. Mein Geld kann ich doch nicht mehr zurückgewinnen – ich bin pleite. Verflucht sei dieser Lydon! Wer hätte gedacht, dass er so gewandt sein, oder besser, so viel Glück haben würde?«

»Na, Clodius, soll ich Mitleid mit dir haben, und zu deinen Bedingungen auf diese Römer wetten?«

»Auf Eumolpus zehn Sesterzien gegen zehn?«

»Was? Wo Nepimus noch ein unbeschriebenes Blatt ist? Nein, nein, das ginge zu weit.«

»Nun gut, dann zehn gegen acht?«

»Topp!«

Während der Kampf also begonnen hatte, saß in den oberen Reihen ein Mann, für den derselbe von erdrückender, allüberwältigender Bedeutung war. Lydons greiser Vater hatte bei allem Abscheu, den er als Christ gegen diese Spiele hegte, in der Todesangst um den geliebten Sohn nicht der Versuchung widerstehen können, Zeuge seines Schicksals zu sein. Er saß einsam unter einem blutrünstigen Haufen von Fremden, dem Auswurf niederen Gesindels. Von allem rings um ihn her sah und fühlte der Greis nichts außer die Gestalt, die Anwesenheit seines mutigen Sohnes. Kein Laut kam über seine Lippen, als er ihn zweimal zu Boden gehen sah. Er war nur ein wenig blasser geworden und hatte heftig gezittert. Aber als er ihn als Sieger erblickte, da hatte er einen leisen Freudenschrei ausgestoßen, denn es war ihm leider nicht bewusst, zu welch schrecklichem Kampf dieser Sieg nur das Vorspiel war.

»Mein tapferer Junge!«, sagte er und wischte sich über die Augen.

»Der ist dein Sohn?«, fragte ein stämmiger Bursche rechts neben dem Nazarener. »Er hat wacker gekämpft. Wir wollen doch mal sehen, wie er sich weiter halten wird. Hör mal, er muss gegen den nächsten Sieger kämpfen. Bitte die Götter, alter Knabe, dass dieser Sieger keiner von den Römern und genauso wenig der Riese Niger sein wird.«

Der Greis setzte sich wieder und schlug die Hände vors Gesicht. Der Kampf war im Augenblick unwichtig für ihn, denn Lydon war nicht unter den Kämpfern. Doch da durchfuhr ihn der Gedanke, dass der Kampf für ihn ja sogar sehr wichtig war, denn der Erste, der fiel, machte ja für Lydon Platz! Er raffte sich auf, lehnte sich mit weit geöffneten Augen und gefalteten Händen vornüber und wandte keinen Blick mehr von den Kämpfern.

Zunächst konzentrierte sich das Interesse auf den Kampf zwischen Niger und Sporus, denn diese Kampfart nahm gewöhnlich einen tödlichen Ausgang und forderte von beiden Gegnern äußerste Meisterschaft, so dass sie bei den Zuschauern meistens die höchste Spannung hervorrief.

Die beiden standen in beträchtlicher Entfernung voneinander. Der eigentümliche Helm, den Sporus mit herabgelassenem Visier trug, verbarg sein Gesicht; aber die Züge Nigers, die jetzt den Ausdruck gespannter Wachsamkeit zeigten, erregten allgemein Interesse und Respekt. So blieben sie eine Weile stehen und fixierten sich, bis Sporus langsam und mit großer Vorsicht näherrückte, mit der Schwertspitze (genau wie ein moderner Fechter) direkt auf die Brust des Feindes zielend. Niger zog sich daraufhin zurück, wobei er mit der rechten Hand sein Netz zusammenhielt. Seine kleinen, funkelnden Augen verfolgten unverwandt jede Bewegung des Schwertkämpfers. Als Sporus fast bis auf Armeslänge an ihn herangerückt war, stürzte der Retiarius auf ihn und warf sein Netz. Durch flinkes Ausweichen entging der Gladiator den tödlichen Maschen. Er stürzte mit einem schrillen Schrei der Freude und Wut auf Niger los; aber dieser hatte sein Netz schon wieder eingezogen und über die Schulter geworfen. Nun flüchtete er mit einer solchen Geschwindigkeit durch die Arena, dass der *Secutor** ihn vergeblich einzuholen versuchte. Die Leute lachten und jubelten laut, als sie den breitschultrigen Gladiator umsonst hinter dem fliehenden Riesen herrennen sahen. Plötzlich wurde jedoch ihre Aufmerksamkeit von diesem Paar abgelenkt und wandte sich den römischen Kämpfern zu.

Diese hatten sich einander in einer Entfernung, die noch heute beim Fechten üblich ist, direkt gegenübergestellt; aber die große Vorsicht, mit der beide anfangs zu Werk gingen, hatte bis jetzt einen wilden Kampf unmöglich gemacht. Die Zuschauer fanden deshalb volle Muße, ihre Aufmerksamkeit auf den Kampf zwischen Sporus und seinem Gegner zu richten. Jetzt aber waren auch die Römer warm geworden, und ihr Kampf wurde wilder und wilder. Sie machten Ausfälle, wichen zurück und griffen einander aufs Neue mit jener kaum wahrnehmbaren Behutsamkeit an, durch die sich zwei an Geschicklichkeit und Umsicht ebenbürtige Gegner auszeichnen. Gerade eben hatte Eumolpus, der ältere Gladiator, durch einen geschickten Gegenschlag, den zu parieren man für sehr schwer hielt, Nepimus in die Seite getroffen. Das Volk schrie Beifall; Lepidus wurde blass im Gesicht.

»Hoho!«, rief Clodius. »Der Kampf ist fast schon zu Ende. Wenn Eumolpus ruhig weiterkämpft, muss der andere verbluten.«

»Aber den Göttern sei Dank, er beschränkt sich *nicht* auf die Verteidigung. Da, er geht wütend auf Nepimus los! Bei Mars, da hätte ihn Nepimus fast erwischt! Wie sein Helm klirrt! Clodius, ich gewinne doch noch!«

»Warum lasse ich mich auch auf ein anderes als das Würfelspiel ein!«, seufzte Clodius zwischen den Zähnen. »Oder warum kann man Gladiatoren nicht auch mit Blei präparieren!«

»Ha, Sporus, Sporus!«, jubelte die Menge, als Niger plötzlich stehen geblieben war und sein Netz erneut, aber wieder erfolglos, ausgeworfen hatte. Diesmal konnte er sich jedoch nicht schnell genug zurückziehen und Sporus schlug ihm mit dem Schwert eine tiefe Wunde am rechten Bein. Dadurch bei der Flucht behindert, wurde er nun von dem ungestümen Schwertkämpfer hart bedrängt. Aber immer noch war er durch seine riesige Gestalt und die Länge seiner Arme deutlich im Vorteil. Er streckte seinen Dreizack der Stirn des anderen fest entgegen und hielt ihn sich mehrere Minuten lang erfolgreich vom Leibe. Da versuchte Sporus durch schnelle Bewegungen um seinen Gegner herumzukommen, der sich zwangsläufig nur langsam und unter Schmerzen bewegen konnte; er ließ dabei jedoch die nötige Vorsicht außer Acht und näherte sich dem Riesen zu sehr. Als er den Arm hob, um zuzuschlagen, bohrten sich ihm die drei Spitzen des mörderischen Speers mit voller Wucht mitten in die Brust! Er sank in die Knie. Im nächsten Moment war das verderbliche Netz über ihn geworfen, und er kämpfte vergebens gegen die Maschen an. Wieder und wieder traf ihn der Dreizack, und er krümmte sich stumm unter den tödlichen Stichen. Sein Blut quoll rot durch das Netz hindurch in den Sand. Er ließ die Waffen sinken und erklärte sich damit für besiegt.

Der siegreiche Retiarius zog nun sein Netz zurück und blickte, auf seinen Dreizack gestützt, zu den Zuschauern hinauf, um deren Urteil zu sehen. Zur gleichen Zeit ließ auch der besiegte Gladiator seinen schwachen, verzweifelten Blick im Theater umherirren. Doch von Reihe zu Reihe, von Bank zu Bank schauten nur unbarmherzige, mitleidslose Gesichter auf ihn herab.

Der Lärm und das Stimmengewirr waren verstummt. Die Stille war fürchterlich, denn es lag keinerlei Mitleid in ihr. Keine einzige Hand, nicht einmal die einer Frau, gab das Zeichen der Gnade und des Lebens. Sporus war in der Arena nie beliebt gewesen, und in den letzten Augenblicken hatte sich die Gunst der Zuschauer dem verwundeten Niger zugewandt. Der Pöbel wollte Blut sehen, der *Schein*kampf hatte keinen Reiz mehr; sein Interesse an dem Schauspiel hatte sich zum Verlangen nach einem Opfer, zur Lust am Tode gesteigert!

Der Gladiator sah, dass sein Schicksal besiegelt war. Er ließ keine Bitte, ja nicht einmal ein Stöhnen hören. Das Volk gab das Zeichen des Todes! Gefasst, doch in Todesqualen beugte er den Nacken, um den tödlichen Streich zu empfangen. Da der Dreizack des Retiarius keine geeignete Waffe war, um rasch und sicher den Tod zu bringen, trat jetzt eine grausige Gestalt in die Arena, die ein kurzes, scharfes Schwert schwang, deren Gesicht jedoch durch einen Helm völlig verdeckt war. Mit langsamen gemessenen Schritten näherte sich dieser grässliche Henker dem noch immer knienden Gladiator, legte die linke Hand auf den gesenkten Kopf, setzte die Schneide der Klinge auf seinen Nacken und sah sich noch einmal rings im Publikum um, ob es nicht vielleicht doch noch im letzten Moment ein Sinneswandel überkäme. Doch das fürchterliche Zeichen blieb das gleiche. Da blitzte der Stahl durch die Luft, fiel nieder, und der Gladiator rollte in den Sand. Seine Gliedmaßen zuckten noch einmal, verharrten dann regungslos, und er war tot!*

Sogleich wurde sein Körper durch das Todestor aus der Arena geschleppt und in das finstere Loch geworfen, das man Spoliarium nannte. Noch bevor er dort anlangte, war der Kampf zwischen den beiden noch übrig gebliebenen Kämpfern entschieden. Das Schwert des Eumolpus hatte seinem weniger geübten Gegner die Todeswunde beigebracht. Ein neues Opfer wurde in das Verlies der Erschlagenen hinausgeschleift.

Durch die große Menschenmenge ging nun eine allgemeine Bewegung. Die Leute atmeten auf und setzten sich wieder hin. Aus den verborgenen Röhren ergoss sich ein angenehmer Sprühregen über die Reihen. Mit kühlem und wohligem Vergnügen unterhielten die Leute sich über das blutige Schauspiel, das sich eben vor ihren Augen abgespielt hatte. Eumolpus nahm seinen Helm ab und trocknete sich die Stirn. Sein kurzgelocktes Haar, sein kleiner Bart, seine edlen römischen Züge mit dunklen, scharfen Augen, erregten allgemeine Bewunderung. Er war noch frisch, ausgeruht und unverletzt.

Nach einer Pause verkündete der Editor, Niger sei zu schwer verwundet, um noch einmal anzutreten. Deshalb müsse Lydon an die Stelle des erschlagenen Nepimus treten und die Fortsetzung des Kampfs gegen Eumolpus übernehmen.

»Aber, Lydon«, fügte er hinzu, »wenn du dich nicht mit einem so tapferen und geübten Feind messen willst, so steht es dir frei zurückzutreten. Eumolpus war dir ursprünglich ja nicht als Gegner zugedacht. Du weißt selbst am besten, ob du es mit ihm aufnehmen kannst. Unterliegst du, so ist ein ehrenvoller Tod dein Los; siegst du aber, so will ich die festgesetzte Siegesprämie aus meiner eigenen Börse verdoppeln.«

Das Volk jubelte begeistert. Lydon stand in der Arena und sah sich um. Hoch oben sah er das bleiche Gesicht, die angstgeweiteten Augen seines Vaters. Unschlüssig wandte er sich für einen Moment ab. Nein, der Sieg im Cestuskampf reichte

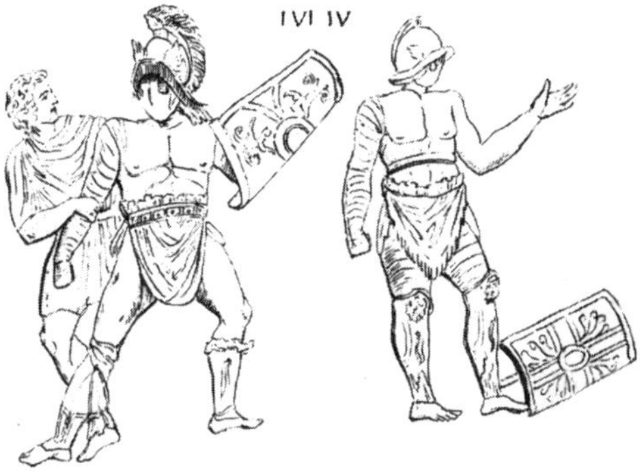


*Ein Gladiatorenpaar mit Lanista.*

noch nicht, die Siegesprämie musste gewonnen werden! Noch war sein Vater ein Sklave!

»Edler Ädil«, antwortete er mit fester, tiefer Stimme, »ich fürchte mich vor diesem Kampf nicht. Die Ehre Pompejis fordert es, dass ein Schüler unseres berühmten Lanista mit dem Römer kämpft.«

Das Volk jubelte noch lauter als zuvor.

»Vier zu eins gegen Lydon«, sagte Clodius zu Lepidus.

»Nicht einmal zwanzig zu eins würde ich annehmen«, entgegnete Lepidus. »Eumolpus ist ein wahrer Achilles und dieser arme Kerl nur ein *Tiro*.«

Eumolpus blickte Lydon fest ins Gesicht und lächelte. Aber dem Lächeln folgte ein flüchtiger, kaum hörbarer Seufzer – eine Regung des Mitleids, die, kaum dass das Herz sie zugelassen hatte, von der Gewohnheit auch schon wieder unterdrückt wurde.

Und so standen sie sich denn in voller Rüstung, mit gezücktem Schwert und geschlossenem Visier gegenüber, das letzte Kämpferpaar, ehe der Kampf zwischen den Menschen und den wilden Tieren begann.

In diesem Augenblick übergab einer der Aufseher der Arena dem Prätor einen Brief. Er löste die Schnur, überflog den Inhalt, und auf seinem Gesicht zeigte sich ein Audruck von Überraschung und Verwirrung. Noch einmal las er das Schreiben und warf es dann nachlässig beiseite. »Pah, unmöglich!«, murmelte er dabei vor sich hin. »Der Mensch muss schon am Vormittag betrunken sein, dass ihm ein solcher Unsinn einfällt!« Dann setzte er sich wieder gravitätisch zurecht, um den Spielen weiter aufmerksam zuzuschauen.

Das Interesse der Zuschauer war überaus groß. Zuerst hatte Eumolpus die allgemeine Gunst gewonnen, doch jetzt war sie auf Lydon übergegangen, der durch seinen Heldenmut und seine geschickte Anspielung auf die Ehre des pompejanischen Lanista allen gewaltig imponiert hatte.

»Holla, alter Knabe«, wurde Medon von seinem Nachbarn angesprochen, »dein Sohn hat es mit einem gefährlichen Gegner zu tun. Aber hab keine Angst, der Editor wird es nicht zulassen, dass er umkommt, und das Volk auch nicht. Dafür hat er sich zu wacker gehalten. Ha, das war ein wohlgezielter Hieb! Gut pariert! Bei Pollux, auf ihn, Lydon! Sie machen eine Pause, um Atem zu holen. Was murmelst du vor dich hin, alter Knabe?«

»Gebete«, antwortete Medon mit ruhigerer und hoffnungsvollerer Miene als bisher.

»Gebete? So ein Kinderkram! Die Zeiten, wo die Götter die Menschen in einer Wolke wegtrugen, sind vorbei. – Ha, bei Jupiter, was für ein Hieb! Deine Seite – achte auf deine Seite, Lydon!«

Ein Zittern ging durch die ganze Versammlung, denn Eumolpus hatte Lydon mit einem gewaltigen Schlag auf den Helm in die Knie gezwungen.

»*Habet!* Er hat ihn erwischt!«, rief eine gellende weibliche Stimme. »Er hat ihn, heißa!«

Es war die Stimme des Mädchens, das sich schon lange vorher so angelegentlich mit der Frage beschäftigt hatte, ob sich ein Verbrecher für die wilden Tiere finden würde.

»Sei still, Kind«, entgegnete Pansas Frau streng, *»non habet!* Er ist *nicht* verwundet.«

*Ein Gladiator sinkt tödlich verwundet nieder.*

»Ich wollte, er wäre es, sei es auch nur, um den alten mürrischen Medon zu ärgern«, flüsterte das Mädchen vor sich hin.

Lydon hatte sich bis jetzt sehr geschickt und tapfer verteidigt, doch nun begann er, vor den kräftigen Angriffen des viel erfahreneren Römers zurückzuweichen. Sein Arm erlahmte, ihm wurde schwindlig, und sein Atem ging schwer und mühsam. Nochmals hielten die Kämpfer inne, um Atem zu holen.

»Junger Mann«, sagte Eumolpus leise, »ergib dich. Ich verwunde dich nur leicht, dann senkst du die Arme. Du hast die Gunst des Editors und des Mobs auf deiner Seite, du kommst ehrenvoll davon!«

»Und mein Vater bleibt ein Sklave!«, stöhnte Lydon auf. »Nein, Tod oder Freiheit für ihn.«

Mit diesem Gedanken und in der Erkenntnis, dass seine Kraft der Ausdauer des Römers nicht gewachsen war, also alles von einem tollkühnen Überraschungsangriff abhing, stürzte er wütend auf Eumolpus los. Vorsichtig wich der Römer zurück; Lydon schlug ein zweites Mal, Eumolpus beugte sich zur Seite, das Schwert glitt an seinem Panzer ab und Lydons Brust war dadurch für einen Moment ohne Deckung. Der Römer stieß den Stahl durch die Fugen der Rüstung, ohne dem jungen Mann eine tiefe Wunde beibringen zu wollen. Doch Lydon taumelte matt und erschöpft nach vorn und fiel direkt in das Schwert, das ihn völlig durchbohrte und zum Rücken herauskam. Eumolpus riss die Klinge zurück, und Lydon versuchte noch das Gleichgewicht wiederzuerlangen. Die Waffe entfiel ihm, mechanisch vollendete er den Stoß, den er gerade gegen den Gladiator hatte führen wollen, mit unbewaffneter Hand und stürzte dann der Länge nach in die Arena. Wie auf Verabredung gaben Editor und Zuschauer das Zeichen der Gnade. Die Diener der Arena traten zu Lydon und nahmen dem Besiegten den Helm ab. Er atmete noch, und seine grimmigen Augen suchten wütend den Feind; die Wildheit, die er in seinem Beruf erworben hatte, sprach aus seinem Blick und lag auf der finsteren, schon von den Schatten des Todes umnachteten Stirn. Mit einem schmerzlichen Stöhnen richtete er sich krampfhaft halb auf und sah nach oben. Seine Blicke suchten nicht das Gesicht des Editors, noch schweiften sie über die mitleidvollen Gesichter seiner milden Richter. Er sah von alledem nichts. Ihm war, als sei der große, weite Raum ringsum öd und leer. Nur ein einziges, von Todesweh durchzucktes Gesicht erkannte er, nur ein einziger Schrei aus gebrochenem Herzen erreichte durch das Stimmengewirr und Rufen der Menge sein Ohr. Da schwand die Wildheit aus seinem Gesicht, ein zärtlicher Ausdruck heiligender, aber verzweifelnder Kindesliebe lief über seine Züge – leuchtete, schwand und verlosch. Sein Gesicht wurde wieder verschlossen und hart, der Ausdruck der Wildheit breitete sich wieder darüber aus. Dann sank Lydon auf den Boden zurück.

»Kümmert euch um ihn!«, befahl der Ädil. »Er hat seine Pflicht getan.«

Die Diener schleppten ihn hinaus ins Spoliarium.

»Ein Sinnbild des Ruhms und seines Schicksals«, murmelte Arbakes vor sich hin, und in seinem über die Menge im Amphitheater schweifenden Blick lag so viel Hohn und Verachtung, dass jedem, der ihm begegnete, der Atem stillstand und die Seele zu einem einzigen Gefühl der Demütigung und Furcht erstarrte.

Abermals ergoss sich duftender Sprühregen über das Theater hin und die Diener streuten in der Arena frischen Sand.

»Bringt jetzt den Löwen und Glaucus, den Athener!«, rief der Editor.

Und eine tiefe, atemlose Stille äußerster Spannung und eines Grauens, das die Seele im Innersten packte und doch, wunderlich genug, nicht als unangenehm empfunden wurde, lag wie ein gewaltiger, furchtbarer Alp über der Versammlung.

## KAPITEL III

### SALLUST UND NYDIAS BRIEF.

Dreimal war Sallust aus seinem Morgenschlummer erwacht, dreimal hatte er sich erinnert, dass sein Freund an diesem Tag sterben sollte, und sich mit einem tiefen Seufzer immer wieder herumgedreht, um weiterzuschlafen und das alles zu vergessen. Sein einziges Bestreben im Leben war, allen Schmerzen aus dem Weg zu gehen, oder, wo das nicht möglich war, wenigstens nicht an sie zu denken.

Schließlich schaffte er es jedoch nicht mehr länger, sein Bewusstsein einzuschläfern. Er richtete sich aus seiner liegenden Stellung auf und erblickte seinen Lieblingsfreigelassenen, der wie gewöhnlich neben dem Bett saß. Denn Sallust liebte, wie schon erwähnt, als gebildeter Mann die schöne Literatur und ließ sich vorm Aufstehen ein oder zwei Stunden lang vorlesen.

»Keine Bücher heute! Ich will nichts hören von Tibull oder Pindar! – Pindar! Ach, allein der Name erinnert mich schon an die Spiele, deren brutaler Nachfolger unsere Arena ist. Hat es im Amphitheater schon angefangen? Sind die Vorstellungen schon im Gange?«

»Schon lange, Sallust! Hast du die Trompeten und das Stampfen der Füße nicht gehört?«

»Doch, doch, aber den Göttern sei Dank, ich war noch schlaftrunken und brauchte mich nur auf die andere Seite zu drehen, um wieder einzuschlafen.«

»Die Gladiatoren müssen längst in der Arena sein.«

»Die Unglücklichen! Es ist doch niemand von meinen Leuten hingegangen?«

»Bestimmt nicht! Du hast es doch streng verboten.«

»Das ist gut. Wäre doch bloß der Tag schon vorüber! Was ist das denn dort auf dem Tisch für ein Brief?«

»Das? Ach, das ist der Brief, den du gestern Abend erhalten hast, aber du warst zu … zu … «

»Zu betrunken, um ihn zu lesen. Ich kann's mir denken. Macht nichts, es wird schon nichts Wichtiges sein.«

»Soll ich ihn für dich öffnen, Sallust?«

»Tu das; wenigstens etwas, was mich auf andere Gedanken bringt. Der arme Glaucus!«

Der Freigelassene öffnete den Brief. »Was denn, griechisch?«, rief er. »Wohl von einer gebildeten Dame!« Er überflog den Inhalt, als sich plötzlich auf seinem Gesicht Betroffenheit und Überraschung zeigte. »Gute Götter! Edler Sallust, was haben wir getan, dass wir diesen Brief gestern unbeachtet liegen gelassen haben! Hör nur:

›Nydia, die Sklavin, an Sallust, den Freund des Glaucus!

Ich bin eine Gefangene im Haus von Arbakes. Eile zum Prätor! Bewirke meine Befreiung, und wir können Glaucus noch vor dem Löwen retten! In diesen Mauern befindet sich ein weiterer Gefangener, dessen Aussage den Athener von der gegen ihn vorgebrachten Anklage entlasten kann, einer, der das Verbrechen mitangesehen hat, der beweisen kann, dass es sich bei dem Verbrecher um einen Bösewicht handelt, auf den bisher kein Verdacht gefallen ist. Eile, fliege! Schnell, schnell! Bring Bewaffnete mit, falls du hier auf Widerstand stoßen solltest, und einen geschickten, flinken Schmied, denn die Kerkertür meines Mitgefangenen ist dick und fest. Bei deiner rechten Hand und der Asche deines Vaters, verlier nicht eine Minute!‹«

»Großer Jupiter!«, rief Sallust und fuhr auf. »Und an diesem Tag, ja in dieser Stunde stirbt er vielleicht. Was ist zu tun? Ich muss sofort zum Prätor.«

»Nicht doch. Der Prätor, wie auch Pansa, der Editor selbst,

sind vollständig vom Mob abhängig, und der Pöbel wird jetzt nichts von Aufschub hören wollen, will sich in seinen Erwartungen nicht getäuscht sehen. Außerdem würde durch die Öffentlichkeit der Berufung der verschlagene Ägypter gewarnt werden. Offenbar hat er ja ein Interesse daran, Nydia und ihren Mitgefangenen verborgen zu halten. Nein, zum Glück sind deine Sklaven zu Hause.«

»Ich verstehe, was du sagen willst«, unterbrach ihn Sallust. »Bewaffne unverzüglich die Sklaven. Die Straßen sind jetzt verlassen. Wir wollen selbst zum Haus von Arbakes laufen und die Gefangenen befreien. Schnell, schnell! He, Davus, hierher! Bring meinen Mantel und die Sandalen, Papyrus und ein Schreibrohr. *Ich will nur schnell an den Prätor schreiben und ihn bitten, die Vollstreckung des Urteils an Glaucus noch aufzuschieben, da wir binnen einer Stunde seine Unschuld beweisen können. – So, so wird es wohl gehen. Davus, lauf mit diesem Brief zum Prätor ins Amphitheater. Sieh zu, dass er ihn persönlich bekommt. Und nun los! O ihr Götter, deren Vorsehung Epikur leugnete! Steht mir bei, und ich will Epikur einen Lügner schelten!«

## KAPITEL IV

### NOCH EINMAL DAS AMPHITHEATER.

Glaucus und Olinthus waren zusammen in die enge, düstere Zelle gesteckt worden, worin die zur Arena verurteilten Verbrecher ihrem letzten, schrecklichen Kampf entgegensahen. Jeder suchte in dieser furchtbaren Stunde mit seinen erst seit kurzem an das Dunkel gewöhnten Augen die Züge des andern zu erforschen. Bei dem düsteren Licht nahm die Blässe, die die natürliche Farbe von ihren Wangen verscheucht hatte, ein gespenstisches, ins Aschgraue spielendes Weiß an. Doch ihre Stirn war kühn und furchtlos, ihre Glieder zitterten nicht, ihre Lippen waren fest zusammengepresst. Die Religion des einen, der Stolz des andern, das Bewusstsein der Unschuld in beiden und vielleicht auch der Trost, den jeder in der Anwesenheit des anderen fand, machten die Schlachtopfer zu Helden.

»Hörst du das Geschrei? So frohlocken sie über das Vergießen von Menschenblut!«, sagte Olinthus.

»Ich höre es, mir wird schwach und übel, aber die Götter halten mich aufrecht.«

»Die Götter? O kurzsichtiger junger Mann, erkenne wenigstens in dieser Stunde den einen wahren Gott! Habe ich dich nicht im Kerker belehrt, für dich geweint, für dich gebetet? Habe ich nicht in meinem Eifer und in meinem Schmerz mehr an dein Seelenheil gedacht als an mein eigenes?«

»Tapferer Freund«, antwortete Glaucus feierlich, »mit Ehrfurcht und Bewunderung habe ich dir zugehört und mich heimlich zu deinem Glauben hingezogen gefühlt. Wäre unser Leben verschont worden, dann hätte ich vielleicht die Lehren meiner eigenen Religion abgelegt und die der deinen angenommen; aber in dieser letzten Stunde würde ich als ein gemeiner Feigling erscheinen, wenn die momentane Angst das in mir bewirkte, was nur das Ergebnis reiflicher Überlegung sein darf. Wenn ich jetzt deinen Glauben annähme und die Götter meiner Väter mit Füßen träte, würde es dann nicht nur deshalb geschehen, weil deine Verheißung eines Himmels mich lockte oder deine Drohung einer Hölle mich schreckte? Nein, Olinthus! Wir wollen uns gegenseitig mit der gleichen Nachsicht beurteilen: Ich ehre deine Aufrichtigkeit, bemitleide du meine Blindheit oder meinen verstockten Mut! Wie meine Taten waren, so wird mein Lohn sein, und die Macht der Mächte über uns wird nicht hart über menschliche Irrtümer zu Gericht sitzen, wenn sie ehrlichen Absichten und treuem Herzen entsprungen sind. Sprechen wir nicht weiter davon. – Still! Hörst du, wie sie einen schweren Leichnam durch den Gang schleppen! So wie der werden nun auch wir bald Staub sein.«

»O Himmel! O Christus! Schon kann ich euch sehen!«, rief Olinthus inbrünstig mit erhobenen Händen. »Ich zittere nicht; ich freue mich, dass mein Kerker bald zerbrochen sein wird.«

Glaucus neigte schweigend den Kopf. Er fühlte den Unterschied zwischen seiner Standhaftigkeit und der seines Mitgefangenen. Wohl zitterte der Heide nicht vor dem Tod, aber der Christ sah ihm frohlockend entgegen.

Knarrend wurde plötzlich die Tür geöffnet, und der Glanz von Speeren huschte über die Wände.

»Glaucus von Athen, deine Stunde ist gekommen«, sagte eine laute, scharfe Stimme; »der Löwe erwartet dich.«

»Ich bin bereit«, sagte der Athener. »Bruder und Leidensgefährte, umarme mich noch ein letztes Mal! Segne mich und – lebe wohl!«

Der Christ öffnete die Arme, drückte den jungen Heiden an seine Brust, küsste ihn auf Stirn und Wangen und schluchzte laut auf. Schnell und heiß rannen seine Tränen über das Gesicht des Freundes.

»Oh, wenn ich dich doch hätte bekehren können, dann würde ich nicht weinen. Oh, wenn ich doch zu dir sagen könnte: ›Noch heute wirst du mit mir im Paradiese sein!‹«

»Vielleicht kommt es ja doch noch so«, entgegnete Glaucus mit zitternder Stimme. »Diejenigen, für die es im Tod keine Trennung gibt, sehen sich vielleicht jenseits des Grabes wieder. Auf Erden, der schönen geliebten Erde, lebe wohl für immer! Würdiger Centurio, ich bin bereit.«

Glaucus riss sich los, und als er ins Freie kam, drückte ihn die Luft nieder, die, obwohl die Sonne nicht schien, sengend heiß und trocken war. Sein Körper, der sich von den Nachwirkungen des tödlichen Gifts noch nicht erholt hatte, sackte zusammen und wankte. Die Soldaten mussten ihn stützen.

»Mut!«, sagte einer von ihnen. »Du bist jung, rüstig und kräftig gebaut. Man gibt dir eine Waffe. Verzweifle nicht, dann kannst du vielleicht siegen.«

Glaucus antwortete nicht, aber er schämte sich seiner Schwäche und raffte sich krampfhaft auf, so dass er die Herrschaft über seine Nerven wiedergewann. Hierauf rieb man seinen Körper, der bis auf einen Lendenschurz völlig nackt war, mit Öl ein, drückte ihm den Stilus (eitle Waffe!) in die Hand und führte ihn in die Arena.

Als der Grieche nun die Augen von Tausenden und Abertausenden auf sich gerichtet sah, da war er sich nicht länger bewusst, sterblich zu sein. Alle äußeren Merkmale der Furcht wichen von ihm, ja sogar die Furcht selbst verschwand. Eine stolze Röte breitete sich über seine blassen Züge, und er richtete sich zur vollen Höhe seiner imposanten Gestalt auf. In der elastischen Schönheit seiner Glieder, in dem unerschütterlichen Willen, in der stolzen Verachtung, in der Unbezähmbarkeit seiner Seele – Eigenschaften, die deutlich aus seiner Haltung, seinen Lippen, seinem Blick atmeten, hörbar sprachen –, erschien er wie die Verkörperung des Heldenmuts, für den sein Vaterland berühmt geworden war, der Göttlichkeit, die dort angebetet wurde, kurz, ein Heros und ein Gott zugleich.

Das Gemurmel des Hasses und Abscheus über sein Verbrechen begrüßte ihn bei seinem Eintritt, verstummte aber sofort, und das Schweigen unwillkürlicher Bewunderung und eines Gefühls, halb Mitleid, halb Ehrfurcht, breitete sich aus. Mit einem raschen Stoßseufzer, der die ganze Menschenmasse zu durchlaufen schien, als sei sie eine einzige Person, wandten sich die Blicke der Zuschauer von dem Athener auf ein dunkles, unförmiges Ding mitten in der Arena. Das war der vergitterte Löwenkäfig!

»Bei Venus! Wie heiß es ist!«, sagte Fulvia. »Und das obwohl die Sonne gar nicht scheint. Wenn doch die blöden Seeleute* nur das Loch in der Plane zugemacht hätten!«

»Ja, es ist wirklich heiß. Mir ist ganz schwindlig, ich glaube, ich falle in Ohnmacht«, entgegnete Pansas Frau. Sogar ihr routinierter Stoizismus versagte angesichts des Kampfes, der jetzt stattfinden sollte.

Dem Löwen war vierundzwanzig Stunden nichts zu Fressen gegeben worden, und die Bestie hatte den ganzen Morgen über eine außergewöhnlich rastlose Unruhe an den Tag gelegt. Der Wärter schrieb sie dem quälenden Hunger zu, doch die Ursache schien eher Furcht als Wut zu sein; sein Gebrüll klang gequält und verzweifelt. Er hatte den Kopf hängen lassen, durch die Eisenstäbe schnüffelnd die Luft eingesogen, sich

*Das Amphitheater.*

hingelegt, war ruhelos wieder aufgefahren und von neuem in ein wildes, weithallendes Geheul ausgebrochen. Jetzt aber lag er regungslos und still im Käfig, die weit geöffneten Nüstern schob er zum Gitter hinaus, so dass sein heftiges Schnauben den Sand der Arena aufwirbelte.

Der Mund des Editors zuckte und seine Wange wurde blass. Er sah sich ängstlich und zögernd um, hielt inne – doch die Menge wurde ungeduldig. Da gab er langsam das Zeichen. Der hinter dem Käfig stehende Wärter schob vorsichtig das Gitter zur Seite, und mit einem gewaltigen Gebrüll seine Befreiung begrüßend, sprang der Löwe heraus. Hastig zog sich der Wärter durch den vergitterten Gang zurück, der in die Arena führte, und ließ den König der Wüste und seine Beute allein.

Glaucus stand so, dass er gegen den erwarteten Anlauf des Tieres einen möglichst festen Stand hatte, die kleine, funkelnde Waffe hoch in der Hand ausgestreckt, in der schwachen Hoffnung, vielleicht mit *einem* gutgeführten Stoß (denn er wusste, dass er nur Zeit für *einen* hatte) das Gehirn seines furchtbaren Feindes durchs Auge hindurch zu durchbohren.

Aber zum unaussprechlichen Erstaunen aller schien das Tier die Anwesenheit des Verbrechers nicht einmal zu bemerken. Mitten im Sprung, den er gleich bei seiner Freilassung in die Arena tat, hielt der Löwe jäh inne, richtete sich halb in die Höhe und sog mit ängstlichem Gestöhn schnaubend die obere Luft ein. Dann sprang er plötzlich vorwärts, aber nicht auf den Athener zu. In schleppendem Trott durchkreiste er die Arena und warf den gewaltigen Kopf mit verstörtem Blick nach allen Seiten, als suche er eine Fluchtmöglichkeit. Mehrmals setzte er zum Sprung über die Brüstung an, die ihn von den Zuschauern trennte. Als ihm das nicht gelang, stieß er statt seines furchtbaren, königlichen Gebrülls eher ein verwundertes Geheul aus. Er gab kein Zeichen von Hunger oder Wut. Mit dem Schweif peitschte er nicht seine mächtigen Flanken, sondern schleppte ihn auf dem Sand hinter sich her, und obwohl sein Blick manchmal zu Glaucus hinirrte, sah er doch immer wieder lustlos von ihm weg. Endlich schien er einzusehen, dass er nicht entrinnen konnte, und kroch mit kläglichem Knurren in den Käfig zurück, wo er sich ruhig niederlegte.

Das erste Staunen der Versammlung über die Apathie des Löwen verwandelte sich bald in Ärger über seine Feigheit. Ebenso ging das Mitleid mit Glaucus allgemein in den Verdruss über, sich um das erhoffte Schauspiel betrogen zu sehen.

Der Editor rief dem Wärter zu:

»Was ist los? Stachle ihn mit dem Speer auf, treib ihn heraus und mach dann die Käfigtür zu.«

Mit Furcht und noch mehr Verwunderung schickte sich der Wärter an, dem Befehl nachzukommen, da vernahm man lautes Geschrei an einem Eingang zur Arena. Es entstand Unruhe dort, die Menschen liefen durcheinander, Stimmen wurden laut, die Einspruch zu erheben schienen, und sie verstummten jäh, als eine Antwort gegeben wurde. Alle Augen wandten sich voller Verwunderung über die Unterbrechung der Stelle der Störung zu; die Menge machte Platz, und plötzlich erschien Sallust in den Reihen der Senatoren mit zerzaustem Haar, atemlos, erhitzt und völlig erschöpft. Hastig ließ er den

Blick über die Arena schweifen. »Holt den Athener heraus!«, rief er. »Schnell! Er ist unschuldig! Nehmt Arbakes, den Ägypter, fest! *Er* ist der Mörder von Apaecides!«

»Bist du verrückt, Sallust?«, fragte der Prätor und erhob sich von seinem Sitz. »Was soll der Unsinn?«

»Holt den Athener heraus! Schnell, oder sein Blut kommt über euer Haupt! Prätor, wenn du zögerst, haftest du beim Kaiser mit deinem eigenen Leben für den Tod des Glaucus. Ich bringe einen Augenzeugen für den Tod des Priesters Apaecides mit. Aus dem Weg! Zurück! Macht Platz! – Bewohner Pompejis, heftet eure Augen auf Arbakes – dort sitzt er! Platz da, Platz für den Priester Calenus!«

Blass und abgezehrt, soeben den Klauen des Hungertodes entrissen, mit eingefallenem Gesicht, das Auge matt wie das eines Geiers, die gewaltige Gestalt zum Skelett abgemagert, so wurde Calenus in die Sitzreihe getragen, wo Arbakes saß. Seine Befreier hatten ihm ein wenig Nahrung gegeben, aber was seine schwachen Glieder jetzt vor allem aufrecht hielt, war Rache.

»Der Priester Calenus! – Calenus!«, schrie der Pöbel. »Ist er es wirklich? Nein, das ist ein Toter!«

»Es *ist* der Priester Calenus«, sagte der Prätor entschieden. »Was hast du vorzubringen?«

»Arbakes der Ägypter ist der Mörder des Isispriesters Apaecides. Mit eigenen Augen habe ich ihn den Todesstreich führen sehen. Aus dem Kerker, in den er mich geworfen hat, aus der Düsterkeit und dem Grauen des Hungertodes, zu denen ich mich verdammt sah, haben die Götter mich erlöst, um seine Schandtat zu verkünden! Lasst den Athener frei, *er* ist unschuldig.«

»Darum also hat ihn der Löwe verschont – ein Wunder, ein Wunder!«, rief Pansa.

»Ein Wunder, ein Wunder!«, jubelte das Volk. »Weg mit dem Athener, *Arbakes vor den Löwen!*«

Und von Hügeln und Tälern, von der Küste und See hallte es wider: *»Arbakes vor den Löwen!«*

»Soldaten, schafft den Angeklagten Glaucus fort; schafft ihn fort, aber haltet ihn noch in Gewahrsam«, befahl der Prätor. »Die Götter überhäufen diesen Tag mit Wundern.«

Als der Prätor den Befehl zur Freilassung gab, hörte man den Freudenschrei einer weiblichen, fast kindlichen Stimme. Dieser Schrei durchdrang wie ein elektrischer Schlag das Herz der Versammlung, so rührend, so heilig war diese Kinderstimme! Und das Volk wiederholte sie in teilnahmsvoller Beglückwünschung.

»Ruhe!«, gebot der ernste Prätor. »Wer war das?«

»Das blinde Mädchen Nydia«, antwortete Sallust, »ihre Hand hat Calenus aus dem Grab und Glaucus aus den Krallen des Löwen befreit.«

»Dazu kommen wir später«, sagte der Prätor. »Calenus, Priester der Isis, du beschuldigst Arbakes des Mordes an Apaecides?«

»Jawohl!«

»Du hast die Tat gesehen?«

»Prätor, mit diesen meinen Augen ...«

»Genug fürs Erste. Die Einzelheiten müssen auf gelegenere Zeit und passenderen Ort verschoben werden. Arbakes von Ägypten, du hörst die gegen dich erhobene Anklage, du hast dich noch nicht geäußert! Was hast du dazu zu sagen?«

Der Blick der Menge haftete bereits seit geraumer Zeit auf Arbakes, aber doch erst nachdem sich der Ägypter vom ersten Schreck über Sallusts Beschuldigung und das Erscheinen von Calenus erholt hatte. Bei dem Schrei: *»Arbakes vor den Löwen!«* hatte er zwar gezittert, und das dunkle Braun seiner Wange war blasser geworden, aber schnell hatte er Würde und Selbstbeherrschung wiedergewonnen. Stolz erwiderte er den Zornesblick der zahllosen Augen, die ihn anstarrten, und als er nun auf die Frage des Prätors antwortete, hatte er bereits seinen typischen ruhigen Befehlston wiedergefunden.

»Prätor, diese Anschuldigung ist so verrückt, dass sie kaum eine Erwiderung verdient. Mein erster Ankläger ist der edle Sallust, der engste Freund von Glaucus! Mein zweiter ein Priester; ich achte sein Gewand und seinen Stand, aber Bürger Pompejis, ihr alle kennt halbwegs den Charakter von Calenus, seine Habsucht und Geldgier sind sprichwörtlich. Das Zeugnis eines solchen Menschen ist käuflich! Prätor, ich bin unschuldig.«

»Sallust«, fragte der Prätor, »wo hast du Calenus gefunden?«

»Im Verlies des Arbakes.«

»Ägypter«, sagte der Prätor stirnrunzelnd, »du hast es also gewagt, einen Priester der Götter einzukerkern? Weswegen?«

»Hört mich an«, entgegnete Arbakes und stand ruhig auf, doch verriet sein Gesicht jetzt Erregung. »Dieser Mensch kam zu mir und drohte mir mit der jetzt tatsächlich vorgebrachten Anschuldigung, wenn ich sein Schweigen nicht mit meinem halben Vermögen erkaufen würde. Ich redete ihm ins Gewissen, doch umsonst! – Ruhe da! Lasst nicht zu, dass der Priester mich jetzt unterbricht! – Edler Prätor und ihr, Bürger Pompejis! Ich bin ein Fremder in diesem Land! Ich wusste, dass ich unschuldig an dem Verbrechen war, aber die Aussage eines Priesters gegen mich hätte mich dennoch vernichten können! In meiner Bestürzung lockte ich ihn in das Verlies, aus dem er nun befreit worden ist, unter dem Vorwand, es sei meine Schatzkammer. Dort wollte ich ihn so lange festhalten, bis das Schicksal des wahren Verbrechers besiegelt wäre und seine Drohungen mir nichts mehr anhaben konnten. Aber ich hatte keine böse Absicht dabei. Es kann sein, dass ich zu weit gegangen bin, doch wer von euch würde nicht die Rechtmäßigkeit der Selbsterhaltung anerkennen? Wenn ich schuldig wäre, warum hat dieser Priester seine Aussage dann nicht schon während der Gerichtsverhandlung gemacht? *Damals* habe ich ihn weder zurückgehalten noch versteckt. Warum brachte er meine Schuld nicht vor, als ich Glaucus beschuldigte? Prätor, das verlangt wohl nach einer Begründung. Im Übrigen berufe ich mich auf eure Gesetze und verlange ihren Schutz. Bringt den Angeklagten und den Ankläger von hier weg. Willig und gelassen will ich der Entscheidung des Gerichts entgegentreten und mich seinen Beschlüssen fügen. Dies aber ist nicht der Ort für weitere Debatten.«

»Er hat Recht«, erwiderte der Prätor. »He, Wachen! Führt Arbakes ab und kümmert euch um Calenus! Sallust, du bleibst uns für deine Anklage verantwortlich. Fahrt jetzt mit den Spielen fort.«

»Was denn?«, schrie Calenus und wandte sich an das Volk. »Soll Isis eine solche Schmach angetan werden? Soll das Blut des Apaecides noch weiter nach Rache schreien? Soll der Lauf der Gerechtigkeit aufgehalten und später vereitelt werden? Soll der Löwe um seine rechtmäßige Beute betrogen werden? Ein Gott ... ein Gott! Ich fühle, dass ein Gott durch meinen Mund spricht: *Vor den Löwen ... vor den Löwen mit Arbakes!«*

Der mitgenommene Körper des Priesters konnte diese Anstrengung wilden Ingrimms nicht länger ertragen; unter Krämpfen sank er zu Boden, Schaum trat ihm vor den Mund: Er glich wirklich einem Besessenen, einem Menschen, in den eine übernatürliche Macht gefahren war! Das Volk sah es und schauderte.

»Ein Gott begeistert den heiligen Mann! *Vor den Löwen mit dem Ägypter!«*

Mit diesem Schrei sprangen Tausende und Abertausende von den Sitzen und drängten vorwärts. Sie stürzten von den oberen Bänken herab und strömten alle auf den Ägypter zu. Vergebens erklang die befehlende Stimme des Ädils, vergebens verkündete der Prätor laut die Vorschriften des Gesetzes. Das Volk war durch den Anblick des Blutvergießens bereits wild geworden und lechzte nach mehr; sein Aberglaube wurde von seiner Wildheit noch gefördert. Erhitzt und aufgeregt durch den Tod der schon gefallenen Opfer, vergaß es jeden Respekt vor der Obrigkeit. Es war einer jener furchtbaren Volksaufstände, die bei einem gänzlich unwissenden, halb freien, halb sklavischen Haufen nicht selten sind, und wozu die eigentümliche Verfassung der römischen Provinzen so häufig Anlass gab. Die Macht des Prätors war wie Schilfrohr im Sturmwind. Doch hatten sich auf seinen Befehl die Wachen an den unteren Bänken entlang aufgestellt, wo die vornehmeren Stände gesondert von der Menge saßen. Sie waren aber nur eine schwache

*Der Vesuvausbruch vom 26.4.1872.*

Schutzwehr; die Wogen des Menschenmeers kamen für einen Augenblick ins Stocken, und Arbakes war noch eine kurze Frist gegönnt, sich auf sein Schicksal vorzubereiten. Verzweiflung und Entsetzen siegten jetzt sogar über seinen Stolz. Er ließ den Blick hilflos über die anwälzenden Massen schweifen. Da erblickte er plötzlich direkt über ihnen durch die große Lücke, die in der Velaria geblieben war, eine eigenartige, furchtbare Erscheinung. Er sah sie, und schon gab ihm seine Gerissenheit neuen Mut.

Er streckte seine Hand empor und über seine stolze Stirn und die königlichen Züge kam ein Ausdruck unaussprechlicher Majestät und Herrschermacht.

»Seht dort!«, rief er mit einer Donnerstimme, die das Gebrüll des Volkes zum Schweigen brachte. »Seht wie die Götter den Unschuldigen beschützen! Das Feuer des rächenden Orkus bricht über die Falschaussage meiner Ankläger herein.«

Die Augen der Zuschauer folgten der Handbewegung des Ägypters und sahen zu ihrem unaussprechlichen Entsetzen eine ungeheure Rauchwolke in Form einer riesigen Pinie* vom Gipfel des Vesuvs aufsteigen; ihr Stamm war Schwärze, die

Zweige waren Feuer, ein Feuer, das mit jedem Augenblick die Färbung wechselte, mal grell aufglühte, mal im trüben Rot zu verlöschen schien, aber dann wieder zu unerträglich blendendem Schein aufloderte!

Es herrschte eine schauerliche Totenstille, die plötzlich vom Gebrüll des Löwen unterbrochen wurde; aus dem Inneren des Gemäuers antwortete ihm das schärfere, wildere Geheul des Tigers. Schreckliche Propheten des in der Luft schwebenden Unheils waren diese Tiere, grässliche Verkünder des kommenden Verderbens.

Dann erhob sich oben ein allgemeines Gekreisch der Frauen; die Männer starrten einander an, blieben aber stumm. In diesem Augenblick fühlten sie die Erde unter ihren Füßen beben; die Mauern des Amphitheaters wankten und aus der Ferne war das Krachen einstürzender Dächer zu hören. Im nächsten Moment sah es aus, als ob sich die Rauchwolke wie ein Wasserfall finster und reißend auf sie herabstürzen wollte. Zur gleichen Zeit schleuderte sie einen Ascheregen vermischt mit riesigen Brocken glühenden Gesteins! Über die zermalmten Weingärten, über die entvölkerten Straßen, über das Amphitheater selbst, weit und breit, fiel dieser entsetzliche Regen, sogar bis auf das aufgewühlte Meer hinaus, das hoch aufspritzte.

Die Menge dachte nicht länger an Gerechtigkeit oder an Arbakes; jeder dachte nur noch an seine eigene Rettung. Alle wandten sich zur Flucht. Alles stürmte, drängte, stürzte, hetzte gegen- und durcheinander. Die Menschen tampelten rücksichtslos über die zu Boden Gefallenen hin; unter Stöhnen, Flüchen, Gebeten und schrillen Schreckensrufen strömte der ungeheure Haufen durch die zahlreichen Gänge. Wohin aber sollten sie fliehen? Einige glaubten, es sei ein neues Erdbeben gekommen, und eilten heim, um sich mit dem kostbareren Teil ihrer Habe zu beladen und zu entkommen, solange noch Zeit war. Andere fürchteten sich vor dem Ascheregen, der jetzt rasch, Schwall auf Schwall, in die Straßen herunterstürzte, und rannten unter die Dächer der nächsten Häuser, Tempel oder Hütten, unter alles, was Schutz bot, um sich vor den Schrecken im Freien in Sicherheit zu bringen. Doch immer finsterer, weiter und mächtiger breitete sich die Wolke über ihnen aus. Schlagartig brach eine schauderhafte Finsternis über das Reich des Mittags herein.

## KAPITEL V

### DIE ZELLE DES GEFANGENEN UND DIE GRUBE DES TODES. GRAM FÜHLT DIE SCHRECKEN NICHT.

Betäubt durch seine plötzliche Rettung, zweifelnd, ob er auch wirklich wach sei, war Glaucus von den Dienern der Arena in eine kleine Zelle innerhalb der Mauern des Theaters geführt worden. Sie warfen ein loses Gewand über seinen Körper und umringten ihn staunend und unter Glückwünschen. Da erklang draußen ein ungeduldiger, leidenschaftlicher Schrei, die Leute traten zur Seite, und das blinde Mädchen, von einer mitleidvollen Hand geführt, eilte heran und warf sich Glaucus zu Füßen.

»*Ich* war es, die dich gerettet hat«, schluchzte sie; »nun will ich gerne sterben!«

»Nydia, mein Kind! Meine Retterin!«

»O lass mich deine Berührung, deinen Atem fühlen! Ja, ja, du lebst! Wir sind nicht zu spät gekommen! Diese entsetzliche Tür – mir war, als wollte sie sich niemals öffnen! Und Calenus, ach, seine Stimme war wie sterbender Wind zwischen Gräbern; wir mussten so lange warten. Oh, ihr Götter! Mir kam es vor, als seien Stunden vergangen, ehe er durch Nahrung und Wein wieder etwas zu Kräften kam. Aber du lebst! Du lebst noch, und ich – *ich* habe dich gerettet!«

Dieser rührenden Szene machte das eben beschriebene Ereignis ein Ende.

»Der Berg! Ein Erdbeben!«, erscholl es von allen Seiten. Die Diener der Arena flohen mit den Übrigen und überließen es Glaucus und Nydia, sich zu retten, so gut sie konnten.

Kaum hatte der Athener erkannt, in welcher Gefahr sie jetzt

schwebten, da dachte sein edles Herz an Olinthus. Auch er war ja durch die Hand der Götter vor den Klauen des Tigers bewahrt worden; sollte er nun in der Zelle nebenan einem nicht weniger schrecklichen Tod zum Opfer fallen? Glaucus nahm Nydia bei der Hand, eilte durch die Gänge und erreichte die Zelle des Christen. Olinthus lag auf den Knien und betete.

»Auf, auf, mein Freund!«, rief er. »Rette dich und fliehe! Sieh doch, die Natur ist deine schreckliche Befreierin!« Er führte den verstörten Christen hinaus, zeigte ihm die Wolke, die schwärzer und schwärzer näherrückte und Schauer von Asche und Bimsstein herabschüttete, wies auf das Geschrei und die panische Flucht der Menge.

»Das ist die Hand Gottes! Gott sei gelobt!«, rief Olinthus ehrfürchtig.

»Flieh, such deine Brüder und berate dich mit ihnen, wie du entkommen kannst. Lebe wohl!«

Olinthus gab weder eine Antwort noch achtete er darauf, dass sein Freund sich entfernte. Heilige und erhabene Gedanken nahmen seine Seele ganz in Anspruch, und im Enthusiasmus seines feurigen Herzens zitterte er nicht über die sichtbaren Zeichen, durch die sich Gott kundtat, sondern frohlockte über die Barmherzigkeit des Herrn.

Endlich erhob er sich und eilte hinaus, ohne zu wissen, wohin.

Plötzlich fand er sich vor der offenen Tür einer dunklen, öden Zelle wieder. In der Finsternis flackerte eine einzelne Lampe, bei deren Schein er drei grimme, nackte Gestalten tot auf dem Boden liegen sah. Unvermittelt hielt er in seiner Flucht inne, denn mitten durch die Schrecken dieses schaurigen Winkels, – des Spoliariums der Arena – hörte er eine leise Stimme den Namen Christi aussprechen.

Bei diesem frommen Ruf konnte er nicht draußen bleiben. Er trat hinein, und seine Füße wurden nass von dem Blut, das langsam aus den Wunden der Leichen über den Sand rann.

»Wer ruft hier den Sohn Gottes an?«, fragte der Nazarener.

Er erhielt keine Antwort, doch als er sich umblickte, sah

Olinthus im Schein der Lampe einen alten, grauhaarigen Mann auf dem Boden kauern, der auf dem Schoß das Haupt eines der Gestorbenen hielt. Die Züge des Toten zeigten die herbe Starre des letzten Schlafs, aber um den Mund spielte ein grimmiges Lächeln, nicht das milde Hoffnungslächeln des Christen, sondern der finstere Hohn des Hasses und Trotzes. Dennoch lag auf dem Gesicht noch die schöne Fülle früher Jugend. Dichte, schimmernde Locken umflossen die ungefurchte Stirn, und der Flaum des beginnenden Mannesalters beschattete kaum merklich den Marmor der farblosen, eisernen Wange. Über dieses Gesicht beugte sich das andere in unaussprechlichem Gram, in sehnsüchtiger Zärtlichkeit, in liebevoller, tiefer Verzweiflung. Schnell und heiß flossen die Tränen des Greises, aber er fühlte sie nicht. Als er seine Lippen bewegte und mechanisch die Gebete seines gütigen, verheißungsvollen Glaubens murmelte, waren weder sein Herz noch sein Geist bei dem, was er sagte; die Worte schienen nur noch der unwillkürliche Erguss eines in Lethargie versunkenen Gemüts. Sein Sohn war tot, war für ihn gestorben! Das hatte dem alten Mann das Herz gebrochen.

»Medon«, sagte Olinthus voller Mitleid, »steh auf und flieh! Gott fährt einher auf den Fittichen der Elemente! Das Gericht ist über das neue Gomorrha hereingebrochen! Flieh, ehe dich das Feuer verzehrt!«

»Er war immer so voll Leben, er *kann nicht* tot sein! Komm her, leg deine Hand auf sein Herz! Nicht wahr, es schlägt noch?«

»Bruder, die Seele ist entflohen! Wir wollen ihrer in unseren Gebeten gedenken! Du kannst den toten Staub nicht wieder beleben! Komm, komm! Hör doch! Während ich spreche, bersten die Mauern! Hör doch nur, die Leute schreien in Todesangst! Es ist keine Zeit zu verlieren, komm!«

»Ich höre nichts«, erwiderte Medon und schüttelte sein graues Haupt. »Der arme Junge, seine Liebe hat ihn getötet.«

»Komm, komm! Vergib mir meine gut gemeinte Gewalt!«

»Was! Wer will den Vater vom Sohn trennen?« Mit diesen

Worten schloss Medon den Leichnam fest in die Arme und bedeckte ihn mit heißen Küssen. »Geh!«, fügte er hinzu und sah flüchtig auf. »Geh, wir beide wollen allein sein.«

»Ach!«, erwiderte der mitfühlende Nazarener. »Der Tod hat euch ja schon getrennt.«

Der alte Mann lächelte still. »Nein, nein, nein!«, flüsterte er und mit jedem Wort wurde seine Stimme leiser. »Der Tod ist gütiger gewesen.«

Damit sank sein Kopf auf die Brust seines Sohnes und seine Arme ließen den Toten los. Olinthus ergriff seine Hand: Der Puls hatte aufgehört zu schlagen. Mit seinen letzten Worten hatte der Vater die Wahrheit gesprochen: *Der Tod war gütiger gewesen!*

Unterdessen liefen Glaucus und Nydia schnell durch die gefährlichen, schreckensvollen Straßen. Der Athener hatte von seiner Retterin erfahren, dass Ione noch im Haus von Arbakes war. Dorthin eilte er nun, sie zu befreien, sie zu retten. Die wenigen Sklaven, die der Ägypter zurückgelassen hatte, als er sich mit großem Gefolge ins Amphitheater begab, hatten der bewaffneten Schar, mit der Sallust eingedrungen war, keinen Widerstand leisten können. Als dann der Vulkan losbrach, hatten sie sich betäubt und entsetzt in den entlegensten Winkeln des Hauses verkrochen. Selbst der lange Äthiopier hatte seinen Posten an der Tür verlassen. Glaucus ließ Nydia draußen warten, und die arme Nydia war sogar in dieser Stunde noch den Qualen der Eifersucht ausgesetzt! Er selbst eilte durch die große Halle, ohne jemand zu treffen, den er nach Iones Zimmer hätte fragen können. Schon jetzt nahm die Finsternis, die den Himmel bedeckte, so rasch zu, dass er seinen Weg nur unter großen Schwierigkeiten finden konnte. Die mit Blumenkränzen umwundenen Säulen schienen zu wanken und zu beben, und ununterbrochen hörte er die Asche knisternd in das dachlose Peristyl fallen. Er stieg ins obere Stockwerk hinauf, eilte atemlos weiter und rief laut den Namen »Ione!« Endlich hörte er am Ende einer Galerie eine Stimme – *ihre* Stimme. Verwundert gab sie Antwort. Vorwärts stürzen, die Tür aufbrechen, Ione in die Arme nehmen und aus dem Haus eilen, war für ihn das Werk eines Augenblicks. Kaum hatte er die Stelle erreicht, wo Nydia auf ihn wartete, als er Schritte auf das Haus zukommen hörte und die Stimme von Arbakes erkannte, der zurückkehrte, um Ione und seine Schätze zu holen, bevor er das dem Untergang geweihte Pompeji verließ. Aber die Luft war schon so dicht von Rauch erfüllt, dass die Feinde einander selbst bei dieser Nähe nicht zu Gesicht bekamen und Glaucus nur undeutlich die sich bewegenden Umrisse des schneeweißen Gewands des Ägypters wahrnahm.

Die drei eilten weiter. Aber ach, wohin? Sie konnten kaum noch die Hand vor Augen sehen. Völlig finster war es geworden. Sie wussten sich keinen Rat inmitten dieser Schrecken, und der Tod, dem Glaucus knapp entgangen war, schien nur seine Gestalt verändert und die Zahl seiner Opfer vermehrt zu haben.

## KAPITEL VI

### CALENUS UND BURBO. DIOMED UND CLODIUS. DAS MÄDCHEN AUS DEM AMPHITHEATER UND JULIA.

Die plötzliche Katastrophe, die alle gesellschaftlichen Bande zerrissen hatte und Gefangene wie Kerkermeister freigab, hatte auch Calenus von den Wächtern befreit, deren Obhut er vom Prätor übergeben worden war. Sobald Dunkelheit und Menschengewühl ihn von seinen Begleitern getrennt hatten, eilte er mit zitternden Schritten zum Tempel seiner Göttin. Unterwegs, noch bevor die Finsternis vollständig war, fühlte er sich plötzlich am Gewand festgehalten, und eine Stimme flüsterte ihm ins Ohr:

»Pst, Calenus, eine schreckliche Stunde!«

»Ja, beim Haupt meines Vaters! Wer bist du? Ich kann dein Gesicht in der Dunkelheit nicht erkennen, und deine Stimme ist mir fremd!«

»Erkennst du deinen Burbo nicht mehr? Pfui!«

»Ihr Götter, wie schnell es finster wird! Ha, wie es dort über dem schrecklichen Berg auf einmal wettert! Wie die Blitze * hervorschießen und aufflammen! Der Hades ist auf Erden los!«

»Still! Du glaubst doch überhaupt nicht an sowas, Calenus! Jetzt ist die Zeit, unser Glück zu machen!«

»Ha!«

»Hör zu: Dein Tempel ist voll Gold und kostbarem Mummenschanz! Lass uns den einpacken, damit zum Meer fliehen und uns einschiffen! Niemand wird sich jemals für das verantworten müssen, was heute geschieht.«

»Burbo, du hast Recht! Still, komm mit zum Tempel. Wer kümmert sich jetzt darum, ja wer sieht auch nur, ob du ein Priester bist oder nicht? Folge mir und wir werden teilen!«

In den geweihten Räumen des Tempels waren viele Priester versammelt. Sie lagen vor den Altären im Staub, beteten und weinten. Wenn sie auch Betrüger waren, solange sie sich in Sicherheit wussten, so waren sie darum nicht weniger abergläubisch in der Gefahr! Calenus ging an ihnen vorüber und trat in das Zimmer, das man noch heute auf der Südseite des Hofs sieht. Burbo folgte ihm. Der Priester machte Licht. Wein und Speisen, die Überreste eines Opfermahls, standen noch auf dem Tisch.

»Ein Mensch, der achtundvierzig Stunden gefastet hat«, murmelte Calenus, »hat auch in so einem Augenblick Appetit.« Er machte sich über die Speisen her und verschlang alles mit Heißhunger. Vielleicht lässt sich keine unnatürlichere Abscheulichkeit denken, als die egoistische Niederträchtigkeit dieser beiden Lumpen. Denn nichts ist empörender als Mut aus Habsucht! Raub und Tempelschändung, während die Pfeiler der Welt wankten! Wie furchtbar kann menschliche Verderbtheit die Schrecken der Natur vermehren!

»Bist du bald fertig?«, rief Burbo ungeduldig. »Dein Gesicht ist schon hochrot und die Augen treten dir aus den Höhlen.«

»Man hat schließlich nicht alle Tage so viel Recht, hungrig zu sein. O Jupiter! Was ist das für ein Geräusch? Das Zischen von heißem Wasser? Was denn, schickt die Wolke außer Feuer

*Der Isistempel.*

jetzt auch noch Regen? Ha, was ist das für ein Geschrei? Und wie still es jetzt auf einmal wieder ist. Burbo, sieh doch mal nach.«

Zu all diesen Schrecken kam jetzt noch hinzu, dass der gewaltige Berg auch noch Säulen von kochendem Wasser auszuwerfen begann. Verschmolzen und vermischt mit der sengenden Asche ergossen sich die Ströme als siedender Schlamm in gleichmäßigen Abständen über die Straßen. Und genau dorthin, wo die Isispriester um die Altäre knieten, auf denen sie vergebens Feuer angezündet und Weihrauch verströmt hatten, prasselte einer der schrecklichsten dieser Güsse, vermischt mit riesigen Schlackestücken, in zerschmetternder Wut herab. Er ergoss sich über die knienden Priester. Das Geschrei war der Schrei des Todes gewesen, die anschließende Stille das Schweigen der Ewigkeit. Die Asche und der pechartige Strom verteilten sich über die Altäre, überzogen das Pflaster und begruben halb die zuckenden Leichen der Priester.

»Sie sind tot!«, rief Burbo, zum ersten Mal von Furcht ergriffen, und eilte in die Zelle zurück. »Ich hätte nicht gedacht, dass die Gefahr so nah und so furchtbar ist.«

Die beiden Schufte starrten einander an; man hätte das Klopfen ihrer Herzen hören können! Calenus, von Natur der weniger tapfere, jedoch der habgierigere, fasste sich als Erster wieder.

»Ans Werk und dann fort!«, flüsterte er, als fürchtete er sich vor der eigenen Stimme. Er trat auf die Schwelle, blieb einen Moment lang stehen, schritt dann über den heißen Boden und die Leichen seiner Brüder hinweg zum Allerheiligsten und rief Burbo zu, ihm zu folgen. Aber der Gladiator zögerte und fuhr zurück.

»Umso besser!«, dachte Calenus. »Dann wird *meine* Beute umso größer sein.« Hastig belud er sich mit den am leichtesten wegzuschaffenden Schätzen des Tempels und verließ, ohne weiter an seinen Komplizen zu denken, die heilige Stätte. Im Schein eines plötzlich vom Berg herabzuckenden Blitzes sah Burbo, der noch immer wie angewurzelt auf der Schwelle stand, dem fliehenden, schwer beladenen Priester nach. Da fasste auch er sich ein Herz, trat einen Schritt vorwärts, um zu ihm zu eilen, da ging ein ungeheurer Schwall von Asche direkt vor seinen Füßen nieder. Noch einmal wich der Gladiator zurück. Er war von Finsternis umgeben. Aber der Regen prasselte noch immer mit rasender Wucht herab, und die Asche türmte sich erstickend in die Höhe. Tödliche Dünste entstiegen ihr, der Unglückliche schnappte nach Luft. In seiner Verzweiflung versuchte er noch einmal zu fliehen, aber die Asche hatte die Tür blockiert. Er schrie laut auf, als sein Fuß die siedend heiße Masse berührte. Wie sollte er nun entkommen? Er konnte nicht nach draußen klettern, und selbst wenn ihm das gelingen würde, könnte er den Schrecken dort doch nicht trotzen. Es war wohl das Beste, in der Zelle zu bleiben, hier war er wenigstens gegen die todbringende Luft geschützt. Zähneknirschend setzte er sich hin. Nach und nach drang die von stickigen, giftigen Gasen angefüllte Außenluft aber doch in den Raum. Er konnte es nicht länger darin aushalten. Starr vor Schreck sah er sich um und entdeckte ein Opferbeil, das ein Priester hatte liegen lassen. Er ergriff es, und mit der durch

Verzweiflung gesteigerten Kraft seiner Riesenarme schlug er auf die Mauer ein, um sich einen Weg ins Freie zu bahnen.

Mittlerweile waren auf den Straßen kaum noch Menschen zu sehen, denn die Menge hatte Schutz gesucht und sich so zerstreut. Die Asche begann, die tiefergelegenen Stadtviertel anzufüllen. Nur hier und da hörte man noch die vorsichtigen Schritte von Flüchtlingen knirschen oder sah ihre bleichen, angstverzerrten Gesichter im blauen Schein der Blitze oder im flackernden Licht der Fackeln, mit denen sie es wagten, sich ihren Weg zu suchen. Doch immer wieder löschten das siedende Wasser, die umherfliegende Asche oder rätselhafte Windstöße, die sich plötzlich erhoben und ebenso plötzlich wieder verschwanden, diese wandernden Lichter aus, und mit ihnen die letzte Lebenshoffnung ihrer Träger.

In der Straße, die zum Tor von Herkulaneum führt, suchte sich Clodius rat- und hilflos seinen Weg. »Wenn ich nur aus der Stadt hinauskomme«, dachte er. »Draußen vor dem Tor stehen bestimmt Fuhrwerke und Herkulaneum ist ja nicht weit. Dank sei Merkur, ich habe wenig zu verlieren, und das bisschen habe ich bei mir!«

»Heda! Zu Hilfe, Hilfe!«, rief eine quengelnde, angsterfüllte Stimme. »Ich bin hingefallen, meine Fackel ist ausgegangen und meine Sklaven haben mich im Stich gelassen. Ich bin es, Diomed, der reiche Diomed. Zehntausend Sesterzen dem, der mir hilft!«

Im selben Augenblick fühlte sich Clodius von Diomed am Fuß gepackt. »Verderben über dich! Lass mich los, du Narr!«, rief der Spieler.

»O hilf mir auf, gib mir deine Hand!«

»Da, steh auf.«

»Bist du das Clodius? Ich erkenn deine Stimme! Wohin fliehst du?«

»Nach Herkulaneum.«

»Gesegnet seien die Götter! Dann haben wir wenigstens bis zum Stadttor den gleichen Weg. Warum rettest du dich nicht in meine Villa? Du kennst doch die lange Reihe von Kellern im Fundament, welcher Regen könnte bis in diesen Unterschlupf dringen?«

»Du hast Recht«, entgegnete Clodius nachdenklich. »Und wenn wir Lebensmittel in den Keller schaffen, können wir es dort sogar ein paar Tage aushalten, falls diese unheimlichen Stürme so lange anhalten sollten.«

»Gepriesen sei der Erfinder der Stadttore!«, rief Diomed. »Sieh dort, man hat eine Leuchte unter den Bogen gestellt. Die soll unser Führer sein.«

Die Luft war jetzt für ein paar Minuten ruhig; weit und hell strahlte das Licht der Lampe unterm Stadttor. Die Flüchtlinge eilten darauf zu. Sie erreichten das Tor und kamen an der römischen Schildwache vorbei. Die Blitze zuckten über das bleiche Gesicht und den blanken Helm des Soldaten hin, aber seine ernsten Züge verloren nicht einmal jetzt ihre Ruhe. Er blieb kerzengerade und regungslos auf seinem Posten. Nicht einmal so schreckliche Ereignisse konnten aus dieser Marionette der unerbittlichen Majestät Roms einen denkenden und selbständig handelnden Menschen machen! Da stand er mitten im furchtbaren Kampf der Elemente; er hatte nicht die Erlaubnis erhalten, seinen Posten* zu verlassen und zu fliehen!

Diomed und sein Gefährte eilten weiter. Plötzlich warf sich ihnen eine weibliche Gestalt in den Weg. Es war das Mädchen, deren Unheil verkündende Stimme so oft und so fröhlich »Zum lustigen Spiele herbei!« gerufen hatte.

»O Diomed!«, schrie sie. »Nimm mich auf! Sieh hier!«, und sie deutete auf ein kleines Kind, das sich an ihre Brust klammerte. »Sieh das Kleine hier! Es ist mein Kind, das Kind der Schande! Bis zu dieser Stunde habe ich mich nicht dazu bekannt! *Jetzt* aber fühle ich, dass ich eine Mutter bin! Ich habe es aus der Wiege seiner Amme gerissen; *die* war geflohen! Wer denkt in einem solchen Augenblick auch an ein Kind außer derjenigen, die es unter ihrem Herzen getragen hat! – Rette es, rette es!«

»Verwünscht sei deine schrille Stimme! Aus dem Weg, du

*Das Tor nach Herkulaneum.*

Flittchen!«, stieß Clodius zwischen zusammengebissenen Zähnen hervor.

»Nein, Mädchen«, sagte der menschlichere Diomed, »komm mit, wenn du willst. Hier entlang, hier entlang, zu den Gewölben!«

Sie eilten weiter und erreichten das Haus von Diomed. Sie jubelten laut, als sie die Schwelle überschritten, denn sie glaubten, nun außer Gefahr zu sein.

Diomed befahl seinen Sklaven, einen reichlichen Vorrat an Lebensmitteln und Öl für die Lampen in das schon beschriebene unterirdische Geschoss zu schaffen. Dort suchten nun Julia, Clodius, die Mutter mit ihrem Kind, der größere Teil der Sklaven, einige verängstigte Besucher und Klienten aus der Nachbarschaft ein schützendes Obdach.

## KAPITEL VII

### DER WEITERE VERLAUF DER ZERSTÖRUNG.

Die Wolke, die einen so dichten Nebelschleier über den Tag gebreitet hatte, war jetzt zu einer festen, undurchdringlichen Masse verdichtet. Sie glich jedoch weniger der Finsternis, wie sie in tiefster Nacht im Freien herrscht, als vielmehr der undurchdringlichen Dunkelheit in einem engen Raum.* Je finsterer es wurde, desto greller und blendender erschienen die Blitze, die den Vesuv umlohten. Dabei blieb ihre fürchterliche Schönheit nicht auf die gewöhnlichen Farben des Feuers beschränkt; kein Regenbogen hat sich je mit ihrem wechselnden, verschwenderischen Farbenspiel messen können. Mal war es ein strahlendes Blau wie das tiefste Azur des südlichen Himmels, mal ein lebhaftes, schlangenartiges Grün, das wie ein sich windendes ungeheures Reptil ruhelos hin und her schoss, mal ein feuriges, unerträgliches Rot, das weit und breit zwischen den Rauchsäulen emporzuckte und die ganze Stadt von Tor zu Tor erleuchtete, dann plötzlich wieder von einer kränklichen Blässe, wie das Gespenst ihres eigenen Daseins.

Wenn die Ascheschauer einen Augenblick innehielten, hörte man donnerartiges Grollen unter der Erde und die brüllenden Wogen des gequälten Meers. Leiser und wohl nur dem Lauschen der höchsten Angst vernehmlich, erklang das zischende Pfeifen der Gase, die durch die Spalten des fernen Berges entwichen. Vereinzelt schien sich die feste Wolkenmasse aufzulösen und im Schein der Blitze die Form bizarrer, gigantischer Nachbildungen von Menschen und Ungeheuern anzunehmen, die durch die Finsternis schritten, zusammenbrachen und rasch wieder im wirbelnden Abgrund der Finsternis verschwanden, so dass die Flüchtlinge in ihrer Angst und überreizten Einbildungskraft die wesenlosen Dünste für die Leiber gigantischer Dämonen, für die Sendboten des Schreckens und des Todes* hielten.

An manchen Stellen lag die Asche bereits knietief, und die Schauer siedenden Wassers, die der schwadige Hauch des Vulkans auswarf, drangen in die Häuser und erfüllten sie mit einem dicken, erstickenden Qualm. An einigen Stellen waren auch gewaltige Steinbrocken auf die Dächer gefallen und hatten die Straßen mit Trümmern übersät, die mit jeder Stunde den Weg mehr und mehr versperrten. Je weiter der Tag vorrückte, desto heftiger wurde das Erdbeben; wo man den Fuß hinsetzte, schien der Boden sich zu biegen und wegzugleiten, und keine Sänfte, kein Wagen konnte aufrecht gehalten werden, nicht einmal auf völlig ebenem Grund.

Mitunter stießen zwei größere Steine im Flug zusammen, zersprangen dabei in zahllose Stücke und versprühten einen Funkenregen, der jeden brennbaren Gegenstand in seiner Nähe entzündete. So wurde die Finsternis um die Stadt herum schließlich auf furchtbare Weise erhellt, denn mehrere Häuser und sogar Weinberge standen in Flammen, und abwechselnd leuchtete das Feuer schwach oder grell gegen die tiefe Dunkelheit auf. Um diese unvollständige Beleuchtung zu unterstützen, hatten die Bewohner hier und da an öffentlichen Plätzen, wie den Säulenhallen der Tempel und den Zugängen des Forums, Reihen von Fackeln aufzustellen versucht; aber sie brannten nie lange, denn Schauer und Winde löschten sie bald aus, und wenn es dann plötzlich wieder stockfinster wurde, so war das nur umso schrecklicher, und der erneute Einbruch jäher Nacht ließ die unglücklichen Menschen ihre Ohnmacht und Hoffnungslosigkeit nur doppelt schwer empfinden.

Häufig begegneten einander im flüchtigen Schein solcher Fackeln Scharen von Flüchtlingen; einige eilten dem Meer zu, andere flüchteten wieder vom Meer zum Land. Denn das Meer war weit vom Ufer zurückgetreten, undurchdringliche Nacht lag über ihm und in seine brausenden, zusammenschlagenden Wogen prasselten Ascheregen und Steinschlag ohne den Schutz, den auf dem Land Arkaden und Dächer gewährten. Wenn von diesen Menschen Gruppen, geisterhaft, gehetzt, vor übernatürlicher Furcht wie von Sinnen, aufeinander trafen, nahm sich niemand die Zeit zu fragen oder weiterzuhelfen. Die Schauer fielen jetzt immer häufiger, wenn auch nicht ununterbrochen, löschten all die Lichter aus, die jeder Gruppe die leichenähnlichen Gesichter der andern zeigten, und trieb alle, Zuflucht zu suchen, wo sich nur irgendein Unterschlupf bot. Alle Elemente der Zivilisation waren aufgelöst. Immer wieder sah man beim flackernden Lichtschein einen Dieb an Gesetzeshütern vorübereilen und sich ins Fäustchen lachen, da er mit Beute beladen war, die er rasch zusammengerafft hatte. Wenn sich in der Finsternis Mann und Frau, Eltern und Kinder verloren, so gab es keine Hoffnung, einander wieder zu finden. Alles stürmte wie blind und kopflos dahin. Von dem vielfältigen, dichten Gewebe des gesellschaftlichen Lebens blieb nichts zurück als das Urgesetz der Selbsterhaltung.

Inmitten dieser grauenhaften Szenerie suchte sich der Athener mit Ione und dem blinden Mädchen seinen Weg. Plötzlich stürzte eine Schar von mehreren hundert Menschen, die zum Meer wollten, an ihnen vorüber. Nydia wurde von Glaucus' Seite weggerissen, während er selbst und Ione mit der Menge fortgeschwemmt wurden. Als das Menschenknäuel (deren einzelne Gestalten sie nicht sehen konnten, so tief war die Finsternis) endlich vorüber war, blieb Nydia noch immer von ihren Freunden getrennt. Glaucus rief laut ihren Namen, doch es kam keine Antwort. Sie gingen ein Stück zurück, aber auch das war vergebens. Sie konnten sie nicht mehr wiederfinden, offensichtlich hatte sie der Menschenstrom in eine andere Richtung mitgezogen. Ihre Freundin, ihre Retterin war verloren! Und bis jetzt war Nydia auch ihre Führerin gewesen. Nur sie war aufgrund ihrer Blindheit noch mit der Gegend vertraut. Gewöhnt, sich in ewigem Dunkel im Labyrinth der Straßen zurechtzufinden, hatte sie das Paar mit untrüglicher Sicherheit auf das Meeresufer zu geführt, von wo aus sie einen Versuch zur Flucht wagen wollten. Doch welchen Weg sollten sie jetzt einschlagen? Alles um sie herum war dunkle Nacht, sie befanden sich in einem Labyrinth, zu dem ihnen der leitende Faden fehlte. Erschöpft, niedergeschlagen und verwirrt setzten sie ihren Weg noch eine Weile fort, während ihnen Asche auf den Kopf fiel und Steine zu ihren Füßen funkenstiebend in Trümmer zerbarsten.

»O weh, o weh!«, flüsterte Ione. »Ich kann nicht weiter, meine Füße versinken in der sengenden Asche. Flieh du, mein Teuerster! Geliebter, flieh und überlass mich meinem Schicksal.«

»Still, meine Verlobte, meine Braut! Mit dir zu sterben ist süßer als ein Leben ohne dich! Aber wie, wie nur sollen wir uns in dieser Finsternis zurechtfinden? Es kommt mir so vor, als wären wir nur im Kreis gelaufen und seien jetzt wieder auf derselben Stelle, die wir vor einer Stunde verlassen haben.«

»Oh, ihr Götter! Sieh den Felsen dort, er hat das Dach vor uns zerschmettert. Es wäre unser Tod, weiter durch diese Straßen zu laufen.«

»Gesegneter Blitz! Sieh, Ione, da vor uns ist der Portikus des Fortunatempels. Wir wollen dort unterkriechen, er wird uns vor dem Ascheregen schützen!«

Er nahm die Geliebte in den Arm und erreichte mit Müh und Not den Tempel. Er trug sie in den entlegeneren und geschützteren Teil des Portikus und lehnte sich über sie, um sie mit dem eigenen Körper gegen Blitz und Ascheschauer zu schützen. Die Schönheit und Selbstlosigkeit der Liebe heiligte selbst noch diese trostlose Stunde.

»Wer ist da?«, fragte die zitternde, hohle Stimme eines Mannes, der sich vor ihnen an diesen Zufluchtsort gerettet hatte. »Aber gleichgültig! Der Weltuntergang verbietet uns, einander Freund oder Feind zu sein.«

Ione wandte sich beim Klang der Stimme um und kauerte sich mit einem schwachen Schrei gleich wieder unter Glaucus' Arme. Er sah in die Richtung, aus der die Stimme gekommen war und erblickte die Ursache ihres Schreckens. Durch die Dunkelheit stierten ihn zwei glühende Augen an. Ein Blitz zuckte quer durch den Tempel, und schaudernd erblickte Glaucus den Löwen, dem er hätte vorgeworfen werden sollen, still zwischen die Säulen gekauert. Und dicht neben ihm lag, ohne diese Nachbarschaft zu ahnen, die riesige Gestalt dessen, der sie angesprochen hatte, der verwundete Gladiator Niger.

Der Blitz hatte Mensch und Tier einander gegenseitig enthüllt, aber der Instinkt beider war erloschen. Ja, der Löwe kroch sogar immer näher an den Gladiator heran, wie um Gesellschaft zu haben, und der Gladiator wich weder zurück, noch zitterte er. Bei dieser Naturkatastrophe waren nicht nur die geringeren Schrecken, sondern auch die gewohnten Naturgesetze unwirksam geworden.

Während sie so in schrecklicher Nachbarschaft Schutz fanden, zog eine Gruppe von Männern und Frauen mit Fackeln am Tempel vorüber. Sie gehörten zur Gemeinde der Nazarener. Eine erhabene, überirdische Ergriffenheit hatte den natürlichen Schrecken in ihnen zwar nicht ersticken können, wohl aber dem Schrecken die Angst genommen. Schon lange glaubten sie nämlich gemäß einer irrigen Vorstellung der ersten Christen, der Jüngste Tag stehe unmittelbar bevor, und nun dachten sie, dieser Tag sei wirklich gekommen.

»Wehe, wehe!«, rief mit schriller, durchdringender Stimme der Älteste an ihrer Spitze. »Seht, der Herr steigt herab zum Gericht! Er lässt Feuer vom Himmel ins Antlitz der Menschen regnen! Wehe, wehe, ihr Mächtigen und Starken! Wehe euch Männern der Fasces und des Purpurs! Wehe euch Götzendienern und Anbetern von Tieren! Wehe euch, die ihr das Blut von Heiligen vergießt und euch an den Todesqualen der Kinder Gottes weidet! Wehe dieser verderbten Stadt am Meer! Wehe!«

Und in lautem, tiefem Chor ließ die Schar in die wilden Schrecken der Luft hinein den Ruf erschallen: »Wehe dieser verderbten Stadt am Meer! Wehe, wehe!«

Langsam zogen die Nazarener weiter; ihre Fackeln flackerten im Wind, und sie ließen immer noch mit feierlichen Stimmen Drohungen und Warnungen erklingen, bis sie sich schließlich in den Straßen verloren hatten. Die pechschwarze Luft und Totenstille legten sich aufs Neue über den Tempel.

Die Schauer hatten eine Zeit lang aufgehört, und Glaucus ermutigte Ione zum Weitergehen. Sie standen noch zaudernd auf der letzten Stufe des Portikus, als ein alter Mann an ihnen vorübertaumelte. Er stützte sich auf einen jungen Mann und trug einen Beutel in der Rechten, der junge Mann eine Fackel.

Glaucus erkannte in den beiden Vater und Sohn, einen Geizhals und einen Verschwender.

»Vater«, sagte der junge Mann, »wenn du nicht schneller läufst, dann muss ich dich verlassen, sonst gehen wir *beide* zugrunde!«

»Dann flieh doch, mein Junge, und lass deinen Vater im Stich!«

»Aber wenn ich so fliehe, muss ich darben. Gib mir deinen Beutel mit Gold!« Und der junge Mann riss ihm den Beutel aus der Hand.

»Du Lump! Willst du den eigenen Vater bestehlen?«

»Ja, wer wird je erzählen, was in dieser Stunde geschehen ist? Stirb, du Geizhals!«

Der Sohn schlug den Alten zu Boden, riss ihm den Beutel aus der erschlaffenden Hand und floh mit gellendem Geschrei davon.

»Ihr Götter«, rief Glaucus, »so seid denn auch ihr blind in dieser Finsternis? Solche Verbrechen können wohl den Schuldlosen zusammen mit dem Schuldigen ins gemeinsame Verderben stürzen. Ione, vorwärts – vorwärts.«

## KAPITEL VIII

### ARBAKES TRIFFT AUF GLAUCUS UND IONE.

Wie Menschen in einem finsteren Kerker tastend nach einem Ausweg suchen, so setzten Ione und ihr Geliebter ihren riskanten Weg fort. In den Augenblicken, wo die vulkanischen Blitze über den Straßen zuckten, konnten sie sich bei diesem schauerlichen Licht wenigstens über die Richtung orientieren. Aber der Anblick, der sich ihnen dabei jedes Mal bot, diente nicht gerade der Aufmunterung oder Ermutigung. An den Stellen, wo die Asche trocken geblieben war und sich nicht mit dem siedenden Wasser vermischt hatte, das der Berg immer noch in unberechenbaren Abständen ausspie, bedeckte ein bleiches Weiß die Oberfläche der Erde, als sei sie von einem Aussatz befallen. An anderen Stellen türmten Asche und Steine sich zu Haufen, unter denen halb verdeckt die Glieder verstümmelter, erschlagener Flüchtlinge hervorsahen. In das Stöhnen von Sterbenden mischte sich überall, bald aus der Nähe, bald von fern, das wilde Kreischen angsterfüllter Frauen, das in der vollständigen Finsternis umso schrecklicher wirkte, da jeder von dem vernichtenden Gefühl völliger Hilflosigkeit und der Unberechenbarkeit der Gefahren gequält wurde. Durch all das hindurch hörte man klar und deutlich das gewaltige Tosen des verhängnisvollen Berges, das Brausen des Windes, das Brüllen der Ströme, und von Zeit zu Zeit das Bersten und Krachen eines besonders starken Ausbruchs. So oft der Wind heulend über die Straßen fegte, riss er Wirbel sengenden Staubs mit sich und so giftige, ekelhafte Dämpfe, dass er allen, über die er hinfuhr, für einen Augenblick Atem und Besinnung raubte, worauf ein rascherer Umlauf des stockenden Blutes und eine Empfindung der Todesangst folgte, die jeden Nerv, jede Fiber des Körpers durchzuckte.

»Glaucus, mein Geliebter, mein Alles! Nimm mich in deine Arme! Umfasse mich noch einmal, lass mich deine Arme um mich fühlen, und in dieser Umarmung lass mich sterben. Ich kann nicht mehr!«

»Um meines Lebens willen, Mut, Ione, meine Liebste! Mein Leben ist mit deinem verflochten. Und sieh da, da kommen Fackeln! Schau, wie sie mit dem Wind kämpfen! Ha! Der Sturm vermag sie nicht auszulöschen. Ohne Zweifel Flüchtlinge, die zum Meer eilen. Wir wollen uns ihnen anschließen.«

Wie um die Liebenden zu ermutigen, hörten Wind und Ascheregen plötzlich auf; tiefe Stille breitet sich in der Atmosphäre aus, der Berg schien zur Ruhe kommen zu wollen, vielleicht aber auch nur, um neue Kraft für den nächsten Ausbruch zu sammeln. Die Fackelträger schritten schnell weiter. »Wir nähern uns dem Meer«, sagte mit ruhiger Stimme der Mann an der Spitze. »Freiheit und Reichtum jedem Sklaven, der diesen Tag überlebt! Nur Mut! Ich sage euch, die Götter selbst haben mir Rettung verheißen, vorwärts!«

Das rote und jetzt gleichmäßige Licht der Fackeln fiel auf den Athener und seine Geliebte, die zitternd und erschöpft an seiner Brust lag. Mehrere Sklaven trugen schwer beladene Körbe und Kisten, und ihnen voran schritt, ein gezücktes Schwert in der Hand, die stolze Gestalt des Arbakes.

»Bei meinen Vätern!«, rief der Ägypter. »Das Schicksal ist mir selbst in diesen Schrecken noch hold und beschert mir inmitten der entsetzlichsten Szenen von Unheil und Tod doch noch Glück und Liebe. Fort, Grieche, ich fordere mein Mündel Ione!«

»Verräter und Mörder!«, schrie Glaucus und sah seinen Feind fest an. »Nemesis hat dich meiner Rache zugeführt – ein gerechtes Opfer für die Schatten des Hades, der jetzt auf der Erde losgelassen zu sein scheint. Komm doch, berühr nur die Hand Iones und deine Waffe wird sein wie ein Schilfrohr; ich werde dich in Stücke reißen.«

Während er noch sprach, wurde der Platz, auf dem sie standen, plötzlich von einem intensiven roten Schein beleuchtet. Durch das Dunkel, das ihn wie die Wände der Hölle umgab, flammte der Berg auf wie eine gigantische Glutsäule. Sein Gipfel schien sich in zwei Hälften zu spalten, oder vielmehr zwei Riesenungeheuer schienen sich über seine Oberfläche zu erheben, wie zwei um eine Welt kämpfende Dämonen. Sie waren blutrot und erhellten die ganze Atmosphäre in weitem Umkreis. Der *untere* Teil des Berges aber war noch immer finster und eingehüllt, ausgenommen an drei Stellen, wo Ströme flüssiger Lava* in unregelmäßigen Schlangenlinien dahinflossen. Dunkelrot schimmerte ihr Feuer durch die tiefe Nacht ihrer Ufer, während sie sich langsam scheinbar direkt auf die unglückliche Stadt zuwälzten. Über dem breitesten dieser Glutströme schien sich ein schroffer, gewaltiger Bogen zu wölben, aus dem sich, wie aus dem Schlund der Hölle, dieser plötzlich hervorschießende Phlegeton zu ergießen schien. Und durch die Stille der Atmosphäre hörte man das Krachen der Steintrümmer, die, von den feurigen Katarakten mitgerissen, gegeneinander schlugen. Sie verdunkelten für einen Augenblick die

Stelle, wo sie ins Feuer fielen, gingen aber schon im nächsten in der roten Flut unter, auf der sie geschwommen waren.

Die Sklaven schrien laut auf, duckten sich und bedeckten ihre Gesichter mit den Händen. Der Ägypter selbst stand wie angewurzelt, und der Schein der fernen Glut beleuchtete seine herrische Miene und seine juwelengeschmückte Kleidung. Hinter ihm ragte eine hohe Säule, auf der eine Bronzestatue von Augustus stand; das Kaiserbild schien in eine Flammengestalt verwandelt.

Glaucus schlang den linken Arm um Ione, mit dem rechten erhob er drohend den Stilus, der seine Waffe in der Arena hätte sein sollen und den er glücklicherweise noch bei sich trug. Mit finsterer Stirn, geöffnetem Mund und einer drohenden und wütenden Miene, die wie durch einen Zauber auf sein Gesicht festgebannt zu sein schien, stand er dem Ägypter gegenüber.

Arbakes murmelte vor sich hin, wandte seine Augen vom Berg ab und richtete den Blick auf Glaucus. Er zögerte noch einen Moment: »Aber warum?«, murmelte er. »Warum sollte ich zögern? Haben die Sterne mir nicht die einzige Gefahr, die mir drohen sollte, vorausgesagt? Und ist diese Gefahr nicht längst vorüber?«

»Die Seele«, rief er laut, »kann dem Umsturz einer Welt und dem Zorn eingebildeter Götter trotzen! Durch diese Seele will ich siegen bis zum letzten Augenblick! Vorwärts, Sklaven! Athener, wenn du mir Widerstand leistest, dann komme dein Blut über dein eigenes Haupt! So wird denn Ione wieder mein!«

Er tat einen Schritt vorwärts – es sollte sein letzter auf Erden sein. Der Boden wankte so heftig unter ihm, dass alles ringsum einstürzte. Durch die ganze Stadt dröhnte ein einziges, furchtbares Krachen, als ganze Reihen von Dächern und Säulen zusammenstürzten. Der Blitz, wie vom Metall angezogen, schwebte einen Augenblick über der Kaiserstatue und zersplitterte dann Bronze und Säule! Die Trümmer polterten zu Boden, dass die ganze Straße davon widerhallte. Das Pflaster zerbarst, wo sie hinschlugen. Die Prophezeiung der Sterne hatte sich erfüllt.

Das Getöse und die Erschütterung betäubten den Athener eine Zeit lang. Als er wieder zu sich kam, beleuchtete der Lichtschein noch immer die Stelle, und auch die Erde wankte und bebte noch immer! Ione lag bewusstlos am Boden, aber er sah sie jetzt nicht; sein Blick war auf ein gespenstisches Antlitz geheftet, das ohne Rumpf und Gliedmaßen aus den übergroßen Trümmern der zerschmetterten Säule heraussah: ein Gesicht, von unaussprechlicher Qual, Todesnot und Verzweiflung entstellt! Die Augen öffneten und schlossen sich in schneller Folge, als sei der Verstand noch nicht gewichen; die Lippen zitterten und grinsten; dann überkam plötzlich Stille und Dunkelheit die Züge, die jedoch noch immer diesen unvergesslichen Ausdruck des Grauens beibehielten.

So starb der weise Magier, der große Arbakes, der Hermes des flammenden Gürtels, der Letzte aus dem ägyptischen Königsgeschlecht.

## KAPITEL IX

### DIE VERZWEIFLUNG DER LIEBENDEN. DIE LAGE DER MENGE.

Mit dankbarem, aber angsterfülltem Herzen nahm Glaucus Ione wieder in die Arme und flüchtete die Straße entlang, die noch immer hell erleuchtet war. Plötzlich aber breitete sich erneut ein dunklerer Schatten aus. Unwillkürlich sah er zum Vesuv hinüber, und da, da wankte eine der beiden Riesenspitzen, in die sich der Gipfel geteilt hatte, schwankte bebend hin und her, und stürzte dann mit einem Donner, dessen Gewalt keine Sprache auszudrücken vermag, von seinem brennenden Fundament herab und als Feuerlawine an den Flanken des Berges zu Tal! Im selben Augenblick wallte ein Strom schwärzesten Rauchs auf und rollte über Luft, See und Erde dahin.

Wiederholte Ascheregen, die jetzt noch viel ausgiebiger waren als zuvor, bedeckten die Straßen mit neuer Verwüstung. Finsternis umhüllte sie wieder wie ein Schleier, und Glaucus sank unter dem Schutz eines Gewölbes nieder. Jetzt verzagte sein tapferes Herz, er gab den Kampf auf. Er drückte seine Braut Ione auf diesem Bett aus Trümmern an seine Brust und sah mit Ergebung dem Tod entgegen.

Inzwischen hatte Nydia, seit sie im Gedränge von Glaucus und Ione getrennt worden war, vergeblich nach ihnen gesucht. Umsonst ließ sie jenen klagenden Ruf erschallen, der den Blinden eigentümlich ist; er verlor sich unter dem tausendfachen Geschrei weit selbstsüchtigerer Angst. Wieder und wieder kehrte sie zu der Stelle zurück, wo sie voneinander getrennt worden waren, um die verschwundenen Gefährten zu finden, alle vorbeikommenden Flüchtlinge anzuhalten, nach Glaucus zu fragen und mit der Ungeduld der Verzweiflung beiseite gestoßen zu werden. Wer hatte in dieser Stunde auch nur einen Gedanken für seinen Mitmenschen übrig? In Szenen allgemeinen Grauens ist vielleicht nichts grauenhafter als der unnatürliche Egoismus, der durch sie hervorgerufen wird. Endlich erinnerte Nydia sich, dass ihre Freunde ja beschlossen hatten, an die Küste zu fliehen. Sie würde ihnen also am ehesten auf diesem Weg wiederbegegnen. So tastete sie sich denn mit Hilfe des Stabs, den sie immer mit sich führte, mit unglaublicher Geschicklichkeit durch die Trümmerhaufen, die ihren Weg versperrten, folgte den Straßen und schlug ohne fehlzugehen (solch ein Segen war jetzt ihr Leben in Finsternis, das sonst ein so bedauernswertes Gebrechen ist) den nächsten Weg zur Küste ein.

Das arme Mädchen! Ihr Mut war wunderschön anzusehen! Und das Schicksal schien der Hilflosen beizustehen. Die siedenden Wassergüsse berührten sie nicht, sie wurde lediglich von dem allgemeinen Regen getroffen, der damit einherging. Die ungeheuren Schlackebrocken zertrümmerten das Pflaster vor und neben ihr, verschonten aber ihre zarte Gestalt. Und als dünne Asche auf sie fiel, schüttelte sie sie ab* und setzte beherzt ihren Weg fort.

Schwach, allen Gefahren ausgesetzt, und doch furchtlos, von einem einzigen Wunsch aufrechtgehalten, war sie das wahre Bild der wandernden Psyche, der durch das Tal der Schatten pilgernden Hoffnung, der Seele selbst, die allein, doch gefasst zwischen den Gefahren und Fallstricken des Lebens dasteht!

Indessen wurde sie auf ihrem Weg immer wieder durch Scharen von Menschen behindert, die bald durch die Dunkelheit tappten, bald beim flüchtigen Schein der Blitze weiterhasteten. Schließlich stürzte eine Gruppe von Leuten, die Fackeln trugen, direkt auf sie zu, und sie wurde heftig zu Boden gerannt.

»Was?«, rief eine Stimme aus der Schar. »Ist das nicht das wackere blinde Mädchen? Bei Bacchus! Die dürfen wir nicht hier sterben lassen! Auf, Thessalierin! So ist's recht. Hast du dich auch nicht verletzt? Nicht? Das ist gut! Komm mit uns! Wir sind auf dem Weg zum Ufer!«

»O Sallust, ist das deine Stimme? Den Göttern sei Dank! Glaucus, Glaucus, hast du ihn gesehen?«

»Nein, hab ich nicht. Zweifellos ist er inzwischen schon aus der Stadt hinaus. Die Götter, die ihn aus dem Rachen des Löwen gerettet haben, werden ihn auch vor dem Feuerberg schützen.«

Während der freundliche Epikureer Nydia so ermutigte, zog er sie mit sich auf das Meer zu, ohne auf ihre inständigen Bitten zu achten, er möchte noch etwas dableiben und Glaucus suchen. Immer noch schrie sie verzweifelt den geliebten Namen, der mitten in all dem Aufruhr der tobenden Elemente ihrem Herzen eine Musik blieb.

Die plötzliche Helligkeit, der Ausbruch der Lavaströme und das Erdbeben, Erscheinungen, die wir bereits beschrieben haben, ereigneten sich in dem Augenblick, als Sallust und seine Leute den direkten Weg von der Stadt zum Hafen erreichten. Hier wurden sie von einem ungeheuren Gedränge aufgehalten. Die halbe Bevölkerung Pompejis, Tausende über Tausende trieben sich außerhalb der Stadtmauern auf den Feldern herum, ratlos, wohin sie fliehen sollten. Das Meer war weit vom Ufer zurückgewichen, und diejenigen, die dorthin geflüchtet waren, wurden zurückgeschreckt von dem hohen Wellengang, von dem unnatürlichen Zurückweichen des Elements, von den schnappenden, wunderlichen Seewesen, die die Wellen im Sand zurückgelassen hatten, und von dem Aufschlag der riesigen Steinblöcke, die der Berg in die Tiefe schleuderte. Sie kehrten um und wandten sich wieder dem Land zu, das doch immer noch einen weniger grässlichen Anblick bot. So waren denn die beiden Menschenströme, der eine *zum,* der andere *vom* Meer eilend, aufeinander gestoßen. Sie blieben ratlos und verzweifelt stehen und fanden wenigstens in ihrer großen Zahl einen kläglichen Trost.

»Durch Feuer muss die Welt untergehen«, sagte ein alter Mann in einem langen, fließenden Gewand, ein Philosoph der stoischen Schule. »Stoiker und Epikureer sind sich in dieser Weissagung einig. Und nun ist die Stunde gekommen.«

»Ja, die Stunde ist gekommen!«, rief eine laute Stimme feierlich und furchtlos.

Die Umstehenden wandten sich erschrocken um. Die Worte kamen von oben. Es war die Stimme von Olinthus, der umringt von seinen christlichen Brüdern auf einer steilen Anhöhe stand, auf der die alten griechischen Kolonisten Apollo einen Tempel erbaut hatten, der jetzt verwittert und halb verfallen war.

Noch während er sprach, trat die plötzliche Helligkeit ein, die Vorbotin von Arbakes' Tod gewesen war. Sie beleuchtete die gewaltige, verängstigte, geduckte und atemlose Menge, und nie auf Erden hatten Menschengesichter so gequält ausgesehen und so große Ähnlichkeit mit Gespenstern gehabt! Nie stand eine Versammlung von Sterblichen so sehr unter dem furchtbaren, majestätischen Bann des Jenseits! Und nie, bis die Posaune des Jüngsten Gerichts ertönt, wird man je eine solche Versammlung wieder erblicken! Hoch oben stand die stolze Gestalt des Olinthus mit ausgestrecktem Arm und Prophetenstirn, umgeben von zuckenden Flammen. Und die Menge erkannte das Gesicht des Mannes, den sie dem Rachen der wilden Tiere hatten preisgeben wollen. *Damals* ihr Opfer, war er *nun* zu ihrem Warner geworden. Und wieder erscholl durch das Schweigen die drohende Stimme:

»Die Stunde ist gekommen!«

Die Christen wiederholten den Ruf, und nun ging er von Mund zu Mund. Mann und Frau, Kind und Greis wiederholten, nicht laut, sondern mit gedämpftem, düsterem Geflüster: *»Die Stunde ist gekommen!«*

In diesem Augenblick erscholl ein wildes Gebrüll in der Nähe, und nur auf Flucht bedacht, ohne zu wissen, wohin, kam der furchtbare Tiger der afrikanischen Wüste in langen Sätzen herangesprungen und flog durch die Menschenmasse, die entsetzt auseinander stob. Ihm folgte das Erdbeben, und von neuem sank Finsternis über die Erde.

Immer wieder kamen Scharen von neuen Flüchtlingen an. Die Sklaven des Arbakes, die sich nun der Schätze ihres Herrn bemächtigt hatten, schlossen sich der Menge an. Von ihren Fackeln brannte nur noch eine einzige. Sosia trug sie, und als ihr Schein auf Nydias Gesicht fiel, erkannte er die Thessalierin.

»Was hilft dir nun deine Freiheit, blindes Mädchen?«, fragte der Sklave.

»Wer bist du? Kannst du mir sagen, wo Glaucus ist?«

»Ja doch, erst vor wenigen Minuten hab ich ihn gesehen.«

»Segen über dein Haupt! Wo?«

»Er lag unter den Säulen des Forums, tot oder doch im Sterben, auf dem besten Weg, sich Arbakes anzuschließen, der auch nicht mehr ist!«

Nydia sagte kein Wort; sie stahl sich von Sallusts Seite, schlich schweigend durch das Gedränge und schlug den Rückweg zur Stadt ein. Sie erreichte das Forum und den Säulengang, hielt an, tastete umher und rief den Namen »Glaucus!«

Eine schwache Stimme antwortete: »Wer ruft mich? Ist es die Stimme der Schatten? Seht, ich bin bereit!«

»Steh auf und komm mit! Nimm meine Hand! Glaucus, du sollst gerettet werden.«

Staunend und von neuer Hoffnung beseelt, stand Glaucus auf: »Nydia, bist du's? Du bist also nicht umgekommen!«

Die zärtliche Freude in seiner Stimme, mit der er diese Worte sagte, rührte das Herz der armen Thessalierin, und sie segnete ihn dafür, dass er an sie gedacht hatte.

Ione halb führend, halb tragend, folgte Glaucus seiner Führerin. Mit Besonnenheit vermied diese den Weg, der zu dem eben von ihr verlassenen Menschengewühl führte und suchte die Küste auf einem anderen Weg zu erreichen.

Oft mussten sie Halt machen, aber mit unglaublicher Ausdauer erreichten sie endlich das Meer und trafen hier eine Gruppe von Flüchtlingen, die, tapferer als die meisten, fest entschlossen waren, sich lieber jeder beliebigen Gefahr auszusetzen, als noch länger in einer so grausigen Umgebung zu bleiben. Im Finstern stachen sie in See, doch als sie ein Stück weit vom Land entfernt waren, dort wo sich ihnen der Berg von einer anderen Seite zeigte, da warfen seine Lavakanäle einen rötlichen Schimmer über das Wasser.

Zu Tode erschöpft und völlig entkräftet, schlief Ione an der Brust des Atheners ein, und Nydia legte sich zu seinen Füßen nieder. Noch immer wurde Aschestaub emporgetragen, fiel in die Fluten und breitete sich wie Schnee über das Verdeck. Von den Winden in die Ferne geführt, fielen diese Schauer in weit entfernten Gegenden nieder, erschreckten selbst den dunkelhäutigen Afrikaner und wirbelten über den altehrwürdigen Boden Syriens und Ägyptens* hin!

## KAPITEL X

### DER NÄCHSTE MORGEN. NYDIAS SCHICKSAL.

Sanft, mild und schön dämmerte endlich das Licht über der bebenden Tiefe herauf. Die Winde legten sich endlich und die Schaumkronen verschwanden vom leuchtenden Azur der herrlichen See. Im Osten nahmen nach und nach dünne Wölkchen jenen rosigen Schimmer an, der den Morgen verkündet. Das Licht begann seine Herrschaft wieder anzutreten; aber dunkel und fest dräuten in der Ferne die versprengten Überreste

*Der Vesuv nach dem Ausbruch.*

der verheerenden Wolke, und schwächer und schwächer glühende rote Ströme verrieten die noch immer nicht erloschenen Feuer des Vulkans der ›Versengten Felder‹. Die weißen Mauern und schimmernden Säulen, die die lieblichste aller Küsten geschmückt hatten, waren nicht mehr. Traurig und öde lag die Küste da, auf der noch vor kurzem die Städte Herkulaneum und Pompeji emporragten. Die Lieblinge des Ozeans waren seinen Armen entrissen worden. Jahrhundert auf Jahrhundert sollte fortan der mächtige Vater seine blauen Arme ausstrecken, und, klagend um die Gräber der Verlorenen, sie nicht mehr finden.

Kein Jubelruf erhob sich unter den Seeleuten beim Heraufdämmern des Lichts. Zu allmählich war es gekommen, und sie waren zu erschöpft für einen so plötzlichen Freudenausbruch. Aber ein leises, tiefes Murmeln des Dankes erklang unter den Menschen, die diese lange Nacht durchwacht hatten. Sie sahen einander an und lächelten; sie fassten neuen Mut, sie fühlten wieder, dass es eine Welt um sie her und einen Gott über ihnen gab! Und überzeugt, dass das Schlimmste vorüber sei, legten sich die Erschöpften hin und sanken ruhig in Schlaf. Mit zunehmendem Himmelslicht kam auch die Stille, die der Nacht gefehlt hatte, die Milde der Ruhe, und leise segelte das Schiff dem Hafen zu. Einige andere Fahrzeuge, ebenfalls mit Flüchtlingen besetzt, waren auf der weiten Fläche zu sehen, scheinbar bewegungslos, jedoch ebenso gleichmäßig dahingleitend. Der Anblick ihrer schlanken Masten und weißen Segel verlieh ein Gefühl von Sicherheit, von Geborgenheit, von Hoffnung. Und konnte es nicht sein, dass sie teure Freunde, die man in der Finsternis verloren hatte, in den schützenden Hafen trugen?

Während alles in tiefem Schlaf lag, erhob sich Nydia leise. Sie beugte sich über das Gesicht des Atheners, zog den tiefen Atem seines schweren Schlummers ein, küsste scheu und ängstlich seine Stirn, seinen Mund und tastete nach seiner Hand: Sie war mit der Iones verschlungen. Nydia seufzte tief, und ein Schatten breitete sich über ihr Gesicht. Noch einmal küsste sie seine Stirn und wischte mit ihren Haaren den Nachttau von ihr ab. »Mögen die Götter dich segnen«, flüsterte sie, »mögest du glücklich sein mit deiner Geliebten. Und denk manchmal an Nydia. Ach, sie ist auf Erden nun zu nichts mehr nütze.«

Mit diesen Worten wandte sie sich ab. Langsam schlich sie an der Bordwand entlang zum Achterdeck und beugte sich über die Tiefe. Die kühle Gischt spritzte an ihre fieberheiße Stirn. »Das ist der Kuss des Todes«, flüsterte sie. »Er ist willkommen.« Die herbe Seeluft spielte durch ihre flatternden Locken; sie strich das Haar aus dem Gesicht und erhob die sanften, doch lichtlosen, rührenden Augen zum Himmel, dessen mildes Antlitz sie nie gesehen hatte.

»Nein, nein«, sagte sie halblaut und sinnend zu sich selbst. »Ich kann es nicht ertragen. Diese eifersüchtige, tyrannische Liebe, die alles für sich haben will, bricht mir das Herz und treibt mich zum Wahnsinn. Ich könnte ihm aufs Neue ein Leid zufügen! Ich Unglückliche! Ich hab ihn gerettet, zweimal gerettet, das ist ein glücklicher, froher Gedanke! Warum soll nicht auch ich glücklich *sterben?* Es ist die letzte frohe Empfindung, die mir zuteil werden wird. O heiliges Meer, ich höre deine einladende Stimme: Dein Ruf ist erfrischend und freudig. Man sagt, deine Umarmung bringe Schande und deine

Opfer dürften nicht über den Styx. Sei's drum! Ich möchte ihn nicht unter den Schatten wieder sehen, denn auch dort würde ich *sie* noch bei ihm finden! – Ruhe! Ruhe! Ruhe! Es gibt kein anderes Elysium für ein Herz wie das meine!«

Ein auf Deck dösender Matrose hörte ein leichtes Platschen des Wassers. Schläfrig blickte er auf, und während das Schiff munter dahinglitt, glaubte er im Kielwasser etwas Weißes zwischen den Wellen zu sehen, aber es verschwand rasch wieder. Er drehte sich um und träumte von seinem Zuhause und seinen Kindern.

Als die Liebenden erwachten, galt ihr erster Gedanke dem anderen, ihr zweiter Nydia. Sie war nirgends zu finden. Seit der Nacht hatte sie niemand mehr gesehen. Jeder Winkel des Schiffs wurde durchsucht. Nirgends entdeckte man eine Spur von ihr. So geheimnisvoll wie sie von Anfang bis Ende gewesen, war die blinde Thessalierin für immer aus der Welt der Lebenden verschwunden. Glaucus und Ione errieten schweigend ihr Schicksal, und indem sie sich näher aneinanderschmiegten – denn sie waren einander die Welt –, vergaßen sie die eigene Rettung und weinten um sie wie um eine dahingeschiedene Schwester.

## LETZTES KAPITEL

### WORIN ALLES ENDET.

EIN BRIEF VON GLAUCUS AN SALLUST, ZEHN JAHRE NACH DER ZERSTÖRUNG VON POMPEJI.

*Athen.*

Glaucus seinem geliebten Sallust Gruß und Gesundheit!

Du forderst mich auf, dich in Rom zu besuchen; danke, Sallust, aber komm du lieber zu mir nach Athen! Ich habe geschworen, nie wieder die Kaiserstadt mit ihrem gewaltigen Rummel und den hohlen Zerstreuungen zu betreten! Fortan will ich für immer in meinem Vaterland leben. Der Geist unserer verblichenen Größe ist mir teurer als das üppige Leben eures lärmenden Reichtums. Ein Zauber, den mir kein anderer Ort bieten kann, liegt für mich in den Säulenhallen, die immer noch von heiligen, ehrwürdigen Schatten umschwebt werden. In den Olivenhainen des Ilissos vernehme ich noch immer die Stimme der Poesie! Auf den Höhen von Phyle erscheinen mir die Wolken der Dämmerung noch immer wie das Leichentuch früherer Freiheit, wie die Herolde des Morgens, der da kommen wird! Du lächelst über meinen Enthusiasmus, Sallust, aber besser in Ketten noch Hoffnung hegen, als sich mit ihrem Glanz trösten. Du schreibst, ich könnte das Leben an diesen düsteren Stätten gefallener Majestät doch wohl unmöglich genießen. Du verweilst mit Entzücken bei der Pracht Roms und dem üppigen Leben am Kaiserhof. Sallust: *»non sum qualis eram«*, ich bin nicht mehr der, der ich war. Was ich durchgemacht habe, hat das schäumende Blut meiner Jugend abgekühlt. Mein Körper hat nie mehr die Elastizität zurückerhalten, die er besaß, bevor ich die Schmerzen der Vergiftung empfand und als Verbrecher in stickiger Kerkerluft schmachten musste. Mein Gemüt hat nie mehr den dunklen Schatten des letzten Tages von Pompeji, nie mehr das Grauen und die Verwüstung, die um jene furchtbaren Ruinen schweben, völlig abschütteln können. – Unsere geliebte, täglich in die Erinnerung zurückgerufene Nydia! Ich habe ihrem Gedächtnis ein Grabmal errichtet und sehe es ständig vom Fenster meines Arbeitszimmers aus. Es hält eine zärtliche Erinnerung, eine keineswegs unangenehme Trauer in mir lebendig, der gebührende Zoll für ihre Treue und ihren geheimnisvollen frühen Tod. Ione pflückt die Blumen und meine Hand flicht täglich daraus Kränze und windet sie um die Urne. Nydia war eines Grabmals in Athen würdig!

Du sprichst von der Sekte der Christen, die sich in Rom immer stärker vergrößert. Sallust, dir kann ich mein Geheimnis anvertrauen: Ich habe viel über diesen Glauben nachgedacht und habe ihn angenommen. Nach der Zerstörung Pompejis bin ich noch einmal mit Olinthus zusammengetroffen; ach, er war nur für kurze Zeit dem Tod entkommen und fiel bald darauf als Märtyrer seines übersteigerten Eifers. Er lehrte mich in meiner Rettung vom Löwen und aus dem Erdbeben die Hand des unbekannten Gottes zu erkennen! Ich hörte zu, glaubte und betete an! Auch meine mehr denn je geliebte Ione hat sich diesem Glauben zugewandt, einem Glauben, Sallust, der ein Licht über diese Welt breitet, während er für die nächste, wie eine untergehende Sonne, seine volle Glorie vorbehält! Wir wissen, dass dort unsere Seelen, wie hier unsere Körper, für alle Ewigkeit miteinander vereint sind! Jahrhunderte mögen dahinrollen, unser Staub mag sich auflösen, die Erde mag wie ein Blatt verwelken; doch unvergänglich, unaufhörlich dreht sich um den Kreis der Ewigkeit das Rad des Lebens. Und wie die Erde von der Sonne, so schöpft die Unsterblichkeit Glück aus der Tugend, die das Lächeln auf dem Antlitz Gottes ist! Besuch mich also, Sallust. Bring die Schriften von Epikur, Pythagoras und Diogenes mit; wappne dich für eine Auseinandersetzung mit mir, und lass uns in den Hainen der Akademie unter einer sichereren Leitung, als sie unseren Vorfahren je vergönnt war, die gewaltigen Probleme des wahren Lebenszwecks und der Natur der Seele erörtern.

Ione (bei diesem Namen schlägt mein Herz noch immer höher!) sitzt an meiner Seite, während ich schreibe; ich hebe die Augen, und sie treffen auf ihr Lächeln. Der Hymettos flimmert im Sonnenlicht und in meinem Garten höre ich das Summen der Frühlingsbienen. Du fragst, ob ich hier glücklich bin? Was könnte Rom mir geben, was auch nur entfernt dem gleichkäme, was ich hier in Athen habe! Hier ist alles anregend für die Seele und entfacht immer wieder die Liebe neu: die Bäume, die Gewässer, die Hügel, der Himmel, das ist mein Athen, die auch in der Trauer noch schöne Mutter von Poesie und Weisheit der ganzen Welt. In meiner Halle sehe ich die marmornen Gesichter meiner Ahnen. Im *Ceramicus* überschaue ich ihre Gräber. Auf den Straßen tritt mir die Hand des Phidias, die Seele des Perikles, treten mir Harmodios und Aristogeiton entgegen; *sie* sind überall, und in unseren Herzen, in *meinem* wenigstens, sollen sie niemals untergehen! Wenn irgendetwas mich vergessen machen kann, dass ich ein Athener und nicht frei bin, so ist es zum größten Teil die lindernde, wachsame, lebendige, nie schlummernde Liebe Iones; eine Liebe, die durch unseren Glauben eine neue Empfindsamkeit* erhalten hat; eine Liebe, von der keiner unserer Dichter, so herrlich auch ihre Werke sein mögen, ein Bild gegeben hat; denn aus der Religion hervorgehend wird sie selbst gleichsam zur Religion; sie verbindet sich mit reinen, überirdischen Gedanken; sie ist das, was uns, wie wir hoffen dürfen, durch die ganze Ewigkeit begleiten wird, und was wir daher rein und unbefleckt halten, damit ihr Bekenntnis uns vor Gott nicht beschämt. Sie ist der wahre Ausdruck jener dunklen griechischen Fabel von Eros und Psyche, von der Seele, die in den Armen der Liebe schlummert. Und ist schon diese unsere Liebe ein Gegengewicht zu meiner fieberhaften Sehnsucht nach Freiheit, so ist es noch mehr meine Religion. Denn sooft ich mein Schwert ergreifen, in die Trompete stoßen und zu einem neuen Marathon ausziehen möchte (doch einem Marathon ohne Sieg), erinnere ich mich mit Verzweiflung an die Ohnmacht meines Vaterlandes, an das zermalmende Gewicht des römischen Jochs, und finde endlich meinen Trost in der Vorstellung, dass diese Erde nur der Anfang des Lebens ist, dass der Glanz einiger Jahre wenig zu bedeuten hat in der ungeheuren Bahn der Ewigkeit; es gibt keine vollkommene Freiheit, bis dass die Ketten des Staubs von der Seele fallen, und aller Raum und alle Zeit ihr Erbe und ihr Reich geworden sind. Trotzdem, Sallust, durchdringt meinen Glauben noch etwas von dem milden griechischen Blut. Ich kann den Eifer derjenigen nicht teilen, die Frevel und ewige Verdammnis in Andersgläubigen sehen. Die Religion anderer flößt mir keinen Abscheu ein. Ich wage es einfach nicht, sie zu *verfluchen:* Ich bete zu dem großen Vater, er möge sie *bekehren.* Diese Lauheit setzte mich bei den Christen Verdächtigungen aus, die ich ihnen jedoch verzeihe. Da ich die Vorurteile des großen Haufens nicht offen angreife, bin ich imstande, meine Brüder vor der Strenge des Gesetzes und den Folgen ihres eigenen Eifers zu schützen. Ist Besonnenheit meiner Ansicht nach das natürliche Produkt allgemeiner Menschenliebe, so gewährt sie zugleich den größten Spielraum, um vielen Menschen Gutes zu tun.

So lebe ich, Sallust, so denke ich. So begrüße ich das irdische Dasein und erwarte den Tod. Und du, frohherziger und liebevoller Jünger Epikurs, du ... doch komm nur hierher und sieh unsere Freuden, unsere Hoffnungen, und du wirst weder im Prunk der kaiserlichen Gelage, noch im Jubelgeschrei des überfüllten Zirkus, noch im lärmenden Forum, noch im schimmernden Theater, noch in den üppigen Gärten, noch in den schwelgerischen Bädern Roms ein Leben von so wirklicher und ununterbrochener Glückseligkeit finden, wie dasjenige, um dessentwillen du so grundlos den Werdegang des Atheners Glaucus bemitleidest. – Lebe wohl!

Fast siebzehn Jahrhunderte waren verflossen, als die Stadt Pompeji mit noch unverblichenen Farben aus ihrer stillen Ruhestätte ausgegraben* wurde. Die Wände waren noch frisch, als wären sie erst gestern bemalt worden; in der reichen Mosaikarbeit der Fußböden war kein Farbton verblasst; auf dem Forum standen die halb vollendeten Säulen noch so, wie sie die Arbeiter gerade verlassen hatten; vor den Bäumen in den Gärten erhob sich das dreifüßige Opferbecken; in der Vorhalle stand die Schatztruhe; in den Bädern lagen die Bürsten umher, in den Theatern die Eintrittskarten; in den Salons fand man Mobiliar und Lampen, auf den Tischen im Triclinium die Reste des letzten Festessens; in den Kubikulen die Parfüme und Schminken alternder Schönheiten – und überall die Gebeine und Skelette* derjenigen, die einst das Getriebe dieser kleinen, aber prächtigen Maschinerie der Üppigkeit und des Lebens in Bewegung gehalten haben.

Im Haus von Diomed wurden in den unterirdischen Gewölben zwanzig Skelette ausgegraben, darunter das eines Säuglings. Sie lagen alle auf einer Stelle in der Nähe der Tür, bedeckt von feinem Aschestaub, der offensichtlich durch die Rit-

*Das Haus des Diomedes.*

zen langsam hereingerieselt war, bis er den ganzen Raum ausgefüllt hatte. Auch fand man dort Edelsteine und Münzen, Kandelaber, mit denen die Eingeschlossenen einen fruchtlosen Kampf gegen die Finsternis versuchten, und in den Amphoren eingetrockneten Wein: vergebliche Maßnahmen, um das mit dem Tod ringende Leben zu fristen! Der durch die Feuchtigkeit zusammengekittete Sand hatte die Formen der Körper wie Abgüsse festgehalten, und noch heute kann der Reisende den Abdruck eines weiblichen Halses und Busens von jugendlicher Rundung erblicken: die letzte Spur der unglücklichen Julia! Nach näherer Prüfung durch die Wissenschaftler scheint es so gewesen zu sein, dass die Luft sich allmählich in Schwefeldampf verwandelte; die Menschen, die sich in das Gewölbe geflüchtet hatten, waren zur Tür gestürzt, hatten sie aber durch die draußen aufgetürmte Lava versperrt gefunden. Bei dem Versuch, sie gewaltsam aufzubrechen, sind dann alle erstickt.

Im Garten fand man ein Skelett mit einem Schlüssel in der Knochenhand und daneben einen Beutel voller Münzen. In ihm glaubte man den Hausherrn, den armen Diomed, zu erkennen, der wahrscheinlich durch den Garten zu entkommen suchte und entweder durch die Dünste oder einen herabstür-

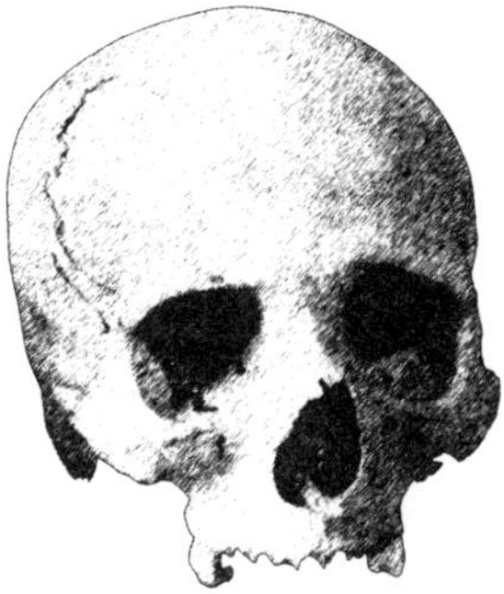

*Der Schädel des Arbakes.*

zenden Stein getötet wurde. Neben einigen silbernen Gefäßen lag ein anderes Skelett, wahrscheinlich das eines Sklaven.

Die Häuser von Sallust und Pansa, der Isistempel mit den Trugnischen hinter den Statuen, den Brutstätten seiner »heiligen« Orakel, sind jetzt dem Blick der Neugierigen enthüllt. In einer Kammer dieses Tempels fand man ein riesiges Skelett mit einem Beil neben sich; zwei Wände waren von diesem Beil durchschlagen worden, weiter hatte der Unglückliche nicht mehr dringen können. Mitten in der Stadt fand man ein anderes Skelett, beladen mit Münzen und viel Zierrat und Tempelgerät von den Altären der Isis. Der Tod hatte sein Opfer mitten in seiner Habsucht ereilt, und Calenus war gleichzeitig mit Burbo zugrunde gegangen! Beim Wegräumen eines Trümmerhaufens stießen die Arbeiter auf das Skelett eines Mannes, der von einer umgestürzten Säule buchstäblich in zwei Hälften zerteilt worden war. Der Schädel zeigte eine so auffällige Form, war, sowohl seinen geistigen wie auch seinen niederen physischen Organen nach, so kühn entwickelt, dass er ständig die Aufmerksamkeit aller an Spurzheim Glaubenden erregt hat, die einen Blick auf diesen zerstörten Tempel des Geistes werfen konnten. Noch jetzt, nach achtzehn dahingegangenen Jahrhunderten, kann der Reisende die stolze Halle besichtigen, in deren künstlich gewundenen Gängen und sinnreich ausgearbeiteten Gemächern einst dachte, klügelte, träumte und sündigte die Seele des Ägypters Arbakes!

Angesichts der zahlreichen Zeugnisse für ein Gesellschaftssystem, das auf immer von der Erde verschwunden ist, genoss ein Fremder von jener fernen Barbareninsel, bei deren bloßer Erwähnung den Römer der Kaiserzeit ein Schauder überlief, die Wonnen des milden Kampaniens und verfasste diese Erzählung.

# MATERIALIEN

Die Materialien enthalten Widmung und Vorwort der Erstausgabe von 1834, einen Tagebucheintrag Bulwers von seiner Italienreise sowie wichtige Bild- und Textquellen, die dem Autor als Anregung zu dem Roman dienten und die im Text direkt oder indirekt zitiert werden. Es sind dies:

- Das Gemälde ›Der letzte Tag von Pompeji‹ von Karl Pawlowitsch Brüllow (1830/33).
- Pläne von Pompeji und dem Forum aus ›Pompeji‹ von George Clarke (1831/32).
- Zwei Briefe von Plinius dem Jüngeren an Tacitus; der Text basiert auf Übersetzungen von Friedrich Notter (1835), André Lambert (1969) und Werner Krenkel (1984).
- Die Beschreibung des Vesuvausbruchs aus Cassius Dios ›Römischer Geschichte‹; der Text basiert auf Übersetzungen von Leonhard Tafel (1833), Friedrich Notter (1835) und Otto Veh (1987).
- Auszüge aus dem Buch ›Pompeji‹ von George Clarke (1831/32); Quelle ist die anonyme deutsche Übersetzung: ›Pompeji. Enthaltend die öffentlichen Gebäude, Anstalten usw.‹. 4 Teile in 2 Bänden. Leipzig: Baumgärtner, 1834/35. Die Auszüge finden sich darin an folgenden Stellen: Bd. 1, Kap. 9, S. 273–290; Bd. 1, Kap. 6, S. 122–124; Bd. 1, Kap. 6, S. 187; Bd. 2, Kap. 5, S. 120f.; Bd. 2, Kap. 11, S. 253–257. Die Übersetzung wurde vom Herausgeber modernisiert und überarbeitet.

WIDMUNG
AN
SIR WILLIAM GELL,
USW. USW.

Sehr geehrter Herr,

indem ich ein Werk veröffentliche, das Pompeji zum Thema hat, vermag ich niemand zu finden, dem es so passend gewidmet werden könnte wie Ihnen. Ihre bezaubernden Schriften über die Altertümer dieser Stadt haben Ihren Namen mit den älteren, und Ihr Aufenthalt in der Gegend mit den neueren Aufzeichnungen über Pompeji unauflöslich verknüpft.

Ich hoffe, dass diese Zeilen Sie bei besserer Gesundheit antreffen werden als bei unserem Abschied in Neapel, und dass, wenn Ihre Freunde sich Ihre Philosophie zum Vorbild nehmen, dies mehr auf Ihren unermüdlichen geistigen Errungenschaften basiert als auf Ihrer unübertroffenen Geduld im Leiden.

Bevor Sie diese Bände erhalten, werde ich mich bereits in die Lektüre Ihres angekündigten Werkes über »Die Topographie von Rom und seiner Umgebung« vertieft haben. Der kurze Überblick über dessen Inhalt, den Sie mir in Neapel gaben, reichte völlig aus, um mich von dessen Bedeutung und Wert zu überzeugen, und als Engländer, als ein Mann, der auch unter dem Portikus weilte, freue ich mich darüber, dass Sie, indem Sie Ihren eigenen Ruf vergrößern, zugleich den Anspruch unseres Vaterlands auf Vorrang in jenen Zweigen der Wissenschaft erneuern werden, worin wir seit einiger Zeit unseren alten Ruhm nur schwach aufrechterhalten haben. Da ich den Erfolg Ihres Werkes vorherzusagen wage, wäre es ziemlich überflüssig, wenn ich den Wunsch ausdrückte, diese Prophezeiung möge in Erfüllung gehen. *Die* allgemeine Hoffnung aber darf ich aussprechen, dass Sie noch lange Neigung und viel Muße für eine schriftstellerische Tätigkeit haben, für die Sie eine so umfassende Gelehrsamkeit mitbringen. Mögen sie Ihnen auch weiterhin helfen, sich ein wenig von Ihren Beschwerden abzulenken, ohne Sie jedoch Ihren Freunden zu entfremden.

Ich habe die Ehre zu sein, werter Herr, Ihr getreuer
Verfasser

*Leamington,* den 21. September 1834.

## VORWORT

Beim Besuch der ausgegrabenen Überreste einer uralten Stadt, die den Reisenden vielleicht noch mehr an die Gegend von Neapel fesselt als die herrliche Luft oder der wolkenlose Himmel, als die Veilchentäler und Orangenhaine des Südens, beim Anblick der noch lebensfrischen Häuser, Straßen, Tempel und Theater eines Ortes aus der stolzesten Zeit des Römischen Reiches, war es vielleicht nur natürlich, dass in einem Schriftsteller, der sich bereits, wenn auch erst unvollkommen, in der Kunst des Wiederbelebens und Erschaffens versucht hatte, der Wunsch rege wurde, diese verlassenen Straßen noch einmal zu bevölkern, diese anmutigen Ruinen wiederaufzubauen, die Gebeine, die noch zu sehen waren, neu zu beseelen, den Abgrund von achtzehn Jahrhunderten zu überbrücken und zu einem zweiten Dasein zu erwecken: die Stadt der Toten!

Und der Leser wird sich unschwer vorstellen können, wie mächtig dieser Wunsch bei jemand werden musste, der fühlte, ihm könne das Unternehmen gelingen; Pompeji lag nur wenige Meilen entfernt; zu seinen Füßen lag das Meer, das einst die Handelsschiffe der Stadt trug und die Flüchtlinge aufnahm; und vor seinen Augen* spie der verhängnisvolle Vesuv noch immer Rauch und Flammen!

Indessen war ich mir der dabei auftretenden großen Schwierigkeiten von Anfang an bewusst. Die Sitten des Mittelalters zu malen und das Leben dieser Zeit darzustellen, hat die Hand eines genialen Meisters erfordert; und doch war diese Aufgabe vielleicht klein und leicht im Vergleich zu dem Versuch, eine weit frühere, uns weniger vertraute Periode zu schildern. Mit den Menschen und Bräuchen der Ritterzeit verbindet uns ein Band der Verwandtschaft und natürlichen Mitgefühls. Diese Menschen waren unsere Vorfahren, aus ihren Bräuchen sind unsere eigenen hervorgegangen, der Glaube unserer ritterlichen Vorfahren ist noch heute der unsrige, ihre Gräber machen noch immer unsere Kirchen zu heiligen Stätten und die Ruinen ihrer Burgen dräuen noch immer über unseren Tälern. In ihren Kämpfen für Freiheit und Gerechtigkeit können wir den Keim unserer heutigen Institutionen erkennen, und in den Grundzügen ihres Gesellschaftssystems sehen wir den Ursprung unseres eigenen.

* Das vorliegende Werk ist fast vollständig vorigen Winter (1833/34) in Neapel geschrieben worden. Nach meiner Rückkehr nach England war ich allerdings zu sehr mit politischen Angelegenheiten beschäftigt, um viel Muße für rein literarische Arbeiten zu haben, außer in jenen nicht unwillkommenen Augenblicken, wo das Parlament ruht, es allen anderen Dingen des menschlichen Lebens erlaubt aufzuwachen, und es die erschöpften Gesetzgeber entlässt, die einen zu Jagden, die anderen zur Ochsenmast und wieder andere um die Literatur zu kultivieren.

Mit der antiken Zeit verbindet uns dagegen keine heimische Beziehung, kein verwandtschaftliches Gefühl. Der Glaube dieser überlebten Religion, die Bräuche dieser untergegangenen Zivilisation bieten nur wenig, was unseren nordischen Begriffen heilig oder auch nur anziehend erscheint. Außerdem sind uns beide durch die Pedanterie der Schule, die uns zuerst mit ihnen bekannt gemacht hat, verleidet worden und deshalb mit der Erinnerung an Studien verknüpft, die uns als Schularbeit aufgezwungen, nicht aber zum Vergnügen betrieben wurden.

Dennoch schien mir das Unternehmen ungeachtet aller Schwierigkeiten des Versuchs wert, und wirklich dürfte sich in der von mir gewählten Zeit und dem Schauplatz manches finden, was die Neugier des Lesers erregt und sein Interesse für die vom Verfasser gebotenen Beschreibungen weckt. Die Zeit war das erste Jahrhundert unserer Religion und der Höhepunkt der Entwicklung des römischen Reiches. Die Erzählung trägt sich an Stätten zu, deren Überreste bis heute erhalten sind. Die Katastrophe gehört zu den schrecklichsten, die unter den Tragödien der alten Geschichte zu finden sind.

Ich habe mich bemüht, aus dem mir vorliegenden reichen Material dasjenige auszusuchen, was für den modernen Leser am anziehendsten ist: die Sitten und Religionsbegriffe, die ihm am wenigsten fremd vorkommen; Schatten, die, wiederbelebt, ihm Gestalten darstellen können, die, obwohl sie Repräsentanten der Vergangenheit sind, doch noch manches Interessante für die Gegenwart bieten. Es gehörte wirklich eine größere Selbstbeherrschung dazu, als der Leser sich auf den ersten Blick vorstellen mag, vieles auszuschalten, was an sich sehr verlockend war, so sehr es auch einzelne Teile bereichert hätte, doch für die Symmetrie des Ganzen nachteilig gewesen wäre. So fällt zum Beispiel meine Erzählung in die kurze Regierungszeit des Kaisers Titus, als Rom auf seiner stolzesten und gigantischsten Höhe zügellosen Überflusses und unbestrittener Macht stand. Es war daher für den Verfasser eine höchst verlockende Versuchung, die Personen seiner Erzählung im Verlauf der Ereignisse von Pompeji nach Rom zu führen. Was sonst gäbe solchen Stoff zur Beschreibung oder ein solches Feld für die Eitelkeit der Erfindung, wie diese riesige, prachtvolle Weltstadt, deren Größe und Glanz der Phantasie so großartigen Stoff, der Forschung so viel Gelegenheit, sich verdient zu machen, geliefert hat? Da ich mir jedoch als Thema, als Höhepunkt den Untergang Pompejis ausgesucht hatte, war nur geringe Einsicht in die höheren Prinzipien der Kunst erforderlich, um zu erkennen, dass die Erzählung in diesem Fall streng auf Pompeji beschränkt bleiben musste.

Im Kontrast zu dem gewaltigen Pomp Roms wäre der Prunk und Luxus der munteren kampanischen Stadt zur Bedeutungslosigkeit herabgesunken. Ihr schrecklicher Untergang wäre nur als ein kleiner vereinzelter Schiffbruch in den unermesslichen Meeren des Kaiserreichs erschienen, und die für das Interesse meiner Erzählung aufgebotene Hilfsmacht würde die Sache, zu deren Unterstützung sie hinzugezogen wurde, nur überwältigt und zerstört haben. So sah ich mich denn genötigt, von einem an sich so verlockenden Exkurs abzusehen und meine Erzählung streng auf Pompeji zu beschränken. Die Ehre, ein Bild von der hohlen, aber majestätischen Zivilisation Roms zu entwerfen, sei anderen überlassen.

Die Stadt, deren Schicksal mir eine so effektvolle und furchtbare Katastrophe lieferte, ließ mich schon beim ersten Blick auf ihre Überreste die für das Thema und die Lokalität am besten geeigneten Charaktere finden. Die halbgriechische Kolonie des Herkules, die mit den Sitten Italiens in gleichem Maß Gebräuche aus Hellas vermischte, führte von selbst auf die Charaktere Glaucus und Ione. Der Isiskult und sein noch vorhandener Tempel mit dem aufgedeckten Orakelbetrug, der Handel Pompejis mit Alexandria und die Beziehungen des Sarnus zum Nil beschworen den Ägypter Arbakes, den Schurken Calenus und den Enthusiasten Apaecides herauf. Die ersten Kämpfe des Christentums gegen den heidnischen Aberglauben legten die Erschaffung eines Olinthus nahe, und die versengten Gefilde Kampaniens, schon von alters her verrufen wegen ihrer Zauberkünste, erzeugten ganz natürlich die Saga des Vesuvs. Die Einführung des blinden Mädchens verdanke ich einem zufälligen Gespräch mit einem gebildeten Mann, der unter den Engländern Neapels wegen seiner allgemeinen Lebenserfahrung bekannt ist. Ich sprach von der völligen Finsternis, die mit dem ersten der Nachwelt überlieferten Ausbruch des Vesuvs einherging und wie sehr das die Flucht der Einwohner erschwert haben müsse, wobei er anmerkte, dass in einem solchen Augenblick die Blinden am besten dran wären, da sie an das Dunkel gewöhnt sind, und ihren Weg am leichtesten fänden. Diese Bemerkung veranlasste die Schöpfung der Nydia.

So sind denn die Charaktere natürliche Geschöpfe von Zeit und Ort. Ebenso dürften die Begebenheiten mit der damals bestehenden Gesellschaft harmonieren, denn nicht nur die alltäglichen Lebensgewohnheiten, die Feste und das Forum, die Bäder und das Amphitheater, die alltägliche Routine und der antike Luxus sind es, um deren Anschauung willen wir die Vergangenheit zurückholen; ebenso wichtig und vielleicht von noch größerem Interesse sind die Leidenschaften, die Verbrechen, die Missgeschicke und Unglücksfälle, welche den Schatten zugestoßen sein mögen, die wir so ins Leben zurückholen. Wir verstehen eine Weltepoche nur schlecht, wenn wir nicht auch ihr Gefühlsleben unserer Forschung unterwerfen, denn in der Poesie des Lebens liegt ebenso viel Wahrheit wie in seiner Prosa.

Die Hauptschwierigkeit bei der Beschreibung einer fremden, fernen Zeit liegt darin, die vorgeführten Personen auch wirklich vor dem Auge des Lesers leibhaftig »lebend und webend« erstehen zu lassen. Darauf muss bei einem Werk solcher Art zweifellos in erster Linie das Augenmerk gerichtet sein. Alle Versuche, Gelehrsamkeit zu entfalten, sollten daher nur als untergeordnete Mittel angesehen werden, die dem Haupterfordernis der Phantasie lediglich zu Hilfe kommen dürfen. Die höchste

Kunst des Dichters (des Schöpfers) besteht darin, seinen Schöpfungen den Lebensodem einzuhauchen; die nächste, ihre Sprache und Taten der Zeit anzupassen, in der sie sprechen und handeln. Dieser letztere Kunstzweck wird vielleicht umso besser erreicht, je weniger man dem Leser die Kunst selbst vor Augen führt, das heißt, indem man vermeidet, die Seiten mit Zitaten und den Rand mit Anmerkungen anzufüllen. Ständige Hinweise auf gelehrte Autoritäten sind bei Werken der Phantasie ebenso ermüdend wie anmaßend. Sie sehen aus wie Lobsprüche des Verfasser auf seine eigene Genauigkeit und Gelehrsamkeit, sie helfen nicht, seine Ideen in ein helleres Licht zu setzen, sondern paradieren bloß mit seiner Gelehrsamkeit. Die einzige Gelehrsamkeit, die ein Werk dieser Art erfordert, ist vielleicht der intuitive Geist, der antiken Bildern antiken Gehalt einzuflößen versteht. Ohne diesen Geist wirkt alles pedantisch und abstoßend; mit ihm ist alle Pedanterie überflüssig. Niemand, der vollkommen begriffen hat, was die Prosadichtung in unserer Zeit geworden ist, welche Würde, welchen Einfluss sie besitzt, in welcher Weise sie nach und nach alle verwandten Fächer der Literatur überflügelt hat, und wie nachdrücklich sie zugleich der Belehrung und Unterhaltung dient, kann ihre engen Beziehungen zur Geschichte, zur Philosophie, zur Politik, ihre enge Harmonie mit der Poesie und ihre Wahrheitsliebe so weit außer Acht lassen, dass er ihre Natur auf das Niveau schulmäßiger Kleinigkeitskrämerei herabdrückt. Der Dichter erhebt wohl die Gelehrsamkeit zu einem schöpferischen Werk, aber niemals erniedrigt er das schöpferische Werk zur Gelehrsamkeit.

Was die Redeweise der eingeführten Personen betrifft, so habe ich mich redlich bemüht zu vermeiden, was mir bei vielen, die in neuerer Zeit Menschen aus der klassischen Periode darzustellen versucht haben, als ein fataler Fehlgriff* erschienen ist. Die Verfasser haben ihnen die geschraubten Sentenzen und die kalte, phrasenhafte Sprache, die sie bei

* Was Walter Scott mit scharfem Verstand in der Vorrede zu ›Ivanhoe‹ (Erstausgabe) so trefflich ausgesprochen hat, das scheint mir mindestens ebenso anwendbar für einen Schriftsteller zu sein, der aus der Antike schöpft, wie für einen, der seinen Stoff der Ritterzeit entlehnt. Es sei mir gestattet, mich hier der Worte zu bedienen, die ich im Sinn habe und sie mit gebührender Bescheidenheit und Ehrfurcht auf meinen Fall anzuwenden: »Ich kann und will zwar durchaus nicht behaupten, dass ich vollständige Treue und Korrektheit in Dingen des äußeren Kostüms, geschweige denn in den wichtigeren Punkten der Sprache und Sitten erreicht habe. Aber derselbe Beweggrund, der mich abhält, den Dialog der Erzählung in Angelsächsisch oder Normannisch-Französisch [in meinem Fall Lateinisch oder Griechisch] abzufassen, und der es mir verbietet, diesen Versuch mit den Typen eines Caxton oder Wynken de Worde drucken zu lassen [in meinem Fall mit einem Rohr auf fünf Rollen Perga-

den berühmteren unter den antiken Schriftstellern fanden, in den Mund gelegt. Römer im alltäglichen Leben in den Perioden Ciceros sprechen zu lassen, ist aber ein ebenso absurder Missgriff, wie wenn ein Romanschriftsteller seine englischen Personen in den langgedehnten Sätzen eines Johnson oder Burke reden ließe. Der Verstoß ist umso größer, weil er unter dem Schein von Gelehrsamkeit tatsächlich nur die Unkenntnis der wahren Gesetze der Kunst verrät. Der Leser fühlt sich dadurch ermüdet, gelangweilt, abgestoßen, und wenn wir dann gähnen, hat nicht einmal der Gedanke, dass wir gelehrt gähnen, etwas Befriedigendes für uns. Um den Dialogen antiker Personen einigermaßen einen Anstrich von Wirklichkeit zu verleihen, muss man sich vor allem hüten, des Guten zu viel zu tun. Nichts gibt einem Autor ein steiferes, unbeholfeneres Ansehen, als wenn er sich plötzlich in aller Eile in die Toga hüllen will. Wir müssen für unser Werk wohl viele Jahre studieren, unsere Gelehrsamkeit dann aber in der Form der Vertrautheit, der langjährigen Bekanntschaft niederschreiben; die Anspielungen, die eigentümlichen Ausdrücke, die Sprache überhaupt müssen uns aus einem weiten, vollen Strom fließen; die Blumen müssen aus lebendigem Boden verpflanzt und nicht aus zweiter Hand auf dem nächstbesten Markt gekauft worden sein. Diesen Vorteil, der eigentlich nichts als völlige Vertrautheit mit unserem Thema bedeutet, verdankt man mehr dem Zufall als dem Verdienst. Er hängt davon ab, in welchem Grad die Klassiker uns bei der Jugenderziehung und den Studien unserer reiferen Jahre zu Eigen wurden. Doch selbst wenn

ment geschrieben und in einen mit einem Knauf versehenen Zylinder gesteckt], macht es mir auch unmöglich, mich vollständig innerhalb der Grenzen derjenigen Periode zu halten, in der meine Erzählung spielt. Um Interesse zu wecken, muss das gewählte Thema in die Sitten und die Sprache unserer Zeit sozusagen *übersetzt* werden.«

»Aus Rücksicht auf die Vielen, die, wie ich zuversichtlich hoffe, dieses Buch gierig verschlingen werden [hm!], habe ich daher die alten Gebräuche so weit in moderner Sprache wiedergegeben und die Charaktere und Empfindungen meiner Personen so weit erklärt, dass der moderne Leser sich hoffentlich nicht von der Trockenheit bloßer Altertümelei abgestoßen fühlen wird. Ich betone, dass ich in diesem Punkt die Freiheit, die dem Verfasser einer erdichteten Erzählung zusteht, in keiner Weise missbraucht habe.«

»Allerdings«, fährt meine Autorität fort, »ist diese Freiheit genau festgelegt und hat ihre berechtigten Grenzen; der Verfasser darf nichts in die Geschichte einbringen, was zu den Gebräuchen der geschilderten Zeit im Widerspruch steht.« – *Vorwort zu ›Ivanhoe‹.*

Ich kann diesen umsichtigen, scharfsinnigen Bemerkungen nichts hinzufügen; sie sind die Richtschnur, nach welcher die Kritik jede Dichtung beurteilen sollte, die die Vergangenheit darstellt.

ein Schriftsteller diesen Vorteil, der aus Erziehung und Studium erwachsen kann, im höchsten Maß besitzt, so dürfte es ihm dennoch kaum möglich sein, sich vollständig in eine von seiner eigenen so verschiedene Zeit zu versetzen. Kleine Ungenauigkeiten, kleine Fehler aus Unachtsamkeit oder Vergesslichkeit werden ihm trotzdem unterlaufen. Wenn aber in Werken über die Gebräuche der Alten – Werken der ernstesten und ausgearbeitetsten Art, von den tüchtigsten Gelehrten verfasst – einige Unvollkommenheiten dieser Art selbst von Kritikern entdeckt werden, die im Vergleich zu den Verfassern nur oberflächlich unterrichtet sind, so wäre es von meiner Seite viel zu anmaßend, wollte ich hoffen, ich hätte mehr Glück gehabt als Männer, die unendlich gelehrter sind, und das bei einem Werk, das unendlich viel weniger Gelehrsamkeit erfordert. Aus diesem Grund wage ich zu glauben, dass gerade die eigentlichen Gelehrten meine mildesten Richter sein werden. Ich bin zufrieden, wenn dieses Buch bei all seinen Unvollkommenheiten als ein Porträt betrachtet wird, dass, obschon vielleicht ungeschickt in der Farbgebung und fehlerhaft in der Linienführung, doch den Zügen und der Tracht des Zeitalters, das ich zu malen versucht habe, nicht ganz unähnlich ist. Möge es, was weit wichtiger ist, eine gerechte Darstellung der menschlichen Leidenschaften und des menschlichen Herzens sein, deren Wesen ja zu allen Zeiten das gleiche ist! Endlich sei mir noch erlaubt, den Leser zu erinnern, dass, wenn es mir gelungen ist, einer Schilderung antiker Sitten und einer Erzählung aus antiker Zeit einiges Interesse und Leben einzuhauchen, mir etwas gelang, was bisher allen anderen misslungen ist;* als unvermeidliches Gegenstück zu diesem Satz ergibt sich der ebenso tröstliche, wenn auch weniger erhebende Gedanke, dass, falls mir mein Unternehmen misslang, ich scheiterte, wo noch niemand gesiegt hat! Nach einem solchen Ausspruch bleibt mir wohl nichts anderes, als sogleich zu schließen. Kann ich etwas Triftigeres als Beweis dafür vorbringen, dass ein Schriftsteller niemals auch nur halb so viel Scharfsinn entwickelt, wie bei dem Versuch, sein eigenes Werk im günstigsten Licht darzustellen?

* Man möge mir verzeihen, dass ich nicht einmal Barthélemy davon ausnehme. Sein ›Anacharsis‹ ist ein Werk von bewunderswerter Geschicklichkeit, Ausdauer, Eleganz und Forschung, aber es ist kein Leben darin! Zwar gibt sich dieses Werk nicht als Roman aus, aber selbst als fingierte Reisebeschreibung erscheint es pedantisch und langweilig. Äußerliche Gelehrsamkeit trifft man zwar im Überfluss, aber der innere Geist fehlt. Der Wein des Altertums hat den Verfasser nicht erheitert, aber er hat eine erstaunliche Menge von Flaschenetiketten angesammelt. »Anarchasis«, sagt Schlegel so treffend und geistreich, »sieht die Dinge auf seinen Reisen nicht wie ein junger Skythe, sondern wie ein alter Pariser.« Genau, und zwar wie ein Pariser, der in uns die Vorstellung erweckt, dass er überhaupt niemals gereist ist, außer vielleicht in seinem Lehnstuhl! Den-

## EDWARD BULWER-LYTTON
## TAGEBUCHEINTRAG VON DER ITALIENREISE ÜBER GEMÄLDE IN DER BRERA-GALERIE, MAILAND

Einige von P. Veronese und eines von Castiglione sind besonders schön. Aber die modernen Gemälde sind miserabel: falsch gemalt und in der schlechtesten Farbgebung der schlechtesten französischen Schule. Ein Bild muss ich allerdings davon ausnehmen. Es hat in Mailand beträchtliches Aufsehen erregt und sein Thema ist ›Der letzte Tag von Pompeji‹. Dieses Bild ist voller Genialität, Erfindungsgabe und Charakter. Die Gesichter sind schön, die Anlage ist großartig. Die von einem hohen Portal herunterkippenden Statuen haben eine zerschmetternde und schreckliche Wirkung. Aber der natürlichste Zug ist ein Kind in den Armen seiner Mutter: ihr Gesicht gezeichnet von Angst und Schrecken, die etwas sehr Erhabenes an sich haben; das Kind, sich des fürchterlichen Ereignisses völlig unbewusst, streckt seinen Arm nach einem Vogel mit buntem Federkleid aus, der auf dem Boden mit dem Tode ringt, und das ganze fröhlich-entzückte Staunen des Kindes malt sich in seinem Gesicht. Diese Ausnahme vom allgemeinen Grauen der Szene ist voller Pathos und der echte Kontrast eines schönen Einfalls.

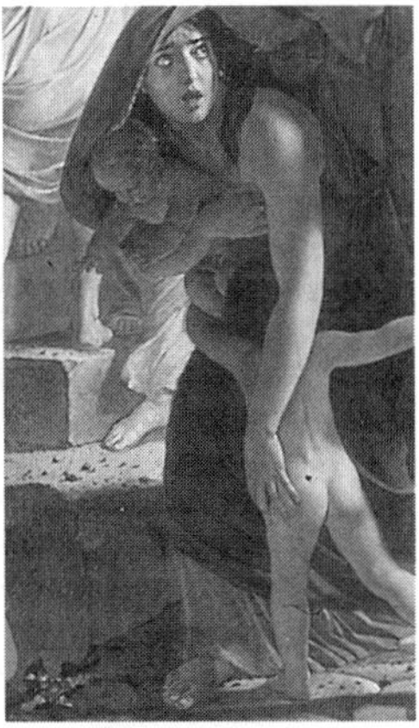

*Detail aus ›Der letzte Tag von Pompeji‹ (1830/33) von Karl Pawlowitsch Brüllow.*

jenigen, die den ›Valerius‹ von Mr. Lockhart für eine Ausnahme halten, steht es natürlich frei, das zu tun. Zahlreiche Gründe sprechen dagegen, dass gerade *ich* die Fehler und Schwächen jenes Werkes aufzeige. Ich begnüge mich damit festzustellen, dass, selbst wenn man die Verdienste zugäbe, die seine Bewunderer geltend machen, ihm meiner (wahrscheinlich inkompetenten) Ansicht nach die Lebendigkeit und das Interesse abgehen, das ich im Text angesprochen habe. Ich bin eigentlich nicht qualifiziert, über Wielands ›Erzählungen‹ zu urteilen. Ich glaube, sie kommen den Erfordernissen antik-historischer Werke näher, als die aller anderen Autoren. Und doch, ich sage das mit großem Respekt, kommen sie mir ein wenig langatmig und schwerfällig vor.

›Der letzte Tag von Pom

*Karl Pawlowitsch Brüllow.*

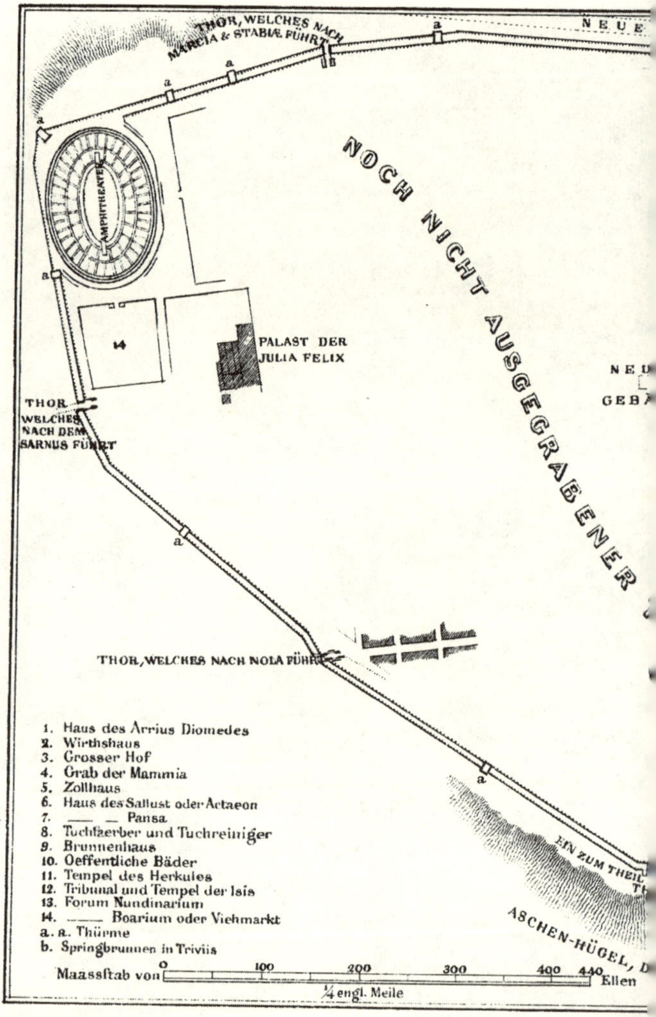


PLAN DER STADT POMPEJI, WELCHER

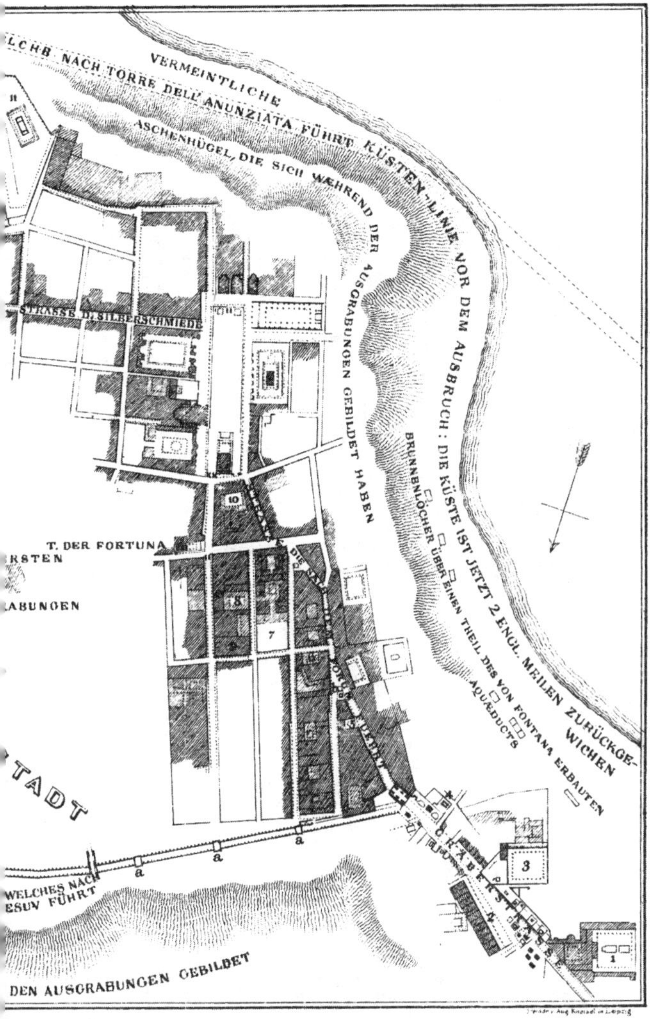


UESTEN AUSGRABUNGEN ENTHÆLT.

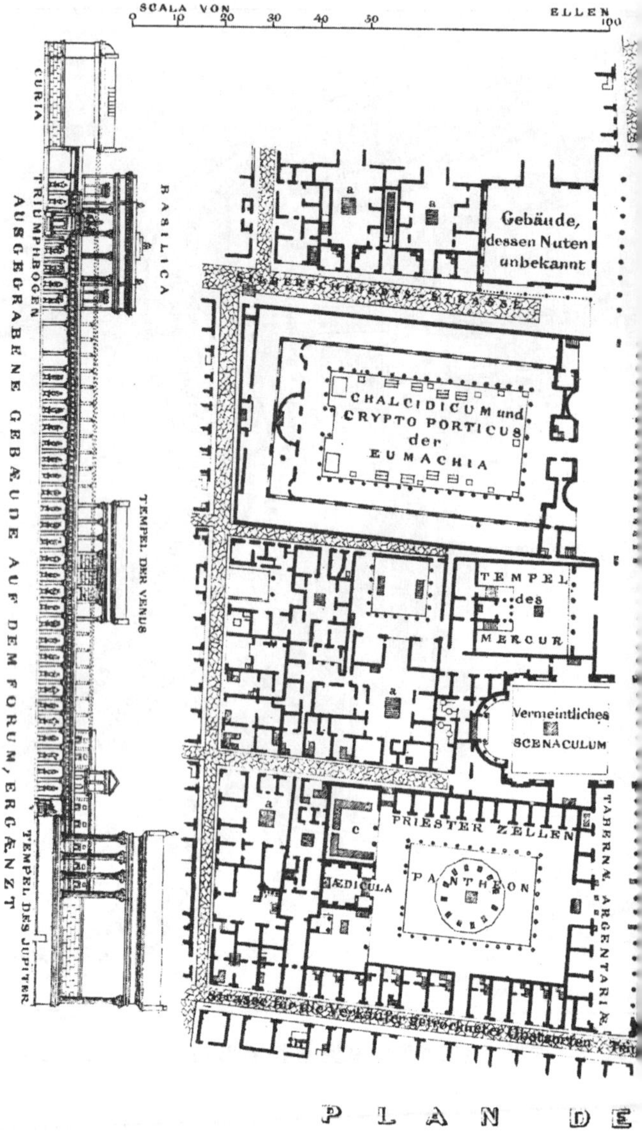
SCALA VON
0 10 20 30 40 50
ELLEN
100
CURIA
BASILICA
TRIUMPHBOGEN
AUSGEGRABENE GEBÆUDE AUF DEM FORUM, ERGÆNZT
TEMPEL DER VENUS
TEMPEL DES JUPITER
Gebäude, dessen Nuten unbekannt
CHALCIDICUM und CRYPTO PORTICUS der EUMACHIA
TEMPEL des MERCUR
Vermeintliches SCENACULUM
PRIESTER ZELLEN
PANTHEON
ÆDICULA
TABERNÆ ARGENTARIÆ
PLAN DE

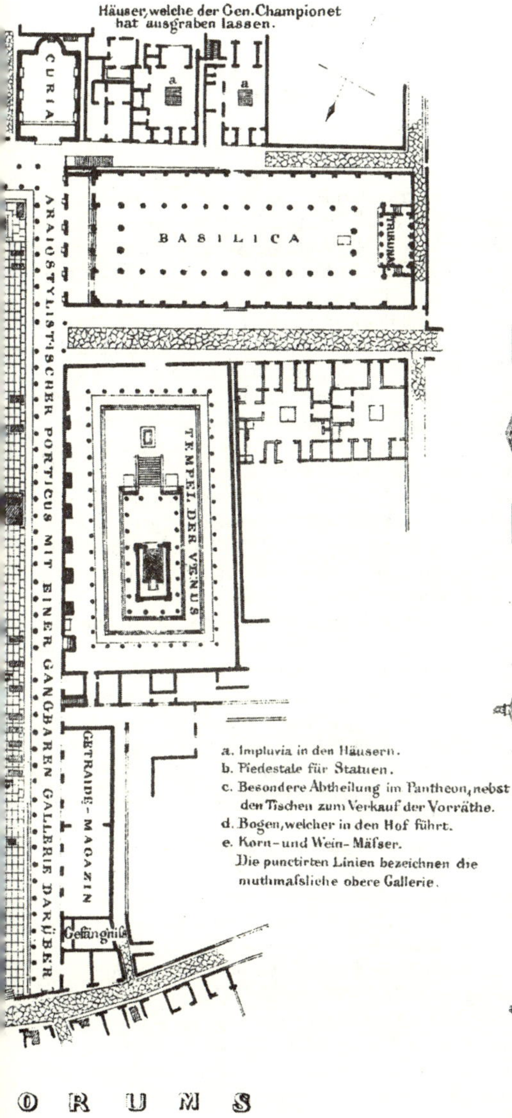


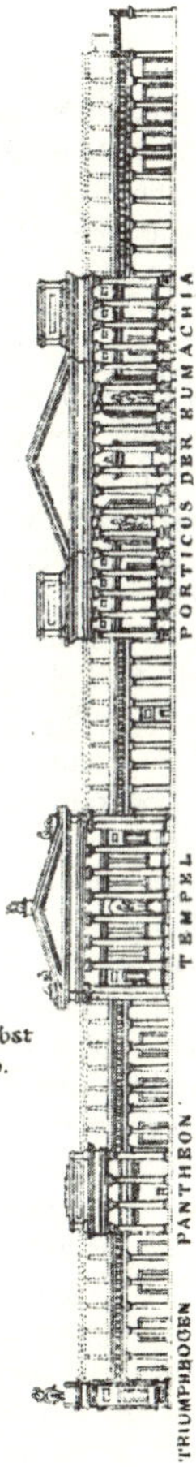


AUSGEGRABENE GEBÆUDE AUF DEM FORUM, ERGÆNZT.

## PLINIUS DER JÜNGERE ›BRIEFE‹, VI, 16

Mein lieber Tacitus,

du hast mich gebeten, dir das Ende meines Onkels zu schildern, damit du es der Nachwelt wahrheitsgetreuer überliefern kannst. Ich danke dir dafür; denn ich weiß, dass seinem Tod, falls er von dir dargestellt wird, unsterblicher Ruhm beschieden ist. Obwohl er nämlich bei der Verheerung der herrlichsten Landstriche umkam und wie die Bevölkerung, wie die Städte durch dieses denkwürdige Unglück gleichsam ewig fortleben wird, obwohl er selbst sehr viele bleibende Werke verfasst hat, wird doch zu seinem dauernden Andenken die Unvergänglichkeit deiner Schriften viel beitragen. Ich für meine Person halte alle Menschen für glücklich, denen es durch ein Geschenk der Götter gegeben ist, entweder Beschreibenswertes zu tun oder Lesenswertes zu schreiben, für die glücklichsten aber diejenigen, denen beides gegeben ist. Zu diesen wird mein Onkel durch seine eigenen Schriften und durch deine gehören. Umso lieber übernehme, ja verlange ich sogar die Aufgabe, die du mir überträgst.

Er befand sich in Misenum und kommandierte persönlich die Flotte. Am 24. August, etwa um ein Uhr nachmittags, machte ihn meine Mutter darauf aufmerksam, dass sich am Himmel eine Wolke von ungewöhnlicher Größe und Gestalt zeige. Er hatte ein Sonnenbad genommen, darauf kalt gebadet, liegend etwas gegessen und war eben in seine Studien vertieft. Er verlangte sofort seine Schuhe und erstieg eine Anhöhe, von wo er dieses Naturschauspiel am besten beobachten konnte. Die Wolke erhob sich (aus welchem Berg, konnte man aus der Entfernung nicht deutlich erkennen; dass es der Vesuv war, wurde erst später bekannt), der Form nach einem Baum, und zwar am ehesten einer Pinie ähnlich. Denn sie wuchs wie ein Riesenstamm empor und verzweigte sich dann in eine Reihe von Ästen, wohl weil ein kräftiger Luftzug sie emporwirbelte und dann nachließ, so dass sie ihren Auftrieb verlor (vielleicht auch durch ihr Eigengewicht) und sich in die Breite verflüchtigte. Bisweilen war sie weiß, bisweilen schmutzig und fleckig, je nachdem sie Erde oder Asche mitgerissen hatte.

Dies erschien ihm, als einem wissensdurstigen Mann, wichtig und wert, näher betrachtet zu werden. Er ließ einen Schnellsegler seeklar machen und stellte mir frei, mit ihm zu kommen. Ich antwortete, ich wolle lieber arbeiten; und zufällig hatte er selbst mir etwas zum Schreiben gegeben.

Er verließ gerade das Haus, als er einen Brief von Rectina, der Frau des Cascus, erhielt, die durch die drohende Gefahr ganz verängstigt war, denn ihr Landhaus lag am Fuße des Vesuvs, und sie konnte nur zu Schiff fliehen; sie bat ihn deshalb, sie aus dieser bösen Lage zu befreien. Daraufhin änderte er seinen Plan, und was er aus Forscherdrang begonnen hatte, das ging er nun mit Heldenmut an. Er ließ Vierdecker auslaufen und ging selbst an Bord, nicht nur um Rectina, sondern auch vielen anderen zu

Hilfe zu kommen, der Küstenstreifen war nämlich wegen seiner Schönheit stark besiedelt. Er eilte dorthin, von wo andere flohen, und steuerte direkt auf die Gefahr zu, so ganz frei von Furcht, dass er alle Veränderungen, alle Phasen dieses Unheils, wie er sie wahrnahm, diktierte und aufzeichnen ließ.

Schon fiel Asche auf die Schiffe, immer heißer und dichter, je näher sie herankamen, bald fielen auch Bimsstein und schwarze, halbverkohlte und von der Hitze geborstene Steine; schon bildeten sich plötzliche Untiefen, und durch Gerölllawinen vom Berg war das Ufer unpassierbar.

Er zögerte einen Augenblick, ob er umkehren sollte, sagte dann aber zu dem Steuermann, der zur Umkehr riet: »Dem Mutigen hilft das Glück! Auf zu Pomponianus!«

Der befand sich in Stabiae, auf der gegenüberliegenden Seite des Golfs – denn ein sanft geschwungenes Gestade umfasst hier das Meer in einem Bogen. Dort bestand noch keine unmittelbare Gefahr, aber sie drohte sichtbar, und wenn sie wuchs, war sie in nächster Nähe. Pomponianus hatte deshalb sein Gepäck auf Schiffe verladen lassen, entschlossen zu fliehen, wenn der Gegenwind sich legte. Dorthin fuhr jetzt mein Onkel mit dem für ihn günstigen Wind; er umarmte den Ängstlichen, tröstete ihn, munterte ihn auf und ließ sich, um dessen Furcht durch seine eigene Unbekümmertheit zu beschwichtigen, ins Bad bringen; nach dem Bad legte er sich zu Tisch und speiste seelenruhig oder, was nicht weniger großartig ist, tat, als sei er seelenruhig.

Unterdessen leuchteten vom Vesuv her an mehreren Stellen sehr breite Feuergarben und hohe Feuersäulen auf, deren Glanz und Helligkeit durch das Dunkel der Nacht noch gesteigert wurde. Mein Onkel sagte zur Beschwichtigung der Angst immer wieder, das seien Herdfeuer, die die Bauern in ihrer Aufregung nicht gelöscht hätten, und nun ständen ihre verlassenen Hütten in Flammen. Dann begab er sich zur Ruhe und schlief tatsächlich tief und fest. Denn sein Atemholen, das bei ihm wegen seiner Körperfülle schwer und mit Schnarchen verbunden war, wurde von denen gehört, die an seiner Zimmertür vorbeigingen. Aber der Hof, von dem man in sein Zimmer gelangte, war bereits mit Asche und Bimsstein so hoch angefüllt, dass ihm bei längerem Verweilen im Schlafzimmer der Ausgang verwehrt worden wäre. Man weckte ihn also, er stand auf und gesellte sich wieder zu Pomponianus und den anderen, die die Nacht durchwacht hatten. Gemeinsam berieten sie, ob sie im Haus bleiben oder sich ins Freie begeben sollten. Denn infolge häufiger und heftiger Erdstöße begannen die Häuser zu schwanken und schienen, gleichsam aus ihren Fundamenten gehoben, sich bald hierhin, bald dorthin zu bewegen. Im Freien wiederum war das Herabfallen von allerdings nur leichten und ausgeglühten Bimssteinstücken zu befürchten. Man entschloss sich nach Abwägen der Gefahren zu letzterer Lösung. Bei meinem Onkel trug allerdings ein Vernunftgrund über den andern den Sieg davon, bei den Übrigen eine Furcht über die andere. Sie legten sich Kissen auf die Köpfe und banden sie mit Leinentüchern fest. Das war ihr Schutz gegen den Steinhagel.

Schon war es anderswo Tag, hier aber Nacht, schwärzer und dichter als alle Nächte sonst; doch wurde sie von vielen Fackeln und Lichtern aller Art erhellt. Man beschloss, an den Strand zu gehen und sich aus der Nähe zu überzeugen, ob das Meer gestatte, etwas zu unternehmen; aber es war immer noch aufgewühlt, und der Wind blies aus der Gegenrichtung. Hier ließ sich mein Onkel auf eine ausgebreitete Decke nieder und verlangte und trank hin und wieder einen Schluck kalten Wassers. Dann trieben die Flammen und als ihr Vorbote der Schwefelgeruch die anderen in die Flucht, ihn schreckten sie auf. Gestützt auf zwei junge Sklaven erhob er sich und brach gleich tot zusammen, weil ihm, wie ich vermute, durch den dichten Qualm das Atmen unmöglich gemacht und die Luftwege verschlossen wurden, die bei ihm von Natur aus schwach und eng und häufig entzündet waren. Als es wieder Tag wurde (es war der dritte Tag nach dem, den er als letzten erlebt hatte), fand man seinen Leichnam unversehrt, unverletzt, zugedeckt und in den Kleidern, die er zuletzt getragen hatte; sein Aussehen glich eher einem Schlafenden als einem Toten.

Inzwischen war ich mit meiner Mutter in Misenum – aber das gehört nicht in eine geschichtliche Darstellung, und du wolltest ja nichts anderes als seine Todesumstände kennen lernen. Ich will also jetzt schließen. Nur das eine möchte ich noch hinzufügen: ich habe alles geschildert, was ich selbst erlebt und was ich unmittelbar danach, als es noch am besten im Gedächtnis war, gehört hatte. Du wirst das Wesentliche auswählen; es ist nämlich etwas anderes, einen Brief oder eine geschichtliche Darstellung, für einen Freund oder für ein großes Publikum zu schreiben.

Dein Gaius Plinius

## PLINIUS DER JÜNGERE
## ›BRIEFE‹, VI, 20

Mein lieber Tacitus,

du sagst, der Brief, den ich dir auf dein Verlangen über den Tod meines Onkels schrieb, habe in dir den Wunsch geweckt zu erfahren, was ich in Misenum, wo ich zurückgeblieben war (damit hatte ich nämlich meine Schilderung abgebrochen), an Ängsten, ja auch an Gefahren durchmachte.

> »Wenngleich Schauer mich fasst und Entsetzen,
> will ich beginnen.« [Vergil, ›Aeneis‹, II, 12]

Nach der Abfahrt meines Onkels verbrachte ich den Rest des Tages mit Arbeiten – deswegen war ich ja zu Hause geblieben; später badete ich, aß zu Abend und schlief unruhig und kurz. Mehrere Tage lang waren

Erdstöße vorausgegangen, die nicht allzu besorgniserregend wirkten, da man daran in Kampanien gewöhnt ist. In jener Nacht wurden sie aber so heftig, dass sich alles nicht bloß zu bewegen, sondern auf den Kopf gestellt zu werden schien. Meine Mutter stürzte in mein Schlafzimmer; ich wollte meinerseits eben aufstehen, um sie zu wecken, falls sie noch schliefe. Wir setzten uns auf den Vorplatz des Hauses, der das Meer von den Gebäuden in geringem Abstand trennte.

Ich weiß nicht, ob ich es Unerschrockenheit oder Unüberlegtheit nennen soll – ich war ja damals erst achtzehn Jahre alt –: ich ließ mir einen Band Titus Livius bringen und lese, als hätte ich nichts Besseres zu tun, setzte auch die begonnenen Auszüge daraus fort. Da erschien plötzlich ein Freund meines Onkels, der kürzlich aus Spanien zu ihm gekommen war. Wie er mich und meine Mutter dasitzen, mich sogar lesen sah, machte er uns wegen ihrer Geduld und meiner Sorglosigkeit Vorwürfe. Trotzdem konzentrierte ich mich weiter auf mein Buch.

Es war schon sechs Uhr morgens [am 25. August], und doch wurde es noch immer nicht recht hell; es herrschte – wenn ich so sagen darf – ein schläfrig-mattes Licht; die heftig erschütterten Gebäude ringsum gaben schon Anlass zu großer und begründeter Furcht vor einem Einsturz, obschon wir uns unter freiem Himmel, allerdings auf einem engen Platz befanden. Da endlich schien es uns ratsam, die Stadt zu verlassen. Uns schloss sich eine verstörte Menschenmenge an, und was bei einer Panik schon beinah wie Klugheit aussieht: sie zog fremden Rat dem eigenen vor und drückte und stieß uns Flüchtlinge in einem endlosen Zug mit fort.

Als wir die Häuser hinter uns hatten, blieben wir stehen. Viel Erstaunliches, viel Furchtbares machten wir da durch. Denn die Wagen, die wir hatten vorausfahren lassen, wurden, obwohl das Gelände ganz eben war, hin und her geworfen und blieben, selbst wenn sie mit Steinen unterlegt wurden, nicht an derselben Stelle stehen. Außerdem sahen wir, wie sich das Meer gleichsam in sich selbst zurückzog und durch das Erdbeben zurückgedrängt wurde. Jedenfalls hatte sich die Küstenlinie weiter vorgeschoben, und viele Meerestiere lagen auf dem trockenen Sand. Auf der anderen Seite wurde eine schwarze, schauerliche Wolke aus Rauch und Feuer von Schlangen- und Zickzacklinien zerrissen und barst in lange Flammengarben auseinander, die Blitzen glichen, aber größer waren.

Da drängte der Freund aus Spanien heftiger und eindringlicher: »Wenn dein Bruder, wenn dein Onkel lebt, möchte er euch heil wieder sehen; wenn er gestorben ist, würde er wollen, dass ihr überlebt. Was zögert ihr also, euch in Sicherheit zu bringen?« – Wir erwiderten, dass wir es nicht verantworten könnten, an unsere zu denken, während wir über sein Schicksal noch im Ungewissen waren. Da wartete er nicht länger, sondern stürzte davon und entzog sich in schnellem Lauf der Gefahr.

Bald darauf senkte sich die Wolke auf die Erde und bedeckte das Meer. Sie hatte schon Capri eingeschlossen und den Blicken entzogen, das Vorgebirge von Misenum unsichtbar gemacht. Da begann meine Mutter zu bitten, zu mahnen, zu befehlen, ich solle um jeden Preis fliehen; ich als junger Mensch könne es nämlich noch, sie werde, betagt und schwerfällig wie sie sei, ruhig dem Tod entgegensehen, wenn sie nur nicht an meinem Tod schuldig wäre. Ich antwortete, ich wolle mich nicht retten außer zusammen mit ihr. Darauf nahm ich sie bei der Hand und zwang sie, schneller zu gehen. Sie gehorchte unwillig und machte sich Vorwürfe, dass sie mich aufhalte.

Nun fiel Asche, doch erst noch nicht viel. Ich schaute zurück: dicker Qualm drohte in unserem Rücken, der uns, wie ein Sturzbach auf der Erde ausgebreitet, folgte. »Lass uns vom Weg abgehen«, sagte ich, »solange wir noch etwas sehen, damit wir nicht auf der Straße umgeworfen und von der mitziehenden Masse in der Dunkelheit niedergetrampelt werden.« Kaum hatten wir uns das überlegt, da war es Nacht, nicht wie bei mondlosem oder wolkenverhangenem Himmel, sondern wie in einem geschlossenen Raum bei gelöschtem Licht. Man hörte Frauen heulen, Kinder wimmern, Männer schreien; die einen riefen nach ihren Eltern, die andern nach ihren Kindern, wieder andere nach ihren Männern oder Frauen und suchten sie an der Stimme zu erkennen; die einen bejammerten ihr Schicksal, andere das ihrer Angehörigen; es gab welche, die in ihrer Todesangst den Tod herbeiwünschten; viele erhoben ihre Hände zu den Göttern, noch mehr behaupteten, es gebe jetzt keine Götter mehr und dies sei die ewige und letzte Nacht für die Welt. Es fehlte auch nicht an Leuten, die mit erfundenen und erlogenen Schauergeschichten die wirklichen Gefahren noch vergrößerten. Es erschienen welche, die erzählten, in Misenum sei dieses Gebäude eingestürzt oder jenes stehe in Flammen – alles falsche Nachrichten, aber sie wurden geglaubt.

Es wurde wieder ein wenig heller, was uns aber nicht wie Tageslicht, sondern eher wie der Vorbote des nahenden Feuers vorkam. Doch blieb das Feuer in weiterer Entfernung stehen. Es wurde wieder dunkel und von neuem fiel dichter und schwerer Ascheregen. Immer wieder mussten wir aufstehen und ihn von uns abschütteln, sonst wären wir von ihm zugedeckt und von seinem Gewicht erdrückt worden. Ich könnte mich rühmen, keinen Seufzer, kein schwächliches Wort in so großen Gefahren von mir gegeben zu haben, wenn ich nicht geglaubt hätte, ich würde mit allem und alles mit mir zugrunde gehen – ein erbärmlicher, doch wirksamer Trost für Menschen in Todesfurcht.

Endlich verflüchtigte sich der Qualm und ging sozusagen in Rauch und Nebel auf. Bald wurde es richtig Tag; sogar die Sonne schien, doch fahl, wie bei einer Sonnenfinsternis. Den noch zagenden Blicken zeigte sich alles verändert und mit einer hohen Aschenschicht wie mit Schnee überzogen.

Wir gingen nach Misenum zurück, stärkten uns, so gut es ging, und verbrachten eine unruhige Nacht, hin- und hergerissen zwischen Hoffnung und Furcht. Die Furcht behielt allerdings die Oberhand, denn das

Erdbeben hielt an, und sehr viele Leute, die den Verstand verloren hatten, trieben mit schrecklichen Weissagungen über ihr eigenes und fremdes Unglück ihr Spiel. Doch obgleich wir die Gefahr erlebt hatten und aufs Neue damit rechneten, konnten wir uns nicht entschließen wegzugehen, bevor wir nicht Nachricht von meinem Onkel hätten.

Diese Details, die sich keineswegs für ein Geschichtsbuch eignen, wirst du ohne die Absicht lesen, sie in dein Werk aufzunehmen, und es dir selbst zuschreiben müssen (denn du hast mich ja darum gebeten), wenn sie nicht einmal einem Brief angemessen erscheinen.

Dein Gaius Plinius

## CASSIUS DIO ›RÖMISCHE GESCHICHTE‹, LXVI.

21. In Kampanien erlebte man fürchterliche, Staunen erregende Geschehnisse; denn ein großes Feuer brach gerade zum Ende des Sommers plötzlich aus der Erde hervor. Der Berg Vesuv ragt in der Nähe des Meeres über Neapel auf und birgt unerschöpfliche Feuerquellen in sich. Früher war er an allen Stellen gleich hoch und das Feuer stieg aus seiner Mitte herauf; nur hier brachen die Flammen aus, während die äußeren Teile des Berges auch heute noch vom Feuer unberührt geblieben sind.

Da nun die Außenseite niemals verbrannte, der Mittelteil jedoch zerbröckelte und in Asche verwandelt wurde, so behalten die Gipfel um das Zentrum bis heute ihre alte Höhe; der ganze Bereich, der im Feuer steht und von ihm aufgezehrt worden ist, hat sich dagegen mit der Zeit gesetzt und eine Höhlung ausgeformt; der gesamte Berg gleicht, wenn man Großes mit Kleinem vergleichen darf, einem Amphitheater.

Die höheren Lagen des Vesuvs tragen Bäume und Reben in reicher Fülle, während der Krater der Feuerherd ist und bei Tag Rauch, bei Nacht auch Flammen ausstößt; man könnte meinen, dass in seinem Inneren große Mengen von allerlei Räucherwerk verbrannt würden.

Die genannten Ausbrüche erfolgen ununterbrochen, mal in größerem, mal in kleinerem Ausmaß. Oft wirft der Berg, wenn ein besonders starker Ausbruch stattfindet, auch Asche empor und sogar Steine, wenn einer von einem Windstoß gewaltsam erfasst wird. Und er donnert und brüllt, da seine Atemzüge nicht alle zusammengefasst sind, sondern nur schwach und heimlich gehen.

22. So steht es um den Vesuv, und die erwähnten Erscheinungen wiederholen sich dort in der Regel Jahr für Jahr. Alle sonstigen Begebenheiten jedoch, die sich an jener Stelle im Laufe der Zeit zutrugen, dürften, wiewohl sie den jeweiligen Beobachtern in ihrer Ungewöhnlichkeit bemerkenswert erschienen, nur geringe Bedeutung besitzen im Vergleich zu dem, was damals geschah, selbst dann, wenn sie alle in eins zusammengefasst würden.

Zahlreiche riesengroße Männer, die alles Menschenmaß übertrafen – Erscheinungen, wie man Giganten bildlich darstellt –, waren bald auf dem Berg, bald in dessen Umland und in den Städten zu sehen, wie sie bei Tag und Nacht über der Erde herumwanderten und ebenso auch durch die Luft dahinzogen.

Danach kam es zu schlimmen Trockenzeiten und zu plötzlichen, heftigen Erdbeben, so dass die ganze Fläche ringsum aufkochte und die Gipfel der Berge emporsprangen. Dumpfes Grollen ließ sich dabei vernehmen, teils unter der Erde, was an Donnerschläge erinnerte, teils auf der Erde, was dann wie Brüllen klang. Mit Brausen schloss sich die See an, und vom Himmel hallte es wider.

Auf einmal fing es plötzlich unheimlich zu krachen an, als stürzten die Berge zusammen. Zuerst wurden riesige Steine mit solcher Wucht emporgeschleudert, dass sie sogar die Berggipfel erreichten, dann folgten Massen von Feuer und Rauch, wodurch sich die ganze Luft verdunkelte und die Sonne völlig verschwand, wie wenn sie erloschen wäre.

23. Der Tag verwandelte sich in Nacht und das Licht in Finsternis. Die einen glaubten, die Giganten erhöben sich zu neuem Kampf (denn auch in diesen Augenblicken konnte man im Rauch viele Umrisse ihrer Gestalten unterscheiden, und außerdem war so etwas wie Trompetenklang zu vernehmen), andere hingegen meinten, dass sich das gesamte Weltall in Chaos und Feuer auflöse.

Und so flüchteten die einen aus ihren Häusern auf die Straßen, die andern von draußen in die Häuser, oder vom Meer her aufs Land und wieder von dort hin zum Meer; denn in ihrer Aufregung hielten sie jeden von ihnen entfernten Platz für sicherer als den, auf welchem sie gerade weilten.

Während dieser Vorgänge wurde eine unermessliche Aschenmenge herausgeschleudert, die dann Land und Meer bedeckte und die ganze Luft erfüllte. Wie es der Zufall wollte, fügte sie sowohl den Menschen als auch den Landgütern und dem Vieh viele Schäden mannigfacher Art zu und tötete insbesondere alle Fische und Vögel. Dazu überdeckte sie zwei ganze Städte, Herkulaneum und Pompeji, dessen Einwohner gerade im Theater saßen.

Die gesamte Staubmenge war so ungeheuer groß, dass Teile davon sogar bis nach Afrika, Syrien und Ägypten gelangten; auch nach Rom gelangte sie und erfüllte die darüber liegende Luft und verdunkelte die Sonne.

Viele Tage herrschte hier ebenso Angst, da die Menschen nichts von dem Ereignis wussten und sich nicht vorstellen konnten, was geschehen war. Doch auch sie meinten, dass alles drunter und drüber gehe, dass die Sonne in die Erde verschwinde und die Erde sich zum Himmel erhebe. Die erwähnte Aschenmenge fügte den Römern damals keinen großen Schaden zu, später aber brachte sie eine schreckliche Seuche über sie.

## GEORGE CLARKE
## POMPEJI (AUSZÜGE)

### DIE BASRELIEFS AM GRAB DES SCAURUS

Dies scheint die richtige Stelle zu sein, ein Grabmal in Pompeji zu beschreiben, das mit Basreliefs verziert ist, die sich sehr gut erhalten haben, und die beiden Arten von Unterhaltungen oder Schauspielen darstellen, die im Amphitheater zum Besten gegeben wurden, nämlich Jagd (Tierhetze) und Gladiatorenkämpfe, und einiges Licht auf mehrere Einzelheiten unseres Themas werfen.

Dieses Grabmal (siehe Abb. S. 477) sieht man an der Gräberstraße, wie man sie nennt, vor dem Tor, das nach Herkulaneum führt. Es besteht aus einer viereckigen Kammer, die als Basis oder Fundament dient. Darauf erheben sich Stufen, die ebenso wie der oberste Teil des Fundaments mit verschiedenen Bildhauerarbeiten verziert sind. Das ganze endet mit einem viereckigen *Cippus* oder Leichenstein, auf dem folgende Inschrift zu lesen ist:

RICIO. A. F. MEN.
SCAURO
II. VIR. I. D.
– – – ECURIONES. LOCUM. MONUM.
– – ∞ ∞ IN. FUNERE. ET. STATUAM. EQUESTR.
– – – ORO. PONENDAM. CENSUERUNT.
SCAURUS. PATER. FILIO.

»Dem Aricius Scaurus, dem Sohn des Aulus, aus der Tribus Menenia, der Duumvir der Gerechtigkeitspflege, auf Befehl der Dekurionen. Die Dekurionen bestimmten die Stelle des Monuments, 2000 Sesterzen für Begräbniskosten und die Errichtung einer Reiterstatue auf dem Forum. Scaurus der Vater seinem Sohne.«

Der Marmor ist zerbrochen, so dass der Vorname *(Praenomen)* und die ersten Buchstaben des Namens fehlen. Der letztere ist auf verschiedene Weise als Aricius, Castricius und Patricius gelesen worden. Was die richtige Lesart ist, ist von geringer Bedeutung. Die Anfänge sämtlicher langen Zeilen fehlen und die Symmetrie der Inschrift führt uns auf die Vermutung, dass die Ziffer, die 1000 anzeigt, noch einmal in der fünften Zeile vorangestellt werden muss, wodurch 3000 Sesterzen herauskommen würden.

Wir geben [im Text] Abbildungen der interessantesten Gegenstände der oben erwähnten Bildhauerarbeiten nach Mazois, dessen Forschungen wir auch die folgenden Beschreibungen zu verdanken haben.

[…]

Die Bildhauerarbeit, die das Fundament ziert, ist in zwei Reihen von

Figuren aufgeteilt und bildet eine Art von Doppelfries. Sowohl die Figuren der unteren als auch der oberen Reihe bestehen aus Stuck. Tatsächlich findet man keinen Marmor an diesem Grabmal, mit Ausnahme der Platte, in die die Inschrift gemeißelt ist. Die Figuren scheinen besonders geformt und mit eisernen Nägeln auf dem Mörtelgrund befestigt zu sein. Die Nägel sind an vielen Stellen durch Rost zerstört und haben so das Abfallen der Figuren bewirkt. Bemerkenswert ist außerdem, dass diese Bildhauerarbeit zum Teil restauriert worden ist, und dass man unter den noch vorhandenen Figuren andere gefunden hat, die besser gearbeitet und hier und da anders bewaffnet waren.

An verschiedenen Stellen des Frieses findet man den Namen dessen, dem die Gladiatoren gehörten (ein gewisser Ampliatus), die Namen der Kämpfer und die Zahl ihrer Siege aufgezeichnet. Ampliatus war ohne Zweifel der *Lanista* (Gladiatorenmeister) der Stadt, denn eine auf der Außenwand der Basilika entdeckte Inschrift zeigt an, dass die Familie (die Gladiatoren) des N. Festus Ampliatus zum zweiten Mal am 17. Mai zu kämpfen bereit sei. Diese Namen sind schwarz geschrieben und die Buchstaben schmal und schlecht geformt.

Der obere Fries enthält acht Gladiatorenpaare. Das erste Paar zur Linken (Abb. S. 479) stellt einen Reiterkampf dar. Die erste Person heißt Bebrix, ein barbarisch klingender Name, der einen fremden Ursprung verrät.

Die dem Namen beigefügten Ziffern geben die Anzahl der Kämpfe an, worin der Kämpfer den Sieg errungen hat; sie sind stark verblasst, werden aber als XII gelesen. Die Buchstaben IVI stehen über den meisten Figuren. In Verbindung mit den Ziffern scheint sie Mazois folgendermaßen zu interpretieren: »so viele Male gesiegt«. Aber er gibt das Wort nicht an, für das sie seiner Vermutung nach die Abkürzung sind; wir selbst haben auch keines parat.

Sein Gegner heißt Nobilior und zählt XI Siege. Beide sind auf dieselbe Weise mit einer leichten Lanze, einem runden, geschmackvoll verzierten Schild *(Parma)* und Helmen bewaffnet. Die Helme haben Visiere, die das ganze Gesicht bedecken. Sie gleichen mehr den Helmen des Mittelalters als dem römischen Helm, wie man ihn gewöhnlich abgebildet findet.

Der rechte Arm beider Kämpfer und der Schenkel des Nobilior sind durch Rüstungsstücke geschützt, die zusammenhängenden eisernen Ringen gleichen. Beide Gladiatoren sind mit der *Indicula* bekleidet, einem kurzen und leichten Mantel, der einen Teil der römischen Rittertracht bildet. Die Beine sind nackt. Bebrix hat Schuhe, die den heute gebräuchlichen gleichen, Nobilior dagegen trägt die *Semiplotia,* eine Art Jagdschuhe, die mit Lederriemen um das Bein festgebunden sind. Sie gleichen den Mokassins der Indianer oder dem schottischen *Brogue* (Holzschuh). Ein ähnlicher Artikel aus einheimischer Fertigung, der aus rohen Häuten gefertigt wird, ist noch heute unter den Bauern des südlichen Italiens im Gebrauch, siehe Pinellis ›Costumes‹.

Das Ross ist mit *Sagma* bedeckt, einer viereckigen Satteldecke, deren sich die römische Reiterei bediente. Der Schwanzriemen ist rot übermalt. Die Stellung und der Ausdruck der Figuren ist gut. Bebrix scheint mit seiner Lanze nach Nobilior gestoßen zu haben, dieser hat den Stoß mit seinem Schild aufgefangen und greift nunmehr seinerseits Bebrix an, der Zuflucht zur Defensive nimmt.

Die nächstfolgende Gruppe (Abb. S. 481) stellt zwei Gladiatoren dar, deren Namen nicht mehr zu lesen sind. Der erste trägt einen reich verzierten, mit einem Visier versehenen Helm und als Schutzwaffe den langen Schild *(Scutum);* als Angriffswaffe sollte er wohl ein Schwert führen, doch der Künstler hat es weggelassen. Wie alle andern Gladiatoren ist auch er mit dem *Subligaculum* bekleidet, einem kurzen Lendenschurz aus rotem oder weißem Stoff, der mit einem bronzenen oder aus gesticktem Leder bestehendem Gürtel über den Hüften befestigt ist. Am rechten Bein sieht man eine Art Halbstiefel, am linken eine *Ocrea* oder Beinschiene, die nicht bis ans Knie reicht. Das linke Bein ist deswegen so gewappnet, weil diese Seite des Körpers bei den Alten, deren Deckung wegen des Schildes das genaue Gegenteil von der heutigen war, Verletzungen am meisten ausgesetzt war; der Rest des Körpers ist völlig nackt.

Die andere Person trägt einen mit Flügeln geschmückten Helm und ist mit einem kleinen Schild, aus Platten bestehenden Schenkelstücken und an jedem Bein mit der hohen Beinschiene, der griechischen *Knemis,* bewaffnet. Diese Figuren scheinen ein Kämpfer der leicht bewaffneten Klasse, ein so genannter *Veles* und ein Samnite *(Samnis)* zu sein, letzterer so genannt, weil sie auf samnitische Art gerüstet waren. Der erstere, der in sechzehn verschiedenen Kampfspielen den Sieg errungen hat, ist schließlich auf einen erfolgreicheren und geschickteren Sieger gestoßen. Er ist in der Brust verwundet und hat seinen Schild sinken lassen, als Zeichen, dass er sich als Besiegten bekennt; zur gleichen Zeit fleht er die Barmherzigkeit des Volkes an, indem er ihm seinen Finger entgegenstreckt, denn das war die Art, wie die Gladiatoren um ihr Leben baten. Hinter ihm erwartet der Samnite das Antwortzeichen von Seiten der Zuschauer, um entweder das Leben seines Gegners zu schonen, oder ihm den Todesstreich zu versetzen, je nachdem, wie der Befehl lautet.

Das dritte Paar (Abb. S. 483 links) besteht aus einem Thraker *(Thrax),* so genannt nach seiner Rüstung, insbesondere dem runden thrakischen Schild *(Parma),* und aus einem so genannten *Myrmillo,* ein Name von ungeklärtem Ursprung. Es scheint jedoch, dass die Myrmillonen größtenteils Gallier und nach gallischer Art bewaffnet waren, und dass der Myrmillo und der Thraker in der Regel einander gegenübergestellt wurden. Der Thraker trägt einen Helm, Beinschienen und Schenkelstücke, ähnlich denen des Samniten, und wir wollen hier gleich darauf hinweisen, dass der rechte Arm einer jeden Person durch ein gegliedertes, aus Ringen bestehendes, bereits beschriebenes Rüststück geschützt ist. Der Oberkörper ist nackt. Die Rüstung des Myrmillo ist ziemlich dieselbe, außer dass er keine Schenkelstücke trägt; xv-mal Sieger, ist er jetzt überwunden und sein Gegner trägt den xxxvsten Sieg davon. Der Buchstabe Theta (Θ) über dem Kopf des Überwundenen, der Anfangsbuchstabe von *Thanon,* zeigt an, dass er den Tod hat erleiden müssen. Das dem Theta vorausgehende M hält man für den Anfangsbuchstaben von Myrmillo [oder von *Mors,* Tod].

Die nächste Gruppe besteht aus vier Personen (Abb. S. 483 rechts). Zwei davon sind Verfolger *(Secutores),* die beiden andern *Retiarii,* Netzmänner, die statt aller Waffen bloß einen Dreizack und ein Netz haben. Darin versuchten sie ihren Gegner zu wickeln, um ihn dann fertig zu machen. Diese Klassen waren, ebenso wie der Thrax und Myrmillo, in der Regel Kontrahenten und hatten ihren Namen davon, dass der *Secutor* den *Retiarius* verfolgte, der der Verfolgung so lange zu entgehen versuchte, bis er eine Gelegenheit fand, sein Netz aussichtsreich zu werfen. Nepimus, einer der letzteren, fünfmal Sieger, hat gegen einen der Verfolger gekämpft, dessen Name verloren gegangen ist [Bulwer nennt ihn Eumolpus], der aber in sechs verschiedenen Kämpfen den Sieg davongetragen hatte. Bei diesem Kampf ist er nicht so erfolgreich gewesen. Nepimus hat ihn in das Bein, in den Schenkel und in den linken Arm gestochen, sein Blut strömt aus den Wunden, und er fleht die Zuschauer vergebens um Begnadigung an.

Da der Dreizack, womit Nepimus bewaffnet ist, sich nicht dazu eignet, schnellen und sicheren Tod zu bewirken, so erweist der Secutor Hippolytus seinem Kameraden diesen letzten Dienst. Der zum Tode verdammte Unglückliche geht in die Knie, bietet seinen Hals dem Schwert dar und beugt sich vorwärts, um den Todesstreich zu empfangen, während Nepimus, sein Besieger, ihn stößt und die letzten Augenblicke seines Schlachtopfers zu verhöhnen scheint.

Im Hintergrund sieht man den *Retiarius,* der nun seinerseits mit dem Hippolytus kämpfen muss [im Roman Lydon]. Die Secutores haben einen sehr einfachen und glatten Helm, so dass ihr Gegner wenig oder keine Gelegenheit findet, ihn mit Netz oder Dreizack herabzureißen. Der rechte Arm ist geharnischt, der Linke trägt einen *Clypeus* (großen runden Schild). Sandalen, die mit schmalen Bändern festgebunden sind, bilden die Fußbekleidung. Der Körper war völlig nackt, mit Ausnahme der Hüften, um die sie ein Stück Stoff befestigten, denn nur durch ihre Leichtigkeit und Behändigkeit konnten sie hoffen, den Sieg zu erringen.

Die *Retiarii* trugen keine Kopfbedeckung, mit Ausnahme einer Binde, die sie um das Haar knüpften. Sie haben keinen Schild, aber die linke Seite ist halb mit einem Harnisch bedeckt, und der linke Arm auf die übliche Weise geschützt, außer dass das Schulterstück sehr hoch ist. Sie tragen die *Caliga* oder den unter den römischen Soldaten üblichen Halbstiefel und sind mit dem Dreizack bewaffnet. Doch das Netz, das sie über ihren Gegner zu werfen versuchten, ist nirgends sichtbar.

Dieses Basrelief schließt mit dem Kampf zwischen einem leicht bewaffneten Gladiator und einem Samniten (Abb. S. 485). Der letztere bittet die Zuschauer, ihm das Leben zu schenken, doch aus den Gebärden der Hauptfigur scheint hervorzugehen, dass ihm seine Bitte nicht zugestanden worden ist. Der Sieger blickt nach den Stufen des Amphitheaters, er hat das verhängnisvolle Zeichen gesehen, und zückt als Antwort darauf das Schwert, um seinem Gegner den Todesstoß zu versetzen.

Zwischen den Pfeilern der Tür ist der Fries fortgesetzt. Zwei Kämpfe sind dargestellt. Im ersten (Abb. S. 491) hat ein Myrmillo einen Samniten überwunden. Der erstere möchte seinen Kameraden töten ohne erst die Antwort vom Volk, an das sich der Besiegte gewendet hat, abzuwarten. Doch der Lanista fällt ihm in den Arm, woraus hervorzugehen scheint, dass der Samnite begnadigt wurde. Das folgende Paar (Abb. S. 493) stellt einen ähnlichen Kampf dar, in welchem der Myrmillo tödlich verwundet niedersinkt. Die Wunden, das Blut und die eine Seite der Schilde ist mit einem sehr lebhaften Rot gemalt. Die Schwerter, ausgenommen das des Hippolytus, sind weggelassen; es ist möglich, dass man die Absicht hatte, sie aus Metall anzufertigen. [...]

Eine andere Art von amphitheatralischen Unterhaltungen bestand darin, dass man Zeuge des Todes gesetzlich verurteilter Individuen war, die entweder von der Hand des Henkers hingerichtet oder aufgehetzten wilden Bestien vorgeworfen wurden. Die ersten Christen hatten unter dieser Art von Grausamkeit ganz besonders zu leiden. Nero benutzte das gegen sie herrschende Vorurteil, um nach dem großen Brand von Rom, den man gewöhnlich seiner zügellosen Schadenfreude zuschreibt, den Unwillen des Volks von sich abzulenken; und wir erfahren von Tertullian, dass nach großen, den Staat betreffenden Unglücksfällen das übliche Geschrei des Volkes lautete: *»Vor die Löwen mit den Christen!«* (Tertullian, ›Verteidigung des Christentums‹, 40)

## DIE SILBERSCHMIEDSTRASSE

Längs der Südseite des Chalcidium verläuft eine breite Straße, die alle anderen Straßen von Pompeji an Regelmäßigkeit übertrifft. Sie heißt die Straße der Silberschmiede, wegen der dort in einigen Läden gefundenen Juwelen und Pretiosen. [...]

Im Durchgang eines der Häuser in der Silberschmiedstraße erblickt man ein grob ausgeführtes Gemälde der zwölf höchsten Götter und Göttinnen sowie auch eine Figur, die den Pluto vorzustellen scheint, und von einem unbedeutenden Künstler mit schwarzer Farbe an die Wand gemalt worden ist; diese Figur nähert sich den neueren Begriffen vom Teufel, den man sich gewöhnlich als einen wilden schwarzen Kerl mit Hörnern und Pferdefüßen vorstellt. [...]

Am äußersten Ende dieser Straße hat man ein Skelett gefunden, das vermutlich von einem Priester der Isis stammt. Es war mit Bimsstein und anderen vulkanischen Stoffen bedeckt. In der Hand hielt er einen Sack aus grober Leinwand, der noch nicht völlig zerstört war, und 360 Silber-, 42 Kupfer- und sechs Goldmünzen enthielt; in der Nähe des Skeletts sind verschiedene Figuren, die zum Isisdienst gehörten, kleine silberne Gabeln, goldene und silberne Schalen, ein Cameo mit einem Satyr, der ein Tambourin schlägt, mit Steinen besetzte Ringe und kupferne und bronzene Vasen gefunden worden. [...]

Gell erzählt uns, dass in der Straße, die vom Fortuna-Tempel zum Markt verläuft, das Skelett eines Pompejaners gefunden worden ist, »der, dem Anschein nach, wegen sechzig Münzen und einer kleinen silbernen Pfanne in seinem Haus geblieben war, bis die vulkanischen Massen die Straße bereits zur Hälfte angefüllt hatten«. Man fand ihn, als wenn er gerade im Begriff gewesen wäre, durch das Fenster zu fliehen.

### EINE VILLA IN DER VORSTADT

So beschaffen war diese Villa, worin der Eigner ohne Zweifel seinen Stolz und sein Vergnügen suchte, wenn man nach den Kosten urteilen darf, die mit keineswegs sparsamer Hand zu ihrer Ausschmückung verwendet worden sind; und könnte man annehmen, dass er nur einigermaßen von dem, was jetzt auf der Erde vorgeht, unterrichtet wäre, so würde sein Stolz in der Berühmtheit, die ihr bei der Nachwelt zuteil geworden ist, einigen Ersatz dafür finden, dass er diesem entzückenden Aufenthalt so schnell entrückt worden ist. Aber sein Geschmack und Reichtum haben nichts für die Verewigung seines Namens getan, denn auch nicht eine Spur ist vorhanden, die verriete, welcher Person oder welcher Familie diese Villa gehörte. Sie wird zwar gewöhnlich die *Villa des Marcus Arrius Diomedes* genannt, ein Name, der sich auf ein gleichzeitig entdecktes, diesen Namen tragendes Grabmal gründet, das ihr gegenüber liegt. Kein anderes Grab war damals in gleicher Nähe aufgefunden worden, und dieses Zusammentreffen der Lage veranlasste den Schluss, dass jenes Grabmal das Familiengrab gewesen sei, das zu der Villa gehört habe, und dass mithin als ihr Besitzer der genannte Arrius Diomedes gelten könne. Diese Vermutung beruhte von Anfang an auf sandigem Grund, der seitdem durch die Entdeckung zahlreicher, der Villa fast gleich nah liegender Grabstätten völlig nachgegeben hat. Alles, was wir von ihrem Eigentümer oder dessen Familie wissen, lässt sich in einem Satz zusammenfassen, der, so kurz er ist, unsere unmaßgebliche Meinung ausdrückt, nämlich: ihr Leben war ein Leben reich an Genüssen und elegantem Luxus, inmitten welcher sie durch die Schrecken eines seltsamen, unter langsamem Dahinschmachten erfolgenden Todes überrascht wurden.

Als der Vesuv die ersten Zeichen von dem nahenden Sturm gab, war die Luft still, wie wir aus der Schilderung des jüngeren Plinius wissen, und der Rauch des Berges stieg gerade empor, bis ihn die Atmosphäre nicht weiter hinaufzutragen vermochte, und verbreiterte sich dann wie ein Baldachin nach allen Seiten hin, was den genannten Schriftsteller veranlasste, ihn mit einer Tanne zu vergleichen. Nach diesem erhob sich ein Wind von Westen, welcher der Fahrt des älteren Plinius von Misenum nach Stabiae günstig war, aber die Rückkehr dieses berühmten Mannes verhinderte. Am folgenden Morgen drehte sich der Wind etwas nach Norden, wie aus den Worten des jüngeren Plinius hervorgeht, der sagt: eine Wolke schien sich auf die Erde herabzusenken, die See zu bedecken und die Insel Capreae dem Blick zu entziehen. Cassius Dio sagt, die Asche habe sich bis Ägypten verbreitet, und in der Tat würde eine in südöstlicher Richtung vom Vesuv aus gezogene Linie an Pompeji vorbeigehen und Ägypten schneiden.

Es war jedenfalls, als der Feuerhagel am dicksten auf Pompeji herabfiel, Tagesanbruch am zweiten Morgen, und wer nur irgendwie der erstickenden Luft und der glühenden Asche, die alles umgaben, so lange widerstanden hatte, dessen Elend erreichte gewiss zu dieser Zeit sein Ende.

Die Villa, von der wir sprechen, lag genau zwischen der Stadt und dem Berg und muss die ersten und, wenn es da, wo alles ohne Unterschied umkam, Grade des Elends gab, die schlimmsten Wirkungen jenes furchtbaren Ereignisses erfahren haben. Furchtbar und schrecklich erscheint eine solche Heimsuchung in unserer Zeit, selbst denen, die sich sehnen, einen Ausbruch des Vesuvs zu sehen, gleichsam als ginge es um eine Gemäldegalerie oder eine Opernaufführung; um wie vieles schrecklicher musste sie, von der Gewissheit kurz bevorstehenden Todes begleitet, für diejenigen sein, die weder Geschichte noch Erfahrung mit dem furchtbarsten Phänomen, das die Natur bietet, vertraut gemacht hatte. In diesen gefahrvollen Augenblicken, oder möglicherweise schon vorher, dominierte die Liebe zum Leben über die Gefühle der Zärtlichkeit und Fürsorge des Hausbesitzers. Er floh, eine zahlreiche Familie und eine junge, schöne Tochter zurücklassend, und nahm seinen Weg, in Begleitung nur eines einzigen Sklaven, nach dem Meer, das er niemals lebendig erreichte.

Seine Tochter, zwei Kinder und andere Mitglieder seiner Familie und seines Haushalts suchten Rettung in den unterirdischen Gewölben, die sie, samt den bereits dort vorhandenen Weinkrügen und den Vorräten, die sie mit sich hinabnahmen, wahrscheinlich für hinreichend hielten, ihnen Schutz gegen ein Übel zu gewähren, dessen ganzen Umfang sie nicht ahnen konnten. Vergebliche Hoffnung! Dasselbe Geschick erreichte alle auf verschiedenen Wegen. Die starken Gewölbe und die kleinen Öffnungen zum Hereinlassen des Tageslichts schützten sie zwar gegen die herabfallende Asche, aber die Hitze, hinreichend, Holz zu verkohlen und die feineren Teile der Asche zu verflüchtigen, konnte durch dergleichen Mittel nicht ausgeschlossen werden. Die Lebensluft wurde in einen dicken, mit brennend heißem Aschenstaub geschwängerten Schwefeldampf verwandelt. In ihrer Verzweiflung nach dem reinen Odem des Himmels verlangend, stürzten sie der bereits durch Schlacken und Trümmer versperrten Tür zu und endeten unter Qualen, bei denen die Phantasie nicht gern weilen mag.

Der Leser könnte vielleicht meinen, dass das eben Mitgeteilte eher der Schluss eines Romans sei, doch wozu sollte ich dergleichen sentimentale Geschichten erfinden und damit einen ernsten historischen Bericht ausschmücken? Es ist ein bemerkenswertes Beispiel, ja vielleicht unter allen, die es bisher gegeben hat, das bedeutendste von dem eigentümlichen Reiz, den die zu Pompeji gemachten Entdeckungen auf uns ausüben, insofern sie uns in die Wohnungen, ja selbst zu den Personen einer längst verschollenen Zeit führen, und weil jeder Umstand dieser Erzählung durch Beweise, die sich der Unumstößlichkeit nähern, bestätigt werden kann.

Neben der Gartentür sind zwei Skelette gefunden worden, wovon eines, vermutlich das des Herrn, in der Hand den Schlüssel zu jener Tür hielt und neben sich ungefähr hundert silberne und hundert goldene Münzen liegen hatte; das andere, neben einigen silbernen Vasen ausgestreckt liegend, gehörte jedenfalls einem mit deren Fortschaffung beauftragten Sklaven.

Als die Gewölbe unter dem Haus entdeckt wurden, fand man die übereinandergestürzten Skelette von siebzehn Personen, die siebzehn Jahrhunderte hindurch, seitdem sie dem Tod in die Arme gesunken, unbeweglich hier gelegen hatten. Sie waren mehrere Fuß hoch mit außerordentlich feiner Asche bedeckt, die offenbar nur langsam durch die Luftlöcher eingedrungen und später durch Feuchtigkeit verdichtet worden war. Die so gebildete Substanz gleicht dem Sand, den Metallgießer für ihre Formen verwenden, aber sie ist noch zarter und nahm perfekte Abdrücke von jedem Gegenstand, auf dem sie lagen, in sich auf. Unglücklicherweise erkannte man diese Eigenschaft nicht eher, als bis es zu spät und weiter nichts mehr übrig war, als der Nacken und die Brust eines Mädchens, die außerordentlich schön geformt sein sollen. So genau ist der Abdruck, dass man sogar das Gewebe des Gewands, das sie trug, erkennen kann; dieses verrät durch seine außerordentliche Feinheit, dass die Trägerin offenbar keine Sklavin war, und kann für jenen feinen Stoff (Gaze) gehalten werden, den Seneca gewobene Luft nennt. An anderen Bruchstücken ist der Abdruck von Juwelen und Geschmeide für Nacken und Arme deutlich wahrzunehmen, und zeigt, dass verschiedene Familienmitglieder hier ihren Tod fanden.

Die Juwelen selbst wurden neben ihnen gefunden und enthalten: in Gold zwei Halsbänder, wovon das eine mit blauen Steinen besetzt ist, und vier Ringe mit geschnittenen Gemmen. Zwei der Skelette sind die von Kindern, und es waren noch einige Locken ihres blonden Haares vorhanden; die meisten übrigen Skelette hält man für die von Frauen. Jedes Geschlecht handelte wahrscheinlich seinem Charakter gemäß, die Männer suchten, im Vertrauen auf ihre Stärke, zu entkommen; die Frauen erwarteten mit Geduld den Ausgang einer Gefahr, der ihre eigenen Anstrengungen sie nicht entreißen konnten.

Im selben Gewölbe sind bronzene Kandelaber und andere Artikel, Juwelen und Münzen gefunden worden; desgleichen stieß man auf Krüge

(Amphoren), die in einer Reihe an der Mauer lehnten; in einigen war noch der nach so langer Zeit hart gewordene Inhalt vorhanden. Archäologen wollen angeblich in dieser Substanz sogar die Blume des reichen, starken Weins erkennen, der die Umgebung des Vesuvs so berühmt machte.

### DIE GEMÄLDE IM HAUS DES PANSA

Das Haus des Pansa ist schon seit langer Zeit ausgegraben, und gerade dieser Umstand dürfte vielleicht die Ursache sein, dass wir hinsichtlich seines Umfangs und Glanzes nur sehr spärliche Nachrichten besitzen. Über seine Verzierungen haben wir keine ausführlichen Notizen erhalten können, wiewohl verschiedene Gemälde darin gefunden worden sein sollen, und unter diesen verdient besonders eine Danae, mitten unter dem goldenen Regen, erwähnt zu werden.

Ein merkwürdiges religiöses Gemälde ist in der Küche gefunden worden, das die Verehrung der Laren darstellt, unter deren Schutz alle Vorräte und Küchengerätschaften standen [siehe die Abb. S.33; Fig.55. aus Clarke, Bd.2, S.122]. In der Mitte erblickt man ein zu Ehren dieser Gottheiten veranstaltetes Opfer; diese sind darunter in der üblichen Gestalt als zwei gewaltige, über einem Altar sich wärmende Schlangen dargestellt. Etwas Auffallendes bieten die oberen Figuren dar, worüber Mazois, von dessen Zeichnung unsere Kopie entlehnt ist, keine Erklärung gegeben hat. Die weibliche Figur in der Mitte hält ein Füllhorn, und jede der männlichen Figuren hat in der andern ein Horn. Sämtliche Gesichter auf diesem Gemälde sind völlig schwarz, und die Köpfe der männlichen Figuren erscheinen von etwas einer Glorie Ähnlichem umgeben. Ihre Kleidung, und insbesondere ihre kurzen Stiefel, die genauso aussehen wie die heute auf der Bühne üblichen ungarischen, sind anders als alles, was man anderswo antrifft. Sollen diese Figuren vielleicht die Laren selbst darstellen? Auf beiden Seiten erblickt man verschiedene Sorten essbarer Artikel: zur Linken ein Bündel kleiner Vögel, mehrere an einer Leine aufgehängte Fische, ein wildes Schwein mit einem Gurt um den Leib, und einem schön geringelten Schwanz; endlich einige Brote oder vielmehr Kuchen, die genauso geformt sind, wie diejenigen, die man in natura in Pompeji gefunden hat; zur Rechten einen Aal, der auf einen Draht gespießt ist, einen Schinken, einen Eberkopf und ein Stück Fleisch, das man für eine Schweinskeule hält, da hier große Nachfrage nach Schweinefleisch geherrscht zu haben scheint, wenigstens kann es ebenso gut eine solche Keule wie irgendetwas anderes sein. Es ist an Schilfrohr aufgehängt, wie man es noch heute in Rom zu tun pflegt. Dieses Gemälde ist grob und ohne die geringste Sorgfalt ausgeführt, verrät aber dabei eine große Keckheit und Freiheit des Pinsels, der den Charakter der dargestellten Gegenstände sehr gut hervorgehoben hat, und uns die überall sichtbare Nachlässigkeit einer durchaus nicht ungeschickten Hand zuschreiben lässt.

## ANMERKUNGEN

Die Erstausgabe von ›The Last Days of Pompeii‹ erschien im September 1834, eine »durchgesehene und korrigierte« Ausgabe folgte im März 1835. Diese Ausgabe wurde in den folgenden Jahren ohne große Veränderungen neu- und nachgedruckt. Ein zweites Vorwort und geringfügige Erweiterungen sind die Besonderheiten der Ausgabe von 1850, auf der auch die nach Bulwers Tod von dessen Sohn herausgegebene Ausgabe in der ›Knebworth Edition‹ seiner Werke und fast alle späteren Editionen beruhen. Auf einige bedeutendere Änderungen in den verschiedenen Ausgaben wird in den Anmerkungen hingewiesen.

Diese Übersetzung basiert auf der zweiten Ausgabe. Es wurden dafür mehrere alte Übersetzungen herangezogen, vor allem diejenigen, die bereits wenige Monate nach der englischen Erstausgabe erschienen sind:

Georg Nicolaus Bärmann (Zwickau: Schumann, 1835)
Otto von Czarnowski (Aachen/Leipzig: Mayer, 1834)
Friedrich Notter (Stuttgart: Metzler, 1834/35)
Johann Sporschil (Leipzig: Wigand, 1834)

Die Lieder entstammen zum größten Teil der Übersetzung von Friedrich Notter. Eine vollständige Übersicht über die deutschen Ausgaben von ›Die letzten Tage von Pompeji‹ gibt Gerhard Lindenstruth in: ›Edward Bulwer Lytton. Eine Bibliographie der Veröffentlichungen im deutschen Sprachraum‹ 2. Ausgabe. Gießen: Privatdruck, 1994. S. 36–43. Er zählt 112 deutsche Ausgaben für die 155 Jahre bis 1989; der weitaus größte Teil basiert auf älteren Übersetzungen, am häufigsten auf der von Friedrich Notter.

Bulwer schreibt in seinem Vorwort von 1834: »Ständige Hinweise auf gelehrte Autoritäten sind bei Werken der Phantasie ebenso ermüdend wie anmaßend.« Er beschränkte sich auch tatsächlich auf eine für die damalige Zeit relativ geringe Anzahl von Fußnoten. Da diese in den meisten Fällen wenig mit der Handlung zu tun haben, werden hier seine Fußnoten, wie in den Originalausgaben schon bei den längeren der Fall, gesammelt und zusammen mit den Anmerkungen des Herausgebers ans Ende des Romans gestellt. Textstellen, zu denen es Anmerkungen von Bulwer gibt, sind ebenso wie die Anmerkungen selbst mit einem Sternchen (*) gekennzeichnet. Ergänzungen des Herausgebers zu Bulwers Anmerkungen stehen in Klammern. Bulwers Vorwort, das dem Inhalt nach eigentlich ein Nachwort ist, findet sich ebenso wie die Widmung an William Gell im Materialien-Teil dieses Bandes.

Die Anmerkungen des Herausgebers mussten aus Platzgründen auf die zum Verständnis des Romans und Bulwers Arbeitsweise erforderlichen Erläuterungen beschränkt werden. Neben den in den Anmerkungen genannten Quellen benutzte Bulwer ausgiebig William Hamiltons Beobachtungen des Vesuvs, die ›Briefe‹ von Alkiphron, das ›Gelehrtenmahl‹ von

Athenaeus, Vitruvs ›De architectura‹, das Neue Testament, Gibbons ›Geschichte des Verfalls und Untergangs des Römischen Reiches‹ und Werke von William Gell und anderen über Pompeji. Als Quelle für zahlreiche Details der Lebensweise der Römer nannte schon Edgar Allan Poe in seinen ›Marginalien‹ Jean R. d'Arnays ›Von dem Privatleben oder der täglichen Lebensart der Römer‹ (französische Originalausgabe 1752, deutsch 1761, englisch 1764); darüber hinaus dürfte Bulwer einige Nachschlagewerke und weitere Sonderstudien verwendet haben. All diese Quellen im Einzelnen zu belegen und zu zitieren würde ein eigenes Buch erfordern und kann hier nicht geleistet werden. Bulwers Arbeitsweise erhellen die Materialien (S. 545 ff.).

Wichtig erschienen dem Herausgeber vor allem die zahlreichen visuellen Anregungen Bulwers. Er sah vor Ort in Pompeji und in Museen von Mailand und Neapel zahlreiche Gebäude, Bilder und Gegenstände, die er im Roman beschreibt oder für Handlungselemente benutzt. Abbildungen davon aus den von Bulwer verwendeten oder anderen Werken des neunzehnten Jahrhunderts wurden an den entsprechenden Stellen direkt in den Text eingefügt. Sie stammen aus folgenden Büchern:

[Clarke, George:] ›Pompeji. Enthaltend die öffentlichen Gebäude, Anstalten usw.‹. 4 Teile in 2 Bänden. Leipzig: Baumgärtner, 1834/35.

Henri Roux: ›Herculanum und Pompeji. Vollständige Sammlung der daselbst entdeckten, zum Theil noch unedirten Malereien, Mosaiken und Bronzen‹. Gestochen von H. Roux. Mit erklärenden Texten herausgegeben von L. Barré. Deutsch bearbeitet von A. Kaiser und Herman H*. 6 Bände. Hamburg: Meissner, 1841.

Johannes Overbeck: ›Pompeji in seinen Gebäuden, Alterthümern und Kunstwerken. Für Kunst- und Alterthumsfreunde dargestellt‹. 2. vermehrte und verbesserte Auflage. 2 Bände. Leipzig: Engelmann, 1866.

William Henry Davenport Adams: ›The Buried Cities of Campania; or, Pompeii and Herculaneum, their history, their destruction, and their remains‹. London: T. Nelson & Sons, 1869.

Edward Bulwer-Lytton: ›The Last Days of Pompeii‹. Pompeiian Edition with Illustrations. 2 Bände. Boston: Estes and Lauriat, 1891.

August Mau: ›Pompeji in Leben und Kunst‹. Leipzig: Engelmann, 1900.

7 **Pollux:** Einer der Dioskuren (Kastor und Pollux), ein Sohn von Zeus, der, anders als sein Bruder, unsterblich war. Pollux war als Faustkämpfer, Kastor als Rossebändiger berühmt. Als Idealbilder kriegerischer Tapferkeit waren sie die Beschützer der streitbaren Jugend. Auch die Reisenden sowie die Gastfreundschaft standen unter ihrem Schutz, weswegen Diomed hier den Pollux anruft.

*8 **Lampreten:** Muränen.

8 **Ädil:** Die Ädilen waren Magistratspersonen, denen die Oberaufsicht über die öffentlichen Gebäude, die Wahrung der öffentlichen Ord-

nung, sowie die Veranstaltung der Zirkus- und Theaterspiele oblag; die Spiele mussten sie auf eigene Kosten durchführen. Der Name Pansa galt in der Antike als Synonym für gewissenlose Amtspersonen; siehe zum Beispiel Juvenal, ›Satiren‹, VIII, 96.

8 ***Persicos odi apparatus:*** Horaz, ›Oden‹, I, 38: »Ich liebe ihn nicht, diesen Perserluxus.«

8 ***Vale:*** Lebe wohl, Adieu.

8 **Vollblut-Parther:** Die Parther, ein skythischer Volksstamm, der im Süden und Südosten des Kaspischen Meeres lebte, waren für ihre Pferdezucht und Reitkünste bekannt.

9 **eines der atmenden Wunder des Praxiteles:** Praxiteles, ein altgriechischer Bildhauer, dessen Werke zwischen 370 und 330 v. Chr. entstanden. Kallistratos (›Statuen‹, VI) beschreibt eine Erzstatue des Dionysos (bei den Römern Bacchus genannt), die so lebensähnlich gearbeitet war, dass man einen Menschen vor sich zu sehen glaubte. Von ihm stammen auch Statuen der später mehrfach erwähnten Tyrannenmörder Harmodios und Aristogeiton.

9 **Glaucus:** Von lat. *glaucus,* griech. *glaukos,* funkelnd, schillernd, licht. Auch der Name eines Fischers aus Anthedon, der, durch den Genuss von Kräutern von göttlicher Begeisterung ergriffen, ins Meer sprang, wo Okeanos und Thethys ihn in einen Meergott verwandelten; Ovid, ›Metamorphosen‹, VII, 233, XIII, 904ff. und Vergil, ›Landbau‹, I, 437.

10 **Phöbus:** Von griech. Phoibos, der Leuchtende, der Reine; Beiname des Apollo, Licht- und Sonnengott, ähnlich vorgestellt wie Helios, der die Sonne mit seinem Gespann über den Himmel zog.

11 ***latet anguis in herba:*** Vergil, ›Hirtengedichte‹, III, 93: »lauert im Gras die Schlange«.

*11 **zu lauern scheint:** Die heutigen Italiener, besonders die Bewohner der südlichen Teile Italiens, haben einen eigentümlichen Ekel vor Düften; sie halten Parfüm für äußerst ungesund, und eine römische oder neapolitanische Dame bittet ihre Gäste, keines zu benutzen. Merkwürdigerweise sind die auf Duft so sensibel reagierenden Nasen völlig unempfindlich für das Gegenteil. Man kann Rom im wörtlichen Sinn *sentina gentium* nennen. [*sentina gentium* = Kloake der Völker.]

12 **Ciceros ›Über die Pflichten‹:** Eine römische Pflichtenlehre, die von Cicero Ende 44 v. Chr. geschrieben wurde und seinem Sohn Marcus gewidmet ist.

12 **Vielseitigkeit eines Perikles … Zauber einer Aspasia:** Perikles (um 500–429 v. Chr.), athenischer Staatsmann und Redner, Verfechter der Demokratie, siehe Plutarch, ›Vergleichende Lebensbeschreibungen‹, ›Perikles‹. Aspasia, eine schöne und geistreiche Hetäre; Perikles verließ ihretwegen seine Frau und heiratete sie 445 v. Chr.

12 ***Tibia:*** Pfeife, Flöte, Oboe.

12 **Beschreibung der Pest von Thukydides:** Thukydides, ›Geschichte des Peloponnesischen Krieges‹, II, 49.

**12 keuchte der feiste Oheim:** Plinius der Jüngere, ›Briefe‹, VI, 16 über seinen Onkel: »sein Atemholen, das bei ihm wegen seiner Körperfülle schwer und mit Schnarchen verbunden war«.

**12 das *Utile* mit dem *Dulci*:** Horaz, ›Briefe‹, II, 3, 343 (›Von der Dichtkunst‹): *»omne tulit punctum, qui miscuit utile dulci«,* »aller Beifall ist dem gewiss, der das Nützliche mit dem Angenehmen zu verbinden weiß«.

**13 Portikus:** Säulengang, Säulenhalle.

**15 Klientin:** Schützling oder Schutzbefohlene. Ein Klient gehörte zur Familie des Patriziers, ohne deren rechtlich vollwertiges Mitglied zu sein. Das Familienoberhaupt musste ihn vor Gericht vertreten, sich seines Vermögens und seiner Geschäfte annehmen und ihm jeglichen Schutz gewähren. Der Klient dagegen war seinem Patron zu Dienst und Gehorsam verpflichtet.

**15 Thessalien:** Landschaft in Nordgriechenland; dort liegt der Götterberg Olympos.

**16 Lethe:** Fluss des Vergessens in der Unterwelt und Lethe bzw. Lethon, Fluss in Afrika, der teilweise unterirdisch fließt.

**17 Anadyomene:** Die Hervorsteigende, die Auftauchende, ein Beiname der Venus, die aus dem Meeresschaum entstand. In dem berühmten Meisterwerk des Apelles wird Venus dargestellt, wie sie aus dem Meer emporsteigt und ihre Haare mit den Händen trocknet. 1832 wurde in Pompeji ein Bildnis der Venus Anadyomene in der *Casa della Caccia* oder *di Dedalo e Pasifae* ausgegraben.

**18 Flotte unter dem Befehl von Plinius:** Plinius der Jüngere, ›Briefe‹, VI, 16; siehe Materialien, S. 560.

**18 freundlichen Delphinen:** Siehe z. B. die Sage von der Rettung des Sängers Arion durch Delphine, Herodot, ›Historien‹, I, 23 f.

**18 Es gibt nur einen Eros, auch wenn es viele Abbilder von ihm gibt:** François VI., Herzog von La Rochefoucauld, ›Maximen‹ (1665), Nr. 74: »Es gibt nur eine Liebe, aber tausend verschiedene Abbilder von ihr.« Vgl. auch Platons Ideenlehre, die sich nicht zuletzt auf das hier angedeutete Verhältnis von Einem und Vielem stützt, speziell das ›Symposion‹, wo es um den Eros geht; dort besonders der Stufenweg zur Vollendung in der Schau des Schönen (209 e–212 b).

**19 Schatten Amors:** Amor oder Cupido, bei den Griechen Eros, der Gott der Liebe. Siehe auch die Erläuterung zu Psyche (Anmerkung zu S. 20).

**19 Wen zarte Liebe … jeden Pfad:** Tibull, ›Liebeselegien‹, I, 2, 29: *»quisquis amore tenetur, eat tutusque sacerque qualibet«,* »Wer von Liebe besessen ist, mag gefahrlos, unantastbar ziehen, wohin er will.«

**19 Parthenope:** Ein von den römischen Dichtern häufig verwendeter Beiname von Neapolis und der Name der alten griechischen Kolonie dort; er kommt von der Sirene Parthenope, die dort begraben sein soll.

***20 die Stadt, auf die Pallas nicht mehr herablächelt:** Athen. [Pallas: Beiname der Göttin Athene, nach der Athen benannt ist.]

**20 Psyche:** Griech. ursprünglich Hauch, Atem; nach Platon und anderen griechischen Philosophen das innere, geistige Leben des Menschen und überhaupt das Lebensprinzip, daher gleichbedeutend mit Seele. Als das schattenhafte Ebenbild des Menschen, das im Leben in ihm ist, im Tod aber frei wird, wurde Psyche in der Kunst als kleine, geflügelte Figur, später als Schmetterling dargestellt. Die Allegorie von der Liebe des Eros (Amor) zu Psyche liegt zahlreichen Bildwerken zugrunde, die bald Psyche von Eros gequält, gefesselt und gezüchtigt und darüber weinend und klagend, bald Psyches Rache an Eros oder auch die Vereinigung beider im Kuss darstellen, wie die berühmte Gruppe im kapitolinischen Museums in Rom. Diese Vorstellungen hat Apulejus, vermutlich nach einem griechischen Vorbild, zu einem Märchen verarbeitet: Ein König hatte drei Töchter, von denen Psyche die jüngste und schönste war. Amor fasste gegen den Willen seiner Mutter heftige Neigung zu ihr und ließ sie durch Zephir an einen einsamen Ort entführen, wo er sie jede Nacht, von ihr ungesehen und unerkannt, besuchte. Von ihren Schwestern verleitet, versuchte sie, entgegen seinem Verbot seiner ansichtig zu werden und wurde deshalb von ihm verlassen. Nach langem Umherirren fiel sie Venus in die Hände und wurde von ihr zu vier schweren Arbeiten verurteilt. Durch viele Leiden geläutert, fand sie endlich Amor wieder, auf dessen Bitten Jupiter sie unsterblich machte und ihm zur Frau gab. Zahlreiche Anspielungen auf dieses Märchen finden sich im weiteren Verlauf des Romans, so etwa die Parallelisierung zu den Leiden Nydias und die Beschreibung Iones. Siehe auch Bulwers Empfehlung von Thomas Taylors englischer Übersetzung von Apulejus, ›Der goldene Esel‹ (Anmerkung zu S. 182, *Apollonius*).

**20 Ilissos:** Kleiner, meist wasserarmer, die Ebene von Athen durchströmender Fluss, der auf dem Hymettos entspringt. Er fließt unmittelbar südlich an den Mauern Athens vorbei und vereinigt sich dann mit dem später mehrfach erwähnten Kephisos.

**22 Arbakes, der Ägypter:** Arbakes war Statthalter von Medien unter dem letzten Assyrerkönig Sardanapal. Er wurde von dem chaldäischen Priester Belesys aus Babylon durch Weissagungen dazu überredet, zusammen mit dem Statthalter von Arabien einen Aufstand gegen Sardanapal zu wagen. Doch Sardanapal kam dem Aufstand zuvor, setzte 200 Talente auf den Kopf des Arbakes, das Doppelte auf seine lebendige Gefangennahme. Arbakes vertraute weiter auf die Weissagungen des Chaldäers. Die Aufständischen erhielten Verstärkung und schlugen die Assyrer zweimal. Sardanapal glaubte zunächst noch an den Orakelspruch, dass er sicher sei, solange der Euphrat sich nicht gegen ihn erhebe; als das jedoch geschah, verbrannte er sich mit seinen Frauen und Schätzen in seinem Palast. Siehe Diodor, ›Historische Bibliothek‹, II, 21–28 und die Blankverstragödie ›Sardanapal‹ (1821) von George Byron.

**22 Gabe des bösen Blicks:** Siehe dazu Bulwers spätere Anmerkung zu S. 203.

**22 die Philosophen des Gartens:** Die Anhänger Epikurs. Epikur (ca. 341–270 v. Chr.), griechischer Philosoph, gründete um 305 in Athen in einem ihm gehörenden Landhaus und Garten eine Schule. Er verfasste sehr viele Schriften, von denen aber, abgesehen von Briefen, nur noch Fragmente vorhanden sind. Große Teile aus einer Schrift über die Natur wurden unter den Ruinen Herkulaneums gefunden und 1818 veröffentlicht. Philosophie ist für Epikur diejenige Wissenschaft, die durch Begriffe und Beweise ein glückseliges Leben bewirkt. Das Wesen der Glückseligkeit findet er in der dauernden Lustempfindung, zu der man durch die Tugend gelangt. An der Spitze aller Tugenden steht die vernünftige Einsicht, die bei jeder Handlung abzuwägen weiß, ob mehr Lust oder Schmerz daraus folgt. Die höchste Lust ist die Abwesenheit allen Schmerzes, ein Zustand, der teils durch das ungestörte Gefühl körperlicher Gesundheit, hauptsächlich aber durch eine unerschütterliche Ruhe der Seele bedingt ist. Zur Philosophie Epikurs und seinem Gottesbegriff siehe auch Bulwers Anmerkung zu S. 460.

**22 Endymion:** Im griechischen Mythos der schöne Sohn des Zeus und ein Jäger und Hirt auf dem Berg Latmos. Zeus gewährte ihm in ewigem Schlaf Unsterblichkeit und ewige Jugend. Luna (oder Selene, die Mondgöttin) stieg allnächtlich vom Himmel, um den schönen Schäfer zu küssen.

**23 Marathons und der Thermopylen:** Marathon war berühmt durch den Sieg der Athener unter Miltiades über die Perser 490 v. Chr.; die Thermopylen sind ein Pass, der durch die heldenhafte Niederlage der Spartaner unter Leonidas 480 v. Chr. gegen das persische Heer unter Xerxes bekannt wurde.

*23 **Leaena:** Leaena, die heroische Geliebte des Aristogeiton, biss sich während der Folter die Zunge ab, weil sie sich nicht durch die Schmerzen hinreißen lassen wollte, die Verschwörung gegen die Söhne des Pisistratos [Harmodios und Aristogeiton] zu verraten. Eine ihr zu Ehren errichtete Statue einer Löwin war in Athen zur Zeit des Pausanias noch zu sehen. [Pausanias, ›Beschreibung Griechenlands‹, 1, 23, 1. Leaena durfte nicht als Mensch dargestellt werden, weil sie eine Hetäre war.]

**23 Lais:** In Griechenland ein beliebter Hetärenname (wörtlich die »gemeinhin Bekannte«). Besonders bekannt wurde unter diesem Namen eine Hetäre aus Korinth, die zur Zeit des Peloponnesischen Kriegs lebte und die Vornehmsten und Reichsten des Staates, sogar Philosophen wie Aristipp und den Kyniker Diogenes bezaubert haben soll. Siehe Christoph Martin Wieland, ›Aristipp und einige seiner Zeitgenossen‹.

**23 Skelett:** Clarke, ›Pompeji‹, Bd. 2. S. 276: »Tod war für die Römer das Ende von Empfindung und Lust; doch anstatt dessen Embleme mit Widerwillen zu betrachten, suchten sie vielmehr darin eine Erhöhung der gegenwärtigen Genüsse. Hinreichend bekannt ist der sonderbare, von den Ägyptern entlehnte Brauch, demzufolge bei Festlichkeiten häufig ein Skelett mitten unter die Gäste gestellt wurde, mit der durch die

Gegenwart dieser saftlosen Gebeine geschärften Ermahnung: ›Lasst uns leben, so lange wir uns noch freuen und genießen können!‹, ›*Vivamus, dum licet esse bene.*‹ Die Ägypter nahmen hierzu die hölzerne Figur einer Mumie, und ihre Formel lautete nach Herodot (›Historien‹, II, 78) etwas anders: ›Auf diese blickend trink und freue dich, denn so wie diese wirst du nach dem Tode sein.‹«

23 **Falerner:** Von römischen Dichtern, besonders Horaz, häufig erwähnter und gelobter Wein.

24 **Das Orakel spricht Poesie:** Siehe Plutarch, ›Warum Pythia nicht mehr in Versen antwortet‹.

24 **Alkibiades ohne Ehrgeiz:** Berühmter athenischer Staatsmann und Feldherr (450–404 v. Chr.), der sich in den Perserkriegen auszeichnete, wurde nach dem frühen Tod seines Vaters von Perikles aufgezogen. Siehe Plutarch, ›Vergleichende Lebensbeschreibungen‹, ›Alkibiades‹.

24 **Exedra:** Eine halbrunde Erweiterung von Säulengängen mit Sitzen.

25 **Angaben Vitruvs:** Vitruvius Pollio, Kriegsbaumeister unter Cäsar und Augustus, verfasste zwischen 16 und 13 v. Chr. nach griechischen Quellen und eigener Erfahrung eine Augustus gewidmete Schrift ›De architectura‹ in zehn Büchern.

25 ***Vestibulum:*** Vorhof, Vorplatz vor dem Haus, Zu- oder Eingang, Vorhalle.

26 ***Impluvium:*** Der in der Mitte eines Hauses liegende, freie Hofraum.

26 ***Atrium:*** Der erste oder vorderste und zugleich größte überdachte Saal eines Hauses, die Halle.

26 ***Atriensis:*** Der Aufseher des Atriums und des Hauses überhaupt, der Hausdiener, Haushofmeister.

26 ***Tablinum:*** Der Raum des Hauses zwischen Atrium und Peristyl, meist das Geschäftszimmer des Hausherrn.

27 ***Triclinium:*** Speisezimmer, Esszimmer.

27 **Peristyl:** *Peristylium,* ein rings mit einem Säulengang umgebener offener Raum.

*27 **Schlafzimmer:** Die Römer hatten Schlafzimmer nicht nur für die Nacht, sondern auch für die Siesta bei Tag *(cubicula diurna).* [Plinius der Jüngere, ›Briefe‹, I, 3: *»cubicula diurna nocturnaque«.*]

27 **Kämmerchen ... »Bibliothek«:** Die Winzigkeit pompejanischer Bibliotheken erwähnt auch Clarke, ›Pompeji‹, Bd. 2. S. 247 bei der Beschreibung der Villa des Diomedes.

*27 ***Pinacotheca:*** In den prachtvolleren Palästen Roms war sie in der Regel mit dem Atrium verbunden. [*Pinacotheca:* Bildersaal, Bildergalerie.]

28 ***Viridarium:*** Garten oder Lustgarten.

28 ***Coenaculum:*** Oder auch *Cenaculum,* das gewöhnlich im oberen Stockwerk liegende Speisezimmer.

*28 **große Esszimmer:** Lud man größere Gesellschaften ein, so wurde in der Regel im Atrium gegessen.

29 **Freunde feinen, eleganten Lebens:** Ähnlich auch Clarke, ›Pom-

peji‹, bei der Beschreibung des Hauses von Diomedes; siehe Materialien, S. 572.

**29 Mayfair:** Vornehmer Stadtteil im Westen Londons.

**30 Abschied des Achilles von Briseis:** Briseis war die Lieblingssklavin von Achilles, dem Haupthelden bei der Belagerung von Troja; ihre Entführung durch Agamemnon war der Anlass für seinen Zorn auf die Griechen; siehe Homer, ›Ilias‹, I, 323 ff.

**31 Raub der Europa:** Europa wurde von Zeus in Gestalt eines Stieres übers Meer nach Kreta entführt; siehe Ovid, ›Metamorphosen‹, II, 833 ff.

**31 Amazonenschlacht:** Der Kampf von Theseus mit den Amazonen; in der Sage gewann Theseus im Amazonenland die Königin Antiope und wurde deshalb von einem Amazonenheer in Attika heimgesucht, ging aber mit seinen tapferen Athenern als Sieger aus dem Kampf hervor.

***31 Vorhänge aus tyrischem Purpur:** Wahlweise hatte das Tablinum auch Schiebetüren.

***32 Zitronenholz:** Das damals am meisten geschätzte Holz, jedoch nicht von dem heute so genannten Zitronenbaum. Einige, darunter auch mein gelehrter Freund W. S. Landor, haben nachzuweisen versucht, dass es sich dabei um Mahagoni gehandelt haben muss.

**32 Zeuxis:** Maler des griech. Altertums, geb. in Herakleia – möglicherweise in Unteritalien –, wirkte um die Zeit des Peloponnesischen Krieges in Athen. Der Hauptmeister der ionischen Schule.

**32 die schlechtesten Gemälde der Welt:** Die Gemälde im Haus des Pansa beschreibt Clarke, siehe Materialien, S. 575.

**32 *Edepol:*** Bei Pollux! Eine Beteuerung; kommt häufig bei Plautus und Terenz vor.

**33 Vesta:** Die Göttin des Herdfeuers.

**33 *Mappa:*** Serviette, die die Gäste selbst mitbrachten. Schmarotzer benutzten sie, um darin Essen mitzunehmen; siehe Horaz und Petronius.

**34 *Cyathus:*** Kleiner Trinkbecher.

**34 *Amphora:*** Tonkrug mit spitz zulaufendem unterem Ende, das in die Erde oder in die Löcher des *Abacus* (Schanktischs) gesteckt wurde.

**34 Chios:** Insel im Ägäischen Meer, südlich von Lesbos. Von dort stammten berühmte Weine; siehe Strabo, ›Erdbeschreibung‹, 637 und 657; Horaz ›Satiren‹, I, 10, 24; II, 3, 115; II, 8, 15 und 48.

**34 Idus:** Die Monatsmitte, in einigen Monaten der dreizehnte, in anderen der fünfzehnte Tag; er war dem Jupiter heilig.

**34 Vulkanalien:** Das jährlich am 23. August begangene Fest des Vulkanus, Gott des Feuers.

**35 Parzen:** Die Schicksalsgöttinnen, die jedem sein Schicksal zuteilen. Hesiod kennt drei, Klotho (Spinnerin), die den Lebensfaden spinnt, Lachesis (das Los), die seine Länge spinnt, und Atropos (die Unabwendbare), die ihn abschneidet.

**35 zehn Jahre unser Amphitheater geschlossen:** Im Jahr 59 kam es im Amphitheater zu einem blutigen Streit zwischen den Pompejanern und den Bewohnern von Nuceria; Nero ließ daraufhin für zehn Jahre das Amphitheater schließen, erlaubte aber die Spiele nach dem Erdbeben im Februar 62 wieder.

**36 ambrazisches Zicklein:** Ambracia, Stadt an der südlichen Grenze von Epirus, jetzt Arta; siehe Livius, 38, 4, 1.

**36 die Winde, die Cäsar so grausam mitspielten:** Siehe Cäsar, ›Der gallische Krieg‹, IV, 28 und 36. Im Jahre 78, ein Jahr vor den Ereignissen des Romans, unternahm Julius Agricola einen Feldzug gegen Britannien, der bis 84 dauerte.

**36 Lepidus:** Von *lepidus,* zierlich, verweichlicht.

**36 Brundisium:** Hafenstadt in Kalabrien; von hier aus fand gewöhnlich die Überfahrt nach Griechenland und in den Orient statt; heute Brindisi.

**36 Orest:** Sohn von Agamemnon und Klytaimnestra, Bruder von Iphigenia und Elektra, tötete auf Befehl des Orakels seine ehebrecherische Mutter und deren Buhlen Aigistos und wurde deshalb von den Eumeniden (Erinnyen) verfolgt. Siehe Aischylos' ›Orestie‹ (›Die Weihgussträgerinnen‹, 1047ff.); Sophokles, ›Elektra‹; Euripides, ›Orest‹, ›Iphigenie‹, ›Elektra‹.

***37 Schatten des Clodius:** Man könnte über die Parasiten der Griechen und Römer eine sehr interessante Abhandlung schreiben. Bei ersteren waren sie noch würdeloser als bei letzteren. Alkiphrons ›Briefe‹ schildern sehr lebhaft die Beleidigungen, denen sie sich für ein Essen unterwarfen. Einer beklagt sich, dass ihm die Fischsauce in die Augen gegossen, dass er auf den Kopf geschlagen und ihm mit Honig bestrichene Steine zum Essen vorgesetzt wurden; ein Freudenmädchen hätte eine mit Blut gefüllte Blase nach ihm geworfen, die ihm im Gesicht zersprungen sei und ihn mit dem Strom überdeckt habe. Diese Parasiten vergalten die Gastfreundlichkeit ihrer Gastgeber, wie die Schmarotzer heutiger Zeit, mit Bonmots und unterhaltenden Geschichten; mitunter gaben sie sich auch wohl handgreiflichen Scherzen gegen ihresgleichen hin und bekamen einander tüchtig in die Haare. Die Obrigkeit in Athen muss diese hungrigen Buffons mit sehr strengem Blick betrachtet haben; sie beklagen sich über Schläge und Gefängnis mit unphilosophischer Entrüstung. Wirklich scheint der Parasit in Athen dem Hofnarren des Mittelalters entsprochen zu haben, nur war er viel unwürdiger und vielleicht witziger, der Gefährte von Kurtisanen, die Vereinigung von Kuppler und Possenreißer. Das war die griechische Variante. Die lateinischen Komiker machen ausgiebigen Gebrauch von Parasiten; er scheint in Rom aber einen etwas höheren Rang eingenommen und eine etwas mildere Behandlung erfahren zu haben als in Athen. Auch führen uns die Darstellungen des Terenz, der bei seiner Schilderung athenischer Sitten wahrscheinlich all das mildert, was einem römischen Publikum übertrieben vorgekommen sein würde, keinen so entwürdigten oder geächteten Charakter wie den Parasiten des Alkiphron oder Athenaeus vor. Wirklich verschmähten die stolzeren und edleren Römer es oft, dergleichen Spaßmacher in ihrem näheren Umgang zuzulassen, und mieteten (wie aus des Plinius ›Briefen‹ [IX, 17] hervorgeht) Narren oder Scharlatane, um ihre Gäste zu unterhalten und das Amt des griechischen Parasiten zu übernehmen. Ich möchte darauf hinweisen, dass, wenn Clodius im Text Parasit genannt wird, damit die moderne Auslegung des Wortes gemeint ist.

Ein schwaches, aber sehr schmeichelhaftes Abbild des Parasiten war der Schatten *(Umbra)*, der einen geladenen Gast begleitete, und gelegentlich ein Mann gleichen Ranges, in der Regel jedoch ein armer Verwandter oder niedrig stehender Freund war. Ein solcher ist der Schatten unseres Freundes Clodius.

[Alkiphrons ›Briefe‹: Alkiphron, griech. Rhetor im 2. Jahrhundert, Verfasser einer durch reine Sprache und geschmackvolle Form ausgezeichneten Sammlung von 118 fingierten Briefen in fünf Büchern, in denen Fischer, Landleute, Parasiten und Hetären sich unterhalten. Besonderes Interesse haben sie, weil zahlreiche Motive der neueren attischen Komödie entlehnt sind, besonders den verlorenen Stücken des Menander.

Terenz: Publius Terentius, mit dem Beinamen Afer (»Afrikaner«), röm. Lustspieldichter, 190–159 v. Chr., aus Karthago, kam als Kind in den Besitz des römischen Senators Terentius Lukanus, der ihn sorgfältig erziehen ließ. Terenz war der Lieblingsdichter der oberen Klassen und Freund der bedeutendsten Männer seiner Zeit. Er starb auf einer Reise nach Griechenland.

Athenaeus: Griechischer Grammatiker aus Naukratis in Ägypten, lebte zu Anfang des zweiten Jahrhunderts in Alexandria und Rom, wo er das ›Gelehrtenmahl‹ (›Deipnosophista‹) verfasste. In dem Werk teilt er seine Auszüge aus mehr als 1500, größtenteils nicht mehr vorhandenen Schriften in der Form von Tischgesprächen mit, die er die Gäste eines Gastmahls in Rom, an die gebotenen Genüsse anknüpfend, über die verschiedenen Gegenstände des häuslichen, gesellschaftlichen, öffentlichen und wissenschaftlichen Lebens halten lässt. Das Werk ist nur teilweise erhalten. Viele Details über Sitten, Gebräuche, Gewerbe, Kunst, Literatur u. a. sind allein der Musivarbeit des Athenaeus zu verdanken.]

**37 beim Geiste Pindars:** Pindar, lyrischer Dichter der Griechen, geb. 522 v. Chr. in Kynoskephalai bei Theben, aus altadliger Familie, gest. um 448 in Argos, war vom zwanzigsten Lebensjahr an bis ins hohe Alter dichterisch tätig. Neben Bruchstücken sind von seinem Werk fast vollständig nur vier Bücher Siegeslieder (Epinikien) erhalten, die Sieger in den großen nationalen Festspielen (z. B. den Olympiaden) verherrlichen.

**37 Tänzerin:** Zu Bulwers Zeit wurde ›Tänzerin‹ auch als Euphemismus für ›Hure‹ gebraucht.

**38** ***Persicos odi:*** Horaz, ›Oden‹, I, 38: »Nein, ich liebe nicht diesen Perserluxus, / mag nicht bastgeflochtene Kränze sehen. / Lass mir unberührt eine späte Rose, / wo sie noch blühn mag! // Füge nichts dem Grün unsrer schlichten Myrte, / eifrig hinzu! Weder dir, dem Schenken, / steht die Myrte schlecht noch auch mir beim Trunk im / Schatten der Reben.«

**38 Fulvius:** Cicero erwähnt einen Konsul Marcus Fulvius Flaccus, den er als einen mittelmäßigen Redner bezeichnet; er muss auch Schriften von ihm gekannt haben, von denen jedoch weiter keine Spur mehr vorhanden ist.

**38 Spuraena:** Wahrscheinlich in Anlehnung an Vestricius Spurinna, ein römischer Feldherr und lyrischer Dichter in der zweiten Hälfte des ersten Jahrhunderts, von dem sich keine Werke erhalten haben; unter seinem Namen erschienen einige Gedichte, die sich jedoch als Fälschungen erwiesen.

**38 Die Priester der Isis:** Über die Isispriester, ihre Gottesfürchtigkeit und Bräuche siehe Herodot, ›Historien‹, II, 36ff. und Apulejus, ›Der goldene Esel‹, Buch XI; die Priester werden auch von Properz, Tibull und Plutarch erwähnt.

***39** ***Canes:*** *Canes* oder *Caniculae* hieß der niedrigste Wurf beim Würfelspiel. [Hundswurf, siehe Sueton, ›Leben der Cäsaren: Augustus‹, 71; Persius ›Satiren‹, III, 49.]

**40 Als Agrippa Ädil von Rom war, verbannte er solche furchterregenden Bürger:** Agrippa, 63–12 v.Chr., war Ädil von Rom im Jahr 33 v.Chr. und wies alle Magier und Astrologen aus.

**40 arkadischen Rohrflöte:** *Arundo* oder *Harundo,* bestand aus mehreren durch Wachs verbundenen, stufenweise abnehmenden Röhren.

***40 Würfeln zur Sommerzeit:** Alle Glücksspiele waren gesetzlich verboten (*»vetita legibus alea«* [»der Würfel, den das Gesetz verbietet«], Horaz, ›Oden‹, III, 24, 58), außer während der Saturnalien im Monat Dezember. Die Ädilen waren mit dem Vollzug dieses Gesetzes beauftragt, das, wie alle Spielverbote zu allen Zeiten, völlig unwirksam blieb.

**41 Nach dem Gold sperrt er den Rachen auf:** Plautus, ›Die Topfkomödie‹, II, 2, 267. Titus Maccus Plautus (ca. 254–184 v.Chr.) war ein berühmter römischer Komödiendichter. Unter seinem Namen erschienen etwa 130 Stücke, von denen sich allerdings nur 21 als unbestritten echt erwiesen. Es sind (zum Teil weitgehend selbständige) Nachbildungen griechischer Originale. Sie zielten auf die Erheiterung des Publikums ab und erreichten diese durch Situationskomik, treffende Anspielungen auf römische Zustände, viel Witz, lebendigen Dialog und reichen Wechsel der Rhythmen. Die Komödien dienten späteren Schriftstellern häufig als Vorlagen für ihre Stücke, so zum Beispiel Molière.

**41 was einmal in ihre Fangarme gerät:** Plautus, ›Die Topfkomödie‹, II, 2, 198.

**41** ***Ministri:*** Plural von *Minister,* Bedienter, Aufwärter, Diener.
**41** **das Feuer des Vulkans ... seiner Frau:** Die Frau von Vulkan war Aphrodite (Venus), die Liebesgöttin.
**42** ***Calix:*** Becher, Pokal, Kelch.
**42** ***Rex convivii:*** Der König oder Leiter des Gastmahls, der Trinkmeister; siehe Plutarch, ›Tischreden‹, Vorrede zu Buch I und die 4. Frage darin: ›Welche Eigenschaften muss ein Trinkmeister haben?‹
**43** **Faunen:** Der Faun war ein guter Geist der Wälder und Felder.
**43** **hohen Kroniden:** Jupiter.
**44** **Sohne der Maja:** Maja, die Hehre, Mutter von Merkur.
**44** **Aglaja:** Die älteste der Grazien, auch Aigle genannt (siehe Anmerkung zu S. 108).
**44** **schimmernde Grotte ... mysischen Hylas:** Hylas war ein Freund von Herkules und dessen Begleiter auf der Argonautenfahrt. In Mysien, wo die Argonauten landeten, ging Hylas aus, um für das Mahl des Herkules Wasser zu schöpfen, und wurde von den Nymphen der Quelle, die seine Schönheit reizte, in die Flut hinabgezogen. Siehe Vergil, ›Hirtengedichte‹, VI, 43 ff.
**44** **Psilas:** Beiname des Dionysos (Bacchus).
**45** **Ione:** Der Name kommt vom griechischen *ion,* Veilchen. Bulwer lernte im Frühjahr/Sommer 1820 in der Nähe von Ealing seine erste große Liebe kennen, ein Mädchen, über das nichts näheres bekannt ist, als dass es etwa ein bis zwei Jahre älter war. Die beiden trafen sich wochenlang Tag für Tag am Ufer der Brent, bis das Mädchen eines Tages nicht mehr erschien. Bulwer ging noch mehrere Tage zur üblichen Zeit an den vereinbarten Treffpunkt, aber vergebens. Der Vater, der von Bulwer als Gentleman-Gangster geschildert wird, hatte sie, wie Bulwer später erfuhr, mit sich genommen und zur Heirat mit einem anderen Mann gezwungen; sie starb drei Jahre später vor Gram und schickte Bulwer vom Totenbett einen Brief, in dem sie ihren Leidensweg beschreibt und ihn ihrer beständigen Liebe versichert. Sie bittet ihn, nach ihrem Tod ihr Grab zu besuchen. Bulwer besuchte das Grab in Ulleswater im Juli 1824 und verbrachte eine Nacht weinend am Grab. Details dieser tragischen Geschichte kehren in fast allen Werken Bulwers wieder. Das Mädchen hieß wahrscheinlich Lily (wie in Bulwers letztem Roman ›Kenelm Chillingly‹), erscheint im Werk aber auch als Lucy oder Lucilla, vermutlich nach einem Gedicht von William Wordsworth aus dem Jahre 1800: »Und wenigen nur ging es nach, / Als man um sie geläutet. / Doch Lucy liegt im Grab, und – ach! – / Was das für mich bedeutet!« In Anlehnung an *lily,* die Lilie, kommt sie auch unter Blumennamen vor, z. B. Viola oder Violante; in diese Reihe gehört Ione, das Veilchen.
**45** **hart wie Steine:** Plautus, ›Die Topfkomödie‹, II, 1, 152: »Ich bin des Todes!« / »Warum?« / »Weil deine Worte, Schwester, mir das Hirn zerschmettern, lauter Steine sind es, was du sprichst.« *(lapides loqueris).*
**45** **Sappho:** Lyrische Dichterin aus Eresos auf Lesbos (um 600 v. Chr.),

die sich wegen ihrer hoffnungslosen Liebe zu Phaon vom leukadischen Felsen ins Meer stürzte.

45 **Tibia, Kithara und Lyra:** Flöte, Zither und Laute.

46 **Seele der Vesta mit dem Gürtel der Venus:** Die sechs Priesterinnen der Vesta waren sprichwörtlich keusch, da ihnen als Strafe für Unkeuschheit drohte, lebendig eingemauert zu werden. Der Gürtel der Venus bewirkte Liebe und Schönheit; Hera (Juno) lieh ihn sich von Aphrodite (Venus) aus, um Zeus (Jupiter) zu betören.

46 **Grad oder Ungrad:** Eigentlich ein Kinderspiel, siehe Horaz, ›Satiren‹ II, 3, 248.

46 **Oh *Alma Venus!* Es ist Venus selbst:** *Almus,* gütig, Segen spendend. Der Venuswurf war der höchste Wurf im Würfelspiel, siehe Properz, ›Elegien‹, IV, 8, 45 f. und Sueton, ›Leben der Cäsaren: Augustus‹, 74.

46 **Curculio des Plautus ... Mantel aufs Spiel setzen:** Plautus, ›Der Parasit Curculio‹, II, 3.

49 **so lange wird der Weise über die Erde herrschen:** Bulwer war davon überzeugt, dass der Francis Bacon zugeschriebene Spruch ›Wissen ist Macht‹ Unsinn sei; er schrieb 1850–82 den umfangreichen Roman ›My Novel; or, Varieties in English Life‹, worin es ihm (unter anderem) darum ging, diesen Unsinn anhand der Laufbahn des jungen skrupellosen Strebers Randal Leslie aufzuzeigen.

49 **Fasces und Quästuren:** Die Fasces waren ein Rutenbündel, aus denen ein Beil hervorragte; sie waren eines der ältesten Insignien der römischen Magistrate, und wurden ihnen bei öffentlichen Auftritten von Liktoren, den Dienern der Magistrate, vorausgetragen. Quästur bezeichnet das Amt des Quästors, der Staatsanwalt und Schatzmeister war.

*49 **Tempel der Isis:** Sulla soll den ägyptischen Isiskult nach Italien gebracht haben, aber in den Städten Kampaniens dürfte der Handel mit Alexandria wirksamer gewesen sein, den Kult der Lieblingsgöttin der Ägypter einzuführen, als die Frömmigkeit Sullas, der nicht sonderlich beliebt war. Bald war der Kult der letzte Schrei und besonders bei den römischen Damen in Mode. Seine Priester legten das Gelübde der Keuschheit ab und waren deshalb wie alle derartigen Bruderschaften für ihre Ausschweifungen berüchtigt. Juvenal [›Satiren‹, VI, 489] gibt den Isispriesterinnen den Namen ›Kupplerinnen der Isis‹, der zeigt, wie hilfreich sie gegenüber Liebenden waren, und so manche Liebesintrige fand unter dem Mantel der Nacht im Bezirk der geheiligten Tempel statt. Eine Frau gelobte, für soundsoviele Nächte am Altar der Isis zu wachen, das war hinsichtlich ihres Gatten ein Opfer der Enthaltsamkeit, die sie jedoch gegen ihren Liebhaber nicht übte. Während so eine menschliche Leidenschaft angesprochen wurde, wurde eine andere, nicht weniger starke für den Isiskult herangezogen, nämlich die Leichtgläubigkeit. Die Isispriester gaben vor, Kenntnisse in der Magie zu besitzen und die Zukunft vorhersagen zu können. Von Frauen aller Klassen, ja sogar von vielen Vertretern des stärkeren Geschlechts, wurde die ägyptische Zauberkunst zu Rate gezogen und als Orakel verehrt. Voltaire hat mit großem Scharfsinn nachzuweisen versucht, dass die Zigeuner ein Überbleibsel der alten Priester und Priesterinnen der Isis waren, vermischt mit jenen der Syrischen Göttin. Zur Zeit des Apulejus hatten diese heiligen Betrüger ihre Bedeutung und ihr Ansehen verloren; arm und verachtet wanderten sie von Ort zu Ort, verkauften Prophezeiungen und heilten Krankheiten; und Voltaire weist verschmitzt darauf hin, dass Apulejus nicht vergessen habe, ihre besondere Geschicklichkeit im Stehlen aus Schuppen und Höfen zu erwähnen; später trieben sie Handleserei und führten eigentümliche Tänze auf (vielleicht Zigeunertänze?). »Dies«, sagt der allzu vorschnell schließende Franzose, »ist das Ende der alten Religion der Isis und des Osiris gewesen, deren bloße Namen uns selbst heute noch mit Ehrfurcht erfüllen.« Zu der Zeit jedoch, in der meine Erzählung spielt, befand sich der Isisglaube auf dem Höhepunkt seiner Anerkennung, und die reichen Verehrer dieser Göttin ließen sich sogar das geheimnisvolle Nilwasser holen, um damit die Altäre der Göttin zu besprengen. – Ich habe in diesem Werk den Ibis in den Tempel der Isis eingeführt, obwohl angenommen wird, dass dieser Vogel dahinsiecht und stirbt, wenn er aus Ägypten in andere Länder gebracht wird. Aber aus verschiedenen Gründen, welche aufzuzählen hier zu weit führte, neige ich dazu anzunehmen, dass der Ibis in den italienischen Isistempeln keineswegs selten war, wenngleich er da nicht lange lebte und in dem fremden Klima nicht brütete.

[Die syrische Göttin war Atargatis, die in Hierapolis in Syrien einen berühmten Tempel hatte; ihr Kult fand in hellenistischer Zeit in Griechenland und bald auch in Rom Anhänger.]

**50** ***Cella:*** In einem Tempel der Bereich, wo das Bild der Gottheit in einer Nische stand, also in etwa die Kapelle oder das Schiff.

**50 Orus:** Horus, der Gott der Sommersonnenwende bei den Ägyptern, Sohn von Isis und Osiris, wurde mit Apollo verglichen, und wie Harpokrates (der Gott des Schweigens) als Knabe dargestellt; siehe Plutarch, ›Isis und Osiris‹.

**50 Magna Graecia:** Großgriechenland, das untere Italien ab Neapel, zu Bulwers Zeit das Königreich beider Sizilien.

**51 Kephisos und des Tiber:** Die Flüsse von Athen und Rom.

**51 Interesse an einer glücklichen Fahrt der Flotte:** Isis galt als die Erfinderin des Segels, wurde besonders an Handelsplätzen verehrt (Vitruv, I, 7), und die vom Schiffbruch Geretteten stifteten ihr Votivtafeln (Juvenal, ›Satiren‹, XII, 27f.).

**51 Göttin des Ackerbaus:** Isis galt u.a. als die Erfinderin der Behandlung von Weizen und Gerste.

***52 Opferpriester:** Siehe das außergewöhnliche Bild von einem ägyptischen Opfer im Museum von Neapel. [Abb. auf S.52.]

**54 sehr wohl vertrauten Wissenschaft:** Franz Joseph Gall (1758–1828), ein zunächst in Wien, später in Paris praktizierender Anatom, entwickelte die sog. Phrenologie, bei der er den Schädel in Bereiche aufteilte, die in Abhängigkeit von ihrer Größe für die Ausprägung bestimmter Eigenschaften bei einem Menschen zuständig sein sollten. Die Theorie wurde von seinen Anhängern J. K. Spurzheim (1776–1832) und G. Combe (1788–1858) verändert und erweitert.

54 **Satyrs:** Satyrn sind im griechischen Mythos Feld- und Waldgeister im Gefolge des Dionysos, mutwillige, geile, trunksüchtige Gesellen von ungeschlachter Gestalt, mit struppigem Haar, Stulpnase, langen Spitzohren und Ziegenschwanz oder Pferdeschweif. Römische Dichter identifizierten sie auch mit den Faunen.

54 **wenigstens sagt Horaz das:** Horaz, ›Oden‹, II, 16, 1–2: »Ruhe fleht vom Himmel, wen Sturm erfasste / auf Ägäerwogen, wenn schwarz Gewölke / rings den Mond umhüllt und kein sichrer Stern mehr / leuchtet dem Schiffer.«

55 **Apaecides:** Wahrscheinlich durch die im englischen häufige Verwechslung/Vertauschung der Ligaturen ›œ‹ und ›æ‹ entstanden aus Apoedices, der Name eines Atheners in Plautus, ›Der Sklave Epidicus‹; dieser geht auf den griech. Namen Apoikidos (Neubürger) zurück.

57 **eine zweite Helena:** Helena war die schönste Frau ihrer Zeit, und ihre Entführung nach Troja durch Paris führte zum Trojanischen Krieg.

58 **Erinna:** Griechische Dichterin aus Telos, lebte um 600 v. Chr. als Freundin der Sappho bei dieser in Mytilene und starb schon mit neunzehn Jahren.

59 **Kekrops, war ein Flüchtling aus dem ägyptischen Sais:** Kekrops war der älteste König in Attika und Gründer der Burg von Athen, dem Mythos nach halb Mensch und halb Schlange (oder Drache). Ob Kekrops tatsächlich ein Flüchtling aus Sais war, ist ungeklärt.

61 **wie der zyprische Bildhauer:** Gemeint ist Pygmalion, im griechischen Mythos König von Kypros; er verliebte sich in die von ihm selbst verfertigte Elfenbeinstatue eines Mädchens. Auf seine Bitte belebte Aphrodite sie, und er nahm sie zur Frau. Siehe Ovid, ›Metamorphosen‹, X, 243–297.

63 **Flora:** Göttin alles Blühenden, somit auch der Jugend und des frohen Lebensgenusses. [Siehe Abb. auf S. 156.]

64 **die Fabel von der Kirke:** Kirke war die zauberkundige Tochter des Sonnengottes Helios und der Okeanide Perse und wohnte auf der Insel Aia. Als Odysseus auf seiner Irrfahrt zu ihr kam, verwandelte sie einen Teil seiner Leute in Schweine und verliebte sich so sehr in ihn, dass er ein Jahr lang bei ihr bleiben musste. Siehe Homer, ›Odyssee‹, X.

69 **Epimenides von Kreta:** Ein Priester und Seher, wurde auf Kreta geboren, lebte um 600 v. Chr. in Knossos als ein Zeitgenosse der Sieben Weisen, zu denen er von einigen auch gezählt wird. Über sein Leben und seinen jahrzehntelangen Aufenthalt in einer Höhle berichtet Diogenes Laertius, ›Leben und Meinungen der berühmten Philosophen‹, I, 109 ff.

*73 ***Atrienses:*** Sklaven, die für den Dienst im Atrium zuständig waren.

73 **Caere:** Eine Handelsstadt im südlichen Etrurien mit dem berühm-

ten Tempel der Ilithya, einer Göttin, die auch in dem gleichnamigen Ort in Oberägypten eine Kultstätte hatte und eine Variante der Isis war. Caere wurde 353 v. Chr. von den Römern, gegen die sich die Stadt mit anderen etruskischen Städten erhoben hatte, unterworfen und musste die Hälfte ihres Gebiets abtreten. Die Stadt bekam das römische Bürgerrecht ohne Wahl- und Ehrenrechte; sie musste also alle Lasten der römischen Bürger tragen ohne deren Rechte zu besitzen.

**74 Kein Sterblicher hat je meinen Schleier gehoben:** Dieses Zitat ist von dem Neuplatoniker Proklus in seinem Kommentar zu Platons ›Timaios‹ überliefert (I, 30). Bulwer benutzte die Ausgabe: ›The Commentaries of Proclus on the Timaeus of Plato.‹ Translated by Thomas Taylor. Printed for the Author by A. J. Valpy: London, 1820. Siehe zur Entschleierung der Isis auch Friedrich Schillers Gedicht ›Das verschleierte Bild zu Sais‹, dessen neugieriger Jüngling an die Charakterisierung des Apaecides denken läßt.

**75 zwei Sprüche von Sextus dem Pythagoräer:** Quintus Sextius (oder Sextus) Pythagoreus, ein angesehener Römer aus der ersten Kaiserzeit, der sich mit philosophischen Fragen beschäftigte, Gründer einer eigenen philosophischen Schule, die die strenge Moral der Stoa annahm, sonst aber mehr der pythagoreischen Lehre zuneigte. Ohne sicheren Grund gilt er als der Verfasser des ›Enchiridion Sexti‹ (auch Sixti oder Xysti), das man auch einem Stoiker, einem Pythagoräer und sogar Papst Sixtus II. hat zuschreiben wollen.

***79 der alte Dichter:** Euripides.

**83 Strom der Liebe:** W. Shakespeare, ›Ein Sommernachtstraum‹, I, I, 132 ff.: »Weh mir! So viel ich in Geschichten las / und aus Erzählung hörte, floss der Strom / der wahren Liebe niemals sanft dahin.« Siehe auch die Überschrift von Buch I, Kapitel IV.

**84 ein winziger Fisch:** Der Schiffhalter *(Echeneis)* klammert sich mit einem Widerhaken an Schiffe an, und eine größere Anzahl sollte nach alten Fabeln imstande sein, die Fahrt eines kleinen Fahrzeugs zu hemmen. Plinius beschreibt in seiner ›Naturgeschichte‹ (XXXII, I) alle Wirkungen, die diesem Fischchen aufgrund seines Namens nachgesagt wurden. Siehe auch Lukan, ›Pharsalia‹, VI.

**84 Lässt man sie unberücksichtigt:** Dieser Satz wurde für späterere Ausgaben gestrichen.

**86 der gelehrte Jorio:** Gemeint ist das Buch ›La mimica degli antichi investigata nel gestire Napolitano‹ von Andrea de Jorio, das 1832 in Neapel erschien. Jorio war Leiter des Museo Borbonico und verfasste auch mehrere Beschreibungen von und Reiseführer über Pompeji, Herkulaneum und die dort gefundenen Kunstgegenstände sowie die Sammlungen des Museums.

**86 Lustrum:** Fünf Jahre.

**88 *Aerarium:*** Schatzkammer.

**88 Hundsworte:** *Litera canina,* der Buchstabe R, wegen des Knurrens der Hunde; *Lingua canina,* schimpfende, belfernde Worte; siehe Persius, ›Satiren‹, I, 109.

**88 Die Rose ist das Sinnbild der Verschwiegenheit:** *Sub rosa,* unter der Rose, d.h. jemand etwas im Vertrauen, unter der Bedingung der Verschwiegenheit sagen. Die Rose soll als Blume der Venus von Amor dem Harpokrates, dem Gott des Schweigens, geweiht worden sein, damit die Taten seiner Mutter verborgen blieben. Deshalb hängte sie nach Ovid der Wirt als Symbol über dem Gasttisch auf, damit jeder Gast verschweigen sollte, was hier gesprochen würde.

***89 Außergewöhnliches zu erwarten:** Die Römer schickten sich, wie wir heute auch, Einladungskarten, auf denen die Zeit des Essens angegeben war. Sollte es bei dem beabsichtigten Festessen besonders hoch hergehen, so wurde zu früherer Stunde geladen.

**89 Anzeigen für Schaustellungen, Kampfspiele:** Siehe Clarke, ›Pompeji‹, Bd. I, S. 272: »Einige Zeit vor dem zu einem solchen Schauspiel bestimmten Tag ließ der Schaugeber *(Editor)* Zettel an das Volk austeilen, worauf Namen und Abzeichen der Gladiatoren (denn jeder Gladiator hatte seine besonderen Kennzeichen), sowie auch die Anzahl der Kämpfe und die Zeit, wie lange das Schauspiel dauern würde, angegeben waren. Es scheint, dass sie, ähnlich wie unsere umherziehenden Gaukler und Schausteller, bisweilen Gemälde aufstellten oder aushingen, worauf gewissermaßen der Inhalt der Lustbarkeiten oder Spiele dargestellt war.«

**90 einen Juden schicken:** Titus hatte im Jahr 70 noch zu Lebzeiten Vespasians Jerusalem erobert und viele Tausende von Juden als Sklaven nach Rom geführt. Er veranstaltete auf dem Rückweg bereits in Cäsarea Philippi Gladiatorenspiele unter den Juden, um sie zu dezimieren.

**90 von Pluto und dem Hades:** Pluto (Hades) ist der Gott der Unterwelt, die nach ihm Hades heißt.

**91 was sagt Pythagoras:** Pythagoras (572–497 v. Chr.), griechischer Philosoph, seit 532 v. Chr. in Kroton, Unteritalien, wo er eine religiös-politische Gesellschaft stiftete. Anteil an seinen Ideen und Bestrebungen hat vielleicht eine Reise nach Ägypten und der Umgang mit den dortigen Priestern gehabt. Er hat selbst nichts geschrieben, seine Lehren sind nur indirekt überliefert. Die spätere Zeit, vor allem der Neupythagoreismus und Neuplatonismus, haben seine Persönlichkeit und seine Gesellschaft mit einem Sagenkreis umgeben und mit abenteuerlichen Erdichtungen und Märchen ausgeschmückt.

**91 *spero meliora:*** Ich hoffe auf Besseres.

**92 *Apodyterium:*** Umkleideraum.

**92 *Frigidarium:*** Kaltbad, Kühlzimmer im Bad; siehe Vitruv, V, II, 2.

***92 Glasfenster:** Die Entdeckungen in Pompeji haben den lange Zeit verbreiteten Irrtum der Altertumsforscher, wonach Glasfenster den Römern unbekannt gewesen sein sollen, umgestoßen. Allerdings war der

Gebrauch in den Privatwohnungen der mittleren und unteren Klassen nicht verbreitet. [Ähnlich Clarke, ›Pompeji‹, Bd. 1, S. 114 u. ö.]
**93** ***Tepidarium:*** Badezimmer mit lauer Wassertemperatur.
**93** ***Laconicum:*** Schwitzbad, Sauna.
**95** ***Amoracinum, Megalium, Nardum – omne quod exit in ›um‹:*** Namen dreier Salben und Lotionen, die an verschiedenen Stellen in Plinius' ›Naturgeschichte‹ erwähnt werden; und weiter »alles was auf ›um‹ endet«.
**96** ***Prandium:*** Das gegen 12 Uhr Mittags eingenommene Spätfrühstück.
**96 Kokytus:** Fluss in der Unterwelt.
**97** ***Synthesis:*** Tischkleid, Abendgarderobe.
**99 Fabel von Orpheus:** Orpheus war ein griechischer Sänger, der Sohn von Oiagros und der Muse Kalliope. Die Macht seines Gesangs konnte Bäume und Felsen bewegen und wilde Tiere zähmen. Als seine Frau Eurydike durch einen Schlangenbiss starb, stieg er in den Hades hinab und rührte durch seinen Gesang und sein Saitenspiel Persephone, die ihm gestattete, die Geliebte zur Oberwelt zurückzuführen, wenn er sich bis dahin nicht nach ihr umblickte. Er hielt der Versuchung nicht stand, und Eurydike musste in den Hades zurückkehren. Siehe Ovid, ›Metamorphosen‹, x, besonders 1-71.
**100 das Wort Gottes:** Matthäus 11, 28.
**105 Typhon:** Ein Riese mit einhundert Schlangenköpfen. Er machte Zeus (Jupiter) die Weltherrschaft streitig, bis dieser ihn mit dem Blitz bezwang. Typhon erscheint als Symbol der feurigen Dämpfe im Erdinneren und ihrer Wirkungen, wie der Orkane. Später vermischte sich sein Bild mit dem des ägyptischen Seth, dem Bruder und Mörder von Osiris. Man hielt ihn für den Schutzgott der Fremden und Feinde Ägyptens.
**107 in den Tagen des Goldenen Zeitalters:** Das goldene Zeitalter war das erste und schönste der vier (oder fünf) Zeitalter des Menschendaseins, in dem die Erde nach dem Mythos allen Bedarf in Fülle deckte und die Menschen ein schuld- und sorgloses Leben führten; siehe z. B. Hesiod, ›Werke und Tage‹, 106–172.
**108 Psyche in den Hallen Amors:** Siehe das Märchen von Amor und Psyche in Apulejus, ›Der goldene Esel‹, hier v, 5: »Dann dringt von vielen Stimmen eine harmonische Komposition zu ihren Ohren, so dass es klar war, wiewohl kein Mensch da war, es müsse ein Chor sein.«
****108 Aigle:** Die schönste der Najaden. [Vergil, ›Hirtengedichte‹ vi, 21.]
****108 aus alter Nacht herauf:** Hesiod. [›Theogonie‹, 191ff.]
****108 jeder Traum, der ödes Land umlaubt:** Der belesene Leser wird dieses Gleichnis aus mehreren klassischen Dichtern kennen.
**109 die kastalische Quelle:** Quelle am Südabhang des Parnassos bei Delphi, ein wenig östlich von dem Heiligtum. Sie hat ihren Namen von der Nymphe Kastalia, die sich vor Apollos Verfolgungen in diese Quelle stürzte und darin zerfloss. Mit dem Wasser wuschen und besprengten

sich die Wallfahrer; nach verbreitetem Glauben verlieh es dichterische Begeisterung.

**109 Apelles und Phidias:** Apelles, der gefeiertste Maler Griechenlands, Zeitgenosse Alexanders des Großen, lebte um 325 v. Chr., sein größtes Werk war die oben erwähnte Venus Anadyomene. Phidias war der größte Bildhauer der Griechen, geboren wahrscheinlich 490 v. Chr.

**109 Sybarit:** Sybaris war eine Stadt, die berühmt war als sprichwörtlicher Sitz von Schlemmerei und Üppigkeit.

*__110 Vasen von ... myrrhinischen Machart:__ Bei der es sich jedoch wahrscheinlich um chinesisches Porzellan gehandelt hat, so viele Einwände sich auch dagegen vorbringen lassen mögen. [*murrina vasa,* kostbare bunte Gefäße, wahrscheinlich aus Flussspat, siehe Plinius, ›Naturgeschichte‹, XXXVII, 2, 7f. Der Streit der Gelehrten um Beschaffenheit und Bedeutung dieser Vasen war auch lange nach der Niederschrift des Romans nicht geklärt.]

*__111 Lyaios:__ Name des Bacchus (Dionysos), vom griechischen *lyo,* lösen, befreien.

**111 Nereiden:** Die schönen, keuschen Töchter des Meergottes Nereus, Meerjungfrauen.

**111 tanzten so wie Kytherea ... lehrte:** Kytherea = Venus; siehe das Ende der Erzählung von Amor und Psyche in Buch VI von Apulejus, ›Der goldene Esel‹.

**112 Idalia:** Beiname der Venus.

**116 Alsatia:** Altes Wort für Elsass; gemeint ist aber das früher berüchtigte Londoner Stadtviertel Whitefriars, das in einigen englischen Romanen eine wichtige Rolle spielt, z. B. in Walter Scotts ›The Fortunes of Nigel‹: »Whitefriars, in der Nähe des Temple, damals wohlbekannt unter dem Namen Alsatia, besaß in jener Zeit [um 1600] und fast noch ein Jahrhundert länger das Vorrecht einer Freistätte, ausgenommen gegen Befehle des Lord Chief Justice oder der Herren vom Privy Council. Da dieser Ort von Banditen aller Art wimmelte – von Bankrotteuren, ruinierten Spielern, ungeratenen Söhnen, verzweifelten Duellanten, Totschlägern, Meuchelmördern und liederlichem Gesindel, die alle zusammenhielten, um die Freiheiten ihrer Wohnstätte aufrechtzuerhalten –, so war es schwierig und gefährlich für die Gerichtsbeamten, Befehle, selbst von den höchsten Behörden, unter Leuten zu vollstrecken, deren Rechtsverständnis sich mit keiner bürgerlichen Ordnung vertrug.« (Kap. 16.)

**116 *duodecim scriptae:*** *Lusus duodecim scriptorum,* ein Brettspiel, das mit Steinen von verschiedenen Farben *(Calculi)* auf einem Brett gespielt wurde, das durch zwölf sich quer durchkreuzende Linien *(Scripta)* in fünfundzwanzig Felder aufgeteilt war.

**117 Silenus:** Erzieher des Dionysos (Bacchus), sein Lehrer im Weinbau und steter Begleiter auf dessen Zügen, bei denen er betrunken auf einem Esel ritt. Man stellte ihn sich vor als kleinen, gutmütigen Alten, mit Stumpfnase, Glatzkopf, dickem Bauch und stark behaart an Brust und Schenkeln.

*__118 des *Spoliariums:*__ Der Ort, an den die in der Arena Getöteten oder tödlich Verwundeten gebracht wurden. [Clarke, ›Pompeji‹, Bd. 1, S. 273: »Die Leichname der Erschlagenen wurden mit einem Haken durch eine Tür, die *Libitinensis,* die Todespforte hieß, in das *Spoliarium* geschleift.«]

***118 Pyrgopolinices ... Bombochides Kluninstaridysarchides:** Nach dem ›Miles gloriosus‹ des Plautus, Akt 1, soviel wie die moderne Redensart: »Er hat unter Bombastes Furioso gedient.« [Siehe Plautus, ›Der aufschneiderische Offizier‹, 1; ›Bombastes Furioso‹ war eine in England sehr lange populäre Burleske aus dem Jahr 1813 von William Barnes Rhodes.]

**118 *Lanista:*** Ausbilder und Manager der Gladiatoren.

**118 wenn ich den Daumen drehe:** Der nach unten oder gegen die Brust gerichtete Daumen *(pollice verso)* war das Zeichen, dass das Volk einen besiegten Gladiator getötet wissen wollte, umgekehrt, dass er leben sollte; siehe Juvenal, ›Satiren‹, III, 36 und Clarke, ›Pompeji‹, Bd. 1, S. 272: »Der Besiegte wandte sich an das Volk oder an den Kaiser, um das Leben geschenkt zu bekommen, sein Gegner hatte nicht die Macht, es ihm zu lassen oder zu verweigern; wenn aber die Zuschauer unzufrieden mit ihm waren und das Todeszeichen gaben, war letzterer gezwungen, Vollstrecker ihres Willens zu sein. Das Zeichen bestand, wie hinreichend bekannt ist, darin, dass sie den Daumen nach unten kehrten. Wenn ein Gladiator Zeichen von Furcht zeigte, so war sein Tod sicher; erwartete er dagegen den Todesstreich mit Unerschrockenheit und Gleichmut, so schenkte ihm das Volk in der Regel das Leben.«

**119 Mazedonier ... Perser:** Die alten Mazedonier werden als ausdauernde und gegen Strapazen abgehärtete Leute geschildert, die sehr tapfer in der Schlacht, aber in Kriegslist und Taktik weniger geschickt waren. Die alten Perser galten als ein zur Trägheit und Bequemlichkeit neigendes Volk.

**119 *Editor:*** Spielleiter.

***119 in der Arena gekämpft:** Nicht nur Frauen niedriger Stände kämpften zuweilen in den Amphitheatern, sondern selbst Damen von edler Abstammung teilten diesen verwerflichen Ehrgeiz. [Siehe Petronius, ›Satyrikon‹, 45; Tacitus, ›Annalen‹, 15, 32. Bulwers unmittelbare Quelle dürfte gewesen sein Clarke, ›Pompeji‹, Bd. 1, S. 270 f.: »Nero soll an die 400 Senatoren und 600 Ritter auf die Bühne gebracht haben, und in einigen seiner Schaugebungen sollen sogar Frauen von Stand öffentlich miteinander gekämpft haben.«]

**120 Stratonike:** Griech. Name mit der Bedeutung ›Siegerin‹; laut Apollodorus Beiname oder Titel von Xanthippe, der angeblich zänkischen Ehefrau des Sokrates.

**120 *Habet:*** Das (der Hieb) sitzt; er ist gefangen; er ist getroffen; *hoc habet:* gut getroffen.

**121 Kastor:** Siehe Anmerkung zu S. 7, *Pollux*.

**122 Liebkosung, die Tibull so anmutig beschrieben hat:** Gemeint ist wohl das *pervelle aurem,* das jedoch nicht bei Tibull vorkommt.

**122 Kakus:** Ein berüchtigter italischer Hirte, der dem Herkules einen Teil seiner Rinder raubte, und von Herkules entdeckt, im Kampf mit ihm fiel. Diese Geschichte wird ausführlich erzählt bei Livius (I, 7) und findet sich dichterisch ausgeschmückt bei Ovid, ›Festkalender‹, I, 550ff., Vergil, ›Aeneis‹, VIII, 190ff., und Properz, ›Elegien‹, IV, 9; dabei wurde Kakus zum gewaltigen Riesen, zum Sohn Vulkans, der ein Schrecken der ganzen Gegend war, umgewandelt.

***123 Neptunssohn:** Lateinische Bezeichnung für einen derben, ungeschliffenen Menschen.

**123 kein anderes Spiel als das korinthische:** Siehe Anmerkung zu S. 326.

**124 Staphyla:** Wörtl. »die Weintraube«; in der ›Topfkomödie‹ des Plautus eine trinkende Sklavin.

**124 Argusaugen:** Argus, der Allsehende, wurde von Hera zum Wächter der in eine Kuh verwandelten Io bestellt, aber von Hermes erlegt.

***125 von vornehmen Eltern gestohlen:** Die thessalischen Sklavenhändler waren dafür berüchtigt, dass sie Personen von hoher Geburt und Bildung raubten, oft verschonten sie nicht einmal ihre eigenen Landsleute. Aristophanes spottet bitter über dieses sprichwörtlich falsche, verräterische Volk und seine unstillbare Habgier, durch solchen Menschenhandel Geld zu machen.

**127 Hesperidengarten:** Die Hesperiden, die Töchter der Nacht, hüteten in fern im Westen gelegenen Gärten mit dem Drachen Ladon die goldenen Äpfel, die Gäa der Hera bei ihrer Vermählung mit Zeus als Brautgeschenk wachsen ließ.

**131 Gnade des Prätors:** Beamter, der für die Gerichtsbarkeit zuständig war; er stellte die vorläufige Untersuchung einer Rechtssache an, übergab das Weitere bis zur Spruchreife Geschworenenrichtern, woraufhin er Recht sprach.

***132 zehn Sesterzien:** Ungefähr 4000 Euro.

**133 *Cestus:*** Kampfriemen, die bis an den Ellenbogen reichten. Pausanias, ›Beschreibung Griechenlands‹, VIII, 40: »Die Riemen waren aus roher Ochsenhaut sehr fein geschnitten und auf eine altertümliche Weise zusammengeflochten. Sie wurden um den hohlen oder flachen Teil der Hand gewunden, so dass die Finger frei blieben und sich zur Faust schließen konnten.« Später wurde diese Waffe immer weiter verstärkt; Vergil, ›Aeneis‹, V, 400ff.: »So sprach er und warf ein Cestuspaar von großem Gewicht in die Mitte; mit diesem pflegte der grimmige Eryx zum Kampf die Faust zu erheben, pflegte mit hartem Riemengeflecht die Arme zu schnüren. Alles staunte: denn sieben Häute von riesigen Ochsen starrten von Eisen und Blei, das fest in das Leder genäht war.«

***134 Sesterzien:** Der Leser möge bitte nicht die Sesterze mit dem Sestertium (Plural Sesterzien) verwechseln. Ein Sestertium war eine *Summe,* keine *Münze,* und hatte den tausendfachen Wert der Sesterze; erstere entsprach etwas über 400 Euro, letztere nur etwa 40 Cent unseres Geldes.

**135 eifersüchtig wie Juno … Leda erwischt:** Jupiter war seiner Gattin Juno häufig untreu; Leda näherte er sich als Schwan und zeugte mit ihr Helena.

*138 ***Designator:*** Platzanweiser.

**138 Priamus:** Der letzte König von Troja, nach der Sage reich an Schätzen und Kindern.

138 ***An dabis? … Dabitur:*** Gibst du es? … Es ist gegeben.

**139 Täusche dich jedoch nicht …:** Bulwer strich diesen Absatz später.

**144 Delos:** Insel mit dem Nationalheiligtum der Griechen.

**144 Liebesdichter Italiens:** Gemeint sind Properz und Tibull.

***145 zum Altar seines Herzens, zu ihrem Haus:** Athenaeus: »Der wahre Altar Cupidos ist das Haus der Geliebten.«

**148 Dreieinigkeit:** Schwerlich dürfte die Dreieinigkeit, die als fertiger, ausgesprochener Begriff im Neuen Testament bekanntlich nirgends vorkommt, zur Zeit, worin die Erzählung spielt, bereits zu einem so gewichtigen Glaubenssatz unter den Christen geworden sein, dass sie von einem Sophisten wie Arbakes an die Spitze der christlichen Dogmen gestellt werden konnte. Erst im zweiten Jahrhundert bediente sich Justinus des Wortes *Trinitas,* und erst auf den Kirchenversammlungen zu Nicaea 352 n. Chr. und zu Konstantinopel 381 n. Chr. wurde diese Idee zum Glaubenssatz erhoben.

***148 Kreuz:** Der Gläubige wird aus diesem zufälligen Zusammentreffen ganz andere Schlüsse ziehen als der Ägypter.

**148 geheimnisvollen Geschichte des Osiris:** Osiris war der Totengott der Ägypter, der Bruder und Gatte von Isis und Vater von Horus. Osiris wurde von Seth (Typhon) getötet, aber sein Sohn erweckte ihn mit einer Zauberformel wieder zum Leben, und Osiris übte seine Herrschaft in der Unterwelt aufs Neue aus. Siehe Plutarch, ›Isis und Osiris‹.

**150 der in einer Höhle großgewordene Platon träumte:** Anspielung auf Platons Höhlengleichnis (›Politeia‹, Buch 7) und den platonischen Eros.

**151 ein zu oft missbrauchtes Wort:** Anspielung auf eines der Lieblingsgedichte von Bulwer, das Gedicht ›An --‹ (1824) von Percy Bysshe Shelley: »I / *Ein* Wort wird zu häufig missbraucht, / als dass ich es missbrauchte, / *ein* Gefühl allzu unrecht verlacht, / als dass du es verlachtest; / ein Hoffen Verzweiflung so gleicht, / als dass Klugheit es bannte, / und Erbarmen von dir, es reicht, / so viel weiter als andre. // II / Nicht schenken kann ich, was Liebe genannt, / doch willst du nicht nehmen / die Inbrunst aus dem Herzen gesandt / und mit Gnade gesehen – / des Falters Weh nach dem Stern, / der Nacht nach dem Morgen, / die Hingabe an etwas, fern / von dem Reich aller Sorgen?« (Übersetzt von

Roland Erb.) Besonders die vier letzten Zeilen werden von Bulwer in verschiedenen Werken häufig zitiert.

*151 **den Sternen entlehnt:** Platon.

*154 **Schale einer Schildkröte:** Ich weiß nicht, ob sie noch erhalten ist (was ich hoffe), doch wurde eine Schildkrötenschale in dem Haus gefunden, das in dieser Erzählung das des Glaucus genannt wird.

155 **der Stein zerschmetterte einem Dichter den Schädel:** Die Sage schreibt diese Todesart dem Aischylos zu; siehe Plinius, ›Naturgeschichte‹, x, 3.

*164 **Chloris:** Die griechische Flora.

*168 **ein Bild der Psyche vermuten:** Die wundervollen Überreste der so benannten pompejanischen Statue stehen im Museo Borbonico. Das Gesicht ist, was den Ausdruck und das Gefühl in den Zügen betrifft, das Schönste, was von antiker Bildhauerkunst auf uns gekommen ist.

168 **weißen Schwanenhals:** Zu Bulwers Zeit galt eine weiße, durchscheinende Haut als Schönheitsmerkmal, da sie das Kennzeichen dafür war, dass jemand nicht im Freien zu arbeiten brauchte.

*170 **nicht ins Peristyl:** Terenz.

172 **Flügelschuhe Merkurs … Unbeständigkeit Cupidos:** Merkur (Hermes) war der Sohn von Zeus und Maja, Zeus machte ihn zum Geleiter in den Hades und zum Götterboten; zu seinen Attributen gehörten unter anderem Flügel an Hut und Schuhen. Cupido (Eros) galt als ewiges Kind, unbesonnen und launisch.

174 **Nemesis:** Griech. Rachegöttin.

174 ***Cubiculum:*** Wohn- und/oder Schlafzimmer.

175 **Pyrrhus:** König von Epirus; die hier erwähnten Details folgen Plutarch, ›Vergleichende Lebensbeschreibungen‹, ›Pyrrhus‹. Dem Pyrrhus hatte ein Orakel verheißen, dass er sterben müsse, wenn er einen Wolf mit einem Stier kämpfen sähe. Kurz nachdem er eine Statue mit diesem Motiv gesehen hatte, kam er auf die im Text beschriebene Art ums Leben.

176 **die Arbeit des Sisyphus, der Berg und der Stein:** Sisyphus galt als der verschlagenste aller Menschen, der selbst die Götter überlistete. Er wurde dadurch bestraft, dass er in der Unterwelt einen Felsblock eine steile Anhöhe hinaufwälzen musste, der immer wieder herabrollte.

176 **Orkus:** Die Unterwelt.

*177 **eine Stadt der Toten:** Als Sir Walter Scott mit Sir William Gell [am 9.2.1832] Pompeji besuchte, war fast seine einzige Bemerkung der Ausruf: »Die Stadt der Toten! Die Stadt der Toten!« [Da die Biographie Scotts und Gells Veröffentlichung über seinen Besuch in Pompeji erst später erschienen, muss Bulwer dies von Gell erfahren haben.]

*177 **Stabiae:** Stabiae war damals eigentlich keine Stadt mehr, aber noch immer ein Lieblingssitz der Reichen, die dort ihre Villen hatten.

177 **Herkulaneum und Pompeji, diese Kinder und Lieblinge der Fluten:** Alle seefahrenden Stämme und Geschlechter griechischen Ur-

sprungs pflegten ihren Stammbaum an den Meeresgott Poseidon (Neptun) anzuknüpfen, auch fremde Völker wurden, wenn sie am Meer wohnten oder darauf verkehrten, für Abkömmlinge Poseidons erklärt.
**178 Sesostris und Semiramis:** Sesostris, Name eines sagenhaften ägyptischen Königs, über den Herodot und Strabo berichten. Semiramis, sagenhafte Königin von Assyrien, Erbauerin von Babylon und den hängenden Gärten.
**178 Eroberer:** Eine »Voraussage«, die sich in der späteren Eroberung durch die Goten erfüllte.
**179 Acheron ... Styx:** Flüsse in der Unterwelt.
***179 in jenen Phlegräischen Feldern:** Oder *Phlegraei Campi*, das heißt versengte oder verbrannte Felder. [Der Ort, wo die Titanenkämpfe stattgefunden haben sollten, wurde an mehreren Stellen vermutet, hauptsächlich da, wo es starke vulkanische Tätigkeit gab.]
**182 Osthanes ... Irrlehren Zoroasters:** So Plinius, ›Naturgeschichte‹, xxx, 1, über »die magischen Torheiten«: »Der Erste, der, soweit ich weiß, etwa noch Vorhandenes darüber schrieb, war Osthanes; er begleitete den Perserkönig Xerxes in dem Krieg, womit er Griechenland überzog (480 v. Chr.), und streute gleichsam den Samen dieser abenteuerlichen Kunst aus, indem er überall, wohin ihn sein Weg führte, im Vorbeigehen die Welt damit ansteckte.«
***182 Apollonius:** In den ersten Jahrhunderten des Christentums war die heidnische Philosophie, besonders die von Pythagoras und Platon, nicht nur durch den wildesten Mystizismus, sondern auch durch die albernsten Träumereien über Zauberkraft entwürdigt und verfälscht worden. Wirklich verdiente Pythagoras kaum ein besseres Los, denn obwohl ein ausnehmend scharfsinniger Mann, war er ein gewaltiger Scharlatan und hatte alles, was ihn zu einem Begründer einer Schule von Magiern geeignet machte. Er trieb entweder selbst Magie, oder schrieb sich wenigstens ihre Kräfte zu, und seine Jünger erzählten sich höchst erstaunenswerte Geschichten von seiner Kunst, auf die Mondscheibe zu schreiben und an verschiedenen Orten zugleich zu erscheinen. Seine goldene Regel und sein goldener Winkel standen in Großgriechenland in besonderer Verehrung, und aus seiner Lehre von den geheimen Zahlen zogen seine Schüler eine gute Zahl von Geheimlehren ab. Der merkwürdigste Betrüger unter seinen Nachfolgern war der angeführte Apollonius von Tyana. Alle Arten von Wunder knüpften sich an die Geburt dieses Ehrenmanns. Der ägyptische Gott Proteus sagte seiner schwangeren Mutter voraus, er, Proteus selbst, werde vermittelst ihrer Person von neuem in der Welt erscheinen, nach welchem Vorgang man dann dem Proteus die Gabe der Verwandlung allerdings zuschreiben müsste! Apollonius kannte die Sprache der Vögel, las die Gedanken der Menschen in ihrer Brust und hatte immer einen *Spiritus familiaris* zur Seite. Er wurde an einem vom Teufel Besessenen zum Teufel und verleitete einen Pöbelhaufen, einen armen Dämonen von ehrwürdiger und bettlerhafter Ge-

stalt zu steinigen, der sich nach dieser Operation in einen großen Hund verwandelte. Er weckte Tote auf, verbrachte eine Nacht mit Achilles, und als Domitian ermordet wurde, rief er mit lauter Stimme, obwohl er sich in diesem Augenblick in Ephesus befand: »Tötet den Tyrannen!« Das Ende eines so ehrlichen und großen Mannes war seines Lebens würdig. Es scheint, er ist dann in den Himmel gefahren. Was ließe sich auch Geringeres von jemand erwarten, der den Teufel gesteinigt hatte? Sollte ein englischer Schriftsteller über einen neuen Faust nachdenken, so empfehle ich ihm den Apollonius.

[Eine völlig entgegengesetzte, natürliche Erklärung der Wundertaten des Apollonius von Tyana lieferte Christoph Martin Wieland in seinem ›Agathodämon‹ (1796–99).]

Aber die Magier *dieser* Art waren Philosophen(!), ausgezeichnete, gottesfürchtige Männer; es gab auch andere von einem dunkleren, tödlicheren Wissen, Anhänger der Goëtie oder, mit andern Worten, der schwarzen Kunst. Die Goëtie wie die Theurgie scheinen ägyptischen Ursprungs; wenigstens sind deren Ausüber stolz darauf, ihre Hauptgeheimnisse aus dieser alten Quelle herzuleiten. Beide Arten der Magie waren innig verbunden mit der Astrologie. Wenn ich daher dem Arbakes die Beschlagenheit der Zauberei und Sterndeuterei beilegte, so handelte ich ganz in Übereinstimmung mit dem Geist seiner Zeit und mit seiner Herkunft. Er ist charakteristisch für seine Zeit. Zuerst hatte ich mir vorgenommen, seine Ansprüche auf die Meisterschaft in jener Schule ausführlicher zu begründen und den Leser in die verschiedenen Zauberkünste jener Tage einzuweihen. Als sich jedoch der Charakter des Ägypters deutlicher in mir gestaltete, fühlte ich, dass ich mit einer Maschinerie sparsam verfahren müsse, die, dank des Vormarsches der Pfennig-Aufklärung unserer Zeit, jetzt jedermann durchschauen zu können glaubt. So wie er ist, wurde Arbakes eine zu geistige Gestalt, um einer häufigen Wiederholung des gröberen, materielleren Elements des Schreckens zu bedürfen. So ließ ich ihn denn bloß seine Fähigkeiten in den untergeordneten, oberflächlichen Geheimnissen seiner Wissenschaft darlegen und hüllte die tiefere Zauberkraft, die er besitzt, in ein rätselhaftes Dunkel.

Was die Hexe des Vesuvs betrifft, so entsprechen ihre Zauber und Liebestränke, ihre Höhle und deren Beiwerk, obwohl sie mehr dem Norden entlehnt scheinen, auch ihrer Zeit und Nation. So wird sich der gelehrte Leser an eine Hexe von leichterem Charakter und weniger asketischen Sitten mit Vergnügen im ›Goldenen Esel‹ des Apulejus erinnern, und dem Leser, der nicht gelehrt ist, möchte ich die geistreiche Übersetzung dieses köstlichen Romans von Taylor empfehlen.

[›The Metamorphosis, or Golden Ass, and philosophical works of Apuleius.‹ Translated by Thomas Taylor. R. Triphook; T. Rodd: London, 1822. Thomas Taylor (1758–1835) war ein englischer Gelehrter, Schriftsteller und Übersetzer; er wurde allgemein »the Platonist« genannt, heute würde man Neuplatoniker sagen. Er übersetzte und kommentierte ganz oder teilweise die Werke von Aristoteles, Platon, Plotinus, Proklus, Pausanias, Porphyrius, Jamblichus, Ocellus, Lukan, orphische Hymnen, ägyptische Mysterien und chaldäische Orakel. Bulwer schätzte ihn sehr und verwendete neben der hier genannten Übersetzung des Apulejus mehrere Arbeiten von Taylor für diesen Roman, vor allem zur Charakterisierung von »Philosophie«, Magie und Aberglauben des Arbakes.]

**183 vorwitziger Kunst:** Apostelgeschichte 19, 19.

**183 Abzeichen gewöhnlicher Herrschaft:** Nach diesem Satz fügte Bulwer in späteren Ausgaben ein: »Sein jugendlicher Ehrgeiz war einst behindert und zunichte gemacht worden, nun war Verachtung an seine Stelle getreten.«

**187 Sabinerinnen:** In den Anfängen nahm Rom zur Vergrößerung der Bevölkerung zahlreiche Flüchtlinge und Abenteurer auf. Da nun die Nachbarvölker diesen ruhmlosen Bürgern der neuen Stadt ihre Töchter nicht zur Frau geben wollten, ordnete Romulus Spiele an, bei denen den Feiernden Gelegenheit zur Demonstration ihres Muts gegeben werden sollte; dazu wurden auch die Nachbarvölker eingeladen. Nach Beendigung der Spiele raubten sich die Kämpfer von den anwesenden Sabinern Frauen. Die Verwandten der Geraubten wollten sie mit Gewalt zurückholen und zogen unter ihrem Häuptling Tatius nach Rom, das sie durch den Verrat der Tarpeja eroberten. Daneben gab die Heirat vieler Sabinerinnen mit Römern Veranlassung dazu, dass eine Kolonie der Sabiner nach Rom zog und den jungen Staat auf friedliche Weise erweiterte.

**189 zweite Tarpeja:** Tarpeja verriet, nach der Sage durch Gold, oder nach Properz ›Elegien‹, IV, 4, durch Liebe geblendet, den Sabinern den Zugang zum Kapitol. Sie wurde aber um den erhofften Lohn betrogen und durch Schilde, die die Sieger auf sie schleuderten, erdrückt.

**191 Aischylos:** In den Tragödien von Aischylos haben Träume, Orakel und Prophezeiungen oft eine wichtige Bedeutung.

**196 Ate:** Rächerin von Unglück, ähnlich wie Nemesis.

***200 Toga:** Wie schon erwähnt, behielten die Rechtsanwälte und die Klienten, wenn sie ihre Patrone begleiteten, die Toga bei, nachdem sie bei den übrigen Bürgern längst aus der Mode gekommen war.

***201 wie zu jener Zeit Geschäft und Geist auf ihre Rechnung kamen:** Im Museum von Neapel befindet sich ein wenig bekanntes Gemälde, das eine Seite des damaligen Forums in Pompeji darstellt. Es hat mir bei dieser Beschreibung viel genutzt. Meine jüngeren Leser mag es auf gelehrte Weise trösten, zu erfahren, dass der Rohrstock von sehr hohem Alter ist und auf dem Forum in Pompeji anscheinend mit aller gesetzlichen Strenge öffentlich gehandhabt wurde. [Siehe Abb. S. 201.]

***203 Einfluss des bösen Blicks:** Der Aberglaube, auf den ich in dieser Erzählung mehrfach angespielt habe, hält in Großgriechenland noch heute mit fast unverminderter Stärke an. Ich erinnere mich an ein Gespräch mit einer hochstehenden neapolitanischen Dame von einem Geist und einer Bildung, die man unter den vornehmen Italienern beiderlei Geschlechts sehr selten trifft. Plötzlich sah ich sie die Farbe wechseln und eine schnelle seltsame Bewegung mit dem Finger machen. »Mein Gott, dieser Mann!«, flüsterte sie zitternd.

»Welcher Mann?«

»Dort, der Graf *****; er ist eben hereingekommen.«

»Es muss ihm sehr schmeicheln, solches Aufsehen verursacht zu haben; ohne Zweifel ist er einer von Signoras Verehrern gewesen.«

»Verehrer? Behüte der Himmel! Er hat den bösen Blick. Er hat mich in seiner vollen Stärke getroffen. Ganz bestimmt wird mir etwas Entsetzliches zustoßen.«

»Ich sehe nichts Besonderes in seinen Augen.«

»Umso schlimmer. Die Gefahr ist umso größer, wenn sie sich versteckt. Er ist ein furchtbarer Mensch. Das letzte Mal, als er einen Blick auf meinen Gatten fallen ließ, verlor dieser – er saß eben am Spieltisch – die Hälfte seines Einkommens auf einen Schlag; sein Pech grenzte ans Unglaubliche. Ein andermal begegnete der Graf meinem kleinen Jungen in den Gärten, und noch am selben Abend brach sich das gute Kind den Arm. Ach, was soll ich bloß tun! Bestimmt wird mir etwas Furchtbares zustoßen. Beim Himmel, er bewundert meinen Hut!«

»Finden alle die Augen des Grafen so unheilvoll und seine Bewunderung ähnlich aufregend?«

»Alle; er wird von allen gefürchtet, und was sehr seltsam ist, er nimmt es einem sehr übel, wenn er sieht, dass man ihn meidet.«

»Das ist aber wirklich sehr seltsam! So ein Bösewicht!«

In Neapel kommt dieser Aberglaube den Juwelieren sehr zustatten, da sie eine Menge Amulette und Talismane gegen den unheilvollen Zauber des *mal-occhio* verkaufen. In Pompeji waren die Talismane ebenso zahlreich, wenn auch nicht immer von so zierlicher Gestalt und so anständiger Natur. Im Allgemeinen jedoch galt, wie noch heute, ein Korallenschmuck als Hauptmittel gegen jenen schlimmen Einfluss. Bei den Bewohnern Thebens am Pontus soll sich diese Zauberkraft durch Vererbung fortgepflanzt haben, und sie sollen fähig gewesen sein, erwachsene Menschen mit einem Blick zu töten. In Afrika, wo der Glaube ebenfalls noch heute existiert, konnten gewisse Familien nicht nur den Tod von Kindern, sondern auch das Verwelken von Bäumen herbeiführen; und zwar taten sie das nicht durch Verwünschungen, sondern durch Lobsprüche. Letztere Eigenschaft besitzen in unserer Zeit manche Politiker: in dem Augenblick, wo sie anfangen, eine Staatseinrichtung zu loben, ist es Zeit, für sie zu beten. Das *malus oculus* unterschied sich nicht immer von den Augen anderer Leute. Personen jedoch mit doppelter Pupille, besonders wenn sie dem schönen Geschlecht angehörten, waren vor allem zu meiden und zu fürchten. Die Illyrer sollen diese Unheil bringende Missgestaltung sehr häufig an sich gehabt haben. In allen Ländern, selbst im Norden, wurde das Auge immer als der Hauptsitz der Zauberkraft angesehen, heutzutage jedoch treiben auch Damen mit einfacher Pupille das Werk der Zerstörung recht ordentlich. So weit übertreffen wir unsere Vorfahren! [Illyrer mit doppelter Pupille: Siehe Plinius, ›Naturgeschichte‹, VII, 2.]

**205** ***Pallium:*** Mantel, Überkleid.

**206 Senfkorn:** Matthäus 13, 31; Markus 4, 31; Lukas 13, 19.

**212 friedliche Meer:** Das Thyrrhenische Meer.

**212 Kinder des Saturn:** Gemeint ist Kronos, der jüngste der Titanen. Uranos und Gäa hatten ihm geweissagt, dass er von einem seiner Kinder der Herrschaft beraubt würde, deshalb verschlang er sie. Als seine Frau Rhea nun mit Zeus (Jupiter) schwanger war, floh sie nach Kreta, brachte dort das Kind zur Welt und gab Kronos einen eingewickelten Stein zum Verschlingen. Auf Kreta ließ Rhea das Zeuskind durch Kureten bewachen, die in heiligem Waffentanz mit Schwertern auf Schilde schlagend das Geschrei des Kindes übertönen mussten. Als Zeus herangewachsen war, gab er Kronos einen Trank, worauf dieser erst den Stein und dann die verschlungenen Kinder erbrach. Die Horen waren die Göttinnen der Jahreszeiten. Siehe Hesiod, ›Theogonie‹.

***214 Sternpaar:** Eine Anspielung auf die Dioskuren oder Zwillinge, die Schutzgötter der Schiffer (Kastor und Pollux).

***217 Die Geburt der Liebe:** Angeregt durch ein Gemälde im Museum zu Neapel, das die aus dem Meer aufsteigende Venus darstellt.

***218 Hast du sanft sie hergewiegt:** Nach der Mythologie stieg Venus in der Nähe von Zypern aus dem Meer auf und wurde von den Zephyren ans Ufer geweht. Hier erwarteten sie die Horen, um sie zu begrüßen.

**220 Hackney oder Paddington:** Stadtteile von London.

**222 die zwölf Arbeiten des Sohnes der Alkmena, Herkules:** Herkules sollte durch zwölf ihm auferlegte Arbeiten die Freiheit und zugleich die Unsterblichkeit erhalten. Die Aufgaben waren: 1. Kampf mit dem nemeischen Löwen, 2. Töten der lernäischen Schlange, 3. den erymanthischen Eber und 4. die kerynitische Hindin lebendig fangen, 5. die Stymphaliden erlegen, 6. den Gürtel der Amazonenkönigin holen, 7. den Stall von Augias reinigen, 8. den kretischen Stier bezwingen, 9. die Stuten des Diomedes bändigen, 10. die Rinder des Geryones stehlen, 11. die drei goldenen Äpfel der Hesperiden bringen und 12. Zerberus aus der Unterwelt holen.

**222 Apollo … in das Grab stieg:** Nachdem Apollo durch die Ermordung des delphischen Drachen Python die finsteren Mächte der Erdtiefe zu Zorn und Rache aufgerufen und sich mit Blut befleckt hatte, floh er, sich den Gesetzen der Mordsühne unterwerfend, außer Landes, verrichtete ein Jahr lang Knechtsdienste bei Admetos, ließ sich dann reinigen und kehrte erst darauf als reiner und klarer Gott nach Delphi zurück, um sein Orakelamt anzutreten.

**226 Kreuzige ihn:** Markus 15, 13f.; Lukas 23, 21/23; Johannes 19, 6/15.

**227 Eleusis:** Nach Athen der wichtigste Ort des alten Attika. Die hier gefeierten Eleusinischen Mysterien galten als die ältesten und ehrwürdigsten aller Mysterien. Siehe Thomas Taylor: ›A dissertation on the Eleusinian and Bacchic mysteries‹. Amsterdam (recte London): Weitstein, 1790.

**228 Lasset die Kindlein:** Matthäus 19, 24; Markus 10, 14; Lukas 18, 16.

*** 236 Kostbarkeiten im Museum von Neapel:** Im Haus des Glaucus wurden mehrere Armbänder, Ketten und Juwelen gefunden.

**237 *Coena:*** Oder *Cena,* die Mahlzeit, das Mittagessen.

**241 Plataea:** Eine in den Perserkriegen und im Peloponnesischen Krieg schwer umkämpfte Stadt.

**242 Unter Phyles hohem Schloss:** Phyle, eine stark befestigte Burg in der Nähe von Athen, die Thrasybul mit siebzig Mann gegen eine Übermacht von über dreitausend Soldaten und Reitern verteidigte.

**244 Thalestris:** Königin der Amazonen.

**246 Thyrsusstabs:** Der mit Efeu und Weinranken umwundener, oben mit Fichtenzapfen versehene Stab des Dionysos und seiner Begleiter.

*** 247 Satan:** In Pompeji fand man eine grobe Skizze, auf der der furchtbare Gott Pluto in derselben Gestalt abgebildet ist, die wir heute dem Teufel verleihen, nämlich als Figur mit Hörnern und einem Schwanz. Doch auch wir haben aller Wahrscheinlichkeit nach die Vorstellung von der äußeren Erscheinung des bösen Feindes von dem geheimnisvollen Pan übernommen, der sich an einsamen Plätzen aufhielt, und dem plötzliche, erschütternde Schrecknisse zugeschrieben wurden. Er stimmt genau mit dem bocksfüßigen Satan überein. In den unanständigen, liederlichen Zeremonien, unter denen man dem Pan opferte, konnten die Christen wohl die Einwirkung des Teufels vermuten.

**248 im Namen eines Teufels:** Der Gott Apollo und Apollyon, der Engel des Abgrunds (Offenbarung 9, 11).

**249 Höhle des Trophonius:** Trophonius war ein griechischer Erdgott in Böotien mit einem berühmten Höhlenorakel, das der Legende nach von Apollo eingerichtet wurde. Die Verkündigung erfolgte in einem unterirdischen Raum unter solchen Schrecknissen, dass die Besucher nach dem Volksglauben die Fähigkeit zu lachen verloren und man von ernsten Leuten sagte, sie seien in der Höhle des Trophonius gewesen.

**249 Mitgliedern des Athener Areopags:** Der Areopag war ein Hügel bei Athen; hier befand sich der Sitz der Erinnyen und des berühmten Blutgerichts, dessen Ursprung bis in mythische Zeiten zurückreichte. Auf der Höhe seines Einflusses wachte der Areopag über die Ausübung der Gesetze durch die Behörden, konnte Beamte wegen ihrer Amtshandlungen vor Gericht ziehen und gegen alle Beschlüsse des Rates und der Volksversammlungen, wenn er in ihnen eine Verletzung der Verfassung oder eine Gefahr für das Gemeinwesen erblickte, Widerspruch einlegen.

**250 Dem unbekannten Gott:** Apostelgeschichte 17, 23. Diese Szene stellt ein Gemälde von Raffael dar, das ursprünglich einmal dem König von Schottland geschenkt worden war, sich bereits zu Bulwers Zeit in London befand und eine große Sehenswürdigkeit war (siehe Abb. S. 249).

**250 gleich den goldenen, silbernen und steinernen Bildern:** Apostelgeschichte 17, 29.

**250 Hohnlächeln des Kynikers:** In späteren Ausgaben fügte Bulwer eine Fußnote ein, die als Quelle für diesen Ausdruck das Gedicht ›Athens‹ seines ehemaligen Kommilitonen Winthrop Mackworth Praed (1802–1839) zitierte: »Der hochmütige Kyniker zeigte drohend seinen Hass und das im lieblichen Garten [Epikurs] von Rosen umgebene Kind lächelte ungläubig und erschauerte, als er das Lächen erwiderte.«

***251 Wirtshauszeichen des Schachbretts:** Ein anderes auf ähnliche Weise verziertes Wirtshaus befindet sich innerhalb der Stadtmauern.

**252 *Ustrinum*:** Leichenbrandstätte.

**252 *Vah, vah*:** Wehe, wehe!

**253 das Ende aller Dinge:** 1. Petrus 4, 7.

**257 Tantalus:** Tantalus durfte als Liebling der Götter an ihren Mahlen und Beratungen teilnehmen, bis sie ihn wegen eines Frevels in die Unterwelt verstießen, weil er ihnen, um ihre Allwissenheit zu prüfen, das Fleisch seines Sohnes vorgesetzt, oder weil er Zeus' geheime Entscheidungen ausgeplaudert oder Nektar und Ambrosia entwendet und Freunden gegeben hatte. In der Unterwelt büßte er laut Homer durch ungestillten Hunger und Durst: Bis zum Kinn stand er in Wasser, die schönsten Früchte hingen vor seinen Augen; wollte er aber essen oder trinken, so wichen Früchte und Wasser zurück. Bei Pindar, anderen Lyrikern und den Tragikern quälte ihn ein über ihm hängender, stets mit dem Herabfallen drohender Felsblock.

**257 Tartarus:** Die Unterwelt, speziell der Teil, wo die Verdammten büßten, im Gegensatz zu den elysischen Gefilden, dem Aufenthalt der Seligen.

**258 999 Läden der Julia Felix:** Julia Felix war eine reiche, unabhängige Pompejanerin. Ihr weitläufiges, prächtig ausgestattetes Haus war eines der ersten ausgegrabenen Gebäude von Pompeji (1757); im Garten befand sich ein Isisheiligtum.

***259 dass eine Person es leicht forttragen konnte:** Die biblischen Worte: »Nimm dein Bett und wandle«, sind daher, wie Sir William Gell irgendwo bemerkt, keineswegs bloß im bildlichen Sinn zu verstehen. [Markus 2, 9–12; ähnlich auch Matthäus 9, 6 und Johannes 5, 8–12.]

**261 Corinna:** Griechische Dichterin aus Böotien, wahrscheinlich um 500 v. Chr., etwa zur Zeit Pindars oder kurz danach.

**261 fahle Wange der Chloris:** Tochter der Niobe und des Amphion von Theben, zuerst Meliböa genannt. Sie allein blieb übrig, als die Kinder der Niobe von Apollo und Diana getötet wurden, doch hatte das Entsetzen sie so gebleicht, dass ihr früherer Name in Chloris (die Bleiche) verwandelt wurde. Siehe Pausanias, ›Beschreibung Griechenlands‹, II, 21, 10.

**265 Nox:** Die Nachtgöttin, vor der selbst Zeus Achtung hatte. Nach Hesiod, ›Theogonie‹, 123, ist sie mit Erebos aus dem Chaos entsprossen. Sie hat ihren Sitz in der Unterwelt. In der orphischen Theologie war sie der Urgrund, aus dem alles hervorging. Sie wohnte in einer Höhle, aus der sie den Göttern weissagte; hier wurde auch Zeus von der Nymphe Adrasteia erzogen. Nachdem er herangewachsen war, gab Nox ihm Ratschläge, wie er Kronos stürzen, und nachdem er zur Herrschaft gelangt war, wie er die Welt einrichten sollte (so Proklus in seinen Kommentaren zu Platons ›Kratylos‹ und ›Timaios‹). Von den Tragikern und später allgemein wurde sie als eine Personifikation des nächtlichen Dunkels aufgefasst und bald geflügelt geschildert, bald auf einem Wagen fahrend, in ein schwarzes oder mit Sternen besätes Gewand gehüllt, begleitet von den Gestirnen.

**265 Ceres, Pan und Kybele:** Ceres, bei den Römern eine der griechischen Demeter nachgebildete Personifikation des Getreides. Pan, ein Weide- und Waldgott, den man sich gehörnt, bärtig, krummnasig und bocksfüßig vorstellte. Kybele, Natur- und Kulturgöttin, die »große Mutter«.

**274 *Biga:*** Zweigespann; siehe S. 8.

***274 *Carpentum:*** Bei öffentlichen Festen oder Spielen bediente man sich einer luxuriöseren, kostbareren Art mit vier Rädern, die *Pilentum* genannt wurde. [*Carpentum:* Zweirädriger Wagen, der besonders von den Frauen und Priestern bei Festlichkeiten benutzt wurde; *Pilentum:* Kutsche.]

***274 hin und her schütteln zu lassen:** Aber man bediente sich auch der *Sella,* oder der eigentlichen Sänfte, in der man so saß, wie es heute noch üblich ist.

**274 die grauen, schauerlichen Höhlen, von denen Strabo eine Beschreibung hinterlassen hat:** Strabo, ›Erdbeschreibung‹, 26, 247 (IV, 8): »Über diesen Orten [Herkulaneum und Pompeji] liegt der Berg Vesuv, in sehr schönen Feldgütern rings umwohnt, den Gipfel ausgenommen. Dieser ist zwar größtenteils eben, aber ganz unfruchtbar und dem Ansehen nach einem Aschehaufen ähnlich. Er zeigt höhlenartige Vertiefungen zwischen rußfarbigem, gleichsam wie vom Feuer zerfressenem Gestein, so dass man vermuten darf, diese Gegend habe einst gebrannt und kesselförmige Mündungen für das Feuer gehabt, sei aber erloschen, als der Brennstoff ausgegangen war.«

**275 *Capellae:*** Ziegen.

**275 Ausoniens Himmel ... Vergils ›Hirtengedichte‹:** Ausonien wurde ursprünglich die Westküste von Mittel- und Unteritalien genannt, später ganz Unteritalien; bei Vergil steht es für ganz Italien.

**276 Man behauptet ...:** Bulwer strich diesen Absatz später.

**276 *Carrucarius:*** Kutscher.

**277** ***Carruca:*** Reisewagen.
**280 Hekate:** Hekate war ursprünglich wohl eine Mondgöttin, da man ihr beim ersten Erscheinen des Mondes opferte; die drei Mondphasen liegen ihrer Dreigestaltigkeit zugrunde, die man später auf ihr Walten im Himmel, auf Erden und in der Unterwelt bezog. Die Dreigöttin wurde am Himmel Selene, auf der Oberwelt Artemis und unter der Erde Hekate genannt. Als Nacht- und Unterweltsgöttin wurde sie zur Gespenster- und Zaubergöttin, die nachts an Kreuzwegen und Gräbern ihr Unwesen trieb, allerlei Spukgestalten sandte, bei allem Zauberwerk wirksam und Lehrerin und Schutzgöttin aller Zauberer und Zauberinnen war. Dargestellt wurde sie mit drei sich am Rücken berührenden Leibern oder einem Leib mit drei Köpfen und allerlei Symbolen in den sechs Händen. Anstelle des hier genannten Bärenschädels erwähnen die meisten Quellen den eines Löwen. Umgeben war sie oft von Hunden und Schlangen oder hatte Schlangenhaar. Ihr Kult überlagerte sich teilweise mit dem anderer Göttinnen, wie zum Beispiel Persephone, Ilithya und Isis.
**280** ***Larva:*** Gespenst, Skelett, Gerippe.
**281** ***Palla:*** Obergewand, Mantel.
***285 für verehrungswürdig gehalten:** Von den Römern, wie in der Tat von fast allen Völkern des Altertums, wurde den Schlangen eine besondere Heiligkeit beigemessen. Sie hielten sie gezähmt in ihren Häusern und ließen sie sogar oft bei Tisch an ihren Mahlzeiten teilnehmen.

[Siehe z. B. Sueton, ›Leben der Cäsaren: Tiberius‹, 72: »Er hielt sich zu seinem Vergnügen eine Schlange, und als er sie wie gewöhnlich eigenhändig füttern wollte, fand er sie von Ameisen aufgefressen. Dies war ihm eine Mahnung, sich vor der Wut der Menge zu hüten.«]
**285 Saga des Vesuvs:** Siehe dazu die Anmerkung Bulwers zu S. 182, *Apollonius.* Im Lateinischen heißt *Saga* eine kluge Frau, Zauberin, Wahrsagerin, Kupplerin. Bei Horaz kommt eine »Sagana« als Gehilfin der Hexe Canidia, über die er sich lustig macht, vor; siehe ›Epoden‹, v, 25; ›Satiren‹, I, 8, 41/48.
**287 in roten Lettern:** Der Titel bzw. die ersten Worte eines Gesetzes wurden mit Zinnober geschrieben, so dass *Rubrica* (rote Farbe, Rötel) für »Gesetz« stand; siehe z. B. Persius, ›Satiren‹, v, 90.
**288 Erebus:** Gott der Finsternis, Sohn des Chaos, mit seiner Schwester Nox (Nacht) zeugte er Äther und Dies (Tag); übertragen auch Unterwelt, Totenreich.
***290 Tochter der alten etruskischen Stämme:** Es bedarf wohl kaum der Anmerkung, dass die alten Etrusker wegen ihrer Zauberkunde berühmt waren.
***290 Der Ring und der Kristall, die Asche und die Kräuter:** Daktylomantie, Kristallomantie, Tephromantie und Botanomantie. [Wahrsagen aus Zauberringen, Kristall oder Spiegel, Asche und Pflanzen.]
***294 hat eine Nymphe gesehen:** Nach dem Aberglauben der Alten

wurde derjenige, der eine Nymphe sah, wahnsinnig. [Siehe Platon, ›Phaidros‹, 241e und Pausanias, ›Beschreibung Griechenlands‹, IV, 27, 2.]

**294 Sieb und Schere:** In einer freien englischen Übersetzung von Epiktets ›Handbüchlein der stoischen Moral‹ heißt es: »Questions which by Sieve and Sheers are try'd.« (XXXVIII; übersetzt von E. Walker, 1692.)

*294 **Walnussbaum:** Der aus den ältesten Zeiten berühmte Versammlungsort der Hexen bei Benevent. Die geflügelten Schlangen dieses Baumes, die den Versammlungen angeblich beiwohnen sollten, lange Zeit ein Gegenstand abgöttischer Verehrung in dieser Gegend, erhielten ihre Heiligkeit wahrscheinlich durch ägyptischen Aberglauben.

**298 Abbild seines heimatlichen Gottes:** Apollo.

**299 Genießt ... Zukunft lesen:** Ähnliche Empfehlungen finden sich bei mehreren klassischen Schriftstellern wie Anakreon, Horaz oder Martial.

**299 Hymens Lampe:** Hymen war der Gott der Hochzeiten.

*299 **Vermögensverwalter seiner Tochter:** Nach einem alten römischen Gesetz konnte keine weibliche Person zur Erbin eingesetzt werden. Dieses Gesetz wurde dadurch umgangen, dass der Vater sein Vermögen einem Freund anvertraute, der es dann seiner Tochter auszubezahlen hatte; aber wenn der so Betraute Lust hatte, konnte er es natürlich behalten. Das Gesetz war übrigens schon vor der Zeit, in der unsere Geschichte spielt, außer Gebrauch gekommen.

**299 *Comissator:*** Zechbruder.

**302 Medea oder Myrrha:** Medea war die zauberkundige Tochter des Königs Aetes von Kolchis, verhalf Jason zum goldenen Vlies und floh mit ihm nach Jolkos, wo sie die Töchter des Pelias zu dessen Ermordung verleitete. Von Pelias' Sohn Akastos vertrieben, ging Jason mit Medea nach Korinth, verstieß sie aber nach zehnjähriger Ehe, um eine andere zu heiraten. Sie ermordete ihre beiden Kinder vor den Augen Jasons und floh nach Athen. Myrrhas Mutter nannte sie schöner als Aphrodite; zur Strafe dafür flößte Aphrodite der Myrrha eine leidenschaftliche Liebe zu ihrem Vater ein, und ihre Amme ermöglichte es ihr, dass sie unerkannt mit ihrem Vater zusammensein konnte. Als dieser die Wahrheit entdeckte, zog er das Schwert und verfolgte sie. Aus Mitleid verwandelte Aphrodite sie in einen Baum (Myrrhe), aus dem Adonis geboren wurde.

**311 Je mehr, desto munterer:** Diesen Satz strich Bulwer später.

**312 Congrio:** Bedeutet etwa »See-Aal«, Name eines Mietkochs in Plautus' ›Topfkomödie‹.

**312 *me miserum:*** Ich Unglücklicher.

**312 Euklio:** Bedeutet »von gutem Ruf«; Name eines älteren Bürgers in Plautus' ›Topfkomödie‹.

*314 **Du Dreibuchstabenkerl:** Das übliche scherzhafte Schimpfwort, von dem dreibuchstabigen Wort *Fur* (Dieb). [Plautus, ›Topfkomödie‹, II, 4, 325f.: »CONGRIO: *tun', trium litterarum homo, me vituperas? fur.*«]

*314 **phrygischen *Attagene:*** Das Attagen [Haselhuhn] aus Phrygien oder Ionien (das sich so im Plural im *Englischen* eingebürgert hat) wurde von den Römern besonders hoch geschätzt: *»Attagen carnis suavissimae«,* Athenaeus, IX, 8/9. Es war etwas größer als ein Rebhuhn.

**314 Phlegeton:** Einer der Flüsse der Unterwelt, der Feuerflammende.

**315 *Homunculus:*** Menschlein; armes, schwaches Geschöpf.

*315 ***Tomacula:*** *»... candiduli divina tomacula Porci«* [»göttliche Weißwürste«], Juvenal, ›Satiren‹, X, 355. Eine teure, sehr wohlschmeckende Art von Wurst.

*315 ***Archimagirus:*** Archimagirus war der stolze Titel des Chefkochs. [Siehe Juvenal, ›Satiren‹, IX, 109.]

**319 wo du endlich gekommen bist:** Bulwer scheint hier zu vergessen, dass Apaecides seit der Zeit, wo er seine Schwester aus den Händen des Ägypters gerettet hat, bereits einmal bei ihr gewesen ist; siehe Buch III, Kap. V, S. 244ff.

**319 Zistus und Arbutus:** *Cisthos:* ein strauchartiges Gewächs mit rosenfarbener Blüte, die Zistrose; *Arbutus:* Meerkirschen- oder Erdbeerbaum.

*320 **dem heißen Himmel Siziliens:** In Sizilien finden sich vielleicht die schönsten Schmetterlingsarten.

**321 Asphodillblüten:** Asphodill wurde auf Gräber gepflanzt; bei Homer ist die Wiese der Unterwelt mit Asphodill bewachsen (›Odyssee‹ XI, 539; XXIV, 13).

**325 Liebe ...:** Diesen Absatz und das folgende Homer-Zitat strich Bulwer später.

**325 Anteros:** Der Gott der Gegenliebe, und wenn diese versagt wird, der rächende Gott verschmähter Liebe *(»deus ultor«),* siehe Cicero, ›Vom Wesen der Götter‹, III, 23, 60; Ovid, ›Metamorphosen‹, XIV, 750.

**325 Hektor ... mein blühender Gatte:** Homer, ›Ilias‹, VI, 429f.

*326 ***Musca:*** Unwillkommene oder ungeladene Gäste nannte man Fliegen, *Muscae.* [Plautus, ›Der junge Punier‹, III, 3, 76; Plautus, ›Der Kaufmann‹, II, 3, 26]

*326 **etwas Korinthisches:** Korinth war wegen seiner ausschweifenden Sitten sehr berüchtigt. [Siehe z.B. Strabo, ›Erdbeschreibung‹, VI, 20 (378); Alkiphron, ›Briefe‹, 60; Athenaeus, XIII, 543.]

**327 Schweinestall Epikurs:** Vgl. Horaz, ›Briefe‹, I, 4, 15f.: »Willst du mal herzhaft lachen, so komm zu mir zu Besuch: mich findest du rund und behäbig, in wohlgepflegter Leiblichkeit, ein richtiges Schweinchen aus Epikurs Herde.«

**328 Skythe:** Mit diesem Namen bezeichneten die Griechen die Völker des Nordens, d.h. nördlich von Kaukasus und Schwarzem Meer. Die Skythen galten als tapfer, gutartig, sorglos und gesellig, aber auch als ungebildet, sie sollten auch zu Unmäßigkeit und wüstem Genuss neigen und in größter Unsauberkeit leben.

**328 Schicksal des Pentheus:** Als Dionysos (Bacchus) nach Theben kam und die Frauen zu seinen Ehren auf dem Kithairon, dem westlichen Grenzgebiet zwischen Attika und Böotien, Feste feierten, wollte Pentheus sie daran hindern; er wurde jedoch von der eigenen Mutter, die ihn in bacchantischer Wut für ein wildes Tier hielt, und von deren Schwester zerrissen. Siehe Euripides, ›Die Bakchen‹.

**329 *coup-d'œil:*** Kurzer Überblick.

**330 Kekropier:** Kekropia war die Burg von Athen, Kekropis die attische Phyle.

**330 kyzikenischer Ökus:** *Oecus:* Saal, Salon. Clarke, ›Pompeji‹, Bd. 2, S. 20: »Eine andere Art von *Oecus,* welche die Griechen Kyzikene nannten, soll in Italien nicht allgemein gebräuchlich gewesen sein, doch sind in Pompeji einige der Beschreibung entsprechende Gemächer gefunden worden. Sie waren für den Sommer bestimmt, indem sie nach Norden sahen, und gewährten, wo möglich, die Aussicht auf Gärten, in die man aus ihnen durch Flügeltüren gelangte. Ihre Breite und Länge musste der Regel nach so beschaffen sein, daß zwei *Triclina* oder Tische mit ihren Speisesofas einander gegenüber darin aufgestellt werden konnten, ohne den nötigen Raum für die Bedienung zu beschränken.«

**333 *Galerus:*** Kopfbedeckung der Priester, besonders des *Flamen dialis;* auch die helm- oder sturmhaubenartige Kopfbedeckung, die man auf Reisen, bei Feldarbeiten usw. trug; des Weiteren das hier gemeinte künstliche Haargebäude der Frauen, siehe Juvenal, ›Satiren‹, VI, 120.

***334 Mitra:** Mitren [Kopfbinden] wurden zuweilen auch von Männern getragen, was als ein Zeichen großer Verweichlichung galt. Eine Mitra zu verdienen, hieß also, zu sonst nicht viel zu taugen. – Es ist erstaunlich, wie viele Ansichten unserer Zeit aus dem Altertum stammen. Ohne Zweifel war es dieser klassische Begriff von den Mitren, der Mr. Ripon zu dem Wunsch verleitete, die Bischöfe zu vertreiben. Es steckt doch sehr viel Bosheit im Lateinischen. [Frederick John Ripon (1782–1859) war britischer Schatzkanzler von 1823 bis 27 und setzte sich abwechselnd für oder gegen die Katholiken ein. In späteren Ausgaben ließ Bulwer nur den ersten Satz dieser Anmerkung stehen.]

**335 klettern die Leute aufs Dach meines Atriums:** In Plautus' Komödie ›Der aufschneiderische Offizier‹ (II, 2) passiert dies dem Junggesellen Periplectomenus.

**335 meine Spolien, meine Exuvien:** Beute, besonders erbeutete Rüstung und Waffen.

**335 des großen Mantuaners:** Vergil.

**335 Helikon:** Gebirge im westlichen Böotien. Der östliche, an Quellen, waldigen Schluchten und lieblichen Tälern reiche Teil wurde von den alten Dichtern als Sitz der Musen gefeiert. An seinem Nordabfall lag der einst den Musen geweihte Hain, unweit davon ist die Musenquelle Aganippe; auf dem östlichen Gipfel stand einst ein Altar des Zeus und unterhalb davon sprudelte die zum Dichten begeisternde, dem Apollo und den Musen heilige Quelle Hippokrene.

**336** ***Nomenclator:*** Der Namennenner, ein Sklave mit gutem Gedächtnis, der seinem Herrn unterwegs oder bei Feierlichkeiten im Hause die Namen der Passanten oder der Gäste nannte, damit der Herr jeden nach Gebühr nennen und begrüßen konnte.

***336 Iones Stuhl:** Bei festlichen Gastmählern saßen die Frauen auf Stühlen, die Männer lagen. Nur im engen Familienkreis wurde die gleiche Bequemlichkeit beiden Geschlechtern gewährt, der Grund ist ersichtlich.

**338 Festkönig ...** ***Arbiter bibendi:*** Griechisch *Basileus toy symposioy,* der durch den Würfel bestimmte »Trinkkönig, Symposiarch«, der die Größe und Zahl der Becher und das Verhältnis von Wasser und Wein festsetzte.

**338 unerbittlicher als Minos:** Minos war ein mythischer König von Kreta, der für seine Gerechtigkeit, später auch als grausamer Tyrann bekannt war; siehe die Sage vom Ungeheuer Minotaurus, dem Minos die von Athen als Tribut gesandten Jünglinge und Jungfrauen vorwerfen ließ.

***338 etwa fünf Jahre älter:** Die reichen Römer hatten ganze Scharen schöner Knaben zur Bedienung bei Tisch. Sie standen unter gemeinschaftlicher Aufsicht einiger alter Sklaven oder *Pädagogen.* Die Schar der Knaben selbst hieß *Paedagogium,* jedes einzelne Mitglied derselben *Puer paedagogianus,* Wort und Sache (*Paggio,* Page) gingen später an die neueren Hofhaltungen über. Reisten die Herrschaften aufs Land, so wurden die Knaben im Wagen nachgefahren und trugen zur Konservierung ihres Teints eine Maske aus angefeuchteter Brotrinde auf dem Gesicht. Seneca, ›Briefe über Ethik‹, 123.

**339 Phaeton:** Beiname des Sonnengottes Helios.

**339 den gestrengen Brutus spielen:** Marcus Junius Brutus war einer der Verschwörer gegen und Mörder von Cäsar.

**339 Ariadne:** Die Tochter des Königs Minos von Kreta gab Theseus, als er kam, um den Minotaurus zu töten, ein gefeites Schwert und einen Faden (daher »Ariadnefaden«), mit dessen Hilfe er nach vollbrachter Tat aus den Irrgängen des Labyrinths wieder herausfand. Sie floh mit ihm, Theseus jedoch verließ auf der Insel Naxos die Schlafende. Da erschien Dionysos (Bacchus) und erhob sie zu seiner Gemahlin und Zeus verlieh ihr Unsterblichkeit.

**339 Myrrhe und Ysop:** Balsam des Myrrhenstrauchs und ätherisches Öl aus dem wilden Ysop.

**339 bei Astley oder im Vauxhall zu London:** Astley's Amphitheatre war Londons größter Zirkus, Vauxhall Gardens ein öffentlicher Erholungs- und Unterhaltungspark am Südufer der Themse.

**340 Kopf des armen Dichters:** Aischylos, siehe Anmerkung zu S. 155.

***340 Zwang zu tanzen:** Dieser Tanz ist noch heute in Kampanien üblich.

***341 Psilas:** Bacchus.

*343 **Die Krönung der Liebe:** Inspiriert durch zwei pompejanische Gemälde im Museum von Neapel. Auf dem einen ist eine Taube dargestellt, auf dem andern ein Helm, der von Liebesgöttern auf einen Thron gesetzt wird.

345 ***Io triumphe:*** Triumph- und Heilruf, siehe z. B. Horaz, ›Oden‹, IV, 2, 49f.; ›Epoden‹, IX, 21 und 23.

*345 **ein frischer Myrtenzweig ging von Hand zu Hand:** Nach Plutarch (›Tischreden‹, Buch 1) scheint es, dass der Myrten- oder Lorbeerzweig nicht der Reihe nach umhergereicht wurde, sondern von der ersten Person auf dem einen Sofa zu der ersten Person auf dem zweiten, und dann von der zweiten Person auf dem ersten Sofa auf die zweite Person auf dem zweiten überging usw. [Plutarch, ›Tischreden‹, 1, 1. Frage: »Darf man beim Trinken über philosophische Themen sprechen?«: »Andere sagen, der Myrtenzweig sei nicht nach der Reihe herumgegangen, sondern immer von einem Sofa zum andern gegeben worden. Der Erste habe ihn, wenn er gesungen, dem Ersten auf dem zweiten Sofa, und dieser wieder dem Ersten auf dem Dritten zugereicht; dann sei er auf gleiche Weise von dem Zweiten immer wieder an den Zweiten gekommen. Wegen dieser vielfachen Abwechslungen und Wendungen sei dann der Gesang selbst Skolion [Trinklied oder Rundgesang] genannt worden.«]

346 **Lieblingsunterhaltung von Augustus:** Siehe Sueton, ›Leben der Cäsaren: Augustus‹, 75.

346 **Herkules und den Spinnrocken:** Wegen eines Frevels gegen die Götter verkündete das Orakel Herkules, er müsse sich auf drei Jahre verkaufen lassen. Von Hermes an Omphale verkauft, musste er in Frauenkleidern Wolle spinnen.

*346 **falsche Würfel:** In Pompeji wurden mehrere gefälschte Würfel gefunden. Manche Tugenden mögen modern sein, aber es ist offensichtlich, dass alle Laster sehr alt sind.

347 **Merkur, den man um einen angenehmen Schlaf bat:** Merkur (Hermes) brachte den Schlaf und sandte die Träume, weshalb man vor dem Schlafengehen zu ihm betete oder ihm opferte und sein Bild in der Nähe der Schlafplätze anbrachte. Der Schlaftrunk selbst, womit man den Gott um gute Träume bat, hieß Hermes.

349 **der Menschen Getümmel:** Homer, ›Ilias‹ X, 13.

350 **im Evangelium des Apostels:** Lukas 7, 11–15, die Auferweckung des Jünglings von Nain.

350 **im Krug der Witwe trocknete das Öl:** 1 Könige 17, 12–14.

350 **Sadduzäer:** Bei den Juden die Oppositionspartei der konservativen Pharisäer, deren Zukunftserwartungen sie skeptisch gegenüber standen. Sie waren sittenstreng, tugendhaft und lehrten, die freien Handlungen der Menschen seien bloß durch deren eigenen Willen bedingt; das Glück oder Unglück des Menschen hänge somit allein von seinem eigenen Verhalten ab, während nach der pharisäischen Dogmatik die göttliche Vorsehung alles vorherbestimmt. Die Sadduzäer verwarfen den

Glauben an eine leibliche Auferstehung und an eine künftige Vergeltung und leugneten die Existenz von Engeln und Geistern.

**353 Diese seltsame Mischung ...:** Bulwer strich später diesen Absatz.

**356 wie eine Pythia, wenn der Gott in sie fährt:** Pythia war der Name der Priesterin des Orakels von Delphi. Die Pythia musste über fünfzig Jahre alt, von ehrlicher Herkunft und in ihrem Lebenswandel unbescholten sein; auch trug sie jungfräuliche Kleidung. Nur Männer durften das Orakel befragen, und jeder musste vorher beten und opfern. Durch Fasten, einen Trunk aus der Quelle Kassotis und Kauen von Lorbeerblättern vorbereitet, begab sich dann die Pythia ins Adyton (Allerheiligste) und bestieg nach mancherlei Vorbereitungen den lorbeergeschmückten Dreifuß. Der aufsteigende Luftzug brachte sie in Ekstase, und unter krampfhaften Zuckungen stieß sie einzelne Worte hervor, die der neben ihr stehende Priester aufschrieb, zu einem Spruch zusammensetzte und dem Fragenden verkündete. Die rätselhaften und vieldeutigen Orakelsprüche wurden in älterer Zeit in poetischer Form gegeben, später nur noch in Prosa.

**357 Eiche:** Später geändert in Ulme.

***357 Napäen:** Nymphen der Berge und Wälder.

***359 der bromische Gott:** Bacchus. [*Bromius,* der Lärmende, ein Beiname des Bacchus, siehe Plautus, ›Die beiden Menaechmi‹, V, 2, 82; Ovid, ›Metamorphosen‹, IV, 11; Petronius, ›Satyrikon‹, 41, 6.]

***359 Cäsar erstochen:** Wahrscheinlich stammt von diesem *Stilus* das Stilett der Italiener. [Laut Sueton, ›Leben der Cäsaren: Gaius Julius Cäsar‹, 82, durchstach *Cäsar* dem Verschwörer Casca mit dem Schreibgriffel den Arm, die Verschwörer selbst benutzten jedoch Dolche.]

***361 Villen von Stabiae:** Wahrscheinlich das heutige Castellammare.

**361 laktiarischen Hügel:** Eine Hügelkette in Kampanien, südöstlich von Pompeji.

**361 *Retiarius:*** Der Netzkämpfer, eine besonders gefährliche Variante des Gladiators, siehe z.B. Sueton, ›Leben der Cäsaren: Cäsar‹, 30 und ›Claudius‹, 34.

**362 wenn ich meine Zustimmung gäbe:** Bei den Römern musste der Vater oder, wenn dieser nicht mehr lebte, ein männlicher Verwandter (z.B. der Bruder) der Verheiratung einer Frau zustimmen; die Zustimmung eines Vormunds war dagegen nicht erforderlich.

**366 Zenturio:** Befehlshaber einer Zenturie, einer Truppenabteilung von einhundert Mann.

**367 Äskulap:** Der Gott der Heilkunde.

**369 Basilisken:** Basilisk war bei den Alten ein Fabeltier, eine gelbe afrikanische Schlange mit einem weißen Fleck und drei Höckern auf dem spitzen Kopf. Sein Zischen brachte Tod, sein Gifthauch versengte Kräuter und Sträucher, und sprengte selbst Steine. Sein Blick war tödlich (Basiliskenblick); nur durch Vorhalten eines Spiegels konnte es getötet werden.

**370 um den Leichnam des großen Gesetzgebers stritten:** Eine Talmudsage; mit Gesetzgeber ist Moses gemeint.

***373 Die Liktoren werden ihn also vorführen:** Siehe Plinius der Jüngere, ›Briefe‹, II, II und I2; V, 4 und I2.

***374 Theta seines Alphabets:** Theta, der Anfangsbuchstabe von *Thanatos,* Tod, das verurteilende Zeichen bei den Griechen, wie das ›C‹ bei den Römern. [Jedes Mitglied des Gerichts erhielt vom Prätor drei Täfelchen; auf dem einen stand ›C‹ (*condemno,* ich verurteile), auf dem andern ›A‹ (*absolvo,* ich spreche frei), auf dem dritten ›N. L.‹ (*non liquet,* die Sache ist mir nicht klar, ich enthalte mich). Eines von diesen Täfelchen warf jeder Richter nach seinem Ermessen in eine gemeinsame Urne. Nach der Mehrheit der in die Urne geworfenen Täfelchen wurde dann vom Prätor das Urteil gesprochen. Siehe auch Persius, ›Satiren‹, IV, 13.]

**376 zwölf Linien:** Das Spiel *duodecim scriptae,* siehe Anmerkung zu S. 116.

***376 Elfenbein präpariert:** In Pompeji wurden mehrere falsche Würfel dieser Art gefunden.

***376 Bürgschaft:** Konnte ein Verbrecher Bürgen (bei Kapitalverbrechen *Vades* genannt) stellen, so brauchte er vor dem Urteilsspruch nicht ins Gefängnis. [Siehe Plautus, ›Die Topfkomödie‹, II, 4, 317–319: »Da läuft der Mann mit lautem Gejammer zum Prätor und fängt dort an, mit Schreien und Klagen zu fordern, dass der Vogel sich verbürge, zum Prozess zu kommen.«]

**378 *Philyra:*** Feinster Lindenbast zum Kranzbinden; man bekränzte sich bei Gelagen, siehe Horaz, ›Oden‹, I, 38, 2: *»nexae philyra coronae«* (»bastgeflochtene Kränze«), ein Teil der schon zweimal erwähnten Ode, die mit *»Persicos odi apparatus«* beginnt; siehe Anmerkung zu S. 38.

**379 *Lemures:*** Bezeichnung für die abgeschiedenen Seelen der Menschen, von denen die guten als Hausgötter *(Lares)* verehrt wurden, die bösen *(Larvae)* unstet umherirrten.

**384 Sokrates:** Berühmter griechischer Philosoph, 469–399 v. Chr.

**385 Ein antikes Begräbnis:** Eine Beschreibung der Bestattungsbräuche gibt auch Clarke, ›Pompeji‹, Bd. 2, Kap. 12.

**386 Aurora:** Die Göttin der Morgenröte.

***386 der allgemeine Brauch beibehalten:** Eigentlich war das mehr griechischer als römischer Brauch; der Leser möge jedoch nicht vergessen, dass sich in den Städten Großgriechenlands griechischer Brauch und Aberglaube vielfach mit dem römischen vermischte.

***387 *Praeficae:*** Klagefrauen, die in Rom eine ganze Innung ausmachten. Die Vorsteherin der Zunft pflegte bei einem Leichenbegängnis durch Gebärden und Wehklagen den Ton anzugeben.

**387 der Zypresse Laub:** Vor das Haus eines Verstorbenen wurde eine dem Pluto heilige Zypresse gestellt, damit niemand es betrete, der durch den Anblick eines Toten verunreinigt werden konnte, wie zum Beispiel der Pontifex Maximus.

★**387 Argos Töchter:** Die Danaiden, Bewohnerinnen der Stadt Argos.
★**387 Titanenherzen:** Prometheus.
★**387 Äoliden:** Sisyphus.
★**387 der Lyder Fürsten:** Tantalus.
★**387 Sohn Kalirrhoes:** Geryon.
★**387 dass er dich drüben lande:** Bekanntlich glaubten die Alten, der Verstorbene werde erst nach Beendigung der Leichenfeierlichkeit über den Styx geschifft.
**387** ***Designator:*** Hier Leichenbitter, Leichenmarschall.
**388** ***Archimimus:*** Siehe Sueton, ›Leben der Cäsaren: Vespasian‹, 19: »Oberpantomime«.
★**390 öffnete sie die Lider des Verstorbenen:** Siehe Clarke, ›Pompeji‹, Bd. 2, S. 263.
★**390 Austers:** Südwind.
★**390 Eurus:** Ostwind.
★**390 Nordens:** Boreas.
★**390 geliebte Nymphe:** Flora.
★**391 Roseninsel:** Rhodos.
**394** ***Ilicet:*** Zusammengezogen aus den beiden Worten *ire licet.*
**404 Jupiter als kleines Kind:** Siehe Anmerkung zu S. 212, *Kinder des Saturn.*
★**405 Sklaven dieser Zimmer:** In den Häusern der Großen hatte jede Zimmerfolge ihren eigenen Sklaven.
**407 Sosia:** Bei Terenz mehrfach vorkommender Name von Sklaven und Freigelassenen.
★**407** ***Myropolia:*** Die Läden der Parfümverkäufer. [Siehe z. B. Plautus, ›Amphitryon‹, IV, 1, 3]
**407 Gastromanteia:** Weissagung aus dem Bauch.
★**413 Harpokrates:** Der Gott des Schweigens.
**413 unter den oskischen Säulen:** Die Osker waren eines der ältesten Völker in Italien, das besonders in Kampanien ansässig war.
**415 Erichthos Kunst:** Erichtho war eine Zauberin, die Pompejus im Bürgerkrieg konsultierte, um den Ausgang einer Schlacht zu erfahren. Erichtho belebte die Leiche eines gefallenen Soldaten und befragte diesen. Siehe Lukan, ›Pharsalia‹, VI, 629 ff. Walter Scott erwähnt Erichtho in dem von Bulwer in der ersten Fußnote zum Vorwort (S. 547) ausgiebig zitierten Widmungsbrief des Romans ›Ivanhoe‹ und vergleicht mit Erichthos Belebung einer Leiche die Wiederbelebung alter Zeiten und Menschen in einem historischen Roman (Scott wurde »Der Zauberer aus dem Norden« genannt). Erichtho wird auch von Ovid, ›Briefe berühmter Frauen‹, XV, 139 erwähnt.
**415 König Ithakas … zur Prophetenstimme zwang:** Siehe Homer, ›Odyssee‹, IV, 450 ff.
**415 einst Eurydike entwandt:** Orpheus, siehe Anmerkung zu S. 99.
**416 Fürstin Amathunts:** Venus.

**416 Dreigestalt der Nacht:** Hekate, siehe Anmerkung zu S. 280.

**417 die Vögel:** Man glaubte, die Vögel wüssten alle Geheimnisse. Derselbe Aberglaube herrscht im Orient, und auch in unseren nordischen Sagen findet man Beispiele dafür.

**420** ***Alae:*** Flügel.

**431** ***Proh pudor:*** Schäm dich.

***435 Dekurio:** Plinius erzählt, kurz vor dem Ausbruch des Vesuvs sei einer der Munizipaldekurionen von einem Blitz aus wolkenlosem Himmel getötet worden. [Plinius, ›Naturgeschichte‹, II, 51 (52): »Zu den Vorzeichen, die den katilinarischen Unruhen vorausgingen, zählt auch, dass der Ratsherr M. Herennius aus der Stadt Pompeji bei heiterem Himmel vom Blitz erschlagen wurde.«]

**437 Gracche:** Gracchus war der Name einer berühmten Familie im alten Rom, aus der besonders die beiden Brüder Tiberius und Gaius, gewöhnlich die Gracchen genannt, durch ihre edelmütigen Bestrebungen, das Elend der unteren Volksklassen zu mildern, bekannt geworden sind.

**437** ***Vivaria:*** Plural von *vivarium:* Tierkäfig, Tiergehege.

**438 Kerker:** Siehe auf dem Plan des Forums auf S. 559 unten.

**447 auf der Folter verhört:** Sie wurden auf eine Maschine gespannt, die *Eculejus* oder *Equuleus* hieß, und ihre Glieder mit Schrauben so gedehnt, dass sie oft ausgerenkt wurden. Häufig erklärten mitleidige Herren ihre Sklaven für frei, um ihnen diese Grausamkeit zu ersparen.

**448 Papyrus:** In späteren Ausgaben fügte Bulwer hier folgende Absätze ein: »Nein, keinen Papyrus, sondern eine Wachstafel bitte.«

Nydia war, wie der Leser sicher schon bemerkt hat, ein Kind vornehmer Eltern. Diese hatten alles getan, ihr Gebrechen zu mildern, und die rasche Auffassungsgabe des Mädchens war diesen Bemühungen entgegengekommen. Trotz ihrer Blindheit hatte sie daher als kleines Kind, wenn auch nur unvollkommen, die Kunst erlernt, mit dem scharfen Stilus auf Wachstäfelchen zu schreiben, wobei ihr hoch entwickelter Tastsinn ihr sehr zustatten kam.

Als ihr die Täfelchen gebracht wurden, schrieb sie auf Griechisch …

**449 Zerberus:** Der dreiköpfige (nach anderen hundertköpfige) Höllenhund, der Bewacher des Eingangs zur Unterwelt.

**452 Göttin Feronia:** Die Freiheitsgöttin.

**454 Die Tugend ist immer in der Mitte:** Italienisches und englisches Sprichwort und leitender Gesichtspunkt in Aristoteles' ›Nikomachischer Ethik‹.

***458 im Atrium versammelt:** Wie schon an anderer Stelle bemerkt, wurden die Gäste, wenn die Gesellschaft größer war, häufig im Atrium bewirtet.

**460 Nur der Narr … es ist kein Gott:** Psalm 14, 1 und 53, 2.

***460 's gibt keine hienieden:** Die Lehren Epikurs sind an sich rein und einfach. Weit entfernt, das Dasein göttlicher Mächte zu leugnen, versichert Vellejus, der Verteidiger und Erklärer der epikureischen Philosophie in Ciceros Dialog ›Vom Wesen der Götter‹, Epikur sei der Erste gewesen, der aus dem Eindruck, den die Natur auf die Gemüter aller Menschen macht, auf das Dasein von Göttern schloss. Er hielt den Glauben an eine Gottheit für eine angeborene oder Urvorstellung *(Prolepsis)* der Seele [1, 43]; eine Lehre, welche sich neuere Metaphysiker, die sicherlich keine Epikureer waren, sehr zunutze gemacht haben! Er glaubte, man sei den göttlichen Mächten wegen der Ehrfurcht, die ihre Heiligkeit und Vollkommenheit einflößen, und nicht wegen der Furcht vor ihrer Rache oder der Scheu vor ihrer Übermacht, Verehrung schuldig [1, 44]: eine furchtlose und erhabene Philosophie, die vielleicht für ein halbes Dutzend hochsinniger, hochgebildeter Geister passt, die aber nichts enthält, was die Leidenschaften der großen Masse zügeln könnte. Nach Epikur waren die Götter mit der Anschauung ihrer eigenen Seligkeit viel zu angenehm beschäftigt, um sich um die Schmerzen und Freuden, die Zänkereien und Sorgen, die winzigen, flüchtigen Angelegenheiten der Menschen zu kümmern. Für diese Erde waren sie teilnahmslose Abstraktionen [1, 45].

Sie kümmert's, in göttliche Glorie gehüllt,
nicht, was den Menschen die Bäuche füllt.

Cotta, der in dem eben genannten Dialog Epikurs Philosophie sehr aufgeweckt und mit beachtlichem, wenn auch nicht immer gleichem Erfolg angreift, zieht aus der Lehre, dass sich die Götter in nichts einmischen, nachstehende, unleugbare Folgerung für das praktische Leben: »Was kann es«, sagt er, »für eine Ehrfurcht geben, wenn die Götter sich um die menschlichen Angelegenheiten nicht kümmern? [1, 123] … Wäre die Gottheit durch kein Wohlwollen und keine Liebe an die Menschen gebunden, dann ›viel Vergnügen‹. Denn wozu sollte ich sagen ›Er möge mir gut sein‹, da er ja niemandem gut sein kann, weil bekanntlich, wie ihr sagt, alles Wohlwollen und alle Liebe bloß Schwäche ist?« [1, 124] Auch führt Cotta Posidonius (›Vom Wesen der Götter‹) an, um zu beweisen [1, 123], dass Epikur an das Dasein eines Gottes eigentlich gar nicht geglaubt habe, sondern dass sein Zugeständnis eines gänzlich wirkungslosen Wesens eine bloße Vorsicht gewesen sei, um der Beschuldigung des Atheismus zu entgehen. »Epikur wäre nicht so einfältig gewesen«, sagt Cotta, »einen Gott zu erfinden, der einem armseligen Menschen ähnlich ist, nur gerade *in dünnen Umrissen* besteht ohne jede Kompaktheit, der zwar mit sämtlichen Teilen des menschlichen Körpers ausgestattet ist, aber sich ihrer niemals bedient, der schmächtig und durchscheinend ist, keinem jemals etwas gewährt, keinem eine Freundlichkeit erweist und überhaupt sich um nichts kümmert und nichts tut.« [1, 123 f.] Möge diese Ansicht in Bezug auf Epikur falsch oder wahr sein, so ist doch sicher, dass dessen spätere Schüler nur verfeinerte Atheisten waren. Die Gesinnungen, die das zitierte Lied ausspricht, sind genau die, welche die geschmackvolle Philosophie des Gartens in nüchterner Prosa verkündete; Menschen, die, nachdem sie einmal Epikurs Moral, die zugleich rein und von praktischem Nutzen ist, verdreht hatten, fanden es noch viel leichter, seine nicht minder gefährliche und schwärmerische Metaphysik zu verfälschen.

**461 Kolonie der ehrwürdigen Chaldäer, die Sagenstadt des Herkules:** Herkulaneum.

**464 Innere der Erde:** Für den Traum des Arbakes verwendete Bulwer Szenen aus seiner Erzählung ›Asmodeus at Large‹, in Auszügen abgedruckt in den Materialien zu Bulwers Roman ›Das kommende Geschlecht‹, übersetzt und neu überarbeitet von Michael Walter, mit einem Nachwort und Anmerkungen von Günter Jürgensmeier. München: dtv, 1999.

***469 fiel tot zu Boden:** Es wird hier angenommen, dass die Ausdünstungen in ihrer Wirkung denen der *Grotta del Cane* ähnlich waren.

**473 Das Amphitheater:** Die Darstellung des Amphitheaters, der darin stattfindenden Kämpfe und die Namen der Beteiligten sind angeregt von George Clarkes Beschreibung des Amphitheaters und der Basreliefs auf dem Grab des Scaurus; kurze Zitate daraus sind in den Anmerkungen zu der jeweiligen Stelle zu finden, längere in den Materialien ab S. 567.

**473 *Popularia:*** Volkssitze; siehe Sueton, ›Leben der Cäsaren: Claudius‹, 25 und ›Domitian‹, 4.

***474 Senat und Ritterstand:** Die Ritter saßen unmittelbar hinter den Senatoren. [Quelle der Informationen über die Sitzordnung im Amphitheater ist Clarke, ›Pompeji‹, Bd. 2, S. 260 f.: »In den Amphitheatern wurde dieselbe Rangordnung beobachtet wie in den Theatern; Senatoren, Ritter und das gemeine Volk hatten alle ihre besonderen Plätze. Für die ersteren war das Podium bestimmt, ein besonderer Absatz *(Praecinctio)* oder Erhöhung, die unmittelbar um die Arena lief. [...] Gleich neben den Senatoren saßen die Ritter, für die hier, wie in den Theatern, vierzehn Sitzreihen reserviert gewesen zu sein scheinen, und bei ihnen saßen die Volks- und Kriegstribunen. Hinter diesen waren die Sitze für das gemeine Volk. Verschiedene Tribus (Stämme) hatten ihre eigenen *Cunei* (Abteilungen). Außerdem gab es einige andere ähnliche Anordnungen, denn Augustus trennte die verheirateten Männer von den ledigen und teilte der Jugend einen besonderen Cuneus in der Nähe ihrer Erzieher und Aufseher zu. Für das weibliche Geschlecht war eine Galerie bestimmt, und die Dienstleute und Sklaven nahmen die oberste Galerie ein.«

**475 Sprühregen von kühlendem, parfümiertem Wasser:** Siehe Clarke, ›Pompeji‹, Bd. 1, S. 261: »Als einen verfeinerten Luxus können wir hier noch anführen, dass verborgene Kanäle oder Röhren durch alle Teile dieses Gebäudes liefen, die wohlriechende Flüssigkeiten über die Zuschauer verbreiteten. Bisweilen dienten die Statuen, womit sie verziert waren, zu diesem Zweck, und schienen wohlriechende Substanzen durch kleine Löcher, womit die durch sie laufenden Röhren versehen waren, auszuschwitzen. Lukan spielt auf diese Einrichtung im neunten Buch der ›Pharsalia‹ an; Safran war das Material, dessen man sich gewöhnlich für diese erfrischenden Schauer bediente. Die getrockneten Kräuter wurden mit Wein, besonders mit süßem Wein, infundiert (übergossen). Bisweilen wurden auch Balsam und teure Salben für diesen Zweck verwendet.«

**475** ***Velaria:*** Plane, Zeltplane, Zeltdach; die Informationen über die Velaria fand Bulwer in Clarke, ›Pompeji‹, Bd. 1, S. 261 ff.: »Eine andere Vorrichtung, die zu merkwürdig ist, als dass wir sie in einer allgemeinen Beschreibung der Amphitheater übergehen könnten, war die Zeltplane, durch die die Zuschauer gegen die übermäßige Hitze der italienischen Sonne geschützt wurden. Diese Zeltplane hieß *Velum* oder *Velarium,* und hat vielfache Veranlassung zu gelehrten Streitigkeiten gegeben, da es schwer zu verstehen ist, wie man eine temporäre Decke über die ungeheuren Flächen *(Areae)* dieser Gebäude ausspannen konnte. Etwas in dieser Art war unbedingt erforderlich, denn das Schauspiel dauerte oft mehrere Stunden und bei außerordentlichen Gelegenheiten begab sich das Volk scharenweise vor Tagesanbruch in die Theater, um Plätze zu erhalten, ja viele fanden sich schon um Mitternacht ein. Die Kampaner erfanden das Mittel, Zeltplanen über ihre Theater auszuspannen. Quintus Catulus führte sie in Rom ein, als er zur Einweihung des Kapitols Spiele gab (im Jahr 684 nach Erbauung der Stadt). [...] Wolle war das übliche Material, und die in Apulien hergestellten *Velaria* wurden wegen der Weiße der Wolle am meisten geschätzt. Diejenigen, die nicht aus Erfahrung wissen, wie schwer es ist, Zelten von großen Dimensionen ausreichend Festigkeit zu geben, ja wie es noch weit schwieriger ist, *velaria* zu errichten, bei denen entgegen dem Zweck, wozu sie bestimmt sind, keine Stütze im Mittelpunkt angebracht werden kann, dürften die Schwierigkeit, *Velaria* über einen so großen Raum auszuspannen und angemessen zu handhaben, nicht richtig einschätzen. Sowohl der ausgespannte Stoff, als auch die Seile, die ihn spannten und trugen, mussten fest sein, wenn das Ganze nicht beim ersten Windstoß in Stücke zerreißen sollte; Festigkeit konnte aber nicht anders als durch große Schwere erreicht werden. [...] Die mit einer solchen Überdeckung verknüpften Schwierigkeiten haben hinsichtlich der Mittel, derer sich die Römer bedient haben, um das *Velum* in einer solchen Höhe und über eine so große Fläche auszuspannen und nach Belieben zu handhaben, Veranlassung zu beträchtlichen Erörterungen gegeben. Es wurden Matrosen für diese Arbeit eingesetzt, denn als der Kaiser Commodus, der mit seiner Geschicklichkeit als Gladiator nicht wenig prunkte, und selbst in der Arena zu kämpfen pflegte, sich einst durch den unterwürfigen Zuschauerpöbel, der ihn mit göttlichen Ehrenbezeugungen begrüßte, verspottet glaubte, so ließ er ihn durch Matrosen, die mit der Besorgung der *Vela* beauftragt waren, niedermetzeln (Lampridius).«

**478 Nobilior:** Der Berühmte, der Vornehme.

**478 Scheinkampf:** Zum Einzug der Gladiatoren und dem Scheinkampf siehe Clarke, ›Pompeji‹, Bd. 1, S. 272: »An dem festgesetzten Tag zogen die Gladiatoren in Prozession mit großem Prunk in das Amphitheater. Sie trennten sich hierauf in Paare, so wie sie vorher füreinander bestimmt worden waren. Zuerst fochten sie jedoch nur mit Stäben oder Stöcken, die *Rudes* hießen, oder mit stumpfen Waffen, aber wenn durch diesen Scheinkampf die Leidenschaften aufgereizt worden waren, vertauschten sie diese Waffen mit scharfen und stürzten beim Schall von Trompeten und Hörnern zum wirklichen Kampf auf Leben und Tod.«

**478 *Bestiarius:*** Tierkämpfer, siehe Clarke, ›Pompeji‹, Bd. 1, S. 258: »Man findet Stellen in alten Schriftstellern, woraus hervorgeht, dass das Amphitheater gewöhnlich mit dem Opfer eines *Bestiarius* eröffnet wurde; *Bestiarii* hießen diejenigen Gladiatoren, deren Beruf es war, zu Ehren jener blutrünstigen Gottheit mit wilden Tieren zu kämpfen (Lipsius, ›De amphitheatro‹, IV; ›De mirabilius urbis‹, I).«

**479 zu gewaltiger Höhe:** In der Erstausgabe war eine genaue Höhe von 500 Fuß angegeben. Friedrich Notter merkte dazu an: »Im Original steht 500 Fuß, ein offenbarer Verstoß, da nach dieser Angabe das Amphitheater in Pompeji ungefähr die Höhe des Strassburger Münsters haben würde.« Notter änderte die Höhenangabe in seiner Übersetzung auf 50 Fuß; ab der zweiten Ausgabe von 1835 strich Bulwer die Angabe ganz, da er den richtigen Wert wohl nicht feststellen konnte.

***480 zehn Sesterzien:** Etwa 4 000 Euro.

**481 Borax und Zinnober:** Siehe Clarke, ›Pompeji‹, Bd. 1, S. 258: »Die Arena wurde bisweilen mit kleingestoßenen Steinen bestreut. Caligula ging in seiner Ausschweifung so weit, dass er hierzu Borax nahm; und Nero, der ihn übertreffen wollte, ließ Zinnober wegen seines leuchtenden Rots mit Borax vermischen.«

***484 einhundert Sesterzien:** Über 40 000 Euro.

**484 Donnerer:** Ein Beiname von Jupiter (Jupiter tonans).

**485 *Subditius:*** Ersatzmann.

**485 *Ordinarii:*** Gewöhnliche.

**485 Eumolpus:** Der Name stammt aus dem ›Satyrikon‹ des Petronius; Bulwer fand ihn bei Clarke, ›Pompeji‹, Bd. 1, S. 270: »Den Eid, den die Gladiatoren bei Dienstantritt leisteten, hat uns Petronius aufbewahrt; er war in folgenden Worten abgefasst: ›Wir schwören nach der Vorschrift des Eumolpus, Tod durch Feuer, Ketten, Streiche und das Schwert zu erdulden; und was Eumolpus auch sonst noch befehlen mag, wir verpflichten uns als echte Gladiatoren mit Leib und Seele zum Dienst für unseren Herrn.‹«

***485 *Fiscales:*** Vom Kaiser unterhaltene Gladiatoren.

***487 *Secutor:*** So genannt, weil es bei dieser Art des Kampfs für den Mann mit dem Schwert vor allem darauf ankam, den Feind zu *verfolgen,* sobald er das Netz geworfen hatte, um ihn mit dem Schwert zu treffen, ehe er

Zeit hatte, das Netz wieder in Ordnung zu bringen. [*Secutor:* der Nachsetzer, Verfolger; siehe Sueton, ›Leben der Cäsaren: Caligula‹, 30 und Clarke in den Materialien, S. 570.]

⋆**490 er war tot:** Siehe den Stich von einem Fries zu Pompeji in dem Werk über diese Stadt in der *Library of Entertaining Knowledge,* Bd. 2, S. 211. [= Clarke, ›Pompeji‹, Bd. 1, S. 280; siehe Materialien, S. 567 ff., und die Abbildungen S. 477–493.]

**491 ein wahrer Achilles:** Achilles war der Hauptheld bei der Belagerung von Troja.

**491 *Tiro:*** Anfänger, Neuling, Rekrut, Lehrling.

⋆**497 Schreibrohr:** Das Rohr *(Calamus)* verwendete man, um auf Papyrus oder Pergament zu schreiben. Wenn man auf Wachstäfelchen, Metallplatten und dergleichen schrieb, verwendete man den Griffel *(Stilus).* Briefe wurden mal auf Täfelchen, mal auf Papyrus geschrieben.

**499 Noch heute … im Paradiese sein:** Lukas 23, 43.

⋆**500 Seeleute:** Das Aufspannen der Velaria wurde in der Regel von Seeleuten besorgt. [Siehe Anmerkung zu S. 475.]

**506 Er glich wirklich einem Besessenen:** Besessenheit, das heißt die Epilepsie, wurde als eine Art Gottesurteil angesehen; wichtige Veranstaltungen mussten deswegen unterbrochen bzw. verschoben werden.

⋆**507 Pinie:** Plinius. [Siehe Materialien, S. 560.]

⋆**514 Blitze:** Vulkanische Blitze. Dieses Phänomen zeigte sich besonders bei den langen, aufeinander folgenden Eruptionen von 1779. Aus den Spuren des hier so unvollkommen beschriebenen Ausbruchs lässt sich auch auf ihr damaliges Vorkommen schließen.

**514 noch auf dem Tisch:** Die Details der Beschreibung des Isistempels und des Schicksals von Calenus und Burbo nach Clarke, ›Pompeji‹, ebenso die Flüchtlinge im Haus des Diomedes; siehe Materialien, S. 572.

**516 schwer beladenen Priester:** Siehe das Gemälde von Brüllow in den Materialien, S. 554.

⋆**518 Posten:** Man fand die Skelette von mehreren Wachen auf ihrem Posten.

⋆**520 Dunkelheit in einem engen Raum:** Plinius. [Siehe Materialien, S. 564]

⋆**520 Sendboten des Schreckens und des Todes:** Cassius Dio. [›Römische Geschichte‹; siehe Materialien, S. 566.]

**521 auf völlig ebenem Grund … vom Meer zum Land:** Siehe Plinius der Jüngere, ›Briefe‹, in den Materialien, S. 563 f.

**527 wie zwei um eine Welt kämpfende Dämonen:** Nach Cassius Dio, ›Römische Geschichte‹, siehe Materialien, S. 566.

⋆**527 Ströme flüssiger Lava:** Scharfsinnige Gelehrte haben verschiedene Theorien darüber aufgestellt, auf welche Art Pompeji untergegangen ist. Ich bin derjenigen gefolgt, die allgemein angenommen wird, und die bei Prüfung der Bodenschichten auch die einzige zu sein scheint, die der gesunde Menschenverstand akzeptieren kann, nämlich eine Zerstörung durch Ascheschauer und siedendes Wasser, vermischt mit häufigen Steineruptionen und unterstützt durch gelegentliche Erdbeben. Herkulaneum scheint dagegen nicht nur von Ascheregen, sondern auch von einer Flut flüssiger Lava überschwemmt worden zu sein. Die Ströme, von denen im Text die Rede ist, muss man sich also mehr im Zustrom auf diese Stadt als auf Pompeji vorstellen. Die in meiner Beschreibung erwähnten vulkanischen Blitze gehörten dagegen fraglos zu den Werkzeugen der Zerstörung von Pompeji. Papyrus und andere leicht entzündbare Stoffe wurden in verbranntem Zustand aufgefunden, einige Metallgegenstände sind zum Teil geschmolzen, und eine Bronzestatue ist völlig zersplittert, wie durch einen Blitz. Im Großen und Ganzen (bis auf die unvermeidliche dichterische Freiheit, die Dauer der Zerstörung zu verkürzen) glaube ich, enthält meine Beschreibung des Untergangs nur wenige erfundene Darstellungen. Weshalb man sie, nur weil sie in einem Roman steht, nicht für weniger genau halten sollte.

[Die Katastrophe dauert bei Bulwer nur bis zum Morgen des 25.8., tatsächlich hielt sie mit wechselnder Stärke bis zum 27. an.]

*530 **schüttelte sie sie ab:** »Es wurde wieder dunkel und von neuem fiel dichter und schwerer Ascheregen. Immer wieder mussten wir aufstehen und ihn von uns abschütteln, sonst wären wir von ihm zugedeckt und von seinem Gewicht erdrückt worden.« Plinius der Jüngere, ›Briefe‹. [Siehe Materialien, S. 564.]

*534 **Boden Syriens und Ägyptens:** Cassius Dio. [›Römische Geschichte‹; siehe Materialien, S. 566.]

538 ***non sum qualis eram:*** Horaz, ›Oden‹, IV, 1, 3.

539 **Hymettos:** Berg in Attika.

539 ***Ceramicus:*** Name eines Platzes außerhalb von Athen, wo die Statuen und Grabmäler im Krieg gefallener Helden errichtet waren.

*540 **Empfindsamkeit:** Das, was wir heute *Empfindsamkeit* in der Liebe nennen, war den Alten sehr wenig bekannt und findet noch bis auf den heutigen Tag bei nichtchristlichen Völkern kaum Anerkennung. Sie ist ein mit der *Überzeugung* (und nicht nur dem Glauben), dass die Leidenschaft von der Seele komme und wie die Seele unsterblich sei, innig verbundenes Gefühl. Chateaubriand hat sich in seinem an Irrtum wie an Wahrheit so reichen Werk »Der Geist des Christentums« [1802] mit seiner gewohnten Beredsamkeit über diese Empfindung verbreitet. Tatsächlich ist sie das Hauptunterscheidungsmerkmal zwischen der Liebespoesie der Neueren und der Alten, weshalb ich gegen Wahrheit und Natur nicht zu verstoßen glaubte, als ich dem Glaucus nach seinem Übertritt zum Christentum das Bewusstsein dieses Gefühls beilegte, obwohl er dessen Ursache mehr zu ahnen als sie sich deutlich zu erklären vermag.

*541 **ausgegraben:** Zerstört 79 A.D., zuerst wiederentdeckt 1750 A.D.

*541 **Gebeine und Skelette:** Man hat bis jetzt [1834] etwa 350 bis 400 Skelette in Pompeji gefunden; da aber ein großer Teil der Stadt noch nicht ausgegraben ist, lässt sich die Zahl derjenigen, die bei der Zerstörung umkamen, nicht mit Sicherheit bestimmen. Doch hat man allen Grund anzunehmen, dass es im Vergleich mit den Entkommenen nur wenige waren. Offensichtlich ist die Asche von vielen Häusern weggeräumt worden, ohne Zweifel, um zurückgelassene Schätze zu holen. Auch dem Haus unseres Freundes Sallust wurde ein solcher Besuch abgestattet. Die Skelette, die der Leser ihre Rollen, für einen Augenblick wiederbelebt, unter dem Namen Burbo, Calenus, Diomed, Julia und Arbakes spielen gesehen hat, wurden genau so aufgefunden, wie der Text es angibt; möge ihr zweites Leben mehr zum Vergnügen des Lesers beigetragen haben, als es zur Tröstung des Verfassers beitrug, der sich in dem Werk, das er hiermit schließt, vergebens über den schmerzlichsten, düstersten und niederschlagendsten Abschnitt eines Lebens hinwegzutäuschen suchte, in dessen Gewebe weniger weiße Fäden eingewoben sind, als die Welt glauben mag. Aber wie die meisten anderen Freunde ist auch die Phantasie unzuverlässig, verlässt uns oft in dem Augenblick, wo wir ihren Beistand am meisten benötigen. Mit zunehmendem Alter lernen wir, dass die Gewohnheit unsere treuere und zuverlässigere Trösterin ist. Doch ich muss wegen dieses unzeitigen Ausbruchs einer vorübergehenden Schwäche um Entschuldigung bitten, es war wirklich *nur* die Schwäche eines Augenblicks. Mit zurückkehrender Gesundheit kehrt uns auch die Kraft wieder, ohne die uns die Seele umsonst gegeben wäre, und die uns befähigt, den Leiden unseres Daseins ruhig entgegenzutreten und seine Zwecke entschlossen zu erfüllen. Es gibt nur eine Lebensphilosophie, so tausendfach auch ihre Schulen sind, und ihr Name heißt *Standhaftigkeit:* »Ertrag's und besieg das Geschick«! [»To bear is to conquer our fate« ist eine Zeile aus dem Gedicht ›On visiting a Scene in Argyleshire‹ von Thomas Campbell, in dem um eine verstorbene Geliebte getrauert wird.]

**543 seinen geistigen wie auch seinen niederen physischen Organen:** Siehe Anmerkung zu S. 54, *sehr wohl vertrauten Wissenschaft.* Der beschriebene Schädel wurde Bulwer später geschenkt und ist heute auf dem Stammsitz der Lyttons, dem Knebworth House, zu besichtigen.

**546 Ich hoffe ...:** Diesen Absatz strich Bulwer später.

**546 diese Bände:** Der Roman erschien 1834, wie damals üblich, in drei Bänden *(three-decker).*

**547 die Hand eines genialen Meisters:** Sir Walter Scott, ›Ivanhoe‹ (1820).

**547 vorigen Winter:** In den frühen Ausgaben stand in der Fußnote nur »vorigen Winter«, in den späteren fälschlicherweise mit dem Zusatz »(1832/33)«; diese Fußnote wurde bis auf den ersten Satz später gestrichen.

**549 »lebend und webend«:** Apostelgeschichte 17, 28.

**552 Endlich sei mir noch erlaubt:** Den Rest des Vorwortes inklusive der Fußnote strich Bulwer später wieder.

**552 Denjenigen, die den ›Valerius‹ von Mr. Lockhart:** Der Text der Fußnote ist ab hier eine Erweiterung der zweiten Ausgabe. John Gibson Lockhart (1794–1854) war der Schwiegersohn von Walter Scott und zusammen mit Christopher North und William Maginn Herausgeber von ›Blackwood's Magazine‹, ab 1825 dann alleiniger Herausgeber der ›Quarterly Review‹; wegen seiner stechenden Kritiken wurde er »Skorpion« genannt. Im Oktober 1829 erschien in ›Blackwood's Magazine‹ eine Besprechung des Romans ›The Five Nights of St. Albans‹ von William Mudford, die von Lockhart stammte und in der er Bulwers bisherige Romane kritisierte: »… die sehr vornehmen Schurken wie die Pelhams usw. sind seichte, wasserköpfige, schlecht erzogene, verweichlichte Dandys; Tiere, die offensichtlich bar jeglicher Männlichkeit oder echter Gefühle sind; kalte, systematische, vorsätzliche Wüstlinge; Verführer, weiß Gott!, und Duellanten; und zu allem Überfluss auch noch Gelehrte! Wie kann auch nur ein menschliches Wesen von so dürftigen Einfällen eingewickelt werden. […] Wenn wir aufgefordert würden, die widerwärtigste Abscheulichkeit aufzuzeigen, die im ganzen weiten Feld der zeitgenössischen Literatur zu finden ist, würden wir nicht zögern zu sagen, dass wir es für unsere Pflicht hielten, mit dem Finger auf den Bolingbroke-Plunder zu zeigen, auf das letzte und schlechteste Erzeugnis eines unerträglichen Scharlatans, ›Devereux‹.« Als Gegenmittel zu den Werken dieses »ebenso hirn- wie herzlosen Romanverfertigers« empfahl er den genannten trivialen Schauerroman und füllte den größten Teil der Besprechung mit einem langen Auszug daraus.

Bulwer antwortete, indem er in seinen gerade abgeschlossenen Roman ›Paul Clifford‹ (1830) ein Kapitel einfügte, dem er als Motto ein angebliches Zitat aus dem sechsten Buch von Vergils ›Aeneis‹ voranstellte: »Oh Königreiche, die kein Aug' erblickt! / Oh Federn, von ergrimmter Hand gezückt! / Lasst, Fürsten der Kritik, in treuen Bildern / mich eures Treibens myst'sche Wunder schildern.« In dem Kapitel verwendete er zur Gestaltung des ehemaligen Schulmeisters und kurzzeitigen Herausgebers des Literaturmagazins ›Asinäum‹, Peter MacGrawler, Charakterzüge von Lockhart, Maginn und anderen Kritikern. Bei Bulwer erlernt der junge Titelheld innerhalb weniger Minuten das Kritikerhandwerk und wird für kurze Zeit ein erfolgreicher Rezensent. In die Lehrstunde MacGrawlers fügte Bulwer Zitate aus einer Besprechung seines Romans ›Devereux‹ ein, die im ›Athenaeum‹ erschienen war. Und schon im Vorwort schimpfte er über »den Schwarm von aufgeblasenen Faktenhubern, die ›Wir‹ sagen und sich Kritiker nennen« und nannte sie »die großen Ungewaschenen«.

Die Betroffenen erkannten sich in Peter MacGrawler natürlich wieder, und William Maginn schrieb in ›Fraser's Magazine‹ vom Juni 1830: »Der Autor hat das getan, um sich an ›Blackwood's Magazine‹ und uns zu rächen, da wir ehrlich unsere Meinung ausgedrückt haben, dass Mr. Lytton Bulwer kein Schriftsteller sei.«

Die Fehde setzte sich noch jahrelang fort; Lockhart wurde von Bulwer zum Schweigen gebracht, indem er als Chefredakteur des ›New Monthly Magazine‹ im Januar 1833 einen offenen ›Brief an den Herausgeber von *The Quarterly Review*‹ schrieb. Darin analysierte er Lockharts Stil und Syntax sowie seine Arbeit als Autor und Herausgeber und schloss mit: »Sir, für's Erste bin ich mit Ihnen fertig.« Bulwer verspürte deshalb wohl wenig Lust, die Auseinandersetzung mit Lockhart durch eine Kritik von dessen Roman ›Valerius‹ fortzusetzen.

## NACHWORT

Kaum ein anderer englischer Autor des 19. Jahrhunderts hat ein ähnlich umfangreiches und vielschichtiges Gesamtwerk hinterlassen wie Edward George Earle Bulwer-Lytton (1803–1873), der 1866 als erster Lord Lytton von Königin Viktoria in den Adelsstand erhoben wurde. Von seiner schriftstellerischen Vielfalt legt die postum besorgte, siebenunddreißigbändige Gesamtausgabe, die nach dem Familienbesitz benannte ›Knebworth Edition‹ (1873–1877), eindrucksvolles Zeugnis ab. Bulwer-Lyttons geradezu kolossales Gesamtwerk umfasst mehrere Sammlungen von Gedichten und Epen, Satiren, Märchen und Essays, politische Reden und Pamphlete, Theaterstücke und Biographien, Übersetzungen und Geschichtsbücher. Am deutlichsten zeigt sich Bulwer-Lyttons Kreativität und Flexibilität an den mehr als zwei Dutzend Romanen, die er während einer intensiven Schaffensperiode von mehr als fünfundvierzig Jahren veröffentlichte und in denen er sämtliche populären Erzählformen des Viktorianismus praktizierte. Er schrieb Romane über das Verbrechermilieu (sog. *newgate novels*) wie ›Paul Clifford‹ (1830) und ›Eugene Aram‹ (1832), Gesellschaftsromane über die Londoner Oberschicht (sog. *silver-fork novels*) wie ›Pelham‹ (1828) und Erzählungen über die Lebensbedingungen der viktorianischen Mittelschicht wie ›The Caxtons‹ (1849) und ›What Will He Do With It?‹ (1858). Zu seinem Romanschaffen zählen ferner okkultistisch und mystisch geprägte Erzählungen wie ›Zanoni‹ (1842) und ›A Strange Story‹ (1862) ebenso wie der utopisch-wissenschaftskritische Roman ›The Coming Race‹ (1871), der in wesentlichen Gesichtspunkten anti-utopische Werke des 20. Jahrhunderts wie Aldous Huxleys ›Brave New World‹ (1932) und George Orwells ›Nineteen Eighty-Four‹ (1949) vorwegnimmt. Einer breiten Leserschaft ist Bulwer-Lytton jedoch durch seine historischen Romane bekannt geworden, in deren Reihe das mäßig erfolgreiche Debütwerk ›Devereux‹ (1829), und sodann ›Rienzi‹ (1835), ›The Last of the Barons‹ (1843), ›Harold‹ (1848) sowie sein mit Abstand größter Publikumserfolg ›The Last Days of Pompeii‹ (1834) gehören, auf den sich auch heute noch sein literarischer Ruhm im Wesentlichen gründet.

In einer für das Fortschrittsdenken des 19. Jahrhunderts, aber auch in einer für die zeittypische Neigung zum Historismus kennzeichnenden Haltung ordnete sich Bulwer-Lytton selbst in die Geschichte der englischen Erzählprosa ein und erblickte im historischen Roman die wohl bedeutendste Innovation seines Zeitalters. Der englische Roman, der sich am Beginn des 18. Jahrhunderts als eigenständige Erzählform etablierte, hatte zunächst kaum Interesse an der fiktionalen Aufarbeitung von Geschichte gezeigt. Im Mittelpunkt der Romane von Daniel Defoe, Jonathan Swift, Samuel Richardson, Henry Fielding, Tobias Smollett und Oliver Goldsmith standen vorwiegend individuelle Schicksale von Figuren, die in Form fiktiver Biographien oder auch Autobiographien verfasst waren. Im Sinne der Darstellung einer Lebensgeschichte führten diese Werke daher im Titel vielfach den Begriff *history,* ohne sich im modernen Verständnis mit geschichtlichen Themen zu befassen.

Eine erkennbare Hinwendung zu historischen Schauplätzen und Begebenheiten vollzog sich erst in der zweiten Jahrhunderthälfte mit der Entstehung des Schauerromans (*Gothic novel*). Horace Walpole lieferte mit ›The Castle of Otranto‹ (1765) das grundständige Modell dieser neuen Romanform, die sich auszeichnete durch einen mittelalterlichen, »gotischen« und bei Walpole italienischen Schauplatz, historisierte Figuren, zügellose Leidenschaften, verwunschene Schlösser oder Ruinen und übernatürliche Geschehnisse. In den Händen nachfolgender Autoren, darunter Matthew Gregory Lewis, Charles Robert Maturin, William Beckford und Anne Radcliffe, wurde der Schauerroman zur dominanten und populärsten Erzählform der Jahrhundertwende.

Es war das Verdienst Sir Walter Scotts, die überschäumende Imagination des Schauerromans romantischer Prägung einzudämmen und durch eine wissenschaftlich überprüfbare, aus den historischen Quellen gespeiste Rekonstruktion einer historischen Epoche zu ersetzen. Mit der Veröffentlichung von ›Waverley, or 'Tis Sixty Years Since‹ (1814) löste Scott die Vorherrschaft der *Gothic novel* durch das neue Modell des historischen Romans ab. Auf der Grundlage umsichtigen Quellenstudiums und durch die künstlerisch gestaltete Erzählung der historischen Einsichten schuf Scott einen Zugang zur Geschichte über die Fiktion. Im Mittelpunkt des historischen Romans steht daher seit Scott das Prinzip von Ursache und Folge, von Kausalität und den bedingenden Faktoren geschichtlichen Wandels, mit dem eine historische Epoche und die historischen Subjekte in ihrer Eigenständigkeit gewürdigt werden, zugleich aber auch Verständnis für die Bedeutung der Vergangenheit in Hinblick auf die unmittelbare Gegenwart geweckt wird.

Scott selbst konnte jedoch diese hehren Ziele ernsthafter historischer Fiktion in seinem Gesamtwerk nur teilweise verwirklichen. In späteren Romanen wie ›Ivanhoe, a Romance‹ (1820) beugte er sich dem Publikumsgeschmack und wandte sich stärker der historischen Romanze zu, in der das Verständnis von Historizität zurückgedrängt wird zugunsten von spannungsreichen Abenteuerhandlungen mit sensationellen Elementen, prachtvoller Kostümierung und vielfach nicht historisch belegbaren Ereignissen und Figuren. Als Scott 1832 starb, hatte er mit den beiden Formen des historischen Romans und der historischen Romanze ein großes Potential an Vertextungsstrategien für das Erzählen von Vergangenem erschlossen, dieses aber bei weitem nicht ausgeschöpft. Die nachfolgende Generation jüngerer Autoren, darunter vor allem William Harrison Ainsworth, Charles Reade, Charles Dickens und Edward Bulwer-Lytton, sah ihre Aufgabe vornehmlich darin, das Scottsche Paradigma historischer Fiktion weiterzuentwickeln und zu perfektionieren. Diesen Autoren galt der historische Roman als der Nachfolger des Epos in Prosa und stellte somit die anspruchsvollste und auch vollendetste Form erzählender Dichtung dar. Im historischen Roman gingen aus Sicht der zeitgenössischen Poetologie das gelehrte Wissen des Historikers und die poetische Vorstellungskraft des Dichter eine ideale Verbindung ein.

Es überrascht daher nicht, dass sich Bulwer-Lytton in seinem erzählerischen Debütwerk ›Devereux‹ am Modell des historischen Romans versuchte. Der mäßige Erfolg des Buchs schreckte ihn keineswegs ab; vielmehr reifte in ihm der Plan, das antike Rom für die Fiktion zu erschließen, zumal Sir Walter Scott diesen Stoff nicht bearbeitet hatte. Im Herbst 1832 reiste Bulwer-Lytton mit seiner Frau Rosina nach Italien, einerseits um seine angeschlagene Gesundheit wiederherzustellen, andererseits um die sich abzeichnende Ehekrise zu bewältigen, vornehmlich aber, um Material für den Roman ›Rienzi‹ zu sammeln. In der Brera Galerie in Mailand änderte sich jedoch sein Arbeitsplan, als er dort das soeben fertig gestellte Gemälde ›Der letzte Tag von Pompeji‹ von Karl Pawlowitsch Brüllow erblickte. Bulwer-Lytton, der schon zuvor eine große Begeisterung für Katastrophenszenarios entwickelt hatte, wie sie der von ihm hochbewunderte englische Maler John Martin in großformatigen Ölbildern festhielt, war von dem Gemälde so fasziniert, dass er sich spontan entschloss, nach Pompeji zu reisen, um vor Ort recherchieren zu können. Die Grabungsarbeiten hatten zwar bereits in der Mitte des 18. Jahrhunderts begonnen, aber Pompeji war zum Zeitpunkt seines Besuchs erst teilweise freigelegt. Während des Aufenthalts konnte Bulwer-Lytton den archäologischen Arbeiten beiwohnen, und er entschloss sich, den exhumierten Leichen wieder neues Leben einzuhauchen und sie als Burbo, Kalenus, Diomed, Julia und Arbakes in der Fiktion wieder erstehen zu lassen. Das bereits begonnene Manuskript von ›Rienzi‹ legte er beiseite und begann unmittelbar mit der Niederschrift des neuen Romans, den er noch in Italien beinahe vollständig fertig stellte und der im Juli 1834 in einer dreibändigen Ausgabe als ›The Last Days of Pompeii‹ erschien.

Der Erstausgabe stellte der Autor ein Vorwort voran, in dem er das ästhetische Programm des Romans mit dem Wunsch formuliert, »diese verlassenen Straßen noch einmal zu bevölkern, diese anmutigen Ruinen wiederaufzubauen, die Gebeine, die noch zu sehen waren, neu zu beseelen, den Abgrund von achtzehn Jahrhunderten zu überbrücken und zu einem zweiten Dasein zu erwecken: die Stadt der Toten!« (S. 547). Die Wiederbelebung der Antike stelle sich, so fährt er in seiner Argumentation fort, deshalb erheblich schwieriger dar, weil sie dem Leser als fremde Epoche begegnet, zu der »kein verwandtschaftliches Gefühl« (S. 548) besteht. Um diese emotionale Bindung zwischen Leser und fiktiven Figuren zu erwirken, sei es erforderlich, »die Leidenschaften, die Verbrechen, die Missgeschicke und Unglücksfälle, welche den Schatten zugestoßen sein mögen« (S. 549) imaginativ zu vergegenwärtigen: »Wir verstehen eine Weltepoche nur schlecht, wenn wir nicht auch ihr Gefühlsleben unserer Forschung unterwerfen, denn in der Poesie des Lebens liegt ebenso viel Wahrheit wie in seiner Prosa.« (S. 549). Historisches Faktenwissen und dichterische Imagination müssen also in perfekter Harmonie verschmolzen werden. Eine wesentliche Leistung des Dichters besteht für Bulwer-Lytton daher in der Fähigkeit, die eigene Gelehrsamkeit nicht pedantisch vor dem Leser auszubreiten, sondern in unaufdringlicher Eleganz in den Handlungsfaden einzuarbeiten, damit die von Horaz übernommene Wirkungsgewalt der Dichtung ihr Ziel von »Belehrung und Unterhaltung« erreichen kann:

»Niemand, der vollkommen begriffen hat, was die Prosadichtung in unserer Zeit geworden ist, welche Würde, welchen Einfluss sie besitzt, in welcher Weise sie nach und nach alle verwandten Fächer der Literatur überflügelt hat, und wie nachdrücklich sie zugleich der Belehrung und Unterhaltung dient, kann ihre engen Beziehungen zur Geschichte, zur Philosophie, zur Politik, ihre enge Harmonie mit der Poesie und ihre Wahrheitsliebe so weit außer Acht lassen, dass er ihre Natur auf das Niveau schulmäßiger Kleinigkeitskrämerei herabdrückt. Der Dichter erhebt wohl die Gelehrsamkeit zu einem schöpferischen Werk, aber niemals erniedrigt er das schöpferische Werk zur Gelehrsamkeit.« (S. 550)

Mit dem Postulat von historischer Faktentreue einerseits und der imaginativen Repräsentation des Vergangenen innerhalb der Fiktion andererseits stellt sich Bulwer-Lytton noch klar in die Scottsche Tradition. Er bricht jedoch mit ihr, wenn er am Ende des Vorworts über die Wirkungsabsicht des Romans erklärt: »Möge es, was weit wichtiger ist, eine gerechte Darstellung der menschlichen Leidenschaften und des menschlichen Herzens sein, deren Wesen ja zu allen Zeiten das Gleiche ist!« (S. 552). Während Scotts Konzeption des historischen Romans auf den Regionalismus ausgerichtet war und daher auf die Prägung historischer Subjekte durch ihre je spezifische Lebenswelt, mithin also auf die Individualität historischer Epochen hingewiesen hatte, besteht Bulwer-Lytton seinerseits auf der Permanenz und Unveränderlichkeit der menschlichen Natur. Dies bedeutet konkret, dass die historischen Figuren in ihrem Handeln durch Motive bestimmt sind, wie sie auch der zeitgenössischen Leserschaft vertraut waren, sodass die römische Antike ihre Fremdheit verliert und im lesenden Nachvollzug als wesensverwandt erkannt und damit angeeignet werden kann. Damit wird aber zugleich eine neue Hierarchie eingeführt, denn nun stehen sich historisches Wissen und dichterische Imagination nicht mehr gleichrangig gegenüber. Vielmehr wird nun die Kreativität übergeordnet, denn sie gestattet es, ungeklärte Sachverhalte der Geschichte, gleichsam die weißen Flecken der Historiographie, zu ergründen. Wie Bulwer-Lytton später im Vorwort zu ›The Last of the Barons‹ darlegen wird, stützt sich diese Methode auf das Prinzip der »analogen Hypothese« (*analogical hypothesis*), die auf der Annahme einer ewig gleichen Natur des Menschen basiert und daher den Strukturähnlichkeiten zwischen Vergangenem und Gegenwärtigem nachspürt. Einen solchen Zugang zur Historie bezeichnet der Autor als »Konjekturalforschung« (*conjectural research*), in deren Mittelpunkt der unerschütterliche Glaube an anthropologische Konstanten steht, sowohl hinsichtlich des Handelns historischer Subjekte als auch des Denkens und Empfindens nachzeitlicher Analysanten.

Daraus ergeben sich nun zwei Zugänge zum Historischen, die im Prinzip der Kreativität vereint sind: die geschichtswissenschaftliche Grundlage und die fiktive Handlung. Die Aufgabe des Quellenstudiums besteht zunächst darin, eine möglichst detaillierte Rekonstruktion der historischen Epoche zu erarbeiten. Bulwer-Lytton hat sich dieser Herausforderung mit großem Fleiß gestellt und den Kenntnisstand seiner Zeit lückenlos aufgearbeitet. Dies findet einen Niederschlag in den ausführlichen Beschreibungen von Häusern, Interieurs, Bädern, Kleidung, Ritualen sowie in den ausgedehnten Exkursen und Fußnoten über Topographie, Geologie, Naturgeschichte und Religiosität. Auf diese Weise erwirkt der Autor die Authentisierung des historischen Raums, die der wissenschaftlichen Überprüfbarkeit ausgesetzt wird. Die Widmung des Romans an den angesehenen englischen Archäologen Sir William Gell, der die Forschungsergebnisse seiner Grabungsarbeiten unmittelbar zuvor in ›Pompeiana‹ (1832) veröffentlicht hatte, unterstreicht deutlich Bulwer-Lyttons Bemühungen um historische Zuverlässigkeit. Dass der Roman lange Zeit als Reiseführer für Pompeji-Freunde diente, bestätigt den Erfolg der authentischen Schilderungen.

Zugleich aber tritt die Wesensverwandtschaft der Archäologie mit der Kriminologie hervor. Ganz im Sinne der analogen Hypothese handelt es sich bei beiden Wissenschaftsformen um analytische Disziplinen, deren Weg zur Wahrheitsfindung über die Spurensuche führt, die also etwas Verborgenes ans Licht zu bringen suchen und deren Entdeckungen spannungsreiche Momente beinhalten. Aus diesem Grund schien es Bulwer-Lytton geboten, eine ebenso ereignis- und spannungsreiche Handlung zu entwerfen, die chronologisch voranschreitend und die Geschehnisse synthetisch absorbierend die Vorgeschichte rekonstruieren musste, sodass der Ausbruch des Vesuv in Analogie zum Kriminalroman als naturhaftes Verbrechen an der antiken Zivilisation gedeutet werden konnte. Mit der Wahl des Themas stand ja der Ausgang des Romans von vornherein fest, und die Katastrophe des in Lava und Asche versinkenden Pompeji markierte den historisch determinierten Fluchtpunkt, auf den hin die Handlung auszurichten war. Weiterhin galt es zu bedenken, dass der Roman von beträchtlicher Länge sein musste, um die Vielfalt der historischen Details ausbreiten zu können. Dies erforderte eine abwechslungsreiche Handlungsentwicklung mit zahlreichen Konfliktsituationen und umgreifenden Spannungsbögen, die geschichtliche Fakten und fiktive Begebenheiten verklammern und zugleich das Interesse einer breiten Leserschaft finden würden. Aufgrund der Orientierung an den Zielen populärer Unterhaltungsliteratur des 19. Jahrhunderts finden sich über das Werk verstreut unterschiedlichste, aber jeweils erprobte und bewährte Motive, die den Geschmack der Entstehungszeit trafen: die düstere Prophezeiung, der zufällig entdeckte Brief, das Mordkomplott, der Gifttrank, der Racheschwur, die okkulte Beschwörung, aber auch Machtgier, sexuelles Verlangen und der Liebesschwur. Die Wahl dieser Motive ist durchaus nicht zufällig, sondern von der Romanzenform vorgegeben, die zu Beginn des 19. Jahrhunderts in Gestalt des Melodramas auf die Londoner Bühne gelangte, das sich rasch zur populärsten Form dramatischer Darstellung entwickelte. Schon die Gliederung der Erzählung in fünf Bücher verweist auf die Fünf-Akt-Struktur des Melodramas, wie auch die Überschrift zum ersten Kapitel, ›The Two Gentlemen of Pompeii‹, den Titel von Shakespeares italianisierter Komödie ›The Two Gentlemen of Verona‹ (ca. 1592) aufgreift und damit die Nähe des Romans zum Drama unterstreicht.

Als romanzenhaft und daher melodramatisch kann zudem das Personal des Romans und dessen Konfiguration betrachtet werden. Die Konflikte des Melodramas entzünden sich ausnahmslos an dem Motiv der Liebe, das einen tadellosen und ehrbaren Helden wie Glaukus mit einer tugendhaften und schönen Heldin wie Ione verbindet, die von einem maliziösen Bösewicht wie Arbakes sexuell begehrt wird. Das Ziel des Bühnenschurken (engl. *villain*) besteht folglich darin, die beiden Liebenden zu trennen und den Helden zu vernichten, um von der Heldin sexuell Besitz ergreifen zu können. Die Romanhandlung folgt exakt diesem Ablaufplan, als es dem intriganten Arbakes gelingt, Glaukus für den Mord an Apäcides zu beschuldigen und dem Gericht auszuhändigen, während zugleich die unschuldige Ione von ihm entführt und in seine Villa verschleppt wird. Wie im Melodrama kommt es auch hier auf dem Gipfel der Verstrickungen zur dramatischen Wende, als in der berühmten Arena-Szene Arbakes als der wahre Mörder enthüllt und damit der tugendhafte Held von seiner Schuld freigesprochen wird. Damit kehrt sich zugleich das Schicksal um, da der Held wieder zum Handeln fähig wird und der Schurke seiner gerechten Strafe zugeführt werden kann. Als feste Konvention des Melodramas hatte sich im fünften Akt die Darstellung einer Sensationsszene etabliert, in der unter Verwendung spektakulärer Effekte, wie sie die verfeinerte Bühnentechnik ermöglichte, die Vernichtung des Schurken und die erneute Vereinigung der Liebenden im glücklichen Ende vorgeführt wurde. In Bulwer-Lyttons Roman wird der historisch belegte Ausbruch des Vesuv als Sensationsszene verwendet und zugleich erzählerisch in so maximale Dimensionen gesteigert, wie sie der dramatischen Präsentation unzugänglich waren. Gleichwohl bleiben die Funktionen der Sensationsszene auch im Roman die gleichen wie im Drama: Arbakes wird von der gewaltigen Bronzestatue des Augustus erschlagen, während es Glaukus gelingt, Ione aus ihrem Gefängnis zu befreien, und dank der Hilfe der blinden Nydia, die in der Finsternis den Weg aus dem Katastrophenszenario weist, glückt den beiden Liebenden die Flucht aus der untergehenden Stadt. Das letzte Hindernis auf dem Weg zum Happy Ending beseitigt Nydia selbst, die ihrer geheimen Liebe zu Glaukus entsagt und in den Freitod geht, damit Held und Heldin glücklich vereint sein können.

Es ist ganz offensichtlich, dass sich mit der Wahl des Themas die Darstellungsform des Melodramas geradezu aufdrängte, zumal das historische Faktum des untergegangenen Pompeji, mit dem die Konzeption des Romans ihren Anfang nahm, sich als gigantische Sensationsszene anbot. Mit der Entscheidung für ein melodramatisches Inszenierungsmuster wurden allerdings auch dessen Schwächen erkauft. So sind Held und Heldin in ihrer Tugendhaftigkeit und Passivität zwangsweise blasse Gestalten, was auch durch die in Details ihrer Kleidung und ihres Lebensstils schwelgenden Beschreibungen nicht überwunden werden kann, während der Schurke Arbakes eben aufgrund seiner Boshaftigkeit die interessantere Figur darstellt. Insgesamt verrät der Roman eine Tendenz zur oberflächlichen Charakterzeichnung, da die äußere Handlung der inneren Figurenpsychologie übergeordnet wird.

Dieses Problem entsteht vornehmlich durch den unzureichend gelösten Konflikt zwischen Historie und Fiktion, da sich die Methoden der modernen Geschichtswissenschaft und der Archäologie als einer ihrer Teildisziplinen letztendlich nicht völlig harmonisch mit der stereotypisierten Handlungsstruktur des Melodramas vereinbaren lassen, das seinerseits auf die überholten Darstellungsmittel der Romanze zurückgreift. Zur Entschuldigung Bulwer-Lyttons mag darauf verwiesen sein, dass die Verbindung von Katastrophe und Melodrama auch in der Gegenwartskultur nach wie vor gesucht wird. Dem Kinobesucher begegnet dieses Modell im amerikanischen Katastrophenfilm, der sich fast ausnahmslos melodramatischer Darstellungstechniken bedient und in dessen Mittelpunkt in Not geratene Schiffe oder Flugzeuge, brennende Hochhäuser und, wohl nicht ganz zufällig, eine vom Erdbeben bedrohte Stadt wie San Francisco stehen, ohne dass solche Filmfassungen auch nur ansatzweise an die künstlerische Qualität eines Romans wie ›The Last Days of Pompeii‹ heranreichen.

Ein schwerwiegenderer Einwand, der dem Werk wiederholt zur Last gelegt worden ist, besteht in der von Bulwer-Lytton praktizierten Methode der analogen Hypothese. Die Prämisse einer Unveränderlichkeit der menschlichen Natur hat einen Bruch zwischen dem realistisch rekonstruierten Pompeji der Antike und den vor dieser Kulisse agierenden Figuren zur Folge, die denken, handeln und sprechen wie Engländer der Regency-Epoche des frühen 19. Jahrhunderts. Der vom Autor beabsichtigte Versuch, der Antike durch diese Analogisierung zu einer leichteren Aneignung in der zeitgenössischen Gegenwart zu verhelfen, wird durchkreuzt, weil die geschichtliche Eigenständigkeit des historischen Pompeji mit diesem Verfahren weitgehend aufgelöst wird. Überspitzt formuliert ließe sich behaupten, dass die Sicherung des historischen Faktenbestands recht genaue Aufschlüsse über das antike Pompeji zulässt, während das Handeln der fiktiven Figuren eher Einblicke in englische Mentalitätsstrukturen des frühen 19. Jahrhunderts gestattet. Dass sich England in dieser Zeit im Spiegel des römischen Weltreichs selbst erblickte, steht außer Frage, und gerade hierbei erweist sich Bulwer-Lyttons Konzept der analogen Hypothese als eine ideologische Vorgabe, die im Roman popularisiert wird. Wenn Glaukus wie ein feudaler Dandy der Regency-Epoche in Erscheinung tritt und auf diese Weise auch ein Identifikationsangebot für die zeitgenössische Leserschaft darstellt, so wird sogleich der Gedanke nahe gelegt, dass das untergegangene Imperium Romanum im neuen Imperium Britannicum wiederauferstanden ist, dass die Pax Romana in der noch zu verwirklichenden Pax Britannica eine Fortsetzung finden wird. Zum Zeitpunkt der Romanveröffentlichung mochte diese Anschauung noch prophetische Züge tragen, doch war Australien dem Britischen Weltreich einverleibt worden, die Erschließung Neuseelands stand unmittelbar bevor, die Expansionspolitik in Afrika wurde vorangetrieben, und ab 1820 waren bereits weite Teile Indiens unter britischer Kontrolle. Am Ausbau des Weltreichs hat Edward Bulwer-Lytton selbst als Unterhausmitglied tatkräftig mitgewirkt, zunächst für die Liberalen, später für die Konservativen und, auf dem Gipfelpunkt seiner politischen Macht, in den Jahren 1858 und 1859 als Kolonialminister in der Regierung von Lord Derby. Sicherlich war sein literarischer Einfluss nachhaltiger als der politische, vielleicht auch deshalb, weil der Roman so eindringlich davor warnt, dass auch blühende Weltreiche wie das römische nicht vor Katastrophen geschützt sind und von der ständigen Gefahr des Untergangs bedroht werden. Auch das Britische Weltreich ist mittlerweile zerfallen, und es spricht möglicherweise für die größere Überlebensfähigkeit der Dichtung, wenn Bulwer-Lyttons Roman auch am Beginn des 21. Jahrhunderts seine unverminderte Präsenz beweist.

*Jürgen Kamm*

# WEITERFÜHRENDE LITERATUR

## ZU BULWER-LYTTON


Bestek, Andreas: ›Geschichte als Roman‹. Trier: Wissenschaftlicher Verlag, 1992.

Campbell, James L.: ›Edward Bulwer-Lytton‹. Boston: Twayne, 1986.

Christensen, Conrad: ›Edward Bulwer-Lytton, The Fiction of New Regions‹. Athens, GA: University of Georgia Press, 1976.

Eigner, Edwin M.: ›The Metaphysical Novel in England and America: Dickens, Bulwer, Hawthorne, Melville‹. Berkeley: University of California Press, 1978.

Flower, Sibylla J.: ›Bulwer-Lytton: An Illustrated Life of the First Baron Lytton 1803–1873‹. Aylesbury: Shire Publishing, 1973.

Göbel, Walter: ›Edward Bulwer-Lytton: Systemreferenz, Funktion, literarischer Wert in seinem Erzählwerk‹. Heidelberg: Winter, 1993.

Hollingsworth, Keith: ›The Newgate Novel, 1830–1847. Bulwer, Ainsworth, Dickens, and Thackeray‹. Detroit: Wayne State University Press, 1963.

Lytton, Victor Alexander: ›The Life of Edward Bulwer, First Lord Lytton, by His Grandson‹. 2 Bde., London: Macmillan, 1913.

Morris, James: ›Pax Britannica‹. 3 Bde., 1968; repr. London: Folio Society, 1992.

Müllenbrock, Heinz-Joachim: »Historischer Roman und Geschichtsschreibung: Ein Abriß ihrer Entwicklung und Wechselbeziehungen im viktorianischen England«, ›Literatur in Wissenschaft und Unterricht‹ XII (1979), S. 74–88.

Sadleir, Michael: ›Bulwer: A Panorama: Edward and Rosina, 1803–1836‹. London: Constable; Boston: Little, Brown, 1931.

Sanders, Andrew: ›The Victorian Historical Novel, 1840–1880‹. London: Macmillan, 1978.

Zipser, Richard A.: ›Edward Bulwer-Lytton and Germany‹. Frankfurt: Lang, 1974.


## ZU POMPEJI


Andreae, Bernard (Hg.): ›Pompeji: Leben und Kunst in den Vesuvstädten‹ (Ausstellungskatalog des Vereins Villa Hügel e. V.). 3. Aufl. Recklinghausen: Aurel Bongers, 1991.

Bretschneider, »L'Erma« di (Hg.): ›Pompeji Wiederentdeckt‹. Florenz: Calenzano, 1993.

Étienne, Robert: ›Pompeji, die eingeäscherte Stadt‹. Ravensburg: Otto Maier, 1987.

Étienne, Robert: ›Pompeji: Das Leben in einer antiken Stadt‹. 4. erw. Auflage, Stuttgart: Reclam, 1991.

## ZEITTAFEL

1803 Edward George Earle Bulwer wird am 25. Mai in London als jüngster von drei Söhnen des Generals William Earle Bulwer und seiner Frau Elizabeth Barbara Bulwer, geb. Lytton, geboren. Die Ehe der Eltern zerbricht an ständigen Streitigkeiten, die Kinder kommen zur Mutter.

1807 Nach dem Tod des Vaters zieht die Witwe nach London. Während die beiden älteren Söhne zu Verwandten kommen und in Privatschulen unterrichtet werden, verbleibt der kränkliche Edward im Haus seiner fürsorglichen Mutter und wird von ihr erzogen.

1819–1821 Unter Anleitung des von ihm sehr geschätzten Reverend Charles Wallington in Ealing wird Bulwer in klassischer Literatur, Geschichtswissenschaft und Rhetorik unterwiesen, um sich auf das Studium in Cambridge vorzubereiten.

1820 Auf Empfehlung von Wallington erscheint Bulwers erster Gedichtband ›Ismael: An Oriental Tale, with Other Poems‹.

1822–1826 Bulwer studiert an der Universität Cambridge, wo er u. a. Thomas Babington Macaulay kennen lernt. Mit dem Gedicht ›Sculpture‹ gewinnt Bulwer 1825 den Preis des Universitätskanzlers.

1827–1830 Gegen den Willen seiner Mutter heiratet Bulwer die Irin Rosina Doyle Wheeler. Da das junge Paar finanziell mittellos ist, beginnt Bulwer, den Lebensunterhalt durch seine Arbeit als Schriftsteller zu verdienen. In rascher Folge veröffentlicht er die Romane ›Falkland‹ (1827), ›Pelham‹ (1828), ›Devereux‹ (1829) und ›Paul Clifford‹ (1830). ›Paul Clifford‹ und seine weiteren sog. *newgate novels* sind im ›Fraser's Magazine‹ und anderen Zeitschriften als »schlimme und verderbliche Beispiele« scharfer Kritik ausgesetzt.

1831–1832 Bulwer arbeitet als Herausgeber und Chefredakteur des ›New Monthly Magazine‹.

1833 In Deutschland beginnen drei Verlage gleichzeitig mit der Herausgabe von Bulwers ›Sämmtlichen Werken‹.

1831–1841 Er vertritt als Parlamentsabgeordneter zunächst den Wahlkreis von St. Ives, später den von Lincoln und setzt sich für die Reformpolitik der Liberalen ein.

1833–1834 Die Belastungen durch das politische Amt und durch die umfangreiche Veröffentlichungstätigkeit haben eine Ehekrise zur Folge. Da Bulwers Gesundheitszustand sich zudem verschlechtert, tritt das Paar eine Italienreise an, die über Rom nach Neapel führt. Hier entstehen die Vorarbeiten für ›Rienzi‹ (1835) und ›The Last Days of Pompeii‹ (1834). Bulwer bricht die Reise überstürzt ab, als seine Frau eine Affäre mit einem italienischen Prinzen beginnt. Das Paar kehrt nach London zurück und trennt sich vorübergehend.

1836 Da eine Scheidung nach dem britischen Recht der Zeit nicht möglich ist, wenn beide Ehepartner ›schuldig‹ sind, kommt es zu einer

Trennungsvereinbarung. Rosina erhält zunächst die beiden Kinder Emily und Edward Robert, der später als Dichter, Diplomat und zuletzt als Vizekönig von Indien Berühmtheit erlangen wird.

1837 Bulwer wird zum Baronet ernannt. Er setzt seine politische Arbeit und seine Publikationstätigkeit mit unverminderter Akribie fort. Er veröffentlicht u.a. die Romane ›Ernest Maltravers‹ (1836), ›Alice‹ (1838), ›Zanoni‹ (1842), ›The Last of the Barons‹ (1843) und verfasst mehrere Theaterstücke, von denen ›The Lady of Lyons‹ (1838) und ›Money‹ (1840) die erfolgreichsten sind.

1841 Er verliert seinen Unterhaussitz und zieht sich aus dem politischen Leben vorübergehend zurück.

1842 Bulwers Übersetzung der Gedichte Schillers erscheint im ›Blackwood's Magazine‹, in dem bis zu seinem Tod die meisten seiner Romane vorveröffentlicht werden.

1843 Nach dem Tod der Mutter erbt er deren Vermögen und fügt ihren Mädchennamen zu seinem Geburtsnamen als Bulwer-Lytton hinzu.

1850 Gründung der Guild of Literature and Art zur Unterstützung notleidender Künstler durch Bulwer und Charles Dickens.

1851 Bulwer-Lytton tritt der Konservativen Partei bei.

1852–1866 Ermutigt durch seinen Freund Benjamin Disraeli kandidiert Bulwer-Lytton erfolgreich für die Konservative Partei und zieht als Vertreter des Wahlkreises von Hertford wieder in das Unterhaus ein. Die Auseinandersetzungen mit seiner getrennt lebenden Frau nehmen aufgrund von Rosinas finanziellen Forderungen und einer von ihr betriebenen Verleumdungskampagne an Schärfe zu.

1853 Der Verlag Routledge zahlt Bulwer für das zehnjährige Copyright an einer Gesamtausgabe seiner Werke den bis dahin einmaligen Betrag von 20000 Pfund. Sein umfangreichster Roman ›My Novel; or, Varieties in English Life‹, der unter dem Pseudonym Pisistratus Caxton vorveröffentlicht wurde, erscheint.

1858–1859 Unter der konservativen Regierung von Lord Derby dient Bulwer-Lytton als Kolonialminister. Kurz zuvor stellt er den Roman ›What will he do with it?‹ fertig.

1861–1862 Auf Bitte von Charles Dickens schreibt Bulwer für dessen Zeitschrift ›All the Year Round‹ den Roman ›A Strange Story‹.

1866 Für seine politischen Verdienste wird er in den Adelsstand erhoben und als Lord Lytton, Baron of Knebworth, nobilitiert.

1868 Übersetzung der Oden und Epoden des Horaz.

1871 Er veröffentlicht den anti-utopischen und wissenschaftskritischen Roman ›The Coming Race‹.

1873 Edward Bulwer-Lytton stirbt am 18. Januar an den Folgen einer Gehirnentzündung und wird in der St. Edmunds Kapelle der Westminster Abbey beigesetzt. Die Romane ›Kenelm Chillingly‹ und ›The Parisians‹ (unvollendet) erscheinen postum.

INHALT